Mara Rutherford

Coral & Pearl

W0316894

Mara Rutherford

Coral & Pearl

Die Krone des Meeres

Aus dem Amerikanischen
von Diana Bürgel

Mit einer Karte

IVI

ivi Lesen was ich will!
www.lesen-was-ich-will.de

FSC
www.fsc.org
MIX
Papier aus verantwortungsvollen Quellen
FSC® C083411

Deutsche Erstausgabe
ISBN 978-3-492-70575-2
© Mara Rutherford 2019
Titel der amerikanischen Originalausgabe:
»Crown of Coral and Pearl« bei Inkyard Press, Toronto 2019
© ivi, ein Imprint der Piper Verlag GmbH, München 2021
Karte: © 2019 by Harlequin Enterprises ULC
Satz: Satz für Satz, Wangen im Allgäu
Gesetzt aus der Dolly
Druck und Bindung: CPI books GmbH, Leck
Printed in the EU

Für John, weil du mir die Welt geschenkt hast.
Und für Sarah, weil du mich immer zurück nach Hause führst.

N
W
O
S
Penery-
Inseln
Alathianische See
Schwimmender
Markt
Kuven
Varenia

Galeth
Ilara
Meradin
Fluss Ilara
New Castle
Old Castle
Hafenmarkt
Grenzübergang
Linrose-Seen
Pirot
Nors Ankunft am Festland
Aufstand des weiblichen Königs

1

Manchmal frage ich mich, ob es unsere Namen sind, die unser Schicksal festlegen, oder ob es umgekehrt ist. Nor und Zadie: Koralle und Perle. Beides Kostbarkeiten für unser Volk. Beides schön genug, um den Hals einer Königin zu schmücken. Doch Perlen schätzt man ihres Schimmers, ihrer Form und ihrer Perfektion wegen. Bei Korallen ist es anders. Sie wachsen verdreht. In ihrer natürlichen Form würde sie kaum jemand als schön bezeichnen.

Zadie und ich waren einander jedoch von Geburt an ebenbürtig in Schönheit, Anmut und Scharfsinnigkeit. Wir waren, so das Urteil der Ältesten, die schönsten Babys, die jemals in Varenia geboren worden waren. Stolz ruderte uns Mutter im Holzboot unserer Familie umher, in dem Zadie und ich den Großteil unserer Kindheit verbringen sollten. Sie beschattete unseren Oliventeint mit breitkrempigen Hüten, um zu verhindern, dass wir einen Sonnenbrand bekamen. Sie zwang Vater, die scharfen Kanten unserer Möbel rund zu schleifen, niemals fiel auch nur ein einziges unserer dunklen Haare einer Schere zum Opfer. Jeden Abend suchte sie uns nach Abschürfungen und Kratzern ab und trug dann Öle und Salben auf, während sie mit uns schimpfte und uns ermahnte, vorsichtiger zu sein.

Jede der varenianischen Frauen war mit einer einzigartigen Haarpracht gesegnet – von glatt bis lockig, von flachsblond bis tiefschwarz – und unsere Haut schimmerte samtig und gesund, in Farbtönen von golden bis zu poliertem Kupfer. Doch in unserem Dorf wurde Schönheit nach einem höheren Maßstab gemessen. Die Gesichtszüge eines Mädchens mussten symmetrisch und wohlgeformt sein, der Teint rein, der Blick klar und wissbegierig, wenn auch niemals zu direkt. Die Erscheinung musste stets makellos sein, ganz gleich zu welcher Zeit und an welchem Ort. Um wirklich aufzufallen, musste ein Mädchen nichts Geringeres als perfekt sein.

Denn in Varenia war es nicht nur bloßes Glück, wenn man ein schönes Mädchen war. In jeder Generation bestimmte die Schönheit darüber, welche von uns eine Prinzessin werden würde.

»Nor!«, rief Zadie und zog mich vom Bootsrand zurück, wo ich auf einem Fuß balanciert hatte. »Was denkst du dir dabei? Du kannst doch jetzt nicht riskieren, dich zu verletzen.«

Ich rieb mir über die Kopfhaut, die noch immer empfindlich war, weil Mutter mir die Zöpfe am Vortag besonders straff geflochten hatte. Als Strafe dafür, dass ich meinen Hut vergessen hatte. Sie befand sich in ständiger Sorge darum, dass die Sonne unser seidiges Haar spröde machen oder – Gott bewahre – eine Sommersprosse hervorrufen könnte. In letzter Zeit knurrte mein leerer Magen allerdings so laut, dass er die schrille Stimme meiner Mutter in meinem Kopf übertönte. Seit Stunden suchten wir nun schon nach Austern. Ohne Erfolg.

Zadie, stets eine pflichtbewusste Tochter, schob meine Hand fort. »Bitte benimm dich, Mutter zuliebe. Du weißt doch, wie nervös sie wegen der Zeremonie ist.«

Die Zeremonie. Wann war Mutter denn jemals nicht nervös deswegen gewesen? Jeder wolkenlose Tag, den wir im Schatten unseres auf Pfählen erbauten Hauses verbracht hatten, jede verpasste Gelegenheit zum Perlentauchen, wenn die See zu unruhig gewesen war – all das hatte ich an die Zeremonie verloren und an die Besessenheit unserer Mutter.

»Unser Königreich hat keine Grenzen«, sagte Vater gern, wenn er auf dem schmalen Balkon unseres Hauses stand, die Augen mit einer Hand beschattete und den Blick auf den Horizont gerichtet hielt. Das mochte für ihn stimmen, doch unser Leben war eine unablässige Erinnerung daran, dass der Kronprinz Ilaras eines Tages das heiratsfähige Alter erreichen würde. Das, was sich seit Hunderten von Jahren wiederholte, würde auch in drei Tagen wieder geschehen: Die Ältesten würden endlich das schönste Mädchen in Varenia auswählen, damit es seine Braut wurde.

Das letzte Mädchen hatte uns vor zwanzig Jahren verlassen, als der derzeitige König noch ein Prinz gewesen war und die Untiefen noch nicht geplündert waren, doch Mutter versicherte uns unbeirrt, dass sie nicht einmal halb so schön gewesen war wie Zadie und ich. Vor dem Zwischenfall hatte sie die Ältesten stets damit aufgezogen, dass sie wohl uns beide zum Prinzen würden schicken müssen, damit er sich seine Braut selbst aussuchte, denn wir glichen einander wie zwei silberne Federfische.

Nun war es natürlich keine Frage mehr, wer geschickt werden würde. Die kleine rosa Narbe auf meinem rechten Wangenknochen war das Einzige, was zwischen mir und der Krone stand. An irgendeiner anderen Stelle meines Körpers wäre ein Makel, der nicht einmal so groß wie eine varenianische Perle war, einfach übersehen worden, aber neben Zadies makellosem Teint konnte man das gezackte Mal nicht ignorieren. Glücklicherweise hatte ich seit dem Zwischenfall sieben Jahre Zeit gehabt, um mich auf dies hier vorzubereiten. Sieben Jahre relativer Freiheit von den unablässigen Ermahnungen unserer Mutter – jedenfalls im Vergleich zu Zadie.

Ich ließ mich wieder auf die Kissen fallen, mit denen unser Boot ausgepolstert war, und wandte das Gesicht dem wolkengetupften Himmel zu. »Bist du bereit?«, fragte ich.

»Wofür?« Zadie täuschte Unwissenheit vor und zog ihre Röcke wieder über die entblößten Knöchel.

»Varenia zu verlassen. Mutter und Samiel zu verlassen.« *Mich zu verlassen.*

»Du weißt doch noch gar nicht, ob sie mich wählen werden. Du bist genauso schön wie ich und du wirst nie krank. Außerdem habe ich Gerüchte gehört, dass Alys auch in Betracht gezogen wird.«

Skeptisch hob ich eine Braue. »Mutter sagt, dass sogar ich mit meiner Narbe schöner bin, als es Alys je sein wird. Wie hat sie sich noch mal ausgedrückt? ›Alys muss nur lächeln und schon wird der Prinz beim Anblick ihres vorstehenden Zahns zurück zu seinem Kindermädchen rennen.‹«

Zadie runzelte die Stirn. »So was sollte Mutter nicht sagen. Alys kann sich doch nicht ändern.«

»Mutter sich aber auch nicht«, entgegnete ich ironisch.

Zadie holte eine der Leinen ein, die über die Bootswand hingen, und machte beim Anblick des winzigen Fischchens, das am Ende zum Vorschein kam, ein finsteres Gesicht. Unsere Gewässer wurden seit Jahren überfischt, auch wenn das offenbar niemand zugeben wollte. Vorsichtig legte sich Zadie das schimmernde Wesen in die Handfläche, entfernte den Haken und warf es zurück ins Wasser. Zum Essen war der Fisch zu klein, allerdings hätten wir ihn als Köder verwenden können, wenn es denn etwas Größeres zu fangen gegeben hätte.

»Ich weiß, dass Mutter schwierig sein kann, aber sie möchte nur das Beste für uns«, sagte Zadie einen Moment später. »Das, was sie selbst nicht haben konnte.«

Sofort fielen mir mindestens ein Dutzend beißender Kommentare dazu ein, aber ich beherrschte mich. »Vielleicht hast du recht.«

Obwohl ich es ihr nie gesagt hatte, wusste ich mit absoluter Sicherheit, dass Zadie die Auserwählte werden würde. Und damit diejenige von uns beiden, die jemals einen Fuß auf trockenes Land setzte – etwas, wonach ich mich seit meiner Kindheit sehnte. Denn Narbe hin oder her, Zadie war schön auf eine Art, wie ich es niemals sein würde. In Varenia suchten wir stets nach einem Makel, sei es nun bei Perlen oder bei Menschen, aber Zadie sah immer nur das Gute. Gerade erst in der vergangenen Woche hatte ich über die Schäden an unserem Haus geschimpft, die ein vorbeiziehender Sturm verursacht hatte. Zadie dagegen hatte den Himmel nach Regenbögen abgesucht.

Deshalb fand Zadie selbst dann, wenn unsere Mutter unerträglich zu werden schien, etwas Freundliches über sie zu sagen.

So gutherzig und anständig würde ich niemals sein und dieser Schmerz war schwerer zu ertragen.

»Ich gehe schwimmen«, sagte ich und wünschte, ich könnte meine Gedanken ebenso leicht abstreifen wie meine Röcke.

Ängstlich blickte sich Zadie um. Junge Frauen im heiratsfähigen Alter sollten sich niemals mit nackten Beinen sehen lassen, aber in einem Rock zu tauchen war nicht nur schwierig, es war gefährlich. Früher einmal hatte es reichlich Austern gegeben, und damals hatten die jungen Männer das Tauchen praktisch allein übernommen, doch nun halfen auch die Mädchen und Frauen aus, wann immer es möglich war. In unserer Familie fuhr Vater jeden Tag zum Fischen hinaus, und wir hatten keine Brüder, die diese Bürde mit ihm teilen konnten, also blieb uns keine Wahl. Nicht einmal Mutter konnte sich allzu laut beklagen – sie wusste, wie dringend wir das zusätzliche Geld brauchten.

»Kommst du?«, fragte ich.

»Das Salz wird unsere Haut austrocknen. Mutter wird es sofort merken.«

Ich stemmte die Hände in die Hüfte und grinste. »Wer als Letzte eine Auster findet, muss heute Abend kochen.« Die Wahrheit war, dass wir es uns schlicht nicht leisten konnten, mit leeren Händen nach Hause zurückzukehren. Nicht, wenn wir nächste Woche noch etwas zu essen haben wollten. Doch es war leichter, so zu tun, als wäre das alles bloß ein Spiel. Ein Spiel, bei dem es nicht um Leben und Tod ging. »Bereit?«

Sie schüttelte den Kopf, löste dabei jedoch bereits die Schnürung ihrer Röcke und zog die Tunika nach unten, damit ihre Oberschenkel bedeckt blieben. »Du bist durch und durch verdorben«, kommentierte sie und sprang dann ins klare Wasser.

Ich tauchte ihr nach, fühlte den Druck in meinen Ohren anschwellen, als ich an Zadie vorbei zum Grund schwamm und dabei die leise Stimme in meinem Kopf ertränkte, die flüsterte: *Ich weiß.*

Mehrere Stunden später rührte ich in einem Kessel über dem Feuer den wässrigen Fischeintopf um, als Samiel unser Haus betrat. Sein Körper glänzte nass vom Meerwasser, weil er herübergeschwommen war. Sami war unser bester Freund und der einzige Junge im Dorf, der es gewagt hatte, mit uns zu spielen, als wir noch Kinder gewesen waren. Unsere Mutter war über alle Grenzen der Vernunft hinaus streng gewesen, und unser Vater war der beste Freund des Gouverneurs. Sami war dem Zorn unserer Mutter jedoch entronnen, weil sein Vater der Gouverneur *war*.

»Sag nicht, dass Zadie vor dir eine Auster gefunden hat«, zog er mich auf. Sami war genauso wettkampflustig wie ich, aber an diesem Tag hatte Zadie eben Glück gehabt. Die Auster lag auf einem kleinen Treibholztischchen, bereits ausgenommen, jedoch leider ohne Perle.

Unsere Hauptwährung, die seltenen rosa Perlen, die man nur in unseren Gewässern fand, waren in letzter Zeit ebenfalls knapp geworden, während der Bedarf nach ihnen in Ilara immer weiter stieg. Aus den Perlen wurde Schmuck für die Reichen und Mächtigen angefertigt, aber man konnte sie auch zu einem Pulver zermahlen und Hautcremes und Schönheitsmittel daraus anfertigen. Die meisten Familien in Varenia besaßen eine kleine Dose mit Heilsalbe aus den Perlen, die jedoch streng für Notfälle aufbewahrt wurde. Die meisten von uns waren ohnehin sehr gesund, da wir so viel Zeit in den Gewässern verbrachten, die diese Perlen überhaupt erst so besonders machten. Nach dem Zwischenfall hatte Mutter die Heilsalbe täglich auf meine Wunde aufgetragen, in der Hoffnung, den Schaden damit so gering wie möglich zu halten. Als sie jedoch begriffen hatte, dass die Narbe nie vollständig verheilen würde, hatte sie damit aufgehört.

Sami ließ einen angelaufenen Messingknopf neben die leere Austernschale auf das Tischchen fallen. »Schau mal, was ich für Zadie habe.«

Tadelnd schnalzte ich mit der Zunge. Dem Gesetz nach war Ilara unser einziger Handelspartner für alles, was das Meer uns nicht geben konnte: Kleidung, Obst und Gemüse, Werkzeuge, Bücher, Fässer voller Frischwasser. Sogar unser Feuerholz stammte aus Ilara. Doch Sami war eben die Ausnahme von der Regel. Er handelte oft heimlich – und verbotenerweise – mit unseren Vettern aus Galeth. Vor über hundert Jahren hatte eine kleine Gruppe Varenianer ihr Leben riskiert, um aufs Festland zu gelangen. Dann waren sie so schnell wie möglich nach Norden geflohen, mitsamt einer Herde gestohlener ilarischer Pferde. Diese Pferde waren zum Grundstein der galethischen Kultur geworden. Unsere Kultur dagegen hatten die Wellen geformt.

»Wellenkinder«, nannten uns die Ilarer, und genauso behandelten sie uns auch. Wie Kinder.

Die Ilarer hatten Zugang zu Ressourcen, von denen wir nur träumen konnten – nicht nur Frischwasser und Nahrungsmittel, sondern auch ausgefeilte Waffen und Tausende von Männern. Manchmal kam es vor, dass ein verzweifelter Varenianer versuchte, Fuß auf ilarisches Land zu setzen, auf der Suche nach einem leichteren Leben weit entfernt von den Launen der See, doch meistens machten die Soldaten, die an der Küste patrouillierten, kurzen Prozess mit diesen Leuten. Möglicherweise kamen ein paar von ihnen davon, aber ein Vergehen gegen das ilarische Recht endete nicht einfach mit dem Tod des Abtrünnigen – Ilara konnte unser Volk ohne große Mühe einfach ausrotten. Das machten sie stets deutlich, wenn sie es mit uns zu tun hatten.

Mit gespielter Gleichgültigkeit stupste ich den Knopf an, obwohl mich in Wahrheit alles faszinierte, was vom Festland stammte. »Und was soll Zadie mit einem Knopf anfangen? Soll sie sich damit die Hosen zuknöpfen, die sie nicht trägt?«

»Ich mache ihr einen Mantel, den sie mitnehmen kann, wenn sie geht. Sie wird in Ilara frieren.«

Sami wusste genauso gut wie ich, dass bei der Zeremonie Zadie ausgewählt werden würde. Für ihn war es in gewisser Hinsicht genauso schwer wie für mich, weil auch er sie liebte. Das hatte er immer schon. Ich vermutete, dass Zadie seine Liebe erwiderte, aber sie wussten beide, dass sie eines Tages fortgehen und den Prinzen heiraten würde, also konnte ihre Beziehung nie mehr als Freundschaft sein.

»Das ist sehr fürsorglich von dir«, sagte ich. »Aber du solltest wirklich nicht mit den Galethern handeln. Wenn sie dich erwischen, hängen sie dich auf.«

»Dann sollte ich mich wohl nicht erwischen lassen.« Er lächelte und seine Zähne schimmerten muschelweiß im Kontrast zu seiner gebräunten Haut. Jungen trugen nicht dieselbe Last wie varenianische Mädchen, zumindest nicht, wenn es um Narben und Sonnenbrände ging. Immerhin mussten sie für ihre Familien sorgen, was immer schwerer wurde. Letztes Jahr noch hatten zwei Perlen ausgereicht, um eine Familie einen Monat lang zu ernähren. Inzwischen waren es schon doppelt so viele, und irgendwie wurde die Qualität der Produkte, die Ilara dafür lieferte, trotzdem zusehends schlechter. Ich hatte schon vor langer Zeit gelernt, keine Fragen zu stellen, wenn es um unsere Handelsbeziehung zu Ilara ging – es war die Aufgabe der Ältesten, sich um solche Dinge Gedanken zu machen, nicht meine. Wenn es nach meiner Mutter ging, gab es ohnehin weit wichtigere Dinge, um die ich mich sorgen musste, wie der Glanz meines Haars oder die Länge meiner Wimpern.

Was mich jedoch nie davon abgehalten hatte, über die Welt jenseits von Varenia nachzudenken.

»Irgendwelche Neuigkeiten aus Galeth?«, fragte ich.

»Es gibt Gerüchte über einen Aufstand im Süden von Ilara.«

»Das ist aber nichts Neues.«

Er schüttelte den Kopf. »Es wird schlimmer. König Xyrus weigert sich, die Flüchtlinge nach Norden durchziehen zu lassen, obwohl die Galether sie mit offenen Armen empfangen würden.«

»Jeder Mann, der ihre Armee stärker macht, ist ihnen willkommen.«

»Es ist nicht nur das. Die Galether waren selbst einmal Flüchtlinge.«

Ich drehte den Knopf zwischen den Fingern. Eine kleine Blume mit vielen Blütenblättern war darauf eingraviert. Ich hatte schon von Rosen gehört, aber gesehen hatte ich noch nie eine. Ich versuchte, mir eine Welt vorzustellen, in der etwas so Kleines wie ein Knopf ein solches Kunsthandwerk wert war.

»Er ist schön«, sagte ich und ließ den Knopf in die leere Austernschale fallen. »Genau wie Zadie.«

Sami legte mir die Hand auf die Schulter und ich schmiegte meine Wange dagegen. »Was sollen wir ohne sie tun?«, flüsterte ich.

Darauf folgte kurze Stille, dann ein Hüsteln. »Ich schätze mal, wir werden eben einander heiraten müssen.«

Ich gab ihm mit dem Kochlöffel, den ich immer noch festhielt, einen Klaps auf die Fingerknöchel, woraufhin er schnell die Hand zurückzog. »Ich würde dich nicht mal heiraten, wenn du der letzte Mann in Varenia wärst.«

Mit gespielter Entrüstung legte er sich die Hand auf die Brust. »Und warum nicht?«

»Weil du mein bester Freund bist. Und was noch schlimmer ist, du bist der zukünftige Gouverneur.«

»Stimmt. Du würdest wirklich eine grässliche Gouverneursgattin abgeben.« Er schnappte sich eine getrocknete Dattel vom Tisch und sprang aus meiner Reichweite.

»Wenn du das noch mal machst, dann schwöre ich, dass ich dich auf gar keinen Fall heirate. Dann bliebt dir nur noch Alys.«

Er zog eine Grimasse. »Stell dir mal unsere kleinen haifischzähnigen Kinder vor. Meine Mutter wäre untröstlich.«

Zadie erschien in der Tür, ihre Miene wirkte streng. »Ihr seid *beide* boshaft, wisst ihr das? Alys ist freundlich und treu. Du könntest dich glücklich schätzen, wenn du sie bekommst.«

»Du hast recht«, sagte ich und schämte mich. Ich wusste schließlich besser als die meisten anderen, wie es war, wenn man nur nach der äußeren Erscheinung beurteilt wurde.

Zadie wrang ihr nasses Haar aus und ließ das Frischwasser ihres Bads in den Eimer tropfen, in dem wir unser Geschirr abspülten. Zadie schlief auf Mutters Geheiß nie mit Meerwasser im Haar, obwohl das Frischwasser aus Ilara teuer und eigentlich zum Kochen und Trinken bestimmt war.

»Würde ein boshafter Mann dir das hier schenken?«, fragte Sami und bot ihr den Messingknopf in der Austernschale dar.

Sie schnappte nach Luft, dann verschränkte sie die Arme vor der Brust. »Vermutlich schon, weil ein ehrlicher Mann an so etwas gar nicht herankommen würde.«

Er warf mir über die Schulter einen Blick zu und trat dann näher an Zadie heran. »Er gefällt dir doch, oder? Bitte sag, dass er dir gefällt. Ich wollte dir einen Mantel machen, den du mit nach Ilara nehmen kannst. In den Bergen ist es kalt.«

»Du weißt doch noch gar nicht, ob ich gehe«, sagte sie, aber ihre Haltung wurde weicher. »Außerdem, wo willst du denn den Stoff für einen Mantel herbekommen?«

»Ein ehrlicher Mann würde niemals seine Quellen preisgeben.«

»Ein ehrlicher Mann hätte überhaupt keine Quellen.«

Ich tat so, als würde ich den Eintopf umrühren – selbst so verwässert reichte es kaum für uns vier –, während ich die beiden aus dem Augenwinkel beobachtete. Ich war erleichtert, dass Zadie ihm nicht vorgeworfen hatte, er würde Geld verschwenden, das man auch für Essen hätte ausgeben können, aber sie sollten lieber Abstand zwischen sich bringen, wenn sie wussten, was gut für sie war. Wäre da nicht meine Narbe, dann wäre ich es vielleicht gewesen, die nach Ilara ging. Dann könnten Sami und Zadie heiraten, wenn sie das wollten, und ich würde mehr zu sehen bekommen als eine Rose auf einem dummen Messingknopf für ein anderes Mädchen.

Vielleicht in einem anderen Leben, dachte ich bitter. Aber nicht in diesem.

»Was duftet denn hier so fantastisch?«, fragte Vater und betrat nun ebenfalls das Haus, woraufhin Sami hastig von Zadie zurückstolperte. Vater war gerade vom Fischen in tieferen Gewässern zurückgekommen, das verrieten die Salzkruste auf seiner Stirn und seine windgepeitschten Wangen.

»Das Gleiche, was wir jeden Abend essen«, antwortete ich. »Außer, du hast heute etwas gefangen?«

Er schüttelte knapp und traurig den Kopf und mein Magen gab ein Knurren von sich. Ich schlug mit dem Kochlöffel gegen den Kessel, um es zu übertönen. »Kein Problem, Vater. Das letzte Mal hat es eine Woche lang im Haus gestunken, nachdem Zadie Fisch gebraten hat.«

Sami lachte, und Zadie tat so, als wäre sie empört, und stieß Sami sanft beiseite. Sogar mein Vater erlaubte sich ein kleines Lächeln über meinen Versuch, die Stimmung aufzuhellen.

Meine Eltern hatten längst bemerkt, wie sich Zadie und Sami in der Gegenwart des jeweils anderen verhielten – tatsächlich war es nicht zu ignorieren –, aber Vater war etwas toleranter als Mutter, die nicht wollte, dass irgendetwas Zadie von ihrem ausschließlichen Daseinszweck ablenkte: nämlich Königin zu werden. Ein Schicksal, das Mutter selbst verwehrt geblieben war. Vor zwanzig Jahren war diese Ehre einer anderen jungen Frau zuteilgeworden, und Mutter würde nicht zulassen, dass sich die Geschichte wiederholte. Ich war ihr Notfallplan, aber im Laufe der vergangenen ein, zwei Jahre, als immer offensichtlicher geworden war, dass Zadie bis zur Zeremonie unbeschadet bleiben würde, hatte sie ihre Aufmerksamkeit mehr und mehr auf meine arme Schwester gerichtet.

Vater räusperte sich und wandte sich an Sami, der rasch den Knopf hinter seinem Rücken versteckte. »Ich glaube, dein Vater sucht dich. Irgendetwas, weil du vorhin nicht da warst, obwohl du eine Ladung Feuerholz an deine Tanten liefern solltest?« Er hob eine Braue, aber ich hörte die Belustigung in seiner Stimme.

»Ja, natürlich. Ich wollte gerade gehen.« Sami drehte sich zu Zadie um und gab erst ihr, dann mir einen Kuss auf die Wange. »Wir sehen uns morgen.«

»Nicht morgen«, rief mein Vater ihm in Erinnerung. »Da bereiten sich die Mädchen auf die Zeremonie vor, schon vergessen?«

Eigentlich war er kein sonderlich Furcht einflößender Mann, jedenfalls nicht in meinen Augen, aber Sami errötete. »Natürlich. Dann also bei der Zeremonie.«

Ich wünschte mir, Vater würde gehen und Sami die Möglichkeit geben; sich richtig zu verabschieden. Wenn er Zadie das nächste Mal sah, würde sie schon so gut wie verlobt sein, mit dem Prinzen von Ilara.

»Bis dann«, riefen Zadie und ich gleichzeitig, als Sami auf den Balkon hinaustrat, von dem eine Strickleiter ins Wasser hinabhing. Unser Haus war wie alle Häuser Varenias aus dem Holz eines Schiffswracks erbaut. Alle paar Jahre strichen wir es orangerosa an, eine Farbe, die Mutter gefiel und die vom Horizont aus leicht zu sehen war, um uns auch bei Tag sicher nach Hause zu führen, wenn eine Laterne wenig Sinn hätte.

Vater ließ sich auf einen niedrigen Hocker aus Treibholz sinken. »Wie ich sehe, kocht Nor heute. Heißt das, Zadie hat die Auster gefunden?« Er deutete auf den glänzenden grauen Fleischklumpen, der in einer unserer gesprungenen Porzellanschalen lag. Einige unserer Besitztümer stammten aus dem Handel, aber andere waren aus Schiffswracks geborgen worden. Mutter fragte nie, wie ich zu solchen Dingen kam, besonders nicht, wenn ich etwas fand, das ihrer Eitelkeit schmeichelte, wie einen Handspiegel oder einen Kamm aus Schildkrötenpanzer.

Zadie und ich tauschten einen Blick. Wenn wir zugaben, dass Zadie die Auster gefunden hatte, dann verrieten wir damit auch, dass sie heute Mutters Anweisung nicht befolgt hatte und geschwommen war. Sie zählte auf den beeindruckenden Brautpreis, den der Prinz der Familie des auserwählten Mädchens zukommen lassen würde, aber bis dahin mussten wir irgendetwas essen. Wer wusste schon, wie viele Austern es morgen geben würde? Oder nächste Woche? Sami hatte gehört, wie sich sein Vater nachts in gedämpftem Tonfall mit den Ältesten besprochen hatte, weshalb wir wussten, dass die Dinge schlimmer standen, als es unsere Eltern zugaben.

»Ich habe sie gefunden«, antwortete ich. »Aber ich habe mit Zadie gewettet, dass eine Perle drin ist, und da war keine.«

»Wie schade. Na ja, solange *ich* die Auster essen kann, ist es mir eigentlich egal, wer sie gefunden hat.« Vater zwinkerte Zadie zu, als sie ihm die Schüssel reichte. »Ihr seid gute Mädchen, alle beide.«

Während er den Kopf in den Nacken legte und sich die Auster in den Mund gleiten ließ, stellten Zadie und ich uns zu ihm. »Ich werde diejenige von euch, die mir weggenommen wird, sehr vermissen«, sagte er. »Aber ich habe immer gewusst, dass dieser Tag kommen würde. Das hat man davon, wenn man das schönste Mädchen in Varenia heiratet.«

Mutter trat vom Balkon ins Haus und flocht sich dabei ihr frisch gewaschenes Haar zu einem Zopf. Sie war nie so tief getaucht, dass ihre Trommelfelle geplatzt waren – etwas, das viele der älteren Dorfbewohner getan hatten, um besser mit dem Druck zurechtzukommen –, und sie hatte eines der schärfsten Paar Ohren im ganzen Dorf. Nur wenige Fältchen zupften an ihren Augenwinkeln und ihren Lippen, das Ergebnis, wenn man stets einen Sonnenhut trug (und fast nie lächelte).

»Unsere Schönheit ist ein Zeichen der Gunst, die Thalos unserer Familie gewährt hat«, sagte sie und sah aus dem Fenster hinaus auf die dunkler werdenden Wellen, so als würde der Meeresgott selbst zusehen. Plötzlich schoss eine Gischtfontäne durch die Ritzen der Bodenbretter unseres Hauses und Mutters Blick blitzte zufrieden auf.

»Wir werden ihn mit unserem Opfer ehren«, fügte Vater hinzu.

Hinter seinem Rücken drückte ich Zadies Hand und wünschte mir, die Sonne würde niemals untergehen. Das Meer schenkte einem nichts, ohne eine Gegenleistung dafür zu erwarten, so sagte man, und Thalos war ein hungriger Gott.

2

Die nächsten beiden Tage verbrachten wir in dem großen gelben Versammlungshaus mit den anderen Mädchen im heiratsfähigen Alter. Persönlich hielt ich es für dumm, volle zwei Tage damit zu verbringen, uns auf die Zeremonie vorzubereiten, wo sich doch einige von uns schon ihr ganzes Leben lang darauf vorbereiteten. Die Ältesten hatten jeder und jede für sich ihr Urteil längst gefällt, und für die meisten von uns würde es keinen Unterschied mehr machen, wie sehr wir uns herausputzten und hübsch machten. Mir wäre es lieber gewesen, diese Zeit allein mit Zadie zu verbringen, da ich wusste, dass sie mich bald verlassen würde. Doch es war nun mal Tradition und in Varenia gehörten Traditionen ebenso zu unserer Welt wie das Meer.

Die Stimmung im Haus war lebhaft, fast schon albern, als wären wir alle Kinder, die sich auf ein Fest freuten. Das Trällern vieler weiblicher Stimmen lag in der Luft, hier und da durchsetzt von Gelächter. Keine von uns war alt genug, um sich an die letzte Zeremonie zu erinnern, aber ein paar der Mütter, darunter auch meine eigene, waren ebenfalls anwesend, um auf uns aufzupassen und uns Geschichten zu erzählen, während wir fasteten und in Frischwasser badeten, das man eigentlich hätte trinken sollen. Zadie und ich rieben uns gegenseitig parfümiertes Öl in die Haut und flochten unser Haar zu komplizierten Frisuren, nur um die Zöpfe dann wieder zu lösen und noch einmal von vorn zu beginnen. So füllten wir die langen Stunden.

Ich sah mich nach den anderen Mädchen um. Mit den meisten von ihnen verband uns eine freundliche Bekanntschaft. In einem so kleinen und isolierten Dorf wie unserem gab es keine fremden Gesichter, obwohl unsere überfürsorgliche Mutter alles in ihrer Macht Stehende getan hatte, um uns von den anderen Mädchen in unserem Alter fernzuhalten. Abends hatte sie uns oft Geschichten von Sabotage unter den jungen Frauen erzählt, die im richtigen Alter waren, um an der Zeremonie teilnehmen zu können: mitten in der Nacht abgeschnittene Zöpfe, Seenesseln auf unversehrter Haut, sogar Verbrennungen mit heißem Öl.

Jungen mochten körperlich zwar stärker sein, so sagte Mutter, aber Mädchen waren doppelt so boshaft. Mir war nie irgendein Verhalten aufgefallen, das ihre Behauptung gestützt hätte, allerdings hatte ich auch nie genug Zeit in der Gegenwart der anderen Mädchen verbracht, um mit Mutter darüber streiten zu können. Da ich immer Zadie und Sami bei mir gehabt hatte, war ich nie einsam gewesen, doch ich hätte gern die Gelegenheit bekommen, weitere Freundschaften zu schließen.

Als die Sonne schließlich hinter dem Horizont verschwand, breiteten sich Spannung und Nervosität aus. Die Favoritinnen Zadie und Alys wurden von ihren Freundinnen umringt, die ihrer Heldin huldigten und das andere Mädchen mit gewisperten Beleidigungen überhäuften.

»Wenn Alys in den vergangenen siebzehn Jahren nie den

Mund aufgemacht hätte, dann hätte sie vielleicht eine Chance«, murmelte ein blondes Mädchen namens Minika. »Ihr Pech ist nur, dass sie geschwätzig wie eine Möwe ist.«

Ich warf Alys einen entschuldigenden Blick zu, die in Wahrheit nur einen einzigen leicht schief stehenden Zahn hatte. Ihre Mutter hatte versucht, ihn mit einer Angelschnur aus Pferdehaar zu richten, aber das Ergebnis war höchstens eine minimale Verbesserung. Trotzdem war sie mit ihrem kastanienbraunen Haar und ihren grünen Augen unbestreitbar schön. Genau wie Ginia mit ihrer Bronzehaut und ihren schwarzen Kringellocken, und Lunella, deren große blaue Augen und zarte Gesichtszüge der Stolz ihrer ganzen Familie waren. Wie sich die Ältesten zwischen ihnen entscheiden sollten, war mir ein Rätsel. Als müsste man die schönste Muschel auswählen.

Zadie versetzte Minika einen tadelnden Blick, während sie mein Haar zum hoffentlich letzten Mal flocht. Meine Kopfhaut juckte und brannte schon. »Das reicht, Mädchen. Alys ist eine Freundin und perfekt, so wie sie ist. Wenn sie auserwählt wird, um nach Ilara zu gehen, dann werde ich zu Thalos beten, dass er sie sicher ans Ufer bringen wird, genau wie ihr alle.«

»Du bist zu gutherzig«, sagte Lunella. »Weich und anschmiegsam wie ein Tintenfisch. Wenn du nicht aufpasst, verspeist dich der Prinz zum Abendessen.«

Zadie errötete und schob sich eine Haarsträhne hinters Ohr.

»Wie ist der Prinz wohl so, was glaubt ihr?«, fragte ich in die Runde, in der Hoffnung, die Aufmerksamkeit von meiner Schwester abzulenken. »Wir erfahren so wenig über die Ilarer, obwohl sie offenbar alles über uns wissen.«

»Zum Beispiel, wie schön unsere Frauen sind«, antwortete Minika.

Mutter saß in der Mitte des Raums auf einem der bunten Kissen, die den gesamten Boden bedeckten. Das Haus war kaum groß genug, um dreißig Mädchen und Frauen zu beherbergen, ganz zu schweigen von ihren Kleidern und Schönheitsmitteln. »Es ist mehr als das«, warf sie ein. »Wie ihr alle genau wisst.«

Wir wussten es wirklich alle. Die Geschichte unseres Volkes durchwob unsere Kindheit wie Muschelseidenfäden, so zart, dass man kaum sagen konnte, wo das eine aufhörte und das andere begann. Trotzdem scharten wir uns nun alle um Mutter, als sie begann, die Legende zu erzählen. Es schien nur passend zu sein, dass wir die Sage an diesem Abend hörten. An dem Abend, bevor sich meine Welt für immer verändern würde.

»Vor vielen Jahren, in einem Königinnenreich, dessen Name an die Zeit verloren ging, lebte eine weise und mächtige Herrscherin. Sie gebar eine Tochter und nannte sie Ilara, nach der Göttin des Himmels. Ilaras Lächeln war strahlend wie der Mond, ihr Haar war dunkel und schimmerte wie die Nacht. Man sagte, ihr Lachen würde die Sterne heller leuchten lassen. Ihr Volk liebte sie und sie liebte ihr Volk. Im Sommer des Jahres, in dem die Prinzessin sechzehn wurde, reiste sie mit ihrer Familie an die Küste. Sie besuchte rauschende Feste und begegnete vielen schönen jungen Männern, doch keiner von ihnen war so schön wie Prinz Laef, dessen Reich Kuven weit entfernt auf der anderen Seite der Alathianischen See lag. Nachdem sie sich mehrere Wochen lang heimlich getroffen und gestohlene Küsse getauscht hatten, bat er sie schließlich, ihn zu heiraten. Überglücklich stimmte sie zu. Doch trotz ihrer gegenseitigen Zuneigung verbot Ilaras Mutter die Hochzeit. Kuven war ein kleines und schwaches Reich im Vergleich zu dem der Königin, das sich damals über den gesamten Kontinent erstreckte, und Laefs Vater war ein grausamer Herrscher, der sich viel aus dem Meer holte, aber nie etwas zurückgab. Ilaras Mutter hatte eine viel lohnendere Verbindung mit einem Prinzen aus einem mächtigen Reich im Osten geplant, obwohl behauptet wurde, dieser Prinz sei alt und nicht sonderlich einnehmend. So sehr sie ihre Tochter auch liebte, die Königin konnte für sie nicht ihr Reich gefährden.«

Mehrere Mädchen machten ihrem Unmut Luft.

Mutter runzelte die Stirn. »Ich muss euch doch nicht daran erinnern, wie wichtig es ist, seine Pflicht zu erfüllen, oder?« Ihr Blick ruhte unverwandt auf Zadie, während sie das sagte, obwohl niemand die Last der Verantwortung besser kannte als meine Schwester. Zadie nickte ernst, während ich mich kaum davon abhalten konnte, mit den Augen zu rollen.

»Ilara und Laef kehrten in ihre jeweilige Heimat zurück, doch in der Nacht vor Ilaras Hochzeit versammelten sie beide ihre treuesten Dienstboten um sich und stahlen Schiffe von ihren Eltern. Er war ein unerfahrener Seefahrer, und sie war noch nie auf dem Meer gewesen, aber sie liebten einander zu sehr, um sich trennen zu lassen. Am nächsten Abend trafen sich die Schiffe in der Mitte der Alathianischen See. Mehrere Tage lang blieben sie auf Laefs Schiff, mitten auf dem Ozean, und erfreuten sich aneinander. Am siebten Tag wurden sie getraut. Sie hatten vor, nach Kuven zurückzukehren. Laefs Vater stand der Hochzeit wohlwollend gegenüber, da er sicher war, Ilaras Mutter würde nun einem Bündnis zustimmen müssen, von dem sein Königreich großen Nutzen hätte. Als die Sonne an dem Tag aufging, an dem sie abreisen wollten, tanzte Ilaras Lachen über die Wellen wie ein springender Stein, und der Prinz nahm sie in die Arme und küsste sie. Die Liebenden ahnten nicht, dass Thalos, der Meeresgott, sie beobachtete. Er sah, dass diese beiden Laefs Vater großes Glück bringen würden. Ein Glück, das er nicht verdiente. Als Strafe dafür, dass Laefs Vater dem Meer nie gegeben hatte, was er ihm schuldete, schwor Thalos, sich das zu holen, was für Laef das Kostbarste war: Ilara.«

Ein Schauer lief mir über die wunde Kopfhaut und ich schmiegte mich enger an Zadie.

»Thalos rief gewaltige Wellen herbei, von denen die Schiffe umhergeschleudert wurden wie Treibgut. Die Liebenden umklammerten einander und schworen, dass sie gemeinsam sterben würden, wenn es dazu kommen sollte. Doch Thalos selbst ritt auf dem Kamm einer Welle heran, die sogar den Schiffsmast überragte, und er riss die Prinzessin aus Laefs Armen und zog sie hinab in seine tödliche Umarmung.«

Wir alle blickten durch ein großes Erkerfenster zum Haus von Gouverneur Kristos hinüber, über dem die Galionsfigur von Ilaras verlorenem Schiff emporragte, dessen Bug das Dach des Gebäudes bildete. Es war eine hölzerne Mädchengestalt, die eine Hand über den Kopf hob, so als suchte sie immer noch nach dem Griff ihres Liebsten.

Ich glaubte nicht an diese Geschichte. Zumindest nicht an den Teil über Thalos, den ich mir nicht als körperliches Wesen, sondern eher als den Geist des Meeres vorstellte. Die Vorstellung einer verbotenen Liebe zwischen zwei jungen Menschen, die alles riskierten, um zusammen zu sein, hatte in mir jedoch schon immer etwas zum Klingen gebracht. Einem Fremden aus einem fernen Land zu begegnen, alle Pflicht und Verantwortung zugunsten der Liebe hinter sich zu lassen … Dieser Fantasie wandte ich mich zu, wenn mich die Vorstellung, dass ich den Rest meines langen Lebens in diesem kleinen Dorf würde zubringen müssen, zu überwältigen drohte.

Gemurmel erhob sich unter den Mädchen. Obwohl wir alle die Geschichte kannten, hatte Mutter eine Art, sie zu erzählen, die meine Haut stachelig zu machen schien, wie die leere Hülle eines toten Seeigels.

»Was ist aus Prinz Laef geworden?«, fragte eines der Mädchen.

»Als ihm Ilara aus den Armen gerissen wurde, sprang er ihr nach. Er wurde nie wieder gesehen. Man sagt, dass die erste Blutkoralle dort entsprang, aus den Herzen der beiden Liebenden, die man im Leben getrennt hatte, die im Tod jedoch wieder vereint waren.« Nun sah meine Mutter mich an und ich kämpfte gegen das Prickeln auf meiner Wange an. Die Blutkoralle hatte mir nicht nur meinen Namen gegeben, sondern auch meine Narbe – und sie hatte mich fast das Leben gekostet.

»Und die Dienstboten?«, fragte ein anderes Mädchen.

»Treu bis in den Tod. Sie hatten versprochen, auf den Prinzen und die Prinzessin achtzugeben, und sie weigerten sich, den Ort zu verlassen, an dem sie gestorben waren. Diesen Ort, an dem nun Varenia steht. Sie unterzeichneten ein Dekret und schworen, dass kein Varenianer einen Fuß an Land setzen würde, bis eine neue Kronprinzessin geboren wurde, um die zu ersetzen, die sie verloren hatten.«

»Warum schicken wir ihnen unsere Frauen?«, fragte ich und überraschte mich damit selbst. Diese Frage beschäftigte mich schon seit Jahren, aber ich hatte bisher nie gewagt, sie zu stellen. Nun schien der perfekte Augenblick dafür gekommen zu sein, denn hier konnte mich Mutter nicht ignorieren.

Ihre Augen wurden schmal, während sie mich musterte. »Als Buße dafür, dass sie die Prinzessin verloren hatten, sandten die Dienstboten Geschenke aus dem Meer an Ilaras Mutter, die ihr Königreich zu Ehren ihrer Tochter umbenannt hatte. In den darauffolgenden Jahren fegte eine Seuche über das Land. Tausende starben, und viele der Frauen, die überlebten, blieben unfruchtbar. Bisher war die Monarchie stets durch die Töchter weitergeführt worden, doch dieses Mal hatte die Königin keine anderen Töchter, nur einen kränklichen Sohn. Als die Zeit reif für ihn war, zu heiraten, herrschte ein Mangel an passenden Bräuten. Varenia jedoch, dessen Name, wie ihr alle wisst, ›fruchtbare Wasser‹ bedeutet, blieb von der Seuche verschont. Als das Dorf ein schönes Mädchen mit Perlen und Muschelseide für die Königin entsandte, verliebte sich der ilarische Prinz in sie, und so begann die Tradition der varenianischen Bräute.«

Ich sah zu, wie Mutter Fragen der anderen Mädchen beantwortete, Fragen, deren Antworten wir zwar kannten, die wir aber dennoch stellten. Es war Teil des Rituals. Die Luft im Raum war warm und parfümgetränkt, und jemand öffnete eine Dachluke, um die Meeresbrise und das Mondlicht hereinzulassen, das nun auf Mutters Gesicht und Haar fiel.

Unsere arme Mutter, die immer geglaubt hatte, dass sie bei der letzten Zeremonie hätte ausgewählt werden sollen, die jedoch gegen ein anderes Mädchen verloren hatte. Vater nannte sie immer noch das schönste Mädchen in ganz Varenia und sagte, dass er dankbar dafür war, wie dumm die Ältesten damals gewesen waren, denn sonst hätte er sie an den König verloren. Doch Mutters Zorn war zu groß, um sich von den zärtlichen Worten unseres liebenden Vaters besänftigen zu lassen. Nichts konnte diesen Zorn lindern, bis auf Zadies Erwählung bei der Zeremonie am morgigen Tag. Manchmal fragte ich mich, ob vielleicht auch das nicht genug sein würde.

Spät an diesem Abend wälzten Zadie und ich uns auf unseren Kissen von einer Seite auf die andere, genau wie alle anderen Mädchen im Raum. Es war zu warm und zu stickig, und es hing zu viel von der nahenden Zeremonie ab, um schlafen zu können. Das unablässige Plätschern der Wellen, die an den Säulen des Gebäudes leckten, zerrte an meinen Nerven, obwohl mich dieser Klang normalerweise in den Schlaf lullte.

Zadies Atem strich warm über meine Haut, als sie flüsterte: »Kann ich dir etwas sagen? Etwas, das ich noch nie jemandem verraten habe?«

Ich drehte mich zu ihr herum, und mein Herz schlug ein wenig schneller bei der Vorstellung, dass sie ein Geheimnis hatte. Ich verriet ihr alles. Immer schon. »Natürlich.«

»Ich hoffe, dass sie morgen Alys wählen.«

Scharf sog ich den Atem ein. »Was? Warum? Ich dachte, das ist es, was du willst.«

Zadies Gesichtszüge blieben in der Dunkelheit verborgen, doch ich konnte mir ihre zart gefurchte Stirn vorstellen. »Ich will hierbleiben, bei dir. Ich will Sami heiraten. Ich liebe ihn, Nor.«

Etwas Kaltes wand sich in meinem Magen, glitschig wie ein Aal. Natürlich wollte ich, dass Zadie blieb, ich wollte, dass Sami und sie zusammen sein konnten. Trotzdem fragte ich mich unwillkürlich, welche Rolle mir dann noch in Zadies Leben bliebe, wenn ihr Wunsch wahr wurde. »Ich weiß.«

»Glaubst du, dass sie Alys wählen? Sie *ist* schön und umsichtig und fürsorglich. Solche Dinge sind doch sicher wichtiger als ein schiefer Zahn, sogar in Varenia.«

»Möglich ist es«, sagte ich. »Aber möchtest du denn keine Prinzessin sein? Möchtest du nicht die Welt sehen? Es ist doch nichts schlimmer, als für immer hierzubleiben.«

»Varenia ist mein Zuhause. Du und Samiel seid mein Zuhause. Was könnte mir die Welt noch mehr zu bieten haben?«

Rosen, dachte ich. Und Pferde und Schlösser und sicher noch alles Mögliche, von dem ich bisher nicht einmal zu träumen gewagt hatte. Was hatte die Welt *nicht* zu bieten?

»Würdest du wirklich gehen wollen, wenn sie dich wählen?«, fragte sie.

»Ja«, antwortete ich, ohne zu zögern. Nur wussten wir beide, dass es nicht so kommen würde. »Was wist du tun, wenn sie morgen dich wählen?«

Sie blinzelte und ihre Augen schimmerten im Mondschein. »Ich werde gehen. Aber es wird nur mein Körper sein, der geht, sonst nichts. Samiel gehört mein Herz, und dir, liebste Schwester, meine Seele.«

Der Tag vor der Zeremonie brach klar und strahlend an und er brachte sowohl Erleichterung als auch Angst mit sich. Ich musste aus diesem Haus heraus. Ich musste wieder Luft atmen, die ich nicht mit neunundzwanzig anderen Mädchen und Frauen geteilt hatte. Doch Zadie neben mir zitterte wie eine Feder im Wind, als wir auf den langen Steg hinaustraten, der das Versammlungshaus mit dem des Gouverneurs verband.

Alle Mädchen hatten ihre von der Sonne ausgebleichten Tuniken und die salzfleckigen Röcke zurückgelassen und sich richtige Kleider angezogen, von denen viele bereits seit Generationen in den Familien weitergereicht wurden. Zadie stach hervor in einem brandneuen Seidenkleid, das genauso rosa war wie die sieben Perlen, die Mutter dafür eingetauscht hatte. Ein Wert von Vorräten und Nahrung für fast zwei Monate.

Zu Vaters Gunsten musste gesagt werden, dass er wenigstens versucht hatte, mit ihr zu sprechen. »Zadie wird mit Sicherheit erwählt, selbst wenn sie in dem Jutesack zur Zeremonie geht, in dem unser Getreide angeliefert wird«, hatte er argumentiert.

Doch Mutter hatte nicht auf ihn gehört und Zadie das Kleid gereicht. »Rosa für meine Perle«, hatte sie gesagt, sich dann an mich gewandt und mir ihr eigenes altes Zeremonienkleid präsentiert, das früher einmal weiß gewesen war. »Und Rot für dich, Nor. Die Farbe der Koralle, nach der du benannt wurdest.«

Blut. Das war das Wort, das sie nicht aussprach. Das frisch gefärbte Batistkleid sah aus, als hätte man es darin getränkt.

Das Wasser um den Steg herum war voller Boote, in denen sich für die Zeremonie ganze Familien versammelt hatten. Einige von ihnen lagen bedenklich tief im Wasser und drohten zu sinken, wenn sich auch nur ein Kleinkind plötzlich entschied, die Position zu wechseln, was Kleinkinder schließlich dauernd taten.

Sami stand neben seinem Vater Gouverneur Kristos auf der Schwelle des Hauses, das in einem dunklen Orangeton gestrichen war. Die Galionsfigur warf ihren Schatten über sie und starrte mit leerem Blick aufs Meer hinaus. Sami und ich tauschten einen kurzen Blick und seine Kiefermuskeln spannten sich, bevor er den Kopf senkte und wieder auf seine Füße starrte.

»Ihr guten Leute von Varenia«, begann Gouverneur Kristos. Er war ein großer Mann mit breiten Schultern und einem dichten braunen, mit Silberfäden durchwirkten Bart. »Von seinen bescheidenen Anfängen an war unser Dorf vom Meer gesegnet. Es nährt und schützt uns nicht nur, es macht uns auch stark und kraftvoll. Unsere älteste Dorfbewohnerin hat, wie ihr wisst, gerade ihren hundertfünfzigsten Geburtstag gefeiert.«

Hunderte von Köpfen wandten sich einem Boot dicht neben dem Steg zu, wo die Alte Mutter Agathe saß, umgeben von ihren sieben ebenfalls bereits betagten Kindern und zahllosen Enkeln und Urenkeln. Wir alle verneigten uns respektvoll.

»Nun ist die Zeit gekommen, eine unserer Töchter nach Ilara zu schicken, wo sie eines Tages Königin werden wird. Es ist ein Verlust für uns alle, aber auch eine große Ehre, und wir erfüllen sie nicht aus Notwenigkeit, sondern aus Großzügigkeit.«

Fast hätte ich ein zynisches Schnauben ausgestoßen bei diesen Worten, aber es gelang mir gerade noch, mich zu beherrschen. Nein, *notwendig* war es nicht, solange es uns egal war, wenn man uns dann von der Nahrungsmittel- und Wasserversorgung abschnitt. Ich wusste nicht, wann sich die varenianische Tradition, Perlen und Frauen nach Ilara zu bringen, von einer Buße in eine Strafe verwandelt hatte, wann aus dem Schwur, nie wieder einen Fuß auf festes Land zu setzen, ein Gesetz geworden war, auf dessen Bruch die Todesstrafe stand – aber ich wusste, dass ich längst an Land gerudert wäre, wenn ich in diesem Punkt irgendeine Wahl gehabt hätte.

Der Gouverneur schritt den Steg entlang auf uns Mädchen zu, die wir aufgereiht wie Perlen an einer Schnur dort standen. »Die Ältesten haben sich bis tief in die Nacht hinein beraten und über diese wichtigste aller Entscheidungen nachgedacht.«

Aus dem Augenwinkel sah ich zu den Ältesten hinüber. Sie saßen auf Stühlen vor dem Haus des Gouverneurs. Eine Gruppe aus dreizehn Männern und Frauen, die allesamt bemerkenswert aufmerksam und wach wirkten, wenn man bedachte, dass keiner von ihnen weniger als hundert Jahre alt war.

»Älteste Nemea, würdest du gern eure Entscheidung verkünden?«, fragte der Gouverneur an die Frau in der Mitte gewandt. Ihr Zopf, weiß wie Wellenschaum, hing ihr bis zu den Knien, und ihre ausgebleichten Röcke schleiften hinter ihr her, als sie langsam den Steg entlangging. Alys stand dem Gouverneurshaus am nächsten, und ich spürte das kollektive Atemholen, als die Älteste auf sie zukam.

Doch sie blieb nicht stehen, und irgendwo hinter mir ertönte ein Keuchen, gefolgt von einem unterdrückten Schluchzen. Das musste Alys' Mutter sein, eine Frau, die fast genauso ehrgeizig war wie unsere eigene Mutter. Als wir nicht länger kleine Mädchen gewesen waren und allmählich zu jungen Frauen wurden, hatte Mutter verboten, dass wir uns mit Alys trafen, was mich immer traurig gemacht hatte. Denn wenn es jemanden in Varenia gab, der verstand, wie unser Leben war, dann Alys.

Zadie stand zu meiner Linken und die Älteste Nemea näherte sich von rechts. Ich hielt den Blick gesenkt, wie es in der Gegenwart der Ältesten angemessen war. Nemeas abgetragene Schuhe kamen in Sicht, und einen Moment lang fragte ich mich, ob irgendeine Chance darauf bestand, dass sie vor mir stehen blieb. Es war ein dummer – und sehr flüchtiger – Gedanke, denn schon eine Sekunde später blieb sie stehen, genau vor Zadie.

Es wäre wohl nur eine Schwester in der Lage gewesen, die subtile Beschleunigung von Zadies Atem wahrzunehmen. Ich konnte nicht anders: Ich hob den Blick. Die Älteste Nemea hatte den Arm gehoben und Zadie ihre knorrige Hand auf die Schulter gelegt. Ich suchte die Menge nach Mutter und Vater ab, deren Boot weit vorn in der Menge lag. Mutters Blick war fest auf Zadie gerichtet, und sie versuchte nicht einmal, das breite Lächeln auf ihrem Gesicht zu verbergen.

»Zadie«, begann die Älteste Nemea. »In einer Woche wirst du nach Ilara aufbrechen, um Prinz Ceren zu heiraten. Du hast deiner Familie und ganz Varenia Ehre gebracht.«

Zadie neigte den Kopf, als Gouverneur Kristos vortrat und ihr einen Kranz aus seltenen weißen Meerblumen aufsetzte wie eine Krone, ein Symbol für die echte Krone, die sie schon sehr bald tragen würde. Sanft küsste er sie auf die Wangen. »Mein liebes Mädchen, du wirst uns fehlen«, flüsterte er, sodass nur Zadie und ich ihn hören konnten.

»Und ihr mir«, antwortete sie.

Er wandte sich von Zadie ab und der Menschenmenge zu. »Die Ältesten haben gewählt!«, rief er laut. »Und nun lasst uns feiern!«

Jubelrufe erhoben sich, und ich musste die Hände zu Fäusten ballen, um nicht nach meiner Schwester zu greifen. Als ich Sami ansah, erkannte ich, dass auch er die Fäuste ballte.

Eine Woche war alles, was uns noch blieb. Danach würden wir Zadie nie wiedersehen.

3

Während die übrigen Dorfbewohner Krüge mit Wein öffneten und unsere Eltern mit Glückwünschen überschütteten, zog ich mich in unser Familienboot zurück, das unter dem Haus des Gouverneurs lag. Ich sagte mir, dass meine Trauer einzig und allein meiner Schwester galt, aber ein kleiner Teil beweinte auch meinen eigenen Verlust. Ich würde nicht nur den Rest meines Lebens in Varenia verbringen, ich würde es auch ohne Zadie tun müssen.

»Nor?« Als ich aufblickte, sah ich Sami, der die Leiter seines Hauses herabstieg. »Macht es dir etwas aus, wenn ich mich zu dir setze?«, fragte er. »Mir ist nicht nach Feiern.«

Wieder brach ich in Tränen aus, als er sich neben mir ins Boot fallen ließ.

»Ach, Nor. Bitte nicht weinen.« Er nahm mich in die Arme und hielt mich fest, während ich die Tränenflut einzudämmen versuchte. Einer alten Legende nach waren die Perlen die Tränen der Götter, aber wir Sterbliche weinten nur Salzwasser, und davon gab es hier schon mehr als genug.

Sami strich mir das Haar aus dem Gesicht. »Es ist das Beste für Zadie und für deine Familie.«

Fassungslos sah ich auf. »Was?«

»Es ist eine Ehre, Nor. Die höchste Ehre von allen.«

»Das ist eine Lüge und das weißt du genau. Wenn es eine solche Ehre ist, warum suchen sich die Ilarer dann nicht jemanden aus ihrem eigenen Königreich? Wenn wir so besonders sind, warum dürfen wir anderen dann kein Land betreten?«

»Nor ...«

Ich stieß ihn weg und setzte mich auf die zweite Bank des Bootes. »Sie liebt dich, Sami. Das hat sie mir gestern Nacht gesagt. Und jetzt muss sie uns verlassen und einen Prinzen heiraten, der sie niemals glücklich machen wird.«

Nun war er es, der fassungslos wirkte. »Sie liebt mich?«

»Ja.« Mit dem Handrücken wischte ich mir die Tränen ab. »Sie hat gesagt, sie will nicht gehen. Sie möchte hierbleiben und dich heiraten.«

Reglos saß Sami da, eine ganze Weile lang.

»Sag doch was«, bat ich ihn schließlich. »Was denkst du gerade?«

»Sie liebt mich.«

»Ist das denn wirklich so schwer zu glauben?«

»Ja!« Er fuhr sich mit den Fingern durchs Haar, hielt dann jedoch inne, als ihm offenbar wieder einfiel, dass er an diesem Tag würdevoll aussehen sollte. »Ich habe immer *gehofft*, dass sie mich liebt, und manchmal hatte ich den Eindruck, dass sie Gefühle für mich hat, aber jedes Mal, wenn ich versucht habe, ihr näherzukommen, hat sich mich weggestoßen. Ich dachte, sie wollte nach Ilara gehen. Ich dachte, das würde jedes Mädchen wollen.«

»Glaub mir, das habe ich auch gedacht.«

Er schüttelte den Kopf und senkte den Blick. »Unsere Väter haben miteinander gesprochen.«

Ich zupfte an einem losen Faden meines Kleids. »Das machen sie doch immer.«

»Nein, dieses Mal ist es anders. Mein Vater hat mir heute gesagt, dass du und ich …«

Ich ließ die Hände sinken. »Dass wir was?«

Widerstrebend hob er den Blick und sah mich an. »Dass wir heiraten sollen.«

Das Gesagte hing zwischen uns in der Luft wie eine schwere Sturmwolke.

»Heiraten«, wiederholte ich.

»Sobald wir achtzehn sind. Unsere Väter haben das immer schon gewollt, glaube ich. Unsere Familien vereinen. Sie waren wie Brüder füreinander und jetzt werden sie wirklich zu Brüdern.«

»Aber wir können nicht heiraten«, platzte ich heraus. »Wir lieben einander nicht.«

Er stieß einen ungeduldigen Laut aus. »Liebe ist keine Grundvoraussetzung für eine Ehe, Nor. Glaubst du, dass deine Schwester Prinz Ceren lieben wird?« Er spuckte den Namen aus wie einen bitteren Kern.

»Meine Eltern haben aus Liebe geheiratet, genau wie deine. Wenn wir mit ihnen sprechen und ihnen sagen, was Zadie mir letzte Nacht gesagt hat, vielleicht ändern sie dann ihre Meinung.«

Doch Sami wirkte resigniert. »Diese Entscheidung haben die Ältesten getroffen, nicht unsere Eltern. Es ist nur zufällig dasselbe, was auch sie wollen.«

Ich war zu schockiert, um noch zu weinen. Ich hatte nicht gewusst, wie mein Leben ohne Zadie sein würde, aber *das* hatte ich nicht erwartet.

Das Boot schaukelte heftig, als Sami zu mir kam und sich

neben mich setzte. »Es könnte schlimmer sein«, sagte er weich. »Sie hätten mich auch mit Alys zusammentun können und dich mit wer weiß wem. Wäre dir das lieber?«

Ich ballte die Hände um meine Röcke zu Fäusten. »Nein, natürlich nicht. Im Moment ist es einfach zu viel. Ich kann es nicht begreifen.«

»Zumindest bist du versorgt. Und wenn ich erst Gouverneur bin, dann werde ich mich gegen die Ilara behaupten. Anders als mein schwacher Vater.«

Ich warf ihm einen raschen Blick zu. »Vorsicht, Sami. Dein Vater ist sicher nicht zu schwach, um dich zu häuten wie eine Seeschlage, wenn er dich so reden hört.«

Er legte mir den Arm um die Schultern, und da wusste ich, warum wir niemals heiraten konnten: weil er Zadie fast ehrfürchtig berührte, als wäre sie so zerbrechlich wie ein Vogelei. Mich dagegen berührte er wie eine Schwester. Es war zu selbstverständlich, zu sicher. Ein Mann sollte eifersüchtig auf jede Welle sein, die den Körper seiner Liebsten umspülte, und ihr nicht den Arm auf die Schulter legen, als wäre sie ein Kissen.

Ich schüttelte ihn ab. »Ich gehe jetzt lieber zu Zadie. Wir hatten noch keine Gelegenheit, miteinander zu sprechen.«

Ich war erleichtert, dass er nicht versuchte, mich aufzuhalten, aber ich fragte mich, was er wirklich bei dem Gedanken an unsere bevorstehende Verlobung empfand. War ich nach Zadie nur einfach die zweitbeste Wahl, oder glaubte er tatsächlich, dass er mich so lieben könnte, wie ein Mann seine Frau lieben sollte?

Ich versuchte, in ihm nicht nur meinen besten Freund zu sehen, sondern einen heiratswürdigen jungen Mann. Er trug seine feinste Tunika und Hose, und sein Haar war ordentlich zurückgekämmt und geölt – oder zumindest war es das gewesen, bevor er es zerzaust hatte. Doch wenn ich in sein Gesicht blickte, dann erkannte ich nur den schelmischen Jungen aus meiner Kindheit, der einmal den Anker geworfen hatte, ohne das Seil zu sichern, und der hinterher meinem Vater gegenüber behauptet hatte, es wäre meine Schuld gewesen. Den Jungen, der mir meine Tunika geklaut hatte, sodass ich nach dem Tauchen meinen Rock als Kleid hatte tragen und so nach Hause gehen müssen. Als der Blick seiner von langen Wimpern umrahmten Augen, die jedes Mädchen neidisch machten, mich traf, empfand ich nichts außer der Liebe, die ich auch für meine Familie fühlte.

»Ich komme morgen Nachmittag«, sagte er. »Wenn deine Eltern nicht zu Hause sind. Sag Zadie … Sag ihr, dass die Ältesten gut gewählt haben.«

Ich brachte ein kleines Lächeln zustande. »Das solltest du ihr selbst sagen. Gute Nacht, Sami.« Gerade wollte ich nach der Leiter greifen, die zum Steg hinaufführte, als ich Samis Hand auf meiner fühlte.

»Ich habe auch nicht darum gebeten, weißt du.«

Die Kälte in seiner Stimme traf mich unvorbereitet, und da begriff ich, dass ich mit meiner Reaktion auf seine Neuigkeiten seinen Stolz verletzt hatte. Sami war freundlich und schön, und eines Tages würde er ein guter Anführer sein. Jedes Mädchen konnte sich glücklich schätzen, ihn zu bekommen. Trotzdem musste er verstehen, wie ich mich fühlte.

»Ich bin nicht meine Schwester, Sami«, sagte ich, so sanft ich konnte.

»Das habe ich auch nie behauptet.«

Einen Moment lang sahen wir einander an, dann kletterte ich aus dem Boot und ließ Sami in der Dunkelheit zurück.

Ich versuchte immer noch, mit Samis Nachricht fertigzuwerden, als ich mich auf die Suche nach Zadie machte. Ich fand sie, umringt von den anderen Mädchen, die bei der Zeremonie dabei gewesen waren, und ich war froh, dass sie lächelte. Ihre goldbraunen Augen bekamen einen glasigen Schimmer, als sie einen weiteren Schluck Wein trank. Normalerweise war Wein für uns verboten, doch an diesem Abend schienen keine Regeln zu gelten.

»Wahrscheinlich beneidest du deine Schwester, nicht wahr?«, fragte mich eine Frau in Mutters Alter. »Sie wird Varenia verlassen. Sie wird einen Prinzen heiraten.«

Als ob ich das nicht wüsste. »Ja, sie ist gesegnet.«

»Und wenn man sich vorstellt, dass du vielleicht heute Abend auserwählt worden wärst, wenn du sie nicht vor all den Jahren aus dem Fischernetz gerettet und dir dabei die Wange verletzt hättest. Es muss schwer sein, sie nicht für dein Unglück verantwortlich zu machen.«

Wieder sah ich die Frau an und fühlte dieses seltsame Ding in meinem Bauch, ähnlich einem glitschigen Aal. Die Frau war Alys' Mutter.

Anders als die meisten Varenianer glaubten, hatte ich Zadie nie die Schuld an meiner Verletzung gegeben. Eine Narbe war ein kleiner Preis, den ich für das Leben meiner Schwester gezahlt hatte. Was aber nicht bedeutete, dass ich sie nie beneidet oder mich nie gefragt hatte, wie die Dinge wohl stünden, wenn es den Zwischenfall nicht gegeben hätte. Doch dann tröstete ich mich mit der Tatsache, dass Zadie und ich Konkurrentinnen hätten sein müssen, wenn meine Narbe nicht wäre. Allein der Gedanke, meine Schwester als Hindernis statt als beste Freundin zu sehen, war unvorstellbar.

Alys' Mutter war wie eine Flunder, die Sand aufwühlte, der

sich schon längst gesetzt hatte, in dem Versuch, schmerzhafte Erinnerungen an die Oberfläche zu bringen. Doch ich hatte diese Erinnerungen dort begraben, wohin sie gehörten. Sich an die Vergangenheit zu klammern war, als würde man versuchen, zweimal dieselbe Welle zu finden, sagte Vater immer.

»Ich freue mich für meine Schwester«, antwortete ich und ging zu Zadie. Erst spät in der Nacht kehrten wir nach Hause zurück, nachdem das ganze Dorf mit ausreichend Wein gefeiert hatte, um die Tatsache zu vergessen, dass es kein Festmahl gab wie sonst immer.

Mutter schlief schon halb, als Vater sie zurück zu unserem Haus führte, aber das triumphierende Lächeln auf ihrem Gesicht verschwand nicht. Sie genoss jeden einzelnen Glückwunsch und berauschte sich an den eifersüchtigen Blicken der anderen Mütter, von denen viele bereits zu wissen schienen, dass Mutter schon bald eine Prinzessin *und* eine Gouverneursgemahlin als Töchter haben würde. Gerüchte verbreiteten sich schnell in Varenia, aber ganz eindeutig hatte noch niemand Zadie von meinem bevorstehenden Verlöbnis erzählt, denn sie war zwar beschwipst und erschöpft, doch ihre Stimmung wurde noch immer von der freudigen Strömung eines ganzen begeisterten Dorfes getragen.

Ich half ihr dabei, sich auszuziehen, und brachte sie ins Bett. Dann legte ich sorgfältig unsere Kleider zusammen. Ich versuchte, mir meine Schwester in einem Korsett aus Walknochen und mit hochhackigen Schuhen vorzustellen – Dinge, die ich nie gesehen, von denen Sami mir aber berichtet hatte, der in den Häfen, in denen er seine illegalen Handelsgeschäfte abschloss, allen möglichen Menschen begegnete.

Zum schwimmenden Markt, auf dem wir unsere Waren verkauften, kamen nur ilarische Männer, und diese sprachen nie über ihr Leben in Ilara. Sie waren höflich, aber kurz angebunden, und konzentrierten sich bei den Unterhaltungen, die sie in abgehacktem Tonfall führten, streng auf Geschäftliches. Obwohl wir dieselbe Sprache sprachen, hörte sie sich für mich aus varenianischen Kehlen melodischer an.

Im Laufe der Jahre hatte ich mir jedoch das eine oder andere Detail über das Leben der Ilarer an Land zusammengereimt. Ich hatte es aus ihrer Kleidung – nie prunkvoll, aber immer erlesen – und aus ihrem Benehmen zusammengereimt. Während Mutter feilschte, musterte ich oft die kunstvollen Schnitzereien auf den Schiffen: Menschen und Pferde, Bäume und Flüsse und Dutzende von Wesen, deren Name ich nicht kannte.

Vielleicht könnte ich mich, wenn ich Sami heiratete, eines Tages mit ihm fortschleichen, und diese Dinge mit eigenen Augen sehen. Die Frau des Gouverneurs hatte doch sicherlich mehr Freiheiten als die Tochter eines einfachen Dorfbewohners.

Ich zog die Decke über meine Schwester, und meine Augen füllten sich mit Tränen bei dem Gedanken daran, wie wenig Zeit uns noch miteinander blieb. Das Schicksal war noch grausamer, als Alys' Mutter wusste. Zadie würde Varenia verlassen und die Welt sehen, während ich zurückblieb und den Mann heiratete, den sie liebte. Wütend wischte ich die Tränen fort und strich dabei versehentlich über die Narbe auf meiner Wange. Ohne sie wäre vielleicht ich ausgewählt worden und Zadie könnte Samis Frau werden. Meiner Schwester verübelte ich rein gar nichts, aber ich murmelte einen Fluch zu Thalos, der sogar Sami erbleichen lassen würde. Es war nicht fair.

Ich legte mich auf die strohgefüllte Matratze neben meine Schwester und nahm ihr vorsichtig die Seeblumenkrone ab.

Dann begann ich, ihre Zöpfe zu lösen. Ich dachte, sie würde schlafen, doch dann hörte ich, wie sie so tief und müde seufzte, dass sie wie die alte Nemea klang.

»Was ist los?«, flüsterte ich. Mutter und Vater schliefen in ihren eigenen Betten auf der anderen Seite des Hauses, aber die Räume waren bloß durch Vorhänge abgetrennt.

»Mir ist nur gerade alles wieder eingefallen.«

»Was denn?«

»Was diese Nacht bedeutet. Eine kleine Weile lang habe ich mir erlaubt, es einfach zu vergessen. Ich war nur ein Mädchen, das mit seinen Freunden gefeiert hat.« Sie rollte sich auf die Seite, damit ich die übrigen Zöpfe lösen konnte. »Ich kann nicht glauben, dass ich in einer Woche gehen muss. Ich werde dich nie wiedersehen. Es kommt mir unmöglich vor.«

»Dann tun wir doch so, als wäre es unmöglich«, sagte ich und kämpfte gegen eine neue Woge der Tränen an. »Lass uns in dieser Woche alles tun, was wir gern mögen. Wir sprechen einfach nicht darüber, was danach kommt.«

»Dadurch wird sich nichts ändern.«

»Nein. Aber das wird es auch nicht, wenn wir die nächsten sieben Tage lang nur weinen. Außerdem will der Prinz bestimmt nicht, dass seine neue Braut so verquollen aussieht wie ein Kugelfisch.«

Sie schnaubte leise. Ich war mit ihrem Haar fertig, und es umgab sie wie eine dunkle Flut, genau wie mich mein eigenes. »Einverstanden«, sagte sie schließlich. »Was willst du morgen machen?«

»Ich möchte mir mit dir den Sonnenaufgang anschauen.«

»Bis dahin sind es nur noch zwei Stunden. Wie wäre es stattdessen mit dem Sonnenuntergang?«

»Auch gut. Dann möchte ich zum Riff hinaus und mit den

Schildkröten schwimmen. Ich möchte die dickste Auster finden, die wir je gesehen haben, eine mit vier oder fünf Perlen darin. Die kann Sami dann gegen frische Früchte eintauschen. Und dann möchte ich …«

»Ich glaube, das ist genug für einen Tag, Nor.«

Ich gähnte und strich mein Haar zurück, bevor ich mich auf die Seite legte. So schliefen wir oft, die Gesichter einander zugewandt. Mutter zufolge hatten wir das schon als Babys getan. »Sollen wir Sami auch einladen?«, fragte ich.

»Nicht morgen.«

Ich lächelte erleichtert. Ich wollte einen Tag allein mit meiner Schwester. Ich wollte nicht über Ilara nachdenken und auch nicht über meine Heirat mit Sami. Morgen würde es nur um uns gehen.

Vater erlaubte uns, das Boot zu nehmen, wenn wir versprachen, ihm ein paar Perlen mitzubringen. Es gab nie eine Garantie, dass man auch nur eine einzige fand, aber an diesem Tag hatte ich ein gutes Gefühl. Sobald wir außer Sicht des Hauses waren, nahm ich den Hut ab und band die Röcke zwischen meinen Beinen zusammen. Es war weit und breit kein anderes Boot auf dem Meer zu sehen – die meisten schliefen wie Mutter noch ihren Rausch vom Fest und dem Wein aus. Auch Zadie wirkte leicht grün um die Nase, aber ich hatte sie dazu gezwungen, ein bisschen frisches Wasser zu trinken und ein, zwei Löffel Haferbrei zu essen, bevor ich sie zum Boot schleifte.

Nun saß sie mir gegenüber und ihr Gesicht lag im Schatten der Hutkrempe. Dass die Zeremonie vorbei war, bedeutete noch lange nicht, dass sie so nachlässig werden durfte wie ihre Schwester, das hatte zumindest unsere Mutter gebrummt, als wir das Haus verlassen hatten.

»Du kannst den Hut jetzt abnehmen, Zadie. Mutter kann uns hier draußen nicht sehen.«

Sie hielt den Blick auf das Wasser gerichtet. »Mache ich, sobald wir beim Riff sind. Es hat keinen Sinn, jetzt Risiken einzugehen.«

Und wenn du in Ilara bist?, wollte ich fragen. *Wirst du dann Risiken eingehen?* Wir hatten einander versprochen, in dieser Woche nicht über Ilara zu sprechen, aber unser Leben hatte sich um die Zeremonie gedreht, solange wir denken konnten. Nun war sie vorbei, und worüber sollten wir sonst sprechen als darüber, dass Zadie gehen würde?

Die Sonne brannte heiß an diesem Tag und nicht einmal vereinzelte Wolken brachten Erleichterung. Ich lehnte mich nach hinten und ließ das Haar in die Wellen hängen, um mich abzukühlen. Von jetzt an würde ich es offen tragen und meine Haut so braun werden lassen wie die der Männer. Früher oder später würden wir ohnehin alle aussehen wie die Älteste Nemea mit ihrem schlohweißen Haar und der Haut, die wirkte wie der Kehllappen eines Pelikans. Was war so wunderbar daran, schön zu sein, wenn es bestenfalls bedeutete, dass die Menschen, die man liebte, fortgeschickt wurden, und schlimmstenfalls, dass man sich sein Leben lang unzulänglich fühlte?

Üblicherweise übernahm ich das Rudern, damit Zadies Hände nicht rau und schwielig wurden, aber heute hatten wir es nicht eilig, also ließ ich die Finger ins Wasser hängen, während uns die Strömung zum Riff trug. Unsere Rudergriffe waren mit Stofflappen umwickelt, damit sie so wenig Schaden wie möglich anrichteten, doch selbst wenn sich ab und zu eine Blase in meinen Handflächen formte, heilte sie schnell wieder ab. So schnell, dass ich seit dem Zwischenfall keine einzige

Narbe mehr davongetragen hatte, trotz meiner Sorglosigkeit. Der Arzt glaubte, dass meine wundersamen Selbstheilungskräfte irgendetwas mit der Blutkoralle zu tun hatten, aber genauer konnte auch er es nicht erklären.

»Also«, sagte Zadie. »Wen wirst du heiraten?«

Trotz der Hitze lief mir ein Schauer über den Rücken. »Was?«

»Ich finde Eyo recht gut aussehend. Außerdem findet er offenbar immer die rosarotesten Perlen. Seine Familie ist besser dran als die meisten anderen.«

Zadie hatte mich noch nie gefragt, wen ich heiraten würde. Sie wusste, dass mich die jungen Männer im Dorf nicht interessierten und dass ich mir, wenn ich von der Zukunft träumte, immer ein Leben an Land ausmalte, nicht hier in Varenia. Über Sami durfte ich nicht sprechen. Es würde besser sein, wenn Zadie nach Ilara ging, ohne je zu erfahren, was ich jetzt wusste. Die Wahrheit würde ihr nur wehtun.

Ich beschloss mitzuspielen. Was konnte es schon schaden? »Eyo sieht gut aus, ja, und er findet viele Perlen, aber bist du schon einmal nah genug an ihn herangekommen, um seinen Atem riechen zu können?«

Sie lachte. »Nein. Warum?«

»Er riecht nach verfaultem Fisch. Ich könnte keinen Mann heiraten, der so riecht, nicht für alle Perlen in der Alathianischen See.«

»Dann sag schon, wer ist gut genug für meine Schwester? Iano?«

Ich schüttelte den Kopf. »Zu klein.«

»Dann Jovani. Er ist der größte Junge im Dorf und er wächst immer noch.«

Darüber dachte ich einen Moment nach, während ich mir mit dem Hut Luft zufächelte. Jovani war groß und sein Atem stank nicht. Er wachte mit Argusaugen über seine kleine Schwester, die etwa so alt war wie Zadie und ich. Wir kannten einander nicht gut, aber im Versammlungshaus vor der Zeremonie hatte ich einige der Mädchen über ihn sprechen hören. Nach dem, was ich aufgeschnappt hatte, war er seinen Eltern gegenüber sehr respektvoll und arbeitete hart.

Nicht, dass es eine Rolle spielte. Ich war für Sami bestimmt. Mir fiel wieder ein, wie er am vergangenen Abend den Arm um mich gelegt hatte, und der Aal in meinem Bauch wand sich erneut. »Ich würde Jovani in Betracht ziehen«, sagte ich.

Zadie klatschte in die Hände, froh darüber, einen passenden Anwärter gefunden zu haben. »Ihr werdet wunderschöne Kinder zusammen haben«, rief sie, doch dann verschwand das Lächeln von ihrem Gesicht. Ich wusste genau, was sie dachte: dass wir die Kinder der jeweils anderen niemals sehen würden.

Doch ich durfte meine Gedanken nicht so tief sinken lassen. Ich spähte über den Bootsrand, genau in dem Moment, in dem eine Schildkröte vorbeischwamm. »Wir sind da!«

»Schon?«

»Schau da!« Ich deutete auf das Wasser, das über dem Riff eine andere Farbe hatte. Ich war schweißgebadet und konnte die Röcke gar nicht schnell genug abstreifen. Ich kletterte über die Bootswand und ließ mich dann ein Stück unter die Oberfläche sinken. Dort hing ich, schwerelos. Nirgends fühlte ich mich so frei wie hier, unter Wasser. Kurz darauf fiel der Anker hinab, und ich wartete darauf, dass sich Zadie zu mir gesellte.

Nur wenige Zentimeter neben mir sprang sie ins Wasser und Bläschen sprudelten mir ins Gesicht. Ich streckte den Arm aus und kniff sie, bevor sie ausweichen konnte, dann nahmen wir einander an den Händen und lächelten uns an, wobei wir so taten, als würden wir nicht gerade versuchen, länger unter

Wasser zu bleiben als die andere. Ich war zwar zuerst untergetaucht, aber mein Lungenvolumen war besser, und Zadie streckte mir die Zunge heraus, bevor sie mich losließ und zur Oberfläche schoss.

Einen Moment später tauchte auch ich auf. »Und, wie machen wir's? Die Erste, die eine Auster findet, muss heute *und* morgen nicht kochen?«

»Die Erste, die eine *Perle* findet«, schlug Zadie vor. »Was nützt denn schon eine Auster ohne Perle? Außer, dass Vater sie essen kann.«

Ich dachte gern, dass die Austern, die wir fanden, Vater genug Kraft gaben, um in tieferen Wassern zu fischen, aber in Wahrheit waren seine Rippen deutlicher zu sehen als bei uns anderen. Jeden Abend klopfte er sich nach dem Essen auf den flachen Bauch und tat so, als wäre er satt, aber seine Portionen waren immer kleiner geworden, je mehr Zadie und ich wuchsen.

»Einverstanden«, sagte ich. »Ich nehme die Herausforderung an.« Dann holte ich tief Luft und tauchte wieder hinab, um vor meiner Schwester bei den Austern zu sein.

Fast sofort entdeckte ich eine und daneben eine Blutkoralle, was ein gutes Zeichen war, auch wenn ich mich hütete, zu nahe heranzuschwimmen. Die Beziehung zwischen Austern und Blutkorallen war ein Geheimnis, das wir hinnahmen, auch wenn die Blutkoralle hochgiftig war. Wir wussten nur, dass sie es war, die unsere Perlen in diesen Gewässern rosa färbte, und dass eine rosa Perle fünfmal so viel wert war wie ihre farblosen Cousinen. Der Schnitt einer Blutkoralle war fast immer tödlich. Die Tatsache, dass ich meine Verletzung überlebt hatte, wurde vom Arzt und von den Ältesten gleichermaßen als Wunder betrachtet.

Hier hatte es einmal eine Austernbank gegeben, doch als der Wert der Perlen immer weiter gesunken war, waren einige der Dorfbewohner gierig geworden und hatten sie geplündert. Unsere beste Chance war nun der Meeresboden, fast fünfzehn Meter unter uns. Ich schwamm, so schnell ich konnte, griff nach der Auster und konnte mein Glück kaum fassen, als ich eine weitere nur ein paar Meter daneben erblickte. Ich schnappte mir auch diese, stieß mich vom Meeresboden ab und schwamm wieder zur Oberfläche. Für Tauchgänge in diese Tiefe brauchten wir weder Steine, die uns hinabzogen, noch Taue, um uns wieder hinaufzuziehen, nicht einmal Öl für unsere Ohren und den Mund, um die Trommelfelle zu schützen. Für die Männer jedoch, die dreißig Meter oder tiefer hinabtauchten, waren solche Vorsichtsmaßnahmen lebensnotwendig.

Als ich die Wellen durchbrach, sah ich mich nach Zadie um, die allerdings nirgends zu sehen war. Ich ließ die Austern ins Boot fallen und machte mich bereit, meine Lungen wieder mit Luft zu füllen und nach ihr zu suchen, als sie neben mir auftauchte.

»Was gefunden?«, fragte ich und achtete nicht auf mein Herz, das mir gegen die Rippen schlug. Sieben Jahre waren seit dem Zwischenfall vergangen, aber ich hatte seither nie aufgehört, mir Sorgen um meinen Zwilling zu machen. Der Gedanke, dass sie bald allein in Ilara sein würde, wo ich nicht mehr auf sie aufpassen konnte, war schier unerträglich.

Seufzend ließ sie eine große Klaffmuschel ins Boot fallen. »Nur die hier. Vielleicht kann Mutter aus dem Bart etwas Muschelseide machen. Aber keine Austern. Und du?«

»Zwei, gleich neben einer schönen, dicken Blutkoralle. Das lässt doch hoffen.«

Sie stieß ein frustriertes Schnauben aus. »Ich versuche es auf der anderen Seite noch mal. Tauch mir nicht nach.«

»Ganz wie du willst. Ich probiere es wieder hier. Schrei, wenn du mich brauchst.«

»Wie kommst du auf die Idee, dass ich dich brauchen könnte?« Sie bespritzte mich mit Wasser. Dann war sie fort.

Ich ließ mir ein paar Augenblicke Zeit, damit sich mein Herzschlag und meine Atmung wieder beruhigen konnten. Wenn man lange Zeit unter Wasser bleiben wollte, brauchte man Konzentration und Ruhe. Das Schlimmste, was man tun konnte, war, in Panik zu geraten, wie Zadie und ich nur allzu gut wussten.

Ich füllte meine Lungen mit Luft und tauchte, dieses Mal ein bisschen weiter links von der Blutkoralle, die von Knochen umgeben war. Selbst die Fische wussten, dass sie sich davon fernhalten sollten. Ich fragte mich, welcher Dorfbewohner hier wohl zur Ruhe gebettet worden war, den toten Körper in ein Leichentuch gehüllt und mit Steinen beschwert. War es jemand, den ich kannte, oder war die Blutkoralle schon vor meiner Geburt hier gewesen?

An die Koralle, an der ich mich geschnitten hatte, erinnerte ich mich noch lebhaft. Es war eine der größten, die ich jemals gesehen hatte. Ein rotes Gewirr aus Zweigen, das aus einem in der Mitte durchgebrochenen Brustkorb wuchs. Damals waren wir zehn Jahre alt gewesen und damit alt genug, um allein losgeschickt zu werden. Allerdings bestand Mutter darauf, dass Sami uns begleitete. Er blieb im Boot und angelte, während Zadie und ich zwischen den Felsen und auf dem Meeresboden nach Austern suchten.

Zadie und ich entdeckten die Auster gleichzeitig. Sie war riesig, und ihre Schale wies einen rosa Schimmer auf, wahrscheinlich weil sie dicht neben einer so großen Blutkoralle wuchs. Wir wussten genau, dass wir uns von Blutkorallen fernhalten mussten – eine Lektion, die jedes varenianische Kind lernte, bevor man ihm erlaubte zu tauchen –, aber diese Auster war einfach zu verlockend.

Wir tauschten einen Blick und schwammen dann los, so schnell wir konnten, wobei wir uns schon eine gewaltige rosa Perle vorstellten, die unsere Familie monatelang versorgen würde. Da wir uns fest auf die Auster konzentrierten, bemerkte keine von uns das Fischernetz, das sich an den nahe gelegenen Felsen verfangen hatte. Ich war als Erste bei der Auster und drehte mich grinsend zu meiner Schwester um, doch damals war Zadie noch verwegener gewesen. Sie stürzte sich auf mich, obwohl uns beiden allmählich die Luft ausging. Ich stieß mich von den Felsen ab und wollte zur Oberfläche schwimmen, doch da packte sie mich am Knöchel und zog.

Ich sah zu meiner Schwester hinab, die sich am Fischernetz festkrallte, um uns zu ankern. Mit dem freien Fuß trat ich nach ihr, verwirrt und wütend, doch sie ließ nicht los. Mit brennenden Lungen beugte ich mich hinab, um ihre Hand wegzureißen, doch da begriff ich, dass sie sich nicht am Netz festhielt. Ein großer Haken hatte sich in ihrer Tunika verfangen. Sie klammerte sich an mir fest, weil sie Hilfe brauchte.

Die Angst, die ihr im Gesicht stand, gab mir den benötigten Ruck, und ich packte das Netz, um mich selbst hinunterzuziehen. Dann riss ich am Stoff ihrer Tunika. Zadie geriet in Panik, was es mir fast unmöglich machte, selbst ruhig zu bleiben. Aber ich wusste, dass wir beide ertrinken würden, wenn mir die Luft ausging. Es gelang mir, mein Anglermesser zu ziehen, das an meinem Knöchel befestigt war, und das Netz zu zerschneiden. Zadie war frei. In ihrer Panik und dem Drang nach Luft stieß sie mich beiseite. Direkt in die Blutkoralle.

Noch nie hatte ich etwas Derartiges gefühlt wie in diesem Moment, nicht einmal, als ich als Kind den heißen Stiel einer Pfanne angefasst hatte. Damals hatte es gezischt und in meiner Handfläche hatten sich Blasen gebildet. Doch der Schmerz, als mein Gesicht die raue Oberfläche der Blutkoralle berührte, blendete mich buchstäblich. Es begann mit einem Stechen in meiner Wange, das sich jedoch sofort auf meinem ganzen Gesicht ausbreitete, dann schoss es den Hals hinab und in meine Brust. Unwillkürlich schnappte ich nach Luft und atmete einen Mundvoll Meerwasser ein. Daran, was danach geschah, erinnere ich mich nicht mehr, aber Zadie erzählte mir später, dass sie Sami zu mir nach unten geschickt hatte, sobald sie die Wasseroberfläche erreicht hatte. Sie wusste, dass er mich sehr viel schneller heraufholen konnte als sie.

Im Boot kam ich hustend wieder zu Bewusstsein, nachdem Sami mir das Meerwasser aus der Brust gepumpt hatte. Der Schrei, der aus meiner Kehle drang, war so laut, dass Sami rückwärts stolperte und beinahe stürzte. Zadie stand schluchzend und Entschuldigungen stammelnd neben mir, aber ich nahm nichts anderes wahr als den pulsierenden Schmerz, der sich von meiner Wange aus in meinem ganzen Körper ausbreitete. Als wir zu Hause ankamen, war ich wieder bewusstlos, und ich blieb es zwei volle Tage lang.

Nach dem Zwischenfall vor so vielen Jahren war das Leben nicht mehr so wie zuvor. Mutter behielt mich noch Wochen später im Haus, bis die Wunde verschorfte und schließlich rosa Haut darunter zum Vorschein kam. Sie schirmte uns noch stärker von der Welt ab und Zadie wurde verzagt und vorsichtig.

Was mich betraf, ich hatte an jenem Tag sowohl etwas verloren als auch etwas gewonnen. Zuerst schämte ich mich der Narbe wegen, doch dann begriff ich allmählich, dass Schönheit – oder zumindest das, was in meinem Volk als Schönheit galt – eher eine Bürde war als ein Geschenk. Einer von uns mochte sie die Chance bieten, Varenia zu verlassen, doch war das wirklich Freiheit, wenn wir sie nicht selbst wählen durften?

Ich wusste, was Zadie dazu sagen würde, falls sich irgendjemand die Mühe machen würde, sie zu fragen.

Während die Erinnerung an den Zwischenfall verblasste, schnappte ich mir die Auster vor mir und tauchte wieder auf. Da hörte ich den Schrei.

4

»Nor!«

Ich drehte mich nach Zadies Stimme um. Sie schwamm hastig im Kreis und ihr Blick schoss ruhelos hin und her.

»Was ist los?« Ich schwamm bereits auf sie zu.

»Da ist eine Jungfernhaarqualle! Thalos, die Tentakel sind überall!«

»Nicht bewegen«, rief ich. »Bleib einfach, wo du bist.«

Jungfernhaarquallen gehörten zu den gefährlichsten aller Meereslebewesen, allerdings kamen sie normalerweise nur nachts an die Oberfläche. Im Dunkeln konnte man ihnen leicht ausweichen, da sie schwach blau leuchteten, doch im Sonnenlicht verschwammen ihre Konturen mit dem Wasser um sie herum.

»Stopp!«, kreischte Zadie. »Schau, da.«

Wenigstens war es eine kleine Qualle. Der Schirm hatte einen Durchmesser von etwa sechzig Zentimetern, ein fast durchsichtiger Klumpen, der nur ein paar Meter neben Zadie auf den Wellen trieb. Lange Tentakel, so fein wie das Haar, das der Qualle ihren Namen gegeben hatte, umgaben sie. Wenn sie so an der Oberfläche dahintrieb, war sie sehr wahrscheinlich tot, aber sogar tote Quallen konnten noch gefährlich sein. Ich tauchte, um mir anzusehen, wo sich die Tentakel befanden. Sie trieben in der Strömung, fort von uns.

Erleichtert atmete ich auf. »Schwimm rückwärts«, wies ich Zadie an. »Dann ist alles in Ordnung.«

Zadie tat es, und auch ich schwamm rückwärts, bis wir ein gutes Stück von der Qualle entfernt waren. Als wir schließlich das Boot erreichten, waren wir beide erschöpft.

»Geht's dir gut?«, fragte ich und streckte die Hand nach Zadie aus.

»Alles in Ordnung. Ich habe überreagiert, ich weiß. Ich bin direkt neben ihr aufgetaucht und habe mich erschreckt. Ich dachte ...«

Dass du eine Narbe davontragen könntest. »Ist schon gut. Ich habe dir ja gesagt, dass du schreien sollst, wenn du mich brauchst«, neckte ich sie.

Wir zogen uns über die Bootswand und ließen uns auf den Boden plumpsen. Allmählich ebbte die Furcht ab. Ich stieß die drei Austern, die ich gesammelt hatte, leicht mit dem Fuß an. »Sollen wir es für heute gut sein lassen?«

»Ich habe noch nichts gefunden.«

»Du hast die Klaffmuschel gefunden. Mutter kann die Seide für die Handschuhe verwenden, die sie dir gerade macht.« Das Spinnen von Muschelseide war eine der wenigen Handarbeiten, die unsere Mutter ausübte. Die Seidenfäden, die man aus den Bärten bestimmter Muschelarten gewann, waren braun unter Wasser, wenn man sie aber einer bestimmten Behandlung unterzog, schimmerten sie golden im Sonnenlicht.

»Ich habe also etwas gefunden, von dem nur ich selbst etwas habe? Wohl kaum ein Beitrag für unsere Familie.« Sami hatte angeboten, alles, was Mutter aus Muschelseide herstellte, mit zum Hafen zu nehmen, um dort damit zu handeln – in einigen Kreisen war die Seide ihrer Seltenheit wegen kostbarerer als Perlen –, aber Mutter hatte abgelehnt. Im Gegensatz zu den Blutkorallen und den Perlen, die es nur wegen Ilara und Prinz Laef gab und wegen der Varenianer, die seither hier lebten, war die Muschelseide ein Geschenk des Meeres und konnte daher nur weiterverschenkt, aber nicht verkauft werden.

Ich reichte Zadie die kleinste der Austern. »Hier, dann ist das hier deine.«

Wir schoben die Austern in den Schatten unter eine der Bänke, damit sie nicht verdarben, aber sobald wir zu Hause waren, öffnete ich eifrig die größte der Austern, die ich neben der Blutkoralle entdeckt hatte. Sowohl Zadie als auch ich schnappten nach Luft, als wir die fünf Perlen in der Muschel entdeckten, die alle in einem intensiven Rosa schimmerten.

»Wunderschön«, sagte Zadie. »Die gehören zu den schönsten, die ich in den letzten Jahren gesehen habe.« Sie streckte die Hand nach der Muschel aus, hielt dann jedoch inne. »Sie muss sehr nahe neben der Blutkoralle gewachsen sein.«

Ich zuckte mit den Schultern. »Ich war vorsichtig.«

»Nor.« Ohne es zu bemerken, berührte sie ihre eigene Wange. Ich wusste, dass sie sich immer noch schuldig fühlte wegen des Zwischenfalls, obwohl ich ihr in den darauffolgenden Monaten immer wieder versichert hatte, dass es nicht ihre Schuld gewesen war.

»Das ist doch jetzt egal, Zadie. Du wurdest erwählt. Du bist …« Ich verstummte. Ich hatte versprochen, nicht über Ilara zu sprechen, also zwang ich mich zu einem Lächeln. »Meine Schönheit, oder meine nicht vorhandene Schönheit, ist kein Problem mehr – nicht für mich, nicht für Mutter und ganz sicher nicht für dich. Ich kann jetzt so hässlich werden, wie ich will.«

»Das sieht Jovani aber vielleicht anders.« Sie lachte.

»Ja, tja, dann muss ich eben dafür sorgen, dass wir ziemlich bald heiraten, was?«

Sie lächelte. »Mutter wäre begeistert, wenn ihre beiden Töchter schon vor ihrem achtzehnten Geburtstag verlobt wären.«

Zadie hatte keine Ahnung, wie nah sie der Wahrheit damit kam. Doch vielleicht war mein Schicksal ja noch nicht besiegelt. Vielleicht bestand noch eine Chance, dass es Mutter und Vater verstehen würden, wenn ich ihnen sagte, dass ich Sami nicht heiraten wollte.

Ohne die Perlen aus der Schale zu nehmen, ließ ich das Muschelfleisch für Vater in eine Schüssel gleiten. »Und wo, glaubst du, befindet sich unsere uns liebende Mutter gerade?«

»Bevor wir gegangen sind, hat sie mir gesagt, dass Vater und sie heute Nachmittag etwas mit Gouverneur Kristos zu besprechen haben.«

Fast hätte ich den Getreidesack, den ich gerade hochheben wollte, vor Schreck umgeworfen. »Hat sie auch gesagt, worum es da geht?«

»Nein. Vermutlich um irgendwelche Vorbereitungen für meine Reise. Der Gesandte aus Ilara kommt in ...«

»Sechs Tagen. Ich weiß.«

Zadie löste ihren Zopf und strich sich mit den Fingern durchs Haar. »Sami sagt, mein Mantel ist fast fertig. Er wollte ihn mir heute Abend bringen.«

Einen Moment lang musterte ich sie. Wusste sie Bescheid? Wartete sie darauf, dass ich zuerst etwas sagte? »Ich dachte, heute wollten wir beide ganz für uns haben.«

Sie senkte den Blick auf ihre nackten Füße. Ich war nur die Breite eines kleinen Fingers größer als sie, aber meine Füße waren ein ganzes Stück länger als ihre. Es gab auch noch weitere kleine Unterschiede zwischen uns, nicht nur die Narbe, auch wenn sie es war, die jeder zuerst bemerkte. Sami waren meine größeren Füße aufgefallen, als wir zwölf Jahre alt gewesen waren und noch in einem Raum hatten schlafen dürfen, während sich unsere Eltern bis spät in die Nacht hinein unterhielten.

Er war aufgesprungen und hatte uns Stück für Stück miteinander verglichen und nur der Mond hatte uns dabei zugesehen. »Nors Augen sind schmaler als Zadies«, hatte er gesagt. »Und Zadies Nasenlöcher sind runder.« Er rieb sich das Kinn und ließ den Blick an uns hinunterwandern. Noch waren wir keine Frauen, also blieb er bei seiner Musterung nirgendwo hängen. »Nor hat knubbligere Knie als Zadie«, fügte er noch hinzu, und bevor er wusste, wie ihm geschah, hatte ihn mein zu langer Fuß direkt zwischen die Beine getroffen. Den Fehler, meine Knie zu erwähnen, machte er nie wieder.

Es lag nicht nur daran, dass es mir nicht gefiel, von meinem besten Freund gemustert zu werden, das tat meine Mutter schon oft genug. Darüber hinaus war ein Vergleich mit meiner Zwillingsschwester kompliziert. Früher, als wir noch klein gewesen waren, hatten mir andere Kinder manchmal verschwörerisch grinsend zugeflüstert, ich sei die Hübschere von uns beiden. Dasselbe passierte auch Zadie. Zwar war es unmöglich, ein kurzes Aufflackern von Stolz in diesem Moment zu verhindern – der Gedanke an Schönheit war allgegenwärtig, auch damals schon –, aber gleichzeitig fühlte ich immer den Drang, Zadie zu verteidigen. Denn wenn ich hübscher war, dann musste sie hässlicher sein, und ein Kompliment auf Kosten meiner Schwester war ganz und gar kein Kompliment. Ich wollte nicht, dass meine Schönheit mit der von Zadie verglichen wurde oder mit der irgendeines anderen Mädchens. Ich wollte so gesehen werden, wie *ich* war.

»Schon gut«, sagte ich endlich. »Sami gehört zur Familie. Natürlich kann er heute Abend vorbeikommen.«

Ihre Wangen röteten sich, als sie meinem Blick begegnete. »Ist dir aufgefallen, dass er in letzter Zeit gewachsen ist? Er war immer nur ein bisschen größer als wir, jetzt muss ich den Kopf in den Nacken legen, um ihn anzuschauen.«

Ich mahlte das Getreide in einem Mörser mit einem hölzernen Stößel zu einem groben Mehl, aus dem wir im Tonofen Brot backten. Das Brot war hart und geschmacklos, aber es half dabei, unsere Bäuche zu füllen, wenn wir es in den Eintopf tunkten. Besonders jetzt, wo es immer weniger Fisch gab. »Ja, er ist wirklich gewachsen. So wie wir alle.«

»Und seine Stimme. Ich weiß, sie ist schon seit einer ganzen Weile tiefer, aber jetzt …«

»Tu das nicht.« Die Worte waren heraus, bevor ich sie einfangen konnte.

»Was soll ich nicht tun?«

Ich biss mir auf die Unterlippe und trat im Geist Wasser. Vielleicht war es selbstsüchtig, doch ich wollte nicht diejenige sein, die ihr von meinem Verlöbnis erzählte. »Erlaub dir nicht, so über ihn zu denken. In sechs Tagen musst du gehen. So wird es nur schwerer für dich.«

Sie baute sich vor mir auf und zwang mich dazu, sie anzusehen. »*Nichts* könnte es noch schwerer für mich machen«, zischte sie. »Ich liebe ihn, aber ich muss gehen und irgendeinen anderen jungen Mann heiraten, den ich noch nie gesehen habe, während er Alys oder irgendeins der Mädchen im

Dorf heiratet. Am liebsten würde ich *sterben* beim Gedanken daran!«

Atemlos starrte ich sie an, meine sanftmütige Schwester, die nie ein böses Wort über jemanden verlor. »Zadie.«

»Sag mir nicht, was ich tun oder denken oder fühlen soll«, brachte sie heraus, und ihre Augen füllten sich mit Tränen. »Du darfst hierbleiben, bei Mutter und Vater, und heiraten, wenn du willst. Du hast keine Ahnung, was ich durchmache.«

Sie drehte sich von mir weg, aber ich war schneller. Ich packte ihr zierliches Handgelenk. Wir waren gleich groß, aber ihre Zartheit überraschte mich jedes Mal wieder. Würde ich mich in den Armen meines zukünftigen Ehemannes, ob es nun Sami oder ein anderer war, auch so zerbrechlich anfühlen?

»Glaubst du, für mich ist es leicht? Glaubst du, ich möchte hier zurückbleiben, während du gehst und die Welt siehst? Ich *will* nicht hierbleiben. Und ich will ganz sicher nicht ohne dich hier leben. Ich würde alles dafür geben, wenn du hierbleiben und Sami heiraten könntest. Wenn ich mit dir tauschen könnte, würde ich es sofort tun. Aber ich wurde nicht gewählt, Zadie.«

Ich bin die perfekte Muschel, die man vom Meeresboden aufhebt, nur um sie in der Hand umzudrehen und einen Riss in der Schale zu entdecken. Ich bin der Stoff mit dem Fehler im Saum, den man dem Händler zurückgibt, weil man beste Qualität verlangt. Soweit es die Varenianer betrifft, bin ich du, nur ruiniert. Also erzähl mir nicht, dass ich keine Ahnung habe, was du durchmachst.

Das Blut rauschte mir so laut in den Ohren, dass ich mich setzen musste. So etwas würde ich niemals zu meiner Schwester sagen. Es waren alte Unsicherheiten, Ideen, die ich von Mutter übernommen und die ich erst nach Jahren wieder hatte abstreifen können. Zadie konnte die Dinge genauso wenig ändern wie ich. Wie gern hätte ich ihr von Sami erzählt, davon, dass man mich ebenso zur Heirat zwang wie sie, aber ich wusste, dass sie es anders sehen würde. Es wäre nur ein weiterer Grund für sie, eifersüchtig zu sein, und ich wollte jetzt nicht mit meiner Schwester streiten.

Ich zog sie in die Arme und drückte sie an mich. Einen Moment lang wehrte sie sich, doch dann erschlaffte sie und schluchzte an meiner Schulter, bis wir das Knarren der Säulen unter unserem Haus, die tiefe Stimme unseres Vaters und das hellere Trällern unserer Mutter hörten. Wir richteten uns gegenseitig das Haar und wischten einander die Tränen von den Wangen.

In Varenia besaßen nur sehr wenige einen Spiegel, aber wir hatten auch nie einen gebraucht.

»Und?«, fragte Vater, als er durch die Falltür im Boden stieg. »Hattet ihr heute Glück?«

»Schau mal, was Zadie gefunden hat«, sagte ich und deutete auf die Auster mit den fünf Perlen. Auch in den anderen beiden Austern waren insgesamt drei Perlen gewesen, deren Farbe jedoch nicht mit denen aus der ersten Muschel mithalten konnte.

Vaters dunkle Brauen hoben sich. »Die hat Zadie gefunden?«

»Natürlich hat sie das«, sagte Mutter, die hinter uns trat und Zadie eine Hand auf die Schulter legte. Ihre gute Laune war anstrengend. »Immerhin ist sie unsere Glücksperle.«

Ich fühlte Zadies Blick auf mir, aber ich wandte nicht den Kopf.

»Wir werden sie für Nors Mitgift verwenden«, fügte Mutter noch hinzu.

Ach ja, meine Mitgift. Seit Jahren sprach Mutter darüber, seit kurz nach dem Zwischenfall. Dabei war immer deutlich herauszuhören gewesen, dass sie mich ohne das Versprechen einer üppigen Mitgift niemals würde verheiraten können.

»Calliope«, ermahnte Vater sie sanft.

Sie ignorierte ihn und nahm die Perlen aus ihrer Schale. »Umwerfend schön. Wo hast du die Auster gefunden?«

»Beim Riff«, antwortete Zadie.

»Sie muss in der Nähe einer Blutkoralle gewachsen sein, um so leuchtende rosa Perlen hervorzubringen. Du bist doch nicht zu nah herangeschwommen, oder, Zadie?«

»Nein, Mutter. Wir sind immer vorsichtig.«

»Gut. Und jetzt geht baden und beeilt euch. Wir essen heute Abend beim Gouverneur und seiner Familie.«

»Warum?«, fragte ich. Es war nicht ungewöhnlich, dass die Familie zu uns zu Besuch kam, aber wir gingen niemals ins Gouverneurshaus zum Essen. Diese Ehre war der Familie vorbehalten.

Familie. Zu der ich schon bald gehören würde. »Oh«, hauchte ich.

»Was?«, fragte Zadie, und ihr Blick schoss zwischen mir und Mutter hin und her. »Ist etwas passiert?«

»Gouverneur Kristos möchte etwas verkünden«, sagte Vater. »Zieht eure Zeremonienkleider an.«

Ich versuchte, Mutters Blick zu erhaschen, um sie stumm darum zu bitten, das nicht jetzt zu tun, aber sie achtete nicht auf mich, sondern ging summend in ihr Zimmer und ließ den Vorhang hinter sich zuschwingen. Mit hochgezogenen Brauen sah Zadie mich an und trat dann auf den sonnenbeschienenen Teil des Balkons hinaus, wo die Wassereimer standen, damit das Waschwasser warm war.

»Vater«, sagte ich leise. »Das können wir Zadie jetzt nicht antun. Daran wird sie zerbrechen.«

Er sah mich an. »Du weißt es?«

»Samiel hat es mir gesagt, nach der Zeremonie.«

»Zadie hat ein Recht darauf, es zu erfahren, bevor sie geht.« Er hob die Schale mit dem Muschelfleisch an den Mund und schluckte alle drei Austern auf einmal. »Außerdem sollte sie sich darüber freuen, dass ihre Schwester die Frau des zukünftigen Gouverneurs sein wird. Das ist eine große Ehre für die ganze Familie.«

Ich legte ihm eine Hand auf den Arm. »Vater, sie liebt ihn.«

Kurz schloss er die Augen. »Ich weiß, Nor.«

»Dann lass uns die Verkündung verschieben. Es sind nur noch sechs Tage. Es kann doch nicht schaden, noch so lange zu warten.«

»Deine Mutter will nicht warten«, sagte er leise.

Dann war dies hier also ihre Idee. Zadie hatte ihr alles gegeben, was sie wollte. Warum bestrafte sie ihre Tochter jetzt? Wollte sie damit einen Keil zwischen uns treiben? Ich würde es unserer Mutter durchaus zutrauen, dass sie versuchte, uns zu trennen, vielleicht sogar in dem Glauben, uns damit eine Art Gefallen zu tun. Möglicherweise wollte sie einen klaren Schnitt, der Zadies Leben in Ilara von hier trennte, vielleicht sollte Zadie keinen Grund mehr haben, bleiben zu wollen. Allerdings hatte Mutter niemanden sonst nach seinen Gefühlen und seiner Meinung gefragt.

Sami. Wenn ich mit ihm sprach, konnte er seine Eltern möglicherweise davon überzeugen, zu warten. Ich konnte mir nicht vorstellen, dass ihm das hier besser gefiel als mir. Er liebte Zadie. Das Letzte, was er wollte, war, ihr wehzutun.

Ich war schon halb durch die Falltür, als Mutter den Kopf zwischen die Vorhänge ihres Zimmers steckte.

»Wohin willst du?«, fragte sie. »Es ist gleich Abendessenszeit.«

»Ich muss noch etwas erledigen. In ein paar Minuten bin ich wieder da.«

»Na, hoffentlich. Wir brauchen das Boot.« Die Gemeinschaftshäuser waren durch Holzstege mit dem Gouverneurshaus verbunden, aber viele andere Häuser, darunter auch unseres, standen allein, aus Gründen der Privatsphäre, die in Varenia ohnehin schwer zu erlangen war.

»Ich schwimme.« Ich band meine Röcke zwischen den Beinen zusammen und ließ mich mit einem Platschen ins Wasser fallen. Die Sonne ging gerade unter und warf einen orangeroten Schimmer über das Meer. Ich würde mir an diesem Abend nicht mit Zadie den Sonnenuntergang ansehen können, aber das hier war wichtiger.

Die Terrasse des Gouverneurs wurde von Laternen erhellt, sodass man sie im Zwielicht sofort ausmachen konnte. Ich zog mich die Leiter hinauf und wrang mein Haar und die Röcke aus, bevor ich leise anklopfte. Normalerweise würde ich mich nicht so vor dem Gouverneurshaus sehen lassen, doch ich wusste, dass ich den Mut verlieren würde, wenn ich zu lange zögerte und über meine Erscheinung nachdachte.

Die Tür schwang auf und Sami stand mit verwirrter Miene vor mir. »Nor …«

»Ich muss mit dir reden«, sagte ich und schob mich an ihm vorbei ins Haus. Ich war erst ein paarmal hier gewesen und die Größe des Gebäudes erstaunte mich jedes Mal wieder. Dies hier sollte Zadies zukünftiges Heim sein, nicht meines. »Es geht um Zadie.«

Er zog mich am Arm. »Jetzt ist nicht der richtige Moment dafür.«

»Aber heute Abend beim Essen schon, ja? Bitte deinen Vater, so lange zu warten, bis sie fort ist.«

»Er ist nicht nur mein Vater, Nor. Er ist der Gouverneur.«

Ich riss mich von ihm los. »Dann bitte ich ihn eben selbst.«

»Sind sie schon da?«, rief Samis Mutter Elidi aus der Küche. Dieses Haus war das einzige im Dorf, das über mehrere Räume verfügte, die durch Wände statt durch Vorhänge voneinander getrennt waren. Sogar Sami hatte sein eigenes Zimmer, obwohl ich beim besten Willen nicht wusste, wozu ein Siebzehnjähriger sein eigenes Zimmer brauchte.

Elidi und Gouverneur Kristos erschienen Seite an Seite, und einen Moment lang starrten sie mich an, verwirrt über meine Anwesenheit. Oder vielleicht waren es meine Kleider. Ich zupfte an meinen Röcken, die mir nass an den Beinen klebten, und auf einmal wünschte ich mir, ich hätte doch das Boot genommen. Doch ihre Blicke glitten an mir vorbei zur Tür.

Hinter mir räusperte sich jemand.

Als ich mich umdrehte, sah ich einen Fremden in der Tür stehen. »O Götter«, flüsterte ich mir selbst zu. Es war ein junger Mann, höchstens ein paar Jahre älter als ich, und sein Blick strich über meinen Körper. Mir wurde nur noch schmerzlicher bewusst, wie durchnässt meine Kleider waren. Einen demütigenden Moment lang sahen wir einander in die Augen, dann senkte ich den Blick rasch auf die Pfütze, die sich langsam um meine Füße sammelte.

»Nor, was machst du denn hier?« Elidi kam auf mich zugeeilt und scheuchte mich an dem Fremden vorbei zur Tür hinaus. »Wo ist deine Familie?«

»Sie machen sich gerade für das Abendessen zurecht. Ich bin nur hier, weil ich mit Sami sprechen wollte.«

»Wir haben Besuch.«

Als ob ich das nicht bemerkt hätte. »Wer ist er?«

»Mein Mann wird euch alles erklären. Geh nach Hause und richte dich her. Und bitte, komm später mit dem Boot.«

Ich nickte und kletterte hastig die Leiter wieder hinunter, wobei ich mir wünschte, dieses eine Mal auf Mutter gehört zu haben. Während ich zurück zu unserem Haus schwamm, dachte ich darüber nach, wer der Fremde wohl sein konnte. Seinem seltsamen Aufzug und dem noch seltsameren Benehmen Samis und seiner Familie zufolge stammte er jedenfalls nicht aus dem Dorf, und ganz ohne jeden Zweifel wusste ich, dass mich noch kein Mann in Varenia so angesehen hatte wie er gerade eben. Mir selbst war nur ein kurzer Augenblick geblieben, um ihn zu betrachten, doch bei der Erinnerung daran, wie sein Blick an Stellen meines Körpers verharrt hatte, an denen Sami nie hängen geblieben war, errötete ich.

»Wo warst du?«, fragte Zadie, als ich durch die Falltür das Haus betrat.

»Nirgends.«

»Zieh dich lieber schnell um. Mutter ist schon fast fertig.«

Mutter frisierte sich gerade vor ihrem Spiegel und summte dabei immer noch vor sich hin. Wusste auch sie von dem Fremden? Ging es darum? Rasch spülte ich mich mit Frischwasser ab und schlüpfte in mein rotes Kleid, während Zadie versuchte, mein Haar in Ordnung zu bringen. Ihres war perfekt geflochten, wie immer, und das weiche Rosa ihres Kleides brachte ihre Haut zum Schimmern. Neben ihr kam ich mir in Rot zu grell vor, und ich fragte mich, ob Mutter vielleicht genau das beabsichtigt hatte.

»Kommt schon, Mädchen«, rief Vater und half uns hinab ins Boot. Ich ließ mich achtlos auf eine der Bänke fallen und verschränkte die Arme vor der Brust. Ich hätte die Ruder ins Meer werfen sollen, um das Unvermeidliche noch ein wenig hinauszuzögern. Doch so brachte uns Vater dank seiner starken Arme viel zu schnell zum Haus des Gouverneurs. Ich bot an, das Boot zu vertäuen, und machte mich zu lange am Knoten zu schaffen. Vielleicht konnte ich mich ja davonschleichen und das Abendessen einfach ausfallen lassen …

»Beeil dich, Nor«, rief Mutter, als hätte sie meine ungezogenen Gedanken erraten.

Mit finsterer Miene erklomm ich die Leiter. Vater und Gouverneur Kristos schüttelten einander die Hände, während Elidi uns drei Frauen in den Versammlungsraum führte. Ein großer Holztisch – aus richtigem Holz, nicht aus Treibgut wie unserer – war mit mehr als einem Dutzend Gerichten gedeckt: frische, glänzende Traubentürme, Melonenwürfel und Feigenscheiben, zarter Weißfisch in Brühe, Schalen mit schwarzen, grünen und lila Oliven. Es war mehr Essen, als ich in den letzten Jahren gesehen hatte, und das meiste davon stammte vom Land. Der Gouverneur musste ein Vermögen für dieses Mahl ausgegeben haben.

Ich sah, wie Gouverneur Kristos meinem Vater freundschaftlich auf den Rücken klopfte, während sich Mutter und Elidi umarmten. »Nach so vielen Jahren werden wir endlich Brüder, Pax«, sagte Kristos in seiner tiefen, tragenden Stimme, die wie für große Reden gemacht zu sein schien.

Ich fühlte, wie Zadie an meiner Seite erstarrte. »Was meint er damit?«, flüsterte sie.

Ich war gefangen wie ein Fisch im Netz, jeder Ausweg war versperrt, egal in welche Richtung ich mich drehte. Bevor ich jedoch antworten konnte, tauchte der Fremde wieder auf, und alle um mich herum sanken in Verbeugungen oder Knickse, so als wüssten sie ein Geheimnis, in das ich nicht eingeweiht war.

»Wer ist das?«, zischte ich Zadie zu, während auch ich ungeschickt neben ihr knickste.

Der Gouverneur antwortete an ihrer Stelle. »Meine lieben Freunde, dieser junge Mann ist heute Abend unser geschätzter Gast, ein Botschafter aus Ilara, gesandt vom Prinzen höchstpersönlich.«

Der Fremde trat einen Schritt auf Zadie zu und verbeugte sich erneut, und nun erkannte ich das ilarische Wappen, das auf seinem schwarzen Wams eingestickt war: das Profil einer jungen Frau in einem Herzen mit zwei überkreuzten Dolchen dahinter. Er nahm Zadies Hand und küsste sie.

»Mein Name ist Talin«, sagte er. »Und Ihr müsst Zadie sein.«

»Ja, das bin ich.« Ich hörte das leichte Beben in ihrer Stimme. »Und das hier ist meine Schwester N…«

»Nor«, warf er ein, bevor sie zu Ende sprechen konnte. Seine Augen hatten die Farbe von Meerglas und er musterte mich leicht belustigt. »Ich glaube, wir kennen einander schon.«

5

Ich spürte nicht nur den Blick des Fremden, sondern auch den unserer Mutter, der mich zu durchbohren schien. *Was hast du getan?*, schien dieser Blick zu fragen. Doch für Erklärungen blieb keine Zeit. Der Gouverneur lud uns mit einer Geste ein, uns zu setzen, und ich fand mich zwischen Zadie und Sami wieder, genau gegenüber von Talin. Eine Million Fragen surrten mir durch den Kopf. Schickten die Ilarer immer einen Botschafter nach der Zeremonie nach Varenia? Und wie genau stand er überhaupt zum König?

So diskret wie möglich musterte ich ihn, obwohl ich den Blick sittlich gesenkt halten sollte, so wie Zadie. Er war groß, seine Haut derart gebräunt, dass sie beinahe ebenso dunkel war wie meine. Sein braunes Haar war mit ebenjenen sonnengebleichten Strähnchen durchzogen, die Mutter so sehr verabscheute, aber ich bezweifelte, dass sogar sie etwas an seinen markanten, ebenmäßigen Gesichtszügen und seinem muskulösen Körperbau auszusetzen haben könnte. Seine Augen strahlten in einem verblüffenden Blaugrün, und obwohl er eigentlich Gouverneur Kristos hätte ansehen sollen, der zu seiner Linken saß, oder Vater, der rechts von ihm Platz genommen hatte, oder höchstens Zadie, betrachtete er mehr als einmal *mich.*

Mutter und Elidi verbrachten das Mahl hauptsächlich schweigend und überließen das Reden zwischen den Gängen den Männern. Das Essen war frisch und köstlich, aber ich war zu nervös, um etwas hinunterzubringen. Mutter konnte doch unmöglich immer noch vorhaben, meine Verlobung zu verkünden, oder?

»Schicken die Ilara immer jemandem, um die Wahl der Ältesten zu prüfen?«, fragte Vater. Ein wenig zu eifrig beugte ich mich vor und Zadie drückte mir warnend einen Finger aufs Bein.

Talin legte die Gabel beiseite und wandte sich an Vater. »Ich glaube nicht, obwohl es natürlich meine erste Erfahrung mit dieser Prozedur ist. Ich kann mir vorstellen, dass es seltsam sein muss, zum ersten Mal einen Ilarer zu Gast zu haben.«

»Sicher nicht seltsamer als für Euch«, antwortete Mutter und schenkte ihm ein großzügiges Lächeln. Näher würde sie dem Königshaus nicht mehr kommen und sie genoss den Abend in vollen Zügen. »Und, was haltet Ihr von unserer Zadie? Haben die Ältesten weise gewählt?«

Sie konnte der Versuchung, ein wenig zu prahlen, einfach nicht widerstehen. Talin lächelte, doch das Lächeln erreichte seine Augen nicht ganz. Irgendwie ahnte ich, dass er meine Mutter glatt durchschaute, und das gefiel mir.

»Sie ist das schönste varenianische Mädchen, das ich je gesehen habe«, sagte er.

Mutter strahlte, bis ihr allmählich dämmerte, was er da gesagt hatte. Bisher hatte er nur Zadie und mich zu Gesicht bekommen. Trotz der darin liegenden Kränkung für mich musste ich fast kichern, als ihr Lächeln in sich zusammenfiel.

»Prinz Ceren ist ein glücklicher Mann«, fügte Talin noch hinzu, und ich fühlte, wie sich Sami neben mir versteifte. »Ich kann mir kein lieblicheres Mädchen vorstellen.«

Doch während er dies sagte, wanderte sein Blick von Zadie zu mir. Ich sah weg, und meine Narbe brannte, als mir das Blut ins Gesicht stieg, doch die Unterhaltung wurde fortgesetzt, als hätte es niemand sonst bemerkt.

»Ihr esst sehr gut hier«, kommentierte Talin. »Es ist köstlich.«

Ich warf Sami einen scharfen Blick zu, damit er den Mund hielt, doch falls er es überhaupt bemerkt hatte, reichte es nicht, um ihn aufzuhalten. »Dies hier ist eine sehr besondere Gelegenheit, Mylord. Ich versichere Euch, dass wir nicht jeden Tag so speisen. Ganz besonders nicht die einfachen Dorfbewohner.«

Samis Vater sah ihn an, und ihm gelang, was ich vergeblich versucht hatte. Trotz Samis vorgetäuschter Kühnheit würde er seinem Vater wohl nie die Stirn bieten.

Talin räusperte sich, um die Spannung zu brechen. »Wie viele Einwohner hat Varenia?«, fragte er.

»Etwa fünfhundert«, antwortete Vater. Er half Gouverneur Kristos dabei, die Zahlen im Auge zu behalten. »Früher einmal waren wir beinahe sechshundert, aber während der letzten Generationen ist unsere Bevölkerung geschrumpft.«

Talin runzelte die Stirn. »Warum das?«

Vater sah Kristos an, genau wie Sami. Beide kannten die Wahrheit: dass die Familien weniger Kinder bekamen, weil sie es sich nicht leisten konnten, noch mehr zu ernähren.

Das Lächeln des Gouverneurs wirkte eher wie ein Zähneblecken. »Von solchen Dingen will unser Gast heute Abend sicher nichts hören. Wir sind hier, um zu feiern.« Er griff nach einem

Weinkrug und füllte die Gläser, auch Zadies und meines. Dann hob er seinen Kelch, woraufhin wir alle es ihm nachtaten. »Nicht nur wird unsere bezaubernde Zadie bald nach Ilara gehen, unsere Familien haben noch einen weiteren Grund zur Freude.«

Das erhobene Glas in meiner Hand kippte gefährlich zur Seite, als ich begriff, was kommen würde.

Kristos wandte sich an Sami und mich. »Auf Nor und Samiel. Eure baldige Verbindung erfüllt mein Herz mit Glück. Nun werden unsere Familien endlich vereint, so wie ich es schon immer wollte. Thalos hat uns alle gesegnet.« Er hob den Kelch an die Lippen und trank, genau wie Mutter, Vater, Elidi und Sami. Zadie jedoch war zu mir herumgefahren und ich war wie gelähmt unter ihrem Blick.

Sami stieß mich sanft an. »Trink.«

»Ich …«

Ich keuchte, als Zadies Augen nach oben rollten und sie wie ein Getreidesack zur Seite kippte. Alle sprangen auf, um ihr zu helfen, doch ich blieb vor Schreck stockstarr, bis Sami nach meiner Hand griff.

Ich entwand mich seinem Griff. »Nicht jetzt«, flüsterte ich.

Vater half Zadie und legte sie vorsichtig auf den Rücken. Blinzelnd sah sie zur Decke hinauf, alle Farbe war ihr aus dem Gesicht gewichen.

»Geht es ihr gut?«, fragte Elidi und blickte sich hilflos um. »Es hat sie doch nicht so mitgenommen, oder?«

»Atme einfach«, sagte Vater zu Zadie, die nach Luft schnappte wie ein Fisch auf dem Trockenen. »Das wird schon wieder.«

Elidi wandte sich an Mutter. »Freut sie sich denn nicht für ihre Schwester?«

Mutter antwortete jedoch nicht, sondern wedelte nur nutzlos mit einem Papierfächer über Zadies Gesicht herum.

Der Gouverneur packte seinen Sohn beim Arm und zog ihn auf die Füße. »Was ist los mit ihr?«

»Nichts ist los mit ihr. Es hat sie nur überrascht, das ist alles«, antwortete Sami.

»War da etwas zwischen euch beiden?«, knurrte der Gouverneur.

»Natürlich nicht«, riefen Sami und Mutter gleichzeitig.

Ich sah zu Talin hinüber, der ebenfalls aufgestanden war und nun schweigend dastand und uns beobachtete. Für den Moment schienen ihn alle vergessen zu haben. Als sich unsere Blicke trafen, hob er eine Braue, als wollte er fragen: *Und was hältst du von all dem?*

Ich fragte mich, wie viel er von meiner Unterhaltung mit Sami mit angehört hatte. Seiner Miene nach zu urteilen: *alles.*

»Mir geht's gut«, sagte Zadie und richtete sich mühevoll auf. »Ich habe heute ein bisschen viel Sonne abbekommen und nicht genug getrunken. Könnte mir bitte jemand ein Glas Wasser holen?«

Elidi eilte zur Küche und kam mit einem Glas zurück, aus dem ein wenig Wasser schwappte, als sie zu Zadie trat. »Hier, bitte. Heute war es wirklich furchtbar heiß, nicht wahr, Calliope?«

Mutter murmelte etwas Unverständliches und schob alle anderen beiseite, um Zadie aufhelfen zu können. »Dir geht es gut, nicht wahr, Zadie?«

Sie nickte, hielt den Blick aber gesenkt. Ihre hervortretenden Kiefermuskeln verrieten mir, dass sie gegen die Tränen ankämpfte und dabei war, den Kampf zu verlieren.

Nachdem alle an den Tisch zurückgekehrt waren, hob Talin erneut das Glas.

»Auf Nor und Samiel«, sagte er.

Dieses Mal trank ich und verzog unwillkürlich das Gesicht, als ich den Wein auf der Zunge schmeckte. Er war viel stärker als die wässrige Mischung bei der Zeremonienfeier. Über den Rand seines Kelchs hinweg betrachtete mich Talin und in seinen Augen blitzte es amüsiert. Neben mir hob Zadie das Glas an die Lippen, senkte es dann jedoch wieder, ohne zu trinken und ohne zu blinzeln oder zu lächeln. Ich wollte ihr sagen, dass es nicht meine Schuld war und auch nicht Samis. Dass keiner von uns beiden dies wollte, aber hier konnte ich das nicht.

Endlich, nachdem alle Teller geleert waren, entschuldigten sich die Erwachsenen, um sich auf dem Balkon zu unterhalten.

Talin blieb. Er war noch kein Mann wie Vater und Gouverneur Kristos, doch auch kein Junge mehr wie Sami. Gerade wollte ich Zadie beiseitenehmen und mit ihr sprechen, als er mir in den Weg trat. Ich schluckte und sah auf. Ich bemerkte, dass die Locken an seinem Hals und an den Schläfen leicht feucht waren. Er musste unter den schweren Stoffen vor sich hin köcheln. Was ihm nur recht geschah für den spöttischen Ausdruck, mit dem er mich ansah.

»Herzlichen Glückwunsch zur Verlobung«, sagte er leise. Sein Akzent klang nicht so scharf wie bei den ilarischen Männern, denen wir beim schwimmenden Markt begegneten.

Ihm zu danken hätte sich für mich so angefühlt, als würde ich meine Verlobung bereitwillig hinnehmen, also neigte ich stattdessen den Kopf. Er stand so nah vor mir, dass der Saum meines Rocks fast seine schwarzen Stiefel streifte. Im Kontrast zu einer so dunklen Farbe kam mir das Rot auf einmal gar nicht mehr so grell vor.

»Wie gefällt Euch Euer Aufenthalt in Varenia?«, fragte ich, und meine Stimme klang selbst in meinen eigenen Ohren verzagt und kindlich. Wie schlicht musste ich auf jemanden wie Talin wirken?

»Ich bin noch nicht lange hier«, sagte er. »Erst seit ein paar Stunden, aber die Wärme und Lebendigkeit dieses Ortes sind wie eine Atempause im Sturm.«

Ich sah wieder auf, verblüfft von seiner Wortwahl.

Er musste die Verwirrung in meinem Gesicht gelesen haben, denn er öffnete den Mund, um etwas zu sagen, bevor ich die Gelegenheit zu einer Antwort hatte.

»Talin, bitte gesellt Euch doch zu uns«, rief Elidi von der Tür zum Balkon.

Er schloss den Mund wieder und verbeugte sich vor mir. »Bitte entschuldigt mich, Mylady.«

Talin folgte Elidi zur Tür, blieb auf der Schwelle jedoch noch einmal stehen, wandte sich zu mir um und lächelte sanft. Errötend wandte ich mich ab.

Zadie wirkte so klein und allein am Tisch. Ich schämte mich dafür, dass ich mit Talin gesprochen hatte, obwohl ich doch bei meiner Schwester sein sollte. Ich eilte zu ihr, aber sie weigerte sich, mich zur Kenntnis zu nehmen.

»Schwester, bitte, schau mich an.«

»Du hast es gewusst, doch du hast es mir nicht gesagt.« Ihre Stimme klang brüchig.

»Wir haben es gerade erst erfahren, und wir hatten gehofft, es ihnen noch ausreden zu können. Wir hatten keine Ahnung, dass sie es heute Abend verkünden wollten.«

Sie hob eine Braue. »Wir? Ihr seid jetzt also ein ›Wir‹?«

Ich warf Sami einen Blick zu, der still an Zadies anderer Seite stand. Er versuchte, ihre Hand zu nehmen, aber sie entzog sie ihm und legte sich die Hand in den Schoß, ohne ihn anzusehen.

»Es war nicht unsere Entscheidung, Zadie«, sagte Sami. »Du weißt, dass ich dich heiraten würde, wenn ich könnte. Aber du gehst weg.«

»Das klingt so, als würde ich das wollen«, gab sie zurück und sah ihm endlich in die Augen. »Sag deinem Vater, dass du mich liebst, dass du mich heiraten willst. Er muss mich nicht nach Ilara schicken. Alys kann gehen. Oder Nor.«

Ich zuckte zurück bei ihrem Tonfall. »Das war nicht die Entscheidung des Gouverneurs. Außerdem hat dich der Botschafter gesehen. Die Ältesten können nicht einfach behaupten, sie hätten ihre Meinung geändert.«

Nun hielten ihre Wimpern die Tränen nicht mehr und sie flossen ihr über die Wangen. »Warum nicht?«

»Du bist das schönste Mädchen, das es in Varenia je gegeben hat«, antwortete Sami. »Sie hätten keine andere wählen können.«

»Trotzdem willst du mich nicht.«

Er strich ihr mit dem Finger über die Wange und fing ihre Tränen auf. Ich sah weg, ich wollte eine so intime Geste nicht mit ansehen. »Ich habe noch nie etwas mehr gewollt, als dich zu heiraten. Wir sind alle in den Plänen der Götter gefangen wie Fische in der Strömung.«

Sie packte den Stoff seiner Tunika. »Dann schwimm gegen den Strom. Ändere den Plan. Lass nicht zu, dass sie mich dir wegnehmen.«

Er zog sie an sich und legte ihr das Kinn auf den Scheitel, und sie sank schluchzend gegen ihn, trauriger, als ich sie jemals gesehen hatte.

Wut und Verzweiflung stiegen in mir auf. Dies konnte

nicht der Plan der Götter für uns sein. Alles fühlte sich so falsch an.

Ich ging zur Tür im hinteren Teil des Hauses und trat auf den Verbindungssteg hinaus. Sofort erfasste mich ein heißer Windstoß, und der rote Stoff meines Kleids peitschte mir um den Körper, meine Zöpfe schlugen mir ins Gesicht. Ich packte die Balustrade, die einst die Reling eines Schiffs gewesen war, lehnte mich in den Wind und schickte meine Gebete zu Thalos hinaus. Doch falls er mich hörte, hatte er mir jedenfalls nichts zu sagen.

Später, nachdem wir uns vom Gouverneur und seiner Frau verabschiedet hatten und nach Hause zurückgekehrt waren, ließ sich Zadie aufs Bett sinken und rollte sich von mir weg, bevor ich auch nur ein Wort sagen konnte. Vorhin hatte ich gesehen, wie sie Samis Hand genommen hatte, als unsere Eltern nicht hingesehen hatten. Sie hatte ihm vergeben, mir jedoch nicht. Uns blieben bloß noch fünf Tage zusammen, und ich fragte mich, wie viele davon ich an ihre Wut verlieren würde. Meine Hand schwebte über ihrer Schulter, aber sie rückte noch weiter fort von mir, also zog ich mich auf meine Seite des Bettes zurück und fühlte meinen eigenen Zorn in der Dunkelheit glühen.

Nichts von all dem war meine Entscheidung gewesen. Das musste sie doch sehen. Sie wusste, dass ich Sami nicht liebte, dass ich an ihrer Stelle gehen würde, wenn ich könnte. Vielleicht brauchte sie lediglich jemanden, dem sie die Schuld geben konnte – ich wünschte bloß, dass nicht ausgerechnet ich das sein müsste.

Ich schlief unruhig in dieser Nacht, mal war mir zu heiß, dann wieder zu kalt. Ich trat die Decke weg und holte sie mir wieder zurück. Als ich morgens aufwachte, steif und erschöpft, war Zadies Bettseite leer. Ich trat auf den Balkon hinaus, in der Erwartung, meine Schwester dort zu finden, doch auch da war sie nicht.

Das Meer war ruhig an diesem Morgen, ein dunkles Graublau, das mit dem Horizont verschwamm, wo die träge Sonne langsam aus dem Wasser kroch. Ich hatte es immer schon geliebt, der Sonne beim Auf- und Untergehen zuzusehen, die raue Schönheit der Natur. Nun jedoch zog sich mir der Magen zusammen, auf eine Art, die mir allmählich viel zu vertraut wurde. Der Gedanke an hundert weitere Jahre mit immer demselben Anblick trieb mich schier in den Wahnsinn.

Gerade wollte ich wieder ins Haus zurückgehen, als ich ein Geräusch von unter dem Haus hörte. Ich schlich an den Rand des Balkons und spähte hinab.

Sami und Zadie saßen in unserem Boot und flüsterten miteinander.

Ich hatte schon den Mund geöffnet, um nach ihnen zu rufen, Zadies Name lag mir auf der Zunge, als sich Sami vorbeugte. Bevor ich wusste, was geschah, küssten sie sich.

Einen Moment lang starrte ich die beiden nur an. Ich hatte schon vorher gesehen, wie sich Paare küssten – meistens meine Eltern, manchmal auch andere junge Leute bei Festen oder in einem Boot, wenn sie glaubten, dass sie niemand sah. Aber das hier waren meine Zwillingsschwester und Sami. Und es war nicht bloß ein kurzes Küsschen. Sie küssten einander *immer noch.*

Ich zog mich auf den Balkon zurück und tat so, als würde ich mir weiter den Sonnenaufgang ansehen. Wenn sich Zadie und Sami küssen wollten, was ging mich das an? Ich liebte Sami nicht auf diese Weise. Ich wollte ihn nicht küssen.

Nur, wollte ich wirklich, dass meine Schwester meinen zukünftigen Ehemann küsste? Mit finsterer Miene zupfte ich an einem Holzsplitter herum. Mutter wäre entsetzt, wenn sie es wüsste. Nicht, dass ich es ihr jemals sagen würde, aber so war es nun mal. So sehr ich mir auch wünschte, meine Schwester würde Varenia nicht verlassen, ein kleiner Teil von mir war dankbar dafür, dass es bis zu ihrer Abreise nur noch wenige Tage waren. So konnte ich nicht weitermachen.

Zadie musste wohl durch die Falltür wieder ins Haus geklettert sein, denn ein paar Minuten später hörte ich, wie sie hinter mir über den Balkon ging. Eine Decke senkte sich um meine Schultern, und Zadie setzte sich neben mich und legte ihren Kopf an meine Halsbeuge, wohin er immer schon perfekt gepasst hatte. Sie roch nach Holzrauch und Meersalz und nach etwas, das nur Zadie war. Unsere langen Beine baumelten über den Rand und warfen Schatten aufs Wasser, während wir nebeneinandersaßen, und ich versuchte, den Gedanken zu verdrängen, dass Sami vielleicht eines Tages auch unsere Gerüche miteinander vergleichen würde.

Mutter und Vater schliefen noch und würden es wohl noch eine ganze Weile lang tun, wenn man bedachte, wie viel Wein sie am vergangenen Abend getrunken hatten. Mein eigener Kopf fühlte sich immer noch vernebelt an von dem winzigen Schluck, den ich hinuntergebracht hatte.

»Nor.«

»Hm?«

Zadie hob den Kopf und das plötzliche Fehlen ihrer Wärme an meinem Hals war ein zu deutlicher Verlust. »Es tut mir leid wegen gestern Abend.«

»Da gibt es nichts, was dir leidtun müsste.«

»Doch, gibt es. Ich habe nur an mich selbst gedacht, obwohl

du genauso wenig um das hier gebeten hast wie ich. Und wenn Sami schon eine andere heiraten muss, dann bin ich froh, dass du es bist.«

Erleichtert atmete ich auf. »Zadie.«

»Ja?«

»Mir tut es auch leid.«

»Ich weiß.«

Gleichzeitig griffen wir nach der Hand der jeweils anderen und eine warme Träne löste sich unter meinen geschlossenen Augenlidern. Wie sollte ich mich nur all diesen Sonnenauf- und Sonnenuntergängen ohne sie stellen? Ein Teil von mir wünschte, wir könnten uns einfach das Boot nehmen und nach Norden aufbrechen, nach Galeth. Dort könnten wir zusammen ein neues Leben beginnen, wo uns niemand kannte, wo unsere Zukunft ausschließlich uns gehörte. Aber ich wusste, dass meine Schwester niemals vor ihrer Pflicht davonlaufen würde, und ich konnte das nicht von ihr verlangen.

Später an diesem Tag, als wir Sami trafen, fiel es mir schwer, ihn anzusehen. Ich hatte ihn immer schon geliebt, so, wie ich wohl einen Bruder lieben würde, wenn wir einen hätten. Mutter und Vater sprachen nie darüber, aber ich vermutete, dass Mutter nach uns keine weiteren Kinder hatte bekommen können. Was vielleicht auch gut so war. Wie sie wohl sein mochte, wenn sie noch mehr Töchter hätte, konnte ich mir nicht einmal vorstellen.

Während ich zusah, wie Samis Blick immer wieder zu Zadie glitt und sich seine Mundwinkel dabei zu einem Lächeln hoben, dachte ich an ihren Kuss und daran, was er bedeutete. Ich hatte schon vorher bemerkt, wie Jungen Zadie so ansahen, und ich hatte mich immer gefragt, wie es sich anfühlen musste, Gegenstand solcher Aufmerksamkeit zu sein.

Bis gestern Abend. Nun erkannte ich den Ausdruck auf Talins Gesicht wieder – es war kein Spott gewesen, wie ich geglaubt hatte, sondern eher so etwas wie Bewunderung. Ich hatte keine Ahnung, was ich davon halten sollte.

Ich stellte mir vor, wie ich wohl gewirkt haben musste, als er mich zum ersten Mal gesehen hatte, wie sich meine Tunika und meine Röcke an die Formen meines Körpers geschmiegt hatten. Ich war kein Kind mehr, und ich hätte es besser wissen sollen, als so vor dem Haus des Gouverneurs zu erscheinen. Hatte mein Mangel an Sittsamkeit ihn etwa auf bestimmte Gedanken gebracht? Bei der Vorstellung wurde ich so rot, dass Zadie mich fragte, ob mir nicht gut war.

Vielleicht war das der Grund, warum Talin nicht meine Narbe angestarrt hatte – er war zu abgelenkt vom Rest meines Körpers gewesen. Allerdings hatte er meine Narbe auch später nicht beachtet, als ich angemessen gekleidet war. Nicht ein einziges Mal war sein Blick darauf gelandet, oder zumindest hatte ich es nicht bemerkt. Vielleicht galten Narben in Ilara nicht als so abstoßend wie in Varenia. Trotzdem konnte ich nicht begreifen, warum seine Aufmerksamkeit beständig mir gegolten hatte, obwohl sich Zadie im selben Raum befunden hatte.

Konnte es sein, dass Mutters Erziehung trotz allem auf mich abgefärbt hatte? Sie hatte uns immer ermahnt, uns feminin zu geben, den Blick zu senken und zur Seite zu sehen, wenn man uns Komplimente machte, stets darauf zu achten, dass unsere Kleidung gut geschnitten und schmeichelnd, aber nie zu eng war.

Nur weil ihr nicht als Prinzessinnen geboren wurdet, heißt das nicht, dass ihr euch nicht wie Prinzessinnen benehmen könnt, sagte sie gern. *Verhaltet euch königlich, dann wird man euch auch so behandeln.*

Trotz all ihrer Fehler musste ich Mutter eines lassen: Wir wurden *tatsächlich* gut behandelt, von den anderen Dorfbewohnern und natürlich auch von der Familie des Gouverneurs. Was zum Teil daran lag, dass Vater mit Kristos befreundet war, seit sie selbst noch Kinder gewesen waren, doch es war mehr als das. Mutter präsentierte uns der Welt als etwas so Seltenes und Schönes wie Meeresblumen und genauso betrachtete man uns auch.

Wieder beobachtete ich Zadie und Sami. Er grinste wie ein Trottel, während er ihr dabei zusah, wie sie unser Abendessen kochte. Sein Blick folgte jeder ihrer Bewegungen. Ich hatte mit angesehen, wie Vater sein Leben riskierte, um in Schiffswracks nach Geschenken für Mutter zu suchen, nur um ihr dabei zusehen zu können, wie sie sich vor ihrem Spiegel kämmte und zurechtmachte.

Ich wollte glauben, dass mein Wert über den Grad meiner Schönheit hinausging. Ich half dabei, unsere Familie zu ernähren. Ich kochte und reparierte Fischnetze. Ich handelte geschickt auf dem Markt. Trotzdem war es Zadie, die unserer Familie den Brautpreis einbringen und damit dafür sorgen würde, dass wir über Jahre hinweg genug zu essen und anzuziehen hatten. Alles dank ihrer Schönheit.

Schönheit ist Macht, hatte Mutter uns so lange vorgebetet, bis es klang wie: *Der Himmel ist blau*. Oder: *Wasser ist nass*. Ich *wollte* nicht glauben, dass der Wert einer Frau einzig und allein von ihrem Erscheinungsbild abhing. Dennoch war da eine leise, hartnäckige Stimme in meinem Kopf, die fragte: *Was, wenn Mutter recht hat?*

6

In den kommenden Tagen blieb mir keine Zeit, über Talin nachzudenken – der ebenso still wieder verschwand, wie er gekommen war. Ich musste einige zusätzliche Pflichten übernehmen, damit Zadie einem Maler Modell sitzen konnte. Er fertigte ihr Porträt an, das ihr nach Ilara vorausgeschickt werden sollte. Ich stellte mir vor, wie ihr Bildnis neben denen all der anderen varenianischen Mädchen hing, die vor ihr erwählt worden waren. Hatten sie gehen wollen, oder hatten auch sie einen Grund gehabt, lieber zu bleiben?

Abends ging Zadie die wenigen Dinge in der Reisetruhe durch, die Vater für sie gebaut hatte. Das Königsschloss stand am Fuß einer Bergkette, wo es viel kälter war als hier, trotzdem bestand Mutter darauf, dass Zadie unsere feinsten Kleider mitnahm (darunter auch Zadies rosa und mein rotes Kleid). Dazu ihren eigenen Perlmuttkamm und eine Kette aus weißen Perlen, die Vater ihr zur Hochzeit geschenkt hatte. Außerdem lag in der Truhe noch der Reisemantel, den Sami ihr versprochen und am Vortag überreicht hatte. Er war aus weichem grünem Samt gemacht und schmucklos, abgesehen von dem Messingknopf am Hals.

»Ich habe noch nie etwas so Weiches gefühlt«, sagte ich und strich leicht darüber.

»Vielleicht der Rücken eines Stachelrochens.«

»Schon, aber daraus kann man bestimmt keinen so hübschen Mantel machen.«

Zadies Lächeln wirkte angestrengt. »Nein, wahrscheinlich nicht.«

»Was ist los?«, fragte ich. »Ich meine, ich weiß, was los ist, aber macht dir gerade noch etwas Bestimmtes zu schaffen? Etwas, bei dem ich dir vielleicht helfen kann?«

Sie seufzte. »Ich weiß, dass es dumm ist, aber ich denke die ganze Zeit, dass vielleicht doch noch irgendein Wunder geschieht. Dass uns irgendetwas einfällt, wie wir das alles ändern können. Das ist unmöglich, ich weiß, aber ich kann nicht anders, als wenigstens davon zu träumen.«

»Die einzige Möglichkeit, wie du hierbleiben könntest, wäre, dass du von heute auf morgen plötzlich nicht mehr schön bist, und wir beide wissen, dass das nicht passieren wird.« Wenn überhaupt, dann war Zadie in den vergangenen Tagen bloß noch schöner geworden.

Trauer ist gut für die Seele, hatte Vater nach dem Zwischenfall gesagt, nachdem ich mich von dem Schmerz und dem Fieber erholt, aber noch nicht an das Gefühl des zerrissenen Fleischs auf meiner ansonsten makellosen Haut gewöhnt hatte. *Diejenigen, die nie Schmerz oder Unglück erfahren haben, sind so seicht wie die Wellen am Strand.*

Was ist so falsch daran, seicht zu sein?, hatte ich ihn gefragt.

Was liegt unter der Oberfläche der seichten Wasser? Gar nichts. Erst wenn man tiefer hinabtaucht, erwacht der Ozean zum Leben. Je tiefer du gehst, desto mehr Geheimnisse und Überraschungen erwarten dich.

Ich hatte die Stirn gerunzelt und war näher an ihn herangerückt. Nicht überzeugt. Ich hatte zwar noch nie seichte Wasser gesehen, aber eines wusste ich darüber: dass man durch sie hindurch an den Strand laufen konnte, und nichts konnte geheimnisvoller und überraschender sein als das Land. Jedenfalls nicht für mich.

Zadie faltete den Umhang wieder zusammen und legte ihn zurück in die Truhe. »Ich werde einfach das Gefühl nicht los, dass die Götter irgendwie unsere Schicksale vertauscht haben. Dass ich eigentlich diejenige bin, die hierbleiben sollte …«

»Und ich diejenige, die gehen sollte«, beendete ich ihren Satz. Ich stieß den Atem durch die Nase aus. »Tja, immerhin *sind* wir eineiige Zwillinge. Als wir noch Babys waren, hat uns sogar Vater verwechselt. Vielleicht bin ja in Wahrheit ich Zadie, und du bist eigentlich Nor«, sagte ich lachend.

Vor dem Zwischenfall hatten uns die Leute oft verwechselt. Man hatte mich so oft Zadie genannt, dass ich sogar jetzt noch genauso gut auf ihren Namen hörte wie auf meinen eigenen. Es gab Zeiten, in denen ich mich meiner Schwester so nahe fühlte, als wären wir tatsächlich zwei Hälften derselben Person. Ich konnte genauso wenig ohne sie leben wie mit nur einem halben Herzen.

Zadie lächelte, doch als wir uns am Abend wieder zum Schlafen legten, drehte sie mir erneut den Rücken zu. Selbst wenn ich aus meiner Mutter nicht schlau wurde und nicht ergründen konnte, was wohl die Zukunft bereithielt, war es mir in meinem Leben immer der größte Trost gewesen, zu wissen, dass ich wenigstens Zadie kannte, vielleicht sogar besser als mich selbst. Sie war vorhersagbar, verlässlich, ehrlich und gut. Sie war verantwortungsbewusst und ausgeglichen. Sie überraschte einen nie, indem sie etwas Unerwartetes tat. Sie war so geradlinig wie der Horizont und so zuverlässig wie der Sonnenaufgang. Solange ich denken konnte, hatten wir gewusst, dass dieser Tag kommen würde, und ich hatte immer angenommen, dass sich Zadie darauf vorbereitet hatte, so wie ich.

Irgendwann mitten in der Nacht wachte ich auf und entdeckte, dass Zadie nicht da war. Einen Moment lang machte ich mir Sorgen, bis mir einfiel, dass sie wahrscheinlich wieder bei Sami war und ihn küsste. Ich redete mir ein, dass ich nicht eifersüchtig war, aber was, wenn ich ganz furchtbar küsste? Woher wusste Zadie überhaupt, was sie tun musste?

Die ganzen siebzehn Jahre unseres Lebens war sie mir so nahe gewesen wie mein eigen Fleisch und Blut, doch nun fragte ich mich, ob ich sie überhaupt jemals wirklich gekannt hatte.

Als ich am nächsten Morgen erwachte, lag sie wieder neben mir. Ich betrachtete ihr herzförmiges Gesicht, dass im Schlaf ganz entspannt war, und fragte mich, ob Sami sie wohl auch lieben würde, wenn sie diejenige mit der Narbe wäre. Ich hatte erlebt, wie sich die Liebe meiner Mutter zu mir nach dem Zwischenfall gewandelt hatte. Sogar mein Vater, an dessen Liebe ich nie gezweifelt hatte, behandelte mich seither anders. Er konnte mich nicht mehr ohne einen Anflug von Trauer oder Bedauern in den Augen betrachten, als würde er zwei Versionen von mir sehen: So, wie ich vor dem Zwischenfall gewesen war, und so, wie ich jetzt war.

Als Zadie erwachte, fragte ich sie nicht, wo sie gewesen war, und sie erzählte es auch nicht. Vater war frühmorgens mit den Männern zum Fischen rausgefahren und Mutter schlief noch.

»Was wollen wir heute machen?«, fragte Zadie, während wir uns anzogen.

»Nach Austern suchen, schätze ich mal.«

»Dann hat Mutter aber kein Boot. Sie muss sich eines bei einem Nachbarn leihen. Oder schwimmen.«

Ich grinste. »Noch besser.«

Wir blieben den ganzen Morgen draußen auf dem Meer und während dieser wenigen, flüchtigen Stunden fühlte sich das Leben wieder so an wie vor der Zeremonie. Wir schwammen um die Wette, um als Erste bei den wenigen Austern zu sein, die wir entdeckten, und ich ließ Zadie einmal gewinnen, wie ich es so oft tat. Wir fanden sogar einen Oktopus, der sich zwischen den Felsen versteckte, und holten ihn uns. Wenigstens würde es an diesem Abend nicht nur Eintopf geben.

Als wir wieder zu Hause ankamen, war Mutter noch dort, so wie wir es vorhergesagt hatten. Sie lag auf dem Bett und fächerte sich Luft zu, doch als wir in der Falltür erschienen, setzte sie sich auf.

»Wo wart ihr beiden denn?«, fragte sie quengelig. »Ich sitze schon den ganzen Morgen ohne Boot hier fest.«

»Wir wollten nur ein bisschen Zeit miteinander verbringen«, antwortete Zadie. »Uns bleiben ja nur noch zwei Tage.«

Sie runzelte die Stirn. »Das weiß ich. Und ich dachte, dass wir zur Abwechslung vielleicht einmal *alle drei* ein bisschen Zeit miteinander verbringen könnten.« Sie zog uns neben sich auf die Matratze und legte uns die Arme um die Schultern. »Ich kann nicht fassen, dass in ein paar Wochen nur noch euer Vater und ich hier wohnen werden.«

Ich wand mich unter ihrem Arm hinaus. »Was soll das heißen?«

»Die Hochzeit. Elidi und ich denken, dass sie am besten an Sonnenwend stattfinden sollte. Das ist eine verheißungsvolle Zeit, um gemeinsam ein neues Leben zu beginnen und eine Familie zu gründen.«

Zadie und ich tauschten einen entsetzten Blick. Eine *Familie?* Ich war nicht einmal achtzehn. Ich war noch nicht bereit zu heiraten, geschweige denn, Mutter zu werden. »Ich verstehe die Eile nicht«, sagte ich. »Zadie wird gerade erst fort sein. Können wir nicht noch etwas warten?«

»Es ist ein Glück für uns, dass Sami überhaupt zugestimmt hat, dich zu heiraten, Nor. Ich glaube nicht, dass es klug wäre, zu warten. Außerdem wird es, wenn deine Schwester fort ist, eine Person weniger geben, die für die Familie sorgt. Sobald du Samis Frau bist, wird für uns gesorgt sein, vor allem für dich. Willst du denn nicht, dass deine Familie sicher ist?«

Es ging also um Geld, nicht um mich. Ich konnte nicht abstreiten, dass wir zu kämpfen hatten, doch so ging es auch allen anderen Familien in Varenia. Wenigstens hatten wir nicht acht oder zehn Mäuler zu stopfen, wie es bei einigen anderen der Fall war. Unsere Eltern hatten zwar nicht das Glück, Söhne zu haben, die im Laufe der Jahre besser für die Familie hätten sorgen können als Zadie und ich, aber Mutter war es zweifellos gelungen, das meiste aus ihren Töchtern herauszuholen.

»Doch, Mutter«, antwortete ich. »Ich will, dass meine Familie sicher ist.«

»Gut. Wir werden deine Verlobung auf dem Fest zu Zadies Ehren in zwei Tagen verkünden. Dann werden alle in Varenia wissen, wie gesegnet unsere Familie ist.«

In der Nacht weckte mich Zadies Weinen.

»Was ist los?« Ich setzte mich auf und tastete nach ihr. Meine Finger fanden jedoch nur Leere, wo eigentlich meine Schwester hätte liegen müssen. »Wo bist du?«

»Hier«, sagte sie. Als sich meine Augen an die Dunkelheit

gewöhnt hatten, sah ich sie zusammengekauert am Fußende des Bettes sitzen. Tränen glitzerten auf ihren Wangen.

»Was ist los? Ist etwas passiert? Hast du Schmerzen?«

»Nein. Ich brauche … ich brauche deine Hilfe.«

»Natürlich«, versicherte ich ihr, doch sie blieb einfach sitzen. »Das kann aber doch bestimmt bis morgen warten.«

Ohne ein weiteres Wort stand Zadie auf und verließ unser Schlafzimmer. Verwirrt und immer noch im Halbschlaf folgte ich ihr auf den Balkon hinaus.

»Was ist denn?«, flüsterte ich. »Was ist passiert?«

»Du wirst mich dafür hassen, wenn ich es dir sage, aber das hält mich nicht auf. Ich kann nicht nach Ilara gehen. Und ich brauche deine Hilfe.«

Damit sprang sie vom Balkon, bevor ich sie aufhalten konnte. Erschrocken sprang ich ihr nach, aus Angst, dass sie versuchen würde, sich zu ertränken. Stattdessen schwamm sie vom Haus fort. Ich wollte ihr nachrufen, damit sie anhielt, doch ich befürchtete, damit das halbe Dorf aufzuwecken, also folgte ich ihr.

Nachdem wir eine gefühlte Ewigkeit geschwommen waren, erreichten wir schließlich unser Boot, das weit entfernt vom Haus vor Anker lag.

»Was hast du denn vor?«, brachte ich keuchend heraus. Ich hatte nicht gewusst, das Zadie so schnell schwimmen konnte. Gerade wollte ich zum Boot und mich hineinziehen, als sie die Hand ausstreckte.

»Komm nicht zu nah ran, Nor.«

»Was? Warum nicht?« Ich folgte ihrem Blick zu einem Seil, das über die Bootswand hing. »Was ist das?«

Sie biss sich auf die Lippe. »Ich habe sie gefangen. Letzte Nacht.«

Dann war sie also doch nicht bei Sami gewesen. »Was hast du gefangen?«

»Eine Jungfernhaarqualle.«

Ich schnappte nach Luft und schwamm rasch ein Stück vom Boot weg. »Zadie, nein! Hast du eine Ahnung, wie gefährlich das ist? Hat sie dich gestochen?«

»Ich habe ein großes Netz genommen und sie nicht berührt. Ich habe sie mir nicht einmal angesehen, seit ich sie gefangen habe. Sie war den ganzen Tag hier draußen, mit einem Anker beschwert. Soweit ich weiß, ist sie tot.«

Ich tauchte unter, sicher irrte sie sich. Zadie konnte keine Jungfernhaarqualle gefangen haben. Sie wusste ja nicht einmal, wie. Doch da war sie. Da war die Qualle und leuchtete schwach im Netz.

Ich tauchte wieder auf und strich mir das Haar aus dem Gesicht. »Und was genau hast du jetzt damit vor?«

»Ich werde mich selbst damit verletzen. An den Beinen. Damit sie vernarben wie bei Dido.«

Dido war ein Mädchen, das wir schon seit unserer Kindheit kannten. Als sie erst acht gewesen war, hatte sie schreckliche Narben davongetragen, als eine tote Jungfernhaarqualle in unser Dorf getrieben war. Varenianer verfügten über erstaunlich gute Heilungskräfte, aber die Narben an ihren Beinen waren immer noch da. Sie war eine der ganz wenigen in unserem Alter, die nicht an der Zeremonie teilgenommen hatten. Sie war das Mädchen, das uns Mutter immer als abschreckendes Beispiel vor Augen gehalten hatte, wenn wir etwas taten, das sie als riskant oder gefährlich betrachtete.

Ihr wollt doch nicht so enden wie die arme Dido, oder?

»Warum?«, flüsterte ich.

»Wenn die einzige Möglichkeit, in Varenia zu bleiben, darin

besteht, dass ich meine Schönheit verliere, dann werde ich genau das tun.«

Ich schloss die Augen, als mir wieder einfiel, was ich am vergangenen Tag zu ihr gesagt hatte. Innerlich verfluchte ich mich selbst für meine Dummheit. »Tust du das hier wegen meiner albernen Bemerkung? Damit erreichst du vielleicht, dass du Varenia nicht verlassen musst, aber Sami würde dich niemals heiraten dürfen. Und du könntest sterben!« Stiche von einer Jungfernhaarqualle waren selten tödlich, hauptsächlich deshalb, weil sie vermeidbar waren und weil sich jeder, der doch einmal einen Stich abbekam, so schnell wie möglich von der Qualle entfernte. Dido war noch klein und keine gute Schwimmerin gewesen und hatte der riesigen Qualle nicht entkommen können.

Diese Qualle war noch kleiner als diejenige, die wir neulich gesehen hatten, und junge Tiere waren noch nicht so giftig wie die ausgewachsenen. Sich jedoch absichtlich stechen zu lassen? Wer wusste schon, was für Folgen das haben konnte?

»Wenn dir eine andere Möglichkeit einfällt, wie ich in Varenia bleiben kann, dann höre ich dir gern zu, aber wenn nicht, dann interessiert mich nur, ob du mir helfen wirst oder nicht«, sagte Zadie.

Das bist doch nicht du!, wollte ich schreien. Sie klang kalt und gefühllos wie Mutter. »Ich würde alles für dich tun, Zadie. Das weißt du. Aber ich werde dir nicht dabei helfen, dich selbst zu verletzen.« Ich wollte wegschwimmen, aber sie packte mich fest am Arm.

Sie zog mich zu sich, bis meine Stirn ihre fast berührte. Einen Moment später zerbrach ihre harte Miene und sie begann zu weinen. »Bitte, Nor. Ich habe Angst.«

Ein paar Augenblicke starrte ich sie nur an und versuchte,

mir vorzustellen, wie es sein mochte, etwas so sehr zu wollen, dass man bereit war, sich selbst dafür auf ewig zu verstümmeln. Zadie kannte Schmerzen nicht so wie ich, sie konnte unmöglich wirklich verstehen, was sie da verlangte.

Doch sie hatte mich leiden sehen. Sie wusste, was ich hatte durchstehen müssen. Allein dies mitzuerleben musste schrecklich für sie gewesen sein, genauso schrecklich, wie es für mich sein würde, sie leiden zu sehen. Wenn sie mich darum bat, dies zu tun, dann musste sie unvorstellbar verzweifelt sein.

In meinen Augen brannten Tränen, als ich begriff, dass Zadie *jetzt schon* Schmerzen litt. Sami zu verlassen mochte ihr zwar keine körperliche Wunde zufügen, aber mir kam es schon bei dem Gedanken, dass sie bald fortgehen würde, so vor, als würde mir jemand ins Herz stechen. Sie empfand diesen Schmerz sowohl meinetwegen als auch wegen Sami. Ich sah auf ihre Hand hinab, die meine umschlossen hielt, auf die makellose Haut ihres Arms. Sie hatte es all die Jahre geschafft, sich nicht einmal an einem Splitter zu verletzen, und nun wollte sie, dass ich ihr half, alles innerhalb eines Augenblicks zunichtezumachen?

»Ich kann nicht!« Nun liefen meine Tränen über. »Ich werde das nicht für dich tun, Zadie. Es tut mir leid.«

Ich war schon ein gutes Stück entfernt, als sie mir nachrief.

»Dann tue ich es selbst!«

Als ich herumfuhr, sah ich, wie sie sich ein Messer aus dem Boot griff und unter Wasser verschwand.

»Zadie, nein!« Ich tauchte ihr nach und erreichte sie gerade noch rechtzeitig. An der Schulter riss ich sie zu mir herum, und einen Moment lang schwebten wir in der Stille, ihr Gesicht war ein Spiegel der Angst, die ich selbst fühlte.

»Bitte, Nor«, flehte sie, sobald wir die Oberfläche wieder durchbrachen. »Wenn du das nicht für mich tun wirst, dann bleib wenigstens bei mir. Allein schaffe ich es nicht.«

Ich hasste mich dafür, dass ich nickte, aber ich wusste, dass ich mich noch viel mehr hassen würde, wenn ich ging, und sie sich bei dem Versuch, sich selbst zu verletzen, etwas Schreckliches antat. »Wie willst du es machen?«, fragte ich mit zitternder Stimme.

Ein Teil der Sorge wich aus ihrem Gesicht, doch mir kam es so vor, als hätte ich diesen Teil stattdessen übernommen. »Ich schneide einen der Tentakel ab und lege ihn mir auf die Beine. Er muss eine Weile auf meiner Haut bleiben, damit sich auch sicher eine Narbe bildet.«

Entsetzt starrte ich sie an. »Woher weißt du das?«

Sie schwamm auf die Seite des Boots zu, die weiter entfernt von der Qualle war. »Mutter hat es mir einmal gesagt. Sie meinte, wenn mich jemals eine Qualle stechen sollte, dann wäre das Wichtigste, die Tentakel sofort zu entfernen und die Stacheln mit etwas Flachem und Hartem abzustreifen. Andernfalls würden Narben zurückbleiben. Es ist nur eine kleine Jungfernhaarqualle. Ich glaube nicht, dass sie genug Gift hat, um mich zu töten.«

»Du *glaubst* es nicht?«, keuchte ich.

»Ich bin mir sicher.«

Was nicht sonderlich ermutigend war. »Und was sollen wir Mutter und Vater sagen? Was sollen wir den anderen im Dorf erzählen?«

»Dass wir nachts schwimmen waren und die Qualle nicht gesehen haben. Niemand würde glauben, dass ich mir das selbst angetan habe.«

Sie hatte recht. Ich konnte es ja selbst kaum glauben, obwohl ich hier draußen bei ihr war. »Was, wenn Sami dich dann nicht mehr will?«

»Er liebt mich, Nor. Ich weiß, dass sich daran nichts ändern wird.«

Ich wusste nur zu gut, wie eine Narbe die Liebe verändern konnte, aber ich brachte es nicht übers Herz, ihr das zu sagen. »Sein Vater ist der Gouverneur. Er wird es vielleicht nicht erlauben.«

Zadie schüttelte den Kopf. »Wenn Sami mich will, dann werden seine Eltern ihm zuhören. Und falls nicht, dann laufen wir zusammen weg.«

Erschrocken blinzelte ich. Ich hatte mit Zadie weglaufen wollen, doch ich hätte mir nie vorstellen können, dass sie so etwas tatsächlich tun würde. »Hast du mit ihm darüber gesprochen?«

»Nein, aber ich weiß es einfach. Wir haben uns geküsst, Nor. Und es war wie ein Versprechen. Dass er mich genauso liebt wie ich ihn. Dass er alles für mich tun würde. Ich kann dir nicht erklären, wie sich das anfühlt, das Wissen, dass jemand alles für dich tun würde.«

Scharf sog ich die Luft ein, ihre Worte schmerzten wie ein Widerhaken in meinem Herzen. Wusste sie denn nicht schon immer, dass ich alles für sie tun würde? »Trotzdem kommst du damit zu mir? Warum bittest du nicht *Sami* darum, wenn er dich doch so liebt?«

Sie zog mich zu sich. »Weil *du* mein Seelenzwilling bist. Du kennst mich besser, als jeder andere mich jemals gekannt hat und kennen wird. Weil ich dir mehr vertraue als Sami. Und weil du der stärkste Mensch bist, dem ich jemals begegnet bin. Nur du kannst mir helfen.«

»Es ist nicht fair von dir, das von mir zu verlangen.«

Meine Stimme brach, als ich aufschluchzte.

»Du wirst mich beschützen«, sagte sie durch ihre eigenen Tränen. »Das hast du immer getan und du wirst jetzt nicht damit aufhören.«

Ich musste mir auf die Lippe beißen, um nicht zu schreien. Ein Teil von mir war wütend auf meine Schwester, weil sie es wagte, mich überhaupt zu fragen, weil sie mich in diese Lage brachte. Ich wollte mich weigern, ich wollte zurück ins Bett und die nächsten beiden Tage verschlafen, bis es endlich vorbei war.

Doch sie hatte recht. Es gab nichts, was ich nicht für sie tun würde, und wenn dies wirklich das war, was sie wollte, dann konnte ich sie damit nicht allein lassen.

»Ich helfe dir, die Tentakel zu bekommen«, sagte ich schließlich. »Aber ich tue das nur, weil ich Angst habe, dass du dich bei dem Versuch verletzt, nicht weil ich damit einverstanden bin.«

»Ich verstehe.« Sie griff ins Boot und reichte mir Vaters schärfsten Speer und ein kleines Netz, mit dem winzige Fische gefangen wurden. »Sei vorsichtig.«

Ich nahm beides entgegen und tauchte unter Wasser. Die Qualle war fast vollständig in dem großen Netz eingewickelt, mit dem Zadie sie gefangen hatte, einige der Tentakel hatten sich jedoch durch die Maschen gewunden. Meine Tränen mischten sich mit dem Salzwasser um mich, während ich versuchte, meine immer noch zitternden Hände ruhig zu halten. Ich brauchte mehrere Versuche, bis es mir gelang, vier oder fünf der dünnen Tentakel abzuhacken und sie mit dem kleinen Netz einzufangen. Ich wusste immer noch nicht, ob ich das Richtige tat, als ich vorsichtig auftauchte, wobei ich das Netz eine Armeslänge von mir entfernt hielt.

Zadie hielt ein Stück Treibholz in der Hand. »Ich dachte, wir machen es am besten hier draußen, damit mich niemand schreien hört, aber nur für alle Fälle beiße ich auf das Holz. Wir sollten lieber ins Boot klettern, falls ich ohnmächtig werde.«

Ich begriff, dass sie alles genau geplant hatte. Vielleicht schon seit dem Tag, an dem wir die tote Jungfernhaarqualle gesehen hatten. »Und was dann?«

»Dann sehen wir weiter.«

Ich ließ das Netz mit den Tentakeln ins Boot fallen und zog mich dann selbst hinein. Ich landete neben Zadie.

Wir trugen beide bloß unsere Tuniken und das Meerwasser auf Zadies langen Beinen glitzerte im Mondschein. Noch war sie heil und vollkommen. Es war nicht zu spät, um einfach heimzufahren und so zu tun, als wäre nie etwas passiert.

»Bitte tu es nicht, Zadie«, flehte ich. »Was, wenn wir zusammen mit Gouverneur Kristos sprechen? Vielleicht willigt er dann ein, mich an deiner Stelle gehen zu lassen.«

Sie schüttelte den Kopf. »Selbst wenn er es erlauben würde, Mutter würde niemals zustimmen. Sie ist fest entschlossen, dass das mein Schicksal sein soll.«

Außerdem glaubt sie nicht, dass ich schön genug bin, dachte ich. Sie würde nie riskieren, dass die Ältesten am Ende Alys auswählen, um an Zadies Stelle zu gehen.

Zadie setzte sich ins Heck des Boots und schob sich das Treibholz zwischen die Zähne. »Ich bin bereit«, sagte sie um das Holz herum.

Ich griff nach dem kleinen Netz, in dem die Tentakel nur noch ganz schwach schimmerten. Wie spät war es? Wie viele Stunden blieben uns noch, bevor unsere Eltern aufwachen und entdecken würden, was wir getan hatten? Was würde

Mutter sagen, wenn sie es erfuhr? Ich wusste, dass sich alles für immer ändern würde, aber ich reichte Zadie trotzdem das Netz. Ich dachte an Didos Wunden, die ich nur ein einziges Mal gesehen hatte, als wir sie kurz nach dem Unfall besucht hatten. Ihre Haut war dort, wo die Qualle sie berührt hatte, wulstig und dunkelrosa, als würde ihr ein Haufen Würmer übers Bein kriechen.

Ich stellte mir Zadie mit solchen Narben vor und begann zu weinen. Als sie das Netz auf ihre Beine hinabsenkte, schloss ich die Augen und wappnete mich für ihre Schreie.

»Ich kann nicht.«

Ich riss die Augen auf und Erleichterung durchflutete mich. »Gott sei Dank.«

Sie nahm das Holzstück aus dem Mund. »Du musst es tun, Nor.«

»*Was?*« Heftig schüttelte ich den Kopf. »Nein. Ich habe gesagt, dass ich bei dir bleibe, aber ich kann nicht diejenige sein, die es tut.«

Zadie ließ das Netz ins Boot fallen und kniete sich vor mich. »Bitte«, sagte sie. »Wenn ich nach Ilara gehen muss, dann sterbe ich an gebrochenem Herzen. Und du wirst auch sterben, wenn du ohne mich hierbleiben musst. Vielleicht nicht gleich, aber dieses Leben wird auch dich langsam umbringen. Ich *kenne* dich, Nor. Du wirst hier niemals glücklich sein.«

»Tu das nicht«, schluchzte ich. »Mach daraus nicht etwas, das ich will. Ich will nichts von all dem hier!«

Wieder griff sie nach dem Netz und schleuderte es mir so heftig entgegen, dass ich zurückzuckte. »Wenn du mich wirklich liebst, dann hilf mir.«

Noch nie hatte ich Zadie so gesehen. Ihre Augen waren weit

aufgerissen und man sah das Weiße um ihre Iris. Sie war wild entschlossen und verzweifelt und kaum noch meine geliebte Schwester. »Sag das nicht. Bitte.«

Wie erstarrt kniete sie vor mir, zitternd vor Angst und Wut und Elend. Eine Ehre nannten sie es. Die Auserwählte zu sein, schön zu sein, vorteilhaft zu heiraten. Doch so sollte Ehre nicht aussehen: ein verängstigtes Mädchen auf den Knien, das darum flehte, verschont zu werden.

»Ich kann nicht glauben, dass du das wirklich willst, Zadie. Ich kann nicht.«

»Ich will es, Nor. Mehr als alles andere auf der Welt.«

Ich brauchte meine ganze Kraft, um das Netz von ihr zu nehmen, doch ich spürte ihre Erleichterung, als wäre es meine eigene. Sie wirkte so gespannt, dass ich fürchtete, sie könnte zerreißen wie eine Angelschnur.

»Ich liebe dich«, sagte ich zu ihr.

»Du bist immer schon alles für mich gewesen.« Ihre Stimme war rau vor Tränen. »Meine Arme, wenn ich nicht rudern durfte, meine Beine, wenn ich nicht tauchen durfte. Meine Lippen, wenn ich mich nicht vor Mutter verteidigen konnte. Jetzt musst du meine Hände sein, Nor.«

Ich biss mir auf die Lippen, um mein Schluchzen zu unterdrücken. Wenn Zadie dies nicht allein tun konnte, dann würde ich die feste Hand sein, die ihr fehlte.

Ich senkte das Netz, bis einer der Tentakel knapp über der nackten Haut ihres Oberschenkels schwebte. Dann zögerte ich wieder. »Zadie, ich …«

Bevor ich sie aufhalten konnte, packte sie meine Hand und zwang sie hinab. Entsetzt riss ich mich los und ließ das Netz fallen, aber die Tentakel, die ihre Haut berührt hatten, klebten bereits daran fest. Zadie verzog vor Schmerz das Gesicht, als die winzigen Stacheln sie packten und sich die Tentakel an ihrem Bein festsaugten.

Mir auf die Lippe zu beißen reichte nicht mehr. Ich biss mir selbst in die Hand, um nicht zu schreien. Die schimmernden blauen Adern hafteten an Zadies Bein, selbst dann noch, als sie zu zittern begann, selbst dann noch, als sie sich vor Schmerz wand. Ihre Haut wurde rot und warf Blasen. Voller Grauen sah ich, dass die Tentakel mit ihrem Fleisch zu verschmelzen schienen.

»Nimm sie weg!«, heulte Zadie schließlich. »Bitte!«

»Wie?«, kreischte ich. Mit beiden Händen schüttete ich Meerwasser über die Tentakel, um sie abzuwaschen, doch die wenigen, die sich lösten, nahmen Hautfetzen meiner Schwester mit sich. Bei meinen panischen Bemühungen, Zadie zu helfen, strich einer der Tentakel über meinen Arm. Der Schmerz war so entsetzlich, dass ich mir endlich erlaubte zu schreien, aber ich wusste, dass Zadies Qualen tausendmal schlimmer sein mussten.

Verzweifelt fasste ich sie unter den Armen und ließ sie über die Seite des Boots ins Meer gleiten. Mit einem Arm hielt ich sie über Wasser, während ich mit dem anderen versuchte, mithilfe von Vaters Speer die verbliebenen Tentakel von ihrem Bein zu wischen und dabei so wenig Haut wie nur irgendwie möglich herunterzureißen.

Als es mir endlich gelungen war, alle Tentakel zu entfernen, war Zadie bewusstlos, und das Wasser um uns herum war dunkel von ihrem Blut.

7

Nachdem ich sie zurück ins Boot gezogen hatte, lagen wir eine Weile nebeneinander, während ich versuchte, wieder zu Atem zu kommen. Ich konnte es mir nicht leisten, das Bewusstsein zu verlieren, nicht solange Zadies Augen immer noch geschlossen waren. Nicht solange sie immer noch so blass und reglos neben mir lag. Ich musste sie so schnell wie möglich nach Hause bringen, aber zuerst schnitt ich den Rest der Qualle aus dem Netz los und hackte sie mit dem Speer in Stücke.

Obwohl die Wunde an meinem Arm bei jedem Ruderschlag brannte, begann sie bereits zu heilen. Ich konnte den Anblick von Zadies Beinen kaum ertragen, während ich pullte. Ihr rechter Oberschenkel hatte die schlimmsten Wunden abbekommen, doch ein paar vereinzelte Tentakelstücke hatten auch ihren linken Oberschenkel und ihren Unterbauch gestreift. Ihr Gesicht war weiß im Mondschein, doch die Verletzungen schimmerten sogar in der Dunkelheit sengend rot. Das Gift war fast sofort in ihrem Blutkreislauf gedrungen, und sie wurde bereits heiß vom Fieber. Ich hatte Angst, dass sie tatsächlich sterben könnte, wenn ich nicht bald Hilfe holte.

Da Zadie bewusstlos war, würde ich unsere Eltern alarmieren müssen. Ich würde ihnen erklären müssen, was passiert war, ich würde dabei helfen müssen, Zadie zu verarzten. Ich hatte Angst. Angst davor, dass sie mir die Schuld geben würden, dass Zadies Plan nicht funktionieren würde, dass man sie trotzdem nach Ilara schicken würde, oder Alys an ihrer Stelle. Auch dafür würde Mutter mir die Schuld geben. Ich hatte Angst um meine Schwester, Angst davor, dass Sami nicht über die Wunden hinwegsehen konnte. Am meisten hatte ich jedoch Angst vor mir selbst. Weil ich nicht nur zugelassen hatte, dass einem Menschen, den ich liebte, so etwas zustieß, sondern weil ich auch noch dabei geholfen hatte, auch wenn Zadie am Schluss meine Hand geführt hatte.

Als unser Haus in Sicht kam, ruderte ich noch schneller, dann vertäute ich das Boot hastig an einem der Pfähle. Ich wischte mir die Tränen von den Wangen und kletterte schnell die Leiter hinauf. »Mutter! Vater!«, schrie ich in die Dunkelheit. »Hilfe!«

Ich hörte, wie sie sich auf der anderen Seite des Vorhangs regten, aber es ging nicht schnell genug. Als ich den Stoff zur Seite riss, setzte sich Vater auf. »Was ist los, Kleine?« Er nannte uns immer »Kleine«, wenn er nicht genau wusste, welche von uns er vor sich hatte.

»Es ist Zadie«, würgte ich an dem Kloß in meiner Kehle vorbei. In meinem ganzen Leben hatte ich noch nie so heftig geweint, nicht einmal damals, als ich mich an der Blutkoralle geschnitten hatte. »Sie wurde von einer Jungfernhaarqualle gestochen.«

Mutter, die gerade noch im Halbschlaf vor sich hin gemurmelt hatte, fuhr hoch. »Was?«, rief sie, ihre Stimme schrill vor Angst.

Meine Hände zitterten, als ich mich vorbeugte, um ihr aufzuhelfen. »Wir waren schwimmen, und wir haben sie erst gesehen, als es zu spät war.« Die Worte waren eine Lüge, aber die Reue und das Grauen waren nur allzu echt. »Zadie liegt bewusstlos im Boot. Ich hatte nicht genug Kraft, um sie hochzutragen.«

»Thalos, nein!«, schrie Mutter. Meine Eltern rannten an mir vorbei. Ich hörte, wie Vater ins Wasser sprang und wie Mutter wieder schrie, als sie durch die Falltür blickte.

»Mein Baby!«, heulte sie. »Was ist meinem schönen Baby passiert?«

Eine plötzliche Erinnerung an den Tag des Zwischenfalls traf mich. Damals war ich diejenige gewesen, die reglos im Boot gelegen hatte. *Was ist meinem schönen Baby passiert?* Damals hatte Mutter dasselbe über mich gesagt. Auf einmal wurden mir die Knie weich und ich sank unbemerkt auf den Boden unseres Hauses.

Mutters Schreie weckten die anderen Dorfbewohner und Laternen leuchteten in den Häusern auf. Vater rief um Hilfe.

»Hol die Älteste Nemea«, befahl er, während er Zadie vorsichtig durch die Falltür hob und Mutter sie entgegennahm.

Erst nach einem Moment begriff ich, dass er mit mir gesprochen hatte. Ich zwang mich dazu, aufzustehen, dankbar für die Gelegenheit zur Flucht. Ich konnte den Anblick der Beine meiner Schwester nicht ertragen, das grauenhafte Ergebnis dessen, was wir getan hatten.

Als ich zurück im Boot war, kehrte ein Teil meiner Kraft zurück, und ich ruderte schneller als jemals zuvor in meinem Leben. Ich musste mich dazu zwingen, beim Haus der Ältesten Nemea anzuhalten, anstatt einfach weiterzurudern, fort von Varenia und Mutters Schreien.

Die alte Frau trat bereits aus dem Haus, als ich dort ankam. »Was ist los, Mädchen?«

»Es ist meine Schwester«, stieß ich keuchend hervor. »Sie wurde von einer Jungfernhaarqualle gestochen. Sie ist ohnmächtig.«

»Zadie? Nein, das kann nicht sein!« Sie verschwand wieder in ihrem Haus und tauchte einen Moment später mit einer schwer aussehenden Tasche wieder auf. Der Dorfarzt wäre besser gewesen, aber er war im vergangenen Jahr bei einem Haiangriff ums Leben gekommen, bevor er seine Tochter hatte voll ausbilden können.

Ich nahm die Tasche und half der Ältesten ins Boot, dann ruderte ich zurück nach Hause, so schnell ich konnte. Inzwischen hatten sich mehrere Menschen in Booten um unser Haus versammelt. Nemea und ich eilten in das Zimmer, das ich mir mit meiner Schwester teilte, geleitet von Mutters Schluchzen.

»Zur Seite«, fuhr Nemea meine Eltern an und drängte sich an ihnen vorbei, wobei sie bereits Salben und Stoffstreifen aus ihrem Beutel zog. Zadie lag auf dem Bett, immer noch bewusstlos, Schweißperlen standen ihr auf der Stirn.

»Wie konntest du das nur zulassen?«, keifte Mutter mich an, sobald sie mich sah. »Wie konntest du nur so dumm sein, deine Schwester nachts zum Schwimmen mitzunehmen in einer Zeit wie dieser?«

Ich hätte sagen können, dass es Zadies Idee gewesen war, dass ich nicht hatte gehen wollen. Ich hätte Mutter die Wahrheit sagen können, ein Teil von mir wollte es. Doch als mein Blick auf die Beine meiner Schwester fiel, auf die Hautfetzen und das sich darunter sammelnde Blut, wusste ich, dass ich sie nicht verraten konnte.

»Es tut mir leid, Mutter«, sagte ich unter Tränen. »Wir haben die Qualle einfach nicht gesehen. Ich glaube, sie war schon tot.«

»Hast du die Stacheln abgewischt?«, fragte mich Nemea.

»Ja, ich glaube schon. Ich habe es versucht, so gut ich konnte.«

»Gut.« Sie öffnete eine kleine Dose aus Walknochen, in der sich eine irisierende rosa Salbe befand, und begann, Zadies Wunden großzügig damit zu bedecken. »Die Perlen werden ihr helfen zu heilen, aber ich fürchte, die Wunden sind zu tief, um jemals ganz zu verschwinden.«

Bei diesen Worten schluchzte Mutter noch heftiger.

»Aber sie wird überleben?«, fragte Vater.

»Sie wird überleben, wenn wir das Fieber senken können.« Nemea wies mich an, ein paar der Stofffetzen in Frischwasser zu tauchen und sie auf Zadies Stirn zu legen. Außerdem sollte ich ihr etwas Wasser in den blutigen Mund träufeln. Sie hatte sich am Holz verletzt, auf das sie gebissen hatte. Die Älteste sah, wie ich das Blut wegwischte, stellte jedoch keine Fragen. Mutter hielt Zadies Hände fest umschlossen, wiegte sich auf den Knien vor und zurück und murmelte Gebete zu Thalos und jedem anderen Gott, den sie kannte. Vater schritt unruhig auf und ab, während Nemea Zadies Bein verband.

Durch das Fenster sah ich Menschen auf unseren Balkon strömen. »Schau, Vater«, sagte ich. Unser Haus war nicht für das Gewicht von so vielen Menschen gebaut. Er trat hinaus und bat sie zu gehen. Er sagte ihnen, dass es einen Unfall gegeben hatte und dass sie am Morgen mehr erfahren würden.

Als ich draußen Gouverneur Kristos' Stimme hörte, der die Leute höflich, aber bestimmt aufforderte zu gehen, fühlte ich eine Welle der Erleichterung. Er trat mit Elidi und Sami ins

Haus und eilte an Zadies Seite. Nun, da sich so viele um sie drängten, war sie vor Blicken abgeschirmt. Sami sah mich an.

»Nor, was ist passiert?«, fragte er und ging neben mir in die Hocke.

»Wir waren schwimmen. Sie wurde von einer toten Jungfernhaarqualle gestochen. Ich habe sie nach Hause gebracht, so schnell ich konnte.«

Er zog mich in die Arme und ich ließ mich einen Moment lang von ihm trösten. Sami würde sich um Zadie kümmern, ganz gleich, was geschehen würde.

Mutter weinte in einer Ecke, während Samis Mutter ihr beruhigend zumurmelte, und Gouverneur Kristos sprach mit Vater. Die Älteste Nemea war mit dem Verbinden von Zadies Wunden fertig und goss Wasser in einen Topf. Ich sah zu, wie sie eine Handvoll Kräuter und einige Löffel der rosa Salbe hineingab und rührte.

Sami half mir hoch und ich trat an den Tonofen, um das Feuer anzuzünden. »Was wird das?«, fragte ich Nemea.

»Die Salbe wird ihr bei ihren Verletzungen helfen und der Sud senkt das Fieber.«

Als die Mischung dampfte, verlangte Nemea nach einer Schüssel und löffelte etwas von der Brühe hinein. Vater versuchte, Zadie ein wenig aufzurichten, damit sie trinken konnte, aber sie war so schlaff wie eine Seegurke. Ich glaubte, ihre Augenlider flattern zu sehen, und sie schaffte es, etwas von dem Sud zu schlucken, doch sie wachte nicht auf. Wahrscheinlich war es besser, wenn sie schlief – die Schmerzen mussten furchtbar sein.

Nemea rief meine Eltern zu sich. »Dieses Mädchen braucht Ruhe. In diesem Zustand kann sie nicht nach Ilara reisen, wenn der Prinz sie denn überhaupt noch will. Ich werde morgen eine Notfallversammlung der Ältesten einberufen, und wir werden darüber diskutieren, was getan werden kann.«

»Sie wird wieder gesund«, sagte Mutter und richtete sich auf. »Sie wurde geboren, um eine Prinzessin zu werden, und sie wird wie geplant in zwei Tagen nach Ilara gehen. Ihr habt sie erwählt. Ihr könnt ihr das nicht mehr wegnehmen.«

Die grauen Augen der Ältesten wurden schmal. »Wie gesagt, wir werden morgen darüber beraten. Fürs Erste sollten wir uns alle etwas ausruhen. Wenn das Mädchen wieder zu Bewusstsein kommt, wird sie große Schmerzen haben. Gebt ihr weiter kleine Schlucke von dem Sud zu trinken. Wenn der Schmerz unerträglich wird, darf sie etwas Wein trinken, aber nur ein bisschen.«

»Sie wird wieder gesund«, sagte Mutter, doch die Älteste Nemea antwortete nicht.

»Bring mich nach Hause«, sagte sie zu Sami, dem es nichts auszumachen schien, Befehle von einer alten Frau anzunehmen, die nur halb so groß war wie er.

»Ich komme morgen früh zurück«, rief er mir zu, während er durch die Falltür stieg. »Pass auf sie auf.«

Ich nickte und schlang die Arme um mich selbst. Ich trug immer noch mein nasses Nachthemd, aber ich wusste, dass die Kälte, die in mein Inneres sickerte, auch dann nicht wieder vergehen würde, wenn ich trocken war. »Das mache ich.«

Wir waren alle wach, als die Sonne aufging, so zornrot wie Zadies Wunden. Sie hatte immer noch kein Wort gesagt, sondern nur geschluchzt, als Mutter sie gewiegt und ihr das Haar aus dem Gesicht gestrichen hatte. Ihr Fieber war nicht gesunken, aber die Tatsache, dass sie bei Bewusstsein war, schien ein gutes Zeichen zu sein. Es gelang mir, ihr ein paar Schlucke des

Suds einzuflößen, doch sie sah mir nicht in die Augen. Vater lief weiter im Haus auf und ab.

»Sie können ihre Entscheidung jetzt nicht mehr ändern«, sagte er. »Der König wird ein paar Narben auf ihrem Bein sicher verstehen.«

Ich biss mir auf die Zunge, doch die Narbe auf meiner Wange prickelte, während er sprach. Verglichen mit Zadies Wunden kam sie mir nun so unbedeutend vor. Allerdings verstand ich Zadies Gedankengang. Sie hatte ihr Erscheinungsbild drastisch verändern müssen, ohne dabei ihre körperlichen Fähigkeiten einzuschränken. Eine vernarbte Frau konnte immer noch für ihre Familie sorgen.

»Sei nicht albern, Pax«, fauchte Mutter. »Ein paar Narben? Das Mädchen ist *ruiniert*.«

»Calliope«, knurrte Vater. »Das reicht.«

Sie wandte sich von ihm zu mir. »Wie konntest du das nur zulassen?«, fragte sie mich zum hundertsten Mal. »Zwei Tage, bevor sie abreisen sollte? Ihr ganzes Leben lang hat sie ihre Schönheit beschützt und eine einzige dumme Entscheidung hat uns alles gekostet.«

Ich war zu müde, um noch länger den Mund halten zu können. »Nicht alles, Mutter. Immerhin werde ich immer noch die Schwiegertochter des Gouverneurs.«

Ich hatte ihren Zorn erwartet, doch die Ohrfeige traf mich unvorbereitet.

Meine Hand fuhr zu meiner Wange. Mutter hatte uns nie geschlagen, was, wie ich vermutete, jedoch mehr damit zu tun hatte, dass sie uns nicht verstümmeln wollte, als damit, wie sehr sie uns liebte. Kurz riss sie die Augen auf, als wäre sie selbst erschrocken über sich, doch sie wich nicht zurück.

»Das ist dein Werk, nicht wahr?«, schleuderte sie mir entgegen. »Du warst immer schon eifersüchtig auf deine Schwester. Du warst nie zufrieden damit, hier zu leben. Du hältst dich für etwas Besseres als uns. Varenia war dir immer zu klein. Trotzdem bist du nichts weiter als ein unbedeutender, hässlicher kleiner Fisch in unseren Wassern. Glaubst du wirklich, sie würden dich an Alys' Stelle wählen?«

Vater baute sich vor uns auf. »Ich habe gesagt, *das reicht.*«

Ich hatte befürchtet, dass manche Leute glauben würden, ich hätte dies Zadie mit Absicht angetan, aber meine eigene Mutter? Hielt sie mich wirklich für fähig, so etwas zu tun? »Ich liebe Zadie mehr als das Leben selbst«, erwiderte ich und versuchte, mir nicht anmerken zu lassen, wie verletzt ich war, versagte dabei jedoch kläglich. »Ich würde ihr niemals wehtun, um ihren Platz einnehmen zu können! Das musst du doch wissen.«

Sie wandte sich von mir ab. »Ich kenne dich überhaupt nicht.«

Vater nahm meine Hand und führte mich auf den Balkon hinaus. »Sag mir die Wahrheit, Nor«, begann er, als er sicher war, dass die Wellen laut genug rauschten, um seine Worte sogar für Mutters scharfe Ohren unverständlich zu machen. »War es ein Unfall, oder hat sich Zadie das selbst angetan, damit sie bleiben und Sami heiraten kann? Ich weiß, dass sie ihn liebt, und ich habe gesehen, wie er sie anschaut. Hat sie dich gebeten, ihr zu helfen?«

Mein Magen sank in die Tiefe wie ein Anker. War es so offensichtlich? »Es war ein Unfall.«

Vaters Augen waren dunkler als meine, beinahe schwarz. Eine Brise ging durch sein Haar und entblößte die schon etwas höher werdende Stirn, was ihm einen gebildeten, weisen Ausdruck verlieh. »Die Wahrheit, Nor.«

»Es war ein Unfall«, wiederholte ich langsam. Die Wahrheit schrie und trat mir gegen die Kehle, verlangte, freigelassen zu werden.

Ich schluckte sie hinunter.

»Na gut. Dann werden wir sehen, was die Ältesten beschließen. Sehr wahrscheinlich werden sie Alys oder eines der anderen Mädchen an Zadies Stelle schicken.« Vater seufzte. »Und ich weiß nicht, ob Sami sie so noch nehmen wird.«

Götter, helft mir, ich wurde nun dazu gezwungen, selbst gegen die Sorgen, die ich Zadie gegenüber geäußert hatte, zu argumentieren. »Das wird er. Er liebt sie.«

»Trotzdem werden es seine Eltern vielleicht nicht erlauben.« Er räusperte sich. »Besonders jetzt nicht mehr, nachdem das ganze Dorf erfahren hat, dass Sami und du an Sonnenwend heiraten werdet. Das haben wir eurer Mutter zu verdanken.«

Mir klappte der Mund auf. »Was? Nein! Ich kann Sami jetzt nicht mehr heiraten. Das würde Zadie umbringen.«

Wieder räusperte er sich und wandte sich ab, gerade als ich ein verräterisches Schimmern in seinen Augen wahrnahm. Ich hatte meinen Vater noch nie weinen gesehen.

Ich stellte mich neben ihn ans Geländer, sah ihn aber nicht an. Ich fürchtete, dass er sich schämen würde und dass er irgendwie auch die Scham in meinen Augen erkennen könnte. »Wenn Sami sie nicht heiratet, was wird dann aus ihr werden?«

»Ich nehme an, das hängt davon ab, wie schlimm die Narben sind.«

Ein leises Wimmern drang aus meiner Kehle. »Ich habe Angst, Vater.«

Er zog mich in die Arme und strich mir übers Haar, wie er es früher oft getan hatte, als ich noch ein kleines Mädchen gewesen war. Vor dem Zwischenfall. »Ich auch, Nor. Ich auch.«

Ein paar Stunden später riefen die Ältesten Mutter und Vater zum Gemeinschaftshaus. Ich wurde zurückgelassen, um mich um Zadie zu kümmern, die schlief, aber wenigstens nicht bewusstlos war. Sie hatte immer noch nicht mit mir gesprochen, doch sie hielt im Schlaf fest meine Hand. Am liebsten hätte ich die Verbände hochgeschoben, um mir anzusehen, wie schlimm ihre Wunden waren, aber ich hatte Angst, dass das den Heilungsprozess stören könnte. Nemea hatte gesagt, dass sie später am Abend noch einmal kommen, die Verbände wechseln und noch mehr Salbe auftragen würde. Wenigstens die kleinen Kratzer auf Zadies Unterbauch schienen zu heilen.

Meine Schwester *würde* wieder gesund werden. Sie musste einfach.

Als Zadie blinzelnd die Augen öffnete, holte ich ihr sofort frisches Wasser zum Trinken.

»Wie geht es dir?«, fragte ich. »Kannst du jetzt sprechen?«

Sie nickte. »Ja, kann ich.«

Ich drückte ihre Hand. »Du bist doch nicht wütend auf mich, oder? Ich könnte es nicht ertragen, wenn du mir die Schuld gibst.«

Sie schüttelte den Kopf. Ihr Gesicht war blasser, als ich es jemals gesehen hatte. »Nor, natürlich gebe ich dir nicht die Schuld. Das hier habe ich getan.«

»Bereust du es?«

Sie versuchte, sich etwas aufzurichten, sank dann jedoch kraftlos wieder in die Kissen. »Ich werde es nur dann bereuen, wenn Sami eine andere Braut wählt.«

Bei der Erinnerung daran, was Vater gesagt hatte, spannte

ich mich unwillkürlich an. Wenn sie mich jetzt dazu zwingen wollten, Sami zu heiraten, würde ich mich weigern.

»Nor?« Als hätte ich ihn mit meinen Gedanken herbeigerufen, tauchte Sami auf und schob den Vorhang beiseite.

Sofort fand Zadie die Kraft, sich aufzusetzen und ihre Tunika zu richten. »Was machst du denn hier?«

»Ich wollte nach dir sehen, du Dummchen.« Er setzte sich an ihre andere Seite und nahm ihre freie Hand. »Wie geht es dir?«

»Ein bisschen besser. Es tut weh, aber dich zu sehen hilft.«

Ohne es zu wollen, senkte ich den Blick. Irgendwie war ich in den vergangenen Monaten vom wichtigsten Menschen in Zadies Leben zum zweitwichtigsten geworden.

Er beugte sich vor und küsste sie sanft auf die Stirn. »Sobald du wieder bei Kräften bist, heiraten wir.«

Zadie strahlte. »Haben es deine Eltern erlaubt?«

»Ich habe noch nicht mit ihnen gesprochen.« Er schluckte, eindeutig nervös. »Die Ältesten beraten sich gerade mit ihnen.«

»Dann werde ich also ganz sicher nicht gehen?«

»Ich weiß es nicht. Man hat mich hinausgeschickt. Aber ich habe gehört, wie die Älteste Nemea gesagt hat, dass du die Reise vielleicht nicht überleben würdest und dass es eine ...« Er verstummte. Ich hatte noch nie gesehen, dass er sich so wand vor Unbehagen.

»Eine was?«, hakte Zadie nach.

Sami seufzte. »Dass es eine Schande für unser Volk wäre, ein Mädchen mit so grässlichen Narben zu schicken.«

Bei seinen Worten füllten sich ihre Augen mit Tränen, trotzdem brachte sie ein Lächeln zustande. »Das ist alles nicht mehr wichtig, solange ich nur bei dir bleiben kann.«

Ich war vielleicht in Zadies Gunst auf den zweiten Platz gerückt, aber sie war soeben vom schönsten Mädchen in ganz Varenia – ihre Identität während der vergangenen siebzehn Jahre – zu einer sogenannten Schande geworden. Ich schickte ein Gebet an Thalos, damit Samis Eltern rücksichtsvoll sein und die Hochzeit erlauben würden. Immerhin hatten Zadies Wunden nichts damit zu tun, wie gut sie ihre Aufgaben als Samis Frau erfüllen konnte. Wenn die Narben Sami nichts ausmachten, warum sollten sie dann irgendjemand anderen stören?

Sami und ich erhoben uns, als wir von unten Vaters Stimme hörten. Er kam durch die Falltür und half dann Mutter hinauf. Seine Miene wirkte hart, unlesbar. Kurz darauf sah ich die knorrige Hand der Ältesten Nemea, die sich nach Vater ausstreckte. Er zog sie hinauf, als wären ihre Knochen so hohl wie die eines Vogels.

»Was ist los?«, fragte ich. Sami hielt immer noch Zadies Hand.

Nemea war es, die antwortete. »Es tut mir leid, aber ich fürchte, wir haben keine Wahl. Zadie muss nach Ilara gehen, auch wenn es sie umbringt.«

»Nein!« Zadies Schrei hallte durch die schreckerfüllte Stille.

Samis Blick traf meinen. Ein wortloser Austausch ging zwischen uns hin und her, und in seinen braunen Augen erkannte ich endlich die Wahrheit: Er liebte Zadie ebenso sehr wie sie ihn. Wenn sie ging, dann würde sich keiner von ihnen jemals davon erholen.

Hilf uns, flehte er.

Also sagte ich das Einzige, was ich sagen konnte.

»Nein.« Meine Stimme klang viel fester, als ich mich fühlte. »Schickt stattdessen mich.«

8

Mutter reagierte als Erste, und zwar mit einem grausamen Lachen. »Das würde dir so passen, nicht wahr?« Sie trat auf mich zu und stieß mir den Zeigefinger vor die Brust. »Das ist es doch, was du die ganze Zeit schon gewollt hast. Sogar die Ältesten wissen, dass du es warst, die das getan hat.«

Ich wischte ihre Hand fort und wandte mich an Vater. »Was meint sie damit?«

Er stieß einen langen, rauen Atemzug aus. »Sie glauben, du hast Zadie das angetan.«

»Was?« Meine Stimme war scharf vor Empörung, aber innerlich war ich von Schuld zerfressen. Wie eine Koralle voller Wurmlöcher. »Das ist doch lächerlich. Zadie weiß es – sie wird ihnen die Wahrheit sagen!«

»Das werde ich«, bekräftigte Zadie hinter mir. »Es war ein Unfall, Vater. Ein schrecklicher Unfall, aber nicht mehr. Nor würde nicht im Traum daran denken, mir etwas anzutun!«

Mutter kniete sich neben sie. »Du musst nicht für sie lügen«, gurrte sie. »Du wirst immer noch eine Prinzessin.«

»Können sie nicht Alys schicken?«, fragte Sami.

»Das würden sie, wenn sie der Meinung wären, eine Wahl zu haben«, sagte Vater.

Ich legte ihm die Hand auf den Arm. »Wie meinst du das?«

Unter seinen Augen lagen dunkle Ringe, und seine Haut war fahl, so als wäre er über Nacht zehn Jahre gealtert. »Vor zwei Generationen ist ein erwähltes Mädchen ertrunken, bevor sie nach Ilara aufbrechen konnte. Die Ältesten waren gezwungen, an ihrer Stelle ein anderes Mädchen zu schicken. Als der Prinz herausfand, dass er ein Mädchen von minderer Qualität erhalten hatte, bestrafte er unser Volk, indem er uns einen Monat lang von der Frischwasserversorgung abschnitt. Dutzende von Varenianern sind damals gestorben, vor allem Kinder.« Vater schluckte schwer. »Die Ältesten befürchten, dass die Ilarer behaupten werden, wir hätten sie absichtlich getäuscht, wenn wir Alys schicken.«

Ich hatte gewusst, dass die Ilarer hart waren, aber das schien sogar für sie eine extreme Strafe zu sein. »Was ist aus dem Mädchen geworden, das damals geschickt wurde?«

Vater schüttelte den Kopf. »Das wissen wir nicht. Der Prinz hat stattdessen ein ilarisches Mädchen geheiratet.«

»Und was, glaubt ihr, werden sie mit einem Mädchen machen, das so schlimm verletzt ist?«, fragte ich. »Sami hat die Älteste Nemea sagen hören, dass Zadie die Reise vielleicht nicht überlebt.«

»Es ist möglich, dass sie stirbt, das stimmt«, sagte die Älteste. »Aber der Botschafter war hier. Er hat Zadie gesehen. Wenn wir jetzt Alys schicken, dann wird er von einer absichtlichen Täuschung ausgehen. Wenigstens weiß er, dass Zadie zu diesem Zeitpunkt noch gesund war. Der Prinz wird verstehen müssen, dass es nur ein unglücklicher Unfall war.«

»Was, wenn er trotzdem nicht zufrieden ist? Was sollte ihn

daran hindern, uns kein Wasser mehr zu schicken? Oder keine Nahrungsmittel oder kein Feuerholz?« Ich wandte mich an Nemea. »Lasst mich an ihrer Stelle gehen. Sie ist nicht stark genug.«

»Und was sollen wir deiner Meinung nach mit deiner Narbe anstellen?«, fragte Mutter voller Abscheu. »Der Botschafter hat das Ding gesehen.«

Das Ding. Nicht mich. Trotzdem hatte sie recht. Talin hatte mich ausführlich gemustert. Er hatte meine Narbe sicher bemerkt.

Nemea kratzte sich nachdenklich ein Muttermal am Kinn. »Ich könnte vielleicht etwas zusammenmischen, um die Narbe zu verbergen. Eine Art Abdeckpaste. Ich habe den anderen Ratsmitgliedern gesagt, dass Zadie nicht in der Verfassung für eine Reise ist, aber vielleicht müssen sie das Mädchen mit eigenen Augen sehen. Narbe hin oder her, ich schätze, dass dem Prinzen ein lebendiges Mädchen immer noch lieber wäre als ein totes.«

Mutter schüttelte den Kopf. »Der Prinz ist kein dummer Käufer auf dem schwimmenden Markt. Wir können nicht einfach einen Stoffballen gegen einen anderen von minderer Qualität austauschen, wenn er gerade nicht hinsieht. Falls er herausfindet, was wir getan haben ...«

»Das ist nicht Eure Entscheidung«, knurrte Sami.

Ich zuckte zurück, allerdings vor Mutters Worten, nicht vor Samis. Ich vermutete schon lange, dass sie mich so sah – eine unvollkommene Version von Zadie –, aber sie hatte es noch nie zuvor laut ausgesprochen.

»Gebt mir etwas Zeit, um an der Paste zu arbeiten«, sagte Nemea. »Und um den Rest des Rates zu überzeugen. Einige von ihnen haben dafür gestimmt, Nor zu verbannen, also betrachten sie dies vielleicht als die zweitbeste Lösung.« Sie sah mich an. »Glaubst du wirklich, dass du vorgeben kannst, deine Schwester zu sein?«

Ich war zu erschrocken über die Erwähnung der Verbannung, um zu antworten, aber ich brachte ein schwaches Nicken zustande.

»Gut. Komm heute Abend in mein Haus. Nichts, was hier gesagt wurde, verlässt diesen Raum, bis wir eine Entscheidung gefällt haben.«

Einen Moment lang sah sie Sami an, als wollte sie ihm erneut auftragen, sie nach Hause zu bringen, aber dann schien sie es sich anders zu überlegen. »Ich leihe mir dein Boot, Samiel. Du kannst es dir später abholen.«

Als Nemea fort war, senkte Vater die Stimme, sodass nur ich ihn hören konnte. »Deine Schwester hat die vergangenen siebzehn Jahre damit verbracht, sich auf das hier vorzubereiten, und trotzdem hat sie gerade begriffen, dass ihr der Mut fehlt, um es tatsächlich bis zum Ende durchzustehen. Dir bleiben zwei Tage für die Vorbereitung. Bist du sicher, dass du das schaffst?«

Er wusste es. Er wusste, dass es kein Unfall gewesen war, aber er wusste auch, dass ich keine Schuld trug. Hatte er bei der Versammlung für mich gesprochen? Hatte er wenigstens versucht, mich vor Mutter zu verteidigen? Vor den Ältesten, die mich *verbannen* wollten? Seit ich lebte, hatte es im Dorf nur zwei Verbannungen gegeben – man hatte die beiden Dorfbewohner in einem kleinen Boot weit hinaus aufs Meer gebracht und sie dort ohne Ruder zurückgelassen. Doch den Beschuldigten war unter anderem versuchter Mord zur Last gelegt worden. O Götter, glaubten sie etwa, dass ich versucht hatte, Zadie *umzubringen?*

»Vater«, sagte ich und hoffte, dass dieses eine Wort irgendwie all meine Fragen zum Ausdruck bringen konnte.

Doch er drückte mir nur den Arm und wandte sich an Zadie und Sami. »Dein Vater hat noch nicht entschieden, was er mit dir tun wird, Sami. Die Ältesten sind der Meinung, dass du Alys heiraten solltest, nun, da Nors Ehre infrage gestellt ist.«

»Das werde ich nicht tun«, sagte Sami, und Zadie schlug sich die Hand vor den Mund.

»Deine Mutter hat ihnen zugestimmt ...«, setzte Vater an.

»Verräterin«, fauchte Mutter. »Und ich habe sie meine Schwester genannt.«

Vater fuhr fort, ohne auf sie zu achten. »Dein Vater hat allerdings gesagt, dass wir ein Problem nach dem anderen angehen sollten. Er möchte mit dir sprechen, Sami.«

»Und was ist mit mir?«, warf Zadie ein.

Mutter schniefte. »Was soll mit dir sein?«

»Kümmert es denn niemanden, was ich zu sagen habe? Wollen die Ältesten nicht mit mir sprechen, bevor sie meine Schwester als Lügnerin bezeichnen oder mich nach Ilara schicken, obwohl ich nicht einmal stehen kann? Haben sie mich wirklich schon vergessen?«

»Verstehst du denn nicht?«, sagte Mutter. »Ohne deine Schönheit bist du *nichts*. Das ist es, was wir alle sind – Körper, die kochen und Kinder bekommen. Du hattest alles, aber du hast zugelassen, dass deine Schwester dir alles nimmt. Und nun wird sie Prinzessin, während ich dabei zusehen muss, wie du zu einer alten Jungfer verwitterst und den Rest deines erbärmlichen Lebens in *meinem* Haus zubringst. Ich dachte, ich hätte dir deutlich gemacht, wie wichtig dies hier ist. Ich dachte, du hättest begriffen, was auf dem Spiel stand. Jetzt sehe ich, dass du in den vergangenen siebzehn Jahren nichts gelernt hast. Dafür wirst du teuer bezahlen.«

Während Mutter sprach, schien Zadie in sich zusammenzuschrumpfen, mit jedem Wort wurde sie kleiner. Ich hatte immer geglaubt, Mutters Ehrgeiz würde auf Eitelkeit beruhen, darauf, dass sie ein Unrecht wiedergutmachen wollte, das man ihr vor zwanzig Jahren angetan hatte, doch nun wurde deutlich, dass zweifellos noch mehr dahintersteckte.

Sie hatte mir vorgeworfen, dass ich mich für etwas Besseres hielt als die anderen in Varenia, aber sie war diejenige, die glaubte, wir besäßen hier keinen anderen Wert als die Symmetrie unserer Gesichter und die Formen unserer Körper. Dass die Wahl zur Braut des ilarischen Prinzen bedeutete, man wäre besser als das, besser sogar als die Männer hier. War das der Grund dafür, warum sie mich so verachtete? Weil sie etwas von sich selbst in mir sah?

Allein der Gedanke traf mich hart. Ich war kein bisschen wie meine Mutter. »*Du* bist diejenige, die nichts gelernt hat«, fauchte ich. »Und du bist diejenige, die dafür bezahlen wird.«

»Nor«, mischte sich Vater ein und versuchte, mich zurückzuziehen.

»Dir ist nie unrecht getan worden, Mutter. Du glaubst, wir wären wertlos, wenn wir nicht erwählt werden. Warum? Was ist gut daran, zu einem König geschickt zu werden, der uns arm und isoliert hält? Was ist gut daran, einen Prinzen zu heiraten, dem es sogar zu viel ist, sich seine Braut selbst auszusuchen? Immer reden alle über Ehre, aber es liegt keine Ehre darin, schön zu sein oder sein Schicksal von einem schiefen Zahn bestimmen zu lassen oder von einer krummen Nase oder einer *Narbe*.«

Zadie schluchzte nun laut. »Bitte hört auf zu streiten.« Doch ich achtete nicht auf sie. Dies hier hatte sich seit Jahren in mir aufgebaut, und ich konnte mich jetzt ebenso wenig selbst stoppen, wie ich die Gezeiten aufhalten konnte.

»Du hast zwei Töchter, die dich geliebt haben, in Waffen verwandelt, um deine Rache auszuführen, und dabei hast du nie begriffen, dass es überhaupt keinen Feind gibt.«

»Halt den Mund«, schrie Mutter. »Du ignorantes, dummes …«

»Vielleicht *bin* ich eine Waffe«, fuhr ich trotz Vaters Griff um meinen Arm fort. »Eine Klinge, die an deiner Bitterkeit geschliffen wurde. Und vielleicht bin ich gekommen, um dich in den Rücken zu stechen.«

Sie stürzte sich auf mich, und Vater schleuderte mich gerade noch rechtzeitig beiseite, um sie auffangen zu können. Hart schlug ich auf dem Boden auf, rappelte mich jedoch schnell wieder hoch, ohne auf die Schmerzen in meinen Armen zu achten. Mein gebrochenes Herz konnte ich jedoch nicht verbergen.

Wenn Mutter und die Ältesten mir so bereitwillig etwas so Böses zutrauten, dann sollten sie es doch tun. Zadie und Sami hatten nun einander. Ich würde nach Ilara gehen, wo keiner der Dorfbewohner mich je wiedersehen musste. Und Vater würde Mutter vergeben, wie er es immer tat, denn nicht einmal er konnte an der Macht ihrer Schönheit vorbeisehen.

Danach verstrichen die Stunden nur langsam. Sami zog sich für eine Weile zurück, um mit seinem Vater zu sprechen. Nemea kam noch einmal, um Zadies Wunden zu versorgen, die, wie sie sagte, unter den Umständen gut heilten, und Zadie schlief während des Großteils des Nachmittags. Mutter dagegen heulte und verfluchte mich stundenlang, wobei sie sich nicht darum scherte, wer hörte, wie verdorben und verräterisch ihre Tochter war. Vater tat, was er konnte, um sie zu trösten.

Ich lag im Boot unter dem Haus und versuchte, ihre Stimme auszublenden und mich stattdessen auf das Plätschern der Wellen zu konzentrieren, die gegen die Säulen schlugen, darauf, wie die winzigen Fischchen, die unter unserem Haus lebten, an meinen Fingern knabberten, die ich ins Wasser hängen ließ. Es war kühl hier im Schatten, und ich versuchte, mir vorzustellen, wie es wohl in den Bergen sein würde, so weit fort von allem, was ich kannte.

Mutter verehrte die Götter – nicht nur Thalos, sondern auch Astrea, die Göttin der Schönheit, Spiros, den Wettergott, und andere –, doch ich glaubte an die Geister, die in allem lebten, was mich umgab: das Wasser, die Vögel, die Luft selbst. Das alles war lebendig und schön und genauso heilig wie jede unsichtbare Gottheit. Auch in den Bergen würde es Geister geben, da war ich sicher, aber würden es die wohlwollenden Geister sein, die ich so gut kannte wie die Fische und die Vögel? Oder würden sie unberechenbar sein wie die Luft und das Wasser, die uns nährten, uns jedoch hin und wieder auch zu töten versuchten?

Ich rollte mich auf den Bauch und zog das zerrissene Fischnetz und das Messer hervor, das ich benutzt hatte, um die tote Qualle loszuschneiden. Ich konnte beides nach oben ins Haus tragen und Mutter sagen, dass alles Zadies Werk gewesen war. Dass sie Sami liebte und sich weigerte zu gehen. Dass ich ihr entweder hatte helfen oder zulassen müssen, dass sie sich bei dem Versuch möglicherweise selbst umbrachte. Vielleicht wäre Mutter das sogar lieber gewesen: eine schöne Märtyrerin statt eines Opfers, eines Mädchens, das irgendwann als alte Jungfer sterben würde.

Was wäre dann aus unserer Familie geworden? Wenn Zadie nicht mehr für mich hätte sprechen können, wäre ich wahrscheinlich tatsächlich verbannt worden, für den Mord an meiner Schwester. Verbannung war gleichbedeutend mit dem Tod, denn in einem leeren Boot konnte man ohne Nahrung und Wasser nun mal nur eine bestimmte Zeit überleben. Eine alte Jungfer und eine Prinzessin waren doch sicher besser als eine tote und eine verbannte Tochter. So wie die Dinge standen, würde man Zadie vielleicht trotzdem erlauben, Sami zu heiraten, und Mutter hätte immer noch ihre Gouverneursgemahlin *und* ihre Prinzessin.

Doch im Augenblick konnte Mutter nicht über ihre vereitelten Pläne hinausblicken, und das zerriss sie innerlich. Sie hatte sich ihr ganzes Leben lang auf eine Krone konzentriert, die sie selbst nie zu Gesicht bekommen hatte, auf ein Königreich, das sie selbst nie betreten würde. Sie war wie ein schönes, auf Pfählen erbautes Haus, bloß dass die Pfähle ein Lügenkonstrukt waren. Wenn sie die Wahrheit einräumte, dann würde sie damit das Fundament ihrer Existenz zerstören. Wenn sie diese neuen Entwicklungen akzeptierte, dann würde sie damit auch zugeben, dass das Leben tatsächlich weitergehen konnte.

Ich hörte ihr Schluchzen durch die Bodenbretter, dazu Vaters tröstende Worte, aber was konnte er schon sagen? Nichts davon würde ändern, was nun einmal geschehen war.

Als die Sonne hinter dem Horizont versank, ergriff ich die Ruder und steuerte Nemeas Haus an. Als ich bei ihr eintraf, bereitete sie sich gerade eine schlichte Mahlzeit aus Trockenfisch und Algen zu, ohne ein Kochfeuer. Ich sah mich in dem Haus um, das nur aus einem einzigen Raum bestand, und erwartete, ihre Urenkel in einer Ecke spielen zu sehen, oder eine Enkeltochter, die ihr beim Saubermachen half. Sollte sich nicht irgendjemand um diese Frau kümmern, die nun schon seit eineinviertel Jahrhunderten lebte?

»Ich mache das schon«, sagte ich und nahm ihr das Messer aus der Hand.

»Danke.« Sie ließ sich auf einen Hocker sinken, wobei ihre Gelenke vernehmlich knackten. »Ich weiß, was du denkst. ›Wo sind ihre Enkel und Urenkel, um für sie zu kochen?‹ Aber mir ist es lieber, allein zu leben. Vielleicht hole ich mir ein, zwei Urenkel her, um mir zu helfen, wenn ich hundertfünfzig bin.«

»Ich habe es nicht getan«, platzte ich heraus. Ich war nicht hergekommen, um mich zu verteidigen, aber auf einmal begriff ich, wie wichtig es mir war, dass wenigstens ein Mensch außerhalb meiner Familie an mich glaubte.

Sie ignorierte mich einfach und deutete auf einen Eimer mit Wasser. »Bring mir etwas davon, Kind.«

Ich brachte ihr das Wasser, setzte mich neben sie auf einen Hocker und zwang sie dazu, mich anzusehen. »Ich habe es nicht getan.«

»Vielleicht hast du, vielleicht auch nicht. Die wenige Zeit, die mir noch bleibt, werde ich nicht auf Dinge verschwenden, die bereits geschehen sind. Das ist jetzt nicht mehr wichtig.«

»Mir ist es wichtig, dass die Leute wissen, dass ich meine Schwester nicht verletzt habe. Ich würde alles tun, um sie zu beschützen.« Hatte ich das vor sieben Jahren denn nicht bewiesen? Dem varenianischen Gesetz nach trug man für einen Fremden ebenso viel Verantwortung wie für seine eigene Familie. Jemanden sterben zu lassen, den man vielleicht retten konnte, brachte die schlimmste Schande über die ganze Familie. Dieser Gedanke, diese Verantwortung füreinander, war mir von klein auf eingegeben worden, doch das hatte nichts damit zu tun, warum ich Zadie schützen wollte. Ich würde sie immer verteidigen, auch wenn ich sie aus dem eisernen Griff von Thalos selbst würde reißen müssen.

»Wie mir gesagt wurde, liebt sie Gouverneur Kristos' Jungen.«

»Ja. Und er liebt sie.«

Nemea seufzte und griff nach einem Stück Trockenfisch. »Wenn die Liebe doch nur tatsächlich so wichtig wäre, wie die Menschen glauben.«

Seit Zadies Verletzung hatte ich weder gegessen noch geschlafen, und mir ging allmählich die Geduld aus. »Was soll das heißen?«

»Mein Ehemann ist vor fünfzig Jahren gestorben, weil er zu schnell zu tief hinuntergetaucht ist. Ich habe ihn sehr geliebt. Aber die Liebe hält nicht ewig. Der Tod wird uns letztendlich trennen, wenn es nicht die Zeit oder die Umstände vorher tun.«

Ich schüttelte den Kopf. Ich war nicht hergekommen, um eine Lektion in Philosophie zu erhalten. »Werden die Ältesten mir erlauben, nach Ilara zu gehen, oder nicht?«

Daraufhin beugte sie sich vor und hielt eine kleine Dose aus dem Horn eines Narwals hoch. »Hier.«

Ich schraubte den Deckel ab und betrachtete die hellbraune Salbe darin. Sie roch übel, wie Vogelmist. »Was ist da drin?«

»Braunalge und … ein paar andere Dinge.« Sie tippte mit dem Finger in das Döschen und strich mir ein winziges bisschen von der Paste auf die Wange. »Da an der Wand ist ein Spiegel.«

Skeptisch trat ich zu einem salzfleckigen Spiegel, der entweder aus einem Schiffswrack oder aus dem illegalen Handel stammen musste. Ich wischte ein wenig von der Salzschicht ab und starrte mein Spiegelbild an. Bisher hatte ich mich selbst höchstens mal in Mutters Handspiegel gesehen.

Es war, als würde ich Zadie betrachten, und doch wieder nicht. Ich begann ganz oben. Sami hatte recht, meine Augen waren etwas schmaler. Meine Nase war gerade und ebenmäßig, fast genauso wie die von Zadie, aber vielleicht waren ihre Nasenlöcher ein kleines bisschen runder. Meine Lippen waren voll und rosa, wie Zadies, aber mir war so, als wäre der Schwung ihrer Oberlippe ein wenig ausgeprägter.

Ich schnappte nach Luft, als ich begriff, dass mein Blick einfach über die Narbe hinweggegangen war.

Nemea lachte, als ich mir unwillkürlich an die Wange griff. Die Paste verschmierte. Ich drehte mich zu der Ältesten um. »Sie hält nicht?«

»Eigentlich sollte sie fast einen ganzen Tag über halten, aber es dauert eine Weile, bis sie getrocknet ist. Und nach einer Viertelstunde im Wasser löst sich die Salbe auf. Etwas Besseres habe ich in so kurzer Zeit nicht zusammenstellen können.«

Tränen stachen mir in den Augenwinkeln. »Warum konnte ich so etwas nicht schon früher bekommen?«

Ihr uraltes Gesicht erschien neben meinem im Spiegel. »Wozu, Kind? Wenn wir unsere Narben verstecken, sind sie trotzdem da. Genauso wie Schönheit nicht verbergen kann, wer wir unter der Oberfläche wirklich sind.«

Unsere Blicke trafen sich im Spiegel. Ihre Augen waren trüb grau, wohingegen Zadie und ich den Goldton der Augen unserer Mutter geerbt hatten. *Wie Honig*, hatte Sami einmal gesagt, obwohl keine von uns jemals Honig gesehen hatte. Er erklärte uns, das sei etwas, das Insekten machten, und wir hatten es beide für eine Beleidigung gehalten.

»Bedeutet das, ich gehe nach Ilara?«, fragte ich.

»Ja.«

Ich fuhr zu ihr herum, brachte jedoch kein Wort heraus.

Lächelnd tätschelte sie mir die Schulter. »Und jetzt geh nach Hause, Mädchen, und bereite dich auf deine Reise vor. Bis nach Ilara sind es fünf Tage in der Kutsche und die meiste Zeit über wirst du krank sein.«

Blinzelnd sah ich sie an. Seit dem Zwischenfall war ich abgesehen von der Blutkorallenvergiftung selbst nicht mehr krank gewesen. »Warum?«

»Du hast dich noch nie auf festem Land befunden. Alles wird ein Schock für deinen Körper sein, nicht zuletzt das Essen. Sogar die Luft soll angeblich anders sein. Außerdem wirst du frieren, obwohl die Wachen passende Kleidung für dich mitbringen werden.«

Ich dachte an Samis Mantel. Gehörte er nun mir? Würden all die schönen Kleider in Zadies Truhe, die Perlenkette und der Kamm ebenfalls mir gehören? Oder würde ich nichts von diesem Luxus bekommen? Und was würde die arme Alys denken, wenn sie erfuhr, dass sie die Krone erst an Zadie und nun an mich verloren hatte?

»Was, wenn der König herausfindet, was wir getan haben?«, flüsterte ich ängstlich. »Wird er alle hier dafür bestrafen?«

Nemea hob eine knochige Schulter. »Ja. Allerdings sind wir in fünf Jahren sowieso alle verhungert, wenn es so weitergeht. Der König sollte sich jedoch die Frage stellen, wer dann seine kostbaren Perlen holt.«

Mir stockte der Atem. Noch nie hatte einer der Erwachsenen vor mir so unumwunden zugegeben, wie schlimm die Dinge standen oder wie abhängig der König dennoch von uns war.

»Warum wehrt sich Gouverneur Kristos dann nicht gegen die Ilarer?«, wollte ich wissen. »Warum tun es die Ältesten nicht?«

»Revolutionen sind für die Jugend bestimmt, Kind. Außerdem, was können wir von hier aus schon tun? Wenn wir dem König keine Perlen mehr liefern, wird er uns vollständig von der Versorgung abschneiden. Wenn man uns dabei erwischt, wie wir versuchen, an Land zu gehen, werden wir getötet.« Sie reichte mir das Döschen mit der Salbe. »Geh schon. Geh heim zu deiner Familie. Die anderen Ältesten werden ihnen mittlerweile die Nachricht überbracht haben, und ich könnte mir vorstellen, dass du so viel Zeit wie möglich mit deiner Schwester verbringen möchtest.«

Während ich auf die Tür zuging, hallten ihre Worte in meinem Kopf wider. Was *konnten* wir von hier aus tun?

»Was ist mit mir?«, fragte ich und wandte mich noch einmal zu ihr um.

Neugierig betrachtete mich Nemea. »Was soll mit dir sein, Kind?«

»Ich werde dort sein, im Schloss. Ich werde das Ohr des Königs haben. Wenn ich ihm sage, wie verzweifelt unsere Lage ist und dass ohne mehr Nahrung und Wasser bald niemand mehr nach Perlen tauchen kann ... Dann wird er irgendetwas tun müssen. Oder?«

Wieder hob sie eine Schulter. »Vielleicht, vielleicht auch nicht«, sagte sie. Doch dieses Mal lächelte sie.

In dieser Nacht schlief ich nicht. Ich bezweifelte, dass irgendjemand in meiner Familie Schlaf fand, obwohl es abgesehen von Zadies leisem Wimmern vollkommen still war. Ich hielt ihre Hand während der langen Stunden und versicherte ihr, dass alles gut werden würde, dass Sami und sie heiraten und viele wunderschöne Babys bekommen würden, doch ich wusste nicht, ob sie mir glaubte.

Während mein Mund die Worte formte, um Zadie von ihrem Leben in Varenia zu erzählen, war mein Geist weit fort. Ich erinnerte mich an mein Gebet an Thalos an dem Abend, an dem wir bei Gouverneur Kristos zu Besuch gewesen waren, nachdem ich Talin begegnet war. Ich hatte ihn angefleht, mich an Zadies Stelle zu schicken, um sie vor dem Schicksal zu bewahren, das sie nicht wollte.

Obwohl ich das Gebet für Zadie hinausgeschickt hatte, konnte ich nicht bestreiten, dass es unterschwellig auch eigennützige Motive gehabt hatte. Ich hatte nicht in Varenia bleiben und Sami heiraten wollen, genauso wenig, wie Zadie hatte gehen wollen. Ich konnte mein Leben nicht damit verbringen, mich zu fragen, ob mein Ehemann vielleicht jedes Mal, wenn er mich anblickte, an eine andere dachte. Ich wollte nicht für die nächsten hundert Jahre denselben Horizont anstarren, dasselbe Essen zu mir nehmen und dieselben Menschen sehen.

Hatte ich dies hier irgendwie herbeigerufen? Bestrafte Thalos mich für meine Unverfrorenheit? Ja, ich wollte weg aus Varenia, aber wenn ich gewusst hätte, dass dies der Preis dafür sein würde, hätte ich nie darum gebeten.

Ich erhob mich von unserem Bett, als ich das Blau des Wassers durch die Ritzen der Bodenbretter erkennen konnte. Heute war mein letzter voller Tag in Varenia. Morgen früh würden Gouverneur Kristos und Sami mich zum Strand rudern, wo der Hauptmann der Königlichen Garde ins Meer hinauswaten und mich persönlich in Empfang nehmen würde.

Es war Vater überlassen geblieben, mir das alles zu erklären, da Mutter noch immer nicht mit mir sprach. »Wenn der Hauptmann dir nicht glaubt, dass du Zadie bist, dann weiß ich nicht, was aus dir wird«, sagte er.

Ein Schauer lief mir über die Kopfhaut, aber ich nickte. »Ich verstehe.«

»Du solltest gehen und deinen letzten Tag hier genießen.«

»Ich glaube nicht, dass ich irgendetwas genießen kann, solange Zadie so krank und Mutter so wütend ist.«

Er ließ zu, dass ich mich an seine Brust lehnte. »Deine Schwester wird wieder gesund. Deine Mutter wird dir verzeihen.«

»Nicht vor morgen.«

»Nein, wahrscheinlich nicht, aber eines Tages wird alles wieder gut sein.«

Ich würde diesen Tag nicht miterleben. Ich würde niemanden wiedersehen.

»Such nach Sami«, fuhr Vater fort. »Finde heraus, ob er Kristos davon überzeugen konnte, Zadie heiraten zu dürfen. Mein Freund ist ein guter Mann, und ich glaube, dass er die richtige Entscheidung treffen wird.«

Ich wischte mir mit dem Saum meiner Tunika über die Augen. »Ja, Vater.«

Ich sah noch einmal nach Zadie, bevor ich ging. Mutter kümmerte sich gerade um sie. Zufrieden damit, dass sie versorgt war, sprang ich vom Balkon ins Wasser. Ich hätte das Boot nehmen können, doch an diesem Tag wollte ich lieber schwimmen. Bis zu Samis Haus war es nicht weit, und wer wusste schon, wann ich nach dem morgigen Tag das Meer wiedersehen würde. Vielleicht niemals.

Sami saß auf dem Steg vor seinem Haus, als ich dort ankam.

»Etwas Neues?«, rief ich zu ihm hinauf.

Eine Familie ruderte in ihrem Boot vorbei. Die Mutter starrte mich an und verfluchte mich zweifellos dafür, was ich nach der Meinung aller hier Zadie angetan hatte. Ich hob das Kinn und erwiderte ihren Blick.

Sami sprang neben mir ins Wasser und endlich sah die Frau weg. »Noch nicht«, antwortete er. »Geht's dir gut? Meine Eltern haben mir gesagt, was die Ältesten entschieden haben.«

Ich schluckte meine Angst hinunter. »Ich komme schon zurecht.«

Er wirkte älter, so als wären die letzten Reste seiner Kindlichkeit von den Ereignissen der vergangenen beiden Tage aufgezehrt worden. »Hat dein Vater dich hergeschickt?«

»Ja. Er glaubt, dass dein Vater die Hochzeit erlauben wird. Was denkst du?«

Sami schwamm in den Schatten unter seinem Haus und winkte mir, ihm zu folgen. »Ich weiß es nicht. Meine Mutter ist strikt dagegen, dass ich Zadie heirate.«

»Warum?«

»Weil sie der Meinung ist, dass Thalos eure Familie bestraft.«

Ich zuckte bei diesen Worten zurück. »Wofür?«

Er senkte den Blick. »Für den Stolz deiner Mutter.«

»Das hat nichts mit Thalos zu tun«, sagte ich, obwohl ich mir da nicht so sicher war, wie ich tat. »Den Stolz meiner Mutter kann ich allerdings nicht abstreiten.«

Mit einer Hand umfasste Sami den Pfahl, mit der anderen zog er mich zu sich. Sein Griff war so hart, wie ich ihn noch nie gespürt hatte.

»Du tust mir weh.« Ich riss seine Hand weg.

Seine Stimme war hart, als er fragte: »Sie hat sich das selbst angetan, oder?«

Einen Moment lang trat ich Wasser, mein Arm tat dort, wo Sami mich gepackt hatte, immer noch weh. Zadie würde nicht wollen, dass Sami die Wahrheit erfuhr, aber hatte er nicht vielleicht ein Recht darauf? Sie konnten sich kein gemeinsames

Leben aufbauen, solange ein so schreckliches Geheimnis zwischen ihnen stand.

»Ja«, sagte ich schließlich.

»Hast du ihr geholfen?«

Ich wollte *Nein* schreien. Ich hatte nichts damit zu tun haben wollen. Mir fiel ein, was Zadie zu mir gesagt hatte. Dass ich sie nicht lieben würde, wenn ich ihr nicht half. Dass sie es allein tun würde, wenn ich nicht blieb.

Dieses Geheimnis konnte ich nicht für den Rest meines Lebens mit mir herumtragen. Ich musste es jemandem erzählen. »Ja.«

Mit beiden Händen schlug Sami auf die Wellen und bespritzte uns beide mit Wasser. »Thalos, Nor! Warum?«

»Ich hatte keine andere Wahl!«, schrie ich. »Sie hatte die Qualle allein gefangen und ans Boot gebunden. Ich wollte gehen, aber sie hat gesagt, dann würde sie es ohne mich tun. Ich hatte Angst, dass sie sich dabei umbringt. Als es dann so weit war, konnte ich es nicht tun, aber sie hat meine Hand geführt.« Ich wischte mir die Tränen weg. »Ich habe es nicht getan, aber ich war dabei.«

»Hättest du es ihr nicht ausreden können?« Auch in Samis Augen schimmerten Tränen.

»Glaubst du, das hätte ich nicht versucht?« Bebend holte ich Luft und sah ihn bittend an. »Sie ist meine Schwester, Sami. Und sie hat mich angefleht. Sie konnte dich nicht verlassen. Verstehst du das nicht? Sie wäre lieber gestorben, als dich zu verlassen.«

Nicht mich, dachte ich, und eine winzige Spur von Eifersucht regte sich in mir. *Nur dich.*

»Und was soll ich tun, wenn mein Vater sagt, dass ich sie nicht heiraten darf? Was dann?«

Ich schluckte die Tränen hinunter. »Dann wirst du eben einen Weg finden müssen.«

»Ich bin der Sohn des Gouverneurs, Nor. Ich trage Verantwortung.«

Dieses Mal war ich es, die ihn am Arm packte. Ich grub die Nägel in sein Fleisch, bis er vor Schmerz das Gesicht verzog. »Und ich habe gerade eingewilligt, für den Rest meines Lebens so zu tun, als wäre ich eine andere! Du wirst meine Schwester nicht im Stich lassen, hast du verstanden?«

Er biss die Zähne zusammen. »Ich werde sie nicht im Stich lassen.«

»Versprich es mir.«

Sanft löste er meine Hand von seinem Arm und sah mir direkt in die Augen. »Ich verspreche es.«

»Gut.« Ich glaubte ihm. Ich wusste zwar nicht, wie er das alles in Ordnung bringen wollte, aber ich wusste, dass er einen Weg finden würde. »Da ist noch was, über das wir sprechen müssen.«

»Was?«

»Du sagst doch immer, dass du unser Leben verbessern wirst, wenn du erst Gouverneur bist. Dass du dich gegen Ilara behaupten wirst.«

»Das werde ich auch«, bekräftigte er. Aus irgendeinem Grund glaubte ich ihm in diesem Moment mehr als jemals zuvor.

»Was, wenn es eine Möglichkeit gäbe, wie du jetzt gleich damit anfangen könntest, bevor du Gouverneur wirst?«

»Wie meinst du das?«

Ich deutete auf das kleinere Boot seiner Familie. »Komm mit.«

9

»Wohin fahren wir?«, fragte Sami, als ich ihm die Ruder reichte.

Ich schenkte ihm ein schiefes Lächeln. »Zum Markt. Du kaufst den Wochenvorrat Getreide und Wasser für meine Familie.« Mutter hatte mir zwar nicht aufgetragen, irgendetwas zu kaufen, aber sie war zu abgelenkt von Zadies Verletzungen und ihrem Hass auf mich, um zu bemerken, dass fast alle unsere Vorräte zur Neige gingen.

Sami klappte kurz der Mund auf, doch er wusste es besser, als mit mir zu streiten. Er schüttelte den Kopf. »Du bist wirklich stur wie eine Seepocke und herrisch wie eine …«

Mit einem strengen Blick brachte ich ihn zum Schweigen und wir lachten beide. »Aus uns wäre nie ein richtiges Ehepaar geworden«, sagte ich. »Das ist dir doch klar, oder?«

»Oh, ich weiß nicht. Wir wären schon zurechtgekommen.«

Auf einmal war ich verlegen und zog mir die Röcke über die Beine, obwohl Sami schon viel mehr von mir zu Gesicht bekommen hatte. »Ich war gestern Abend bei der Ältesten Nemea. Sie hat eine Paste zum Abdecken für meine Narbe zusammengerührt, aber ich habe Angst davor, was passiert, wenn der König herausfindet, dass wir ihn betrogen haben. Vater sagt, als die Ältesten das letzte Mal versucht haben, ein Mädchen zweiter Wahl nach Ilara zu schicken, wurden wir von der Wasserversorgung abgeschnitten. Dutzende Kinder sind gestorben.«

Er packte die Ruder so fest, dass ich schon Angst hatte, sie würden zersplittern. »Und niemand hat irgendetwas dagegen unternommen?«

Ich schüttelte den Kopf. »Die Älteste Nemea hat auch gesagt, dass Varenia in den nächsten fünf Jahren die Lebensmittel ausgehen werden, wenn sich nichts verändert. Wir haben das Meer überfischt, und womit sollen wir noch handeln, wenn es keine Perlen mehr gibt?«

»Mit Korallen und Goldschwämmen?« Es klang zweifelnd.

»Die kann jeder auch näher am Strand finden. Außerdem haben die Händler riesige Schiffe, mit denen sie Wale jagen und viel mehr Fisch auf einmal fangen können. Varenianische Perlen sind das Einzige, was wir zu bieten haben.«

Sami seufzte. »Ich weiß nicht, was wir tun können, Nor. Ich habe versucht, mit meinem Vater zu reden, aber er wird nichts tun. Niemand wird etwas tun.«

Eine Weile ruderte er schweigend weiter, bis endlich der schwimmende Markt über dem nächsten Wellenkamm auftauchte. Er bestand aus einer Reihe überdachter Boote, auf denen Dinge für den täglichen Bedarf verkauft wurden und auch das eine oder andere Haustier, das jedoch niemand durchfüttern konnte. Als wir noch kleine Mädchen gewesen waren, hatten wir Sami einmal angebettelt, uns ein zahmes Äffchen zu kaufen, und als er abgelehnt hatte, war Zadie in Tränen ausgebrochen. Er hatte natürlich recht gehabt, aber ich glaube nicht, dass er Zadie danach jemals wieder etwas abgeschlagen hat.

»Vielleicht kann ich helfen«, sagte ich. »Ich werde in Ilara sein, Sami. Ich werde mit dem König sprechen können. Der Prinz wird mein *Ehemann* sein. Wenn ich ihnen erzähle, wie schlimm es hier steht, dann werden sie irgendetwas tun müssen.«

Er schnaubte. »Warum? Wir sind ihnen egal. Daran lassen sie keinen Zweifel. Dieser Botschafter, Talin? Er war nicht nur hier, um sich Zadie anzusehen.«

Ich fühlte, wie bei der bloßen Erwähnung seines Namens meine Wangen heiß wurden. »Was meinst du damit?«

Sami ließ den Anker hinabsinken, damit wir nicht in Hörweite der Verkäufer trieben. »Nachdem ihr an dem Abend gegangen wart, hat er meinem Vater alle möglichen Fragen gestellt. Er wollte die Perlensammlung meiner Mutter sehen, die es nicht gibt, wie sie ihm versichert hat. Ich musste für sie schon vor Jahren den Großteil ihres Schmucks auf dem Markt verkaufen, damit sie die ärmsten Familien im Dorf unterstützen konnte. Talin meinte, der König wolle, dass er das Zuhause eines ›durchschnittlichen Dorfbewohners‹ besucht, damit er sehen kann, wie wir leben.«

»Thalos, warum?«

Er hob eine Braue. »Ich weiß es nicht. Er hat darum gebeten, euer Haus zu sehen, aber Vater hat ihn stattdessen zu einer meiner Tanten gebracht.«

Ich fühlte einen kleinen Stich der Enttäuschung. Während der vergangenen Tage war ich so beschäftigt gewesen, dass ich nicht viel an Talin hatte denken können, obwohl seine Meerglasaugen mehr als einmal in meinen Träumen aufgetaucht waren. Ich fragte mich, ob ich ihn wohl wiedersehen würde, schüttelte jedoch innerlich sofort den Kopf über meine eigene Dummheit. Talin war der Einzige, der meine Tarnung durchschauen könnte. Ich sollte besser dafür beten, dass ich ihn niemals wiedersah.

»Was hat er deiner Meinung nach gewollt?«, fragte ich Sami.

»Ich glaube, der König hat ihn geschickt, weil er uns nicht traut. Er glaubt, dass wir die Perlen für uns selbst behalten, dass es eine Lüge ist, wenn wir behaupten, dass es nicht mehr so viele Perlen gibt wie noch vor zehn Jahren. Und ich glaube, das ist auch der Grund dafür, warum er den Wert immer weiter senkt.«

»Was soll das heißen?« Ich war verwirrt. »Der Markt entscheidet doch über den Wert der Perlen. Nicht der König.«

»Vor ein paar Wochen habe ich mit einem Galether etwas nördlich vom Hafen gehandelt, und er hat mir erzählt, dass die ilarischen Schmuggler denselben Preis für die Perlen bekommen wie immer.«

Ich beugte mich zu ihm vor. »Also, was genau meinst du damit? Dass der Wert der Perlen *eigentlich* gar nicht gesunken ist, dass wir aber trotzdem weniger dafür bekommen?«

Er nickte. »Der König glaubt, wenn er uns nur weit genug treibt, dann werden auf einmal wieder mehr Perlen auftauchen. Er glaubt nicht, dass es keine mehr gibt. Oder zumindest *will* er es nicht glauben. Selbst wenn ihm der Botschafter die Wahrheit darüber sagt, was er hier vorgefunden hat, wird der König vielleicht nicht auf ihn hören.«

War es möglich, dass Talin nur gekommen war, um uns auszuspionieren? Ich dachte daran, wie er mich angesehen hatte, an das Flattern in meinem Bauch, das sein Blick ausgelöst hatte. War ich wirklich so naiv, dass ich Talins Misstrauen als Neugier oder – sogar noch demütigender – als Interesse missverstanden hatte?

Sami fuhr fort: »Verstehst du denn nicht? Wir arbeiten härter denn je, trotzdem wächst unsere Wirtschaft nie. Wir sind jetzt schlechter dran, als es unsere Ururgroßeltern waren. Und warum? Warum haben wir nicht das Recht dazu, die Perlen auf dem freien Markt zu verkaufen, wie alle anderen auch?«

Ich stieß einen entnervten Seufzer aus: »Wegen der verlorenen Prinzessin.«

»Das ist Hunderte von Jahren her, wenn es denn überhaupt jemals passiert ist. Das hat nichts mit den Varenianern zu tun, die heute leben. Die Ilarer halten uns absichtlich arm und machtlos, Nor.«

»Ich weiß, Sami.«

Er redete so schnell, dass ich kaum mitkam. »Wir werden nicht nur von den Ilarern kontrolliert, wir schicken ihnen auch noch unsere schönsten Frauen als Königinnen. Wenn wir so weit unter ihnen stehen, warum wollen die Prinzen dann varenianische Bräute?«

»Ich weiß es nicht!«, schrie ich.

Dann saßen wir einen Moment schweigend nebeneinander, während das Boot sacht hin und her schaukelte. Seit Jahren stellte ich mir dieselben Fragen und ich war den Antworten kein bisschen näher gekommen.

»Was, wenn ich es herausfinden kann?«, fragte ich plötzlich.

Sami sah auf. »Was?«

»Ich werde im Schloss leben, mit dem König und seinen Ratgebern. Ich werde sehen, was die Ilarer mit den Perlen tun und warum alle dort sie so dringend brauchen. Die Antworten auf alle unsere Fragen werden in meiner Reichweite sein.«

»Du willst den König *ausspionieren?*«

Ich zuckte mit den Schultern. »Ist es denn wirklich spionieren, wenn ich dort wohne? Wenn ich zufällig höre, was die Leute so reden?«

Er schüttelte den Kopf. »Nein, Nor, das meine ich nicht.«

»Na und? Sollen wir etwa warten, bis du Gouverneur bist? Was bringt dich darauf, dass du dich gegen den König wehren kannst, obwohl es nicht einmal dein Vater kann?«

Sami biss die Zähne zusammen. »Und du denkst, *du* kannst es? Du hast dein ganzes Leben damit verbracht, dir um deine Schönheit Gedanken zu machen, du hast nie gelernt, wie man regiert.«

Ich spürte Ärger in mir aufsteigen, doch die Angst drängte ihn wieder hinab. Die Worte meiner Mutter hallten in meinem Kopf wider. *Schönheit ist Macht.* Vielleicht stimmte das in Varenia, aber wer wusste schon, wie die Dinge in Ilara standen? »Ich weiß nicht, ob mir der König zuhören wird«, gab ich zu. »Aber ich muss es doch wenigstens versuchen.«

»Das ist zu gefährlich, Nor. Und wenn sie dich erwischen … Das könnte schreckliche Folgen für uns alle hier haben.«

Ich ergriff seine Hände. »Ich weiß, dass es riskant ist, den König auszuspionieren. Ich weiß, dass ich es mir leicht machen, unsere Kultur einfach vergessen und so werden könnte wie die Ilarer. Ich könnte einfach so tun, als wäre hier in Varenia alles in Ordnung, als hätte meine Familie genug zu essen, als könnte Zadie in Ruhe wieder gesund werden, anstatt tauchen zu müssen. Nur würde ich wissen, dass es eine Lüge ist. Dass Varenia mit jedem Sonnaufgang dem Tag näher kommt, an dem es keine einzige Auster mehr geben wird. Was werdet ihr dann tun? Wenn sich der König von Ilara weigert, euch Wasser und Feuerholz zu schicken? Wenn es keine Fische mehr gibt, die ihr fangen könnt? Es reicht nicht mehr, dass wir uns *anstrengen.* Wenn wir nicht jetzt etwas tun, dann werdet ihr alle sterben.«

Sami tat so, als würde er zu den Wolken hinaufblicken, aber ich sah die Tränen, die er zurückhalten wollte. »In Ordnung«, sagte er. »Finde heraus, was du kannst.« Dann runzelte er die Stirn. »Aber wie willst du mir die Informationen überbringen, wenn es dir tatsächlich gelingt, sie zu bekommen? Keine varenianische Braut ist jemals in unser Dorf zurückgekehrt.«

»Dann musst du eben zu mir kommen.«

»Nor ...« Er folgte meinem Blick zum schwimmenden Markt.

In Varenia war mir jedes Gesicht vertraut, aber in diesem wilden Durcheinander hier sahen alle gleich aus. Wenn Sami irgendwo hinkommen könnte, wo man ihm keine Beachtung schenken würde, vielleicht ...

»Der Hafen«, sagten wir gleichzeitig.

Er atmete tief durch. »Das könnte funktionieren. Der nächste Markt dort ist erst in drei Wochen. Das könnte reichen, damit du alles arrangieren kannst.«

»Nur, wie soll ich dich dort finden? Du hast mir erzählt, dass der Markt riesig ist.«

»Es gibt einen Mann, der Flugdrachen verkauft. Seinen Stand findet man leicht, weil er immer mehrere seiner Drachen daran festbindet. Dort könnten wir uns treffen. Mittags.«

Ich ließ mich nach hinten ins Boot sinken, aufgeregt und überwältigt. »Beim ersten Mal schaffe ich es vielleicht nicht.«

»Ich weiß.«

»Komm trotzdem, jeden Monat. Ich tue, was ich kann, um dort sein zu können.«

»Ich auch.«

Rasch kauften wir, was wir brauchten, auf dem schwimmenden Markt, denn keiner von uns wollte die Zeit, die mir noch blieb, verschwenden. Als Sami uns nach Hause zurückruderte, begegneten wir einer Familie in ihrem Boot. Die Mienen waren grimmig. Wenn sie mich als die Ausgestoßene des Dorfs erkannten, dann ließen sie es sich jedenfalls nicht anmerken.

Dann fiel mein Blick auf das dunkle Tuch am Boden des Boots. Darunter lag etwas, das etwa einen Meter fünfzig lang zu sein schien.

Eine Leiche.

Die Familie wollte ihren Toten bestatten. Sami und ich senkten gleichzeitig den Kopf und berührten unsere Brust auf Höhe des Herzens als Zeichen des Mitgefühls. Der Vater nickte uns zu, als wir den Blick wieder hoben. Schweigend ruderten sie weiter.

Varenianische Beisetzungen waren private, sehr ernste Rituale. Nur die direkten Verwandten nahmen daran teil. So wurde dafür gesorgt, dass niemand das Gefühl hatte, bestimmte Orte aus Respekt vor den Toten meiden zu müssen. Ich war als Kind bei einer Beisetzung dabei gewesen, bei der des Vaters meines Vaters. Er war von einem Windwal getötet worden, einem räuberischen weißen Wal mit einer gewaltigen Rückenflosse, die wie ein Segel funktionierte und die ihn zu einem der schnellsten Meereslebewesen machte. Meine Großmutter war als Witwe zurückgeblieben. Zum Glück waren die meisten ihrer Kinder damals schon erwachsen gewesen und sie war zu einer meiner Tanten gezogen.

Ich erinnerte mich nicht mehr an die Rede meines Vaters, nur daran, wie sich das Tuch eng um den Körper meines Großvaters geschlungen und kurz seine Gesichtszüge enthüllt hatte, als er ins Wasser gesunken war. Man hatte ihn mit Steinen beschwert, und er sank rasch in die Tiefe, doch wir alle hatten gewusst, dass es nicht lange dauern würde, bis sich die Haie versammelten.

Warum verbrennen wir die Leichen nicht?, hatte ich meinen Vater gefragt, denn ich war der Meinung gewesen, dass alles besser war, als gefressen zu werden, auch wenn man schon tot war.

Weil wir dem Meer etwas zurückgeben müssen, mein Kind. Durch Thalos versorgt uns das Meer mit Nahrung, mit den Perlen, die wir ernten. Das Meer macht uns stark und gesund, und wenn wir sterben, müssen wir ins Meer zurückkehren, damit wir es ebenfalls nähren können. Damit die Blutkorallen aus unseren Herzen wachsen können und der Kreislauf von vorn beginnen kann.

Ich berührte meine Narbe, während die Erinnerung verblasste. »Alle glauben, ich hätte ihr etwas angetan, Sami – sie glauben, dass ich sie vielleicht sogar töten wollte.« Ich senkte den Blick, und ungeweinte Tränen schimmerten in meinen Augen. »Ich glaube, meine eigene Mutter hat dieses Gerücht in die Welt gesetzt.«

»Vielleicht, aber es ist Alys' Mutter, die es weiterverbreitet. Sie ist wütend, weil du an Alys' Stelle gewählt wurdest.«

»Nicht weil ich schöner bin als sie, sondern nur weil den Ältesten nichts anderes übrig geblieben ist.«

Er nahm meine Hand und drückte sie. »Hör mir zu, Nor. Du bist kein Mädchen zweiter Wahl. Das warst du nie.«

Ich stieß ein ironisches Lachen aus, aber er lachte nicht mit.

»Ich meine es ernst. Ich kann mir kein anderes Mädchen vorstellen, das dazu bereit wäre, den König auszuspionieren, nicht einmal Zadie. Deine Mutter hat dir immer weisgemacht, deine Narbe würde dich hässlich machen, doch in Wahrheit hat sie dich mutig gemacht.«

»Mutig?« Ich trat gegen den Getreidesack. »Ich sterbe fast vor Angst, Sami.«

Er lachte, eine tiefere Version des Lachens, das ich als Mädchen immer geliebt hatte.

»Was ist denn so lustig?«

»Du hast vor gar nichts Angst, Nor. Das hattest du nie.«

Da irrte er sich. Ich hatte Angst davor, Zadie und Vater zu verlassen, das einzige Zuhause zu verlassen, das ich je gekannt hatte. Ich hatte Angst davor, allein unter Fremden zu leben, so tun zu müssen, als wäre ich eine andere. Ich hatte Angst davor, einen jungen Mann zu heiraten, den ich noch nie gesehen hatte, wohl wissend, dass mir keine Wahl blieb.

Am meisten fürchtete ich mich jedoch davor, was aus mir geworden war: eine Frau, die alle belog, die ihre Eltern nicht ehrte, die ihrer Schwester dabei half, sich selbst zu verletzen. Eine Frau, die einen König ausspionieren würde.

Eine Frau, die eine Krone stehlen würde.

An diesem Abend gab es kein Fest. Die große Abschiedsfeier für Zadie war genauso abgesagt worden wie die Verkündung meiner Verlobung mit Sami und das Dorf lag so still da wie an jedem anderen Abend.

Mir war es nur recht. Ich hätte das Getuschel und die Blicke nicht ertragen.

Sami würde ich am nächsten Morgen noch einmal sehen, wenn er mich zum Strand brachte. Außer ihm befanden sich die einzigen Menschen, die noch etwas mit mir zu tun haben wollten, hier in diesem Haus, weshalb ich an diesem Abend nirgendwo anders sein mochte.

Obwohl Mutter mich noch immer nicht ansehen wollte.

»Hast du alles?«, fragte Zadie. Sie konnte mittlerweile aufrecht sitzen, und ein wenig Farbe war in ihre Wangen zurückgekehrt, auch wenn ich sah, dass sie immer noch große Schmerzen hatte.

»Ja«, antwortete ich und klopfte auf die Truhe mit den Besitztümern, die eigentlich ihre hätten sein sollen. Vater hatte trotz Mutters Protest darauf bestanden, dass ich sie bekommen sollte. »Bitte mach dir keine Sorgen um mich.«

»Nein, es war schon immer deine Aufgabe, dir Sorgen um *mich* zu machen.« Sie drückte mir die Hand. Es war kein Vorwurf, sie würdigte, was ich für sie tat. Nicht nur jetzt, sondern an jedem Tag der vergangenen sieben Jahre: Ich hatte gerudert, um ihre Hände zu schonen, ich hatte die Schuld für jedes Missgeschick auf mich genommen, ich war bei ihr geblieben, wenn Sami auf Erkundungsfahrt gegangen war und sie sich zu große Sorgen um ihre Schönheit gemacht hatte. Wie ironisch, dass dies alles nun umsonst gewesen war. Dass ich nun hier stand, mit meinen raueren Händen und meiner sonnengeküssten Haut, und an ihrer Stelle ging.

Ich hatte meine letzte Mahlzeit hier in Varenia gekocht, da sich Mutter geweigert hatte und Zadie zu schwach dafür war. Und Vater, nun ... Vater könnte nicht einmal Haferbrei zubereiten, wenn er am Verhungern wäre. Wir hatten nichts anderes im Haus als Brot aus dem Getreide, das Sami für uns gekauft hatte, und ein wenig Trockenfisch. Wenn Sami meine Schwester nicht heiratete, dann fürchtete ich, dass meiner Familie noch früher das Essen ausgehen würde, als es die Älteste Nemea vorhergesagt hatte. Sogar trotz des Brautpreises, wenn der Prinz mich denn akzeptierte und das Geld schickte. Ich fand die meisten Perlen, mit denen wir auf dem Markt handelten, und auch ohne ihre Verletzungen wäre Zadie nie in der Lage gewesen, so oft tauchen zu gehen, dass sie mich ersetzen konnte.

Beim Essen unternahm sie einen tapferen Versuch, die Stimmung aufzuhellen. »Stell dir nur vor, du wirst morgen ein Pferd sehen, Nor. Ein echtes Pferd, ganz aus der Nähe. Vielleicht kannst du sogar eines reiten.«

»Glaubst du wirklich?«

Sie nickte und wir quietschten begeistert. Zum ersten Mal seit Tagen fühlten wir uns wieder so wie früher.

»Stell dir vor, wie viel du auf der fünftägigen Reise über Land sehen wirst. Viel mehr, als du in fünf Tagen auf dem Meer sehen könntest. Ganz sicher.«

Es war seltsam, wie sich die Unterhaltung umgedreht hatte. Normalerweise sagte ich solche Dinge zu Zadie. Versuchte sie, mich aufzuheitern, indem sie mir dies in Erinnerung rief, oder bereute sie ihre Entscheidung?

»Denk an deine Manieren, wenn du fort bist«, ermahnte mich Vater. Es war die längste Rede, die er seit dem Morgen von sich gegeben hatte. »Du repräsentierst immer noch diese Familie, ganz gleich, wie weit entfernt wir sind.«

»Sie repräsentiert diese Familie *nicht*«, fauchte Mutter. »Für uns ist sie so gut wie tot.«

Zadie legte ihr eine Hand auf den Arm. »Wie kannst du so etwas nur sagen? Unsere Nor geht für immer fort und das sind deine letzten Worte. So soll sie sich an dich erinnern?«

»Ich hätte gehofft, dass sie sich daran erinnert, wie viele Opfer ich gebracht habe, damit sie die bestmögliche Ehe schließen kann, trotz ihrer ... Fehler. Allerdings hat sie beschlossen, dies alles wegzuwerfen, also kann sie sich meinetwegen an mich erinnern, wie sie will.« Mutter stand auf und verschwand hinter dem Vorhang zu ihrem Schlafzimmer. Ihr Brot und ihren Fisch hatte sie nicht angerührt.

»Hör nicht auf sie«, sagte Zadie schwach.

Ich bemerkte, dass niemand etwas gegessen hatte, nicht einmal Vater. Vielleicht hatte Mutter ja recht. Vielleicht *war* ich tatsächlich undankbar. Sie hätte eine Ehe zwischen mir und irgendeinem Jungen im Dorf arrangieren können, aber sie hatte Sami gewählt. Vielleicht hielt sie mich nicht für schön genug für den Prinzen, aber in ihren Augen war ich immerhin würdig genug für den Sohn des Gouverneurs.

Wenn ich mich nur dazu bringen könnte, daran zu glauben, dass sie auch einmal irgendetwas aus selbstlosen Gründen tat, dann hätte ich meine Mutter vielleicht verstehen können. Doch so, wie die Dinge standen, würde ich wohl nie dazu in der Lage sein.

»Komm, bringen wir dich ins Bett«, sagte ich zu Zadie und half ihr zurück in unser Zimmer. Sie konnte ihr verletztes Bein nicht belasten, doch sie hatte inzwischen genug Kraft, um stehen zu können, und das war vielversprechend. Vielleicht würde sie mich morgen wenigstens vom Balkon aus verabschieden können.

Ich löste ihre Zöpfe und half ihr dabei, sich mit Frischwasser und einem Lappen zu waschen. Selbst so krank und schwach war sie immer noch schön. Ihre goldenen Augen strahlten vor Liebe und Mitgefühl und ein trauriges Lächeln umspielte ihre weichen rosa Lippen. Als sie mir eine Hand an die Wange hielt, legte ich den Waschlappen weg und bedeckte ihre Finger mit meinen.

»Was ist los?«, fragte ich.

»Ich kann es nicht fassen, dass ich dich nie wiedersehen werde.«

»Oh, Zadie.« Ich wusste, dass es stimmte, aber wenn ich diese Gedanken zuließ, dann würde ich dies hier niemals durchstehen.

»Ich hatte schreckliche Angst davor, Varenia verlassen zu müssen, aber ich bin nie auf den Gedanken gekommen, wie schlimm es für dich sein würde, mich gehen zu sehen. Ich war so fixiert darauf, dass man mich dazu zwingen würde zu gehen, dass ich nie daran gedacht habe, wie es sich wohl anfühlen müsste, hierzubleiben.«

Das war der Unterschied zwischen Zadie und mir. Ich hatte mir den Tag, an dem sie Varenia verlassen würde, zwar immer aus meiner Sicht vorgestellt, aber ich hatte mir auch eine Million Mal ausgemalt, wie es wohl für sie sein musste. Und ich hatte immer schon das Gefühl gehabt, dass hierzubleiben schlimmer sein musste.

»Du kommst schon zurecht«, sagte ich. »Du hast Mutter und Vater. Und Sami.«

Sie drückte mir die Hand. »Aber den einen Menschen, den ich mehr als alle anderen liebe, habe ich nicht mehr. Sami gehört mein Herz, aber du, meine geliebte, wunderschöne Nor, bist mein Seelenzwilling.«

Da weinte ich. Wir beide weinten. Wegen all der Jahre, die wir Mutters dummem Traum geopfert hatten, wegen der Dinge, die wir füreinander ertragen hatten: ich das Wissen, dass ich in den Augen meiner Mutter nicht genug war und nie genug sein würde, und Zadie die Last, mehr als genug sein zu müssen, Perfektion erreichen zu müssen. Hier und jetzt, so ungeschützt und verletzlich wie die Wunden an Zadies Beinen, waren wir schön auf eine Art, die unsere Mutter niemals verstehen würde.

In diesem Moment begriff ich, wie dumm es war, eifersüchtig auf Zadies Liebe zu Sami zu sein. Jetzt wusste ich, dass ich keinen Mann jemals würde mehr lieben können als meine Schwester. Wir hatten siebzehn Jahre lang fast jeden Moment zusammen verbracht. Was konnte daran rühren? Was konnte dies zerstören? Nicht Mutter mit ihren Träumen. Nicht einmal Thalos selbst.

Ich hätte mich auf den Morgen vorbereiten sollen. Ich hätte mich sorgfältig waschen und mir das Haar flechten sollen, wie Zadie es getan hätte. Ich hätte mein schönstes Kleid herauslegen und meine Haut mit Ölen und Parfüms einreiben sollen. Doch stattdessen schlief ich in den Armen meiner Schwester ein, noch immer in der Tunika, die ich den ganzen Tag über getragen hatte, die Wangen vom Salz unserer Tränen befleckt, mein Herz im Takt mit Zadies schlagend.

Mutter hatte uns zumindest ein Geschenk mitgegeben, das weder Zeit noch räumliche Entfernung jemals auslöschen konnte: einander.

10

Ich erwachte im grauen Morgenlicht vor Sonnenaufgang, als Zadie mir mit dem Zeigefinger über die Schläfe strich. »Was ist los?«, fragte ich und rieb mir den Schlaf aus den Augen.

»Das ist unser letzter gemeinsamer Sonnenaufgang. Ich wollte nicht, dass du ihn verpasst.«

Als ich mich aufsetzte, lachte sie.

»Was denn?«

»Deine Haare. Die würden ein gutes Nest für einen ziemlich eigensinnigen Vogel abgeben.«

»Zadie!«, keuchte ich, als ich meinen Kopf berührte. »Da drin könnte eine ganze Vogelfamilie brüten!«

»Darum kümmere ich mich später. Jetzt beeil dich!«

Wir saßen auf dem Balkon vor unserem Zimmer, unsere Beine baumelten über den Rand, wie immer. Ich hoffte, es würde ein spektakulärer letzter Sonnenaufgang werden, und die Sonne enttäuschte uns nicht. Der Horizont leuchtete strahlend orange über dem Wasser, dann schob sich langsam die weiß glühende Kugel empor, verdrängte das Orange und goss ihr Licht in die schwindende Dunkelheit und über das Meer.

Zadie legte den Kopf auf meine Schulter und ich schmiegte

die Wange an ihr Haar. Ich versuchte, nicht daran zu denken, dass dies das letzte Mal war, dass ich ihre Stimme hören oder ihr Gesicht sehen würde. Ich konnte nicht daran denken. Es war unvorstellbar. Sicher würde ich morgen im selben Bett erwachen und auf denselben Balkon hinaustreten, in dem einzigen Zuhause, das ich je gekannt hatte. Wie sollte ich mir irgendetwas anderes vorstellen, wenn ich Varenia doch nie verlassen hatte?

»Mädchen«, rief Vater. »Sami wird bald hier sein. Nor muss sich bereit machen.«

»Ja, Vater«, antworteten wir im Chor.

Zadie hielt Wort und brachte das Chaos auf meinem Kopf in Ordnung, das die vergangene Nacht angerichtet hatte. Sie wies mich an, mein Haar mit Frischwasser zu waschen, und kämmte und flocht es dann. Ich bat sie, die Zöpfe locker zu lassen, denn ich hatte keine Ahnung, wann ich sie wieder würde öffnen können.

»Was soll ich anziehen?«, fragte ich und sah meinen kleinen Stapel Kleider durch.

»Eine einfache Tunika und Röcke. In der Kutsche gibt es Kleider für dich. Und Schuhe mit Ledersohlen, das hat man mir jedenfalls gesagt.«

Ich starrte auf meine nackten Füße hinab. Mutter hatte mich manchmal, zu besonderen Anlässen, dazu gezwungen, Slipper zu tragen, aber ich ging lieber barfuß. »Ich muss *Schuhe* tragen?«

Zadie legte den Kopf in den Nacken und lachte und mir fiel auf, dass sie zum ersten Mal seit Tagen keine Schmerzen mehr zu haben schien. Die Sorgenfalten auf ihrer Stirn waren verschwunden, und sie verzog nicht mehr gequält das Gesicht, wenn sie sich bewegte.

»Geht es dir besser?«

»Das tut es tatsächlich, ja.« Sie löste die Verbände um ihren Oberschenkel, und ich war froh, zu sehen, dass die Wunden zwar immer noch rosa und offen waren, aber keine Entzündungszeichen zeigten. Ein Bild von Sami erschien vor meinem inneren Auge, der mit dem Finger die gewundenen Narben nachzeichnete, und in diesem Moment empfand ich Frieden. Solange sie einander hatten, würde ich mir um meine Schwester keine Sorgen machen. Sie liebte es hier. Das hatte sie immer schon getan.

Ich zog mir meine beste weiße Tunika und einen hellblauen Rock an. Zadie half mir dabei, Nemeas Paste aufzutragen, und wir beide staunten darüber, wie gut sie wirkte. Nach kurzem Warten löste sich die Farbe nicht einmal, wenn man darüberrieb. Danach aß ich eine kleine Schüssel voll Getreidebrei mit Trockenfeigen. Ich fürchtete, dass mir schlecht werden würde, wenn mein Magen zu voll wäre, und ich hatte sowieso kaum Appetit.

»Das sind die Nerven«, erklärte Vater. »An so einem Tag ist es wohl normal, wenn man nervös ist.«

»Ja, Vater.«

Beim Klang von Samis Stimme vor dem Haus drehten wir uns um.

»Es ist so weit«, sagte Vater.

Ich sah mich nach Mutter um. »Wo ist sie?« Nicht einmal sie würde auf einen Abschied von mir verzichten. Zumindest hatte ich das geglaubt, doch nun knabberten Zweifel am Rande meines Verstands wie hungrige Fische.

»Sie hat gesagt, sie hätte noch etwas zu erledigen.«

»Aber sie kommt doch sicher rechtzeitig zurück, um sich von mir zu verabschieden?«

Er schüttelte den Kopf. »Das hat sie nicht gesagt.«

Ich biss die Zähne zusammen, damit meine Lippen nicht zu beben begannen, und hob meine Truhe hoch. »Hilf Zadie hinaus, ja? Es geht ihr heute besser, aber sie sollte trotzdem noch gestützt werden.«

Ich trat hinaus, wo mich Sami und Gouverneur Kristos in ihrem Boot erwarteten. Sie wirkten beide sehr würdevoll in ihren feinsten Kleidern. Ich hatte immer gedacht, Sami würde seiner Mutter ähnlicher sehen, doch an diesem Morgen erkannte ich auch etwas von seinem Vater in ihm.

Er streckte sich nach oben, um mir die Truhe abzunehmen. »Bist du bereit?«

Ich nickte, obwohl sich der Aal in meinem Bauch heftig wand. »Ich glaube schon.«

»Wo ist deine Mutter?«

Ich zuckte mit den Schultern und versuchte, mir nicht anmerken zu lassen, wie verletzt ich war. »Sie ist nicht hier.«

Sogar der Gouverneur runzelte bei diesen Worten die Stirn.

»Ist schon gut«, log ich. »Ich will mich nur noch verabschieden.« Ich wandte mich an meinen Vater, der meine Schwester in den Armen hielt wie ein Kind. Sanft setzte er sie ab, damit er etwas aus seiner Tunika hervorziehen konnte. Es war ein länglicher Seidenbeutel, rot mit hellrosa Verzierungen.

»Was ist das?«, fragte ich, als er mir den Beutel in die Hand legte. Darin befand sich etwas Hartes und Schmales.

»Es ist ein Dolch aus der Blutkoralle, die dich fast getötet hätte.«

Fast hätte ich den Beutel fallen gelassen. »Was?«

Er lächelte. »Keine Sorge. Er steckt in einer Scheide.«

Ich öffnete den Seidenbeutel und schob den Stoff ein Stück

hinunter, woraufhin ein elfenbeinweißer Griff zum Vorschein kam, der mit Meeresblumenschnitzereien verziert war. »Warum gibst du mir das?«

»Als du krank warst und wir dachten, wir würden dich verlieren, habe ich nach der Blutkoralle gesucht und sie mit einem Hammer zertrümmert.«

»Was hast du dir dabei gedacht? Das hätte dich umbringen können!«

»Ich war vorsichtig. Na ja, vorsichtig genug.«

Ich zog den Dolch aus dem Beutel. Die Klinge steckte in einer Scheide aus Stachelrochenleder. Sanft zog ich am Griff, gerade genug, um einen kurzen Blick auf die Blutkoralle werfen zu können.

»Die Koralle selbst kann dich nicht verletzen«, erklärte Vater. »Nicht, wenn sie tot ist. Aber wenn sie die Haut durchbricht, wird der Schnitt tödlich sein.«

Forschend sah ich ihm in die Augen. »Warum gibst du mir das?«

»Dreh den Dolch um.«

Ich tat es und keuchte erschrocken auf. Sogar Gouverneur Kristos' Augen weiteten sich, als er die riesige rote Perle sah, die in den Griff eingelassen war. Sie war so groß wie mein Daumennagel und vollkommen rund. Doch es war die Farbe, die uns alle so erschreckte: ein strahlendes, loderndes Rot, so rot wie jede Blutkoralle, die ich je gesehen hatte. Ich hatte nicht gewusst, dass es rote Perlen überhaupt gab. Sie musste mindestens zwanzig rosa Perlen wert sein.

»Woher hast du die?« Ehrfürchtig strich ich über die Perle.

Er steckte mir eine verirrte Haarsträhne hinters Ohr. »Aus der Auster, die Zadie und du an jenem Tag gefunden habt.«

»Warum hast du sie nicht verkauft?«, fragte ich und dachte

an die vielen Vorräte und Lebensmittel, die wir dafür bekommen hätten.

»Sie gehört dir. Sie hat immer schon dir gehört.«

Ich schob den Dolch zurück in den Seidenbeutel, schlang die Arme um meinen Vater und drückte ihn fest. »Danke, Vater, dafür, dass du mich so gut verstehst. Du wirst mir fehlen.«

»Du wirst mir auch fehlen.« Er versuchte nicht, die Tränen zu verstecken, die ihm in die Augen stiegen. »Thalos hat unsere Familie gesegnet, als er euch zu uns gebracht hat. Euch beide.«

»Pass gut auf Mutter auf«, sagte ich, und meine Stimme brach bei diesen Worten. »Sie weiß es noch nicht, aber sie wird mich vermissen.«

»Natürlich wird sie das.«

Ich wandte mich an Zadie und weinte noch heftiger.

»Nicht weinen, Liebes«, sagte sie, obwohl ihr die Tränen genauso über die Wangen liefen wie mir. »Ich liebe dich so sehr.«

»Ich liebe dich auch.«

Sie brachte ein Lächeln zustande. »Wer ist jetzt verquollen wie ein Pufferfisch?«

»Das ist mir egal.«

Sie trocknete mir trotzdem mit dem Ärmel die Tränen. »Du hast alles für mich geopfert, und ich werde das niemals vergessen, solange ich lebe.«

»Du hättest dasselbe für mich getan.«

»Aber du hast mich nicht darum gebeten.«

Ich drückte sie so fest an mich, wie ich es wagte, und wieder war ich überrascht, wie klein sie sich nach Vaters Umarmung in meinen Armen anfühlte. Eine Welle der Angst schlug über mir zusammen. »Ich weiß nicht, ob ich das schaffe«, flüsterte ich ihr ins Ohr.

Sie lehnte sich zurück, um mir in die Augen sehen zu können. »Mutter hat uns immer erklärt, dass Schönheit Macht ist. Sie hat geglaubt, unser Wert wäre etwas, das man wiegen und messen kann wie eine Perle auf dem Markt. Aber während der vergangenen sieben Jahre, seit du dich meinetwegen verletzt hast, habe ich zugesehen, wie du unabhängig und stark geworden bist. Deine Neugier bringt dich dazu, Fragen zu stellen, an die andere Mädchen nicht einmal denken. Du warst immer schön, Nor. Diese Narbe auf deiner Wange? Den meisten im Dorf fällt sie nicht einmal auf. Sie ist nicht der Grund dafür, warum die Ältesten nicht dich, sondern mich gewählt haben. Sie haben sich für mich entschieden, weil sie geglaubt haben, dass ich bei ihren Plänen mitspiele, dass ich dem Prinzen eine gehorsame und unterwürfige Frau sein würde.«

»Zadie ...«

Sie legte mir beide Hände auf die Schultern. »Mutter hat sich *geirrt*, Nor. Du hast die Macht, alles zu tun, wovon du träumst, viel mehr als jeder andere, den ich je gekannt habe. Diese Kraft, diese innere Stärke, *das* ist es, was dich zum schönsten Mädchen Varenias macht.«

Ich schüttelte den Kopf. In diesem Moment fühlte ich mich kein bisschen mächtig. Ich fühlte mich traurig und verängstigt und sehr klein. »Ich liebe dich«, war alles, was ich herausbrachte.

»Ich werde dich wiedersehen, in diesem Leben oder in einem anderen. Geh jetzt, erfülle dein Schicksal.« Zadie drückte mir einen Kuss auf die Stirn und trat zurück, während Vater mir hinab ins Boot half.

Sami legte die Arme um mich, nicht wie ein Bruder oder ein Liebhaber, sondern wie ein Freund, und ich war so dankbar wie noch nie dafür, dass es ihn gab. Der Gouverneur selbst griff nach den Rudern, um uns zum Strand zu bringen.

Ich ermahnte mich, nicht zurückzublicken. Ich hielt den Rücken gerade, damit Zadies letztes Bild von mir die Kraft und Stärke ausstrahlte, von der sie so sicher war, dass ich sie besaß. Was sie nicht sehen konnte, waren die Tränen und die Art, wie ich mir die Fingernägel in die Handballen grub und mir auf die Lippe biss, um mich auf einen anderen Schmerz konzentrieren zu können.

Zadies Weinen verklang hinter mir im Wind, und ich wiederholte ihre letzten Worte im Geist, um Stärke daraus zu schöpfen. Ich verließ nicht die Menschen, die ich liebte – ich erfüllte mein Schicksal, genau so, wie wir es besprochen hatten.

Die Erkenntnis traf mich wie eine Welle. Ich hatte sie zwar nicht darum gebeten, alles für mich zu opfern, aber sie hatte es trotzdem getan. Sie hatte mir nichts von ihrem Plan erzählt, weil sie wusste, dass ich niemals ihr Leben aufs Spiel setzen würde für etwas, von dem ich glaubte, in irgendeiner Weise davon profitieren zu können. Doch irgendwie hatte sie sowohl ihr als auch mein Schicksal aus dem Griff der Ältesten, unserer Mutter und Thalos selbst befreit und auf den richtigen Weg gebracht.

Bittersüße Tränen rannen mir über die Wangen. Wie hatte ich jemals an ihr zweifeln können?

Abrupt drehte ich mich um und hoffte, dass es noch nicht zu spät war. Die Häuser Varenias, rosa und gelb, rot und orange, erstreckten sich über den Horizont wie ein herrlicher Sonnenuntergang. Vor unserem rasch kleiner werdenden Haus konnte ich kaum noch Zadies winzige Gestalt ausmachen. Ich hob die Hand, um ihr zu zeigen, dass ich verstanden hatte, und das

Schluchzen, gegen das ich so lange angekämpft hatte, brach sich Bahn, als auch sie zur Antwort die Hand hob.

Sami hielt mich noch fester, und ich weinte, bis ich keine Tränen mehr hatte.

Schließlich schlief ich an seiner Schulter ein und erwachte erst Stunden später wieder. Die Sonne brannte auf mich herab. Sami und sein Vater wechselten sich während des restlichen Tages mit dem Rudern ab. Sie waren beide starke Männer, aber obwohl wir nicht allzu lange nach Sonnenaufgang aufgebrochen waren, senkte sich die Sonne nun bereits wieder dem Horizont entgegen. Trotz meines Huts tat mir der Kopf weh, weil ich so langer dieser Hitze ausgesetzt gewesen war, und meine gute Tunika und die Röcke waren durchgeschwitzt. Beide Männer trugen dünne Leinentuniken und Hosen, ein Luxus, der mir nicht gestattet war. Zum Glück hatten sie Essen und Trinken für uns mitgebracht, aber ich konnte mir trotzdem nicht vorstellen, woher sie die Kraft nehmen sollten, an diesem Abend wieder zurück nach Hause zu rudern.

Endlich begann sich der Horizont zu verändern. Wir kamen südöstlich von Varenia an den Strand, und dort, schließlich, war das Land, von dem ich mein ganzes Leben lang geträumt hatte: Ein langer Sandstreifen erstreckte sich in beide Richtungen und dahinter das verschwommene Grün des Waldes.

Weitere Details kamen in Sicht, als die Wellen stärker wurden und uns immer schneller an den Strand trugen. Dort warteten zehn bis fünfzehn Männer, deren Blicke aufs Meer gerichtet waren, deren Mienen jedoch von hier aus noch nicht zu erkennen waren. Ihre Oberkörper steckten in etwas Hartem und Steifem, wie Schildkrötenpanzer, und ihre Pferde standen aufgereiht hinter ihnen. Riesige Tiere, die immer noch größer zu werden schienen, je näher wir kamen.

Sami legte die Ruder einen Moment ab und überließ den Wellen die Arbeit. »Nor?«

Mein Blick traf seinen. »Ja?«

»Bist du bereit?«

Fast hätte ich gelacht. Natürlich war ich nicht bereit. Ich würde nie bereit sein. Der Gedanke, dass Sami und sein Vater mich hier einfach bei einem Dutzend fremder Männer zurücklassen würden, war absurd. Wie sollte ich nur den Mut finden, aus dem Boot zu steigen?

Doch ich kämpfte meine Angst zurück. Ich musste jetzt stark sein, damit Sami, wenn Zadie ihn danach fragte, sagen konnte, ich wäre tapfer gegangen. »Ich bin bereit.«

Er nickte. »Ich werfe den Anker ein Stück vom Strand entfernt, nur etwa fünf Meter oder so, und der Hauptmann wird kommen und dich holen, mit einem weiteren Wachmann für deine Truhe. Der Hauptmann wird meinem Vater wahrscheinlich ein Geschenk überreichen, ein paar Worte sagen, und dann werden wir wieder ablegen.«

»Ich verstehe. Danke.«

Ohne auf den strengen Blick seines Vaters zu achten, nahm er meine Hände. »Ich verspreche, dass ich auf Zadie aufpassen werde. Bitte versuch, dir keine Sorgen zu machen.«

»Ich weiß.« Ich beugte mich vor und küsste ihn leicht auf die Wange, verabschiedete mich so von dem Jungen, der, seit ich denken konnte, unser bester Freund und vertrauter Komplize gewesen war. »Wir beide wären zurechtgekommen«, flüsterte ich und löste mich von ihm. »Aber Zadie wirst du zur glücklichsten Frau in ganz Varenia machen.«

»Ich werde es mein Leben lang versuchen«, flüsterte er zurück. »Vergiss nicht, die Augen und Ohren offen zu halten.«

»Das werde ich.«

Gouverneur Kristos beugte sich vor und nahm mein Gesicht zwischen beide Hände. Er musterte meine Wange. »Die Farbe hält. Gut.«

Ich versuchte, die Tränen zurückzuhalten, als er mich wieder losließ. »Ich weiß, dass die Dinge zwischen unseren Familien nicht gut ausgegangen sind, aber …«

»Es ist alles in Ordnung, Nor.« Er zog mich in eine feste Umarmung. »Du warst immer wie eine Nichte für mich. Sei vorsichtig in Ilara. Ich bin dem Prinzen nie begegnet, aber ich habe gehört, dass er … schwierig sein kann. Vielleicht nimmt er deine impulsive Art nicht so nachsichtig auf wie sein Botschafter.«

Ich fragte mich, was er mit »schwierig« meinen mochte. »Ja, Gouverneur Kristos.«

»Ich werde auf deine Familie aufpassen, das verspreche ich dir.«

»Danke.« Ich küsste auch ihn auf die Wange, während Sami den Anker warf.

Mein Blick wanderte über die Reihe von Soldaten, um zu sehen, wer mich wohl holen kommen würde, und schließlich traten zwei Männer hinter den anderen hervor. Sie trugen nur lockere weißen Tuniken und enge Hosen, ihre Füße waren nackt. Ich hielt mir eine Hand vor den Mund, um ein Kichern zu unterdrücken. Der ältere Mann hatte blondes Haar und einen gestutzten Bart, der andere war so glattwangig wie Sami. Sie wirkten klein und schwach ohne ihre Panzer, und ich ermahnte mich, ganz ruhig zu bleiben. Diese Männer waren keine hungrigen Haie, die im blutigen Wasser ihre Kreise zogen. Sie waren mehr wie die kleinen Fische, die sich an die Bäuche der Haie klammerten. Nichts, wovor man sich fürchten musste.

Als sie jedoch ins Meer gingen und näher kamen, sah ich, dass sie nicht ganz so klein waren. Tatsächlich waren beide Männer größer als alle, die ich je in Varenia gesehen hatte, sogar größer als Jovani. Ihre Schultern waren so breit wie die von Gouverneur Kristos und ihre Mienen wirkten grimmig.

Ich ließ die Hand sinken, das Lächeln war von meinem Gesicht verschwunden, und ich fühlte Panik in mir aufsteigen. Zwei Fremde kamen, um mich zu holen. Ich war noch nie einem Fremden begegnet, jedenfalls nicht vor Talin, und in den Augen dieser Männer tanzte kein Lachen.

»Ich kann nicht mit ihnen gehen«, flüsterte ich dem Gouverneur zu, doch er hielt den Blick fest auf die Männer gerichtet, seine Miene ebenso ernst wie ihre.

»Seid gegrüßt«, sagte Kristos, als die Männer neben dem Boot angekommen waren, brusthoch im Wasser.

»Guten Tag, Gouverneur Kristos«, antwortete der Bärtige. Seine Haut war gebräunt, aber faltenfrei. »Ich bin Hauptmann Osius von König Xyrus' Wache.« Kurz sah er mir in die Augen, doch dann wanderte sein Blick rasch über meine ganze Erscheinung. Vielleicht hatte Talin ihm beschrieben, wie Zadie aussah, und nun überprüfte er, ob ich tatsächlich das Mädchen war, das man dem Prinzen versprochen hatte.

»Mylady«, sagte er schließlich und streckte mir die Hand entgegen. »Es ist mir eine Ehre, Euch kennenzulernen.«

Ich ließ zu, dass er meine Hand ergriff und sie an den Mund führte. Sein Bart kitzelte meine Haut, als er sie küsste, und ich musste mich zwingen, bei dieser seltsamen Geste nicht den Blick abzuwenden. »Danke«, brachte ich heraus.

»Mein stellvertretender Offizier Grig wird Eure Besitztümer an Land bringen. Ich fürchte, das Protokoll besagt, dass Ihr keinen Fuß auf den Boden setzen dürft, bis wir die Grenze nach

Ilara überschritten haben, also werde ich Euch zur Kutsche tragen.«

Ich riss die Hand zurück. »Mich tragen?«

»Ja, Mylady. Ich verspreche Euch, dass ich dieser Aufgabe gewachsen bin.« Winzige Fältchen zeigten sich in seinen Augenwinkeln, und ich fühlte, wie ich mich ein wenig entspannte. Trotz seiner Größe und seiner ernsten Miene wusste ich auf einmal, dass dies jemand war, dem ich vertrauen konnte, dieser Hauptmann, dessen Name ein wenig nach »Ozean« klang.

Er wandte sich an Kristos. »Wir würden der Familie der Dame gern diese Geschenke übergeben«, sagte er und deutete auf einen Sack, den Grig nur mit Mühe aus dem Wasser heraushielt. »Der Rest des Brautpreises wird nachgeschickt, sobald Prinz Ceren der Hochzeit zugestimmt hat.«

Mit einem Brummen gab Kristos seine Einwilligung zu verstehen, und Grig hob den Sack ins Boot, während mir der Hauptmann erneut die Hand hinhielt. »Nun dann, Mylady. Darf ich Euch herunterhelfen?«

Ich legte eine Hand in die von Hauptmann Osius und hoffte, er würde nicht bemerken, wie heftig meine Finger zitterten. Ich erhob mich auf meine tauben Beine und war dankbar, als Sami meinen anderen Arm ergriff und mich stützte. Ich sah mich noch einmal zu ihm um, zwang mich zu einem Lächeln und vertraute mich den wartenden Armen des Hauptmanns an. Grig hob sich die Truhe auf den Kopf und wandte sich in Richtung Strand. Osius folgte ihm.

Über seine Schulter sah ich, wie Sami die Hand zu einem letzten Abschiedsgruß hob, dann nach den Rudern griff und hinter einem Wellenkamm verschwand.

11

Das war es. Wahrscheinlich das letzte Mal, dass ich jemanden sehen würde, den ich kannte. Ein kalter Abgrund tat sich in meinem Magen auf und der glitschige Aal hatte sich in Stein verwandelt. Ich ließ das Kinn auf die feuchte Tunika des Hauptmanns sinken. Er ging, ohne auch nur einmal zu zögern, auf das Land zu.

Als ich fühlte, wie der Meeresspiegel sank und meine durchnässten Röcke immer schwerer durchs Wasser schleiften, hob ich den Kopf wieder. Die Füße des Hauptmanns hinterließen weiche Abdrücke im Sand, etwas, das ich noch nie zuvor gesehen hatte – bisher hatte ich Sand nur am Boden des Ozeans berührt. Wie gern hätte ich meine eigenen Füße darin vergraben, doch der Hauptmann hatte gesagt, ich dürfe hier nicht selbst gehen. Der Sand knirschte, als Hauptmann Osius weiter landeinwärts ging, dann wurde das Geräusch sanfter, wie Getreide, das aus einem Sack quoll.

Ich hatte so viel darüber nachgedacht, wie anders die Dinge an Land aussehen würden, aber dabei hatte ich ganz vergessen, dass sie auch anders klingen würden.

Und *riechen*. Als wir uns der Reihe der Wachmänner näherten, drang mir ein scharfer Geruch in die Nase, wie geschnittene Zwiebeln. Die Ausdünstungen von einem Dutzend Männer, die in schweres Leder gekleidet den ganzen Tag unter der brennenden Sonne hatten zubringen müssen. Darunter lag noch ein anderes Aroma, stärker, aber warm und fast süß. Später würde ich dies als den Duft der Pferde erkennen.

Hauptmann Osius ging an den anderen Wachmännern und ihren Reittieren vorbei und trat unter die Bäume. Voller Erstaunen starrte ich hinauf. Die Bäume waren riesig, größer als jede andere Pflanze, die ich je gesehen hatte, doch die Blätter, die an ihren Ästen raschelten, waren klein und zart. Ich streckte den Arm aus und pflückte eines davon im Vorbeigehen. Ich rieb es zwischen den Fingern. Es fühlte sich glatt und rutschig an. Als ich es an die Nase hob, um daran zu riechen, spürte ich, wie sich Hauptmann Osius' Brust hob und senkte. Er lachte über mich.

Ich ließ das Blatt fallen und wurde starr in seinen Armen, als mir klar wurde, wie ich auf jemanden wie ihn wirken musste. Für jemanden, der so viel mehr gesehen hatte als ich. Es spielte keine Rolle, dass es sein König war, der mich überhaupt erst zu einem unwissenden »Wellenkind« gemacht hatte.

Von nun an würde ich meine Neugier für mich behalten.

»Wir sind da, Mylady.«

Die Kutsche war groß und aus Holz gebaut. Sie hatte Türen und Fenster, wie ein Haus auf Rädern, mit vier braunen Pferden, die vorn angespannt waren. Mittlerweile war es fast dunkel, doch an den Seiten der Kutsche hingen Laternen, deren Licht auf die kunstvollen Schnitzereien im Holz fiel.

»Mylady«, sagte eine junge Frau, die aus der Kutsche trat und knickste. Einen Moment lang vergaß ich mich selbst vollkommen und starrte sie an. Ihr weißblondes Haar war zu zwei

Fischgrätenzöpfen geflochten und umrahmte ein blasses Gesicht, so hell wie ein sonnengebleichtes Muschelstück. Als ihre himmelblauen Augen nach oben flackerten, um meinem Blick zu begegnen, fielen mir die violetten Ringe darunter auf, die ihr einen müden, fast kränklichen Ausdruck verliehen.

Ihr Kleid bestand aus einem schweren dunkelgrauen Stoff, der ihren Oberkörper und die flache Brust eng umschloss und ihre Taille betonte, die so schmal war, wie ich es noch nie gesehen hatte. Ich senkte den Blick auf meine eigene durchnässte Tunika und die Röcke. Ich kam mir vor wie die ertrunkene Ratte, die einmal in einem Getreidesack vom schwimmenden Markt gelegen und Zadie und mich kreischend aus dem Haus gejagt hatte. Ich konnte mir vorstellen, was diese Frau denken musste: *So sieht also das schönste Mädchen in ganz Varenia aus?*

»Guten Abend«, sagte ich und nickte, was, wie ich hoffte, eine angemessene Erwiderung war.

Sie lächelte. »Ich heiße Ebb. Ich werde in Ilara Eure Zofe sein. Und natürlich auch auf der Reise. Ihr müsst ... Nun, ich kann mir nicht einmal vorstellen, wie Ihr Euch im Augenblick fühlen müsst. Das Mindeste, was wir tun können, ist, Euch aus diesen nassen Kleidern herauszuholen.«

»Wir sollten noch in dieser Stunde aufbrechen, Ebb«, sagte Hauptmann Osius und hob mich in die Kutsche. »Sorg dafür, dass sie einen heißen Tee trinkt, bevor wir losfahren.«

Das Innere der Kutsche war geräumiger, als es von außen gewirkt hatte. Sowohl vorne als auch hinten gab es eine Bank, bezogen mit dunkelrotem Samt. Weißer Stoff hing vor den Fenstern, und schwere rote Vorhänge waren an den Seiten zurückgezogen, die Ebb nun schloss.

»Damit Ihr etwas Ungestörtheit habt«, erklärte sie. »Es ist ein bisschen dunkel, aber wir tun unser Bestes.«

Auch hier drin hing eine Laterne, aber mit nur einer Kerze, und ich war dankbar für das gedämpfte Licht. Ich stand gebückt, da ich mich in der Kutsche nicht aufrichten konnte, und um meine Füße bildete sich eine Pfütze. Der Teppichboden weichte auf. Wurde denn in Ilara nichts unbedeckt gelassen?

Ich zuckte zusammen, als ich Ebbs Hand auf dem Rücken fühlte.

»Es ist alles in Ordnung, Mylady. Ich helfe Euch nur aus diesen nassen Kleidern und trockne Euch ein wenig ab.«

Die nächsten Minuten vergingen in peinlichem Schweigen. Abgesehen von meiner Familie hatte mich bisher niemand unbekleidet gesehen. Es war Sommer, aber dennoch bildete sich eine Gänsehaut auf meinen Armen und Beinen, und ich zitterte, obwohl ich versuchte, es zu unterdrücken. Ebb warf eine dicke Decke über mich und drängte mich dazu, mich trocken zu rubbeln. Entsetzt sah ich, wie sie die Kutschentür einen Spaltbreit öffnete und meine nassen Kleider in den Dreck hinauswarf.

»Warum hast du das gemacht?«, platzte ich heraus. »Die Kleider sind vollkommen in Ordnung.«

Als sie lächelte, sah ich, wie sich die Knochen unter ihrer Gesichtshaut abzeichneten. »Keine Sorge. Mylady. Im Schloss warten Dutzende von neuen Kleidern auf Euch. Hier.«

Sie hob eines der Sitzkissen an und holte ein Kleid aus dem gleichen steifen, schweren Stoff heraus, aus dem auch ihres bestand. Der Grauton war sogar noch etwas dunkler. »Es ist nur ein Reisekleid, wisst Ihr«, fügte sie erklärend hinzu, weil sie meine Enttäuschung wohl erkannte. Doch es war nicht die Qualität, die mir zu schaffen machte. In Varenia gab es nirgends so triste Farben.

»Trägt man in Ilara buntere Stoffe?«, fragte ich hoffnungsvoll.

»Nicht bei Hofe. Wir tragen Trauer für die verlorene Prinzessin«, antwortete sie, wobei jedoch keinerlei Emotion in ihrer Stimme mitschwang. Sie sagte es, als wäre dies eben eine Tatsache, so wie die Sonne jeden Morgen auf- und abends wieder unterging. »Wir müssen Euch nur erst Eure Unterwäsche anziehen.«

Ich legte den Kopf schief, und sie lachte kurz auf, wobei sie den Mund mit den Fingerspitzen bedeckte. Sie hatte ein freundliches Lachen, und ich begriff, dass ich ihr und Hauptmann Osius wahrscheinlich kindlich vorkommen musste, dass sie mich aber trotzdem nicht auslachten. Sie wussten bloß nicht, was sie mit mir anfangen sollten.

»Ich helfe Euch«, sagte sie, holte ein kurzärmliges Hemd hervor und zog es mir über den Kopf. Der weiße Stoff war so dünn, dass er beinahe durchsichtig war, viel zarter als alles, was ich jemals besessen hatte. Das Hemd fiel mir bis auf die Knie hinab. Danach half mir Ebb in ein paar lange Seidenstrümpfe, gefolgt von einem geplätteten Unterrock und schließlich dem Kleid selbst, das im Rücken mit kleinen Häkchen geschlossen wurde, was Ebb überraschend flink erledigte. Der Halsausschnitt war eckig und streng und das Korsett so eng, dass ich nur kurze, rasche Atemzüge nehmen konnte, da der Stoff verhinderte, dass sich mein Brustkorb voll ausdehnte.

Die ganze Prozedur schien ewig zu dauern, und wir beide waren ins Schwitzen gekommen, als wir endlich damit fertig waren. Ich ließ mich auf die Bank sinken und konnte mir kaum vorstellen, dass ich diesen Vorgang von nun an täglich würde wiederholen müssen.

»Das wird fürs Erste reichen«, keuchte Ebb. »In der Kutsche ist es recht stickig.«

»Fürs *Erste?*«

Wieder lächelte sie. »Versucht, Euch keine Sorgen darüber zu machen. Ihr werdet Euch schon noch daran gewöhnen.«

Ich war zwar nicht überzeugt, nickte aber schwach. »Kann ich bitte ein wenig frische Luft schnappen?«

»Ihr dürft die Kutsche nicht verlassen, aber wir können die Fenster öffnen.«

Ich drängte mich an Ebb vorbei, als sie die Vorhänge zurückzog, und stieß das Fenster auf. Ich brauchte Luft. Die kühle Brise, die mich traf, war mir nun willkommen. Ich konnte mir nicht vorstellen, wie mir in diesen Kleidern je wieder kalt werden sollte. Ich atmete immer noch tief und in vollen Zügen ein, als Hauptmann Osius um die Vorderseite der Kutsche herumkam.

»Mylady«, sagte er und verbeugte sich. »Das Kleid steht Euch gut. Seid Ihr bereit zur Abfahrt?«

Ich blickte an mir hinab auf das Kleid, das mir so gut stand wie einer Krabbe ein Hummerpanzer, dann sah ich Ebb an. »Ich ... ich glaube schon.«

»Sehr gut.« Er nickte und verschwand wieder.

»Setzt Euch lieber hin, Mylady. Die Fahrt kann ab und zu ein wenig holperig werden.«

Bevor ich Platz nehmen konnte, rief der Kutscher den Pferden etwas zu, und wir setzten uns mit einem Ruck in Bewegung, woraufhin ich auf die Samtbank plumpste. Ich sah hoch zu Ebb, die wieder ihr freundliches Lachen hören ließ und mir dann dabei half, mich aufzurichten. »Daran werdet Ihr Euch gewöhnen, Mylady, ich verspreche es.«

Ein paar Minuten später waren meine Sinne endgültig überfordert von zu vielen Anblicken, Geräuschen und Gerüchen auf einmal, und ich stürzte zum Fenster, riss die Vorhänge zurück und entleerte meinen Mageninhalt über die Kutschentür.

Genau wie die Älteste Nemea vorhergesagt hatte, verging der Rest der Reise langsam und qualvoll. Ich litt an etwas, das Hauptmann Osius als Landkrankheit bezeichnete, und ich war wirklich krank. Es ging mir sogar noch schlechter als das eine Mal, als Zadie und ich versehentlich schlechtes Fleisch bei einem Händler erworben hatten. Ebb kümmerte sich um mich, als wäre ich ein Kind. Sie half mir in und aus meinen Kleidern und brachte mir Tee aus Ingwer, Baldrianwurzel und Silberkerze, der gegen die Übelkeit helfen sollte. Die Zutaten waren mir so fremd wie alles andere, aber sie beruhigten meinen Magen immerhin so weit, dass ich am dritten Tag einen kleinen Happen herunterbekam.

Ich sah niemanden außer Ebb und hin und wieder erhaschte ich einen Blick auf Osius oder Grig vor dem Kutschenfenster. Ebb und ich schliefen in der Kabine, und nachts bescherte mir das tiefe Lachen der Männer, die ums Feuer saßen, zusammen mit dem durchdringenden Geruch nach Holzfeuer schreckliches Heimweh. Allmählich fühlte sich die Kutsche an wie ein Netz um mich herum, und ich kämpfte gegen ein Gefühl, das ich noch nie zuvor empfunden hatte. Als würde sich etwas in mir freikämpfen wollen. Wenn mir nicht gerade übel war, schlief ich, aber so sehr ich mir auch vorzugaukeln versuchte, dass die Kutsche ein Boot wäre und die holperige Straße unter uns die raue See, mein Körper und mein Geist ließen sich nicht austricksen.

Am Morgen des fünften Tags kam Hauptmann Osius, um nach mir zu sehen, bevor wir uns in Bewegung setzten. »In ein paar Stunden werden wir Ilara erreichen«, versicherte er mir. »Dann könnt Ihr die Kutsche endlich verlassen und Euch ein bisschen strecken.«

Als mir die Älteste Nemea erzählt hatte, dass es eine lange Reise werden würde, hatte ich nicht gewusst, dass ich die Kutsche über mehrere Tage nicht würde verlassen dürfen. Einst hatte sich Ilara über den ganzen Kontinent erstreckt, doch während der vergangenen Generationen war es immer häufiger zu Aufständen gekommen, und nun durchquerten wir auf unserer Reise zwei andere Reiche. Zuerst Meradin, das zum Großteil dicht bewaldet war, mit einigen kleinen Dörfern entlang der Straße. Offenbar war es nicht schwer gewesen, dem König dieses Gebiet abzunehmen, da es dem Meer so nah war und sich der König nie weit von den Bergen entfernte.

Doch das Reich, durch das wir nun fuhren, Pirot, war härter umkämpft. Die Rebellen forderten immer mehr Land. Ein breiter Fluss war die letzte physische Grenze, die Ilara vor den Eroberern schützte, erklärte Ebb.

»Wann werden wir beim Schloss ankommen?«, fragte ich Hauptmann Osius und versuchte, nicht zu verzweifelt zu klingen. Doch ich wusste nicht, wie viel länger ich es noch ohne frische Luft und Sonnenlicht aushalten würde.

»Nicht vor Sonnenuntergang, fürchte ich. Aber keine Sorge. Schon bald wird diese Reise nur noch eine ferne Erinnerung sein.« Er lächelte, doch sogar er sah aus, als hätte er nichts dagegen, endlich zu Hause anzukommen. Sein Bart wurde allmählich etwas zottig und unter seinen Augen lagen dunkle Schatten.

Holpernd kamen wir ein paar Stunden nach dem Frühstück zum Stehen, und ich flog zum Fenster, ohne auf Ebbs Bitte, ich solle doch sitzen bleiben, zu achten. Wir standen am Fuß einer großen Holzbrücke, die sich über eine so breite Wasserfläche spannte, dass ich zuerst fast glaubte, das Meer vor mir zu haben.

»Der Fluss Ilara«, erklärte Ebb, nachdem sie zu mir ans Fenster gekommen war.

»Heißt das …?«

»Ja, Mylady. Auf der anderen Seite des Flusses liegt Eure neue Heimat.«

Ich beugte mich noch weiter aus dem Fenster. *Heimat.* Dieses Wort würde immer Bilder von Varenia in mir heraufbeschwören, selbst wenn ich die nächsten hundert Jahre in Ilara verbringen würde. Hauptmann Osius sprach mit einem Mann, der vor der Brücke stand. Er war genauso gekleidet wie unsere Wachen – Ebb hatte mir erklärt, dass man die dicken Lederplatten der Männer als Rüstung bezeichnete und dass sie die Soldaten im Kampf schützen sollten –, doch das Wappen auf seiner Brust war ein weißer Baum, umrahmt von einem schwarz-silbernen Schild.

»Wer regiert Pirot?«, wollte ich wissen.

»König Xyrus würde sagen, dass er immer noch hier herrscht, aber diese Soldaten tragen das Wappen von Lord Clifton.« Sie senkte die Stimme. »Eigentlich ist er ein einfacher Bürger, der sich selbst zum Lord ernannt hat. Das dort sind seine Soldaten.«

Sami hatte erwähnt, dass von Krieg im Süden gemunkelt wurde, aber wir befanden uns nicht im Süden. Wusste er, dass die Konflikte schon so weit nach Norden vorgedrungen waren?

Das Gespräch wurde lauter und lebhafter und Ebb zupfte an meinem Ärmel. »Wir warten besser drinnen.«

»Ich bin doch gar nicht draußen«, setzte ich an, als das Gesicht eines Mannes neben dem Fenster auftauchte.

Es war der Mann, mit dem sich Osius unterhalten hatte. Er war kleiner als die ilarischen Wachen und sein Körper hatte die Ausmaße eines Wasserfasses. Sein Atem stank nach Alkohol.

»Das da wird also eure neue Königin?«, fragte er Osius. Er musterte mich so ausführlich, dass die Narbe auf meiner Wange zu brennen begann. Ich achtete sorgsam darauf, sie zu verbergen und die Paste immer aufzutragen, wenn Ebb die Kutsche verließ, aber ich würde wohl nie vergessen, dass sie da war. »Das schönste Mädchen in ganz Varenia.« Er leckte sich die Lippen. »Ich wette, euer Kommandant wünscht sich, er wäre der Erstgeborene, was?«

Der Hauptmann trat zu ihm, er sah wütend aus. »Uns daran zu hindern, die Brücke zu überqueren, ist eine Kriegshandlung, Riv.«

»Ganz ruhig, Os.« Der Mann starrte mich noch einmal lüstern an, bevor er sich dem vorderen Teil der Kutsche zuwandte. »Lasst sie passieren!«, rief er jemandem zu, den ich nicht sehen konnte.

»Alles in Ordnung, Mylady?«, fragte mich Osius.

Ich setzte mich. »Mir geht es gut.«

»Kümmert Euch nicht um ihn«, sagte Ebb. »Er ist ein ignoranter Söldner. Die meisten von Cliftons Soldaten sind aus dem Süden hergezogen, um dem weiblichen König zu entkommen.«

Ich hob die Brauen. »Dem weiblichen König? Meinst du nicht, der Königin?«

»Sie nennt sich selbst einen König, und man sagt, dass sie eine Armee zusammenruft. Diese Männer sind geflohen, um der Einberufung zu entgehen, weil es ihnen lieber ist, Geld für ihre Dienste zu bekommen, aber sie gehören nicht hierher. König Xyrus wird sie verjagen, sobald es ihm wieder gut geht.«

»Ist der König denn krank?«, fragte ich.

Sie biss sich auf die Unterlippe und wandte den Blick ab. »Ich habe mich missverständlich ausgedrückt, Mylady. Er hat sich kürzlich erkältet, aber er befindet sich auf dem Weg der Besserung. Er ist so gesund wie jeder andere vierzigjährige Mann.«

Vierzig. Mein Vater war zweiundvierzig, und er war sogar noch kräftiger und ausdauernder als Sami. Fünfzig galt bei den Varenianern als Blütezeit der Männer. Da wir aber länger lebten als die Ilarer, galt vierzig hier vielleicht als ein wenig älter. Trotzdem, wie krank konnte ein Mann in dem Alter sein? Erst recht ein *König*.

Die Räder ratterten über die Holzplanken der Brücke, mein Blick war jedoch auf das Wasser darunter gerichtet. Ich hatte noch nie einen Fluss gesehen. Das Wasser war so klar, dass ich die Felsen und Steine auf dem Grund erkennen konnte, und es rauschte schneller vorbei als eine Welle. Rasch eilte ich auf die andere Seite der Kutsche und riss den Vorhang auf. Ein Stück flussabwärts wurde das Wasser weiß und schaumig. Es jagte über größere Felsen dahin auf ein unbekanntes Ziel zu.

»Wohin fließt er?«, fragte ich Ebb, doch ihre Augen waren geschlossen, ihre sonst eingefallenen Wangen aufgebläht, so als hielte sie den Atem an. »Alles in Ordnung?«

Sie antwortete nicht, bis wir die Brücke überquert hatten und uns wieder auf der Straße befanden. Flatternd öffnete sie die Lider und ließ geräuschvoll den Atem entweichen.

Neugierig musterte ich sie. »Was hast du da gemacht?«

Ebb wirkte ein wenig verlegen. »Ich habe die Wassergeister ausgesperrt, Mylady.«

»Die was?«

»Ach, nichts. Ihr solltet Euch jetzt etwas ausruhen.«

»In Varenia haben wir auch Wassergeister«, sagte ich und dachte an das Meer, das Varenia umgab. Daran, wie ich manchmal durch die Ritzen in den Bodendielen unseres Hauses mit den Geistern gesprochen und sie gebeten hatte, mich am nächsten Tag zu den besten Austern zu führen. »Aber wir versuchen nicht, sie auszusperren.«

Ich schlief ein paar Stunden und erwachte mit Sonnenlicht auf dem Gesicht. Ebb hatte darauf bestanden, wegen des Straßenstaubs die Vorhänge während des Großteils der Reise geschlossen zu halten, aber nun hatte sie die Fenster geöffnet, und ich sah, dass der Hauptmann neben uns ritt.

»Ist alles in Ordnung?«, fragte sie ihn. Sie hatte sich Sorgen wegen »Vandalen und Räubern« gemacht, bevor wir die Grenze zu Ilara erreicht hatten, aber an diesem Tag schien sie entspannter zu sein.

»Ja, alles in Ordnung. Wir sind gleich ...«

»Das Schloss!«, rief ich und erschreckte Ebb damit. Ich deutete an ihr vorbei auf das große steinerne Bauwerk in der Ferne. Es war gewaltig, mindestens so groß wie hundert Häuser. Karmesinrote und goldene ilarische Flaggen wehten auf den Türmen, die sich bis hinauf in die Wolken erhoben. Es war von allen Seiten umgeben von sanften Hügeln, die mit lila und gelben Wildblumen bedeckt waren. Ein kleiner Fluss schimmerte in einem Tal dazwischen. Es war sogar noch schöner, als ich es mir erträumt hatte, und einen Moment lang verschwand mein Unbehagen vollkommen.

»Tut mir leid, Mylady«, sagte Osius. »Aber das ist das *alte* Schloss. Wir haben New Castle noch nicht erreicht.«

Mein Lächeln wurde noch breiter. Wenn dies hier das alte Schloss war, wie fantastisch musste dann erst das neue sein? »Machen wir hier halt? Bitte sagt Ja. Ich muss es sehen.«

»Ich fürchte, wir können nur eine kurze Pause einlegen. Wir haben noch ein paar Stunden Fahrt vor uns.«

Ebb ließ den Vorhang zufallen und drängte mich auf die Bank zurück.

»Es ist wunderschön«, sagte ich. »Warum sollte irgendjemand es verlassen wollen?«

»New Castle ist viel sicherer. Hier lebt jetzt nur noch die Garde des Königs.«

Sicherer als ein gewaltiges Steingebäude? Was würde sie von meinem kleinen Holzhäuschen in Varenia halten? »Dann wohnen der Hauptmann und seine Männer also hier?«

»Ja. Und der Prinz.«

»Der Prinz?« Ich würde meinen zukünftigen Ehemann *jetzt* kennenlernen? In einem Kleid, das die Farbe von Ruß hatte? Muffig nach fünf Tagen, die ich in einer Kutsche gefangen gewesen war? Hastig betastete ich mein Haar, das sich genauso zerzaust und verlottert anfühlte, wie ich befürchtet hatte. »Ich kann ihm jetzt nicht begegnen!«

Bevor Ebb antworten konnte, öffnete Grig die Tür. »Wir werden die Pferde wechseln und ein paar der Wachmänner hierlassen, da wir uns nun auf sicherem Gebiet befinden, Mylady. Der Hauptmann sagte, dass Ihr gern aussteigen und euch ein bisschen strecken möchtet?«

Beim Anblick der offenen Tür und des blauen Himmels dahinter vergaß ich mein Haar und mein Kleid. »Ja«, hauchte ich und sprang schon auf.

»Eure Schuhe, Mylady«, sagte Ebb und zupfte an meinen Röcken.

Ich setzte mich wieder und Ebb präsentierte mir hübsche schwarze Slipper, geschmückt mit einer kleinen Schleife. Sie sahen viel zu zart und zu klein aus für meine Füße, aber irgendwie passten sie genau. Hauptmann Osius trat vor und reichte mir seine Hand, die ich eifrig ergriff. Ich war so fasziniert von allem um mich herum, dass ich ganz vergaß, nach unten zu sehen, und mein Fuß landete platschend in einer schlammigen Fahrrille. Ich stieß einen leisen Schrei aus beim Anblick meiner neuen schwarzen Schuhe, die nun voller Matsch waren. Mein allererster Schritt an Land, und ich hatte ihn vollkommen vermasselt.

Der Hauptmann tätschelte mir beruhigend die Hand und führte mich über die Straße aufs Gras. Es war weicher, als ich es mir vorgestellt hatte, als würde man auf einen Schwamm treten. Irgendwie fühlte es sich fast so an, als wäre ich wieder im Meer, doch statt von Blau umgeben zu sein, war hier alles grün, vom Gras bis zu den Bäumen, die sich über uns erhoben.

Lächelnd warf ich einen Blick über die Schulter, gespannt darauf, Zadies Reaktion zu sehen. Wir hatten uns das Schloss ausgemalt, als wir noch klein gewesen waren, aber nie hatten wir uns so etwas vorgestellt. Sie musste genauso begeistert sein wie ich.

Mein Lächeln erstarb, als mein Blick nicht auf Zadie, sondern auf Ebb fiel. Irgendwie hatte ich in meiner Freude alles vergessen. Ich war so daran gewöhnt, alles mit meiner Schwester zu teilen. Nun fühlte ich jedes Mal einen Stich im Herzen, wenn mein Blick nur Leere fand, wo meine Zwillingsschwester sein sollte. Jedes Mal fühlte ich den Schmerz der Erkenntnis, dass wir nie wieder etwas miteinander teilen würden.

»Keine Angst, Mylady«, sagte Ebb und nahm meinen anderen Arm. »Niemand wird Euch etwas tun.« Sie hatte meine Trauer mit Ängstlichkeit verwechselt. Eine kleine Gruppe von Wachmännern ritt uns entgegen. Zwei weitere Männer gingen zu Fuß und führten vier schwarze Pferde, die so groß waren, dass die Soldaten wie Zwerge neben ihnen wirkten.

Als sich die Reiter näherten, erkannte ich, dass der junge Mann ganz vorn eine Metallrüstung trug, die im schwindenden Sonnenlicht glänzte. In einer Hand hielt er die Zügel, die andere lag auf dem Knauf seines Schwerts. Sein Pferd war silbergrau mit einer weißen Mähne, die dem Tier über die muskulöse Brust floss. Als der junge Mann das Pferd anhielt und abstieg, verbeugten sich die Wachen, und Ebb sank in einen tiefen Knicks.

Wackelig knickste ich ebenfalls neben ihr, den Blick respektvoll gesenkt. Nur, vor wem verbeugten wir uns eigentlich hier? Doch sicher nicht vor dem Prinzen? Ich konnte mir nicht vorstellen, dass Ebb zulassen würde, dass ich ihm in einem solchen Zustand unter die Augen trat.

Mein Herz hämmerte mir in der Brust, als der junge Mann meine Hand ergriff. Ich wusste nicht einmal, wie ich ihn ansprechen sollte. Prinz? Eure Königliche Hoheit? Obwohl wir fünf Tage lang gemeinsam gereist waren, hatte Ebb mich nicht auf dieses erste Treffen vorbereitet.

Als ich jedoch aufsah, gehörten die türkisgrünen Augen, deren Blick meinem begegnete, keinem Fremden. Die Lippen, die über meinen Handrücken strichen, waren mir viel zu vertraut, obwohl seine Miene grimmig wirkte und so ganz anders als das amüsierte Lächeln, das ich in Varenia gesehen hatte.

Talin hielt meinen Blick für die Dauer von zehn Herzschlägen, was sich anfühlte wie eine Ewigkeit, die dennoch viel zu schnell verstrich. »Willkommen in Ilara, Mylady. Ich glaube, wir haben einander schon kennengelernt.«

12

Kurz fragte ich mich, ob ich nun wohl auch in Ohnmacht fallen würde, so wie Zadie, als Gouverneur Kristos auf meine Verlobung getrunken hatte. Talin hatte uns erzählt, er sei Botschafter – warum verbeugten sich dann alle vor ihm? Und bei der Liebe der Götter, wusste er, wer ich wirklich war?

»Talin«, sagte ich, woraufhin Ebb neben mir nach Luft schnappte. »Tut mir leid. Sir Talin?«

»Dies hier ist *Prinz* Talin«, murmelte Ebb neben mir, und ich starrte sie mit großen Augen an.

O Gott, *Talin* war mein Verlobter? War er in der Tarnung eines Botschafters zu uns gekommen, damit er seine zukünftige Braut selbst begutachten konnte? Hatte Gouverneur Kristos das gewusst? Und Mutter? Nein, das war unmöglich. Sie hätte mit Sicherheit irgendeine Art Anfall bekommen, wenn sie geglaubt hätte, sie befände sich in königlicher Gesellschaft.

Dann fielen mir die Umstände unserer ersten Begegnung wieder ein, und ich errötete so heftig, dass ich sicher war, er würde meine Gedanken lesen können.

»Ich bin König Xyrus' zweiter Sohn«, stellte er klar. »Prinz Ceren, mein älterer Bruder, erwartet Euch auf New Castle.«

Eigentlich hätte ich erleichtert sein sollen, doch stattdessen spülte eine seltsame Enttäuschung über mich hinweg. Mir wurde bewusst, dass ich ihn anstarrte, und ich senkte den Blick. Falls er wusste, wer ich war, dann ließ er es sich jedenfalls nicht anmerken. Das bedeutete jedoch nicht, dass er es nicht irgendwann herausfinden würde. Talin hätte irgendein Botschafter sein sollen, den ich nie wiedersehen würde, nicht der *Bruder* meines zukünftigen Ehemanns.

Erst als er meine Hand losließ und die Wärme seiner Berührung verschwand, merkte ich, dass er mich bis zu diesem Moment festgehalten hatte. Er wandte sich an Osius. »Bitte, bringt unsere zukünftige Königin zum Schloss. Sie ist eindeutig überwältigt und erschöpft von der Reise.«

Wieder knickste ich, wagte aber nicht, ihn anzusehen, und folgte stattdessen Ebb zurück zur Kutsche. »Ich verstehe das nicht«, flüsterte ich, als wir uns setzten.

»Es tut mir leid«, sagte Ebb. »Ich hätte alles erklären sollen. Das ist nur meine Schuld.«

»Schon gut, Ebb. Aber könntest du es mir dann bitte jetzt erklären?«

»Prinz Talin ist Prinz Cerens Halbbruder und Kommandant der Königlichen Garde. Er lebt hier, in Old Castle. Seine Mutter ist aus Varenia hergeschickt worden, genau wie Ihr.«

Die letzte varenianische Braut war Talins Mutter? »Und der Kronprinz?«

»Wurde von einer ilarischen Königin geboren, Mylady. Prinz Ceren wird Euch nach unserer Ankunft alles erklären. Ich verspreche es.«

Ich lehnte mich in die Kissen zurück, in meinem Kopf kreisten unbeantwortete Fragen. Was war mit Cerens Mutter geschehen, dass eine andere Frau Talin zur Welt gebracht hatte?

War Talins Mutter etwa die Mätresse des Königs? Der Gedanke war schrecklich. Die ganze Zeit schickten wir Frauen nach Ilara, ohne eine Ahnung zu haben, was wirklich aus ihnen wurde. Was dachten sich die Ältesten nur dabei?

Während der vergangenen paar Tage war ich so überwältigt von Erschöpfung und Übelkeit gewesen, dass nicht viel Raum für Nervosität oder sogar Trauer geblieben war. Doch nun wünschte ich mir mehr als alles andere, ich wäre wieder in unserem Haus, mit Zadie, und wir würden Lieder aus erfundenen Wörtern singen, bis wir unsere Mutter ärgerlich vor sich hin murmelnd hinausgetrieben hätten. An der Seite meiner Schwester konnte ich mich allem stellen, und ich würde alles für sie tun. Nun kam ich mir jedoch kein bisschen tapfer vor. Ich war krank und müde und sehr, sehr verängstigt.

Als der wachsweiße Mond schon hoch am Himmel stand, hielt die Kutsche endlich an. Ich kletterte hinaus, den Blick nach Westen gerichtet, nach Hause. Dann drehte ich mich um.

Ich starrte auf eine Wand aus Finsternis, viel schwärzer als der mit Sternen gesprenkelte Himmel. Ich blickte hinauf, hinauf, immer weiter hinauf, bis mein Kopf fast mein Rückgrat berührte. Endlich sah ich wieder den Himmel. Was in aller Welt war das da vor mir?

Ebb nahm mich am Arm und führte mich vorwärts. »Willkommen in New Castle.«

Ich stolperte einen Schritt zurück. »Was?« Meine Stimme war kaum mehr als ein Flüstern.

Hauptmann Osius erschien an meiner anderen Seite und nahm meinen freien Arm. »Wir lassen die Pferde hier, Mylady. Ich fürchte, bis zum Gipfel von Mount Ayris ist es ein ganz schöner Anstieg. Wenn Ihr zu müde seid, können wir auch bis Sonnenaufgang warten. Es gibt ein Gasthaus am Fuß des Schlosses. Wir könnten dem König einen Boten schicken.«

»Nein«, sagte ich, da ich es nicht länger aufschieben wollte. »Ich klettere lieber. Nach der langen Reise wird es nett sein, die Beine wieder zu strecken.«

Von irgendwo am Fuß des Berges erschienen mehrere Männer in ilarischer Livree und übernahmen die Pferde. Andere Männer reichten Fackeln an die Wachen weiter, die mich umringten. Nun, da ich besser sehen konnte, ergab alles langsam einen Sinn. Der Berg war das Schloss. Oder das Schloss war der Berg. Sami hatte mir Berge einmal als gewaltige Wellen aus Stein beschrieben, aber nichts hier erinnerte mich an den Ozean. Während mein Verstand noch damit rang, was ich vor mir hatte, entdeckte ich schmale Spalten in der Felswand. Fenster. Hinter einigen von ihnen schimmerte schwaches Licht.

Treppen waren in den Felsen gehauen, die wir nun in einer Reihe erklommen, Stufe für Stufe. Irgendjemand hatte mit riesigen Metallnägeln ein Seil an der Felswand befestigt, und ich zog mich daran hoch, als meine Beinmuskeln zu brennen begannen. Ich hatte mich immer für kräftig gehalten, doch nun bekam ich kaum Luft. Meine Brust drängte gegen das Korsett meines Kleides, während ich vergeblich versuchte, meine Lungen zu füllen. Am liebsten hätte ich das Kleid einfach aufgerissen und meine nutzlosen Schühchen über den Felsrand gekickt, aber auch dafür fehlte mir die Kraft. Ebb atmete ebenfalls schwer, doch sie beklagte sich nicht.

»Wie weit ist es noch?«, keuchte ich, als es mir vorkam, als würden wir schon seit Stunden klettern. Die Steinstufen waren grob gehauen und ungleichmäßig, sodass ich bei jedem Schritt aufpassen musste. Der Wind blies meine sowieso schon zu leisen Worte so schnell fort, dass ich fürchtete, Ebb hätte mich nicht gehört.

»Die Hälfte haben wir«, rief sie über die Schulter zurück.

Bei dieser Antwort knickten meine Knie ein, und ich wäre nach hinten gestürzt, wäre da nicht Grigs Hand an meinem Rücken gewesen. »Ganz langsam, Mylady. Wir können haltmachen, wenn Ihr eine Pause braucht.«

Ich schüttelte den Kopf. »Mir geht es gut. Nur ein bisschen schwindlig.«

»Am Anfang ist es uns allen schwergefallen. Es wird besser.«

Noch zweimal wankte ich, und jedes Mal war Grigs Hand da, um mich zu stützen. Wenn ich erst Königin war, würde ich dafür sorgen, dass Grig irgendwie befördert wurde.

Endlich, als meine Muskeln schon vor Erschöpfung zitterten, hörten die Stufen einfach auf, und ich stand auf einem ausgedehnten Plateau. »Wer hat das hier gebaut?«, fragte ich Grig, der genug Anstand besaß, um wenigstens ein bisschen außer Atem zu wirken.

»Der Eingang zum Schloss ist der Zugang zu einer Höhle. Prinzessin Ilaras Bruder, König Maldon, hat die Wände errichten lassen.«

Ein Eisentor, so groß wie fünf Männer, die einander auf den Schultern standen, ragte über uns empor. Einer der Wachmänner rief hinauf, woraufhin eine kleinere Tür nach innen schwang und uns einen nach dem anderen hineinließ.

Die Höhle dahinter war riesig. Die Decke wölbte sich so hoch über uns, dass ich fast erwartete, Wolken zu sehen. Irgendjemand hatte die Steindecke so blank poliert wie das Innere einer Muschelschale und sie dann kunstvoll mit Rot, Blau, Cremeweiß und Gold bemalt. Entlang der Seitenwände der Halle befanden sich mehrere Kamine und Laternen hingen von der Decke herab.

Der Boden unter meinen Füßen bestand aus demselben dunkelgrauen Stein wie der Berg, und die glatt geschliffene Oberfläche reflektierte das Schimmern der Lichter von oben. Am anderen Ende des Raums – wenn man es denn so nennen konnte – stand ein Thron, der aus demselben dunklen Stein gehauen war. Er war groß und breit genug für zwei Männer und der Fels schimmerte und glänzte wie ein schwarzes Juwel. Ich hatte mir den Thron schon vorgestellt, dabei aber nie an so etwas gedacht. An ein schwarzes Ding, das aus dem Boden ragte, so dunkel und einschüchternd wie der Berg selbst.

Außerdem war der Thron leer.

Ich wandte mich an Ebb. »Wo ist der König?«

»Er erwartet uns in seinen Gemächern, nachdem Ihr baden und Euch umziehen konntet.«

In meinem ganzen Leben hatte ich mich noch nie so sehr auf ein Bad gefreut. Ich folgte Ebb durch die Halle zu einem der vielen Gänge, die davon abgingen. Ich achtete gut auf meine Schritte, denn der Boden war glatt, und meine Schühchen boten kaum Halt.

Sobald wir den Korridor betraten, wurde mir bewusst, wie dunkel es im Schloss war. Natürlich war es Nacht, aber bisher hatte ich noch kein einziges Fenster gesehen. Die Schlitze in der Felswand, die ich von draußen erspäht hatte, mussten wohl als Ausguck dienen. Das einzige Licht hier stammte von ein paar flammenlosen Fackeln, deren Brennköpfe in eine Art Alge gewickelt zu sein schienen. Sie glühten blassblau, wie eine Jungfernhaarqualle.

»Was ist das?« Ich blieb stehen, um mir die Fackeln näher

anzusehen. Das Licht war so hell wie eine blaue Flamme, doch es strahlte keine Wärme ab.

»Mondmoos aus dem Wald«, antwortete Ebb. »Es leuchtet, sobald der Mond aufgeht. In Nächten wie heute, wenn der Mond fast voll ist, funktioniert es am besten. Die Dienstboten ernten es einmal im Monat für die Fackeln.«

»Und wenn es keinen Mond gibt?«

»Dann benutzen wir einen Pilz namens Fuchsfeuer, aber er gibt nicht ganz so viel Licht ab wie das Mondmoos.«

Bei dem Gedanken an sogar noch weniger Licht überlief mich ein Schauer. »Was ist tagsüber? Gibt es denn keine Fenster?«

»In Räumen mit ausreichend Luftzirkulation wie in der Großen Halle gibt es Feuer. Keine Fenster, fürchte ich. Je weiter man in den Berg hineingeht, desto dunkler wird es, aber Eure Augen werden sich daran gewöhnen.«

Ohne Feuer war es nicht nur dunkel, sondern auch kalt. Die Hitze von der körperlichen Anstrengung des Aufstiegs war verflogen, also schlang ich die Arme um mich, während ich Ebb folgte.

»Ah, wir sind da.« Sie blieb vor einer Tür stehen, vor der ein Mann Wache hielt. Er öffnete uns schweigend und ließ uns passieren.

Hinter der Tür lag ein kleinerer Korridor mit mehreren Türen, die davon abgingen. Ebb bog in einen weiteren Gang ein. »Hier sind Eure Gemächer.«

Sie führte mich in einen großen Raum, dessen Decke ebenfalls poliert und bemalt war, so wie in der Großen Halle. Wandteppiche bedeckten die Steinwände und ließen das Zimmer ein wenig wärmer wirken. In der Mitte stand ein gewaltiges Bett, auf dem sich Felle und Decken türmten.

Das einzige andere Möbelstück war ein großer Holzschrank, dessen Türen seltsame verwirbelte Schnitzereien aufwiesen. Für einen Raum, der etwa so groß sein musste wie Gouverneur Kristos' Haus, war er überraschend spärlich ausgestattet. Allerdings war dies ja auch kein Haus, sondern nur ein Ort, an dem man schlief.

In einer Wanne an der Wand, die aus dem Fels gehauen war, hatte jemand ein Bad vorbereitet. Daneben stand ein Wandschirm aus bemalter Seide.

»Also dann, wollen wir Euch baden und umziehen?«, frage Ebb. »Ich werde nach einem leichten Abendessen schicken lassen, damit Ihr etwas zu Euch nehmen könnt, während ich mich um Euer Haar kümmere. Es ist schon sehr spät und der König wird sich bald zur Ruhe begeben wollen.«

Da ging es mir nicht anders. Meine Augenlider waren schwer und meine Muskeln schmerzten vom Aufstieg. »Was ist mit dem Prinzen? Werde ich ihn heute Abend noch kennenlernen?«

»Ich glaube nicht. Aber morgen wird er sicher hier sein.«

Wenigstens das war eine Erleichterung. Ich zog mich hinter dem Wandschirm aus und stieg in die Steinwanne, bevor mir die kalte Luft durch die Haut dringen konnte. Es war mein erstes heißes Bad überhaupt und nach so vielen Tagen ohne eine Gelegenheit zum Waschen fühlte es sich einfach herrlich an. Sofort entspannten sich meine verkrampften Muskeln. Ebb löste meine Zöpfe und wusch mir das Haar mit einer parfümierten, schäumenden Seife, dann spülte sie alles mit warmem Wasser aus. Allmählich machte ich mir Sorgen, das Wasser könnte die Farbpaste von meiner Wange spülen, doch Ebb schien nichts Ungewöhnliches aufzufallen.

Ich hätte ewig in der Wanne bleiben können, aber Ebbs rasche Bewegungen erinnerten mich daran, dass wir es eilig hatten. Also stieg ich aus dem Bad und bereute es sofort, als die kalte Luft meine nackte Haut attackierte.

Ebb reichte mir ein Handtuch, trat dann zum Schrank und öffnete ihn. »Nun müsst Ihr Euch rasch Euer Kleid aussuchen, Mylady. Ich halte dieses hier für angemessen, aber es gibt auch noch …«

»Such du es aus«, sagte ich, da ich ihre Hast spürte. »Ich vertraue dir.«

Wie versprochen erwartete mich eine leichte Mahlzeit auf einem Tischchen neben einem Hocker, auf den mich Ebb setzte, damit sie mein Haar richten konnte. Ich knabberte an einem dunklen Brot mit Rahmkäse und ein paar Feigen, aber ich war zu nervös, um mehr als ein paar Bissen hinunterzubekommen. Ebb begann, mein Haar aufzudrehen und es mit einer Geschicklichkeit festzustecken, die mich überraschte. Sie war schnell, dabei aber viel sanfter als Zadie, und sie ließ einen Teil meines Haars offen, was meiner Kopfhaut guttat.

Danach half sie mir in ein dunkelblaues, mit Goldfäden verziertes Kleid. Mittlerweile hatte ich mich an die dunklen Farben gewöhnt, auch wenn sie mir immer noch nicht gefielen. Trotzdem bewunderte ich, wie die Goldfäden im Licht des Mondmooses schimmerten, das in kleinen Lampen entlang der Wände leuchtete.

Als Ebb ging, um sich ebenfalls umzuziehen, öffnete ich meine Truhe, die ein Dienstbote gebracht hatte, während ich mich angezogen hatte. Ich holte das Döschen mit der Farbpaste heraus und näherte mich langsam dem großen Standspiegel im Raum. In der Kutsche hatte ich einen kleinen Handspiegel zur Verfügung gehabt, doch ich hatte mich nie ganz gesehen. Das hatte ich noch nie, jetzt, wo ich so darüber nachdachte. Ich war nicht sicher, ob ich bereit dafür war.

Doch bevor ich mich bremsen konnte, war es schon so weit. Da war ich. Oder jedenfalls eine Version von mir, ganz anders als alles, was ich mir je vorgestellt hatte. Wer war dieses Mädchen mit der kerzengeraden Haltung und dem ordentlich frisierten Haar? Der Stoff des Kleides war dichter als alles andere, was ich bisher getragen hatte, und ich strich über meinen flachen Bauch und die Kurven meiner Hüften, die durch das Korsett betont wurden.

Sogar mein Gesicht war das einer Fremden. Meine Wangenknochen schienen deutlicher hervorzutreten, auch wenn das vielleicht nur an den Schatten in diesem dunklen Raum lag, die mir einen Streich spielten. Die Art, wie Ebb mir das Haar aufgesteckt hatte, ließ meinen Hals lang und elegant wirken. Ich begriff, dass ich ein wenig meiner Mutter ähnelte, mit ihren Goldaugen und ihrem stolzen Mund.

Die Paste verbarg die Narbe immer noch, aber ich trug dennoch neue auf. Ohne das Mal auf meiner Wange konnte ich fast so tun, als *wäre* ich wirklich Zadie.

»Was soll ich jetzt tun?«, fragte ich mein Spiegelbild, so als würde meine Schwester vor mir stehen.

Straff die Schultern, würde sie antworten. *Kinn hoch. Die Ältesten hätten uns nicht erwählt, wenn sie nicht der Meinung wären, dass wir das hier schaffen können.*

Ich hörte, wie sich die Tür hinter mir öffnete. Als ich mich zu Ebb umdrehte, schlug mein Herz plötzlich schneller. Es war so weit. Ich würde den König kennenlernen.

»Ihr seht sehr schön aus, Mylady«, sagte sie und reichte mir ein kurzes Cape aus weichem schwarzem Fell. »In den Gängen ist es kalt, Mylady. Das hier wird Euch warm halten. Seid Ihr bereit?«

Ich nickte und trat an ihr vorbei in den Korridor hinaus, so als wäre ich für dies hier geboren worden. In meinen Gedanken ging Zadie dicht hinter mir und versicherte mir, dass es genauso war.

Während wir zu den Gemächern des Königs unterwegs waren, die weit entfernt von der Großen Halle lagen, wuchs unsere Gesellschaft allmählich an. Grig und der Hauptmann folgten uns, und wie aus dem Nichts tauchten mehrere Bedienstete auf, die dunkle, schlichte Kleidung unter Schals und Handschuhen aus irgendeinem Stoff trugen, der von Tieren zu stammen schien. Vor einer großen steinernen Flügeltür, die in mühevoller Kleinarbeit mit gehörnten Tieren und Rosen verziert worden war, blieben wir stehen. Ich musste an den kleinen Knopf denken, den Sami für Zadie erworben hatte. Die beiden hatten darauf bestanden, dass ich den Reisemantel mitnahm, da Zadie ihn in Varenia nicht brauchen würde, aber ich hatte ihn auf der Reise kein einziges Mal aus der Truhe genommen. Nachdem ich gesehen hatte, wie Ebb Kleidungsstücke einfach beiseitewarf, als wären sie Abfall, begriff ich, wie wenig ein einzelner Messingknopf diesen Leuten wert sein musste. Ich fragte mich, wie viele Perlen Sami dafür geopfert hatte.

In dem Moment, in dem sich die Türen öffneten, traf mich ein übelkeiterregender süßlicher Gestank nach Krankheit. Wie ein Korb voller verdorbener Früchte auf dem schwimmenden Markt. Man hatte sich offenbar große Mühe gemacht, den Geruch mit parfümiertem Räucherwerk zu überdecken, und die daraus entstandene Mischung war fast unerträglich. Mehrere

Damen standen am Bett des Königs und pressten sich kleine Stoffbeutel vor die Nase.

Ich hatte geglaubt, mein Bett wäre riesig, doch König Xyrus' Lager war doppelt so groß, und es wirkte sogar noch größer, weil der Mann, der auf Kissen gestützt darin lag, wie ein Skelett wirkte. Er war so blass, dass er fast mit dem Weiß der Laken um ihn herum verschwamm. Sein grauer Bart war lang und zottig, passend zu den wenigen Haarbüscheln, die noch auf seinem mit Leberflecken übersäten Kopf wuchsen. Er sah uralt aus, älter als sogar die ältesten der Ältesten in Varenia. Dieser Mann konnte unmöglich genauso alt sein wie mein Vater.

Hauptmann Osius führte mich nach vorn und kniete vor dem König. Ich imitierte die Damen um mich herum und wünschte, ich hätte das Knicksen zu Hause mehr geübt. Ich sank so tief hinab, wie ich es wagte, ohne zu riskieren, umzufallen.

Die wässrigen Augen des Königs öffneten sich blinzelnd, als er Osius' Stimme vernahm. »Euer Gnaden, bitte verzeiht die späte Stunde. Wir haben einen besonderen Gast aus Varenia mitgebracht.«

Mit der Hilfe eines edel gekleideten Mannes neben ihm richtete sich der König etwas weiter auf, wobei er schmatzte wie ein kleines Kind, das gerade aus dem Mittagsschlaf erwacht war. »Ah ja, Zadie. Willkommen in Ilara, Liebes.«

Ich blinzelte beim Klang des Namens meiner Schwester aus einer ilarischen Kehle. Der Zischlaut am Anfang klang schärfer. Bisher hatte man mich nur mit »Mylady« angesprochen, und dies hier war eine gute Erinnerung daran, dass ich eigentlich meine Schwester sein sollte.

Ich trat vor und ergriff die ausgestreckte Hand des Königs,

wobei ich nach Möglichkeit durch den Mund atmete. Fast wäre ich zurückgezuckt, als er plötzlich und heftig zu husten begann. Sein ganzer ausgezehrter Körper bebte, und so sanft, wie ich konnte, ließ ich seine knochigen Finger wieder los. Wie konnte das der Mann sein, der Varenia kontrollierte? Wenn der Gouverneur wusste, wie es um den König stand, warum wehrte er sich dann nicht gegen ihn? Und wenn er es nicht wusste, würde ich dafür sorgen, dass Sami diese Information erhielt, wenn es mir jemals gelang, zum Markt am Hafen zu kommen.

Geduldig wartete ich ab, bis der König einen Schluck Wein getrunken und dabei einiges von der dunkelroten Flüssigkeit auf die weiße Bettdecke verschüttet hatte. Ich erwartete, dass er noch etwas sagen würde, doch stattdessen ließ er sich nur wieder in die Kissen sinken und schloss die Augen.

Der Mann, der ihm zuvor beim Aufrichten geholfen hatte, trat vor und küsste mir die Hand, dann verbeugte er sich übertrieben tief. Danach traten auch die anderen Lords und Ladys nacheinander vor, boten mir ihre Dienste an und hießen mich in Ilara willkommen. Die Damen trugen Kleider in dunklen Farben, verziert mit Perlen und Schleifen. Sie machten einen großen Wirbel um mich und darum, wie gut ich nach einer so anstrengenden Reise aussah. Die Herren waren ähnlich gekleidet wie Talin, als er Varenia besucht hatte, aber keiner von ihnen strahlte seine Wärme und Vitalität aus.

Prinz Talin, rief ich mir in Erinnerung. Der *Bruder* meines zukünftigen Ehemanns.

Einige der Lords und Ladys waren so blass wie Ebb, wahrscheinlich, weil sie so viel Zeit in diesem dunklen Berg zubrachten. Doch sogar diejenigen, die nicht von Natur aus hellhäutig zu sein schienen, wirkten fahl und müde. Ich bemerkte, dass einige von ihnen eine Art weißes Puder benutzt hatten, um ihr Haar aufzuhellen. Noch nie in meinem ganzen Leben hatte ich mich so allein gefühlt wie jetzt hier in diesem Raum, umringt von so vielen seltsamen Fremden.

Endlich, als ich schon sicher war, dass ich gleich vor Erschöpfung in Ohnmacht fallen würde, trat Ebb zu mir und flüsterte mir ins Ohr, dass wir uns nun zurückziehen sollten. Zurück in meinen Gemächern half sie mir dabei, mich auszuziehen und mich für meine erste richtige Nachtruhe seit Tagen zurechtzumachen. Das Bett war so hoch, dass ich mithilfe eines kleinen Hockers hineinsteigen musste. Zwischen all den Decken und Fellen kam ich mir lächerlich vor. Warum sollte eine einzige Person so viel Platz zum Schlafen brauchen?

Ebb ging zur Tür und knickste. »Ich werde Euch jetzt allein lassen, Mylady.«

Ich sah mich in dem riesigen Raum um und bemerkte erst jetzt, dass es keinen weiteren Platz zum Schlafen gab. »Du bleibst nicht bei mir?«

Einen Moment lang schien sie überrascht zu sein, dann lächelte sie. »Es ist nicht angemessen für eine Bedienstete, in diesem Teil des Schlosses zu schlafen, Mylady. Auf Eurem Nachtisch findet Ihr eine Glocke. Wenn Ihr irgendetwas braucht, dann klingelt einfach, und eine der Wachen wird mir Bescheid geben.«

Ich hätte wissen sollen, dass Dienstmädchen nicht bei zukünftigen Prinzessinnen schliefen, aber ich war noch nie nachts allein gewesen. Allmählich betrachtete ich Ebb als Freundin, obwohl ich besser nicht vergessen sollte, dass dies ihre Aufgabe war und nicht mehr. Trotzdem konnte ich nicht anders, als dankbar dafür zu sein, sie zu haben. »Danke, Ebb. Für alles.«

Sie errötete und knickste ein weiteres Mal, bevor sie hinausglitt. Hier gab es keinen Kamin, wahrscheinlich, weil der Rauch nirgendwohin entweichen könnte, was auch die vielen Decken erklärte. Das einzige Licht im Raum kam vom Mondmoos. Ich vergrub mich unter den Fellen und fühlte mich wie ein Aal, der den Kopf aus seiner Höhle steckte.

Ich musste eingeschlafen sein, ohne es zu bemerken, denn einige Zeit später erwachte ich von dem Gefühl, ich würde ertrinken. Ich zappelte unter den Decken wie in einem Fischnetz. Ich trat die Felle weg, bis alles in einem Haufen auf dem Boden lag. Nun lag ich nur im Nachthemd auf einer gewaltigen Federmatratze. Und ich fror.

Ich zog eines der Felle vom Boden und wickelte mich darin ein, wobei ich mich noch elender fühlte als in der Kutsche. Irgendwie war es gleichzeitig kalt und stickig, das Bett war viel zu weich, und es war zu still ohne das sanfte Atmen meiner Schwester und das leise Schnarchen meines Vaters auf der anderen Seite des Hauses.

Meine kleine Truhe stand am Fuß des Betts, und ich rutschte, noch immer in das Fell gewickelt, hinüber. Als ich den Deckel hob, traf mich der Salzgeruch des Meeres, und der Stich des Heimwehs war so intensiv, dass sich meine Augen mit Tränen füllten. Ich hängte meine wenigen Kleidungsstücke in den Schrank. Das Korallenmesser und die Perlenkette legte ich in den Nachttisch.

Da ich gespürt hatte, wie erschöpft Ebb vorhin gewesen war, hatte ich nicht mehr darauf bestanden, dass sie noch mein Haar löste, aber ich war es nicht gewohnt, mit Nadeln darin zu schlafen. Ich trat zum Spiegel und setzte mich mit verschränkten Beinen davor. In dem Nachthemd mit den voluminösen Ärmeln und dem spitzenbesetzten Kragen kam ich mir albern vor. Ich machte mich daran, die Nadeln aus meinem Haar zu ziehen, und massierte mir dann die Kopfhaut, so wie es Zadie getan hätte, wenn sie hier gewesen wäre.

Mit den offenen, wilden Locken und dem sanften blauen Licht des Mondmooses, das auf meiner Haut schimmerte, sah ich aus wie die Meerhexe aus den Geschichten, die Sami uns immer erzählt hatte. Einer varenianischen Legende zufolge lebte sie tief im Ozean, rief Stürme herbei, versenkte Schiffe, ertränkte die Matrosen oder nahm sie sich als Liebhaber. Die Geschichten waren brutal und unangemessen für Kinder, weshalb wir sie nur umso mehr genossen. Mutter wäre empört gewesen, wenn sie uns je dabei erwischt hätte, wie wir ihnen lauschten. Sie glaubte, dass nur die Götter die Macht besaßen, Stürme heraufzubeschwören und Schiffe zu versenken.

Ich bauschte mein Haar zusammen und kroch in den Deckenhaufen am Boden, was sich ein wenig mehr nach meiner Strohmatratze zu Hause anfühlte. Ich zog mir eine widerspenstige Decke bis zum Kinn hoch und weinte mich in den Schlaf.

13

Ein Kreischen weckte mich, gefolgt von einer aufschlagenden Tür und einem Wachmann, der hereingestürmt kam.

»Mylady, seid Ihr verletzt?«, fragte der Wachmann.

Blinzelnd im Dämmerlicht setzte ich mich auf und rieb mir die Augen. Ebb stand vor mir, einen Haufen frischer Wäsche zu ihren Füßen, die Hände an den Mund gehoben. Der Wachmann stand hinter ihr, eine Hand am Schwert, den Mund leicht geöffnet.

»Was ist los?«

»Tut mir leid, Mylady. Ich war nur erschrocken, Euch in diesem Zustand zu sehen.«

Ich drehte mich um und erhaschte einen Blick auf mein Spiegelbild. Es war schlimmer, als ich befürchtet hatte. Mein fast hüftlanges Haar war überall, und ich hatte mich in mein Nachthemd verwickelt. Als ich erkannte, dass meine Beine nackt waren, zog ich hastig den Stoff hinab und strich, so gut ich konnte, mein Haar glatt.

»Du kannst gehen«, wies Ebb den Wachmann an, der immer noch wie erstarrt an Ort und Stelle stand. Sein Mund klappte zu und hastig zog er sich zurück.

»Es tut mir leid, Ebb«, sagte ich mit brennenden Wangen. »Die Matratze war zu weich und es waren zu viele Decken, und die Haarnadeln haben mich in die Kopfhaut gestochen. Ich konnte so nicht schlafen.«

Wenigstens fasste sie sich rasch wieder. »Ich verstehe. Nächstes Mal klopfe ich vorher.«

»Das wäre wahrscheinlich besser für uns alle.«

Als sich Ebb bückte, um die heruntergefallene Wäsche aufzuheben, erkannte ich, dass die Mooslaternen fast erloschen waren. Erst als ich den Blick hob, begriff ich, wo das Licht herkam. Ein Dutzend Löcher war in die Decke über mir gehauen, und durch jedes fiel ein wenig Licht durch das Glas.

Ebb folgte meinem Blick. »Die wichtigsten Gemächer haben diese Oberlichter.«

So charmant diese »Oberlichter« auch waren, sie gaben mir nicht das Gefühl, wichtig zu sein. Würde ich meine Tage wirklich in ewigem Halbdunkel zubringen müssen? Ich war ein Geschöpf von Sonne und Luft, kein bleicher Wurm, der seine gesamte Existenz unter einem Felsen am Meeresboden verbrachte. Auf einmal schienen die Wände um mich herum unerträglich schwer zu sein.

»Ich brauche Luft«, sagte ich.

»Mylady?«

»*Frische* Luft. Ich kann so nicht leben.« Mein Herz begann zu hämmern und das Atmen fiel mir schwer. Meine Haut prickelte und juckte vor Schweiß. »Bitte, Ebb!«

»Was kann ich denn tun?«, fragte sie sanft, obwohl ich sah, dass meine Panik sie allmählich aus der Fassung brachte. »Sogar wenn es mir erlaubt wäre, Euch hinauszulassen, könnt Ihr in diesem Aufzug nirgendwo hingehen. Versucht, ein paarmal tief durchzuatmen.«

»Ich kann nicht.« Ich krallte mir die Finger in die Brust. »Genau das ist ja das Problem.« Mein Blick schoss im Zimmer umher. Ich brauchte etwas aus Varenia, an dem ich mich festhalten konnte, etwas, das mich zu mir zurückbringen konnte. Mein Blick landete auf der Wanne, die in der vergangenen Nacht aufgrund der späten Stunde nicht mehr geleert worden war. Ebb hatte versprochen, dass sich an diesem Morgen jemand darum kümmern würde.

Ohne nachzudenken, streifte ich mir das Nachthemd ab, stieg in die Wanne und tauchte unter. Das Wasser war eiskalt, aber es schien tatsächlich zu helfen. Einen Moment lang verharrte ich reglos, mein Haar breitete sich um mich aus und mein Herzschlag verlangsamte sich sofort. Ich zählte die Schläge. Eins. Zwei. Drei. Vier. Bis einhundert.

Gerade hatte ich wieder bei eins angefangen, als ich gedämpfte Rufe über mir hörte und die Augen öffnete. Es war Ebb. Ich hob den Kopf aus dem Wasser und schob mir die tropfnassen Strähnen aus dem Gesicht.

»Was ist los?«, fragte ich, kaum außer Atem.

»Ihr wart eine Ewigkeit da unten! Ich hatte Angst, Ihr würdet ertrinken.«

Nun, da ich allmählich wieder zu Verstand kam, wurde mir bewusst, wie kalt das Wasser wirklich war. »Kannst du mir ein Handtuch bringen?«

Sie brachte gleich ein paar und half mir aus der Wanne. »Wie habt Ihr das gemacht, Mylady?«

Ich lächelte und wrang mir das Haar über der Wanne aus. »Für mich ist das leicht. Wir lernen das schon als kleine Kinder in Varenia. Es tut mir leid, dass ich dich erschreckt habe. Ich musste mich nur irgendwie beruhigen und etwas anderes ist mir nicht eingefallen.«

»Ich verstehe. Wenigstens kann ich mir vorstellen, wie es mir gehen würde, wenn man mich aus Ilara fortbringen würde, um in Eurer Heimat zu leben. Diese Weite des Wassers … Von jetzt an werde ich dafür sorgen, dass Ihr jeden Morgen *und* jeden Abend ein warmes Bad bekommt, wenn Ihr das möchtet.«

Ich konnte mir nicht einmal vorstellen, Zugang zu so viel Frischwasser zu haben, doch das Bad hatte mir ungeheuer geholfen. »Das wäre schön, Ebb. Wenigstens, bis ich mich eingewöhnt habe.«

Sie half mir in ein seidiges schwarzes Kleid mit einer Schleppe, die ich beim Gehen hinter mir herzog. Ebb hatte gesagt, dass alle in Trauer um Prinzessin Ilara seien. Bedeutete das, niemand hatte hier seit Hunderten von Jahren etwas anderes als Trauerfarben getragen? Ich dachte an mein rotes Kleid und daran, wie ich für Talin in einer so grellen Farbe gewirkt haben musste. Das allein musste ein Schock gewesen sein.

Ebb steckte mir das Haar erneut halb auf und mir gefiel diese Frisur recht gut. Sie war ordentlicher, als wenn ich das Haar einfach offen tragen würde, aber zugleich war mein Hals vor der Kälte geschützt.

»Alle haben heute Morgen über Euch gesprochen. Darüber, wie hübsch Eure Hautfarbe ist. Eine der Köchinnen meinte, dass es das Sonnenlicht ist, dass euch Varenianer so gesund macht. Wir bekommen hier im Schloss nicht viel Sonne.«

»Das lerne ich auch gerade.« Ich fühlte mich schuldig, weil ich bei unserer ersten Begegnung gefunden hatte, Ebb würde krank aussehen. Nun wusste ich ihr schönes weißgoldenes Haar zu schätzen, ihre helle Haut. In Varenia würde sie glatt verbrennen, aber an diesen Ort passte sie irgendwie. Es war nicht ihre Schuld, dass sie keinen Zugang zu Licht und frischer Luft hatte.

Mein Magen knurrte so laut, dass wir beide es hörten. Es war unmöglich, hier im Berg die Tageszeit zu bestimmen.

»Wie spät ist es?«, fragte ich, als Ebb eine lange Goldkette in meinem Nacken schloss. Ein schwerer schwarzer Edelstein hing zwischen meinen Brüsten. Er fühlte sich kalt und kantig an, aber ich wollte nicht undankbar sein. Ich hatte noch nie zuvor einen Edelstein getragen.

»Fast Mittag. Ich befürchte, Ihr habt das Frühstück verschlafen, aber ich dachte, Ihr würdet nach der Reise Eure Ruhe brauchen.«

Ich schnappte nach Luft und sprang auf, wobei ich fast den Hocker umstieß. »Mittag! Erwartet mich die Königsfamilie?«

»Keine Sorge. Der König war ein wenig überwältigt von dem Aufruhr in der vergangenen Nacht und hat beschlossen, diesen Tag im Bett zu verbringen. Ich bringe Euch zum Mittagessen nach unten und dann bekommt Ihr eine Führung durch das Schloss.«

»Und der Prinz?«, fragte ich und warf im Vorbeigehen einen Blick in den Spiegel, um mich zu vergewissern, dass meine Narbe noch immer vollständig verborgen war.

»Ich bin nicht sicher, Mylady.«

Während mich Ebb durch die Korridore zurückführte, versuchte ich, mir den Weg zu merken. Mir fielen in den Stein gehauene Rinnen auf, durch die Wasser lief. Fragend blickte ich zu Ebb.

»Regenwasser von oben«, erklärte sie. »Es sammelt sich in den Kanälen und wird zu Brunnen geleitet, die im ganzen Schloss verteilt stehen.«

Raffiniert, dachte ich, während wir die Große Halle passierten und über eine Treppe hinab in eine kleinere Halle weitergingen, in der eine lange Tafel stand.

»Das hier ist der Speisesaal«, erklärte Ebb. »Ihr könnt die Mahlzeiten auch in Eurem Zimmer einnehmen, wenn Euch das lieber ist, es sei denn natürlich, der König oder der Prinz verlangt nach Eurer Anwesenheit.«

Sie deutete auf einen Stuhl, der neben dem am Fußende der Tafel stand, wo vermutlich der Prinz saß. Im Augenblick hatte ich den Saal allerdings allein für mich. Dienstboten brachten mir sechs verschiedene Gänge. Einiges davon, wie die Oliven und die Trauben, kannten wir auch in Varenia, und sie waren köstlich, doch andere Gerichte, wie die blutigen roten Fleischwürfel auf einer Silberplatte, drehten mir den Magen um. Hier gab es genug Essen für mehrere Familien, und ich fand es furchtbar, es zu verschwenden, aber so viel würde ich nicht einmal in einer ganzen Woche essen können.

»Ebb«, flüsterte ich, nachdem die Dienstboten gegangen waren. Sie kam zu mir geeilt.

»Ist alles in Ordnung?«

»Ich muss heute Nachmittag einiges lernen. Zum Beispiel, wie ich bestimmte Personen ansprechen muss und wozu diese drei verschiedenen Gabeln hier verwendet werden. Und was waren das für kleine, runde weiße Dinger, die so gewackelt haben, als sie abgestellt wurden?«

»Wachteleier, Mylady.«

»Ja, gut, ich muss wissen, wie man sie isst. Wenn sie denn lecker sind.«

Sie lächelte. »Wir fangen heute noch mit dem Unterricht an.«

»Oh, und ich habe mich gefragt, wann ich wohl die Königin kennenlernen kann. Ich würde gern mit ihr sprechen.«

Krachend fiel eine Tür am anderen Ende des Saals ins Schloss, und als Ebb und ich aufblickten, sahen wir einen jungen Mann in Schwarz, der auf uns zukam. Ebb sank in einen Knicks, bevor ich auch nur dazu gekommen war, aufzustehen.

»Ihr müsst Zadie sein«, sagte der Mann. Seine Haut war so weiß, wie ich es noch nie gesehen hatte, sogar noch heller als die von Ebb, und sein glattes blondes Haar war im Nacken zusammengebunden. Es wirkte fast silbern. Seine Augen waren stahlgrau unter elegant geschwungenen Brauen. Ich konnte nicht anders, als ihn anzustarren.

Ebb räusperte sich leise.

»J-ja«, stotterte ich. »Und Ihr seid?«

Ich glaubte, Ebb neben mir ein leises Stöhnen ausstoßen zu hören.

»Ich bin Prinz Ceren«, sagte er mit einem leisen Lachen. »Euer zukünftiger Ehemann. Und ich fürchte, Ihr könnt die Königin nicht kennenlernen, meine Liebe.«

Das war der Prinz? Selbst wenn ich mir das genaue Gegenteil von Talin vorgestellt hätte, wäre ich der Wahrheit nicht einmal nahegekommen. »Warum nicht?«, fragte ich, und meine Stimme bebte ein wenig, genau wie die kleinen weißen Wachteleier.

»Weil«, antwortete er, ohne mich aus den Augen zu lassen, »die Königin tot ist, Mylady.«

Ein nervöses Lachen entkam mir, und ich wandte mich an Ebb, sicher, dass dies nur ein Scherz sein konnte. Doch Ebb schüttelte nur entschuldigend den Kopf. Ich wandte mich wieder an den Prinzen. »Bitte verzeiht meine Verwirrung. Mir wurde gesagt, dass mir nach unserer Ankunft hier alles erklärt werden würde. Ist Eure Mutter die Königin?«

»Sie war es. Sie ist im Kindbett gestorben.« Seine Stimme verriet keinerlei Gefühle.

»Oh, das tut mir so leid.« Warum hatte Ebb mir das alles nicht erzählt? Ich wusste nicht einmal, ob Talins Mutter mit König Xyrus verheiratet gewesen war. »Und das letzte Mädchen aus Varenia, das hergeschickt wurde?« Ich hoffte, dass diese Frage ausreichend diplomatisch klang.

»Die zweite Frau meines Vaters ist ebenfalls tot. Wie ich leider sagen muss, scheinen die Königinnen hier nicht allzu viel Glück zu haben.«

Wieder sah ich Ebb an, in der Hoffnung, dass sie mir versichern würde, dies wäre nur ein schlechter Witz, aber die Gegenwart dieses Mannes schien sie ebenso einzuschüchtern wie mich. Ich zwang mich dazu, aufzustehen und in einen Knicks zu sinken. »Euer Hoheit.«

Fast wäre ich zurückgezuckt, als er nach meiner Hand griff. Seine Finger waren lang und so weiß wie der Bauch eines Rochens. Er trug einen dunklen Metallring, in den ein kleiner roter Stein eingelassen war. Ich erschauerte, als er mit den Lippen über meinen Handrücken strich. Da war etwas Unnatürliches an ihm. Seine Züge waren schön, genau wie die seines Bruders: eine gerade Nase, ein kräftiges Kinn und ein sinnlicher Mund. Doch sein Lächeln war kalt und seine blassen Augen zeigten keinerlei Emotion.

Ich zog die Hand zurück und versuchte, ihn anzulächeln. Er half mir wieder auf meinen Platz und setzte sich dann auf den Stuhl neben mir. »Wie habt Ihr geschlafen, Mylady? Sind Eure Gemächer zu Eurer Zufriedenheit? Ist das Bett groß genug?«

Meine Wangen wurden heiß, als ich begriff, wie dumm der Gedanke gewesen war, warum *eine* Person wohl ein so großes Bett brauchte. »Ja, danke.«

»Gut. Ich glaube, ich sollte Euch heute wohl durch das Schloss führen, da mein Vater selbst nicht in der Lage sein wird, das Bett zu verlassen.«

Mein Blick schoss zu ihm. »Ihr habt sicher Besseres zu tun als eine Schlossführung«, sagte ich leise.

»Unsinn. Es ist das Mindeste, was ich tun kann, nachdem Ihr so weit gereist seid, um meine Braut zu werden.«

Ich konnte nicht verhindern, dass ich mich auf meinem Stuhl wand. Ich nahm an, dass er wusste, wie nervös er mich machte, und dass er es genoss.

»Wie alt seid Ihr?«

»Siebzehn.«

»Aha, genau im selben Alter wie Königin Talia, als sie vor zwanzig Jahren zu uns kam. Ich war damals noch ein Baby, also erinnere ich mich nicht mehr daran. Aber sie ist ein Teil vieler meiner Kindheitserinnerungen. Genau wie mein Bruder Talin. Er wurde nur ein Jahr nach der Hochzeit geboren. Vater hat keine Zeit verschwendet.« Sein Lächeln hatte nichts von dem amüsierten Charme, den sein Bruder ausstrahlte. Unter dem Kleid überlief mich eine Gänsehaut.

»Wann ist Königin Talia gestorben? In Varenia haben wir nichts darüber gehört.« Oder wenn doch, dann hatte sich niemand die Mühe gemacht, mir davon zu erzählen.

»Das ist nun vier Jahre her, glaube ich. Damals war Talin gerade erst fünfzehn. Kurz danach wurde er zum Befehlshaber der Königlichen Garde ernannt. Auf meinen Wunsch hin.«

Etwas an der Ausdruckslosigkeit seiner Stimme verriet mir, dass Ceren dies nicht getan hatte, weil es für seinen Bruder das Beste war, auch wenn es das wohl gewesen sein mochte. Ich konnte mir Talin nicht an einem Ort wie diesem vorstellen. »Darf ich fragen, wie sie gestorben ist?«

»Mord.«

Ich keuchte und schlug mir die Hand vor den Mund. Er sagte dies so beiläufig, als wäre es vollkommen unbedeutend. Der Tod einer Frau, die in gewisser Weise wie eine Mutter für ihn gewesen sein musste.

»Es war eine der Dienerinnen«, fuhr Ceren fort. »Das Blut der Königin war überall. Die Teppiche waren damit getränkt, doch Talias Leichnam wurde nie gefunden. Wir nehmen an, dass man ihren Körper in einem der zahllosen verlassenen Zimmer des Schlosses versteckt hat. Die Dienerin wurde am nächsten Tag geköpft.«

Mir kroch das Mittagessen die Kehle hinauf. Alles, was ich bisher erfahren hatte, war viel schlimmer, als ich es mir ausgemalt hatte, doch der Gedanke, dass die letzte Frau aus Varenia ermordet worden war, machte mir unbeschreibliche Angst. Als Kinder hatten Zadie und ich oft stundenlang Königin von Ilara gespielt. Wir hatten uns Kronen aus Meerblumen gewunden und uns Mutters Kleider angezogen. Ein Spiel, zu dem sie uns tatsächlich ermutigt hatte. Sie hatte unser Kinn mit den Fingerspitzen angehoben und mit uns das Knicksen geübt. Das waren Unterrichtsstunden gewesen, begriff ich nun, keine Spiele. Ich hätte besser aufpassen sollen.

Ich schluckte, als Ceren die Hand hob und mir zwei Finger unters Kinn legte, genau wie Mutter es getan hatte. Auf einmal war ich mir meiner Narbe sehr bewusst. Wenn er zu genau hinsah, würde er die leicht erhabene Haut unter der Farbpaste erkennen. Er ließ die Finger meine Kehle hinabgleiten und in der Kuhle darunter verweilen. Es war eine seltsame Geste, doch ich zwang mich dazu, ihm in die Augen zu sehen. Seine vergrößerten Pupillen waren so schwarz wie der Berg, der uns umgab.

Seine Finger strichen weiter hinab, bis sie direkt über

meinem Herzen ruhten, neben dem schwarzen Edelstein. Ich hörte, wie Ebb hinter mir scharf Luft holte.

»Oh, sei nicht so schockiert«, sagte der Prinz über die Schulter zu ihr. »Sie wird schon bald meine Frau sein.« Sein Blick fand wieder meinen. »Euer Herzschlag ist stark und gleichmäßig. Das ist gut.«

Ich schluckte gegen die Galle an, die in meiner Kehle aufstieg.

»Wie fühlt es sich an, zu wissen, dass Ihr schon bald die Königin all dessen hier sein werdet?« Seine Stimme war so leise, dass nur ich ihn hören konnte, seine Finger ruhten noch immer über meinem Herzen. Konnte er fühlten, wie schnell es jetzt schlug? »Ich habe Eure Heimat nie gesehen, aber ich kann mir nicht vorstellen, dass sie mit der Schönheit und Pracht von Ilara mithalten kann.«

Ich hätte mir auf die Zunge beißen sollen, um nicht zu antworten, aber stattdessen öffnete ich den Mund. »Im Gegenteil, Euer Hoheit.«

Etwas blitzte in seinen Augen auf, aber er lächelte. »Ich verstehe. Ihr werdet reichlich Zeit haben, mir davon zu berichten, während der kommenden … Nun, ich denke, wir werden sehen, wie viel Zeit Euch bei uns bleibt.«

Grauen packte mich, als seine Finger wieder zu meiner Kehle glitten. Er war so viel größer als ich – wahrscheinlich konnte er mir mit bloßen Händen das Genick brechen, wenn er wollte.

Endlich ließ Ceren die Hand sinken und erhob sich. Er wischte sich den Mund mit einer Serviette ab, obwohl er nichts gegessen hatte. »Ich werde in einer Stunde in Eure Gemächer kommen, um Euch auf die Führung durch das Schloss mitzunehmen. Vielleicht entdeckt Ihr dabei ja doch etwas, das Euch zusagt.«

14

Zurück in meinen Gemächern lief ich auf und ab. Meine Gedanken rasten. Ceren war kalt und grausam. Wie konnte ich jemanden heiraten, der so unbeschwert von Mord sprach? Der es zu genießen schien, andere zu verunsichern?

Unwillkürlich fragte ich mich, ob ich wohl nach Varenia zurückgeschickt werden würde, wenn ich enthüllte, wer ich wirklich war. Aber im Grunde wusste ich, dass er mich dafür vermutlich töten würde, und, was das Schlimmste war, er würde mein Volk dafür bestrafen. Das konnte ich nicht riskieren. Der einzige Silberstreif am Horizont war, dass wenigstens ich es war, die sich hier befand, und nicht Zadie. Bei der Vorstellung, dass dieser Mann meine Schwester berührte, hätte ich am liebsten irgendetwas zertrümmert. Stattdessen entschied ich mich dafür, auf eines meiner achtzehn Kissen einzuschlagen.

»Mylady«, sagte Ebb leise und legte mir sacht die Hand auf die Schulter, als ich mit meinem Wutausbruch fertig war. »Der Prinz wird bald hier sein.«

Ich sah auf. »Ich kann ihn nicht heiraten, Ebb.«

Sanft und mitfühlend sah sie mich an. »Seid vorsichtig«,

flüsterte sie und blickte sich im Raum um, als könnte uns jemand hören. »Geräusche wandern seltsam in diesem Berg.« Sie legte einen Finger neben ein kleines Loch in der Steinwand. Zweifellos führte es in ein anderes Zimmer, von dem aus jemand lauschen konnte, wenn er wollte.

Sollen sie mich doch hören, dachte ich. Was konnten sie schon schlimmstenfalls tun? Mich in eine Höhle sperren und zwingen, den grässlichsten Mann aller Zeiten zu heiraten? Ach, Moment, genau das hatten sie ja schon getan.

Ich verpasste einem anderen Kissen einen weiteren Faustschlag.

»Wie konntest du mir verschweigen, dass die Königin tot ist?«, fragte ich und begann wieder, auf und ab zu gehen. »Dachtest du nicht, ich hätte ein Recht darauf, es zu erfahren? Sie stammte aus meinem Volk, Ebb. Sie war der einzige Mensch hier, der mich vielleicht verstanden hätte.«

»Es tut mir leid, Mylady, aber mir wurde ausdrücklich verboten, von der verstorbenen Königin zu sprechen.«

»Von wem? Dem Prinzen?«

»Vom König selbst.«

Ich verschränkte die Arme vor der Brust und mir fiel wieder ein, wie Ceren mich dort berührt hatte, als wäre es nichts. Ich setzte mich aufs Bett. »Wahrscheinlich wusste er, dass ich niemals gekommen wäre, wenn ich geahnt hätte, dass die vorherige Königin ermordet worden ist. Wie ist sie gestorben?«

»Man nimmt an, dass sie erstochen wurde, wegen des vielen Bluts. Jedenfalls habe ich das gehört. Damals habe ich noch im Dorf gelebt.«

Ich klopfte neben mir auf das Bett und lud sie so ein, sich zu setzen. Zögerlich biss sich Ebb auf die Lippe, dann hockte sie sich an den Rand der Matratze. Vielleicht war diese Art des

Umgangs für eine Lady und ihre Zofe nicht angemessen, aber ich war daran gewöhnt, mich jemandem anzuvertrauen. In diesem Augenblick brauchte ich keine Dienerin, ich brauchte eine Freundin.

»Wir könnten dem Prinzen ausrichten lassen, Ihr wärt zu müde für die Schlossführung, und dass wir sie lieber auf später verschieben sollten.«

»Was bringt es schon, es aufzuschieben? Ich soll diesen Mann heiraten, weißt du noch?« Bei der Erinnerung an seine kalten Finger auf meiner bloßen Haut überlief mich ein Schaudern. »Weißt du, wann die Hochzeit stattfinden soll?«

»Ich denke, sie wird stattfinden, noch bevor der König stirbt.«

Ich hob die Brauen. »Was schon morgen passieren könnte.«

»Er ist seit mindestens sechs Monaten in diesem Zustand.«

Ich wandte mich ihr ganz zu und zwang sie, mich anzusehen. »Wann werde ich das Schloss verlassen dürfen?«

»Ich …«

Wir hörten Schritte und kurz darauf folgte ein schweres Klopfen an der Tür. Mein Magen schien sich in einen Stein zu verwandeln.

»Kommst du mit mir?«, fragte ich Ebb. »Bitte?«

Die Tür flog auf, bevor sie antworten konnte, und wir sprangen auf. Ceren trat vor, hatte jedoch zumindest den Anstand, an der Türschwelle zu warten. »Seid Ihr bereit, Mylady?«

Ich nickte und sah mich nach Ebb um.

»Eure Zofe kann hier warten. Ich bin sicher, sie ist sehr beschäftigt.«

Mein Mund klappte auf und zu wie bei einem Fisch, doch Ebb knickste nur knapp und reichte mir mein Cape. »Nun gut«, sagte ich und schlang mir den schwarzen Pelz um die Schultern. »Geht voran.«

»Nach Euch. Ich bestehe darauf.«

Es gefiel mir gar nicht, Ceren den Rücken kehren zu müssen, aber mir blieb wohl kaum eine Wahl. Als ich den Korridor hinabging, trat ein Wachmann neben mich.

»Mylady.«

Ich wandte mich zu ihm und musste lächeln beim Anblick des vertrauten jungenhaften Gesichts. »Grig, Ihr seid hier.«

»Ich hoffe, das ist in Ordnung.«

»Es ist wunderbar.« Er bot mir den Arm an, doch ich war mir Cerens Präsenz hinter mir zu bewusst, um anzunehmen.

»Du bist einer der Männer meines Bruders, nicht wahr?«, fragte der Prinz.

Grig drehte sich zu ihm um und verbeugte sich. »Ja, Euer Hoheit.«

»Hast du keine Aufgaben zu erledigen? Wir haben jede Menge Wachen hier in New Castle.«

»Prinz Talin hat darum gebeten, dass einer von uns bei der Lady bleiben soll.«

Ceren hob die Brauen. »Es überrascht mich, dass er auf dich verzichten kann. Er sagt, es gäbe nicht genug Männer auf Old Castle und dass wir so zu ›verwundbar‹ wären.«

Ich dachte an den Wachmann vor der Brücke, an den weiblichen König im Süden. War ein Angriff auf Ilara denn wirklich eine so absurde Vorstellung?

»Soll ich gehen, Euer Hoheit?«, fragte Grig.

Ceren winkte ab. »Nein, nein. Wo du schon mal hier bist, kannst du auch bleiben. Wir wollen Prinz Talin doch nicht verärgern, oder?«

Prinz Talin. Beim Klang seines Namens dachte ich wieder an

den Vortag, daran, wie er vom Pferd gestiegen war und meine Hand genommen hatte. Bei der Erinnerung an seinen Blick, der meinen gehalten hatte, wurden meine Wangen heiß. Ich konnte mir nicht vorstellen, dass es Talin ein so krankes Vergnügen bereiten würde, mich zu quälen, wie es offenbar bei seinem Bruder der Fall war.

Natürlich war Talin auch der einzige Mensch in Ilara, der vielleicht hinter mein Geheimnis kommen konnte. Ich sollte dankbar dafür sein, dass er so weit entfernt wohnte und dass wir uns daher nicht allzu oft begegnen würden.

Ich sollte dankbar sein. Doch ich war es nicht.

»Ah, diesen Blick kenne ich«, sagte Ceren, griff nach meinem Arm und machte Grig ein Zeichen, damit er vorausging. Gott, war es so offensichtlich? »Mein Bruder ist sowohl mit einem hübschen Gesicht als auch mit einem charmanten Wesen gesegnet. Er ist einer der Lieblinge bei Hofe.«

Die Bitterkeit in seinem Tonfall deutete Eifersucht an, obwohl Ceren selbst nicht unattraktiv war. Außerdem war meine eigene Mutter der lebende Beweis dafür, dass Charme auch eine Illusion sein konnte.

»Seid Ihr ihm gestern in Old Castle begegnet?«, fragte Ceren.

»Ja. Und wie Ihr Euch sicher erinnert, haben wir uns bereits in Varenia kennengelernt.« Die leichte Spitze war durchaus beabsichtigt. Ich wollte wissen, warum Ceren ausgerechnet seinen Bruder als Laufburschen geschickt hatte.

»Ah ja, das war mir entfallen. Er hat gesagt, Ihr wärt perfekt. ›So rein und makellos wie eine varenianische Perle.‹ Ich kann es nicht ausstehen, wenn er recht hat.«

Bei dem gemeinsamen Abendessen im Haus des Gouverneurs hatte Talin gesagt, er könne sich kein lieblicheres Mädchen vorstellen. Dabei hatte er mich angesehen. Doch wenn er tatsächlich glaubte, dass das Fehlen eines Makels gleichbedeutend mit Schönheit war, dann musste ich mich wohl getäuscht haben. Meine Narbe prickelte und meine Wangen wurden heiß vor Scham.

»Hütet Euch vor dem Rotfeuerfisch, Mylady«, sagte Ceren leise.

»Wie bitte?«

»Ist das nicht ein varenianisches Lied? Ich weiß noch, wie Königin Talia es Talin vorgesungen hat, als er noch klein war. Ihr Wellenkinder seid offenbar ganz versessen auf Wiegenlieder.«

Diese Zeile gehörte tatsächlich zu einem varenianischen Wiegenlied, mit dem wir alle aufwuchsen. Es ermahnte die Kinder, sich von gefährlichen Meereslebewesen fernzuhalten, doch in jeder Strophe gab es noch eine verborgene Bedeutung. Rotfeuerfische beispielsweise waren auf seltsame Weise sehr schön. Spektakuläre Fische, die man nur zu gern berühren wollte. Doch ihre Stacheln waren giftig. Wir sollten uns nicht nur vor dem Rotfeuerfisch hüten, sondern auch vor allen, die zu auffällig und zu stolz waren. Es überraschte mich, dass Ceren dies wusste und dass er seinen eigenen Bruder so beschrieb.

»Hüte dich vor dem Rotfeuerfisch, mein Schatz«, murmelte ich. »Hüte dich vor dem Fisch aus Stein.«

»Hmm?«

»So geht das Lied weiter.« Der Steinfisch war sogar noch gefährlicher als der Rotfeuerfisch, zum einen, weil sein Gift stärker war, zum anderen, weil man ihn kaum sah. Ein Steinfisch konnte so gut mit den Felsen um ihn herum verschwimmen, dass man ihn erst entdeckte, wenn es zu spät war und man eine Hand oder einen Fuß direkt auf ihn gesetzt hatte. Die Botschaft war klar: Seid vorsichtig und hütet euer Herz, denn die Dinge sind nicht immer so, wie sie scheinen. Der Rotfeuerfisch ließ einen zumindest wissen, dass er da war.

»Ich habe es seit Jahren nicht mehr gehört, also werdet Ihr mir wohl vergeben, dass ich dies vergessen habe.«

Ich neigte den Kopf.

»Euer Name bedeutet Perle, nicht wahr?«

»Ja«, antwortete ich, und meine Gedanken kehrten sofort zu meiner Schwester zurück. Ich war immer die Koralle gewesen, niemals die Perle. Nun sollte ich auf einmal sein, was alle wollten, was der zukünftige König mehr begehrte als alles andere.

Ich hatte meinen Schritt dem des Prinzen angepasst und ging langsamer, Grig war schon fast am Ende des Ganges angekommen und außer Sicht. Ceren ließ meinen Arm los und legte die Hand stattdessen an meine Taille.

»Es gibt da etwas, das ich Euch gern zeigen würde«, sagte er und öffnete eine Tür, die ich in diesem schwach beleuchteten Korridor nicht bemerkt hatte.

Ich wollte nach Grig rufen, doch Ceren scheuchte mich in den Raum hinter der Tür, bevor ich auch nur ein Wort herausbrachte. Wir befanden uns in einem Zimmer, das etwa so groß war wie mein Schlafgemach, und einen Moment lang fürchtete ich schon, dass es Cerens persönliches Gemach war. Er ging zur gegenüberliegenden Wand hinüber und entzündete ein Streichholz an einer kleinen Laterne, dann hielt er es gegen ein paar Scheite im Kamin. Als das Holz Feuer fing, erkannte ich allmählich, was dies für ein Zimmer war.

Offenbar war es eine Art Arbeitsraum, kein Schlafgemach. Es gab drei verschieden große Tische, die voller Glasflaschen und Schüsseln standen, dazu noch einige Objekte, für die ich keinen Namen hatte. Auf dem Boden in der Ecke lag etwas, das wie ein leerer Sack aussah. Ein langer Schlauch war daneben zusammengerollt.

»Das hier ist mein Studierzimmer«, erklärte der Prinz. »Ich liebe es, zu lernen.« Er hob eine kleine Schale hoch, die mit rosa Perlen unterschiedlicher Formen und Größe gefüllt war. »Zu den Dingen, die mich am meisten faszinieren, gehört die varenianische Perle. Wie Ihr sicher wisst, verwendet man sie hier, um Salben und Tinkturen gegen alle möglichen Gebrechen herzustellen. Letzte Woche habe ich mir die Hand am Feuer verbrannt.« Er hielt mir seine Handfläche entgegen. »Keine Spur einer Brandblase. Keine Narbe. Es ist wie ein Wunder.«

Ich betrachtete die Perlenschale und spürte, wie die Wut in mir emporstieg. Es waren genug Perlen, um meine Familie ein Jahr lang zu ernähren. Wir ernteten die Perlen bis zur Ausrottung, und wofür? Um einem Mann eine Brandblase zu ersparen?

»Zweifellos weiß Euer Volk sehr viel mehr über die Perlen als ich«, fuhr er fort. Die Worte, die aus seinem Mund kamen, klangen vollkommen harmlos. Er hatte in den vergangenen Minuten nichts Bedrohliches oder Angsteinflößendes gesagt, trotzdem hämmerte mein Herz wie wild. Er hegte eindeutig irgendeinen Groll gegen Königin Talia und Prinz Talin und vielleicht auch gegen alle Varenianer. Ich wischte mir die schweißnassen Handflächen am Rock ab. Mein Körper sagte mir, dass ich in Gefahr war, auch wenn es mein Verstand nicht akzeptieren wollte.

Ceren trat zu dem leeren Sack hinüber und hielt einen Zipfel hoch, um ihn mir zu zeigen. »Dies hier wird meine bisher größte Erfindung werden. Es ist eine Apparatur, mit der man unter Wasser atmen kann. Zehn Minuten lang, vielleicht sogar länger. Leider ist sie aber noch nicht fertig. Der Test, den wir gestern durchgeführt haben, hat eher katastrophale Ergebnisse gebracht, wie ich leider sagen muss. Wir haben dabei einen Diener verloren.«

Er suchte in meinem Gesicht nach einer Reaktion, während ich versuchte, mein Grauen zu verbergen. Wie konnte man nur so beiläufig über den Tod sprechen?

»Wirklich eine Schande. Er war nur ein Jahr jünger als Ihr. Als wir …«

»Mylady?«

Beim Klang von Grigs Stimme fuhr ich herum. »Grig!«

»Es tut mir furchtbar leid. Ich habe erst bemerkt, dass Ihr angehalten habt, als ich schon auf der Hälfte des nächsten Ganges war. Ist alles in Ordnung?«

»Warum sollte es das nicht sein?«, knurrte Ceren. »Sie war die ganze Zeit bei mir. Was könnte sicherer sein?«

Mir fielen Tausende von Dingen ein, die sicherer waren als dieser Mann – ein Hammerhai, zum Beispiel. Oder sogar eine Sturmflut.

Ich nahm Grigs Arm. »Es tut mir leid, Euer Hoheit, aber ich fürchte, ich fühle mich nicht besonders wohl. Ich muss mich vermutlich immer noch an das Land gewöhnen. Ich werde in meine Gemächer zurückkehren und ein Bad nehmen, wenn Ihr damit einverstanden seid.«

»Ach ja, Eure Bäder. Ich habe gehört, dass Ihr zwei davon am Tag verlangt habt. Ihr müsst Euch hier fühlen wie ein Fisch auf dem Trockenen, hm?«

Hatte er von einem der Dienstboten von den Bädern erfahren oder durch eines der Löcher im Stein? Wenn mich jemand belauschte, bedeutete das, dass man mich auch beobachten konnte?

Ich räusperte mich. »Ja, genauso fühle ich mich. Danke dafür, dass ihr mir Euer … Zimmer gezeigt habt.«

»Wir können die Führung später fortsetzen, wenn es Euch besser geht.«

Ich war schon fast durch die Tür, als Ceren uns noch nachrief: »Ach, und Grig? Du kannst nach Old Castle zurückkehren. Deine Dienste werden hier nicht länger benötigt.«

Ich blieb in der Wanne liegen, bis das Wasser kalt war und mich eine Gänsehaut überlief. Seit meiner Abreise aus Varenia hatte ich mir das Gesicht nur gewaschen, wenn ich vollkommen sicher war, allein zu sein, und selbst dann hatte ich sofort danach die Farbpaste wieder aufgetragen. Ich gewöhnte mich allmählich so sehr daran, mein Gesicht im Spiegel ohne die Narbe zu sehen, dass mich ihr Anblick fast erschreckt hatte, als ich die Farbpaste einmal während der Reise versehentlich im Schlaf abgerieben hatte.

Ebb wickelte mich in ein Handtuch, als ich aus der Wanne stieg und auf den kalten Steinboden trat. Viel schlimmer als das erdrückende Gewicht des Felsens um mich herum war die Dunkelheit. Ich hatte erst einen Tag ohne die Sonne leben müssen, und trotzdem fehlte sie mir so sehr, dass ich die Sehnsucht in den Knochen spüren konnte. Ich hob den Blick zu den jämmerlichen Oberlichtern und meine Miene verfinsterte sich. Es fiel kaum genug Licht herein, um den Raum bei Tag zu erhellen. Wie hatte Talia hier nur so lange überlebt?

Der König hatte vor, an diesem Abend zum Essen in den Saal zu kommen, also suchte Ebb für mich ein weiteres dunkles Kleid aus. Dieses hatte einen Rock mit Rautenmustern aus verschiedenen Stoffen, um den Kontrast zu betonen. Der Kragen schloss sich um meine Kehle, doch aus der Korsage war ebenfalls eine Raute ausgeschnitten worden, um die nackte Haut des Dekolletés zu entblößen, genau dort, wo Ceren mich berührt hatte. In Varenia hatte ich nie etwas getragen, das meine Brust derartig zur Schau stellte.

»Warum muss alles so dumpf und farblos sein?«, murmelte ich, während ich meinen ausladenden Rock glatt strich.

Ebb begegnete im Spiegel meinem Blick. »Es ist, wie ich Euch schon gesagt habe, Mylady – wir sind in Trauer um Prinzessin Ilara. Sie ist auf See gestorben, nachdem sie ein Prinz aus Kuven entführt hatte.«

»Ich dachte, Prinz Laef und Prinzessin Ilara wären weggelaufen, um zusammen sein zu können«, widersprach ich verwirrt. »Das erzählt man uns jedenfalls in Varenia.«

Ebb runzelte die Stirn. »Das müsst Ihr falsch verstanden haben.«

Ich schüttelte den Kopf. In Kuven erzählte man sich zweifellos, dass Ilara irgendwie verantwortlich für Prinz Laefs Tod war. »Aber wie kann ein ganzes Königreich immer noch um eine Prinzessin trauern, die vor Hunderten von Jahren gestorben ist?«

»Nach Ilaras Tod wurde ihr jüngerer Bruder Maldon zum Kronprinzen, da sie keine Schwestern hatte. Er war damals erst zehn Jahre alt und der Verlust traf ihn sehr schwer. Er entwickelte eine lähmende Furcht vor dem Wasser. Deshalb wurde der Hof hierher verlegt, nach Mount Ayris, weit weg vom Meer, von den Flüssen und den Seen. Außerdem ordnete er per Dekret unter Androhung der Todesstrafe an, dass alle Trauerkleidung tragen müssen. Dieses Dekret wurde nie aufgehoben.«

»Warum nicht?«

»Ich weiß es nicht genau, Mylady.« Sie begann, mein Haar aufzutürmen, und steckte es mit Nadeln mit schwarzen Edelsteinen fest, die zwischen den Locken funkelten. »Ich glaube, es liegt daran, dass wir seither auf eine neue Prinzessin warten. Eine Prinzessin, die das Königinnenreich wieder zu seiner früheren Größe führt, die all die Aufstände beruhigen und die Territorien unter der ilarischen Flagge vereinen wird. Aber unsere Könige bekommen nur Söhne.«

Ich verzog den Mund. Ich verstand trotzdem nicht, warum wir so freudlose Kleider tragen mussten.

»Soll ich Euch das Haar pudern, Mylady?«, fragte Ebb, nachdem sie die letzte Nadel festgesteckt hatte.

Ich wandte mich zu ihr um. »Wozu in aller Welt?«

»Einige der Adligen tun es, um sich bei Prinz Ceren beliebt zu machen.«

Ich schüttelte den Kopf und Ebb machte sich wieder an die Arbeit. Ich versuchte, mir vorzustellen, wie ich dies hier tagein, tagaus tat, die nächsten hundert Jahre lang. Tränen stiegen mir in die Augen.

Ich wischte sie fort und atmete tief durch. Erst eine Woche war vergangen, seit ich Varenia verlassen hatte. Mir blieben noch zwei weitere Wochen, um etwas Wichtiges zu erfahren, das ich Sami beim Markt mitteilen konnte, abgesehen davon, dass die varenianische Königin tot war und ihr Ehemann ihr vermutlich bald folgen würde.

Sei tapfer, sage ich mir. *Für Zadie. Für Varenia.*

15

Der Speisesaal war voller Adliger und Dienstboten, die allesamt meine vermutlich recht zahlreichen Fehltritte miterleben würden. Ebb und ich waren das Besteck und diverse Anredeformen durchgegangen, aber ich konnte mir noch nicht alles merken.

Leider konnte sie beim Essen nicht bei mir bleiben.

Ich schloss die Augen und dachte wieder an Zadie, daran, was sie zu mir sagen würde, wenn sie hier wäre. Ich suchte nach der inneren Stärke, die ich ihr zufolge besaß, aber ich fühlte mich nur leer, hohl, wie die Hülle des Mädchens, das geglaubt hatte, für eine Welt bestimmt zu sein, die größer war als diejenige, die sie kannte. Ich wünschte, ich hätte irgendetwas von Zadie mitgenommen, an dem ich mich festhalten konnte. Etwas Greifbareres als Erinnerungen.

Ein Bediensteter führte mich zu meinem Platz, der, wie befürchtet, derselbe war wie beim Mittagessen. Ceren würde für wer weiß wie lange an meiner Seite sitzen. Einige der Anwesenden folgten meinem Beispiel, traten an den Tisch und nickten mir ernst zu.

Ein paar Minuten später kam auch Ceren herein. Sein Haar

war offen und fiel ihm bis auf die Brust. Ich empfand seine Hellhäutigkeit zwar als seltsam, aber auch als faszinierend. Es war, als hätte man ihn aus weißem Stein gemeißelt. Und da war etwas an ihm – die Aufmerksamkeit in seinem Blick, die Spannung in seiner Haltung –, was auf seine Intelligenz hindeutete.

Jeder im Raum, auch ich, knickste oder verbeugte sich, doch ich musterte ihn unter den gesenkten Wimpern hervor. Er wirkte gelangweilt, so als wäre er lieber wieder in seinem Studierzimmer, um an was auch immer zu arbeiten.

Dann fiel sein Blick auf mich, und dieses Funkeln kehrte in seine Augen zurück, ein scharfer Ausdruck, der mir nicht gefiel. Er kam auf mich zu geschlendert und nahm meine Hand, um wieder mit den Lippen darüberzustreifen. Sie fühlten sich fest und trocken auf meiner Haut an.

»Ihr seht bezaubernd aus, Mylady.«

Eine Antwort darauf geben zu müssen blieb mir erspart, da ein plötzlicher Luftzug signalisierte, dass noch jemand den Saal betrat. Der König, umgeben von Edelleuten, schlurfte langsam herein, wobei er unter seinen gewaltigen Fellmänteln nur umso jämmerlicher wirkte. Es war ein Wunder, dass er überhaupt laufen konnte. Er hatte einen goldenen Stab in der Hand, der vermutlich ein Schmuckstück sein sollte, den der König aber zweifellos brauchte, um sich darauf zu stützen. Der Gang von der Tür bis zu seinem Platz war glücklicherweise kurz, und er ließ sich auf seinen Stuhl fallen, gerade, als noch jemand eintrat.

Es war Prinz Talin. Entsetzen packte mich, aber gleichzeitig ertappte ich mich dabei, wie ich den Hals reckte, um einen besseren Blick zu bekommen. Es lag nicht nur daran, dass er gut aussah, er fiel an diesem Ort auf wie ein Papageifisch in einem Schwarm grauer Meerbarben. Er trug ein mitternachtsblaues Wams und sein braunes Haar lockte sich über dem hohen Kragen.

Ich entzog Ceren meine Hand, da er mich immer noch nicht losgelassen hatte, und fühlte, wie er sich neben mir anspannte.

»Rotfeuerfisch«, flüsterte er mir ins Ohr.

Steinfisch, dachte ich im Gegenzug.

Ich straffte mich, als sich Talin unserem Tischende näherte. Ich hatte keine Ahnung, wo der zweite Sohn eines Königs saß, obwohl es doch nur einen Platz am Kopf und einen am Fuß der Tafel gab. Hinter den meisten Stühlen standen bereits Adlige, doch der zu meiner Linken war noch frei – eine glückliche Fügung, da sich die Narbe auf meiner rechten Wange befand.

Er verbeugte sich, als er mich erreichte, wohingegen ich knickste und mich dabei endlich ein wenig stabiler fühlte. Die Brüder begrüßten einander kühl. Als sie sich setzten, nahmen auch alle anderen ihre Plätze ein, und ich begriff, dass ich viel näher bei Talin saß als bei Ceren. Der König und sein Erbe hatten die Tischenden für sich allein, wohingegen die Stühle an den Seiten eng nebeneinanderstanden, um so viele Gäste unterzubringen.

»Wie gefällt es Euch bisher in Ilara?«, fragte Talin mit gedämpfter Stimme.

Ich warf ihm einen Seitenblick zu und versuchte, mir vorzustellen, wie sich Zadie in dieser Situation verhalten würde. »New Castle ist ein interessanter Ort«, antwortete ich, weil meine Schwester niemals das Heim eines anderen beleidigen würde. »Wie ich sehe, habe ich allerdings noch viel über Euer Volk und seine Lebensart zu lernen.«

Ich spürte, dass Ceren zu hören versuchte, worüber wir uns unterhielten, aber das Geplauder im Saal war zu laut.

»Es ist nun Euer Volk«, kommentierte Talin.

Diese Menschen hier waren ebenso wenig mein Volk, wie die Varenianer Prinz Cerens Volk waren, aber ich nickte trotzdem. Ich wollte ihn nach seinem Aufenthalt in Varenia fragen, ich wollte wissen, warum er uns nicht gesagt hatte, dass er ein Prinz war. Ich wollte wissen, ob er mich erkannt hatte. Ich wollte wissen, ob er nach seiner Abreise an mich gedacht hatte oder ob ich nur ein unwesentliches Detail in seinem Bericht für Ceren über Varenia gewesen war.

Lächerlicherweise ertappte ich mich dabei, dass ich ihm außerdem die Haarsträhne aus der Stirn streichen wollte, die ihm vor die Augen gefallen war.

Doch das konnte ich nicht. Er musste glauben, dass ich Zadie war, denn ich würde seinen Bruder heiraten müssen.

Ich zitterte und wünschte, ich hätte ein wärmeres Kleid angezogen.

»Ihr seht wunderschön aus«, sagte er so leise, dass ich mich fragte, ob ich es mir vielleicht nur eingebildet hatte.

Obwohl mich das Kompliment freute, durfte ich ihm nicht in die Augen sehen, da ich wusste, dass Ceren uns beobachtete. »Danke.«

»Wie geht es Eurer Familie?« Er lehnte sich leicht zurück, während einer der Bediensteten seinen Weinkelch füllte.

»Ich bin nicht sicher.« Was geschah zwischen Sami und Zadie? Hatte Mutter ihr schon vergeben? Hatte sie mir vergeben? Waren sie hungrig, oder konnte Vater genug Fisch fangen, um sie zu ernähren?

»Aber es ging ihnen gut, als Ihr abgereist seid?«

Ich zuckte mit den Schultern. »So gut, wie man eben erwarten kann.«

»Nor muss sehr traurig gewesen sein, Euch gehen zu sehen.«

Unwillkürlich sah ich ihn an. In seinem Blick lag nicht einmal der Hauch eines Zweifels. Wenn er wüsste, dass ich Nor war, dann würde er doch sicher etwas sagen. »Es hat ihr das Herz gebrochen.«

»Das tut mir leid. Ich kann mir nur vorstellen, was für ein Verlust das sein muss.«

Ich schloss die Augen, um die Tränen zurückzuhalten. Es war das erste Mal, dass jemand hier zugab, dass es ein Opfer war, nach Ilara zu kommen. »Es hat mich tieftraurig gemacht, vom Tod Eurer Mutter zu erfahren. Ich hätte sie gern kennengelernt.«

»Sie hätte Euch wie eine Tochter behandelt.« Seine Stimme war schwer vor Mitgefühl, etwas, das ich hier niemals erwartet hätte. Er konnte nicht wissen, wie sehr mich seine Worte gleichzeitig freuten und traurig machten.

»Das hätte mich sehr gefreut«, brachte ich heraus.

Am Ende des Tisches gab es einen kleinen Aufruhr, als sich der König mithilfe eines kräftigen Lords erhob und den Kelch zu einem Trinkspruch hob. Als er von »unserer schönen zukünftigen Königin« sprach, wandten sich Hunderte von Köpfen mir zu.

Ich stand auf, hob ebenfalls den Kelch und murmelte einen kaum hörbaren Dank. Als ich mich wieder auf meinen Stuhl sinken ließ, rutschte ich mit der schweißnassen Hand von der Lehne ab und kippte zur Seite. Rasch umfasste Talin meinen Arm und richtete mich wieder auf.

»Ich würde es ja auf den Wein schieben, aber Ihr habt Euren noch nicht mal angerührt«, sagte er.

»Ich bin nur nervös.« Ich blickte auf seine Hand, die immer noch auf meinem Arm ruhte. »Das alles ist so neu für mich.«

Er beugte sich näher zu mir, damit ich ihn über das Stimmengewirr hinweg verstehen konnte, und ich atmete ein, so leise ich konnte. Er *roch* nach Sonnenlicht, nach frischer Luft und lebendigen Dingen. »Meine Mutter hat sich bei diesen Abendessen auch nie wohlgefühlt. Sie hat nicht oft über Varenia gesprochen, aber ich wusste es immer, wenn sie an ihr Zuhause gedacht hat.«

Zuhause. Ein viel zu kleines Wort für alles, was es bedeutete: das Meer, unser Haus, meine Eltern, Zadie. Warum hatte ich fortgewollt?

»Hat sie sich hier jemals zu Hause gefühlt?«, fragte ich und suchte seinen Blick. »Hat sie jemals hierhergehört?«

Er runzelte die Stirn. »Ich fürchte, darauf weiß ich keine Antwort.« Er sprach noch leiser und löste langsam seinen Griff. Seine Finger hinterließen Wärme auf meiner Haut, im Gegensatz zu der Kälte, die ich nach Cerens Berührung empfunden hatte. »Es wäre klug, wenn Ihr Euch weniger mit mir und dafür mehr mit meinem Bruder unterhalten würdet. Er ist nicht sehr angenehm, wenn er eifersüchtig wird.«

»Ist er denn jemals angenehm?« Die Worte waren heraus, bevor ich sie zurückhalten konnte. »Es tut mir leid, das habe ich nicht so gemeint.«

Kleine Fältchen erschienen in Talins Augenwinkeln und seine Lippen formten sich zu einem kaum wahrnehmbaren Lächeln. »Das dürfte interessant werden«, sagte er, dann richtete er sich auf seinem Stuhl auf und wandte sich an die Dame an seiner anderen Seite.

Ich verbrachte den Großteil des Mahls damit, den Unterhaltungen um mich herum zu lauschen, ohne daran teilhaben zu können. Ceren nippte an seinem Wein und kostete das Essen, aber er fand eindeutig keine Freude daran. Der Blick seiner kalten Augen wanderte durch den Raum, und mir graute vor dem Moment, in dem seine Aufmerksamkeit auf mir landen würde.

Ich hatte den Überblick über die Anzahl der Gänge verloren, als schließlich zwei Bedienstete mit einer Platte erschienen, die sie genau vor mir abstellten. Darauf thronte ein gewaltiger Kuchen, so groß wie eine riesige Meeresschildkröte. Alle wandten sich neugierig um, als sich Ceren erhob und hinter mich trat.

»Der hier wurde extra für Euch gebacken«, raunte er mir ins Ohr. »Gefällt er Euch?«

Seine rechte Wange strich über meine linke, wodurch er mir den Blick auf Talin versperrte. Seine Haut fühlte sich kühl und glatt auf meiner brennenden Wange an. »Ja«, antwortete ich. »Danke.«

Ceren griff nach dem filigranen Servierbesteck und schnitt, die Arme um mich gelegt, vorsichtig in das Gebäck, so, wie man es für ein kleines Kind tun würde. Behutsam hob er die Kruste ab, und etwas regte sich in der Dunkelheit im Innern des Kuchens. Alle am Tisch beugten sich ein wenig vor. Ich wollte zurückweichen, aber ich konnte nicht, weil Ceren hinter mir stand.

»Geduld«, sagte er.

Eine schwarze, geflügelte Kreatur schoss schrill kreischend aus dem Loch und flatterte zur Decke empor.

»Das sind Vögel!«, rief jemand, und vereinzelt regte sich Applaus.

Doch ich hatte schon einige Vögel in meinem Leben gesehen, und keiner von ihnen war so geflogen wie dieses Wesen, so unberechenbar und trudelnd. Kurz darauf erschien noch eines der Tiere, mit den kleinen Krallen am Ende seiner ledernen Flügel grub es sich einen Weg frei.

»Nein, das sind Fledermäuse!«, rief einer der Adligen, und die Menge keuchte überrascht. Ein paar der Frauen kreischten entsetzt.

Kurz nachdem die zweite Fledermaus aufgeflogen war, kroch ein ganzer Schwarm – mindestens zwanzig – aus dem Kuchen hervor. Wild flatternd versuchten die Tiere zu entkommen. Einige von ihnen waren mit Sirup bedeckt, was ihnen das Fliegen schwer machte. Kläglich rollten die mit goldener Melasse beschmierten Tiere auf dem Tisch herum, woraufhin einige der Gäste johlten und lachten. Die meisten der Damen schrien und eilten davon und auf einmal kippten überall Weinkelche um.

Ceren blieb vollkommen reglos stehen, seine Arme immer noch links und rechts von mir. Er hielt mich auf meinem Platz fest.

Dem König war es irgendwie gelungen, inmitten dieses Tumults einzuschlafen. Die Dienstboten taten ihr Bestes, um Teller und umgestürzte Kelche aufzuräumen, während sie sich immer wieder unter den Fledermäusen wegducken mussten. Eine Zofe erschien hinter uns und flüsterte Ceren etwas ins Ohr, das ich nicht verstand.

»Ich muss mich um etwas kümmern. Ich komme zurück, so schnell ich kann«, sagte er. »Hoffentlich genießt Ihr Euer Dessert.«

Sobald er den Saal verlassen hatte, sank ich gegen die Stuhllehne. Endlich ließ ein Teil der Anspannung nach, die ich den ganzen Abend über empfunden hatte.

»Ist alles in Ordnung?«, fragte Talin und schob sacht eine klebrige Fledermaus von seinem Wein weg.

Ich seufzte. »Ich glaube schon. Was sollte das? Ist Fledermauskuchen ein traditionelles ilarisches Gericht?«

Er lachte. »Nein. Wir kommen Euch vielleicht etwas seltsam vor, aber ich versichere Euch, *so* seltsam sind wir nun auch wieder nicht. Ich könnte mir vorstellen, dass mein Bruder versucht hat, Euch eine Reaktion zu entlocken.«

»Warum?«

»Es gefällt ihm, andere an ihre Grenzen zu treiben, um ihre Loyalität auf die Probe zu stellen.«

Ich starrte den in sich zusammengebrochenen Kuchen an. »Meine Loyalität? Ich denke nicht, dass ich in dieser Sache eine Wahl habe. Ich gehöre jetzt ihm.«

Talin leerte seinen Kelch, aber ich glaubte nicht, dass er es tat, weil der Wein ihm schmeckte. »Ja, nun. Mein Rat lautet, dass Ihr so tut, als wärt Ihr beeindruckt, wenn er Euch das nächste Mal irgendetwas Abscheuliches oder Abstoßendes zeigt. So gewinnt man seine Zuneigung am schnellsten.«

Ich hatte kein Interesse an Cerens Zuneigung, aber das konnte ich Talin nicht sagen. Trotzdem war es vermutlich sicherer, wenn ich mir meinen Verlobten nicht zum Feind machte.

Am anderen Ende des Saals begann ein Mann auf einem Saiteninstrument zu spielen, dessen Klang ich nur mit einem Klagelied vergleichen konnte. Talin beugte sich zu mir, und ich musste dem Drang widerstehen, näher an ihn heranzurücken. »Man nennt es eine Gambe«, erklärte er. »Es war das Lieblingsinstrument meiner Mutter.«

»Zu Hause haben wir auch Saiteninstrumente, aber sie klingen ganz anders.«

Mit fiel auf, dass seine Augen aufleuchteten, wenn ich Varenia erwähnte. »Es ist schön, mehr von dem Ort zu erfahren, von dem meine Mutter gekommen ist«, sagte er. »Ihre Geschichten über Varenia fehlen mir. Sie haben mir das Gefühl gegeben, ich wäre irgendwie damit verbunden, obwohl ich damals noch nie dort gewesen war.«

»Ich spreche gern darüber. Das macht alles wirklicher für mich und gibt mir das Gefühl, dass dies hier nicht nur ein Traum ist.« *Oder ein Albtraum*, fügte ich stumm hinzu.

Die Musik der Gambe wurde nun schneller und einige der Lords und Ladys erhoben sich zum Tanzen. Talin lächelte mich an. »Ich würde Euch auch zum Tanz auffordern, aber ich fürchte, Ihr würdet Euch dabei nicht wohlfühlen.«

»Danke«, sagte ich, gleichzeitig zufrieden, weil er mit mir tanzen wollte, und dankbar, weil er verstand, warum ich es nicht konnte. »Ich glaube, ich sehe lieber ein paar Minuten lang nur zu.«

Talin nahm meinen Arm und wir schlenderten ans andere Ende des Saals, näher zu den Musikanten. Einige der Damen beobachteten mich und tuschelten hinter ihren Fächern. Zweifellos tratschten sie über mich. Offensichtlich war es in mehr als einer Hinsicht gefährlich, Zeit mit Talin zu verbringen.

»Er benutzt einen Bogen, um die Gambe zu spielen«, erklärte Talin. »Wenn ich das versuchen würde, dann würde es sich natürlich anhören wie eine sterbende Katze, aber begabte Musiker können so die schönsten Melodien erzeugen, die Ihr jemals gehört habt.«

Die Tänzer hatten sich der Musik angepasst und ihr Tempo beschleunigt. Sie drehten sich im Kreis und hielten einander an den Händen. Manchmal gab es auch im Gemeinschaftshaus in Varenia Tanzabende, allerdings hatten Zadie und ich nicht mehr mit den Jungen tanzen dürfen, seit wir keine kleinen Mädchen mehr waren.

Talin sah auf mich herab. »Würdet Ihr es jetzt gern versuchen, nachdem Ihr ein besseres Gefühl für die Schritte bekommen habt?«

Ich fing den Blick einer Frau auf, die an der gegenüberliegenden Wand stand. Irgendetwas an ihr war mir gleichzeitig vertraut und fremd. Trotz ihres prächtigen Kleids und der kunstvollen Frisur schien sie hier so fehl am Platz zu sein, wie ich mich fühlte. Sie musterte mich einen Moment lang, dann sah sie betont auf Talins Arm, der immer noch mit meinem verschränkt war. Kaum wahrnehmbar schüttelte sie den Kopf.

»Ich bin nicht sicher, dass es angemessen ist«, sagte ich schließlich.

»Aus irgendeinem Grund kommt Ihr mir nicht vor wie ein Mädchen, das sich darum sorgt, was angemessen ist.«

Mir krampfte sich der Magen zusammen. Nun war ich sicher, dass er Sami und mich an jenem Abend im Haus des Gouverneurs belauscht hatte und dass er mich trotz meiner modischen Kleider und meiner einstudierten Manieren erkannt hatte. Trotzdem hatte er recht. Ich wollte mit ihm tanzen.

Ohne auf meine Antwort zu warten, führte er mich in die Mitte des Saals. Ein weiterer Edelmann nahm meine freie Hand, und als die Gambe wieder erklang, begannen wir, uns langsam im Kreis zu drehen. Ich versuchte, die anderen Tänzer nachzuahmen, aber ich schien den Rhythmus nicht halten zu können. Zum Glück führten mich die Männer, sodass es kaum eine Rolle spielte, was meine Füße taten.

Die Musik wurde allmählich schneller, genau wie die Tänzer. Die Fledermäuse flogen aus ihren Verstecken und flatterten knapp über die Menge dahin, angestrahlt vom Licht des gewaltigen, mit Mondmoos gefüllten Kronleuchters. In dieser Nacht war Vollmond, begriff ich. Das erklärte, warum alles so hell war.

Der Wein, den ich beim Essen getrunken hatte, stieg mir allmählich zu Kopf. Ich sah Talin an. Er beobachtete mich mit einem Lächeln auf dem Gesicht, die Art von Lächeln, die ein Mädchen vergessen lassen konnte, wie man sich anständig verhielt. Mir war ganz warm, mein Herz schlug schnell unter dem diamantförmigen Ausschnitt meiner Korsage.

Vielleicht war dies der Grund, warum Mutter uns das Tanzen verboten hatte. Die Musik wurde noch schneller, und irgendwie schienen meine Füße die Schritte von selbst zu wissen. Ich legte den Kopf in den Nacken und lachte, mir war so schwindlig, dass ich sicher war, der Raum würde sich auch dann noch weiterdrehen, wenn ich längst stehen geblieben war. Wir wirbelten und wirbelten herum, bis die Musik auf einmal verstummte und ich mich an Talins Wams festhalten musste, um nicht umzufallen.

»Tut mir leid«, sagte ich, als sein Gesicht vor mir auftauchte.

»Muss es nicht.«

Seine Brustmuskeln spannten sich unter meiner Handfläche, während er versuchte, wieder zu Atem zu kommen, und auch ich rang eingezwängt in mein Korsett nach Luft. Er fühlte sich so fest und sicher an, dass ich meine Umgebung für einen Moment vergaß. Langsam lehnte ich mich gegen ihn, wie das Flutwasser, das vom Mond angezogen wurde.

»Seht Ihr, Mylady? Es ist nicht nur ein Traum.«

Meine Wangen flammten auf unter seinem Blick. »Nicht?«

Cerens Stimme, die hinter mir erklang, klärte meine Sinne augenblicklich wieder. »Da seid Ihr ja, meine Perle.«

Ich fuhr herum und sank in einen Knicks. »Euer Hoheit.«

Sein Lächeln wirkte angestrengt. »Es ist schon spät, und ich glaube, Ihr hattet ein wenig zu viel Wein.« Erwartungsvoll hielt er mir den Arm hin.

Ich nickte und knickste rasch vor Talin. »Gute Nacht.«

Er verbeugte sich, und sein gewelltes, leicht feuchtes Haar fiel ihm in die Stirn, was mich an den Abend erinnerte, an dem wir uns zum ersten Mal begegnet waren. »Gute Nacht, Mylady. Es tut mir leid, dass Ihr nicht länger bleiben könnt.«

Mir auch. Einen Moment lang wünschte ich mir, ich könnte seinem Bruder die Wahrheit darüber sagen, wer ich war, damit Ceren mich nicht heiraten konnte. Doch Ceren zog fest und nachdrücklich an meinem Arm, und während ich davonging, begriff ich, dass ich dem Teil in mir, der bleiben wollte, nie wieder nachgeben durfte.

16

Cerens Griff wurde noch fester, während er mich den Gang entlang in Richtung meiner Gemächer zog. »Was habt Ihr Euch dabei gedacht?«, fuhr er mich an, als wir meine Tür erreicht hatten. »Vor allen Augen mit meinem Bruder zu tanzen, bevor ihr mit mir getanzt habt?«

»Es tut mir leid«, stotterte ich. »Ich wusste nicht. Er hat gesagt …«

»Es ist mir egal, was er Euch gesagt hat. Hat das Meerwasser Euer Hirn aufgeweicht? Ihr müsst doch bemerkt haben, wie die Leute Euch angestarrt haben.«

Mein Kopf begann vom Wein zu pochen, und mein Arm tat weh, wo Ceren mich noch immer gepackt hielt. Als er sah, wie ich das Gesicht verzog, ließ er mich los. Ich wich einen Schritt zurück. Ich wollte ihm genauso wehtun, wie er mir wehgetan hatte, aber ich musste daran denken, was Zadie jetzt tun würde. Ich musste mich verhalten, wie Mutter es von mir erwarten würde. Andernfalls würde ich es noch fertigbringen, dass man mich umbrachte, bevor ich etwas Nützliches herausgefunden hatte.

Ich senkte den Kopf. »Bitte verzeiht mir.«

Er stieß einen langen Atemzug durch die Nase aus. »Ich nehme an, es war nicht Eure Schuld. Obwohl ich Euch vor meinem Bruder gewarnt habe.«

Ich nickte. »Das habt Ihr. Ich verstehe jetzt, was Ihr gemeint habt. Ich werde in Zukunft besser aufpassen.«

Er nahm meine Hände. »Ist Euch kalt? Eure Finger sind wie Eis.«

Sein Ton war so verändert, dass ich unwillkürlich blinzelte. Meine Hände waren kalt vor Angst, doch ich wollte nicht, dass er mich für schwach hielt. »Ich habe mein Cape im Speisesaal vergessen. Ich werde Ebb bitten, es mir später zu bringen.«

»Nun gut. Ich verlasse Euch jetzt. Gute Nacht, Mylady.«

»Gute Nacht.«

Ich eilte in mein Gemach, wo Ebb gerade dabei war, mein Nachthemd aufs Bett zu legen.

»Ist alles in Ordnung, Mylady?«, fragte sie, als sie mein Gesicht sah. »Ist etwas passiert?«

»Ich habe etwas Dummes getan und den Preis dafür bezahlt. Nächstes Mal weiß ich es besser.« Ich setzte mich auf den Hocker vor der Frisierkommode, und sie begann, mein Haar zu lösen. Während sie meine Kopfhaut massierte, spürte ich, wie ein Teil der Angst von mir abfiel. Ceren hatte mir im Grunde nichts getan, und ich konnte mir vorstellen, dass es *wirklich* übel ausgesehen hatte, wie ich mit seinem Bruder tanzte, während er nicht da war.

»Warum verstehen sich die Prinzen nicht?«, fragte ich. »Ist zwischen ihnen irgendetwas vorgefallen?«

Nervös blickte Ebb zu dem kleinen Loch in der Wand.

Ich griff nach einem Taschentuch und stopfte es in die Öffnung. »Besser?«

Sie seufzte und wies mich mit einer Geste an, mich wieder

auf den Hocker zu setzen. »Nach dem, was ich gehört habe, war Ceren immer ein schwieriges Kind. Seine Mutter Königin Serena, möge sie in Frieden ruhen, war eine schöne ilarische Dame, in die sich König Xyrus schon in sehr jungen Jahren verliebt hatte. Doch Serena war zart und zerbrechlich, und Xyrus' Vater König Lazar drängte Xyrus dazu, eine varenianische Braut zu wählen, obwohl er selbst keine geheiratet hatte.«

König Lazar musste also der König sein, der sich geweigert hatte, das Ersatzmädchen aus Varenia zu heiraten – der Mann, der uns von der Wasserversorgung abgeschnitten hatte. Ich sah Ebb im Spiegel an und hob eine Braue. »Was ist aus dem varenianischen Mädchen geworden, das hergeschickt wurde, um Lazar zu heiraten?«

Sie senkte den Blick. »Es steht mir nicht zu, darüber zu sprechen.«

Ein saures Gefühl breitete sich in meinem Magen aus. Ceren hatte gesagt, dass die Königinnen hier auf New Castle nicht allzu viel Glück zu haben schienen. Ich konnte mir nicht vorstellen, dass eine zurückgewiesene Prinzessin besser dran sein sollte.

»Jedenfalls hat sich König Xyrus den Wünschen seiner Eltern widersetzt und Lady Serena geheiratet, die bei der Geburt von Prinz Ceren starb«, fuhr Ebb fort. »Ein Jahr später folgte die Hochzeit mit Königin Talia, die als Edeldame im Schloss lebte.«

»Aber warum wurde Talia überhaupt hierhergeschickt, wenn König Xyrus doch schon in Serena verliebt war?«

»Um Xyrus von ihr fortzulocken, glaube ich. Lazars Befürchtung, dass Serena eine Geburt nicht überleben würde, war durchaus begründet gewesen. Nachdem König Xyrus dann aber Königin Talia geheiratet hatte, schien es aufwärtszugehen, und kurz darauf wurde Prinz Talin geboren. Selbst die Gesundheit des Königs schien sich zu bessern. Sie war eine freundliche und gütige Königin, die oft die ärmsten der Dorfbewohner besuchte und ihnen Decken und Essen brachte.«

»Dann durfte sie New Castle also verlassen?«, fragte ich überrascht.

»Natürlich, Mylady. Der König liebte sie so sehr, dass er sie überall hätte hingehen lassen.«

»Auch nach Varenia? Hätte er ihr erlaubt, dorthin zu gehen?«

Ebb schüttelte den Kopf und ließ die Haarnadeln in eine kleine Porzellanschale fallen. »Oh, nein. Der König ist sehr abergläubisch, was Varenia betrifft. Alle Adligen sind es. Außer Prinz Talin.«

Das musste der Grund dafür sein, warum Talin derjenige gewesen war, den man nach Varenia geschickt hatte. »Warum?«

»Wegen Prinzessin Ilara.«

»Aber das ist doch lächerlich. Sie ist vor Hunderten von Jahren gestorben.« Mir fiel wieder ein, wie Ebb auf der Brücke die Luft angehalten hatte. »Ist das der Grund dafür, warum du Angst vor dem Wasser hast? Weil Ilara ertrunken ist?«

»Ich habe keine Angst vor Wasser«, gab sie ein wenig beleidigt zurück. »Jedenfalls nicht vor kleinen Mengen. Aber große Gewässer sollte man besser meiden. Das weiß jeder in Ilara. Ich hatte eine kleine Cousine, die gestorben ist, weil sie einem Ball hinterhergelaufen ist, der in einen See gerollt ist.«

»Und du glaubst, dass die Wassergeister sie geholt haben?«

»Natürlich, Mylady. Was denn sonst?«

Wahrscheinlich war das Kind ertrunken, weil es einfach nicht schwimmen konnte. In Varenia wurden wir buchstäblich im Wasser geboren. Sich vor dem Ozean zu fürchten wäre, als würden wir uns vor der Luft fürchten, die wir atmeten. Doch Prinzessin Ilaras Geschichte war fest mit der varenianischen Kultur verwoben, sogar jetzt noch. Wahrscheinlich war es nur natürlich, dass es hier, in Ilara selbst, nicht anders war.

»Wer hat Ceren großgezogen, nachdem seine Mutter gestorben ist?«

»Hauptsächlich seine Ammen, allerdings hat auch die Königin Zeit mit ihm verbracht. Sie hat nie zugelassen, dass sich jemand anderes um Talin kümmert. Sie war seine ganze Kindheit über mit ihm zusammen. Ich habe noch nie einen Sohn gesehen, der von seiner Mutter so geliebt worden ist.«

Das erklärte Cerens Eifersucht. Er hatte ohne eine Mutter aufwachsen müssen, wohingegen sein Bruder Talia hatte. Ich empfand einen Hauch von Mitgefühl für Ceren. »Danke, dass du mir das erzählst, Ebb.«

»Natürlich, Mylady.« Sie half mir dabei, das Nachthemd anzuziehen, und flocht mein Haar zu einem losen Zopf. »Gibt es sonst noch etwas, das ich für Euch tun kann?«

»Heute Abend war eine Frau im Speisesaal. Sie kam mir irgendwie vertraut vor.« An der Angst in Ebbs Augen erkannte ich, dass ich versehentlich wieder zu dem Thema zurückgekehrt war, das sie lieber vermieden hätte. »Sie war das zurückgewiesene varenianische Mädchen, nicht wahr?«

Ebb seufzte und sah wieder zu dem Loch in der Wand hinüber. »Ja. Ihr Name ist Lady Melina.«

Dann war *Melina* also das Ersatzmädchen, wegen dem die Varenianer vor zwei Generationen so grausam bestraft worden waren und so viele Kinder verdurstet waren. Cerens Großvater König Lazar hatte sie nicht geheiratet, trotzdem war sie noch hier. Vierzig Jahre später.

»Ich würde gern mit ihr sprechen«, sagte ich vorsichtig. »Kannst du ein Treffen arrangieren?«

Ebb wirkte verunsichert. »Ich kann es versuchen, aber ich sollte Euch wohl warnen – Prinz Ceren hat Lady Melina nie gemocht.«

»Warum nicht?«

»Er findet ihre Anwesenheit bei Hofe ... unpassend.«

Mir stieg das Blut in die Wangen vor Zorn. »Warum? Weil sie Varenianerin ist?«

Ebb schüttelte den Kopf und kniete sich vor mich. »Nein, Mylady.« Sie senkte die Stimme zu einem Flüstern. »Weil sie König Lazars Mätresse war.«

Meine Wut verwandelte sich in Abscheu. Melina war also nicht gut genug gewesen, um Königin zu werden, aber das Bett des Königs hatte sie trotzdem wärmen dürfen? »Das sagt wohl kaum etwas über sie aus. Ich möchte sie treffen. So früh wie möglich.«

Ebb biss sich auf die schmale Unterlippe. »Ich kann es versuchen, aber leicht wird es nicht. Sie hält sich im Schatten. Manchmal taucht sie plötzlich auf, obwohl man keine Ahnung hatte, dass sie überhaupt im Raum ist.«

Wenn sich Melina lieber in den Schatten aufhielt, dann musste ich sie vielleicht genau dort aufsuchen. »Wir treffen uns an irgendeinem unverdächtigen Ort, wenn der Prinz beschäftigt ist. Ich verspreche dir, dass ich vorsichtig sein werde.«

»Ich bin froh, das zu hören. Ich möchte nur das Beste für Euch.«

Ich beugte mich vor, sodass sie mir in die Augen sehen musste. »Und du glaubst, dass Prinz Ceren das Beste für mich wäre?«

Ebb errötete. »Ich glaube, es wäre das Beste für Euch, ihn nicht zu verärgern, Mylady.«

Dagegen konnte ich nichts sagen.

Nachdem Ebb gegangen war, schloss ich die Vorhänge, die vor den kleinen Alkoven mit den gläsernen Mondmooslaternen hingen. Im Raum war es zu hell, um zu schlafen, und das Licht beschien die seltsamen Kreaturen, die ins Holz geschnitzt und in die Wandteppiche gewoben worden waren.

Ich holte mir eine der Laternen und hielt sie an den Wandteppich neben meinem Bett. Was ich für einen formlosen blauen Fleck gehalten hatte, war in Wahrheit ein See, mit winzigen Stichen aufgestickt. Auf einem Felsen neben dem Wasser saß eine junge Frau und kämmte sich das Haar. Etwas Dunkles und Schlangenhaftes lauerte unter der Wasseroberfläche. Es hatte einen Menschenkopf, doch der Mund war voller scharfer Reißzähne.

Ein lautes Klopfen kam von der Tür und fast hätte ich vor Schreck die Laterne fallen gelassen. Ich lachte über mich selbst und stellte die Laterne zurück in den Alkoven. Ich lächelte immer noch, als ich die Tür öffnete, in der Annahme, es wäre Ebb, die etwas vergessen hatte. Stattdessen stand Ceren auf der Schwelle, sein Gesicht so blass wie das Kerzenwachs in der Dunkelheit des Korridors.

»Euer Hoheit«, sagte ich und knickste. »Was tut Ihr hier?«

Er schob sich an mir vorbei ins Zimmer und schloss die Tür hinter sich. »Euer Cape«, sagte er und reichte mir den Fellumhang, den ich im Speisesaal vergessen hatte.

»Danke.« Ich drückte mir das Fell an die Brust, um den dünnen Stoff meines Nachthemds zu verbergen.

Ceren zog einen der Vorhänge wieder auf, woraufhin der Raum in unheimliches blaues Leuchten getaucht wurde. »Es ist Vollmond«, sagte er geistesabwesend. »Man sagt, dass seltsame Dinge bei Vollmond geschehen.«

Ich blieb, wo ich war, neben der Tür. »Sagt man das?«

Rasch kam er auf mich zu. Ich drückte mich mit dem Rücken gegen die Tür, als er meine Hände in seine nahm. Das Cape fiel zu Boden. »Es tut mir leid, dass ich Euch vorhin schlecht behandelt habe, aber Ihr müsst verstehen, dass es hier Leute gibt, die uns die ganze Zeit beobachten. Die Lords und Ladys ... sie reden gern, sie tratschen. Wenn ich eines Tages ihr König werde, dann müssen sie mich respektieren.« Seine silbernen Augen schimmerten blassblau im Licht des Mondmooses.

»Natürlich. Das verstehe ich.«

Er hielt mich noch einen Moment länger fest, dann ließ er meine Hände sinken und trat einen Schritt zurück. Ich atmete die angehaltene Luft aus, wich hastig von der Wand zurück und näherte mich dem Bett.

Ceren wandte sich zum Gehen, drehte sich dann aber noch einmal schwungvoll zu mir um. Sein langes Haar umwehte ihn. »Der Kuchen.«

»Der ... der Kuchen?«

»Ihr habt mir gar nicht gesagt, ob er Euch gefallen hat.«

Talin hatte mir den Rat gegeben, so zu tun, als wäre ich beeindruckt, wenn ich Cerens Zuneigung gewinnen wollte. Ich sehnte mich genauso wenig nach seiner Zuneigung wie nach einem weiteren Fledermauskuchen, aber ich wollte, dass er ging. »O ja!«, rief ich so fröhlich, wie ich nur konnte. »Er war wirklich ... einzigartig.«

Ceren nickte und schien zufrieden zu sein. »Gut. Es war nicht leicht, so viele Fledermäuse zu fangen. Außerdem haben wir noch einige während des Backvorgangs verloren.«

Ich versteckte meine Grimasse hinter meiner Hand. Ich war nicht zimperlich, aber unschuldige Wesen nur zu Unterhaltungszwecken zu quälen, das konnte ich nicht entschuldigen. »Vielleicht füllt Ihr den Kuchen beim nächsten Mal mit etwas weniger … Lebendigem.« Ich gab mir Mühe, charmant zu lächeln. »Die anderen Damen sind ein wenig hysterisch geworden.«

»Aber Ihr nicht. Ihr seid aus härterem Holz geschnitzt als sie, nicht wahr?« Bewundernd musterte er mich, dann küsste er mir die Hand und verließ das Zimmer, wobei er mich verwirrt und nervös zurückließ.

Zu meiner Erleichterung war Ceren am nächsten Tag verschwunden. Einer der Dienstboten verriet Ebb, dass er New Castle verlassen hatte, um sich weitere Vorräte für seine Experimente zu besorgen. Sofort bat ich Ebb, ein Treffen mit Lady Melina zu arrangieren. So gern ich mich auch in meinem Schlafgemach versteckt hätte, um den Blicken der Höflinge zu entgehen, mir blieb nicht mehr viel Zeit, um Informationen für Sami zu sammeln. Außerdem war alles, was mich von der Tatsache ablenkte, dass ich Ceren heiraten musste – vielleicht schon sehr bald –, willkommen.

Ebb zögerte, aber schließlich hatte ich sie davon überzeugt, dass es ungefährlich war, da der König seine Gemächer noch immer nicht verließ und Ceren nicht da war. Gegen Abend ließ sie sich endlich dazu überreden, mich für ein Treffen in die Bibliothek zu bringen.

Die Bibliothek war eine unfertig gestaltete Höhle, die Ebb zufolge kaum benutzt wurde, aber ich fand sie schön. Die Decke war in ihrem ursprünglichen Zustand belassen worden und wurde von Steinsäulen gestützt. Es gab Wendeltreppen an beiden Seiten des bearbeiteten Raums, obwohl sie eigentlich überflüssig waren, denn die oberen Regalreihen waren leer. Um die Bücher vor Feuchtigkeit zu schützen, gab es in diesem Raum mehr Oberlichter als in jedem anderen, den ich bisher gesehen hatte. Ich wartete unter einem der Lichter auf Melina, um so viel Sonne aufzusaugen, wie ich nur konnte.

Lady Melina kam allein. Sie musste etwa sechzig Jahre alt sein, doch abgesehen von ein paar grauen Strähnen im Schwarz ihres Haars wirkte sie nicht älter als meine Mutter. Ihre Haut war blass von so vielen Jahren auf New Castle, aber sie war ohne jede Frage immer noch schön.

»Hallo, mein Kind«, sagte sie, als wir uns auf einer mit Kissen bedeckten Bank niederließen.

Seit meiner Abreise aus Varenia hatte mich niemand mehr »mein Kind« genannt, und überrascht stellte ich fest, wie sehr es mir gefehlt hatte. »Lady Melina.«

»Gewöhnst du dich allmählich an das Leben hier im Berg?«

Ich hielt den Blick gesenkt und starrte den Spitzenbesatz meiner Ärmel an. Sie war zwar nicht alt genug, um zu den Ältesten zu gehören, aber sie verdiente zweifellos meinen Respekt. »Ja, es geht sehr gut, danke.«

»Und wie gefällt dir dein zukünftiger Ehemann?«

Sie stellte mich auf die Probe, prüfte mich. Ich wusste nicht, ob ich Lady Melina trauen konnte, doch im Moment war sie das, was einer Verbündeten für mich am nächsten kam. »Er ist sehr … ungewöhnlich«, antwortete ich vorsichtig. »Ich weiß noch nicht, was ich von ihm halten soll.«

»Ich nehme an, dir wird nach der Hochzeit jede Menge Zeit bleiben, das zu entscheiden.«

Unwillkürlich verzog ich den Mund bei dem Wort »Hochzeit«, aber ich fasste mich rasch wieder. »Natürlich.«

»Wenn du jedoch mich fragst, ist der Junge durch und durch verdorben«, murmelte sie.

Endlich sah ich auf. »Prinz Ceren?«, flüsterte ich, überrascht von ihrer Offenheit. Sie musste meine Reaktion bemerkt haben.

Ihre Augen wiesen ein tiefes Blauviolett auf, das von ihrem schwarzen Haar und dem dunklen Kleid noch betont wurde. »Er ist gewalttätig und unberechenbar. Diese kleinen Lords und Ladys hier, sie glauben, sie wären nicht in Gefahr, weil sie so viele sind. Sie glauben, sie wären wie ein Fischschwarm, sicher vor dem Hai, der sie umkreist, aber irgendwann schnappt der Hai zu und verschlingt einen von ihnen, bevor die anderen Fische überhaupt begreifen, was passiert ist. Ich habe es schon so oft gesehen. Ein Edelmann sagt etwas, das dem Prinzen nicht gefällt, eine der Damen beleidigt ihn auf irgendeine Weise, und am nächsten Tag sind sie verschwunden und tauchen nie wieder auf. Es ist alles so sauber und still ... bis man selbst gefressen wird.«

Ihre Worte entsetzten mich. Ich war dankbar für ihre Ehrlichkeit, aber das war noch viel schlimmer, als ich mir hätte vorstellen können. »Sie werden doch sicher nur zurück zu ihren Familien geschickt?«

»Vielleicht. Das ist es jedenfalls, was die anderen glauben wollen. Menschen sind für diesen Jungen allerdings höchst entbehrlich.«

Für diesen Jungen. Sie verabscheute ihn ganz eindeutig. »Was ist mit Euch passiert, nachdem der König herausgefunden hat, dass Ihr nicht die Auserwählte wart?«

Ihre violetten Augen weiteten sich. »Man hat es dir erzählt?«

Gern hätte ich ihr meine eigene Geschichte verraten – das schien nur fair, denn schließlich fragte ich sie gerade nach ihrer, aber wir waren einander gerade erst begegnet. Es wäre dumm, anzunehmen, dass ich ihr vertrauen konnte. »Nur, dass der König die Wahrheit herausgefunden und unser Volk bestraft hat.«

Lady Melina erhob sich und begann auf dem Webteppich auf und ab zu gehen. Mir fielen ihre nackten Zehen auf, die unter dem Rocksaum hervorblitzten, und bei dieser Erinnerung an zu Hause zog sich mir das Herz zusammen. Auch wenn ich nicht begriff, wie sie die Kälte der Steinböden ertragen konnte. »Als Lazar sah, dass ich nicht das Mädchen auf dem Porträt war, wurde er furchtbar wütend, obwohl ich ihm zahllose Male erklärte, was geschehen war.« Ihr Ton war voller Bitterkeit. »Er sagte, er könne niemanden heiraten, der so unwürdig sei. Also hat er stattdessen eine ilarische Adlige geheiratet, Varenia von der Wasserversorgung abgeschnitten und mich zu seiner Mätresse gemacht.«

Mir wurde übel bei dieser Erzählung. »Warum hat er Euch nicht einfach nach Varenia zurückgeschickt?«

Sie schüttelte den Kopf. »Ich glaube, er wollte Ilaras Beziehung zu Varenia nicht aufgeben. Außerdem hat ihm sein Stolz zwar verboten, mich zu heiraten, doch er wollte mich wohl trotzdem für sich selbst haben.«

»Es tut mir leid.«

»Ich muss dir nicht leidtun, mein Kind. Lazar war nie grausam zu mir persönlich, und Prinz Ceren ist viel schlimmer, als es sein Großvater war. Er wird der Tod Varenias sein, das versichere ich dir.«

»Was meint Ihr damit?«

Sie hob eine Braue. »Hat er Euch denn noch nicht mit in sein Studierzimmer genommen?«

»Doch. Und?«

»Er arbeitet nicht seit einem Jahr an seiner kleinen Apparatur, damit er sich mit den Fischen anfreunden kann. Er glaubt, dass das, was auch immer nicht mit ihm stimmt, durch die varenianischen Perlen geheilt werden kann, wenn er nur genug davon bekommt. Er weiß außerdem, dass er unser Volk nur bis zu einer gewissen Grenze treiben kann, bevor es verhungert oder, schlimmer, revoltiert.«

»Aber Ceren kommt mir vollkommen gesund vor«, sagte ich verwirrt.

»Es ist dieser Berg.« Sie hob den Blick zur Decke. »Irgendetwas daran tötet die Angehörigen der ilarischen Königsfamilie schon in jungen Jahren.«

»Ich könnte mir vorstellen, dass es das fehlende Sonnenlicht und der Mangel an frischer Luft sind.«

Sie stieß ein ungeduldiges Seufzen aus. »Du hast den König gesehen, Kind. Er ist zwei Jahrzehnte jünger als ich, aber er sieht aus, als wäre er tausend. Es ist mehr als das.«

»Dann hat Ceren also Angst davor, dass er so enden wird wie sein Vater?« Lady Melina nickte. »Und er denkt, dass er die Perlen selbst ernten kann, mit einem Sack und einem Schlauch?«

Sie lachte über mein ungläubiges Gesicht. »Wenn du mir nicht glaubst, dann sieh es dir selbst an. Er testet das Ding nachts. Aber sei vorsichtig. Seine Spione sind überall.« Damit wandte sie sich zur Tür. »Was auch der Grund dafür ist, dass wir uns nicht noch einmal treffen sollten.«

Ich stand auf und eilte ihr nach. »Aber Ihr seid die Einzige, mit der ich wirklich reden kann. Können wir uns nicht in Euren Gemächern treffen?«

Lady Melina ging raschen Schritts weiter. »Dich in meine Gemächer einzuladen wäre, als würde man direkt ins Maul des Hais schwimmen.«

»Dann in meinen Gemächern. Oder beim Essen.«

»Prinz Ceren bevorzugt es, mich so wenig wie möglich zu Gesicht zu bekommen, und ich freue mich zu sagen, dass dieses Gefühl auf Gegenseitigkeit beruht. Du darfst es dir allerdings nicht mit ihm verscherzen. Du musst zumindest versuchen, dich gut mit ihm zu stellen, und das erreichst du nicht, indem du dich mit mir triffst, mein Kind. Such dir andere Verbündete am Hof. Du wirst sie brauchen.«

»Verratet mir nur eins«, flehte ich, unfähig, die Verzweiflung aus meiner Stimme herauszuhalten. »Werde ich New Castle jemals verlassen dürfen? Bitte sagt mir, dass es Hoffnung gibt.«

Sie wandte sich zu mir um und richtete ihren bohrenden Blick auf mich. »Es gibt keine Hoffnung, für keinen von uns, Kind. Wir sind in diesem Berg gefangen wie Hummer in einem Käfig, die nur darauf warten, dass der Tod sie holt.«

17

Den nächsten Tag verbrachte ich im Bett und beschäftigte mich damit, abwechselnd in Selbstmitleid zu ertrinken und meine Flucht zu planen. Wenn ich irgendwie zum Markt gelangen konnte, dann würde mich Sami nach Varenia zurückbringen, und wir könnten Gouverneur Kristos alles sagen. Die Tatsache, dass Lady Melina zur Mätresse des Königs und nicht zur Königin gemacht worden war, sollte an sich schon Grund genug sein, dem lächerlichen Pakt mit Ilara ein Ende zu setzen.

Doch dann fiel mir wieder ein, wie schwierig die Reise hierher gewesen war – in einer gepolsterten Kutsche mit einer persönlichen Zofe. Ich würde es niemals allein zum Hafen schaffen. Lady Melina hatte recht. Ich brauchte Verbündete. Die würde ich allerdings nicht gewinnen, indem ich in meinen Gemächern vor mich hin jammerte.

Niemand schien zu wissen, wann Ceren zurückkehren würde, also beschloss ich, das Beste aus der Zeit zu machen, die mir noch blieb. Beim Frühstück des nächsten Tags begann ich eine Unterhaltung mit einer der Damen, die in meiner Nähe saßen. Lady Hyacinth musste etwa zwanzig sein, obwohl ihr gepudertes Haar und ihr hochgeschlossenes Taftkleid sie viel älter wirken ließen. Ebb hatte mir versichert, dass es eine gute Idee wäre, sie kennenzulernen, denn sie gehörte dem Militärrat des Königs an und wusste genau über die Aufstände Bescheid, die es im Königreich gab, besonders im Süden.

Nachdem wir ein paar Höflichkeiten ausgetauscht hatten, lud sie mich zum Tee mit einigen anderen Lords und Ladys in ihre Gemächer ein.

»Wie hübsch Ihr doch seid!«, kommentierte eine der Damen und bot mir an, mich neben sie auf ein dick gepolstertes Brokatsofa zu setzen. »Ich bin einmal an Varenia vorübergesegelt, auf meiner Reise aus Kuven hierher, aber wir waren nicht nah genug, um irgendjemanden zu sehen. Was ganz offensichtlich ein Verlust für uns war.«

Ich errötete und Lady Hyacinth tauschte einen wissenden Blick mit ihren Freunden. »Ich habe euch ja gesagt, dass sie reizend ist. Viel besser als diese schreckliche Lady Melina.«

»Lasst uns kein Wort über sie verlieren«, fiel einer der Lords ein und schüttelte sich übertrieben. »Diese Frau macht mir Angst.«

Ich redete nur, wenn man mich direkt ansprach, und versuchte, so viel Nützliches wie nur möglich in Erfahrung zu bringen, doch offenbar war Lady Hyacinth viel mehr daran interessiert, über die Politik bei Hofe zu sprechen als über die Dinge, die außerhalb des Schlosses vor sich gingen. Einige der anderen Damen waren mit Stricken beschäftigt. Im Berg war es so kalt, dass die Damen, wenn sie nicht gerade beim Essen ihre feinsten Kleider zur Schau stellten, in wollene Kutten und Schals gewickelt herumliefen und Handschuhe trugen. Rasch fand ich heraus, dass Stricken ungefähr genauso lustig war wie das Flicken von Fischnetzen.

Als Ceren am folgenden Tag zurückkehrte, beschloss ich, irgendwie das Thema anzuschneiden, wann ich New Castle verlassen durfte. Selbst wenn ich es diesen Monat noch nicht zum Markt schaffen würde, konnte ich nicht den Rest meines Lebens damit verbringen, mit Lady Hyacinth und ihren Freunden Tee zu trinken und fingerlose Handschuhe zu stricken. Ein paar Wochen, und ich würde verrückt werden.

Vor dem Abendessen bat ich Ebb, mir ein Kleid auszusuchen, das Ceren ihrer Meinung nach gefallen würde. Sie warf mir einen seltsamen Blick zu, tat aber, worum ich sie gebeten hatte. Sie wählte ein schweres, pflaumenfarbenes, ärmelloses Satinkleid mit einem Cape, das beim Laufen wie die Flügel eines Mantarochens hinter mir her wehte. Die Korsage war eng anliegend, aber nicht tief ausgeschnitten, weshalb ich mich in diesem Kleid weniger verletzlich fühlte als in einigen der zarteren Stücke in meinem Schrank.

Ceren kam und bot mir an, mich zum Abendessen zu begleiten. Mir fiel auf, dass seine Wangen einen Hauch Farbe hatten, so als hätte die Zeit jenseits des Bergs ihm gutgetan.

»Ihr seht gut aus heute Abend«, sagte er, während wir Arm in Arm zum Speisesaal gingen.

Ich lächelte. »Gerade habe ich dasselbe über Euch gedacht.«

Doch er erwiderte mein Lächeln nicht, und ich hatte das Gefühl, mein Kompliment hätte ihn irgendwie verärgert. Vielleicht glaubte er mir nicht.

Als wir nach dem Hauptgang auf das Dessert warteten, hatte Ceren bereits mehrere Gläser des starken ilarischen Weins geleert, mehr, als ich ihn bisher je hatte trinken sehen. Nach dem Abend, an dem ich mit Talin getanzt hatte, war ich dazu übergegangen, den Wein lieber zu meiden und die Dienstboten darum zu bitten, mein Glas mit Wasser zu füllen, bevor sie es an den Tisch brachten.

»Euer Hoheit«, setzte ich schließlich an und versuchte, meine Stimme ruhig zu halten, doch mir zitterten die Hände im Schoß. »Ich habe mich gefragt, ob mir wohl gestattet werden wird, eines der Dörfer zu besuchen. Ich habe auf meiner Reise hierher so wenig gesehen, und ich glaube, dass es in Ilara noch so viel mehr gibt als New Castle.«

Er ließ den Wein in seinem Glas kreisen und tat so, als wäre er äußerst fasziniert von der wirbelnden roten Flüssigkeit, doch ich wusste, dass hinter seinen Granitaugen noch mehr vor sich ging. Für ihn war alles eine Berechnung, eine Frage der Summen und Differenzen.

»Nein«, antwortete er schließlich. »Das halte ich für keine gute Idee.«

Was mich zwar enttäuschte, aber nicht überraschte. »Oh. Darf ich fragen, warum nicht?«

Er legte den Kopf in den Nacken und leerte sein Glas. »Die Dörfer repräsentieren die ilarische Kultur nicht sonderlich gut. Vielleicht werde ich Euch eines Tages mit zu einem der Landsitze nehmen, doch alles, was sehenswert ist, befindet sich hier in New Castle.«

Ich biss mir auf die Lippe, um meine finstere Miene zu verschleiern. Wenn ich nicht einmal in eines der Dörfer gehen durfte, die nur ein paar Kilometer vom Schloss entfernt lagen, wie sollte ich es dann jemals zum Markt schaffen? Es würde Tage dauern, dorthin zu kommen, und ich würde auf der Reise zweifellos eine Eskorte brauchen. Es schien unmöglich zu sein. Ich stellte mir vor, wie Sami nach mir suchte und durch seine bloße Anwesenheit dort sein Leben aufs Spiel setzte. Ich konnte ihn nicht einmal wissen lassen, dass ich nicht kommen würde.

Wut kochte in mir hoch, grell und heiß. Ich musste daran denken, wie ich die anderen auserwählten Mädchen um ihre Freiheit beneidet hatte, doch nun sah ich die Wahrheit: Wir waren in Ilara viel gefangener, als ich es in Varenia jemals gewesen war. Ich hatte die Götter an jenem Abend im Haus des Gouverneurs um etwas Falsches gebeten und nun war es zu spät.

Ich wollte Ceren daran erinnern, dass es der vorherigen Königin erlaubt gewesen war, die Dörfer zu besuchen, doch es wäre riskant gewesen, Königin Talia zu erwähnen. Wäre der König hier gewesen, dann hätte er vielleicht zu meinen Gunsten gesprochen und Ceren überzeugen können, doch er »ruhte sich aus«, so wie er es die meiste Zeit zu tun schien. Das ließ die Frage offen, wie er so überhaupt noch regieren konnte.

»Vielleicht wird es für Euch trotzdem schon bald die Möglichkeit geben, das Schloss zu verlassen«, fuhr Ceren fort. »Wenn mit meinen Experimenten alles nach Plan verläuft. Nach heute Abend werde ich mehr wissen.«

Mein Herz schlug schneller, doch ich wahrte eine neutrale Miene. »Was passiert denn heute Abend?«

Er stieß den Stuhl zurück, der laut über den Steinboden scharrte. »Nichts, womit Ihr Euch belasten müsstet, meine Liebe. Genießt den Rest Eures Mahls.«

Wenn Ceren glaubte, dass er mit seiner Apparatur kurz vor dem Erfolg stand, dann sollte ich mich damit allerdings mehr belasten als jeder andere in New Castle. Rasch aß ich auf und verließ den Saal, entschlossen, herauszufinden, was er vorhatte.

Ich war schon fast wieder in meinen Gemächern angekommen, als jemand meinen Namen rief. Als ich mich umdrehte, entdeckte ich Lady Hyacinth, die mir nacheilte.

»Da seid Ihr ja«, sagte sie, als wären wir einander ganz zufällig begegnet. »Ich hatte gehofft, dass Ihr Euch wieder zu uns gesellen würdet.«

Sie verschränkte die Hände vor sich, um ihre fingerlosen Handschuhe zu zeigen, wobei sie betont auf meine schutzlosen Hände blickte.

»Ich fürchte, ich bin heute Abend sehr müde«, log ich. In der Gegenwart der Adligen wurde nur umso deutlicher, wie fehl am Platz ich hier war, außerdem hatte ich Wichtigeres zu tun als Stricken.

Hyacinth legte die Spitzen ihrer langen Fingernägel aneinander. Ebb hatte mir berichtet, dass sie ein Zeichen der Stellung waren – je weniger man körperlich arbeiten musste, desto länger konnte man sich die Fingernägel wachsen lassen. Ich dagegen hielt meine praktisch kurz, so wie ich es immer schon getan hatte. Man wusste nie, wann man seine Hände einmal brauchen würde.

»Wie schade«, antwortete sie. »Wir würden Euch so gern besser kennenlernen.«

Es hatte mich nur einen Nachmittag gekostet, herauszufinden, dass der Großteil der »Teestunde« mit Klatsch und Tratsch verbracht wurde, und wenn es um mich ging, hatten Hyacinth und ihre Freunde bisher nicht viel, womit sie arbeiten konnten. So sollte es auch bleiben. »Nächstes Mal«, versicherte ich ihr mit einem gezwungenen Lächeln und eilte rasch den Gang weiter hinunter, bevor sie protestieren konnte.

Lady Melina hatte mir geraten, mir die Apparatur mit eigenen Augen anzusehen, und genau das würde ich tun. Ich bat Ebb, mir beim Baden zu helfen und mich dann früh für die Nacht zurechtzumachen, weil ich angeblich erschöpft war.

»Das liegt an diesem Berg«, sagte sie und bürstete mir das

Haar. »Die Leute kommen gesund hierher, aber nach nur wenigen Wochen sind sie krank und abgekämpft. Deshalb ist auch der König in einem so schrecklichen Zustand.«

Also war Lady Melina nicht die Einzige, die glaubte, der Berg wäre für den Zustand des Königs verantwortlich. Ceren war nicht krank wie sein Vater, aber er wirkte schlank und schlaksig im Vergleich zu Talin. Viele der anderen bei Hofe kamen mir ebenfalls müde und schwach vor, auch schon am frühen Morgen. »Warum kommen die Adligen dann hierher?«

»Einige hoffen auf mehr Land oder eine höhere Stellung. Die jungen Damen werden von ihren Vätern hergeschickt, damit sie versuchen, Prinz Talin zu bezirzen.«

»Nicht Ceren?«

Ebb senkte die Stimme »Ceren war schon immer fest entschlossen, eine Varenianerin zu heiraten.«

Das kam mir merkwürdig vor, wenn man daran dachte, wie er zu Königin Talia stand. Allerdings drehten sich meine Gedanken um einen anderen Teil von Ebbs Antwort. »Und Talin?« Ich versuchte, nur vage interessiert zu klingen. »Bevorzugt er eine bestimmte Lady?«

»Nicht, dass ich wüsste.« Aus dem Augenwinkel warf sie mir einen Seitenblick zu.

Manchmal war Ebb einfach ein bisschen zu klug. »Hast du Geschwister?«, fragte ich, um das Thema zu wechseln.

Im Spiegel sah ich, dass sie lächelte. »Einen älteren Bruder, Mylady.«

»Wo lebt er?«

Ihr Lächeln verschwand, und ich begriff, dass ich eine falsche Frage gestellt hatte. »Er ist hier im Schloss.« Ebb legte die Bürste ab. »Kann ich noch etwas für Euch tun?«

Ich entschuldigte sie, doch das nagende Gefühl, dass irgendetwas nicht stimmte, verfolgte mich auch später noch, als ich mich in einen dicken Wollumhang hüllte und in den Gang hinaustrat. Ich war bisher noch nicht oft auf Erkundungstour gegangen, aber allmählich kannte ich mich ein wenig aus.

Die Hallen waren so spät am Abend kalt und verlassen. Hin und wieder begegnete ich einem der Dienstboten, die mich mit einem Nicken oder einer kurzen Verbeugung zur Kenntnis nahmen, aber abgesehen von den Wachen in den Korridoren war ich mehr oder weniger allein. Das Mondmoos in den Fackeln leuchtete nur sehr schwach und tauchte alles in unheimliches blaues Licht. Ich kam mir vor wie ein fremdartiges Wesen aus der Tiefsee, während ich mich im Dunkeln vorantastete. Ich würde es nicht einmal bemerken, wenn jemand direkt neben mir stand.

Allmählich verlor ich den Mut, doch dann sah ich ein schwaches Leuchten vor mir. Es huschte an dem Gang vorüber, in dem ich mich gerade befand, und glitt dann einen weiteren Korridor hinunter. Schnell eilte ich dem Licht nach, da ich annahm, es wäre einer der Adligen, der mir vielleicht den Weg zurück in meine Gemächer zeigen konnte, doch dann entdeckte ich, dass es Ceren war, der eine grünlich schimmernde Laterne trug. Sein weißblondes Haar wehte hinter ihm her, als er um eine Ecke bog.

Ich zögerte nur kurz. Wenn er mich erwischte, dann würde ich eben behaupten, dass ich Lady Hyacinth besuchen wollte und mich dabei verirrt hatte. Glücklicherweise hatten meine Schuhe weiche Sohlen, die auf dem Steinboden kein Geräusch machten, und mein Nachthemd raschelte nur sehr leise, wenn ich mich bewegte. Wieder bog Ceren ab, und ich wartete einen Moment, um erst um die Ecke spähen zu können, bevor ich ihm folgte. Sein langer schwarzer Mantel schleifte über den Boden, was sich anhörte, als würden Fingernägel über eine Tür kratzen.

Wir befanden uns so tief im Berg, wie ich es noch nie zuvor gewesen war. Die Gänge fielen immer steiler ab, je weiter wir gingen. Sie wurden auch schmaler – wenn ich die Arme ausstreckte, konnte ich beide Wände berühren, und Cerens Kopf streifte fast die Decke. Einen Wachmann hatte ich schon seit einer ganzen Weile nicht mehr gesehen.

Plötzlich flatterte mir etwas ins Haar und ich stieß ein leises Keuchen aus: Eine Motte hatte sich in den Strähnen verfangen. Ceren drehte sich um und hob die Fuchsfeuerlaterne. Flach drückte ich mich gegen die Wand und betete, dass er mich in den Schatten nicht sah. Ich hatte keine logische Erklärung dafür, dass ich mich so tief unten im Berg befand. Er würde sofort wissen, dass ich ihm gefolgt war. Auf einmal wurde mir klar, dass ich mich in eine sehr gefährliche Situation gebracht hatte. Hier unten konnte Ceren mit mir tun, was immer er wollte, niemand würde mich hören. Genauso gut könnte ich mich kilometerweit entfernt von allen anderen Menschen befinden. Mein Herz schlug schneller, als ich spürte, wie der Fels um uns herum auf mich niederdrückte.

Ich könnte in diesem Tunnel sterben und meine Leiche würde nie gefunden werden.

Als sich Ceren wieder umdrehte und weiterging, ließ ich mich an der Wand hinabsinken und holte ein paarmal tief Luft, um mich zu beruhigen. Nur konnte ich nicht einfach hierbleiben – Ceren hatte die einzige Lichtquelle bei sich und ohne ihn wäre ich vollkommen blind. Mit wackeligen Knien stand ich auf und tastete mich zur nächsten Ecke vor, aber ich kam zu spät. Ceren war verschwunden.

Blinzelnd starrte ich in die Finsternis. Er konnte doch nicht einfach weg sein. Es war nur dunkel hier, beruhigte ich mich selbst. Wahrscheinlich gab es ein Stück weiter vorn eine weitere Ecke. Ich hielt mich dicht an der Wand und wagte kaum, zu atmen. Auf einmal verschwand der Fels neben mir und die Luft wurde kühler und weniger drückend. Vor mir sah ich etwas am Boden schimmern.

Dann hörte ich es. Wasser.

Als sich meine Augen an die Dunkelheit gewöhnt hatten, entdeckte ich das grüne Licht von Cerens Laterne, das sich in der Ferne bewegte. Vorsichtig trat ich einen Schritt vor. Ich stand in einer riesigen Höhle und vor mir breitete sich ein gewaltiger unterirdischer See aus. Ein Stück weiter vorn leuchteten weitere schwach grüne Lichter, und ich erkannte Schatten, die sich zwischen ihnen bewegten.

Bei Ebb hatte es so geklungen, als würde sich niemand im Schloss freiwillig einer großen Wasserfläche nähern, auch Ceren nicht, aber hier waren gleich mehrere Menschen. *Warum?*

Ich ließ beim Gehen die Hand an der Felswand der Höhle entlangstreichen, nur etwa einen halben Meter davon entfernt schlugen die Wellen des Sees sanft ans Ufer. Ein paarmal sickerte die kalte Nässe auch in meine Schuhe. Die grünen Lichter waren jetzt näher, doch die Stimmen der Schattengestalten konnte ich immer noch nicht richtig hören. Ich schlich so nahe heran, wie ich mich traute, bis ich menschliche Silhouetten erkennen konnte, dann duckte ich mich hinter eine von einem gewaltigen Stalagmit geformte Säule.

»Wie lange warst du unten?«, fragte Ceren.

»Sieben oder vielleicht acht Minuten, Euer Hoheit.« Die Stimme eines Kindes, hoch und dünn und verschreckt, antwortete ihm. »Bitte, lasst mich das nicht noch einmal machen. Da unten ist es so dunkel und kalt.«

Was Ceren darauf antwortete, konnte ich nicht verstehen, aber seine Stimme klang schroff und ärgerlich.

Das Kind sprach wieder: »Zehn Minuten? Aber mein Bruder …«

Die Stimme eines anderen Mannes schnitt dem Kind das Wort ab. »Wie lange braucht Ihr, Euer Hoheit? Mit einer größeren Luftblase könnten wir mehr Zeit gewinnen.«

Vorsichtig kroch ich hinter dem Stalagmit hervor, um besser sehen zu können. Schwach zeichnete sich vor mir der Umriss des Sacks und des Schlauchs ab, die ich in Cerens Studierzimmer gesehen hatte, aber jetzt war der Sack mit Luft gefüllt.

»In sieben Minuten werde ich nicht genug Austern sammeln können. Vorausgesetzt natürlich, dass es überhaupt noch welche gibt. Die Varenianer behaupten, dass sie praktisch unmöglich zu finden sind, und offenbar liegt nur in etwa jeder zwölften eine Perle. Ich brauche mehr Zeit.«

»Wir arbeiten weiter daran, Euer Hoheit.«

»Natürlich tut ihr das. Ich habe Talin bereits von dem Test erzählt. Ihr habt eine Woche, um das in Ordnung zu bringen.«

»Ja, Euer Hoheit«, antworteten die beiden anderen Stimmen.

Also hatte Melina recht. Mit einer Apparatur, die es Ceren ermöglichte, zehn Minuten unter Wasser zu bleiben, würde er viel effektiver tauchen können als jeder Varenianer. Natürlich gab es einige in unserem Volk, von denen man sagte, sie könnten so lange die Luft anhalten, aber nicht, während sie auf der Jagd nach Austern waren. Die längste Zeit, die ich je unter Wasser verbracht hatte, waren fünf Minuten, vielleicht sechs während des Zwischenfalls. Wenn Ceren außerdem noch weitere Apparaturen bauen konnte, dann würde er die Perlen einfach mit seinen eigenen Leuten ernten können. Damit würde er die Varenianer nicht nur überflüssig machen, sondern uns auch von unserer einzigen Einkommensquelle abschneiden.

Ceren würde unser aller Tod sein, genau wie Melina gesagt hatte.

Als ich das Scharren von Cerens Mantel auf dem Steinboden hörte, zog ich mich wieder hinter den Stalagmit zurück. Er war nur noch ein paar Meter von mir entfernt, als ich sah, wie sich etwas im Wasser bewegte.

Ceren erstarrte. Er war mir so nahe, dass ich ihn atmen hören konnte, erstaunlich ruhig und gleichmäßig. Was auch immer da passierte, es machte ihm jedenfalls keine Angst. Ich dagegen musste mir auf die Lippe beißen, um nicht aufzuschreien, als etwas Blasses und Schleimiges aus dem Wasser kroch. Ceren stürzte sich so plötzlich darauf, dass ich zusammenfuhr.

»Schnell«, rief er. »Bringt mir ein Messer. Der hier ist fett genug, um für ein Abendessen zu reichen.«

Die Kreatur wand sich in seinem Griff. Sie war fast halb so groß wie Ceren, mit einem langen Schwanz und winzigen Augen.

»Was ist das?«, fragte der Junge, als ein anderer Mann dem Prinzen sein Messer reichte.

»Hast du noch nie einen ilarischen Höhlensalamander gesehen, Junge?«, fragte Ceren. »Sie gelten als Delikatesse. Leider wurden die meisten der großen Exemplare schon längst erlegt. Es könnte gut sein, dass einer von ihnen ganz nah an dir vorbeigeschwommen ist, ohne dass du es bemerkt hast. Du hast Glück, dass sie blind sind.«

Er nahm das Messer und begann, dem Salamander den Kopf

abzuschneiden, ohne sich vorher die Mühe zu machen, ihn erst zu töten. Ich hatte selbst schon mehr als genug Fische getötet und ausgenommen, aber irgendetwas an der Art, wie Ceren auf den Körper einhackte, ohne Können oder die Absicht, dem Salamander einen schnellen, sauberen Tod zu schenken, drehte mir den Magen um.

Als er fertig war, ließ Ceren das Messer fallen und wies die Dienstboten an, sich um das tote Tier zu kümmern. Er ging am Ufer in die Hocke, nur etwa einen Meter von meinem Stalagmit entfernt. Ich hielt den Atem an, doch mein Herz schlug so heftig vor Angst, dass ich nicht lange durchhalten würde. In aller Ruhe wusch sich Ceren im Schein der Laterne die Hände. Es war obszön viel Blut und Ceren ließ sich Zeit.

Als ich schließlich glaubte, dass meine Lungen platzen würden, atmete ich aus, so leise ich konnte. Ganz langsam drehte Ceren den Kopf. Ich duckte mich noch tiefer in die Schatten und verfluchte mich selbst dafür, dass ich ihm hier herunter gefolgt war. *Du wirst in dieser dummen Höhle sterben! Die Salamander werden deine Knochen zum Frühstück fressen!*

Ich hielt die Augen fest geschlossen und wartete darauf, dass ich entdeckt wurde. Doch ein paar Herzschläge später hörte ich wieder das Scharren von Cerens Mantel. Als ich die Augen öffnete, entfernte er sich von mir und ging zurück zum Höhleneingang. Fast wäre ich vor Erleichterung zusammengesackt, doch dann begann er, leise und mit überraschend schöner Stimme zu singen.

»Hüte dich vor dem Rotfeuerfisch, mein Schatz. Hüte dich vor dem Fisch aus Stein. Hüte dich vor süßen Worten und vor falschem Schein …« Das Lied verklang, als er die Höhle verließ.

Nachdem genug Zeit verstrichen war, tastete ich mich

durch die Dunkelheit zurück. Wie dumm es von mir gewesen war, zu glauben, ich könnte nach Ilara gehen und irgendjemanden ausspionieren. Ceren war zu klug und ich war viel zu naiv. Wahrscheinlich hatte er mich schon gesehen, als mir die Motte ins Haar geflogen war, und absichtlich zugelassen, dass ich ihm folgte. Ob er den Salamander wohl auch meinetwegen getötet hatte? Auf einmal waren die Erinnerung an das Blut auf seiner weißen Haut und die Angst davor, entdeckt zu werden, zu viel für mich, und ich übergab mich in einen der Alkoven.

Wenigstens war es inzwischen etwas heller, und ich atmete erleichtert auf, als ich an einem Wachmann vorbeikam. Ich war nicht mehr allein. Endlich erreichte ich einen Gang, der mir bekannt vorkam, und schnell eilte ich in meine Gemächer zurück, wo ich Ebb fand, die schlafend auf einer kleinen Sitzbank in der Ecke saß.

Sanft weckte ich sie. »Tut mir leid, Ebb, ich habe mich verlaufen«, sagte ich, als sie sich blinzelnd aufrichtete.

»Mylady!«, keuchte sie, und Erleichterung zeichnete sich in ihrem Gesicht ab. »Ich bin nur zurückgekommen, um nach Euch zu sehen, aber Ihr wart weg. Ich habe mir solche Sorgen gemacht. Ist alles in Ordnung?«

Ich wollte den Kopf schütteln und mich schluchzend in ihre Arme werfen, aber ich zwang mich zu einem Lächeln. »Mir geht es gut. Der Berg kann im Dunkeln sehr verwirrend sein.«

»Das verstehe ich. Morgen zeichne ich Euch eine Karte. Ich gehe auch nicht gern allein durch die unteren Gänge, obwohl ich schon seit Jahren hier lebe. Ich weiß ja, dass die Gerüchte um Mount Ayris nur Märchen sind, aber manchmal gehen sie mir doch durch den Kopf, und dann werde ich ganz verrückt vor Angst.«

»Welche Gerüchte?«, fragte ich, während sie mir ins Bett half.

Aus dem Augenwinkel betrachtete sie mich und ihre Mundwinkel hoben sich zu einem Lächeln. »Es ist dumm, Mylady, aber man sagt, dass es vor Tausenden von Jahren Riesen gegeben hat. Riesige Männer und Frauen, und dass bei jedem ihrer Schritte die Erde gebebt hat. Der Gott Theale war zornig, weil die Riesen sein Werk zerstörten, und deshalb verwandelte er sie eines Nachts, als sie sich alle zum Schlafen hingelegt hatten, in Stein. Man sagt, dass den Riesen das Blut in den Adern gefror und dass daraus die Blutsteine entstanden sind, die man im Berg abgebaut hat.«

»Blutsteine?«, fragte ich. Allmählich wich der Schreck aus meinem Körper, und ich erkannte, wie erschöpft ich war. Meine Augenlider wurden schwer beim Klang von Ebbs beruhigender Stimme.

»Schöne rote Juwelen mit magischen Kräften. Man sagt, sie hätten ihren Träger so mächtig gemacht, dass er ganze Armeen in den sicheren Tod schicken konnte, wenn er nur wollte. Im Laufe der Jahre wurden die Menschen jedoch immer gieriger und plünderten die Minen. Zahllose Kriege wurden wegen der Blutsteine geführt. Hier, in Mount Ayris, wurden die Minen von der blutigen Königin Ebbeela geflutet, um den Kämpfen ein für alle Mal ein Ende zu machen. Ich wurde nach ihr benannt, wisst Ihr? Na ja, ich wurde nach der Heiligen Ebbeela benannt, unter dieser Bezeichnung kannte man sie nach ihrem Tod.«

»Die blutige Königin?«, fragte ich ungläubig. »Wie konnte sie denn eine Heilige werden?«

»Eigentlich war sie eine sehr weise, gerechte Herrscherin. Nachdem sie die Minen zerstört hatte, beglich sie alle Schulden des Königreichs, und Ilara blühte während ihrer Regierungszeit auf. Den ›blutigen‹ Teil ihres Titels hat sie sich damit verdient, dass sie ihren eigenen Sohn umbringen ließ. Allerdings erzählt die Geschichte auch nicht viel Gutes über ihn – er soll nicht ganz richtig im Kopf gewesen sein, Mylady, und seine Mutter traute ihm nicht zu, über Ilara zu herrschen.«

Ihre Worte kamen von sehr weit weg, so als gehörten sie schon halb zu meinen Träumen. »Wo sind die Blutsteine jetzt?«

»Verschwunden, Mylady. Über die ganze Welt verteilt. Man sagt, das Blut der Menschen wäre einmal sehr mächtig gewesen, aber wir haben diese Macht missbraucht, und deshalb haben die Götter sie zurückgenommen.«

In meinem halb wachen Zustand vermischten sich die Worte *Blutstein* und *Blutkoralle*. Der Gedanke, dass sie irgendwie ein und dasselbe waren, war das Letzte, was mir durch den Kopf huschte, bevor ich einschlief.

18

Ich war sicher, dass Ceren mich in der Höhle gesehen hatte, und beim folgenden Abendessen wartete ich darauf, dass er es zur Sprache bringen würde, doch er begrüßte mich mit derselben oberflächlichen Verbeugung wie immer. Er trug eine locker sitzende burgunderrote Tunika, deren Kragen offen stand, um einen Blick auf seine blasse, glatte Brust zu erlauben. Dazu hatte er sich einen schwarzen Ledergürtel um die Taille gebunden, in dem ein Dolch steckte.

»Ich glaube, ich habe Euch gegenüber schon erwähnt, dass es möglicherweise eine Exkursion aus dem Berg hinaus geben wird«, sagte er, während er sich mit der Gabel ein Stück wabbeliges rotbraunes Fleisch in den Mund schob. »Rinderleber«, erklärte er, als er meine Miene bemerkte. »Sie soll der Gesundheit zuträglich sein.«

Ich hatte Fleisch noch nie sonderlich gemocht, doch die Art, wie es hier auf New Castle serviert wurde, roh und blutig, hatte mir endgültig den Appetit darauf verdorben. Besonders nachdem ich Cerens Metzgerfähigkeiten hatte bezeugen dürfen. Meiner Vermutung nach war das, was er da aß, eher Salamanderleber. »Fühlt ihr Euch denn krank?«, fragte ich.

Der Blick seiner grauen Augen traf meinen. »Sehe ich krank für Euch aus?«

»Nein, natürlich nicht. Ein bisschen blass vielleicht.«

»Ich habe Mutters Haar- und Hautfarbe geerbt. Sie war genauso hell wie ich. Talin hatte das Glück, das Aussehen und die körperliche Verfassung seiner Mutter vererbt zu bekommen.« Es war zwar ein Kompliment, doch seinem Tonfall nach ein sehr missgönnendes.

Ich hatte Talin seit mehreren Tagen nicht gesehen. Gerade wollte ich mich danach erkundigen, wie es ihm ging, als Ceren ein weiteres Stück Fleisch aufspießte und damit auf mich deutete.

»Es freut mich, zu sagen, dass gestern Nacht alles gut verlaufen ist und wir bereit sind für die nächste Phase meines Experiments.«

Ich hielt den Blick auf meinen Teller gesenkt. »Herzlichen Glückwunsch.«

»Da Ihr Euch für meine Arbeit zu interessieren scheint, dachte ich, Ihr würdet mich vielleicht gern begleiten, wenn ich die Apparatur in der nächsten Woche ausprobiere.«

Ein kalter Schauer kroch mir den entblößten Nacken hinauf und über die Kopfhaut. »Euch begleiten?«

»Kommt schon. Das sollte Euch eigentlich freuen. Immerhin beinhaltet dieser Ausflug das Ding, was Euch am liebsten ist.«

Ich ließ mir keine Gefühlsregung anmerken. »Und was sollte das sein, Euer Hoheit?«

Er lachte. »Wasser natürlich.«

Für nichts in der Welt würde ich zu diesem See unter dem Berg zurückkehren, nicht einmal für alle Perlen in der Alathianischen See. Ich lächelte und hoffte, dabei eher kokett als zu

Tode verängstigt zu wirken. »Da irrt Ihr Euch. Wasser ist nicht das Ding, das ich am liebsten mag.«

Er beugte sich weiter vor. »Nicht? Dann bitte, erhellt mich.«

»Es ist Sonnenlicht. Zumindest ist es das, was ich an Varenia am meisten vermisse.«

»Nicht Eure Familie?«

»Meine Familie betrachte ich nicht als ein *Ding*.«

Ceren kratzte sich das Kinn. »Tja, in dem Fall habt ihr trotzdem Glück, meine Liebe. Mein Experiment beinhaltet auch Sonnenlicht. Vorausgesetzt, das Wetter spielt mit.«

Ich wandte ihm den Kopf zu und vor Überraschung klappte mir der Mund auf. »Ihr meint …«

»Ja, wir gehen nach draußen. Natürlich nur, wenn Ihr das möchtet.«

Ich musste mich beherrschen, um nicht auf meinem Stuhl herumzuhopsen. »Wann?«

»Am Dienstag.« Er lachte leise. »Falls das in Euren überfüllten Tagesplan passt.«

Ich konnte es kaum glauben, aber ich war schon seit zwei Wochen fort aus Varenia. Am Dienstag würden es noch drei Tage bis zum Markt sein – genug Zeit, damit jemand für mich eine Nachricht überbringen konnte, wenn ich es nicht selbst bis dorthin schaffte. »Das sollte gehen.«

»Dann ist es abgemacht. Kommt, da gibt es etwas, das ich Euch zeigen möchte.«

Er führte mich mehrere Korridore entlang, bis wir in einem Raum standen, den ich noch nie zuvor betreten hatte. Fackeln hingen an den Wänden und jede von ihnen erhellte ein Gemälde. Während wir weitergingen, begriff ich, was ich da anstarrte: die Porträts der varenianischen Frauen, die vor mir hergeschickt worden waren. Und wie schön sie waren, jede so frisch und strahlend wie eine Meerblume. Nun, da ich seit einiger Zeit fort von meinem Zuhause war und unter den Ilarern gelebt hatte, war es nicht schwer zu begreifen, was die varenianischen Königinnen so besonders machte. Sogar auf den Gemälden schienen sie auf eine Art *lebendig* zu sein wie niemand sonst hier.

Als wir das Ende der Galerie erreichten, ging ich noch langsamer. Das drittletzte Porträt zeigte das Mädchen, das an Melinas Stelle hätte herkommen sollen. Auf der in den Rahmen eingelassenen Plakette stand: *Die verlorene Prinzessin Zita.* Daneben hing Talias Abbild. Ihre Haut war olivfarben, so wie meine. Ihr goldbraunes Haar lockte sich und ihre Augen hatten dieselbe Form wie Talins, allerdings waren sie grüner als seine. In ihrem Blick lag eine Weichheit, die sie sanft und freundlich erscheinen ließ. Wenn ihr das Bild gerecht wurde, dann hatten die Ältesten eine faire Wahl getroffen, dachte ich. Mutter würde nie erfahren, wie viel Glück sie gehabt hatte.

Ceren trat zum nächsten Porträt. Die ganze Zeit über behielt er mich im Blick. »Ich dachte, Ihr würdet vielleicht gern Euer eigenes Gemälde sehen.«

Ich stellte mich zu ihm vor das Bild, doch bevor ich es mir ansehen konnte, drehte er mich um, sodass ich neben dem Porträt stand und er mich mustern konnte.

»Es sieht Euch sehr ähnlich.« Er legte mir einen langen, blassen Finger ans Kinn und neigte mein Gesicht zur Seite. »Ja, ich war sehr zufrieden, als ich gesehen habe, wen die Ältesten als meine zukünftige Gemahlin auserwählt hatten. Ihr seht auf dem Bild stark und gesund aus. Obwohl ich sagen muss, dass der Künstler Eure Augen nicht richtig getroffen hat. Darin lodert ein Feuer, dass er nicht einfangen konnte.«

Angst durchfuhr mich, als er mir über den Wangenknochen

bis zum Augenwinkel strich. Als ich blinzelte, floss mir eine Träne übers Gesicht.

Er wischte sie fort und betrachtete einen Moment lang seine Fingerspitzen. »Wusstet Ihr, dass Tränen etwa denselben Salzgehalt aufweisen wie Blut?« Geistesabwesend hob er die Finger an die Lippen und drehte mich wieder zu dem Gemälde um. »Was glaubt Ihr, Mylady? Ist der Künstler Euch gerecht geworden? Oder soll ich ihn köpfen lassen und beim nächsten Mal einen anderen Künstler schicken?«

Seine Worte waren mittlerweile jedoch nur noch ein fernes Wispern, denn das Rauschen des Bluts in meinen Ohren übertönte sie. Zum ersten Mal, seit ich Varenia verlassen hatte, sah ich meine wunderschöne Schwester an. Ich sah Zadie vor mir.

»Ihr scheint ganz aufgelöst zu sein, meine Perle«, sagte Ceren. »Ist alles in Ordnung?«

Ich zwang mich dazu, tief durchzuatmen, obwohl mich das Kleid, das Ebb für mich ausgesucht hatte, dabei einengte. Es bestand aus einer engen schwarzen Korsage, die mit irisierenden Federn bedeckt war. Sie fächerten über meine Brust, ließen Hals und Schultern jedoch unbedeckt. Ich sah aus wie ein dummer kleiner Vogel, der freiwillig in einen goldenen Käfig gehopst war, nur um festzustellen, dass man ihm die Flügel gestutzt hatte und er nicht mehr davonfliegen konnte.

»Es geht mir gut. Ich habe nur Heimweh, schätze ich.«

»Was vollkommen verständlich ist. Kommt, es gibt noch ein weiteres Porträt, das ich Euch gern zeigen würde.« Er führte mich einen anderen Gang entlang in einen großen Raum, in dem das Bild einer blassen Frau hing. Ihr Haar war fast so hell wie Cerens. Der Rahmen war mit Goldblattrosetten und Schnörkeln verziert. Sie trug ein strahlend weißes Kleid, mit Spitze und Perlen abgesetzt. Die einzige Farbe auf dem Gemälde war das Rosa ihrer Lippen und Wangen. Ich musste den Künstler bewundern, der ein so detailgetreues Bild in nichts als Elfenbein-, Eierschalen- und Knochentönen gemalt hatte.

»Meine Mutter«, bestätigte Ceren meine Vermutung. »Sie war schön, findet Ihr nicht?«

Ich nickte. »Mir fällt auf, dass sie Weiß trägt.«

»Dies hier ist ihr Hochzeitsporträt. Nicht einmal die ilarischen Adligen tragen am Tag ihrer Hochzeit Trauerfarben.« Er sah mich an. »Vater wusste, dass er eigentlich eine varenianische Frau hätte heiraten sollen, aber da hatte er sich schon in meine Mutter verliebt, die seit Generationen bei Hofe lebte. Ein recht romantischer Gedanke, aus Liebe zu heiraten, findet Ihr nicht?«

»Ich denke schon.«

»Natürlich hat es sich für die beiden nicht sonderlich gut ausgezahlt«, fuhr er fort. »Mutter ist im Kindbett gestorben und Vater hat schließlich doch Lady Talia geheiratet. Aber ich sollte wohl froh sein, dass er sich zuerst für die Liebe entschieden hatte. Andernfalls wäre ich nie geboren worden.«

Was für ein Glück für mich. Ich betrachtete den Raum und tat interessiert, während ich überlegte, worüber wir uns unterhalten könnten. Ich ließ den Blick über Ölgemälde und Wandteppiche schweifen, bis er schließlich auf einen kleinen Glasteller fiel, auf dem sich rosa Perlen türmten. Varenianische Perlen. Sie waren, wie man sagte, von minderer Qualität, unregelmäßig geformt oder zu klein. Wir bekamen auf dem Markt nur sehr wenig für sie.

»Ah ja, meine Perlen«, sagte Ceren. »Ich nehme täglich eine davon für meine Gesundheit. Was für machtvolle kleine Dinger, nicht wahr?«

Mir klappte der Mund auf. »Ihr schluckt sie ganz?«

»Manchmal. Ich ziehe es aber vor, sie zu Pulver zu zermahlen und zu trinken. So fühle ich die Wirkung viel schneller. Was Ihr sicher versteht.«

Fast hätte ich gelacht. »Nein, Euer Hoheit. Wir essen die Perlen nicht.« Mir fiel die Brühe wieder ein, die Nemea für Zadie gekocht hatte, aber ich wusste, dass so etwas sehr selten vorkam. In den siebzehn Jahren meines Lebens hatte ich es vorher noch nie gesehen.

Er schürzte die Lippen. »Bitte, meine Liebe, seid ehrlich. Ihr könnt es ruhig zugeben, ich werde Euer Volk dafür nicht bestrafen.«

»Für was bestrafen?«

»Dafür, dass ihr die Perlen selbst esst.«

Ungläubig blinzelte ich. »Ich versichere Euch, niemand in Varenia kann es sich leisten, die Perlen für sich zu behalten, und schon gar nicht, um sie zu *essen*.«

»Ist das so? Wie erklärt Ihr dann, dass die Varenianer über ein Jahrhundert lang leben, wohingegen mein Vater mit vierzig im Sterben liegt?« Eine gewisse Schärfe lauerte in seiner Stimme, die mir verriet, dass ich mich auf gefährlichem Terrain bewegte.

»Ich fürchte, dass kann ich nicht erklären. Vielleicht ist es der Mangel an Sonnenlicht. Der Berg …«

»Der Berg geht Euch nichts an.«

Es war fast ein Knurren, das mich zurückzucken ließ. »Natürlich nicht. Es tut mir leid.«

Er wandte sich von mir ab, um wieder das Porträt seiner Mutter zu betrachten.

»Königin Talia war diejenige, die mir von den Perlen erzählt hat, wisst Ihr?«, sagte er nachdenklich. »Sie hat mir von ihren Heilkräften berichtet. Sie sagte, der Dorfarzt würde sie manchmal in Salbenform verwenden, wenn sich jemand schlimm verletzt hat.«

Es war schwer zu sagen, ob Zadies Heilung deshalb so schnell verlaufen war, weil Varenianer nun mal schnell heilten, oder ob es das Ergebnis von Nemeas Salbe gewesen war.

»Ja, davon habe ich auch gehört«, stimmte ich zu und versuchte, möglichst beiläufig zu klingen.

Cerens Blick ruhte weiterhin auf dem Bild.

»Königin Talia hat immer versucht, den Menschen um sie herum zu helfen. Sie hat mich oft mit hinaus in die Sonne genommen, weil es mir guttun sollte. Allerdings habe ich mir dabei bloß die Haut verbrannt.«

Was wahrscheinlich nur ein unschuldiger Fehler gewesen war. Wer sich der Sonne aussetzte, wurde davon *tatsächlich* gesünder, da war ich sicher. Doch jemand, der so blass war wie Ceren, konnte sich sicher schnell einen schlimmen Sonnenbrand holen. »Das muss schmerzhaft gewesen sein.«

Er ließ sich auf einer Sitzbank nieder und machte eine Geste, die mir sagte, dass ich mich zu ihm setzen sollte. »Das war es. Was ich jedoch nicht abstreiten konnte, war die Tatsache, dass die Perlen mich tatsächlich stärker machten. Wenn ich mich verletze oder unwohl fühle, dann nehme ich mehrere Perlen auf einmal und fast augenblicklich geht es mir besser.«

»Verwendet der König sie auch?«

Sein Blick schoss zu mir. »Nein. Leider muss ich sagen, dass sie auf ihn keinerlei Wirkung haben.«

Hatte der König es überhaupt mit den Perlen versucht oder behielt Ceren sie alle für sich? Es war eindeutig nicht der König, der den Preis der Perlen senkte. Es war Ceren, und er tat es, um sich selbst stärker zu machen. Wenn er täglich eine davon aß … dann waren es fast vierhundert Perlen pro Jahr, etwa achtmal so viel, wie meine Familie im vergangenen Jahr gesammelt hatte, in dem die Austern besonders rar gewesen waren. Und das waren nur diejenigen, die er schluckte. Ich dachte an die Schale in seinem Studierzimmer, an die Salben und Cremes, die er vermutlich auch daraus herstellte, ganz zu schweigen von dem Bedarf des restlichen Markts. Sobald er begann, seine Apparatur einzusetzen, würden die Perlen innerhalb weniger Monate verschwunden sein.

Die Dinge standen so viel schlimmer, als Sami und ich es uns jemals hätten vorstellen können, und vielleicht war es längst zu spät, die Flutwelle zu stoppen, die Ceren in Bewegung gesetzt hatte.

»Ich habe gehört, dass Ihr mit Lady Melina gesprochen habt«, sagte er und lenkte meine Aufmerksamkeit damit fort von den Perlen.

Seine Spione sind überall. »Das habe ich, kurz, in der Bibliothek.«

Er schnalzte mit der Zunge. »Eine zukünftige Königin sollte sich nicht mit ihresgleichen abgeben. Wenn es nach mir ginge, wäre ich sie schon vor Jahren losgeworden.«

»Losgeworden?«, fragte ich ungläubig. »Sie ist ein *Mensch*. Ihr könnt sie nicht einfach hinauswerfen wie ein paar abgetragene Schuhe.«

Ein wölfisches Grinsen flackerte über sein Gesicht. »Danke für diesen eloquenten Vergleich, meine Liebe. Genau das ist sie. Kaputt. Verbraucht. *Abgenutzt*.«

Hitze flammte in meinen Wangen auf. »Wenn Ihr die varenianischen Frauen so verabscheut, warum habt Ihr mich dann hergebracht? Warum heiratet Ihr keine ilarische Frau wie Euer Vater und Großvater? Offensichtlich hat es sich für sie ja sehr bezahlt gemacht.« Sofort wusste ich, dass ich zu weit gegangen war, und die Art, wie sich seine Züge langsam verhärteten, machte mir Angst. Ich stand auf und wich zurück, doch er schloss rasch die Lücke zwischen uns.

»Glaubt Ihr, dass ich Euch will? Glaubt Ihr, dass ich Euch schön finde? Ich könnte jede Frau in Ilara haben, die ich nur wollte.« Er nahm mein Kinn zwischen Daumen und Zeigefinger und drückte fest. »Es war sehr dumm von meinem Vater, aus Liebe zu heiraten. Meine Mutter war vielleicht schön, doch sie war auch zerbrechlich. Ihre Familie hat zu viele Jahre in New Castle gelebt, genau wie die meines Vaters. Ihre Liebe und dieser verfluchte Berg haben unser Königreich in Gefahr gebracht. Soweit es mich betrifft, seid Ihr ein Gefäß für den zukünftigen König und mehr nicht.«

Ich wollte mich seinem Griff entziehen, aber er hielt mich eisern fest. Endlich war die Wahrheit heraus. Man hatte mich hergebracht, um die königliche Blutlinie aufzuwerten. Meine Schönheit hatte für Ceren nie eine Rolle gespielt. Er wollte nur deshalb eine varenianische Braut, weil wir stark waren.

»Wie schrecklich das für Euch sein muss«, brachte ich zwischen zusammengebissenen Zähnen hervor. »Jemanden zu heiraten, den Ihr verabscheut.«

Bevor ich schreien konnte, schloss sich seine Hand um meine Kehle. Der Hass in seinen Augen war unverkennbar. Wie hatte ich ihn nur jemals für gefühllos halten können? Ich krallte ihm die Finger in die Brust, meine Füße scharrten über den Steinboden, als er mich hochhob. Ich fühlte, wie meine Kräfte nachließen, und trat mit letzter Willensanstrengung gegen sein rechtes Bein, das unter ihm wegknickte.

Er stürzte und ich landete wieder auf den Füßen und war mit einem Satz außer Reichweite. Ich stützte die Hände auf die Knie und rang nach Luft, meine wunde Kehle brannte. Ich wich zur Tür zurück, wollte wegrennen, hatte jedoch Angst, den Blick von ihm abzuwenden.

Langsam kam Ceren wieder auf die Füße. »Wenn Ihr so etwas noch einmal tut, dann lasse ich Euch vom Berg werfen.«

»Ich würde lieber sterben, als Euch zu heiraten«, fauchte ich und rannte los.

Die Würgemale, die Cerens Hände an meinem Hals hinterlassen hatten, verblassten rasch, aber ich konnte noch immer den entsetzlichen Druck dort spüren. Spät an diesem Abend ging ich zu Melinas Gemächern, ohne auf Ebbs Protest und Cerens Drohungen zu achten. Ich musste einen Weg finden, ihn aufzuhalten, wenigstens so lange, bis ich Sami warnen konnte.

Melinas Gemächer lagen tief im Berg, wo es sogar noch kälter war als im Hauptteil des Schlosses. Ich schlug die Kapuze meines Mantels hoch, als ich an einem Wachmann vorüberkam, und erreichte endlich das Stockwerk, das Ebb mir beschrieben hatte. Eine Zofe öffnete mir, sie hatte sich eine Strickmütze tief über die Ohren gezogen.

»Lady Melina schläft bereits, Mylady. Ich kann sie so spät nicht mehr stören.«

»Es ist dringend«, sagte und schob mich an ihr vorbei in einen kleinen Empfangsraum. »Bitte weck sie.«

Die Zofe hatte nicht gelogen. Als Melina endlich aus ihrem Schlafzimmer trat, war ihr langer Zopf halb aufgelöst, und ihre Wangen waren leicht geschwollen vom Schlaf. »Was ist los, mein Kind? Es muss schon fast Mitternacht sein.«

»Können wir unter vier Augen sprechen?«, fragte ich in Anspielung auf ihre Zofe, aber Melina winkte ab.

»Meine Zofen sind vertrauenswürdig. Ich bezahle sie gut, um das sicherzustellen.«

»Wisst Ihr deshalb so genau darüber Bescheid, was im Schloss vorgeht?«

Ein schwaches Lächeln hob ihre Mundwinkel. »Ceren ist nicht der Einzige, der Spione hat.«

Ich setzte mich auf ein kleines Sofa und winkte Melina heran. »Ich bin ihm gestern zum See gefolgt. Ich habe die Apparatur gesehen. Ich glaube Euch jetzt.«

Sie nickte, als hätte sie dies erwartet.

»Außerdem hat Ceren gedroht, mich umzubringen, und er hat keinen Zweifel daran gelassen, dass er Euch gegenüber keine freundlichen Gefühle hegt.«

»Ich habe dir ja gesagt, dass er gefährlich ist.«

»Er will seine Apparatur am Dienstag testen, außerhalb des Schlosses. Er hat mich eingeladen, ihn zu begleiten. Ich glaube, er möchte den Test selbst durchführen.«

Ungeduldig trat sie von einem Fuß auf den anderen. »Und was geht mich das an?«

Ich senkte die Stimme noch weiter. »Wenn ich mich irgendwie an der Apparatur zu schaffen machen kann, damit sie versagt, vielleicht kann ihn das dann eine Weile aufhalten.«

Sie hob eine Braue. »Und vielleicht wird der Prinz bei der Sache ums Leben kommen?«

Ein Teil von mir wusste, dass man dem allen am einfachsten dadurch ein Ende machen konnte, dass man das Königreich von Ceren befreite, trotzdem schüttelte ich den Kopf. »Ich bin keine Mörderin.« Wahrscheinlich würde ihm nur einfach die Luft ausgehen und er würde auftauchen. Ich konnte mir nicht vorstellen, dass die Seen hier sonderlich tief waren. So gern ich seine Apparatur einfach zerstört hätte, dadurch würde ich mir auch die Chance nehmen, das Schloss zu verlassen.

»Gibt es eine Möglichkeit, jemandem am Freitag auf dem Markt eine Nachricht zukommen zu lassen?«, fragte ich.

Melina musterte mich mit klugem Blick. »Was hast du vor, Kind?«

»Die Varenianer müssen von Cerens Plänen erfahren. Auch wenn ich ihn nicht aufhalten kann, will ich sie wenigstens warnen.«

»Wenn es dir gelingt, zu einem der Dörfer zu gelangen, dann kannst du jemanden bezahlen, damit er eine Nachricht zum Markt bringt. Aber ich habe keine Ahnung, wo Ceren seinen Test durchführt, und ich bezweifle stark, dass er dich in eines der Dörfer bringt.«

»Ich muss es versuchen.«

»Der Prinz macht keine leeren Drohungen, Zadie. Du musst bereit sein, den Folgen deiner Taten ins Gesicht zu sehen.«

Ich schluckte gegen den Kloß in meiner Kehle an. »Das bin ich.«

»Dann werde ich dir helfen, so gut ich kann.«

19

Um die Apparatur sabotieren zu können, musste ich zuerst ein besseres Verständnis davon bekommen, wie sie funktionierte. Was bedeutete, dass Ceren sie mir zeigen musste. Nach unserer letzten Begegnung war ich mir allerdings nicht sicher, ob er auch nur mit mir sprechen würde.

Zu meiner Überraschung begrüßte er mich mit einem »Guten Morgen, Mylady«, als er sich zum Frühstück setzte. Er mied meinen Blick.

»Guten Morgen, Euer Hoheit.«

»Gut geschlafen?«

Also würde er einfach so tun, als hätte es den vergangenen Abend nicht gegeben? Nun gut. Fast hätte ich ihn ignoriert, aber da hörte ich Mutters Stimme, während sie uns einen ihrer Vorträge über Männer hielt. Wie die meisten ihrer Ratschläge wurzelte auch dieser fest im Bereich der Manipulation. *Der Schlüssel zum Herzen eines Mannes ist sein Stolz, dicht gefolgt von seinem Appetit. Schmeichelt einem Mann, und er ist reif zum Pflücken.*

Ceren behauptete zwar, er würde mich nicht schön finden, aber ich sah, dass es mir trotzdem gelungen war, seinen Stolz zu verletzen. Ich nahm mir ein mit Honig glasiertes Fruchtstück. »Ich habe mich gefragt, ob Ihr mir vielleicht noch einmal Eure Apparatur zeigen würdet«, begann ich vorsichtig. »Ich bin neugierig, ich würde so gern sehen, wie sie funktioniert. Ihr habt gesagt, man könne damit unter Wasser atmen, aber ich verstehe nicht, wie so etwas möglich sein soll. Es klingt wie ein Wunder.«

Unter seinen blassen Brauen hervor warf er mir einen kurzen Blick zu. »Am Dienstag werdet Ihr es selbst sehen.«

Ich nippte an meinem Wasser, um meine Verärgerung zu verbergen. Wenn Schmeichelei nicht half, dann vielleicht eine weitere Beleidigung. »Ich habe gehört, dass Ilarer Angst vor dem Wasser haben. Ich nehme an, Ihr werdet das Gerät in einem seichten Tümpel testen?«

Er hob das Kinn. »Meine Apparatur kann auch in sehr viel größerer Tiefe verwendet werden, das versichere ich Euch.«

»Aber wie ist das möglich? Ein Schnorchel hilft nur, wenn man dicht unter der Oberfläche bleibt.«

Ceren legte die Gabel ab und stützte sich auf einen Arm. »Es interessiert Euch wirklich, nicht wahr?«

Ich achtete nicht auf seinen herablassenden Tonfall. »Ja.«

»Wenn Ihr so neugierig seid, dann werde ich es Euch jetzt gleich zeigen. Kommt mit.«

Mir gefiel die Vorstellung, wieder mit Ceren allein zu sein, nicht, doch ich musste jede Gelegenheit ergreifen, die sich mir bot. Also folgte ich ihm in sein Studierzimmer, dessen Tür er mit einem schweren Eisenschlüssel aufschloss, den er irgendwo in seiner Tunika verborgen gehalten hatte. Ich wusste nicht, ob es noch einen weiteren Schlüssel gab, aber irgendwie musste ich später wieder in diesem Raum kommen.

»Hier wären wir.« Er deutete auf die Apparatur. »Eigentlich

ist es recht simpel. Dieser Beutel wird mit Luft gefüllt, mithilfe eines Blasebalgs. Der Schlauch ist mit dem Beutel verbunden und der Taucher atmet durch das Ende des Schlauchs.«

Während Ceren weiter ins Detail ging, sah ich mir den Schlauch selbst an. Es war nicht mehr als eine Art hohles, biegsames Rohr. Ein Loch oder ein Knoten würde dem Taucher sofort die Luft abschneiden. Es schien alles davon abzuhängen, dass der Schlauch dicht war. In einer Tiefe von zwei, drei Metern würde es natürlich kein Problem sein, einfach aufzutauchen. Aber bei fünfzehn Metern, wo die meisten Austern gefunden wurden? Ein unerfahrener Taucher konnte leicht in Schwierigkeiten geraten.

Ich hatte keine Ahnung, wie oft Ceren seine Apparatur überprüfte, aber wenn ich am Montagabend zurückkehrte, um ein kleines Loch in den Schlauch zu bohren, dann wäre das vielleicht schon genug. Zumindest würde er erst einen neuen Schlauch bauen und sich dafür vielleicht auch Vorräte besorgen müssen, und mit etwas Glück hätte ich damit genug Zeit, um Sami vor Cerens Plänen zu warnen. Was Gouverneur Kristos mit dieser Information anfing, lag nicht mehr in meiner Hand.

Am Montagabend erhielt ich eine Einladung von Lady Hyacinth zum Tee nach dem Abendessen. Bisher war es mir noch nicht gelungen, an einen Schlüssel zu Cerens Studierzimmer heranzukommen, und mir war nicht nach Tratschen und Stricken, doch Ebb bestand darauf, dass ich ging.

»Tee ist ein schöneres Wort für Wein«, erklärte sie. »Und für andere Getränke. Das hilft Euch vielleicht beim Schlafen. Außerdem müsst Ihr häufiger aus Euren Gemächern herauskommen.« Dann band sie mir mein Korsett mit mehr Kraft, als man einer so zarten Frau zutrauen würde.

»Warum?«, brachte ich keuchend hervor. »Die Chancen, dass ich Ceren über den Weg laufe, sind viel geringer, wenn ich hierbleibe.«

»Schon, aber damit stehen die Chancen auch sehr gering, dass Ihr anderen Menschen über den Weg lauft.« Sie band die Schnürung fest und drehte mich zu sich um.

»Anderen Menschen? Wem zum Beispiel?«

Sie strich die Vorderseite meines Kleides glatt und lächelte. »Das werdet Ihr schon sehen.«

Verwirrt und ein wenig verärgert ging ich zu Lady Hyacinths Gemächern. Ich hatte keine Zeit fürs Stricken. Ich musste einen Weg finden, in Cerens Studierzimmer zu kommen.

Unterwegs kam mir eine Idee und ich machte einen raschen Umweg über einen anderen Korridor. Ich summte vor mich hin und tat so, als wäre ich ganz in Gedanken versunken, während ich eine Nadel aus meinem Haar löste. Wenn ich nicht an den Schlüssel herankam, dann konnte ich vielleicht das Schloss aufbrechen.

Ich durchschritt die Galerie mit den Porträts der varenianischen Bräute und blieb gerade lange genug vor Zadie stehen, um ein rasches Gebet für Sami und sie zu sprechen. Ich spürte den Blick jeder der Frauen, an denen ich vorüberging, und rief mir in Erinnerung, dass ich dies für sie tat und für jedes kleine Mädchen in Varenia, das sein Leben damit verbrachte, sich zu fragen, ob es wohl schön genug war. Die Geschichte von Prinzessin Ilara war bloß ein praktischer Vorwand, um eine sterbende Dynastie zu stützen, und unsere harte Arbeit diente lediglich dazu, einen einzigen Mann mit Perlen zu versorgen, die sein korruptes Herz doch nie würden heilen können.

Gerade bog ich um die Ecke zu Cerens Studierzimmer, als

ich jemanden aus der Tür kommen sah. Ich duckte mich zurück hinter die Ecke, aber es war zu spät.

»Wer ist da?«, fragte eine männliche Stimme.

Ich wollte davonlaufen und hätte vor Schreck beinahe aufgeschrien, als sich eine Hand um meine Schulter schloss.

»Zadie?«

Als ich aufsah, begegnete ich Talins grünblauem Blick. »Prinz Talin!«

Er lockerte den Griff, ließ die Hand jedoch auf meiner Schulter ruhen, und ich spürte die Wärme sogar durch meinen wollenen Schal hindurch. »Was macht Ihr so spät allein hier?«

»Ich bin unterwegs zu Lady Hyacinth. Zum Tee.«

»Tee? Solltet Ihr nicht längst im Bett sein?«

Ich senkte den Blick, und seine Hand glitt von meiner Schulter, wobei sie eine brennende Spur hinterließ. »Meine Zofe ist der Meinung, dass ich mich mehr unter Leute mischen sollte. Ich verbringe zu viel Zeit allein.«

»Ach, kommt schon. Mein Bruder hält Euch doch sicher beschäftigt.«

»Euer Bruder und ich hatten einen kleinen Streit.« Ich erwartete kein Mitgefühl von Talin – immerhin war Ceren sein Bruder, und ich nur ein Mädchen, das er kaum kannte. Trotzdem wollte ich nicht, dass er glaubte, Ceren und ich würden in irgendeiner Weise miteinander auskommen.

»Hatte ich Euch nicht gesagt, Ihr sollt vorsichtig sein?« Da lag eindeutig Sorge in seiner Stimme. »Was ist passiert?«

»Gar nichts«, murmelte ich, aber mein Blick flackerte, ohne dass ich es wollte, zur Tür von Cerens Studierzimmer.

Talin sah sich um. »Ihr solltet nicht hier sein, Mylady. Ceren mag es nicht sonderlich, wenn man ihn bei der Arbeit stört.«

Mir stockte der Atem. Ceren war *in diesem Moment* dort drin? Was wäre wohl geschehen, wenn ich mich am Schloss zu schaffen gemacht hätte, während er da war? »Habt Ihr ihm geholfen?«, fragte ich.

»Nein, nein. Ceren will keine Hilfe bei seinen Erfindungen. Ich bin nur hergekommen, um ihm zu sagen, dass unser Vater ihn sehen möchte und dass ich ihn auf Anweisung des Königs morgen begleiten werde, wenn er die Apparatur in einem der Linrose-Seen testet. Er mag mein Bruder sein, aber er ist außerdem auch der Kronprinz.«

»Seid Ihr auch Erfinder, so wie Euer Bruder?«

»Nicht wie er. Ceren hat schon als kleiner Junge Dinge gebastelt und gebaut. Ihm zufolge ist dies seine bisher großartigste Erfindung.« Er lächelte verschwörerisch. »Aber ich mochte bisher die Röhre am liebsten, die er mit Spiegeln und buntem Glas ausgekleidet hat. Er hat sie mir zu meinem zehnten Geburtstag geschenkt, weil ich Farben und Licht geliebt habe und man beides hier in New Castle nicht gerade häufig zu sehen bekommt.«

Ich konnte nicht anders, als sein Lächeln zu erwidern. »Dann gibt es also doch so etwas wie Freundlichkeit in Eurem Bruder.«

Sein Lächeln verblasste. »Natürlich, Mylady.«

»Es tut mir leid. Ich wollte nicht ... Ich sollte jetzt besser weiter zu Lady Hyacinths Gemächern gehen. Sie erwartet mich sicher schon.« Ich versuchte, mich an ihm vorbeizuschieben. »Wir sehen uns morgen am See.«

Er runzelte die Stirn und legte mir die Hand auf den Unterarm. »Ich weiß, wie es ist, den Menschen zu verlieren, den man auf der Welt am meisten liebt«, sagte er unvermittelt. »Ich verstehe, wie es ist, aus seiner Heimat vertrieben zu werden. Aber bitte, zu Eurem eigenen Besten, versucht, unauffällig zu bleiben.«

Seine Miene und sein Tonfall waren so ernst, dass ich nicht wusste, wie ich antworten sollte. »Das war noch nie meine Stärke.« Ich lächelte entschuldigend. »Aber ich werde es versuchen.«

Ich erwartete, dass er mein Lächeln erwidern würde, doch stattdessen umfasste er sanft mein Handgelenk und legte sich meine Hand an die Wange. Dann drehte er das Gesicht und küsste die Innenfläche, bevor er mich losließ, sich verbeugte und in der Dunkelheit verschwand.

Mehrere Minuten lang stand ich da, mit dem Rücken an die Wand gelehnt, und versuchte, meinen Atem zu beruhigen. Was war das gewesen? Was hatte es zu bedeuten? Ich wusste immer noch nicht, ob Talin mich erkannt hatte, obwohl ich mir nicht vorstellen konnte, dass er so etwas getan hätte, wenn er mich für Zadie halten würde. Ich starrte die Tür zu Cerens Studierzimmer an und wünschte, ich könnte einfach hineinstürmen und den Schlauch zerreißen, ganz gleich, was das für Folgen hätte. Doch wenn Ceren mich jetzt tötete, dann hätte es auch keinen Sinn gehabt, seine Erfindung zu sabotieren. Es würde meinem Volk nichts nützen, wenn ich sie nicht vor Cerens Plänen warnen konnte.

Ich beschloss, dass Lady Hyacinth warten konnte, und ging stattdessen zu Lady Melinas Gemächern. Wenn sich Ceren in seinem Studierzimmer aufhielt, dann war er beschäftigt, und auch wenn mich seine Spione im Auge behielten, musste ich dieses Risiko eben eingehen.

Melina öffnete mir selbst die Tür, in einen langen violetten Morgenmantel gehüllt.

»Was tragt Ihr denn da?« Ich bewunderte das Kleidungsstück. Es schien eine Ewigkeit her zu sein, dass ich jemanden in bunten Gewändern gesehen hatte.

»Was der König nicht weiß …«, antwortete sie und scheuchte mich hinein. »Was machst du hier?«

»Ich komme nicht in Cerens Studierzimmer.«

»Nein, das kann ich mir vorstellen.«

Ich stieß ein verzweifeltes Seufzen aus. »Wenn ich nicht hineinkomme, dann kann ich auch seine Apparatur nicht sabotieren. Es war ein dummer Plan. Ich weiß nicht, wie ich auch nur daran denken konnte, mich als Spionin zu versuchen. Sami hatte recht. Ich habe mein ganzes Leben damit verbracht, schön sein zu wollen, anstatt etwas Nützliches zu lernen.«

Lady Melina deutete auf ein Sofa. »Setz dich. Ich hole dir etwas zu trinken.« Sie trat zu einem Beistelltischchen und goss eine bernsteinfarbene Flüssigkeit in ein Glas. »Hier. Es brennt beim Schlucken, aber es wird dir helfen. Und jetzt erzähl mir, was passiert ist.«

Es brannte tatsächlich, und fast hätte ich das Zeug wieder ausgespuckt, doch während ich erzählte, was gerade mit Talin geschehen war, begann sich die Anspannung in meinen Gliedern zu lösen. »Ich weiß nicht, wie ich Ceren aufhalten soll«, sagte ich und ließ mich in die Kissen zurücksinken. »Und ich will ihn nicht heiraten.«

Sie setzte sich neben mich. »Natürlich willst du das nicht, mein Kind. Aber das ist ja auch nicht der Grund, warum du hier bist, nicht wahr?«

»Wie meint Ihr das?« Ich fühlte mich entspannt und träge, als wäre ich unter Wasser.

»Du bist nicht hergekommen, um den Prinzen zu heiraten. Ich weiß noch, wie es war, als ich erwählt wurde. Wie geehrt ich mich gefühlt habe. Ich hätte König Lazar mit Freunden geheiratet, ganz gleich, wie arrogant er war, wenn er mich denn hätte haben wollen. Zuerst hat es mir nicht einmal etwas ausgemacht, seine Mätresse zu sein. Ich habe geglaubt, ich könnte seine Meinung über mich ändern, wenn ich einfach alles tat, was er von mir wollte.« Sie schüttelte den Kopf. »Als dann Talia ankam, hatte ich keinerlei Illusionen mehr über mein Leben hier. Sie war so jung und schön und sie wollte genauso dringend gefallen wie ich damals. Ich habe es nicht übers Herz gebracht, ihr zu sagen, wie es hier wirklich ist, also habe ich es sie selbst herausfinden lassen. Manchmal bedauere ich das.«

Ich ließ den Kopf auf Melinas weiche Schulter sinken. Die Seide ihres Morgenmantels fühlte sich glatt unter meiner Wange an. »Aber ich bin nicht so?«

Sie legte mir eine Hand aufs Haar. »Nein, Kind. Du bist nicht so. Du bist wissbegierig und misstrauisch und klug. Nicht einmal, als ich dir von den vielen grässlichen Dingen erzählt habe, die dich hier erwarten, hast du auch nur einen Moment daran gedacht, einfach aufzugeben, oder?«

»Vielleicht doch, für einen Moment.« Ich gähnte.

Ihre Schulter bebte ein wenig, als Melina lachte. »Wir sollten besser dafür sorgen, dass du ins Bett kommst, Kind. Sabotage hin oder her, du wirst das Schloss morgen verlassen. Und ich möchte alles hören, wenn du wieder da bist.«

20

Irgendwie schaffte ich es in dieser Nacht noch zurück in meine Gemächer. Ich war wütend auf mich selbst, weil ich versagt hatte, trotzdem hatte ich Glück gehabt. Wenn Talin mich nicht aufgehalten hätte, dann wäre ich von Ceren selbst dabei erwischt worden, wie ich versuchte, in sein Studierzimmer einzubrechen. Immerhin würde sich mir vielleicht noch die Chance bieten, Sami eine Nachricht zu schicken. Ich kritzelte eine so kurz wie möglich gehaltene Erklärung auf ein Stück Papier und faltete es in ein Taschentuch, bevor ich ins Bett fiel.

Es kam mir vor, als wären nur wenige Sekunden vergangen, als Ebb am nächsten Morgen hereinkam. »Ich kann gar nicht glauben, dass Prinz Ceren Euch erlaubt, den Berg zu verlassen«, sagte sie, während sie meine Decken zurückschlug.

Ich setzte mich auf und rieb mir die Augen. »Warst du schon einmal bei den Linrose-Seen?«, fragte ich.

Sie erschauerte leicht. »Ich habe von ihnen gehört, aber ich war noch nie selbst dort. Ihr werdet doch nicht ins Wasser gehen, oder, Mylady?«

»Nein. Aber nicht aus Angst vor Wassergeistern. Du wirst doch mitkommen und auf mich aufpassen, oder?«

Sie schüttelte den Kopf. »Ich fürchte nicht.«

»Ich weiß ja, dass die ilarischen Bräuche immer noch neu für mich sind, aber es kommt mir komisch vor, dass eine Dame ihre Zofe nicht mitnehmen darf.«

Ebb beugte sich zu meinem Ohr, während sie mir aus dem Bett half, und flüsterte: »Es ist komisch, aber die Leiterin der Hausmädchen hat irgendetwas darüber gesagt, dass Diskretion gewahrt werden müsse. Prinz Ceren nimmt nur einen Diener mit – den jüngeren Bruder des Pagen, der vor Kurzem umgekommen ist.«

»Ich verstehe.« Konnte das der Junge sein, den ich in der Höhle gehört hatte? Kein Wunder, dass er so verängstigt geklungen hatte, wenn sein eigener Bruder während der Experimente gestorben war.

»Keine Sorge, Mylady. Denkt nur daran, wie gut Euch der frische Sonnenschein tun wird, nachdem Ihr so viele Tage hier eingesperrt gewesen seid.« Sie warf mir einen Blick zu. »Prinz Talin wird heute auch dabei sein, habe ich gehört.«

»Du wusstest, dass er gestern Abend hier war, oder? Hast du mich deshalb dazu ermutigt, zu Lady Hyacinth zu gehen?«

Sie lächelte verschlagen und trat an meinen Schrank. »Ich hatte gehört, dass auch er zum Tee dorthin gehen würde.«

»Tja, ist er nicht.« Jedenfalls glaubte ich nicht, dass er nach unserem Treffen noch zu Lady Hyacinths Gemächern gegangen war. »Und überhaupt, ich weiß nicht, warum du annimmst, ich könnte Prinz Talin sehen wollen, obwohl ich doch mit seinem Bruder verlobt bin.«

Ebb gab sich nicht einmal Mühe, zerknirscht auszusehen, und wechselte stattdessen das Thema. »Was würdet Ihr gern tragen? Es könnte sehr warm werden, wenn es ein sonniger Tag ist.«

Ich ließ sie ein dunkelgrünes Seidenkleid aussuchen statt eines der schwereren Satin- oder Samtkleider. Im Berg war es zwar kalt, aber Ebb versicherte mir, dass Sommertage in Ilara eigentlich lang und warm waren.

»Als ich noch klein war, bin ich den ganzen Sommer über mit meinem Bruder über die Ländereien meines Vaters gestreift.« Der Blick ihrer hellen Augen wirkte fern.

»Wer ist dein Vater?«, fragte ich, während sie mir in das Kleid half.

»Er war einer der engsten Berater des Königs, bis der König krank wurde und Ceren alle Ratgeber durch seine eigenen Favoriten ersetzt hat. Danach hat mein Vater sein Land verloren. Ich schicke das bisschen, was ich verdiene, zu ihm nach Hause.«

»Kannst du hier wenigstens deinen Bruder sehen?«

Sie zögerte einen Moment. »Habt Ihr Geschwister, Mylady?«

Über Zadie zu sprechen war riskant, aber ich konnte nicht erwarten, dass Ebb mir vertraute, wenn ich nicht bereit war, dasselbe zu tun. »Eine Schwester.«

»Dann versteht Ihr vielleicht, dass ich nicht über meinen Bruder sprechen möchte, Mylady. Ich würde alles tun, um ihn zu schützen.«

Ich nickte. Ich konnte mir zwar nicht vorstellen, vor welcher Gefahr Ebb ihren Bruder abschirmen musste, aber damit, jemanden zu beschützen, den man liebte, kannte ich mich ein wenig aus.

Als ich schließlich den Speisesaal betrat, stand Ceren hinter seinem Stuhl und wartete schon auf mich. Talins Platz war leer. Ich erhaschte einen Blick auf Lady Melina am anderen Ende des Tisches, die sich mit einem ilarischen Lord unterhielt. Sie sah mich erst an, als einer der Diener Ceren einen Teller mit Gebäck vorsetzte.

»Gut geschlafen?«, formte sie stumm mit den Lippen und lächelte.

Ich war ein wenig verlegen, musste aber ebenfalls lächeln. Ich hatte allerdings gut geschlafen, nach dem Getränk, das sie mir eingeflößt hatte, besser als in jeder anderen Nacht, seit ich in Ilara war.

Sobald wir aufgegessen hatten, nahm mich Ceren am Arm und führte mich auf das gewaltige Eisentor zu. »Seid Ihr bereit, meine Liebe?«

Mein Herz flatterte vor gespannter Erwartung. »Ja.«

Die Wachen zogen die kleinere Tür auf, woraufhin ein strahlend helles Rechteck im Dunkel der Eingangshalle erschien. Ceren führte mich voran, und ich trat hinaus, die Augen halb geschlossen, weil ich erwartete, dass mich das Sonnenlicht nach einer so langen Zeit im Dunkeln blenden würde. Doch es war, als wäre ich direkt in eine Wolke gelaufen, alles wirbelnder grauer Nebel. Trotzdem noch heller als im Berg, aber nicht der Sonnenschein, nach dem ich mich sehnte.

Ceren lachte über meine Miene. »Keine Sorge, Mylady. Sobald wir absteigen, werdet Ihr Eure geliebte Sonne wiedersehen. Folgt mir, bitte.«

Ich hatte vergessen, dass den Berg zu verlassen auch bedeuten würde, dass wir an diesem Abend den Hang wieder würden hinaufsteigen müssen, aber ich war so glücklich, endlich draußen zu sein, dass es mich nicht kümmerte. Der Abstieg ging viel schneller als der Aufstieg, und wie versprochen ließen wir die Wolken nach ein paar Minuten hinter uns. Ich blieb auf einer Stufe stehen, um über das Tal vor uns zu blicken.

Sanfte Hügel in Grün und Gold, wie die rollenden Wellen

des Ozeans, breiteten sich unter uns aus. Hier und da erhaschte ich das Schimmern eines Sees oder Flusses. Der Himmel über uns war strahlend blau, getupft mit ein paar hellen, bauschigen Wolken. So sehr mich der Anblick begeisterte, etwas Dunkles und Unheilvolles lauerte am Rand meines Bewusstseins: das Wissen, dass dies nur für heute war und dass ich in ein paar Stunden in die Dunkelheit hinter mir würde zurückkehren müssen.

»Schaut nicht so traurig«, sagte Ceren und wandte mir den Kopf zu. Er trug einen dunklen Hut mit einer so breiten Krempe, dass sein Gesicht davon vollständig beschattet wurde. Außerdem fiel mir auf, dass er trotz der Hitze Handschuhe anhatte. »Ihr solltet diesen Moment genießen. Wer weiß, wann Ihr all das wiedersehen werdet.«

Kurz packte mich der Impuls, ihn einfach über die Felsklippe zu stoßen, nur um seine Reaktion zu sehen, wenn er begriff, dass sich jemand gegen ihn wehrte.

»Kommt schon«, rief er und unterbrach damit meine verräterischen Gedanken.

Als wir den Fuß des Bergs erreichten, wartete dort eine Kutsche auf uns. Sie war kleiner als die, mit der ich hergekommen war. Die Wachen stiegen auf ihre Pferde, während Ceren mir in die Kutsche half. In dieser hier gab es lediglich eine Bank. Nur wir beide würden in der Kabine sitzen, und ich betete darum, dass es eine kurze Fahrt werden würde.

Meine Röcke waren dünn genug, um die Wärme seines Oberschenkels neben meinem hindurchzulassen. Ich hielt die Hände im Schoß gefaltet, damit er bloß nicht auf die Idee kam, eine davon zu nehmen, doch als die Kutsche über ein Hindernis auf der Straße rumpelte, griff ich instinktiv nach dem nächstbesten Halt, der sich mir bot: sein Unterarm.

Sofort ließ ich wieder los, aber ich fühlte, dass Ceren lächelte. Wie sehr er es doch liebte, mir dabei zuzusehen, wie ich mich wand wie ein Wurm am Haken.

»Es beeindruckt mich, wie schnell Ihr Euch an das Leben an Land gewöhnt habt«, sagte er. »Königin Talia soll sechs Monate lang krank gewesen sein, bevor sie sich endlich anpassen konnte. Ihr seid anders als sie. Königin Talia war immer so selbstkritisch, was sie tat, war immer wohlüberlegt, so als würde sie permanent ein Schauspiel aufführen. Es war, als würde sie ihr ganzes Leben damit verbringen, sich darüber Gedanken zu machen, wie sie auf andere wirkt.«

»Das hat sie auch«, antwortete ich, bevor ich mich bremsen konnte. »Genau so hat sie ihr Leben verbracht. Ihr habt keine Ahnung, wie viel Druck auf den varenianischen Frauen lastet. Wir müssen schön sein, damit wir auserwählt werden und herkommen können.«

»Ihr sagt das, als wäre es etwas Schlechtes.«

Aus dem Augenwinkel musterte ich ihn. »Es ist eine solche Verschwendung. Euch ist es egal, wie ich aussehe, solange ich nur für gesunde Nachkommen sorge.«

Er lachte, ein tiefes Grollen in seiner Brust. »Meine Güte, was sind wir doch schlecht gelaunt heute Morgen. Natürlich ist mir Eure Schönheit wichtig. Wenn ich schon ein Wellenkind heiraten muss, dann lieber ein hübsches. Allerdings habt Ihr recht, es kommt einem dumm vor, so viel Zeit auf Eitelkeiten zu verschwenden. Meine Mutter war auch schön, und was hat es ihr gebracht?« Traurig schüttelte er den Kopf, dann fügte er hinzu: »Jedenfalls seid Ihr ganz anders als Talia.«

Fragend hob ich eine Braue.

»Zum einen sagt Ihr, was Ihr denkt. Ich habe nie gehört, dass Talia scharf oder wütend mit meinem Vater gesprochen hat. Sie war immer eine perfekte Dame, so zart wie eine Blume.«

Nicht ganz so zart, dachte ich. Eine Blume hätte die Reise nach Ilara nicht überlebt, geschweige denn diesen grauenhaften Berg.

»Nein, Ihr kommt mir eher so vor, als wäre Eure Schönheit Euch nicht weiter wichtig«, fuhr Ceren fort. »Zum Beispiel würden die meisten Frauen mit Eurer Knochenstruktur das Haar zurückgebunden tragen, um ihre Wangenknochen zur Geltung zu bringen. Heute ist Euer Haar allerdings offen. Versteht mich nicht falsch, Ihr seht trotzdem sehr hübsch aus, aber es ist nicht ganz so schmeichelhaft für Euch. So kann ich Euren zarten Hals kaum sehen.«

Ich musste ein Knurren unterdrücken bei der Erinnerung an seine Hände auf meiner Kehle. Trotzdem hatte er recht. Ich dachte nie darüber nach, welche Frisur für mich besonders schmeichelhaft sein mochte. Zadie hätte es getan.

»Außerdem weiß ich ja, dass Ihr Euch nach Farben sehnt, aber dieses grüne Kleid war eine schlechte Wahl. Ihr hättet das Federkleid oder das mit dem Diamantausschnitt aussuchen sollen. Immerhin habt Ihr nicht oft Gelegenheit, meinem Bruder Euren Körper zu zeigen.«

Ich verabscheute die Art, wie er alles vulgär und hässlich machen musste. »In Varenia habe ich das getragen, was wir uns eben leisten konnten. Unsere Perlen bringen uns nicht mehr so viel ein wie früher.«

»Seht Ihr, das ist nur ein weiterer der vielen Gründe, warum Ihr Euch glücklich schätzen könnt, aus der Armut gerettet worden zu sein. Ich vermute, in Eurem Schrank müssen etwa fünfzig Kleider hängen, und ich würde Euch sofort noch einmal fünfzig kaufen, wenn Ihr darum bitten würdet.«

Ich sah aus dem Fenster, dankbar, dass die Vorhänge dieses Mal geöffnet geblieben waren und ich die Landschaft betrachten konnte. »Ich brauche keine hundert Kleider, ich brauche nicht einmal fünfzig.«

»Dann gefallen sie Euch nicht?«

Ich drehte mich zu ihm um. »Es ist schwer, über Kleider nachzudenken, wenn ich weiß, dass meine Familie heute Abend vielleicht nichts zu essen hat, besonders, weil ich nicht mehr für sie nach Perlen tauchen kann.« Fast hätte ich die Verletzung meiner Schwester erwähnt, doch ich unterbrach mich gerade noch rechtzeitig. Ich musste besser auf meine Gefühle achten, wenn ich in Cerens Nähe war, ganz egal, wie wütend er mich machte.

Bevor er etwas erwidern konnte, kam die Kutsche holpernd zum Stehen. Ich fühlte den Ruck, als der Fahrer absprang, kurz darauf öffnete er uns die Tür.

»Wir sind da«, sagte Ceren und half mir aus der Kutsche. »Lake Elwin, der größte der Linrose-Seen.«

Talin und seine Wachen warteten in der Ferne, einige saßen auf ihren Pferden, andere hielten die Tiere am Zügel. Talin ritt wieder auf seinem weißgrauen Hengst und wirkte dabei so majestätisch wie an jenem Tag, als ich ihn beim alten Schloss gesehen hatte. Ein Teil von mir fragte sich, ob er mir wohl helfen würde, wenn er wüsste, was Ceren mit den Varenianern vorhatte. Ich wollte glauben, dass er mir zumindest am vergangenen Abend geholfen hatte.

Allerdings hatte er mich auch dazu überredet, mit ihm zu tanzen, obwohl er gewusst haben musste, wie sein Bruder darauf reagieren würde. Ceren hatte recht. Talin war ein Rotfeuerfisch, schön, aber gefährlich. Er zog mich an, obwohl ich wusste, dass er mich alles kosten konnte.

Als er sah, wie wir über die Wiese auf ihn zugingen, stieg er ab und kam uns entgegen. Er verbeugte sich vor mir, wobei ihm das Haar in die Stirn fiel. »Mylady.«

»Euer Hoheit.« Ich knickste und ließ mir ebenfalls das Haar vors Gesicht fallen, da ich mir meiner Narbe in seiner Gegenwart immer sehr bewusst war. Rasch wandte ich den Blick ab und tat so, als würde ich die Landschaft bewundern. »Auf meiner Reise hierher konnte ich die Schönheit Ilaras nicht richtig würdigen.«

Ich fühlte seinen Blick auf mir. »Ich habe Ilara immer für das Schönste auf der Welt gehalten, bis ich Eure Heimat besucht habe.«

Ich hatte mir selbst geschworen, an diesem Tag jeden Augenkontakt mit ihm zu meiden, aber bei diesen Worten blickte ich unwillkürlich auf. Sprach er von Varenia oder von Zadie? Oder war es möglich, dass er *mich* meinte?

Cerens Hand landete schwer auf meiner Schulter, er machte seinen Besitzanspruch geltend. »Danke dafür, dass du dich mit uns triffst, Talin. Ich weiß, dass deine Männer sehr beschäftigt sind, aber ich glaube, was du zu sehen bekommen wirst, wird sogar dich beeindrucken.«

»Seid Ihr denn so schwer zu beeindrucken, Prinz Talin?«, fragte ich.

Er grinste bloß und auf einmal fühlte ich einen Kloß in der Kehle.

»Nur wenn es um mich geht«, antwortete Ceren. »Ist es nicht so, Bruder?«

Talin nahm meinen Arm, ohne auf Ceren zu achten. Bei der Berührung schlug mein Herz schneller. »Ich bin sehr beeindruckt von deiner zukünftigen Braut«, sagte er über die Schulter hinweg.

Ich fühlte die Anspannung, die von Ceren ausging, der auf meiner anderen Seite lief. Am Flussufer angekommen bliesen Cerens Wachen und der junge Page den Luftsack mit einem großen Blasebalg auf.

Talin kratzte sich am Kopf. »Ich muss sagen, dieses Mal hast du dich wirklich selbst übertroffen, Ceren. Ich habe absolut keine Ahnung, was ich da vor mir habe.«

Ceren ging weiter auf die Apparatur zu. »Keine Sorge, du siehst es noch früh genug.« Er öffnete seinen Mantel und reichte ihn dem Jungen. »Ich fürchte, ich werde mich für diese Vorführung entkleiden müssen. Mylady, bitte wendet den Blick ab. Ich möchte Euch die Hochzeitsnacht nicht verderben.«

Finster sah ich ihn an und drehte mich dann nur allzu gern um. Kurz darauf hörte ich ein Platschen, gefolgt von Ceren, der wegen der Kälte nach Luft schnappte. Als ich mich wieder umdrehte, sah ich, dass er bis zu den nackten Schultern im Wasser stand. Sein Haar trieb um ihn herum.

»Ist es wirklich nötig, dass du das selbst tust?«, fragte Talin. »Mir kommt es nicht ungefährlich vor, und keiner meiner Männer kann sich schnell genug die Rüstung ausziehen und dir zu Hilfe kommen, falls das nötig wird.«

»Ich würde da nicht mal reingehen, wenn mein Leben davon abhängen würde«, murmelte einer der Wachmänner.

»Lass mich wenigstens meine Rüstung ablegen, bevor du reingehst«, sagte Talin, aber Ceren winkte ab.

»Ich werde keine Hilfe brauchen. Junge, reich mir den Schlauch und die Brille.«

Das Wasser um Varenia war kristallklar, und wir tauchten mit offenen Augen, aber dieser See war sumpfig und dunkel. Der kleine Page warf Ceren die Brille zu. Er wirkte verängstigt, doch es war schwer zu sagen, ob es am Wasser oder an Ceren lag oder ob ihn die Apparatur so einschüchterte. Wahrscheinlich alles zusammen.

Ceren nahm das Schlauchende in den Mund und holte zu Testzwecken ein paarmal Luft. Dann spuckte er den Schlauch noch einmal kurz aus, wies Talin an, die Zeit zu messen, und tauchte unter.

Eine der Wachen begann, die Sekunden zu zählen, während wir vom Seeufer aus zusahen.

»Wie tief ist es?«, fragte ich Talin.

»Ich habe keine Ahnung, höchstens drei Meter, denke ich. Ihr konntet es nicht sehen, aber er hat seine Füße mit einem Gewicht beschwert, um dem Auftrieb entgegenzuwirken.« Er überlegte kurz. »Ihr wusstet davon, nicht wahr?«

»Euer Bruder hat es mir gezeigt, ja.«

»Wo? In seinem Studierzimmer?«

Ich biss mir auf die Lippe. Ahnte er, warum ich am vergangenen Abend wirklich dort herumgelungert hatte? »Ja«, gab ich zu.

Forschend sah er mich an. »Ihr wart in der gefluteten Blutsteinmine, nicht wahr?«

Seine Augen erinnerten mich so sehr an zu Hause, dass mir das Herz wehtat. »Wenn Ihr damit den See im Berg meint, dann ja.« Nur beiläufig hörte ich, dass der Wachmann inzwischen bei zweihundert angekommen war.

»Er hat Euch bis ganz nach dort unten mitgenommen?«

Wieder zögerte ich. Ich log nicht gern, aber ich konnte kaum offen zugeben, dass ich dem ilarischen Kronprinzen nachspioniert hatte, besonders nicht vor seinem Bruder. Ich nickte knapp.

»Wisst Ihr, warum mein Bruder diese Apparatur gebaut hat?«

»Ja – um die varenianischen Perlen selbst ernten zu können.«

Aus seiner Reaktion schloss ich, dass er dies schon wusste. »Es überrascht mich, dass mein Bruder Euch dies zeigt. Er weiß, dass es das Ende für Euer Volk bedeuten würde.«

»Für *unser* Volk«, gab ich heftiger zurück, als ich gewollt hatte. »Und ja, er weiß es. Ich glaube, es gefällt ihm, mir wehzutun.«

»Leider fürchte ich, dass Ihr damit recht haben könntet.«

Mir war bewusst, dass uns Cerens Wachen im Auge behielten, aber ich trat einen Schritt auf ihn zu und atmete seinen Geruch nach Sonne, Schweiß und Pferden ein. »Tut es Euch nicht weh, zu wissen, was aus ihnen werden wird? Ihr habt Varenia gesehen, Ihr habt am Tisch des Gouverneurs gegessen. Ihr kennt meine Familie. Ihr könnt nicht einfach so tun, als gäbe es uns nicht mehr.«

Ich musterte sein Profil, auf der Suche nach einer Antwort, aber seine Miene blieb reglos. Als ich die Hoffnung schon aufgeben wollte, fühlte ich, wie er in den Falten meiner Röcke nach meiner Hand tastete und seinen kleinen Finger mit meinem verschränkte. Es dauerte nur den Bruchteil einer Sekunde, aber es war eine viel intimere Antwort, als ich erwartet hatte.

Rotfeuerfisch!, schrie mein Unterbewusstsein, und ich zog die Hand zurück, aber mein Herz hämmerte, und das nicht aus Angst.

»Es sind jetzt zehn Minuten«, sagte einer der Wachmänner. Ich sah zu dem Pagen hinüber, der genau wie ich wusste, dass wir das Ende des Tests erreicht hatten.

»Er sollte jetzt jeden Moment auftauchen«, sagte ich.

Hinter mir zählte die Wache weiter.

Ein ungutes Gefühl beschlich mich und Gänsehaut überzog meine Unterarme. »Ihr versteht nicht. Er hat die Apparatur noch nie länger als zehn Minuten getestet. Er hätte schon auftauchen müssen.«

»Wahrscheinlich gibt er nur an«, sagte derselbe Wachmann, der zuvor geschworen hatte, er würde nicht ins Wasser gehen.

Wieder sah ich den Pagen an. Der Schlauch lag nur ein kleines Stück neben seinem Fuß, und ich begriff, was geschehen war.

Talin hatte begonnen, seine Lederrüstung auszuziehen, doch ich erkannte sofort, dass er vorhin recht gehabt hatte – es würde mehrere Minuten dauern, die Rüstung loszuwerden, aber jetzt zählte jede Sekunde. Wie erstarrt stand ich da und wusste nicht, was ich tun sollte. Mit Cerens Tod wären alle Probleme Varenias mit einem Schlag gelöst. Wenn er starb, würde Talin den Thron erben, und obwohl ich ihm nicht vorbehaltlos vertrauen konnte, glaubte ich nicht, dass dieser dem Volk seiner Mutter Schaden zufügen würde.

Wenn Ceren überlebte, würde er vielleicht trotzdem einen lebenslänglichen Schaden davontragen. Wer wusste schon, wie lange er ohne Sauerstoff gewesen war? Ich dachte an den armen Pagen. Er konnte kaum zwölf Jahre alt sein. Ceren würde furchtbar wütend und gedemütigt sein ... Das würde für niemanden gut ausgehen.

Doch wenn in Varenia jemand in Gefahr war, dann half man, es sei denn, die Gefahr für einen selbst wäre dadurch zu groß. Die einzige Ausnahme war die Verbannung, und das war etwas anderes. Gefährlichen Verbrechern konnte man nicht erlauben, in Varenia zu bleiben, und wenigstens hatten sie immer noch eine Chance. Wie sollte ich mit mir selbst leben, wenn ich einfach dastand und zusah, wie ein Mensch ertrank?

Selbst wenn dieser Mensch mir umgekehrt nicht helfen würde.

»Verdammt!«, fluchte Talin und riss an den Schnallen seiner Rüstung. »Tut doch etwas!«

»Knöpft mir mein Kleid auf!«, rief ich und stellte mich mit dem Rücken zu Talin. Wenn er wollte, dass sein Bruder überlebte, dann blieb keine Zeit für Schicklichkeit. »Sofort!«

21

Kurz zögerte Talin noch, dann öffnete er die Knöpfe, so schnell er konnte. Ich riss mir die Ärmel herunter und stieg in Unterwäsche aus dem Kleid. Ich trat mir die Schuhe von den Füßen, rannte an den fassungslosen Wachen vorbei und sprang ins Wasser, wobei ich mich ermahnte, nicht einzuatmen, als ich die Oberfläche durchbrach.

Es war das kälteste Wasser, in dem ich jemals geschwommen war, und mein ganzer Körper schrie protestierend auf. Der See war dunkel und schlammig, aber meine Augen gewöhnten sich rasch daran. Ich folgte dem Schlauch nach unten und begriff, dass der See viel tiefer war, als alle glaubten. Dann erblickte ich Cerens Haar, das in der Strömung trieb wie ein Seefächer.

Seine Augen waren nach hinten gerollt. Er war bewusstlos, aber ich hatte keine Ahnung, ob seit einer Minute oder schon vielen Minuten. Einer seiner Füße war vom Gewicht losgebunden, doch der Knoten am anderen Fuß saß fest. Ceren musste erfasst haben, dass ihm allmählich die Luft ausging, doch er hatte sich nicht befreien können. Mit aller Kraft zog ich an seinem Fuß, bekam ihn frei, riss Ceren dann den Schlauch aus dem Mund und zog ihn hinauf zur Oberfläche. Meine Füße waren bereits taub, und einen Moment lang war ich nicht sicher, ob ich genug Kraft haben würde, uns beide nach oben zu bringen.

Ich konnte Ceren einfach loslassen und ans Ufer zurückschwimmen. Ich schuldete ihm nichts. Er war grausam und selbstsüchtig. Er hatte selbst zugegeben, dass ich für ihn nichts weiter als ein Körper war, der Kinder gebären sollte, genau wie Mutter gesagt hatte, doch bisher war ich weniger als zwei Minuten unter Wasser gewesen. Für mich bestand keine Gefahr, jedenfalls noch nicht. Ich war in dem Glauben erzogen worden, dass jemanden sterben zu lassen gleichbedeutend damit war, ihn selbst umzubringen.

Mein Kopf durchbrach die Wellen und ich schnappte nach Luft, kurz darauf tauchte Ceren neben mir auf. Ich schlang ihm einen Arm um die Brust und begann, auf das Ufer zuzuschwimmen. Talin und einige der Wachen kamen ins seichte Wasser gewatet, die Männer übernahmen Ceren und brachten ihn ans Ufer, aber Talin hob mich aus dem Wasser und trug mich, durchnässt, wie ich war, ans Ufer und setzte mich auf dem weichen Gras ab.

»Geht es Euch gut?«, fragte er und strich mir das nasse Haar aus der Stirn. »Ihr wart so lang da unten.«

»Alles in Ordnung«, keuchte ich. »Ich muss Eurem Bruder helfen.«

»Ihm helfen?« Talin klang ungläubig, »Er ist tot. Er war fast vierzehn Minuten unter Wasser.«

Ich kroch zu Ceren hinüber, wobei ich meine nassen Kleider verfluchte, und beugte mich über ihn, um auf seinen Atem zu lauschen. Ich hörte nichts, und seine Brust hob und senkte sich nicht, also legte ich ihm die Finger an den Hals. Wieder schoss mir durch den Kopf, dass ich auch einfach nichts tun konnte. Wenn er nicht schon tot war, dann würde er es bald sein.

Ich blickte zu dem Pagen hinüber, der mich mit aufgerissenen braunen Augen ansah. Er schüttelte kaum wahrnehmbar den Kopf, und da wusste ich mit Sicherheit, dass er auf den Schlauch getreten war, um Ceren die Luft abzuschneiden. Hatte ihn Lady Melina damit beauftragt, oder war es seine Rache für den Tod seines großen Bruders? Vielleicht beides.

Da spürte ich es. Ein leichtes Flattern, ein Herzschlag. Mehr war nicht nötig. Ich hielt ihm die Nase zu, achtete nicht auf den Grauton seiner Haut und seine blauen Lippen und blies ihm Luft in den Mund. Einige der Wachen schnappten nach Luft. Sie hatten noch nie gesehen, wie jemand so gerettet wurde, und ich hatte es selbst noch nie getan, aber alle varenianischen Kinder wussten, wie es ging. Ich hatte es mehrere Male gesehen, wenn ein Fischer einen Krampf bekommen hatte, und einmal, als ein kleines Kind vom Steg gefallen und fast ertrunken war. Alle fünf Sekunden blies ich ihm in den Mund und behielt seine Brust genau im Blick. Nachdem eine Minute vergangen war, verlor ich allmählich die Hoffnung.

Auf einmal spannten sich Cerens Muskeln an und er riss die Augen auf. Ich wich gerade noch rechtzeitig zurück, bevor er sich übergab. Eine Mischung aus Wasser und den Resten seines Frühstücks quoll hervor, und rasch rollte ich ihn auf die Seite, damit er wieder Luft bekam. Als er fertig war, wischte ich ihm mit dem Saum meines Unterrocks den Mund ab und rollte ihn wieder auf den Rücken. Ein Hauch von Farbe kehrte in seine Lippen und Wangen zurück.

Ich konnte nicht anders. Ich lächelte. Was auch immer noch geschehen würde, ein Mensch würde weiterleben, meinetwegen. »Bringt Prinz Ceren eine Decke!«, rief ich, ohne mich darum zu kümmern, wer mich hörte.

Ceren sah zu mir hoch, die Sonne schien ihm in die Augen, und sie wirkten nicht mehr grau, sondern eher irisierend, wie die Schuppen eines Mondfischs. Er versuchte, sich aufzusetzen, aber ich drückte ihn sanft wieder nach unten. »Ihr müsst Euch ausruhen.«

Er sah an sich hinab, und zum ersten Mal wurde mir sein nackter Oberkörper bewusst. Seine langen Gliedmaßen und das Netz blauer Adern unter seiner blassen Haut. Er war muskulös, jedoch so dünn, dass ich jede Rippe zählen konnte, während er nach Luft rang.

Wieder sah ich ihm in die Augen, gerade als Grig eine der Felldecken aus der Kutsche über seinen Körper warf, und ich war überrascht, was ich dort erkannte: Scham, Demütigung, aber auch Überraschung. Talin hatte gesagt, Ceren würde die Menschen gern an ihre Grenzen treiben, um ihre Loyalität auf die Probe zu stellen. Vielleicht hatte ich meine gerade bewiesen.

»Danke«, sagte er und nahm meine Hand. »Ich schulde Euch mein Leben.«

Hauptmann Osius half Ceren, der nur halb bei Bewusstsein war, in die Kutsche, während die anderen Wachen auf ihre Pferde stiegen.

»Wir eskortieren Euch zurück ins Schloss«, sagte Talin und reichte mir eine weitere Decke. »Aber zuerst solltet Ihr Euch besser umziehen.« Er gab sich alle Mühe, den Blick nicht tiefer als bis zu meinen Schultern sinken zu lassen.

»Mir geht es gut. Ich sollte bei Prinz Ceren sein.«

»Osius bleibt bei ihm. Es ist nur Platz für zwei in der Kutsche und Ihr habt heute mehr als genug für meinen Bruder getan.«

»Wie soll ich dann zum Schloss zurückkommen?«

»Ihr werdet mit mir reiten.«

Ich hob die Brauen. »Haltet Ihr das für eine gute Idee?«

»Keine Sorge, Mylady. Meine Männer sind diskret. Im Moment mache ich mir außerdem mehr Sorgen darum, dass Ihr Euch in diesen nassen Kleidern eine Erkältung holt.«

»Habt Ihr denn zufällig irgendwo ein Ersatzkleid herumliegen?«, fragte ich mit einem halben Lächeln.

»Vielleicht, wenn Ihr Eure Unterröcke ... Euer Kleid ist noch trocken, Mylady.«

Seine Verlegenheit amüsierte mich so sehr, dass ich nicht dazu kam, mich zu schämen, als er anbot, die Decke zu halten, damit ich mich dahinter umziehen konnte. Als ich fertig war, zog ich mir das Haar über die Schulter nach vorn und präsentierte ihm meinen Rücken.

»Könnt Ihr mir mit den Knöpfen helfen?«

Er antwortete nicht, und als ich mich umdrehte, war er so rot wie eine gekochte Garnele.

»Ich durfte meine Zofe nicht mitbringen.« Ich musste ein Kichern unterdrücken. »Wenn es Euch lieber ist, kann ich auch einen Eurer Männer darum bitten.«

Er blies den angehaltenen Atem aus, und die warme Luft, die mir über die Haut strich, schickte mir einen Schauer über den Rücken. »Euch ist kalt«, sagte er, als würde ihm das die Erlaubnis geben, die er brauchte.

Ich spürte seine Finger an meinem unteren Rücken, während er mit den winzigen Ösen des Kleids kämpfte, und auf einmal war ich sehr dankbar, dass es so viele dumme Knöpfchen waren. Nach ein paar gescheiterten Versuchen schien er den Bogen rauszuhaben. Er trat einen Schritt näher und arbeitete sich an meinem Rücken hinauf zu den Schulterblättern. Ohne das Unterkleid war nichts zwischen seinen Händen und meiner Haut, und ich fühlte jede Berührung wie kleine Flämmchen, die von meinem Rücken aus bis in mein Innerstes flackerten.

»Danke«, sagte er leise, nachdem er den letzten Knopf geschlossen hatte. Seine Finger ruhten immer noch auf meinem Nacken. Es kostete mich alle Willenskraft, mich nicht gegen ihn zu lehnen, aber ich neigte leicht den Kopf, damit sein warmer Atem darüberstreichen konnte, und ich genoss das Gefühl, als sich die feinen Härchen dort aufrichteten. Ich fragte nicht, wofür er mir dankte, ich wollte Cerens Namen nicht hören. Ich wollte, dass dieser Moment ewig dauerte.

»Wir sollten jetzt lieber gehen«, sagte er schließlich, doch Sehnsucht lag in seiner Stimme. Und Bedauern. Er führte mich zu seinem Hengst, der geduldig wartete, während die anderen Pferde stampften und schnaubten und zurück nach Hause wollten.

»Ich bin noch nie auf einem Pferd geritten«, sagte ich und starrte an dem riesigen Tier hinauf.

»Ihr müsst Euch nur an mir festhalten«, sagte er mit einem schiefen Lächeln. »Das schafft Ihr ganz bestimmt.«

Grig half mir, hinter Talin aufzusteigen. Wegen meiner Röcke musste ich seitlich sitzen. Mein Haar war nass, und ich spürte die Kälte des Sees immer noch auf meiner Haut, doch die Wärme von Talin und dem Pferd taute mich allmählich auf. Er schnalzte seinem Hengst zu und ich umklammerte ihn ein wenig fester. Der Trab war unbequemer, als ich es mir vorgestellt hatte, und bei jedem Schritt prallte ich gegen Talins Lederrüstung.

»Im Galopp wird es angenehmer«, sagte er über die Schulter. »Aber auch schneller. Habt Ihr Angst?«

»Ein bisschen.«

Er lachte leise. »Da gibt es nichts, vor dem man Angst haben muss.« Wieder schnalzte er und das Pferd fiel in Galopp. Die Bewegungen des Hengstes waren tatsächlich weicher und fast gar nicht mehr unangenehm. Wenn ich die Augen schloss, konnte ich mir sogar vorstellen, ich wäre im Boot meiner Familie und würde auf den Wellen reiten statt auf einem Pferd.

»Besser?«, fragte er.

»Viel besser. Danke.«

»Da gibt es nur ein Problem.« Er klang sehr ernst.

»Und was wäre das?«

»Wir werden sehr viel schneller zurück im Schloss sein.«

Ich musste lachen. Vielleicht lag es an dem Gefühl von Macht, weil ich Cerens Leben gerettet hatte, aber ich hatte keine Angst mehr, obwohl ich wusste, dass ich eigentlich Angst haben sollte. Ich schmiegte mich an Talins Rücken und ließ zu, dass mich das Auf und Ab der Pferdebewegung in einen Zustand der inneren Ruhe versetzte, von der ich mir sicher gewesen war, dass ich sie nach meinem Abschied aus Varenia nie wieder empfinden würde.

Als wir uns New Castle näherten, zügelte Talin sein Pferd, bis wir im Schritt gingen. Widerstrebend lockerte ich meinen Griff etwas, da ich jetzt keinen Vorwand mehr hatte, mich festzuhalten. Ich sah auf die zerknitterte Seide meines Kleids hinab, mein langes Haar wallte mir offen über die Schultern. Wie sollte ich meine Erscheinung nun Ebb erklären?

Ein paar Minuten später wandte Talin den Kopf zu mir. »Warum habt Ihr es getan?«, fragte er.

»Was?«

»Meinen Bruder gerettet. Ihr hättet ihn da draußen sterben lassen können, doch Ihr habt es nicht getan. Ihr habt Euer eigenes Leben dafür riskiert.«

Ich spielte mit einer der Schnallen seiner Rüstung. »Ja.«

»Warum?«

Es war nur ein einziges Wort, aber darin lag alles, was mir selbst durch den Kopf gegangen war, während ich Ceren gerettet hatte. *Du hättest frei sein können*, sagte das Wort.

»So ist die varenianische Kultur«, erklärte ich. »Wenn der Gott Thalos ein Leben will, dann muss auch er darum kämpfen. Außerdem habt Ihr um Hilfe gebeten, also habe ich geholfen.«

»Thalos«, murmelte Talin. »Meine Mutter hat ihn erwähnt, als sie mir die Geschichte der Varenianer erzählt hat.«

»Das muss sehr dumm für Euch geklungen haben.«

Er schüttelte den Kopf. »Das Einzige, was mir dumm vorkommt, ist die Tatsache, dass die Varenianer leiden sollen, weil ein leichtsinniges junges Liebespaar bei einem Schiffsunglück gestorben ist.«

Ich lächelte in mich hinein. Ich hatte noch nie gehört, dass es jemand so unverhohlen ausdrückte. »Das habe ich auch immer gedacht, aber jetzt begreife ich, dass es eigentlich nur sehr wenig mit der Legende zu tun hat und dafür viel mehr mit Macht und Kontrolle. Und Geld.«

»Ihr meint die Perlen. Ceren glaubt, dass sie ihn stärker machen.«

»Das tun sie vielleicht auch.«

Talins Stimme klang, als käme sie aus weiter Ferne, als er antwortete. »Wenn sie es täten, dann würde mein Vater nicht mit vierzig Jahren im Sterben liegen.«

Ceren hatte behauptet, dass die Perlen seinem Vater nicht

geholfen hatten, aber er selbst hortete sie wie einen Schatz. Er war besessen von der Vorstellung, dass sie ihn vor der Krankheit retten konnten, die den König umbrachte. Wenn die Perlen nicht wirken würden, dann würde er sicher keine Dienstboten opfern, um sie einmal selbst ernten zu können. »Standet Ihr Eurem Vater als Kind nahe?«

»Ja, sehr. Für Euch muss es schwer sein, sich ihn anders vorzustellen als einen bettlägerigen alten Mann, doch er war einmal jung. Nie gesund, schätze ich, aber gesünder. Er ist mit meiner Mutter und mir oft in die Dörfer gefahren.«

»Wo war Ceren, wenn Ihr in die Dörfer gefahren seid?«

Talin hielt den Blick auf die Straße gerichtet. »Ceren ist bei den Kindermädchen geblieben. Er wollte den Berg nicht gern verlassen.«

»Manchmal tut er mir leid«, gab ich zu. »Er muss ein sehr einsames Kind gewesen sein.«

Er nickte. »Ich habe meine Mutter von ganzem Herzen geliebt, aber ich war nie damit einverstanden, wie sie Ceren behandelt hat. Ich glaube, sie mochte ihn nicht, weil sie wusste, dass er einmal die Krone erben würde, nicht ich.«

»Aber er war doch erst ein Kind.«

»Ich weiß, doch ich kann mir vorstellen, wie sie sich gefühlt haben muss. Sie hat Varenia und alles dort zurückgelassen, nur um dann die zweite Frau meines Vaters zu werden. Sie hat wohl geglaubt, wenn ich eines Tages König werden würde, dann könnte sie aufhalten, was gerade in Varenia passierte – was dort immer noch passiert.«

Als sich unsere Blicke begegneten, spürte ich eine Woge der Hoffnung. Bedeutete das, Talin war mit den Plänen seines Bruders nicht einverstanden? »Wenn Ceren nur genauso empfinden würde«, wagte ich mich vor.

Wir waren schon fast beim Schloss und die Kutsche fuhr holpernd hinter uns her. »Ceren hat Angst. Er muss mit ansehen, wie unser Vater jung stirbt, und er macht sich Sorgen, dass ihn dasselbe Schicksal erwartet. Er mag viele Fehler haben, aber mein Bruder liebt sein Königreich. Er will nicht, dass es unseren Feinden in die Hände fällt.«

»Welchen Feinden?«

»Schwer zu sagen. Wir haben im Augenblick so viele davon. Nicht nur Lord Clifton, sondern auch die Galether im Norden. Dazu kommt der Aufstand im Süden.«

»Und Ihr findet, er sollte die Varenianer zum Wohl Ilaras weiter ausbeuten?«

Seine Kiefermuskeln spannten sich. »Nein. In diesem Punkt war ich schon anderer Meinung als mein Bruder, bevor ich Eure Heimat besucht habe.« Die Kutsche fuhr an uns vorbei und Talin zügelte sein Pferd neben dem des Hauptmanns. Einen Augenblick lang ließ ich die Hoffnung zu, dass dieser Vorfall etwas verändern könnte. Ich hatte etwas in Cerens Augen gesehen, einen Splitter der Menschlichkeit, den er hinter seiner blassen Maske verborgen hielt. Er war immer noch das Kind, das seine Mutter verloren hatte und sich nie so geliebt gefühlt hatte, wie es hätte geliebt werden sollen.

Ceren hatte gesagt, er würde mir sein Leben schulden. Vielleicht würde er im Gegenzug den Varenianern ihres lassen.

Am Fuß des Bergs stieg Talin vom Pferd und wandte sich dann an mich, um mir zu helfen. Er umfasste meine Taille und hob mich hoch, als würde ich nicht mehr wiegen als ein kleines Mädchen. Ich fühlte die Wärme seiner Hände durch die dünne Seide, keine weitere Stoffschicht, kein Unterrock trennte uns. Und, bei allen Göttern, ich wollte seine Hände höher spüren, tiefer, überall. Ich wollte ihn so küssen, wie meine Schwester Sami geküsst hatte, lang und langsam und heimlich.

Als ich schließlich auf dem Boden stand, hob ich den Blick und sah ihn an, unsicher, was ich in seiner Miene finden würde. Wir kannten einander kaum, aber Talin war wie ein Trittstein zwischen diesem Leben und dem, das ich hinter mir gelassen hatte. Für die Dauer eines Moments hoffte ich, dass ich mich der Distanz dazwischen vielleicht nicht würde allein stellen müssen.

Doch dann senkte er den Blick auf meinen rechten Wangenknochen, und mein Magen krampfte sich zusammen wie eine Faust.

Meine Narbe. Ich war nicht sehr lange im Wasser gewesen, aber ich hatte während des Ritts die rechte Wange an Talins Rücken gelehnt. Ich widerstand dem Drang, die Hand an mein Gesicht zu heben, doch Talins Miene wurde hart. Er trat zurück und verbeugte sich vor mir.

»Passt auf Euch auf, Mylady«, sagte er. Dann war er fort.

22

Als ich endlich zurück in meinen Gemächern war und vor den großen Spiegel trat, hätte es mich eigentlich nicht überraschen sollen, die entblößte kleine rosa Hautstelle auf meiner Wange zu sehen, nicht, nachdem Talin mich so angeschaut hatte. Doch obwohl ich meine Narbe schon vor langer Zeit als einen Teil von mir akzeptiert hatte, war ich mittlerweile daran gewöhnt, mich ohne sie zu sehen.

Meine Augen füllten sich mit Tränen, während ich den zerrissenen, schlammverkrusteten Rocksaum und mein verfilztes Haar betrachtete. Ich roch nach Seewasser, was nicht sonderlich angenehm war. Am schlimmsten war jedoch, dass Talin die Wahrheit herausgefunden hatte – und dass er mich angesehen hatte wie Mutter nach dem Zwischenfall. Als wäre ich eine Fremde.

Ebb schnappte entsetzt nach Luft, als sie hinter mich trat. »Mylady, was ist passiert?«

Ich drehte mich um und fühlte mich bis in die Knochen erschöpft. »Ich erkläre dir alles, aber bitte lass mir erst ein Bad vorbereiten.«

Sie nickte, die blauen Augen groß und rund vor Überraschung, dann eilte sie hinaus, um eines der Dienstmädchen zu holen. Als das Bad bereit war und wir wieder allein waren, erzählte ich ihr von Ceren.

Sie saß vor mir und starrte mich an. Langsam klappte ihr der Mund auf, während ich von dem Beinahe-Ertrinken des Prinzen erzählte.

»Um Thalos' willen, Ebb, könntest du bitte aufhören, mich so anzuschauen?«, platzte ich heraus, als ich die Geschichte beendet hatte, ihre Miene aber immer noch dieselbe geblieben war.

»Tut mir leid. So etwas habe ich noch nie gehört. Ihr habt ihn vor den Wassergeistern gerettet. Ihr habt ihn von den Toten zurückgeholt!«

Ich rollte mit den Augen und machte ihr ein Zeichen, damit sie mir mit den Knöpfen des Kleides half. Während sie geschickt die Verschlüsse öffnete, dachte ich an Talin, und mein Magen zog sich zusammen in einer Mischung aus Verlangen und Verletztheit. »Natürlich habe ich das nicht. Wenn er tot gewesen wäre, hätte ich ihn auch nicht retten können.« Ich ahnte jetzt schon, wie die Geschichte unter den Dienstboten weitererzählt werden würde. Die Gerüchte, dass ich einen Mann von den Toten zurückgeholt hatte, würden sich schon heute Abend wie ein Lauffeuer verbreiten. »Du darfst niemandem davon erzählen, Ebb. Prinz Ceren wird alles selbst bekannt geben, wenn er bereit dazu ist.«

»Ja, Mylady.«

»Ich meine es ernst, Ebb. Wenn ich auch nur ein einziges Gerücht höre, das auf dich zurückgeht, dann lasse ich dich jeden Tag die Nachttöpfe leeren.«

Sie unterdrückte ein Kichern. »Ich verstehe. Dann befreien wir Euch mal aus den nassen Kleidern und schaffen Euch in die Wanne.«

Ich blieb lange im Wasser, schrubbte mir den Seegeruch mit Lavendelseife von der Haut und kämmte mein taillenlanges Haar aus. Ebb hatte vorgeschlagen, es zu schneiden, damit es sich besser frisieren ließ, aber ich gestattete nicht mehr, als ein wenig die Spitzen zu kürzen. Ich wusste, dass Zadie ihr Haar niemals schneiden würde, und ich wollte nicht anders aussehen als sie. Mein Spiegelbild war meine einzige Möglichkeit, sie altern zu sehen.

Als das Wasser allmählich kalt wurde, half Ebb mir aus der Wanne. Sie reichte mir ein Handtuch und das kleine Knochendöschen.

»Sollen wir Eure Narbe wieder abdecken, Mylady?«, fragte sie. »Die Farbe muss im Wasser abgewaschen worden sein.«

Ich schämte mich, als ich begriff, dass sie wahrscheinlich schon die ganze Zeit über Bescheid gewusst hatte. Warum hatte ich nur gedacht, dass ich alle täuschen konnte? Und *wozu*? Zadie hatte gesagt, die Menschen in Varenia würden meine Narbe kaum wahrnehmen, und Ebb schien weder angewidert noch in irgendeiner Weise beunruhigt zu sein. Doch da fiel mir wieder ein, wie Talin mich erst vor ein paar Stunden angesehen hatte, und Tränen stiegen mir in die Augen.

»Würde es dir etwas ausmachen, mich einen Moment allein zu lassen, Ebb?«

»Natürlich nicht«, sagte sie sanft. »Läutet einfach, wenn Ihr mich braucht.«

Nachdem sie das Zimmer verlassen hatte, ließ ich das Handtuch fallen und trat wieder vor den Spiegel. Ohne die eleganten Kleider und Frisuren sah ich so sehr wie meine Schwester aus, dass ich nicht wusste, ob unsere eigenen Eltern uns hätten auseinanderhalten können. Wäre da nicht die Narbe.

Meine Mutter hatte mir nie für Zadies Rettung gedankt. Sie

hatte mich glauben lassen, die Narbe wäre etwas, wofür man sich schämen müsste. Ein Makel, der den Rest meines Lebens definieren würde. Ich war immer der Meinung gewesen, dass es insgesamt ein kleiner Preis war. Ohne die Narbe hätte ich nie so viel tauchen und schwimmen dürfen, wie ich es getan hatte. Ich wäre nie stark genug geworden, um einen erwachsenen Mann retten zu können. Zadie wäre nicht in der Lage gewesen, das zu tun, was ich heute getan hatte. Trotzdem wusste ich, dass meine Mutter zornig auf mich gewesen wäre, weil ich meine Narbe entblößt hatte, nicht stolz, weil ich Ceren gerettet hatte.

Ich strich über die leicht erhabene Haut auf meiner Wange, dann hinab bis zum Halsansatz. Ich erinnerte mich daran, wie sich Talins Hände angefühlt hatten – wie zart sie mir über den Rücken gestrichen und wie stark und kraftvoll sie sich um meine Taille gelegt hatten. Vorher mochte Talin vielleicht geahnt haben, wer ich wirklich war, doch ich war sicher, dass er es nun wusste. Würde er sich verpflichtet fühlen, es seinem Bruder zu sagen? Ceren hatte keinen Zweifel an seinen Prioritäten gelassen, und die drehten sich darum, ob ich einen gesunden Erben hervorbringen konnte, nicht um meine Schönheit. Nach dem heutigen Tag wusste ich jedoch, dass Talin seinem Bruder gegenüber mehr Loyalität empfand, als ich angenommen hatte. Ich konnte nur hoffen, dass Cerens Dankbarkeit stärker war als sein Zorn, wenn er die Wahrheit erfuhr. Ich tupfte die Paste auf meine Wange und sagte nichts, als Ebb zurückkehrte, um mir in ein weiteres wunderschönes Kleid zu helfen. Während sie sich um mein Haar kümmerte, fiel mir wieder das Taschentuch mit der Notiz an Sami darin ein. In dem ganzen Trubel hatte ich es verloren und meine Mission vollkommen vergessen. Wirklich, eine tolle Spionin.

Als ich den Speisesaal endlich betrat, war ich etwas zu spät dran für das Abendessen, und jeder im Raum drehte sich zu mir um. Offenbar hatten sich die Gerüchte auch ohne Ebbs Zutun schon verbreitet und tatsächlich hörte ich hier und da jemanden »sie hat ihm das Leben gerettet« und »irgendeinen Zauber« murmeln.

Am liebsten hätte ich sie alle angefahren, dass das nicht nichts mit Zauberei zu tun gehabt hatte. Dass ich Ceren lediglich Luft in die Lunge geblasen hatte, aber stattdessen ging ich stumm zu meinem Platz. Weder Talin noch Ceren waren irgendwo zu sehen. Ich aß so langsam und methodisch, wie ich konnte. Ich würde nicht zulassen, dass die Lords und Ladys erkannten, wie aufgewühlt ich war.

Nachdem das Essen beendet war, näherte sich mir Lady Hyacinth. »Ihr habt für einen ganz schönen Wirbel gesorgt«, sagte sie und nahm mich am Arm. »Alle reden über den Unfall.«

Aus dem Augenwinkel sah ich sie an. Was auch immer ich jetzt sagte, würde sofort im ganzen Schloss die Runde machen. »Tatsächlich?«

Sie grinste und tätschelte mir die Hand. »Diskretion. Das weiß ich zu würdigen. Wird der Prinz wieder gesund?«

»Ja, ich glaube schon. Was genau habt Ihr denn gehört?«

Sie führte mich zu einer Bank in einem Alkoven, wo wir uns ungestörter unterhalten konnten. »Wir haben gehört, dass er im See schwimmen war und dass ihn ein Wassergeist in Gestalt einer riesigen Schlange nach unten gezogen hat. Doch dann seid Ihr in den See gesprungen und habt die Schlange mit bloßen Händen getötet.«

Ich lachte. »Glaubt das bitte nicht.«

»Nein, natürlich nicht. Aber Ihr habt ihn doch gerettet, oder?«

Wenn alle wussten, dass ich Prinz Ceren gerettet hatte, dann würde er sich vielleicht eher dazu verpflichtet fühlen, gut zu mir zu sein, selbst wenn Talin ihm die Wahrheit darüber sagte, wer ich war. »Habe ich. Er wäre fast ertrunken, und ich habe ihn aus dem Wasser gezogen und Luft in seine Lungen geblasen, weil er selbst keine mehr hatte.«

»Wo habt Ihr das gelernt? Von so etwas hat noch niemand etwas gehört.«

»Ich habe mein ganzes Leben im und auf dem Meer verbracht. Die Menschen meines Volks setzen jeden Tag ihr Leben aufs Spiel, wenn sie nach den Perlen tauchen, von denen ihr so besessen zu sein scheint.« Ich deutete auf die rosa Perle, die ihr an einer Kette um den Hals hing, dabei konnte ich nicht verhindern, dass sich eine gewisse Schärfe in meine Stimme schlich. Die Ilarer behandelten mich wie ein Kind, aber sie waren genauso ahnungslos wie ich, sobald es um etwas ging, womit sie keine Erfahrung hatten. Wahrscheinlich wussten sie nicht einmal, woher die Perlen kamen.

»Ich habe noch ein Gerücht gehört«, sagte sie und hob den Fächer, sodass nur noch ihre Augen zu sehen waren. Darin funkelte etwas, das entweder Fröhlichkeit oder ein gewisser Schalk sein konnte. Da ihr Mund verdeckt war, fiel es mir schwer, ihre Miene zu lesen.

Als ich nicht antwortete, fuhr sie ungerührt fort: »Ich habe gehört, dass Ihr mit Prinz Talin zusammen auf einem Pferd geritten seid und dabei nichts weiter als Eure Unterwäsche getragen habt.«

Ich rollte mit den Augen. Wer verbreitete nur diese Gerüchte? Eine der Wachen? »Euer Kronprinz wäre fast gestorben. Er brauchte einen der Wachmänner in der Kutsche bei sich und mehr als zwei hatten in der Kabine keinen Platz. Also ja, ich bin mit Talin zusammen geritten. Außerdem war ich klitschnass und habe nach Seewasser gestunken. Und ich hatte mein Kleid an, wenn es Euch interessiert.«

Sie lachte unbeschwert. »Ihr seid sehr tapfer, wisst Ihr das? Es muss für alle ein furchtbarer Schreck gewesen sein.«

»War es.« Ich wusste, dass außer mir niemand wirklich begreifen würde, wie nahe Ilara heute daran gewesen war, den Kronprinzen zu verlieren. War es richtig gewesen, ihn zu retten? Nicht nur für mich, sondern auch für das Königreich? Würde er gerecht und weise regieren oder hatte ich das Leben eines Tyrannen geschützt und damit viele andere in Gefahr gebracht?

Als Talin hereinkam, begann das Getuschel wieder. Er kam auf mich zu, ohne auf die Blicke der Lords und Ladys zu achten, und ich fühlte, wie sich Lady Hyacinth neben mir aufrichtete.

Talins Verbeugung wirkte knapp und bemüht. »Kann ich Euch einen Moment sprechen?«, fragte er.

Er hatte mich nicht einmal angemessen angesprochen. Ich erhob mich und knickste. »Natürlich, Euer Hoheit.«

Er nahm weder meinen Arm noch ging er langsamer, um auf mich zu warten, und ich tat mein Bestes, um mit ihm Schritt zu halten, während er mich die Gänge entlang in Richtung von Cerens Gemächern führte. Seine Miene wirkte verbissen. Noch nie hatte ich ihn so aufgebracht gesehen. War Ceren seit unserer Rückkehr etwas zugestoßen? Würde man mir die Schuld daran geben?

Die Wachen öffneten uns die Tür und Talin trat an Cerens Bett. Er war immer noch blass und seine Lippen wiesen einen leichten Blauton auf, aber er war äußerst lebendig.

»Was ist los?« Ich verstand die Sorge in Talins Gesicht nicht. »Ist alles in Ordnung?«

»Er weigert sich, mit jemand anderem als mit Euch zu sprechen«, erklärte Talin. »Er besteht darauf, seine ›Braut‹ hier bei sich zu haben.«

Anscheinend hatte Talin noch nicht mit seinem Bruder über meine wahre Identität gesprochen. Ceren streckte mir die Hand hin, und ich fühlte mich verpflichtet, sie zu nehmen.

»Meine liebste Zadie. Danke, dass Ihr gekommen seid.«

Ich knickste. »Es freut mich, zu sehen, dass es Euch besser geht.«

Er lächelte mich an, dann wandte er sich an Talin. »Ihr anderen könnt gehen. Ich muss mit ihr allein sprechen.«

Talin biss die Zähne zusammen, wies seine Männer dann aber an, das Zimmer zu verlassen. Über die Schulter warf er mir einen Blick zu, dann ging auch er hinaus.

»Ist alles in Ordnung?«, fragte ich und versuchte dabei, nicht nervös zu klingen.

»Ich muss Euch fragen, was passiert ist, ohne dass Ihr Euch von Talin und seinen Männern bedroht fühlt.«

Ich legte den Kopf schief. »Warum sollte ich mich bedroht fühlen?«

»Ich weiß jetzt, dass Ihr die Einzige seid, der ich trauen kann. Ihr wart die Einzige, die versucht hat, mich zu retten, obwohl Ihr mich einfach hättet ertrinken lassen können. Ich muss es wissen – wer war es?«

»Das verstehe ich nicht. Wer war was?«

Er zog so heftig an meinem Arm, dass mein Gesicht ganz dicht an seines herankam. »Wer hat versucht, mich umzubringen?«, zischte er.

Entsetzen packte mich. Thalos, er wusste es. »Niemand hat versucht, Euch umzubringen. Es war ein schrecklicher Unfall, vielleicht ein Knick im Schlauch, der Euch die Atemluft abgeschnitten hat. Das Wasser war viel kälter, als wir hätten ahnen können, und Ihr seid nicht daran gewöhnt.«

»Während der ersten etwa sieben Minuten konnte ich problemlos atmen. Das war kein Unfall. Wer hat die Apparatur angefasst, während ich dort unten war?«

»Niemand. Ich schwöre es.«

»Habt Ihr sie die ganze Zeit im Auge behalten?«

Ich senkte den Blick, als ich an den kurzen Moment dachte, den ich mit Talin geteilt hatte. Als seine Finger über meine gestrichen waren. »Fast die ganze Zeit. Die einzige Person, die in die Nähe Eurer Apparatur gekommen ist, war Euer Page.«

Er ließ meine Hand los und richtete den Blick zur Decke. »Ich wusste es.«

»Aber er hat die Apparatur nicht berührt«, fügte ich rasch hinzu, als ich begriff, was für einen furchtbaren Fehler ich gemacht hatte. »Wir hätten es alle gesehen, wenn er sich daran zu schaffen gemacht hätte. Er war die ganze Zeit ein gutes Stück davon entfernt.«

»Das könnt Ihr nicht mit Sicherheit sagen, wenn Ihr nur ›fast‹ die ganze Zeit hingesehen habt. Dieser verdammte Junge gibt mir die Schuld am Tod seines Bruders, also wollte er sich an mir rächen.«

»Er ist noch ein Kind. Er kann es nicht gewesen sein.«

Wieder packte Ceren meine Hand, richtete sich auf und kam mir wieder ganz nah. »Warum habt Ihr mich gerettet?«

Ich blinzelte. »Was?«

»Warum habt Ihr mich nicht einfach ertrinken lassen? Damit wären alle zufrieden gewesen, da bin ich sicher. Talin wäre König geworden. Ihr hättet ihn heiraten können, wenn Ihr es gewollt hättet. Ich bezweifle, dass es sogar meinem eigenen

Vater etwas ausgemacht hätte. Also, warum habt Ihr mich gerettet?«

Ich hätte versuchen können, ihm die Gebräuche meines Volks zu erklären, aber ich war müde und frustriert. »Weil es *mir* etwas ausgemacht hat. Weil ich nicht einfach dastehen und Euch sterben lassen konnte.« Ich würde Ceren niemals vergeben, was er den Varenianern antat, aber ich hatte kein Recht, über sein Leben zu entscheiden.

Er schloss die Augen, und ich glaubte schon, er wäre eingeschlafen. »Es tut mir leid, dass ich Euch nicht besser behandelt habe. Was wünscht Ihr Euch von mir?«

»Das verstehe ich nicht.« Verwirrt runzelte ich die Stirn.

»Was wollt Ihr? Was ist nötig, damit Ihr hier glücklich werdet?«

Mein Herzschlag geriet ins Stocken. Ich hatte dabei versagt, Sami eine Nachricht zu schicken, aber nun bot mir Ceren eine weitere Chance an. »Meine Freiheit.«

Er schlug die Augen auf. »Ich kann Euch nicht erlauben, Ilara zu verlassen.«

»Ich weiß. Das erwarte ich auch gar nicht. Aber ich würde gern das Schloss verlassen dürfen. Nicht jeden Tag, aber hin und wieder. Ich brauche frische Luft und Sonnenlicht, um zu überleben, Ceren.«

Ich hatte vergessen, ihn mit seinem korrekten Titel anzusprechen, doch er schien es nicht zu bemerken. Stattdessen hob er die Hand und strich mir eine Haarsträhne aus der Stirn. »Wie eine Blume«, sagte er. »Also gut. Ihr dürft das Schloss einmal in der Woche verlassen. Meine Wachen werden Euch eskortieren.«

Es war bloß eine Kleinigkeit, und ich hätte nicht erst darum bitten müssen sollen, aber ich lächelte erleichtert. »Danke.«

»Und wohin würdet Ihr gern gehen?«

Ich dachte an Zadie, als sie vierzehn Jahre alt gewesen war. Damals hatte sie so getan, als könnte sie nicht an eine bestimmte Auster herankommen, obwohl sie in Wahrheit nur zu faul gewesen war, danach zu tauchen. Sie hatte nichts weiter tun müssen, als mit den Wimpern zu klimpern und Samis Arm zu berühren, und schon hatte er die Auster für sie geholt. Damals hatte ich meine Schwester bewundert, die mit einer schönen, dicken Perle nach Hause zurückgekehrt war, für die sie nicht einmal selbst hatte tauchen müssen. Sami dagegen war in meiner Wertschätzung ein wenig gesunken.

»Als ich ein kleines Mädchen war, habe ich einmal den Hafenmarkt vom Boot meiner Familie aus gesehen«, spann ich mir eine Lüge aus Samis Erzählungen zusammen. »Ich konnte nicht viele Details erkennen, aber die feinen ilarischen Damen mit ihren schönen Kleidern und die schicken ilarischen Soldaten in Lederrüstungen haben mich fasziniert. Damals habe ich mir geschworen, dass ich das alles einmal miterleben würde.« Zaghaft legte ich ihm die Hand auf den Arm. »Ich würde alles tun, um einmal dorthin zu gehen, wenn Ihr mich hinbringen würdet.«

Ich hielt den Atem an, während Ceren überlegte. Kurz darauf zuckte ein Lächeln über seinen Mund. »Ihr könnt Euch Eure falschen Schmeicheleien sparen.«

Ich errötete, beschämt, weil er mich so leicht durchschaut hatte. Allerdings musste ich jetzt wenigstens nicht so tun, als würde ich seine Gesellschaft genießen.

»Trotzdem bringe ich Euch im kommenden Monat zum Markt, wenn Ihr das wünscht.«

Ich versuchte, nicht enttäuscht auszusehen. »Ist der nächste Markt nicht schon am Freitag?«

»Ich bin im Moment kaum in der besten Verfassung für eine Reise. Ihr habt schon so lange darauf gewartet, da wird ein weiterer Monat kaum schaden.«

Es war nicht das, worauf ich gehofft hatte, jedoch mehr, als ich noch an diesem Nachmittag zu träumen gewagt hätte. »Danke«, sagte ich. »Das bedeutet mir mehr, als Ihr ahnen könnt.«

Seine Lippen formten sich zum vielleicht ersten aufrichtigen Lächeln, das ich bisher an ihm gesehen hatte. »Gern geschehen. Und jetzt geht, bevor ich meine Meinung wieder ändere.«

23

Es war dumm von mir gewesen, anzunehmen, dass Ceren die Angelegenheit auf sich beruhen lassen würde, nur weil er freundlich zu mir gewesen war. Zwei Tage blieb er in seinen Gemächern und »erholte sich«, wie es offiziell hieß, aber Ebb hatte mir erzählt, dass er sich seine Apparatur hatte bringen lassen. Zweifellos würde er sie genau untersuchen, bis er jemandem die Schuld an seinem Beinahe-Ertrinken geben konnte.

Auch ich wollte eigentlich in meinem Zimmer bleiben, weshalb ich so tat, als wäre ich erschöpft, aber Lady Hyacinth bestand darauf, dass ich zum Tee zu ihr kam. Überrascht stellte ich bei meinem Eintreffen fest, dass sich nur Hyacinth und ich im Raum aufhielten. Während wir darauf warteten, dass uns ein Dienstmädchen den Tee brachte, stellte sie mir noch ein paar Fragen über den Unfall, doch ich ahnte, dass sie eigentlich nicht auf Tratsch aus war.

Das Mädchen kam endlich mit dem Tee und füllte unsere Tassen, dann verließ es den Raum wieder. Lady Hyacinth wandte sich an mich. Zum ersten Mal trug sie ihr Haar offen. Die rotbraunen Locken fielen ihr über den Rücken. Ich konnte mir nicht vorstellen, warum jemand so schönes Haar verstecken sollte. Ohne Puder und Schminke sah Hyacinth eher aus wie die Zwanzigjährige, die sie wirklich war.

»Ich bin ja so froh, dass wir endlich eine Gelegenheit haben, unter vier Augen miteinander zu sprechen«, sagte sie und löffelte, ohne zu fragen, Zucker in meinen Tee. »Erzählt mir doch, wie es wirklich in Varenia ist.«

Ihr verändertes Verhalten verblüffte mich. Ich kannte sie sonst nur leicht angeheitert und jovial, lachend und tratschend, wie die anderen Damen in ihrer Gesellschaft. »Wie bitte?«

»Hungern die Menschen dort wirklich, wie Prinz Talin sagt? Er ist mit überraschenden Neuigkeiten über einen Mangel an Perlen und sehr bescheidene Lebensverhältnisse von seinem Besuch in Eurem Dorf zurückgekehrt. Was seinen Bruder furchtbar aufgeregt hat. Ihr seht allerdings nicht verhungert aus. Ihr wirkt stark und gesund.«

Ich hatte keine Ahnung, was ich darauf antworten sollte. Ich hatte Lady Hyacinth zwar nie getraut, aber sie war mir immer relativ harmlos vorgekommen. Ich hätte wissen sollen, dass eine Frau, die im Kriegsrat des Königs saß, wohl nicht ihre ganze Zeit damit verbrachte, Wein zu trinken und mit Freunden Karten zu spielen.

»Die meisten von uns sind gesund«, sagte ich. »Allerdings sind unsere Gewässer überfischt und wir bekommen für die Perlen nicht mehr so viel wie früher.«

Sie nippte an ihrem Tee und lehnte sich gegen die Seidenkissen. »Warum verbraucht Ihr die Perlen dann nicht selbst? Oder kommt an den Strand und versucht, Euch an Land ein Leben aufzubauen? So viele Jahre, und abgesehen von der Flucht der Galether hat Euer Volk nie einen Aufstand gewagt. Als Strategin ist mir das ein Rätsel.«

Da hatte sie nicht unrecht. Diese Fragen hatte ich mir selbst schon gestellt, aber das Leben in Varenia war ziemlich friedlich. Dort sprach man kaum über Ilara, außer im Zusammenhang mit der Zeremonie. Die Lage mit den Perlen hatte sich langsam und heimtückisch verschlechtert. Es war nicht so, dass wir an einem Tag noch geschlemmt und am nächsten plötzlich gehungert hätten. Wir hatten im Laufe der Zeit eben gelernt, mit immer weniger zurechtzukommen.

»Wahrscheinlich ist das so, weil wir es nicht anders kennen«, sagte ich. »Um ehrlich zu sein, habe ich gehofft, das alles ein wenig besser zu verstehen, wenn ich herkomme, aber ich kann es immer noch nicht erklären. Ich weiß, dass meine Leute Angst davor haben, gefangen genommen und hingerichtet zu werden, wenn sie an Land gehen.«

»Wenn jedoch immer nur ein paar zur selben Zeit anlegen würden, dann würdet Ihr sicher unbemerkt in den Norden kommen können. Derzeit gibt es so viele Flüchtlinge auf den Straßen, dass ein paar mehr kaum auffallen würden.«

»Unser Wissen beruht nur auf dem, was wir auf dem schwimmenden Markt erfahren. Wir haben keine Ahnung von den Aufständen.«

Mit ihrem langen Fingernagel tippte sie sich an die Lippen. »Dann ist also Unwissenheit zum Teil die Erklärung. Ich verstehe.«

Mir gefiel es nicht, wie sie über die Unterdrückung der Varenianer sprach, als wäre es ein interessanter Fall für ihre Studien. Doch vielleicht blieben wir ja *tatsächlich* absichtlich unwissend. Ja, die Männer waren die meiste Zeit mit der Suche nach Perlen beschäftigt, aber die Frauen? Ich dachte an Mutter und daran, wie besessen sie von der Zeremonie war. Die Ilarer hatten uns etwas gegeben, das uns beschäftigt hielt. Sie hatten die Auswahl einer ilarischen Prinzessin sogar als eine Art Ehre erscheinen lassen. Doch waren es wirklich die Ilarer gewesen, die das getan hatten, oder waren wir es selbst? Es war unmöglich, zu sagen, was zuerst gewesen war. Ich wusste nur, dass ich in den siebzehn Jahren meines Lebens nie jemanden einen Zweifel daran hatte äußern hören, abgesehen von Sami und mir.

»Warum interessiert Euch das alles so?«, fragte ich schließlich. Lady Hyacinth nahm ein Knäuel loses Garn aus einem Korb und begann, sich den Faden um die Hände zu wickeln. »Kommt schon, Zadie, Ihr müsst doch wissen, wie die erste Regel des Krieges lautet.«

Ich schüttelte den Kopf, während eine Stimme in meinem Innern schrie, dass ich ihre Antwort gar nicht hören wollte.

Sie lächelte und ihre dunkelgrünen Augen funkelten. »Kenne deinen Feind.«

Die Begegnung mit Lady Hyacinth verfolgte mich. Sie hatte die Varenianer als Feinde bezeichnet, was mir ein Rätsel war und überhaupt keinen Sinn ergab. Wir standen fest unter ilarischer Herrschaft und waren viel zu wenige, um für unsere Unabhängigkeit kämpfen zu können. Ich wollte mit Lady Melina sprechen, um sie zu fragen, ob es zu ihrer Zeit anders gewesen war in Varenia, aber sie beantwortete keine der Nachrichten, die ich ihr schickte.

Am dritten Tag rief mich Ceren zu einem Treffen in der großen Halle. Ich hatte ihn noch nie zuvor auf dem Thron sitzen sehen. Tatsächlich hatte ich überhaupt noch niemanden dort sitzen sehen. Mit der dunklen Metallkrone, die er auf seinem offenen Haar trug, und dem schwarzen Samtumhang über einer Schulter wirkte er allerdings bereits wie der König, der er einmal werden würde.

Ich sah mich nach den anderen um, die man zu der Versammlung gerufen hatte, und sofort wusste ich, dass etwas nicht stimmte. Talin war hier, mit Grig und Hauptmann Osius, genauso wie der Page, einige von Cerens Wachen und ein paar Lords und Ladys. Doch es war die Anwesenheit von Lady Melina, die mich besonders beunruhigte.

»Danke für euer Kommen«, sage Ceren, als offensichtlich alle Einbestellten da waren. »Während der vergangenen Tage habe ich meine Atmungsapparatur genau untersucht, und es ist offensichtlich, dass sich jemand daran zu schaffen gemacht hat. Ein Angriff auf das Leben des Kronprinzen ist ein scheußliches Verbrechen, das nicht ungesühnt bleiben darf, auch wenn der Angriff dank meiner zukünftigen Frau erfolglos geblieben ist.« Er lächelte mich an, doch da lag keine Wärme in seinen Augen, und ich spürte, wie sich mir der Magen umdrehte, als sein Blick zu dem Pagen weiterwanderte.

»Dieser Junge«, sagte Ceren und deutete mit einem langen Finger auf das Kind, »war einer Zeugin zufolge der Einzige, der nah genug bei der Apparatur stand, um sich daran zu schaffen gemacht haben zu können.«

Mein Herz begann zu hämmern, als ich begriff, worauf Ceren hinauswollte.

»Tatsächlich habe ich einen verräterischen Knick im Schlauch entdeckt, und das ist der Beweis, den ich brauche, um diesen Verräter zum Tod zu verurteilen.«

Ein paar der Damen schnappten nach Luft, und ich spürte, wie Talins Haltung starr wurde.

»Es sei denn natürlich, es gibt jemanden, der die Verantwortung für dieses Verbrechen übernehmen möchte? Ich bezweifle ernsthaft, dass ein elfjähriger Junge ganz allein einen

Anschlag auf das Leben seines zukünftigen Königs geplant haben soll.«

Mein Blick huschte zu Lady Melina, und auf einmal verstand ich, warum sie hier war. Ceren hätte sie niemals eingeladen, wenn er nicht angenommen hätte, dass sie irgendwie in die Sache verwickelt war. Und vielleicht war sie das tatsächlich. An dem Abend, bevor wir zum See aufgebrochen waren, hatte ich ihr gesagt, dass ich nicht an den Schlüssel hatte herankommen können, und es war durchaus möglich, dass der Page in ihrem Auftrag gehandelt hatte. Am schlimmsten war jedoch, dass es meine Idee gewesen war, die Apparatur zu sabotieren. Ceren verdächtigte mich nicht einmal, weil ich es gewesen war, die ihn gerettet hatte.

»Also?«, fragte Ceren. »Will denn niemand das Leben dieses Kindes retten? Nun gut. Da es dem Jungen schließlich nicht gelungen ist, mich zu töten, habe ich beschlossen, ihn nicht vom Berg zu werfen, wie ich es normalerweise tun würde. Nein, ich werde großzügig sein und ihm die Chance geben, um sein Leben zu kämpfen. Wachen, macht euch bereit, ihn nach unten zu bringen.«

Ich drehte mich zu Talin um. »Was meint er damit? Wohin bringt er den Jungen?«

»Es gibt ...« Er schluckte, bevor er weitersprach. »Es gibt eine Kreatur unter dem Berg. Sie lebt in einem anderen See als dem, den Ihr schon gesehen habt. Manchmal verfüttert Ceren einen der Gefangenen an sie, anstatt ihn vorm Berg werfen zu lassen.«

Vor Grauen riss ich die Augen weit auf. »Eine *Kreatur*? Die Menschen *frisst*?«

Er nahm mich am Arm und wir reihten uns hinter Ceren und seinen Wachen ein. Lady Melina ging hinter uns und sprach mit einer der Damen. »Ich habe das Wesen noch nie gesehen«, flüsterte Talin. »Das hat noch niemand außer Ceren und seinen Wachen. Er nennt es Salandrin.«

»Das dürfen wir nicht zulassen.« Es gelang mir nicht, die Hysterie aus meiner Stimme zu verbannen. »Er kann doch ein armes Kind nicht an ein Monster verfüttern!« O Thalos, ich hätte Ceren in diesem See sterben lassen sollen, ganz egal, was die varenianischen Moralvorstellungen besagten. Ich hatte ihn gerettet, damit er sich nun das Leben eines Kindes holen konnte.

Die Tunnel, die in den Berg hinabführten, wurden allmählich zu schmal, um nebeneinandergehen zu können, also schlich ich hinter Talin her, und sein Rücken war das Einzige, was ich in der Dunkelheit erkennen konnte. Der Junge vor uns weinte leise, trotz der Ermahnung der Wachen, still zu sein. Ab und zu hörte ich ein Ächzen oder einen leisen Schrei, und da wusste ich, dass sie ihn schlugen, damit er den Mund hielt.

Mir wurde schwindlig von der Enge und dem Luftmangel. Ich streckte die Hand aus, um mich an der Mauer abzustützen, und zu meiner Überraschung war sie rau und glitschig, ganz anders als die Korridore überall sonst im Schloss. Da begriff ich, dass dies kein von Menschenhand geschaffener Tunnel war. Was auch immer hier unten lebte, *wanderte* durch diese Gänge.

Als ich schon glaubte, gleich ohnmächtig zu werden, erreichten wir endlich unser Ziel: eine in unheimliches blaues Licht getauchte Höhle. Ich sah auf und erwartete, Fackeln voller Mondmoos zu sehen, doch als ich erkannte, woher das Leuchten wirklich stammte, keuchte ich auf. Über uns schimmerten Tausende von winzigen Lichtern wie blasse blaue Sterne.

»Was ist das?«, fragte ich Talin.

»Das sind Glühwürmchen. Sie hängen an der Höhlendecke.«

Die Schönheit dieses Anblicks zersplitterte, als der Page zu schreien begann. Zwei der Wachen schritten auf eine steinerne Felszunge zu, die drei Meter über dem Wasser in den See hinausragte. Sie zerrten den Jungen mit sich. Zum Teil war der See in der Dunkelheit verborgen, doch an einigen Stellen spiegelte sich das Licht der Glühwürmchen auf dem Wasser, und ich konnte erkennen, wie tief es war. Etwas Riesiges, Weißes schwamm vorbei und verschwand dann wieder in den Schatten.

Erschrocken schrie ich auf und rannte zu Ceren. Ohne nachzudenken, packte ich ihn am Umhang. Ich hörte das missfällige Murmeln der Lords und Ladys hinter mir.

»Bitte, tut das nicht«, flehte ich. »Er ist doch noch ein Kind. Zeigt Gnade mit ihm.«

»Wenn Ihr nicht gewesen wärt, dann wäre ich jetzt tot«, sagte Ceren hart. »Meint Ihr nicht, dass die Strafe dem Verbrechen angemessen sein sollte?«

In Varenia hatten wir ein recht simples Rechtssystem. Wer ein Verbrechen begangen hatte, der wurde entweder dazu gezwungen, das Unrecht wiedergutzumachen – indem man etwas Gestohlenes zurückgab oder eine Person pflegte, die man verletzt hatte, oder indem man selbst von der Zeremonie ausgeschlossen wurde, wenn man die Chancen eines anderen Mädchens beeinträchtigt hatte –, oder er wurde verbannt, wenn das Verbrechen schlimm genug war. Wir töteten niemanden für seine Verbrechen, auch wenn wir alle wussten, dass die Verbannung praktisch gleichbedeutend war mit dem Tod. Ein Jahr vor meiner Abreise war ein Mann verbannt worden, weil er versucht hatte, seinen Bruder mit dem Fleisch eines Kugelfischs zu vergiften. Zum Glück hatte der Vergiftete überlebt. Seinen Bruder hatte niemand je wiedergesehen.

»Ich finde, wenn man das Alter des Jungen in Betracht zieht und die Tatsache, dass sein Bruder bei einem Eurer Experimente ums Leben gekommen ist, könnt Ihr nachsichtiger mit ihm sein, als Ihr es normalerweise wärt«, führte ich an. »Die Menschen hier haben furchtbare Angst vor dem Wasser. Diese Jungen dazu zu zwingen, in den dunklen See unter dem Berg zu gehen, war grausam. Sogar die Wachen hatten Angst.«

Mit zu Schlitzen verengten Augen sah mich Ceren an, und da begriff ich, dass ich gerade zugegeben hatte, ihm zu dem anderen unterirdischen See gefolgt zu sein. »Ich habe allen die Gelegenheit gegeben, für den Jungen zu sprechen.« Sein Blick ging an mir vorbei zu Lady Melina, die mit ausdruckslosem Gesicht zwischen den Lords und Ladys stand. Sie würde sich nicht für den Pagen opfern, das stand fest.

Mein Mund wurde trocken und mein Puls raste, als wüsste mein Körper jetzt schon, was ich gleich sagen würde. »Ich gehe«, platzte ich heraus. Ich hatte grässliche Angst vor dem, was in diesem Wasser lauerte, doch tief in meinem Innern wusste ich, dass es das Richtige war. Ceren aufzuhalten war meine Idee gewesen, und ich hatte Lady Melina versprochen, dass ich bereit war, die Folgen meiner Taten zu tragen.

Ceren zog die Brauen zusammen. »Was soll das heißen, Ihr *geht?*«

»In den See, zu dem Monster. Ihr habt gesagt, dass Ihr dem Jungen die Chance gebt, um sein Leben zu kämpfen. Lasst mich das an seiner Stelle tun.«

Ungläubig starrte er mich an. »Seid nicht albern. Dieser

Junge hat keine Chance gegen Salandrin, nicht einmal mit einer Waffe.«

»Dann gebt Ihr mir also eine Waffe?«

»Ich werde Euch nicht gehen lassen.« Er packte mich am Arm und zog mich von den anderen fort. »Warum deckt Ihr Lady Melina? Ich weiß, dass sie dahintersteckt.«

»Woher wollt Ihr das wissen?«, fragte ich. »Woher wisst Ihr, dass es kein Unfall war?«

»Diese Frau hat mich schon immer verabscheut. Außerdem habe ich die Apparatur überprüft, bevor wir New Castle verlassen haben. Der Knick kann nicht von allein in den Schlauch gekommen sein.«

»Dann habt Ihr also keinen Beweis, trotzdem seid Ihr bereit, ein Kind zu töten?«, rief ich. »Ihr *lebt*, Ceren. Das ist es doch, was zählt. Schickt den Jungen zurück zu seiner Familie. Sie haben schon einen Sohn verloren.«

Ceren schwieg einen Moment lang und ein Hoffnungsfunke flammte in meiner Brust auf. Doch dann schüttelte er den Kopf. »Ich kann ihn jetzt nicht mehr gehen lassen. Ich habe ihn öffentlich beschuldigt.«

Ich befreite mich aus seinem Griff. »Dann gehe ich an seiner Stelle. Ich habe Euch nicht einfach sterben lassen, und das werde ich auch bei dem Jungen nicht tun.«

Sein Blick schoss hin und her, dann sah er mich an. »Ihr würdet wirklich alles für irgendeinen Dienstbotenjungen riskieren? Sein Leben ist nichts wert im Vergleich zu Eurem.«

»*Mein* Leben wäre nichts wert, wenn ich das glauben würde.«

Er schüttelte den Kopf. »Ihr seid ein tapferes Mädchen, das bestreite ich nicht. Aber ich brauche Euch lebendig. Tut mir leid.« Damit wandte er sich ab.

»Ich bin diejenige, die das alles geplant hat!«, rief ich, laut genug, dass es alle Lords und Ladys hörten. »Ich habe den Pagen beauftragt. Ich sollte diejenige sein, die bestraft wird.«

Ceren fuhr wieder zu mir herum. »Hört auf!«, knurrte er. »Ihr habt mir das Leben gerettet. Das wird Euch niemand glauben.«

»Ich habe meine Meinung eben geändert.« Ich verschränkte die Arme vor der Brust. »Und nachdem ich jetzt vor Zeugen gestanden habe, könnt Ihr den Jungen nicht mehr dafür verantwortlich machen.«

Die übrigen Mitglieder des Hofs traten näher. »Ich habe doch immer gewusst, dass ihr nicht zu trauen ist«, sagte einer der Lords.

»Wir sollten eine ilarische Königin bekommen«, murmelte ein anderer.

»Sie muss für das bezahlen, was sie getan hat.«

Ich spürte Melinas Blick auf mir, aber sie schwieg weiter. Offensichtlich war sie ebenso wenig bereit, sich für mich zu opfern.

Ceren trat zu Talin, der noch kein Wort gesagt hatte, obwohl sein Blick die ganze Zeit zwischen mir und seinem Bruder hin und her schoss. »Sag ihr, dass sie damit aufhören soll, Talin.«

»Wie kommst du darauf, dass sie auf mich hört?«, knurrte er.

Cerens Miene verfinsterte sich. »O bitte, ich bin kein Dummkopf. Ich habe gesehen, wie sie dich anschaut.«

Ich konnte Talin nicht ansehen, nicht nach dem, was beim See passiert war. Stattdessen betrachtete ich den Pagen, der nun leise weinte. Nur er war jetzt wichtig.

Ich hörte, wie Talin die Luft ausstieß, dann spürte ich eine Hand auf meiner Schulter, und er zog mich beiseite. Er beugte sich so nah zu mir vor, dass seine Lippen fast mein Ohr berührten. »Ihr müsst das nicht tun.« Er schluckte schwer. »Ich weiß, Ihr wollt …«

»Es geht nicht darum, was ich *will*. Ich kann diesen Jungen nicht einfach sterben lassen. Ich bin eine starke Schwimmerin. Ich habe wenigstens eine Chance.«

Als sich unsere Blicke trafen, erkannte ich, dass er mich – *mich* – so sah, wie ich wirklich war. Stur wie eine Seepocke, vielleicht, aber auch eine Frau, die für das kämpfte, woran sie glaubte.

Einen Moment lang dachte ich schon, dass er an meiner Stelle gehen würde, aber er musste meine Entschlossenheit erkannt haben, denn anstatt zu protestieren, nickte er nur und zog ein Messer aus der Scheide an seinem Gürtel. »Zielt auf die Augen«, sagte er und reichte mir die Klinge. »Ich werde helfen, so gut ich kann.«

Trotz seiner Worte hielt er mich weiter an der Schulter fest, und ich ließ mein Haar nach vorn fallen, damit niemand sah, wie ich meine Hand zu seiner hob. Halb erwartete ich, er würde bei der Berührung zurückzucken, aber er holte nur scharf Luft, die Lippen immer noch an meinem Ohr. Ein Schauer lief mir über den Rücken. Er rührte sich nicht, und ich wusste, dass er denselben Funken gespürt hatte wie ich.

»Es tut mir leid, dass ich so kalt war«, murmelte er. »Ihr habt nichts getan, um das zu verdienen.«

»Danke.« Einen Moment später löste ich sanft seinen Griff, sah ihm dabei jedoch weiter fest in die Augen. Ceren mochte ahnen, dass ich mich zu seinem Bruder hingezogen fühlte, aber wenn ich schon sterben würde, dann musste ich *Talin* wissen lassen, dass es mehr war als das. »Eure Freundlichkeit ist wie eine Atempause im Sturm«, sagte ich und begriff nun, was er in Varenia gemeint hatte. Das Leben hier war dunkel und kalt und unbarmherzig, aber Talin hatte es etwas erträglicher gemacht.

Er hielt mich noch einen Moment länger fest, seine Kiefermuskeln waren fest gespannt. »Ich wünschte, die Dinge wären anders …«, setzte er an, aber ich unterbrach ihn.

»Ich auch.«

Langsam ließ er mich los, und ich sah, wie er mit sich rang. Ganz leicht schüttelte ich den Kopf. Er durfte mir nicht nachtauchen, ganz gleich, was passierte.

Die Wachen warteten auf ihre Befehle von Ceren, doch ich ging zu ihnen und löste ihre Hände von dem Jungen. »Geh, schnell«, flüsterte ich dem Pagen zu. »Verlass das Schloss und lauf heim zu deiner Familie, bevor irgendjemand bemerkt, dass du fort bist.«

Er riss die Augen auf, nickte dann jedoch und stolperte die Felsen hinunter. Ich legte das Messer ab und zog mir das Kleid aus, was weiteres entsetztes Keuchen zur Folge hatte. Das Unterkleid fiel mir nur bis zu den Knien, aber ich musste mich frei bewegen können. Einen Moment lang betrachtete ich den See, ohne auf das Raunen der Menge zu achten. Das Wasser würde kalt sein, doch dank der Glühwürmchen würde ich wenigstens etwas sehen können. Ich musste mich von den Schatten fernhalten. Als ich über die Felskante spähte, glitt erneut die riesige Kreatur vorüber, und ich erkannte die Rückenflosse. Das Biest musste mindestens sechs Meter lang sein, größer als die menschenfressenden Haie, die weiter draußen im Meer lebten.

Ceren wirkte entsetzt, aber Talin hielt ihn zurück. Angst rauschte durch meine Adern, wie am Tag des Zwischenfalls, als ich gedacht hatte, ich würde Zadie verlieren. Angst konnte allerdings auch nützlich sein. Man konnte sie in Stärke verwandeln. Ich packte das Messer, nickte Talin zu, holte so tief Luft, wie ich konnte, und sprang.

Als sich das eiskalte Wasser über mir schloss, öffnete ich die Augen und sah mich um. Hier musste der See etwa zwölf Meter tief sein. Das Biest hatte für mich eher nach einem Fisch als nach einem Reptil ausgesehen, aber wenn es die Tunnel hier unten wirklich erschaffen hatte, dann musste es sowohl an Land als auch im Wasser atmen können. Ich blieb mit dem Rücken an der Felswand und hielt das Messer vor mich, während ich nach der Kreatur suchte.

Als ich ein paar Minuten später wieder auftauchte, um Luft zu holen, fühlte ich, wie etwas an meinen Füßen vorbeistrich. »Vorsicht«, brüllte Talin, und ich tauchte wieder unter. Ich sah gerade noch, wie der Schwanz der Kreatur in einer Felsspalte am anderen Ende des Sees verschwand.

Einen Moment später tauchte der Kopf aus einer anderen Felsspalte wieder auf. Das war also Salandrins Bau. Mein erster Eindruck war, dass diese Kreatur dem riesigen Höhlensalamander ähnelte, mit seinem dicken weißen Fleisch und den kurzen Beinen, die in Klauenfüßen endeten. Der Schädel war jedoch länger und lief spitzer zu, eher wie bei einer Muräne, und als das Biest das Maul öffnete, sah ich mehrere Reihen rasiermesserscharfer Zähne. Es schwamm an mir vorbei, zurück in die Schatten. Ich zählte drei Beinpaare, wobei das hinterste allerdings kleiner war, vielleicht nur noch rudimentär.

Außerdem erkannte ich kleine rote Augen, wie die des Salamanders. Wahrscheinlich war die Kreatur blind.

Trotzdem wusste sie, dass ich hier war. Sie hatte mich gespürt, als ich zum Luftholen aufgetaucht war. Wahrscheinlich konnte sie die Vibrationen im Wasser fühlen. Ich schwamm von der Felswand fort, nur ein paar Meter, und schon schoss die Kreatur mit weit aufgerissenem Maul aus den Schatten hervor. Das Wasser um mich herum geriet in Bewegung, so als befände ich mich in einer Strömung. Die Kreatur versuchte, mich in ihr Maul zu saugen.

Ich packte die Felsen und krallte mich daran fest, bohrte die Finger so tief in die Rillen, wie es nur ging, aber der Sog war ungeheuer stark. Mein Kopf befand sich nur knapp unter der Oberfläche und mir ging die Luft aus, aber wenn ich losließ, würde ich im Maul des Monsters landen.

Stattdessen nahm ich die Messerklinge zwischen die Zähne, drehte mich um und packte die Felsen mit der anderen Hand. Ich tauchte gerade lange genug auf, um meine Lungen zu füllen. Als ich wieder untertauchte, schwamm die Kreatur an mir vorbei. Ich packte das Messer, hieb auf das hinterste Stummelbein ein und trennte es glatt ab. Salandrin wand sich vor Schmerzen und dunkles Blut breitete sich im Wasser aus. Ich konnte nichts mehr sehen.

Als das Wasser allmählich wieder klarer wurde, war das Monster verschwunden.

Wahrscheinlich war es in seinen Bau geflüchtet. Ich wollte dieses Katz-und-Maus-Spiel nicht weiterspielen. Je länger ich wartete, desto kälter wurde mir. Ich riskierte eine Unterkühlung, wenn ich noch lange im Wasser blieb. Wenn ich schon sterben musste, dann wollte ich es lieber schnell hinter mich bringen. Also holte ich ein weiteres Mal Luft, stieß mich von den Felsen ab und schwamm direkt zur Felsspalte.

Als ich mich noch auf halbem Weg mitten im See befand, erschien der Kopf wieder. Ich tauchte zum Boden hinab, von wo Stalagmiten emporragten wie ein unterirdischer Wald. Ich zog mich an ihnen weiter hinab, als das Monster vorbeischwamm. Mit seinen starken Vorderbeinen versuchte es, mich zu fassen zu kriegen. Die Klauen kratzten über Stein, dann schoss Salandrin vorbei, drehte eine Runde und kehrte zurück.

Mir blieben nicht mehr viele Möglichkeiten. Länger als drei oder vier Minuten würde die Luft in meinen Lungen nicht reichen, bei all dem Adrenalin in den Adern. In dem Moment, in dem ich auftauchte, würde sich das Monster auf mich stürzen. Im offenen Wasser war ich so gut wie tot.

Ziel auf die Augen, hatte Talin gesagt. Er hatte recht. Es spielte keine Rolle, dass die Kreatur ihre Augen nicht brauchte, um mich zu jagen. Die Augen waren die Tore zum Gehirn, und wenn ich tief genug zustieß, würde das Monster sterben.

Als es wieder über mir vorbeischwamm, hob ich den Arm und griff nach einem der Klauenfüße des zweiten Beinpaars. Die Krallen gruben sich in mein Fleisch, aber ich hielt mich so fest, wie ich nur konnte, als sich das Biest im Wasser wand. Es fuhr herum, schnappte nach mir, doch ich war zu weit hinten, als dass es mich hätte erwischen können. Ich bohrte das Messer in das dicke Fleisch an seiner Seite und ließ die Klaue los. Mein eigenes Blut mischte sich mit dem des Monsters. Ich krallte die Finger in das weiche Fleisch, zog das Messer heraus und stieß noch einmal zu. Hand über Hand arbeitete ich mich weiter zum Kopf vor.

Salandrin warf sich hin und her und fast hätte ich das Messer losgelassen. Überall war Blut aus den Stichwunden und allmählich ging mir die Luft aus. Ich kämpfte gegen den Schmerz in meiner Lunge und kroch weiter auf dem Rücken des Biests nach vorn. Als es plötzlich aufhörte, sich zu winden, fragte ich mich kurz, ob es vielleicht so viel Blut verloren hatte, dass es daran gestorben war, doch dann schoss es wieder nach vorn, und fast wäre ich von seinem Rücken gerissen worden, wenn ich nicht gerade noch rechtzeitig die knochige Rückenflosse zu fassen bekommen hätte.

Ich sah auf und erkannte, dass die Kreatur zurück in ihren Bau schwamm. Ich wollte nicht mit dem Biest in einer Felsspalte enden, wo ich im Dunkeln blind sein würde. Die Höhle konnte viel tiefer sein, als sie aussah, und wenn ich mich darin einsperren ließ, würde ich ertrinken.

Ich war fast beim Hals angekommen – ich musste jetzt zuschlagen. Mit aller Kraft zog ich mich nach vorn und stieß das Messer in die weiche Stelle zwischen Hals und Kopf. Der Schmerz raubte der Kreatur einen Moment lang die Orientierung, und sie krachte gegen die Felsen neben dem Eingang zu ihrem Bau, wobei sie mich gegen den Stein quetschte. Der Körper des Monsters spannte sich, und ich schrie auf, als auf einmal ihre Rippen durch das Fleisch brachen und mich nur knapp verfehlten. Es war ein grässlicher Verteidigungsmechanismus, aber ein unbestreitbar wirkungsvoller.

Ich hatte keine Luft mehr. Ich saß zwischen zwei von Salandrins Rippen fest, die so scharf waren wie Dolche und dreimal so lang. Und ich hatte das Messer fallen gelassen.

Plötzlich zogen sich die Rippen wieder zurück, und bevor ich einen klaren Gedanken fassen konnte, schoss das Monster in seinen Bau. Ich wusste nicht, wie viel Zeit mir blieb, also stieß ich mich ab und tauchte auf, keuchend füllte ich meine brennenden Lungen mit Luft.

Panisch sah ich mich um und fand Talins Blick, der nur ein paar Meter von mir entfernt stand. Er streckte die Hand nach mir aus. Da durchfuhr ein sengender Schmerz mein Bein, als Salandrin mich packte und wieder hinabzog. Ich war zwischen den Zähnen des Monsters gefangen, die sich fest um mein rechtes Bein geschlossen hatten. Ich wartete darauf, dass das Biest das Maul öffnen und mich hineinsaugen würde, doch stattdessen zog es Kreise durch den See, bis mir wieder die Luft ausging und mir schwindlig wurde vom Blutverlust.

Einmal kam ich so weit nach oben, dass es mir gelang, Luft zu holen, bevor wir wieder untertauchten. Salandrin spielte mit mir, quälte mich – tötete mich langsam, anstatt mich sofort zu verschlingen.

Als wir an der am Ufer versammelten Menge vorbeizogen, hob ich den Kopf aus dem Wasser und holte Luft, in der Überzeugung, dass dies mein letzter Atemzug sein würde. Da sah ich Talin, der wieder die Hand nach mir ausstreckte. Ich griff nach ihm, doch statt seiner Finger fühlte ich Metall, und als die Kreatur wieder hinabtauchte, begriff ich, dass ich ein Messer in der Hand hielt.

Ohne nachzudenken, drehte und wand ich mich, bis sich mein Oberkörper neben dem Kopf des Monsters befand, dann stieß ich das Messer mit aller Kraft in den Augapfel und versank bis zum Ellbogen in Blut und Schleim. Ich war zu benommen, um wirklich zu erfassen, was ich da tat. Sofort klappte der Kiefer des Monsters auf und ich war frei. Das Messer entglitt mir. Mit dem unverletzten Bein trat ich nach unten und fühlte noch, wie mich ein starker Arm umfasste, bevor mich das Grauen verschlang, und alles in Schwärze versank.

24

Ich erwachte in meinen Gemächern. Ich hatte keine Ahnung, wie viel Zeit vergangen war oder wer sich um mich gekümmert hatte, aber meine verletzte Hand und mein Bein waren mit weichen weißen Verbänden umhüllt. Ich empfand keinen Schmerz, weshalb ich vermutete, dass meine Wunden bereits verheilt waren.

Ich setzte mich auf und griff nach einem Wasserkrug, der auf meinem Nachttisch stand. Ceren schlief in einem Stuhl, den jemand hereingebracht haben musste, während ich bewusstlos gewesen war, doch als ich den Krug wieder abstellte, öffnete er die grauen Augen, und sofort fand mich sein Blick.

»Ihr seid wach.« Er stand auf und trat an mein Bett.

Ich wich zurück, als er nach meiner Hand griff, und zog hastig die Decken hoch. »Was tut Ihr hier, Mylord? Wo ist Ebb?«

»Eure Zofe war erschöpft, weil sie Tag und Nacht bei Euch gewacht hat. Ich habe ihr gesagt, dass sie sich etwas ausruhen soll.«

Ich wusste, dass meine Verletzungen schlimm gewesen waren, doch dass es so ernst gestanden hatte, war mir nicht bewusst gewesen. »Ich war einen ganzen Tag bewusstlos?«

»Noch ein bisschen länger. Ich schicke nach dem Arzt, damit er Eure Verbände wechselt.«

Ich schüttelte den Kopf und versuchte, die Panik aus meiner Stimme herauszuhalten. »Bitte nicht.«

Er zog die Brauen zusammen. »Warum nicht?«

Weil ich dich nicht sehen lassen will, dass meine Wunden schon verheilt sind. »Ich möchte nur wissen, was passiert ist.«

Er setzte sich auf mein Bett. »Talin hat Euch aus dem Wasser gezogen. Euer Bein war nicht so schlimm zerfetzt, wie wir befürchtet hatten. Der königliche Leibarzt hat sich um Eure Wunden gekümmert. Ich habe Euch eine Brühe mit gemahlenen Perlen eingeflößt. Ich nehme an, das ist der Grund dafür, dass Ihr kaum Schmerzen habt.«

Ich korrigierte ihn nicht. Sollte er doch denken, dass mich die Perlen geheilt hatten. »Wo ist Prinz Talin jetzt?«

Die Sorge verschwand aus seinem Gesicht. »Er ist wieder in Old Castle. Wohin er gehört.«

»Natürlich. Ich wollte mich nur bei ihm bedanken. Ohne das Messer – beide Messer – wäre ich gestorben.«

»Ihr werdet ihn sicher schon bald genug sehen.« Er schwieg einen Moment, dann stieß er ein leises, tonloses Lachen aus. »Schon komisch – gerade erst seid Ihr den Gerüchten darüber entkommen, dass Ihr mich beim Lake Elwin vor einem Wassergeist gerettet habt, nur um Euch hier in Mount Ayris selbst einem zu stellen. Die Adligen nennen euch eine Hexe.«

Ich verzog den Mund. »Ist das gut oder schlecht?«

»Es ist nichts, worum Ihr Euch Sorgen machen müsst.« Er winkte ab. »Sobald Ihr Königin seid, werden sie es nicht wagen, schlecht über Euch zu sprechen.«

»Und was ist mit dem Monster im Berg? Salandrin? Was haben die Adligen darüber zu sagen? Wahrscheinlich halten sie die Kreatur für einen ihrer sogenannten Wassergeister. Jetzt werdet Ihr sie nie dazu kriegen, für Euch nach Perlen zu tauchen, ganz gleich, wie viele Eurer Apparaturen Ihr baut.«

Darauf folgte ein weiterer Moment der Stille. Als er endlich meinem Blick begegnete, war ihm die Wahrheit, die ich nicht hatte sehen wollen, ins Gesicht geschrieben.

»Ihr hattet nie vor, die Ilarer nach den Perlen tauchen zu lassen, oder?« Die ganze Zeit hatte ich mir Sorgen darüber gemacht, dass die Varenianer hungern könnten. Ich war nicht einmal auf die Idee gekommen, dass man sie dazu zwingen könnte, direkt für den Prinzen zu arbeiten. »Was habt Ihr vor? Wollt Ihr die Varenianer dazu zwingen, noch mehr zu tauchen, als sie es sowieso schon tun? Das wird Euch nichts bringen. Euch werden die Perlen höchstens noch schneller ausgehen. Die Austernbänke sind verschwunden. Ihr habt Glück, dass wir überhaupt jeden Monat so viele Perlen zusammenbekommen.«

Er stieß ein freudloses Lachen aus. »Glück? Ich habe Glück, dass mein Vater mit vierzig stirbt, weil er zu viele Jahre in diesem Berg verbracht hat? Glück, dass ich sein Schicksal wahrscheinlich teilen werde?«

»Dann geht!«, brüllte ich, ohne mich noch darum zu kümmern, wie sich Zadie wohl verhalten würde. »Niemand zwingt Euch, zu bleiben.«

Ceren beugte sich über mich, sein langes Haar umgab mich wie ein Vorhang. »Seht mich an! Glaubt Ihr, ich könnte mein Leben außerhalb des Bergs verbringen? Ich kann genauso wenig dort draußen überleben wie die Höhlensalamander. Meine Augen sind schlecht, weil ich so viele Jahre in Dunkelheit verbracht habe. Nach nur wenigen Minuten im Sonnenlicht verbrennt meine Haut.« Langsam fasste er sich wieder und lehnte sich zurück. »Ich mag vieles sein, Mylady, aber vom *Glück* begünstigt bin ich nicht.«

Ich fühlte einen flüchtigen Stich des Mitgefühls, aber trotzdem war er nur ein Mensch mit nur einem Leben. Glaubte er wirklich, dass das die Freiheit eines ganzen Volks wert war?

Er sah mich an, als hätte er meine Gedanken gelesen. »Hier geht es nicht bloß um mich, Zadie.«

»Wie meint Ihr das?«

»Mein Vater stirbt, und wenn mir etwas zustößt, bevor ich einen gesunden Erben zeugen kann, dann ist dieses Königreich herrscherlos«, erklärte Ceren. »Unser Land ist mit meinem Vater schwach geworden. Wir verbrauchen Ressourcen, die wir nicht haben, um ein großes Heer zu unterhalten. Mein Bruder hat ein ganzes Regiment an unseren Grenzen postiert und diese Soldaten müssen ernährt werden. Wenn die Dorfbewohner ihre Steuern allerdings nicht bezahlen können, weil sie eine Missernte einfahren, wem, glaubt Ihr, geben sie dann die Schuld? Jedenfalls nicht dem Wetter, das kann ich Euch versichern. Ich verstehe also, dass meine Existenz *Euch* nicht viel bedeutet, aber Tausende von Menschen verlassen sich tagtäglich auf mich. Darunter auch die Varenianer. Oder wäre es Euch vielleicht lieber, sie würden unter der Herrschaft dieses sogenannten weiblichen Königs im Süden leben? Wie ich gehört habe, lässt sie Frauen und Kinder gefangen nehmen und setzt sie als Soldaten ein.«

Darauf wusste ich nichts zu sagen. Ceren hatte recht. An die großen Konsequenzen, die es nach sich ziehen würde, wenn ein Königreich seinen Herrscher verlor, hatte ich nicht gedacht. »Was ist mit Eurem Bruder?«

»Was soll mit ihm sein?«

»Wenn Euch etwas zustößt, wäre dann nicht er der Nächste in der Thronfolge?«

Er legte den Kopf schief und die silbernen Strähnen glitten ihm von der Schulter. »Hättet Ihr gern, dass es so kommt?«

Plötzlich begriff ich, was ich gesagt hatte und wie es sich angehört haben musste. Ich schüttelte den Kopf. »Nein, natürlich nicht. Das habe ich damit nicht gemeint.«

»Warum nicht? Ich bezweifle nicht, dass es vielen anderen genauso geht. Meine Stiefmutter hat es jedenfalls mit Sicherheit gehofft. Unglücklicherweise für sie funktioniert die ilarische Thronfolge allerdings nicht so.«

Fragend hob ich die Brauen.

Ceren seufzte. »Dieses Land war einmal ein Königinnenreich. Seit Ilaras Tod wurde allerdings keine Prinzessin mehr geboren, trotzdem besagt unser Gesetz, dass die Krone an die Königin übergeht, wenn ein ilarischer König ohne Erben stirbt.«

»Heißt das, wenn Ihr sterbt, bevor wir Kinder bekommen …?«

»Ja, dann wärt Ihr Herrscherin über Ilara.« Seine Mundwinkel zuckten. »Natürlich müssten wir heiraten, bevor es dazu kommen kann.«

So war Ceren. Er trieb die Menschen an ihre Grenzen, setzte ihnen zu, so gut er konnte, um zu sehen, ob sie ihn ebenso zurückstoßen würden, wie es seine eigene Stiefmutter getan hatte. Ich würde ihm jedoch nicht die Genugtuung geben, zu sehen, wie unwohl ich mich fühlte. »Wie alt muss der Erbe sein, um herrschen zu können?«

»Einundzwanzig. Mein Geburtstag ist in fünf Monaten. Lasst uns hoffen, dass mein Vater so lange durchhält.«

Ilara war in Gefahr, begriff ich nun, nicht nur wegen seiner

Feinde an den Grenzen. Ich wusste, dass es vermutlich keine gute Idee war, Ceren noch weiter zu treiben, aber ich musste einfach fragen. »Und was, wenn nicht? Wer würde dann die Krone bekommen?«

Er erhob sich. »Das würde einen Bürgerkrieg bedeuten. Wenn Ihr mich nun entschuldigen würdet, Mylady. Ich bin sicher, dieses ganze Gerede über Herrscher und Thronfolgen ist überaus ermüdend für Euch. Es freut mich, dass es Euch besser geht. Sobald Ihr Euch gut genug dafür fühlt, könnt Ihr Euren Tag in Freiheit verbringen.«

Ich richtete mich auf. »Wirklich?«

»Es überrascht Euch, dass ich mein Wort halte, nach Eurer vermessenen und beinahe desaströsen Tat?«

Ich konnte mir ein Augenrollen nicht verkneifen. »So würde ich es zwar nicht ausdrücken, aber ja.«

»Ob Ihr nun etwas mit den Ereignissen am Lake Elwin zu tun hattet oder nicht, Ihr habt mir trotzdem das Leben gerettet. Außerdem ist es Euch irgendwie gelungen, Salandrin zu überstehen. Ich kann Euch jetzt schlecht töten lassen. Trotzdem kann ich Euch auch nicht mit diesem unverantwortlichen Verhalten davonkommen lassen. Die Adligen müssen sehen, dass ich Euch für die Verbrechen bestrafe, von denen Ihr so stur behauptet, sie begangen zu haben.«

Der Hoffnungsfunke, der in mir aufgeflammt war, als er von meinem Tag in Freiheit gesprochen hatte, erstarb sofort wieder. »Wovon redet Ihr da? Der Page …«

»Der Junge ist verschwunden. Ich nehme an, das habe ich auch Euch zu verdanken. Inzwischen ist mir klar, dass Euch Euer eigenes Leben nicht so viel bedeutet wie das der Menschen, die Ihr liebt.«

Es fühlte sich an, als würde wieder das eiskalte Wasser des

Sees über meinem Kopf zusammenschlagen, obwohl ich mich auf trockenem Land befand. »Was habt Ihr getan?«, flüsterte ich.

Ceren hob das Kinn. »Eure Familie wurde eine Woche lang von der Trinkwasserversorgung abgeschnitten. Niemand auf dem schwimmenden Markt wird mit ihnen handeln.«

Blind vor Wut stürzte ich mich auf ihn, aber er hielt mich mit Leichtigkeit fest. »Wie *konntet* Ihr nur? Sie sind unschuldig!« In meinen Augen brannten Tränen, als ich mir Zadie und meine Eltern ohne Wasser vorstellte. Würde Sami ihnen helfen? Hatten die anderen Dorfbewohner Mitgefühl mit meiner Familie, oder glaubten sie immer noch, dass ich eine Lügnerin war, die gegen ihre eigene Schwester intrigiert hatte?

»Ich war großzügig«, sagte Ceren und drückte mich weiter aufs Bett hinab. »Sie werden es überleben, dieses Mal. Aber wenn Ihr so etwas noch einmal versucht, dann wird das ganze Dorf erfahren, was geschieht, wenn man mich zu übergehen versucht. Habt Ihr das verstanden?«

Widerstrebend nickte ich. Tränen rannen mir über die Wangen, und nachdem er das Zimmer verlassen hatte, schrie ich in mein Kissen.

Als Ebb zurückkam, erzählte sie mir, was geschehen war, nachdem ich das Monster getötet hatte. Talin hatte mich in meine Gemächer getragen, wo Ebb die Farbpaste auf meine Narbe aufgetragen hatte, bevor Ceren eingetroffen war.

»Hat Talin irgendetwas gesagt?«, fragte ich.

»Nein, Mylady. Er war zu besorgt wegen Eures verwundeten Beins. Wie fühlt es sich jetzt an?«

»Es tut weh, ist aber auszuhalten.«

»Gut. Ich habe Euch etwas von dem Mohnblumentee gegeben, den der König so oft trinkt. Ich kann Euch noch mehr holen, wenn Ihr möchtet.«

Ich schüttelte den Kopf und wandte mich von ihr ab. Die ganze Zeit sah ich vor mir, wie meine Familie litt. Sie konnten es nicht einfach verschlafen, und sie würden es auch nicht tun, selbst wenn man ihnen die Wahl gab, so wie mir. In Varenia kämpften wir tagtäglich ums Überleben, trotzdem tranken wir keine Tees, um den Schmerz zu betäuben. Wir beteten zu den Göttern, damit sie uns halfen, aber wir stiegen trotzdem jeden Morgen in unsere Boote und arbeiteten bis zur Erschöpfung, um unsere Familien zu ernähren. Wir verließen uns auf einander.

»Wir sind wenige, aber wir sind stark«, murmelte ich.

»Mylady?«

Ich wandte mich wieder an Ebb und erkannte, dass ich den letzten Satz laut ausgesprochen hatte. »Nichts. Ich möchte mich jetzt gern ausruhen, bitte.«

»Natürlich, Mylady. Ich bin nicht weit weg, falls Ihr mich braucht.«

Für den Rest der Woche verließ ich kaum meine Gemächer. Es gab niemanden auf New Castle, den ich gern gesehen hätte, vor allem Ceren nicht. Er kam noch ein weiteres Mal zu mir, doch ich weigerte mich, mit ihm zu sprechen, und er versuchte es danach nicht wieder. Doch jeden Abend, wenn alle anderen im Schloss in ihren Betten lagen, schlich ich mich in die Porträtgalerie und unterhielt mich in Gedanken mit Zadie. Hauptsächlich entschuldigte ich mich dafür, dass ich sie im Stich gelassen hatte. Das Einzige, was stärker war als mein Wunsch, zu meiner Familie zurückzukehren, war die Angst um mein Volk. Wäre diese Angst nicht gewesen, dann wäre ich geflohen, oder bei dem Versuch zu entkommen gestorben.

Wenigstens waren meine Wunden inzwischen vollständig verheilt. Allerdings behielt ich die Verbände an, um keinen Verdacht zu erregen. Nachdem Ceren mir gesagt hatte, dass meine Familie nicht mehr mit Wasser versorgt wurde, war mir ein Gedanke gekommen: Falls er je herausfand, dass die Korallen etwas mit meinen Heilkräften zu tun hatten, würde er für sie dieselbe Besessenheit entwickeln wie für die Perlen. Wenn er erfuhr, dass die Blutkorallen nur aus den Leichen der Varenianer wuchsen, würden meine Leute nicht bloß versklavt werden. Man würde sie abschlachten.

In dieser Nacht küsste ich zum Abschied meine Fingerspitzen und drückte sie auf Zadies gemalte Lippen. Erschrocken keuchte ich auf, als eine verhüllte Gestalt vor mir auftauchte. Instinktiv fuhr meine Hand in meine Röcke. Ich trug nun den Korallendolch meines Vaters am Oberschenkel, nur für alle Fälle.

»Beruhig dich, Kind. Ich bin es bloß.«

Ich stieß die angehaltene Luft durch die Nase aus. »Lady Melina, was macht Ihr hier?«

Sie zog mich in einen flachen Alkoven an der Wand. »Mir wurde verboten, mit dir zu sprechen. Aber es gibt da etwas, das du wissen musst, damit du nicht wieder alles verdirbst, falls sich einmal eine weitere Gelegenheit bietet, dem Prinzen ein Ende zu machen.«

»Es tut mir so leid, Melina. Nichts ist so gelaufen, wie ich es geplant habe.«

»Mach dir deswegen jetzt keine Gedanken. Was getan ist, ist getan. Aber du musst wissen, dass es Ceren war, der Königin Talia umgebracht hat, und ich habe keinen Zweifel daran, dass er tun wird, was immer nötig ist, um König zu werden.«

Ein kalter Schauer kroch mir über die Kopfhaut. »Eine Dienerin hat die Königin ermordet«, flüsterte ich. »Ceren hat es mir erzählt.«

»Er lügt, sobald er den Mund aufmacht. Das müsstest du doch mittlerweile wissen.«

»Wenn das, was Ihr da sagt, wahr wäre, dann hätte doch irgendjemand etwas unternommen.« Es war nicht so, dass ich Ceren einen Mord nicht zutraute, aber Talia war seine Stiefmutter gewesen, die Mutter seines Bruders und die Ehefrau seines Vaters.

»Er hat seine Spuren gut verwischt. Das Dienstmädchen, das er beschuldigt hat, war ein sanftes kleines Ding, das keiner Fliege etwas zuleide getan hätte, aber sie hatte weder Geld noch Macht, um sich zu verteidigen. Niemand hat geglaubt, dass sie es getan hat, nicht einmal der König, aber was hätte man schon tun können? Die Leiche der Königin war fort und in ihren Gemächern war alles voller Blut. Es bestand kein Zweifel daran, dass Talia ermordet worden war, doch ohne eine Leiche als Beweismittel konnte niemand den wahren Mörder beschuldigen. Jedenfalls ganz sicher niemand wie ich.«

»Man hat Talias Leiche nie gefunden«, sagte ich, als mir wieder einfiel, was Ebb gesagt hatte.

»Nein. Nur die Blutspritzer an den Wänden und auf dem Teppich. Man hat auch in der Kammer des Dienstmädchens Blut gefunden, genauso wie auf ihrem Kleid. Es war mitten in der Nacht, als Ceren sie in ihrer Kammer gestellt hat, und sie hatte keine Ahnung vom Tod der Königin.«

Das kam mir seltsam vor. »Woher wollt Ihr wissen, dass sie nicht nur so getan hat?«

»Erstens würde niemand die Königin ermorden und dann ins Bett zurückkehren, ohne sich vorher das Blut abzuwaschen. Zweitens hatte sie, wie gesagt, kein Motiv. Und drittens, woher wusste Ceren überhaupt, wo er suchen musste? Das Mädchen war keine Zofe. Sie war lediglich eine niedere Dienstmagd, die Nachttöpfe ausleerte, oder, wenn sie Glück hatte, den Damen das Bad einließ. Sie kann nicht älter als dreizehn gewesen sein. Man hätte ihr niemals erlaubt, sich allein in der Gesellschaft der Königin aufzuhalten, und ehrlich gesagt kann ich mir auch nicht vorstellen, dass sie überhaupt kräftig genug gewesen wäre, um Talia zu überwältigen. Genauso wenig wäre sie in der Lage gewesen, ihre Leiche verschwinden zu lassen.«

Lady Melina hatte recht. Es ergab keinen Sinn, dass eine Dienstmagd so etwas tun würde, es sei denn, sie hätte ein sehr starkes Motiv. Und Ceren? Welchen Grund hätte er, die Königin zu töten?

Sofort fiel mir die Antwort ein. Die Krone. Wenn der König vor Cerens einundzwanzigstem Geburtstag starb, dann wäre Talia die nächste in der Thronfolge gewesen, nicht Ceren. »Wenn die Krone an Talia gegangen wäre, was wäre dann aus Ceren geworden?«

»Schwer zu sagen«, räumte Melina ein. »Soweit ich weiß, ist so etwas bisher erst ein Mal passiert, vor tausend Jahren, als eine Königin sich geweigert hat, die Krone an ihren Sohn zu übergeben, nachdem dieser einundzwanzig Jahre alt geworden war. Er hat versucht, sie zu entmachten, woraufhin sie ihn hinrichten ließ.«

Die blutige Königin. Ebb hatte mir die Geschichte der weisen Königin erzählt, die an die Macht gekommen war. Sie musste damals das Königinnenreich begründet haben, das mit Prinzessin Ilaras Tod geendet hatte. »Und Ihr glaubt, dass Ceren Angst hatte, ihm würde dasselbe zustoßen?«

»Ich glaube, dass dieser Junge alles tun würde, um die Krone zu bekommen, auch seine eigene Stiefmutter töten.«

Ich dachte daran, was Ceren mir vor ein paar Tagen gesagt hatte. Es hatte durchaus Sinn ergeben: Das Königreich brauchte einen starken Herrscher, und ohne die Perlen würde Ceren seiner eigenen Überzeugung nach jung sterben. Wenn er dazu fähig war, ein Kind an ein Monster zu verfüttern, dann hatte er sicher auch keine Skrupel gehabt, die Frau umzubringen, die ihm im Weg stand.

Es war dumm gewesen, auch nur ein Wort aus Cerens Mund zu glauben.

»Seid Ihr deshalb in New Castle geblieben?«, fragte ich. »Um Ceren davon abzuhalten, den Thron zu besteigen?«

Sie nickte. »Ich weiß nicht, wann ich dich wiedersehen werde, Kind, aber versprich mir eines.«

»Natürlich.«

»Wenn sich dir eine weitere Gelegenheit bietet, dem hier ein Ende zu machen, dann lass sie nicht ungenutzt verstreichen.«

25

Ceren mochte ein Lügner sein, aber mir gegenüber hielt er Wort: Ich durfte das Schloss an einem Tag in der Woche verlassen. Er überraschte mich ein weiteres Mal, indem er zustimmte, mich Reitunterricht nehmen zu lassen. Ich wusste nun, dass es nicht reichen würde, Sami wegen Cerens Apparatur oder seiner Pläne, die Varenianer zu versklaven, zu warnen. Lady Hyacinth hatte mein Volk als den Feind bezeichnet, und Ceren musste aufgehalten werden, bevor er König werden konnte. Wenn sich mir jemals die Chance bieten würde, aus New Castle zu fliehen, dann würde ich nur auf dem Pferderücken entkommen können. Ceren hatte unseren Ausflug zum Markt mit keinem Wort mehr erwähnt, doch dieses Mal würde ich dorthin kommen, mit oder ohne ihn.

Mein Reitunterricht fand in Old Castle statt, das einen einstündigen Ritt von New Castle entfernt lag. Am Fuß des Bergs gab es zwar ebenfalls Ställe, aber in Old Castle wurden die Pferde gezüchtet und ausgebildet. Grig war mein Lehrer, und in unserer dritten Unterrichtsstunde gelang es mir, ohne seine Hilfe zu galoppieren. Ich ließ mir Hosen anfertigen, damit ich im Herrensattel reiten konnte, was mir viel sicherer vorkam als der Damensitz, auch wenn Ebb das Ganze ziemlich unpassend fand.

Im Geheimen hatte ich ein weiteres Motiv dafür, einmal wöchentlich nach Old Castle aufzubrechen, auch wenn ich es kaum vor mir selbst zugeben wollte. Talin war nicht mehr im Schloss gewesen, seit ich Salandrin getötet hatte, weshalb keine Gelegenheit da gewesen war, mich bei ihm dafür zu bedanken, dass er mir das Leben gerettet hatte. Allerdings war er nie auf Old Castle, wenn ich zum Reitunterricht eintraf, oder wenn doch, kam er jedenfalls nie, um mich zu sehen.

In gewisser Hinsicht verstand ich das. Ceren war sich der Verbindung zwischen uns ganz offensichtlich bewusst, und es würde die Dinge weder für Talin noch für mich besser machen, wenn wir ihm dies noch unter die Nase rieben. Trotzdem sehnte ich mich nach etwas, das über frische Luft hinausging, auch wenn mir die Sonne auf der Haut und die Freiheit, die ich auf dem Pferderücken empfand, vor Glück die Tränen in die Augen trieben.

Oft träumte ich von Talin, nur um mit einem hohlen Gefühl in der Brust wieder aufzuwachen.

Ich erinnerte mich daran, wie er mich angeschaut hatte, bevor er mir das Messer gab. Ich hatte mich so gesehen gefühlt, wie ich wirklich war.

Dieses Gefühl wollte ich wieder haben.

Nach einer erfolgreichen vierten Unterrichtsstunde ritt ich mit Grig zu den Stallungen zurück und wir lachten darüber, wie ich beinahe heruntergefallen wäre, als mein Pferd aus keinem ersichtlichen Grund plötzlich einen Freudensprung gemacht und gebuckelt hatte.

»Mylady!«, rief jemand über die Wiese. Als ich mich umdrehte, sah ich einen jungen Knappen, der auf uns zugaloppiert kam. Grig und ich tauschten einen besorgten Blick und ritten ihm entgegen.

Der Knappe zügelte sein Pferd, das rutschend vor uns zum Stehen kam. »Es geht um den König, Mylady. Er ist sehr krank. Der Prinz braucht Euch im Schloss, sofort. Ich soll auch Prinz Talin holen.«

»Er ist nicht hier«, sagte ich, aber Grig gab seinem Pferd bereits die Fersen.

»Ich sage es ihm«, rief er über die Schulter zurück. »Geht!«

Cerens Wachen, die mich auf jeden Ausflug begleiteten, trieben ihre Pferde neben mich und nahmen mich in die Mitte. »Wir reiten zurück, Mylady«, sagte einer von ihnen. »Das geht schneller als mit der Kutsche.«

»Ist das nötig?«, fragte ich den Knappen.

Er nickte. »Der Prinz schien sehr besorgt zu sein. Die Ärzte sagen, dass der König die Nacht vielleicht nicht überleben wird.«

Ich starrte ihn über die Schulter hinweg an, während meine Stute den Pferden der Wachen folgte. »Was?«

»Es ist so«, rief er. »Prinz Ceren hat mir aufgetragen, es Euch zu sagen. Der König stirbt!«

Der König lag seit Jahren im Sterben, redete ich mir selbst ein, während wir zum Schloss galoppierten. Das hatte nichts zu bedeuten. Es konnte nicht sein.

Mir kam der Gedanke, dass dies vielleicht meine Gelegenheit zur Flucht sein könnte. Meine kleine braune Stute war bereits ein gutes Stück hinter den Pferden der Wachen zurückgefallen, und bei all der Sorge um den König würde es vielleicht eine Weile dauern, bis jemand bemerkte, dass ich verschwunden war. Ich saß schon auf einem Pferd. Konnte ich es schaffen, bevor sie mich einfingen?

Wie als Antwort auf meine Frage donnerte auf einmal Talin auf seinem grauen Hengst neben mir her, und ich wusste, dass ich keine drei Meter weit kommen würde. Ich sah ihn an und fragte mich, wie weit er von Old Castle entfernt gewesen sein konnte, wenn er uns so schnell hatte einholen können. Nicht sehr weit, entschied ich. Also ging er mir absichtlich aus dem Weg. Ich wollte ihn fragen, warum, aber wie sollte ich das jetzt tun, wenn sein Vater starb?

Es war, als würden die Götter mit uns spielen. Sie führten uns zusammen, bloß um uns dann wieder auseinanderzureißen, genau wie Laef und Ilara. Sie hatten so hart gegen ihr Schicksal angekämpft, nur um einander am Ende doch zu verlieren. Vielleicht wäre es leichter, einfach loszulassen.

Wir erreichten den Fuß des Bergs in der Hälfte der Zeit, die es mit der Kutsche gedauert hätte. Den Berg zu erklimmen wurde zwar mit jedem Mal etwas leichter, aber an diesem Tag war ich bereits erschöpft von dem Ritt, und nach etwa zwei Dritteln der Strecke wusste ich, dass ich den Rest nicht schaffen würde, wenn ich mich nicht kurz ausruhte. Gerade wollte ich mich auf eine der Stufen setzen, als ich einen starken Arm um meine Taille spürte.

»Ich habe Euch«, sage Talin und zog mich wieder auf die Füße. Er sah mich nicht an, als er meine Hand nahm und mich die Stufen weiter hinaufzog, doch das Gefühl von meinen Fingern zwischen seinen machte mir das Atmen eher noch schwerer statt leichter.

Als wir das Felsplateau vor dem Haupteingang endlich erreicht hatten, versuchte ich, mich ein wenig zu sammeln. Ich hoffte, dass ich vor dem Abendessen noch in meine Gemächer würde zurückkehren können, um mich umzuziehen. Ich war verschwitzt vom Anstieg, meine Frisur hatte sich bei dem schnellen Ritt teilweise gelöst, und ich hatte keine Ahnung, was die Lords und Ladys zu einem solchen Aufzug sagen würden. Wenn man mich allerdings dabei ertappte, dass ich mir Gedanken um meine Garderobe machte, bevor ich zu meinem zukünftigen Ehemann und seinem sterbenden Vater eilte, dann würde das noch mehr Gerüchte nach sich ziehen.

Bevor ich mir wenigstens den Schmutz von der Reithose klopfen konnte, zog mich Talin an den Wachen vorbei in die große Halle. Die Adligen standen grüppchenweise zusammen, und ihr Gemurmel wurde vom Schluchzen einer älteren Frau untermalt, die sich mit einem Taschentuch über die Augen wischte. Wenn man den ganzen Hof benachrichtigt hatte, dann mussten die Dinge schlimmer stehen, als ich befürchtet hatte. Meine Gedanken schossen hin und her wie erschreckte Fische, aber ich konzentrierte mich auf die Wärme von Talins Hand und darauf, wie leicht es war, sich von ihm führen zu lassen.

Ebb kam um eine Ecke geeilt und war im nächsten Moment an meiner Seite. »Da seid Ihr ja, Mylady. Ich habe mir schon Sorgen gemacht. Ist alles in Ordnung?«

»Mir geht es gut. Wie steht es um den König?« Ich senkte die Stimme. »Stirbt er wirklich?«

»Das sagen sie zumindest. Prinz Ceren hat vor ein paar Stunden nach Euch gesucht. Ich glaube, er war so verzweifelt, dass er ganz vergessen hatte, dass Ihr fort wart.«

Ich hatte Ceren schon in vielen Gemütsverfassungen erlebt, aber Verzweiflung schien nicht zu ihm zu passen. Wir liefen die Korridore entlang auf die Gemächer des Königs zu, wobei wir an weiteren versammelten Adligen vorbeikamen. Als wir schließlich die richtige Tür erreichten, öffnete sie ein Wachmann wortlos für uns. Der Leibarzt des Königs beugte sich über die Gestalt im Bett. Ceren lief im Raum auf und ab und rieb sich mit dem Daumen übers Kinn.

Als wir die Gemächer betraten, ließ Talin meine Hand los, und mir wurde sofort wieder bewusst, wie kalt es im Berg war. Ich verschränkte die Hände vor mir und trat zaghaft einen Schritt vor.

»Euer Hoheit«, sagte ich sehr leise, um niemanden zu stören. »Es tut mir leid, dass es so lang gedauert hat, bis wir kommen konnten. Wir haben es gerade erst erfahren.«

Beim Klang meiner Stimme sah Ceren auf. »Ihr seid hier«, sagte er, eilte auf mich zu und schloss mich in die Arme. Ich erstarrte. Seit er mir gesagt hatte, was er meiner Familie angetan hatte, waren wir einander ferngeblieben, und jetzt suchte er bei mir Trost?

»Wie geht es Vater?«, fragte Talin.

Ceren ließ mich los und führte uns zum Bett des Königs. »Nicht gut, fürchte ich. Heute Morgen war noch alles in Ordnung, dann ist irgendetwas passiert, er hatte eine Art Anfall. Der Arzt lässt ihn schon den ganzen Tag zur Ader, aber es hilft einfach nicht.«

Da sah ich die Schale voller Blut neben dem Bett des Königs und erschauderte. In Varenia ließen wir niemanden zur Ader. Blut galt als unsere Lebenskraft. Es hielt uns stark, weshalb es keinen Sinn ergab, es uns freiwillig abzapfen zu lassen. Ich verstand nicht, wie es von Vorteil sein konnte, einem ohnehin schon schwachen Mann noch Blut zu entziehen, doch wer war ich schon, den königlichen Leibarzt in Zweifel zu ziehen?

»Sie glauben nicht, dass er die Nacht überstehen wird«, fuhr Ceren fort. »Ich habe ihm mehrere rosa Perlen gegeben, aber er kann sie nicht schlucken, nicht einmal, wenn ich sie zu Pulver zermahle. So schwach ist er.«

Ich sah Talin an, der traurig, aber stoisch wirkte. »Gibt es irgendetwas, das ich tun kann?«, fragte ich Ceren, doch im Grunde galten meine Worte seinem Bruder.

Ceren nahm meine Hand und küsste sie. »Ich fürchte, da gibt es nichts …«

»Würdet Ihr ihm vorsingen?«, fragte Talin unvermittelt.

Ich entzog Ceren meine Hand. »Ich? Dem König vorsingen?«

Er nickte. »Er hat es geliebt, meine Mutter singen zu hören. Es hat ihn nach anstrengenden Tagen beruhigt. Ich glaube, es könnte ihm jetzt helfen.«

»Ich … natürlich.« Ich trat zum Bett und setzte mich auf einen kleinen Hocker. Der König konnte mir kaum das Gesicht zuwenden, doch ich wusste, dass er meine Anwesenheit spürte.

Er war so dünn und gebrechlich, dass sich seine Hand anfühlte wie die eines Kindes, als ich sie nahm.

»Was soll ich für ihn singen?«, fragte ich Talin.

»Das Wiegenlied über den Rotfeuerfisch«, sagte Ceren und stellte sich hinter mich. »Ich glaube, das kennt Ihr gut.« Als wir das letzte Mal über Wellenkinder und unsere Vorliebe für Wiegenlieder gesprochen hatten, war da so etwas wie Abscheu in seiner Stimme gewesen, doch nun lag noch etwas anderes, wenn auch nicht weniger Verstörendes, darin.

Ich räusperte mich leise. Meine Singstimme war nicht unbedingt die schönste in ganz Varenia, aber sie war ganz passabel.

Hüte dich vor dem Rotfeuerfisch, mein Schatz,
Hüte dich vor dem Fisch aus Stein,
Hüte dich vor süßen Worten,

Und vor falschem Schein.
Hüte dich vor Rochen und Hai, mein Schatz,
Hüte dich vor der blauen Qualle,
Hüte dich vor scharfen Zungen,
Und geh untreuen Herzen nicht in die Falle.
Lausche dem Gesang des Blauwals,
Wiege dich in Thalos' Arm,
Doch bleibe nie zu lange unten,
Und wappne dich gegen falschen Charme.
Die Liebe ist größer als das Meer,
Die Zeit ist länger, als du weißt,
Doch sobald dein Schicksal in Bewegung ist,
Weiß niemand mehr, wohin du reist.

Als ich das Lied nun als Erwachsene sang, erkannte ich, wie morbide es wirklich war. Kaum das Passende für einen Sterbenden.

Doch die Lider des Königs hatten sich flatternd geschlossen und ein kleines Lächeln umspielte seine Lippen. Ich hoffte, er würde ein wenig Ruhe finden.

Ceren legte mir eine Hand auf die Schulter. »Das war sehr schön. Vielen Dank.«

Als ich mich zu ihm umdrehte, sah ich, dass seine Elfenbeinwangen nass von Tränen waren, obwohl seine Miene vollkommen ausdruckslos geblieben war. Jedes Mal, wenn ich mich selbst davon überzeugt hatte, dass er weder Gefühle noch Mitleid empfinden konnte, überraschte er mich. Wie konnte ein Mann, der um seinen Vater weinte, seine eigene Stiefmutter töten?

»Gern geschehen«, erwiderte ich. »Gibt es sonst noch etwas, das ich jetzt für Euch tun kann?«

Er schüttelte den Kopf. »Geht und zieht Euch um. Wir werden ein schnelles Abendessen in der Halle einnehmen, dann kehre ich für die Nacht hierher zurück.«

»Seid Ihr sicher, dass ich nicht beim König bleiben soll? Es würde mir nichts ausmachen.«

»Nein. Ihr solltet Euch ausruhen. Wer weiß, was die nächsten Tage bringen werden.«

»Ja, Euer Hoheit.« Ich stand auf und wandte mich zum Gehen. Talin stand in der Nähe der Tür und beobachtete mich. Kurz begegneten sich unsere Blicke, als ich an ihm vorbeiging, und ich sah Dankbarkeit darin, aber auch noch etwas anderes. Die letzte Strophe des Lieds hatte ich ausgelassen. War es ihm aufgefallen? Ich hätte ihn gern gefragt, doch stattdessen neigte ich nur den Kopf und ging.

Ebb erspähte mich sofort, als ich aus der Tür trat, und sie eilte mir voran bis in meine Gemächer, wo bereits ein Kleid für mich bereitlag. Es war passend. Schlicht und hochgeschlossen, mit gerade genug Silberspitze an Ausschnitt und Rocksaum, um nicht zu bescheiden zu wirken. Ich wollte nichts Fröhliches tragen, doch wenn meine Erscheinung wiederum zu trostlos wirkte, würde ich damit den Eindruck vermitteln, es gäbe keine Hoffnung mehr für den König.

Ebb löste meine Zöpfe, kämmte mir rasch das Haar und drehte es in meinem Nacken zu mehreren Knoten auf.

»Das muss fürs Erste reichen«, sagte sie. »Ich nehme an, der Prinz ist zu aufgewühlt, um auf Eure Erscheinung zu achten, auch wenn ein Bad heute wirklich wichtig gewesen wäre.«

Ich hatte sie noch nie so durcheinander gesehen. »Ist alles in Ordnung, Ebb?«

»Es tut mir leid, Mylady. Es sind nur alle so furchtbar aufgeregt wegen des Königs.«

Sie rückte wiederholt meine Bürsten auf der Frisierkommode zurecht, woraufhin ich ihr beruhigend die Hand auf den zitternden Arm legte. »Keine Sorge. Es wird alles gut.«

»Es ist nur, wenn der König stirbt …«

»Dann wird Ceren an seinem einundzwanzigsten Geburtstag König. Er regiert das Land doch sowieso schon seit Monaten an der Stelle des Königs.«

Sie schüttelte den Kopf. »Es ist nicht nur das.«

»Was ist es dann? Bitte, du kannst mir vertrauen.«

Zögernd sah sie mich aus ihren himmelblauen Augen an, in denen ungeweinte Tränen schimmerten. »Es ist nur … Ihr werdet den Prinzen heiraten müssen. Noch diese Woche.« Sie brach in Schluchzen aus, und ich war so überrascht von ihrem Gefühlsausbruch, dass ich kaum den Sinn ihrer Worte begriff.

Ich zog sie in die Arme und ließ sie weinen, vollkommen verwirrt von dieser Unterhaltung. Warum war sie so besorgt darüber, dass ich Prinz Ceren heiraten würde? Das war es doch, wofür ich hergekommen war, oder?

Kurz darauf fasste sie sich wieder und griff nach einem meiner Taschentücher. »Darf ich?«

Ich nickte und sie betupfte sich die Augen.

»Es tut mir leid, Mylady. Ich weiß nicht, was über mich gekommen ist.«

»Ebb, du musst dir um mich keine Sorgen machen. Ich habe die ganze Zeit gewusst, dass ich Ceren heiraten muss.« Natürlich hätte ich mir nicht träumen lassen, dass es schon in dieser Woche so weit sein würde. Auf einmal traf mich die Wucht dieser Tatsache, und nun war ich diejenige, die sich wohl lieber hätte hinsetzen sollen.

»Habt Ihr Angst davor, ihn zu heiraten?«, fragte sie.

»Ich kann nicht behaupten, dass er meine erste Wahl wäre, aber nein, ich habe keine Angst vor ihm«, log ich. »Warum sind die Adligen so furchtbar aufgeregt?«

»Sie machen sich Sorgen darum, was mit der Krone geschehen wird.«

»Aber Ceren regiert schon lange anstelle seines Vaters. Warum kann es nicht einfach weitergehen wie bisher?«

»So simpel ist es nicht. Wenn König Xyrus stirbt, ohne die Krone weiterzugeben, dann hat Prinz Talin das Recht, seinen Bruder herauszufordern.«

War das der Grund, warum Ceren so außer sich war? Weil er Angst hatte, die Krone an seinen Bruder zu verlieren? Ich wusste, dass ich nichts von dem glauben konnte, was er sagte oder tat – warum ließ ich mich immer wieder von ihm täuschen? »Und wie wird entschieden, wer die Krone bekommt?«

»Sie werden sich duellieren. Bis auf den Tod, wenn nicht vorher einer von ihnen nachgibt.«

Talin war stärker als Ceren. Wenn es ein Duell geben würde, dann würde er wahrscheinlich gewinnen. Das konnte auch Ceren nicht entgangen sein. »Wären die Ilarer denn unglücklich, wenn Talin die Krone bekäme?«

»Nein, Mylady. Es gibt allerdings Gerüchte, dass der weibliche König ebenfalls ein Auge auf den ilarischen Thron geworfen hat. Die Leute haben Angst, dass eine solche Auseinandersetzung der Thronfolger uns verwundbar für einen Angriff machen könnte.«

Mein Kopf schwirrte von so vielen Informationen. Kriege und Thronfolgen, Kronen und Erben. Bevor ich hergekommen war, hatte ich keine Ahnung von all dem gehabt. Ich hatte geglaubt, ich könnte den König ausspionieren, mein Wissen an Sami weitergeben und so Varenia retten. Doch mein Volk interessierte niemanden außer Ceren, und das auch bloß deshalb, weil er die Perlen wollte. Der König starb, das Königreich wurde von innen und außen bedroht, und mein Volk hatte keine Ahnung, dass sein Schicksal ebenso am seidenen Faden hing wie das von Ilara.

26

Talin mochte der stärkere der Brüder sein, aber Ceren war gerissen, und dieser Gedanke beunruhigte mich, als ich zwischen den beiden beim Essen saß. Sie wechselten kaum ein Wort miteinander, zweifellos waren sie in ihre eigenen Gedanken darüber vertieft, was wohl geschehen würde, wenn es zu einem Kampf um die Krone käme. Endlich hatte ich das Gefühl, alle Puzzleteile für ein Bild zu haben, von dem ich nicht einmal gewusst hatte, dass ich es zusammenzusetzen versuchte. Cerens Beweggründe für seine Taten – dass er mein Volk so strafte, dass er die Königin getötet hatte, dass er bereit war, eine Frau zu heiraten, die er eindeutig verabscheute – waren nun schmerzlich offensichtlich.

Als die Dienstboten unsere Teller abräumten, um Platz für das Dessert zu schaffen – anscheinend musste sogar ein »schnelles Abendessen« mindestens fünf Gänge umfassen –, warf sich Ceren das Haar über die Schulter und wandte sich an mich. »Vielleicht habt Ihr es bei all der Aufregung vergessen, Mylady, aber es sind nur noch fünf Tage bis zum nächsten Markt am Hafen.«

Verwirrt runzelte ich die Stirn. »Der König ist krank. Ich

würde kaum von Euch erwarten, dass Ihr in einer solchen Zeit von seiner Seite weicht.«

»Nein, leider kann ich jetzt nicht gehen. Weshalb ich beschlossen habe, dass mein Bruder Euch zum Markt bringen wird.«

Talins Kopf ruckte hoch. »Was?«

»Mit der Kutsche ist es eine fünftägige Reise, sowohl hin als auch zurück. Ich möchte nicht, dass meine Braut so lange fort ist. Wenn ihr jedoch reitet, könnt ihr die Strecke in der Hälfte der Zeit schaffen. Ihr werdet weniger als eine Woche fort sein.«

Talins Gabel fiel klappernd auf den Teller. »Ich kann jetzt nicht gehen, Ceren. Du hast den Arzt gehört. Vater könnte jederzeit sterben. Ich muss hierbleiben, in New Castle.«

»Wenn ich mich nicht irre, steht für dich ein weiteres Treffen mit Lord Clifton an. Da der weibliche König seine Streitkräfte sammelt, brauchen wir einen offiziellen Treueschwur Cliftons an die Krone. Er muss uns garantieren, dass seine Söldner uns ebenfalls beistehen werden, wenn es nötig werden sollte. Du kannst dieses Treffen auf dem Weg zum Markt arrangieren. Ich habe Zadie versprochen, dass sie gehen kann, und ich habe nicht vor, mein Wort zu brechen.«

Ich sah Talin an, der drauf und dran zu sein schien, über den Tisch zu springen und seinem Bruder an die Kehle zu gehen. Er wusste genau, was Ceren da tat: Er schickte ihn fort, während der König im Sterben lag, in der Hoffnung, dass er, falls es zum Schlimmsten kam, die Krone an sich würde reißen können, ohne sich einer Herausforderung stellen zu müssen.

»Diese Reise ist jetzt wirklich nicht nötig«, protestierte ich schwach, doch ein Blick in Cerens Gesicht verriet mir, dass dies hier nichts mit mir und meinem Wunsch zu tun hatte, den Markt zu besuchen.

»Ich werde nicht gehen«, sagte Talin schließlich.

»Während Vater seine Herrscherpflichten nicht ausführen kann, bin ich Prinzregent«, entgegnete Ceren kühl. »Was bedeutet, dass mein Wort Gesetz ist. Du gehst oder ich lasse dich wegen Verrats in den Kerker werfen.«

Ich sah zwischen den Brüdern hin und her. Sie waren so verschieden wie Sonne und Mond, Welle und Berg. Talins Wut war unverkennbar, wohingegen Ceren so gleichgültig wie immer wirkte, während er sich geziert ein Stück Obst abschnitt. Er zuckte kaum mit der Wimper, als Talin mit der Faust auf den Tisch schlug und aus dem Saal stürmte.

»Na also«, sagte Ceren zu mir. »Ich habe Euch einen Ausflug zum Markt versprochen und den sollt Ihr auch bekommen.«

»Danke«, sagte ich, während ich Talin nachsah. Endlich würde ich die Chance bekommen, Sami zu warnen, wie ernst die Lage war, das schon. Doch diese Reise könnte verhindern, dass Talin die Krone bekam. Talin war möglicherweise der Einzige, der Ceren aufhalten konnte. Ich konnte nur beten, dass der König noch eine Woche durchhalten würde.

Unsere Reisegesellschaft bestand aus Talin, Grig, Ebb, zwei von Cerens Wachen und mir. Hauptmann Osius war als stellvertretender Befehlshaber der Königlichen Garde und – wenn nötig – der ganzen Armee zurückgeblieben. Es verblüffte mich, dass Ceren tatsächlich Ilaras Sicherheit aufs Spiel setzte, indem er seinen Bruder in einer Zeit wie dieser fortschickte, aber offensichtlich hielt er Talin für eine größere Bedrohung als den weiblichen König.

Da wir weder eine Kutsche noch einen Karren würden mitnehmen können, mussten wir mit leichtem Gepäck reisen.

Grig befestigte mein kleines Kleiderbündel am Sattel meiner Stute, während die Männer ihre Satteltaschen mit Vorräten und Wasser füllten. Wir würden in Gasthäusern entlang des Wegs übernachten, und ich würde am Freitag ein paar Stunden auf dem Markt verbringen können.

Grig half mir beim Aufsteigen und hob dann Ebb in den Sattel. Nur sehr widerstrebend hatte sie eingewilligt, Reithosen zu tragen, außerdem hatte sie erzählt, dass sie in ihrer Kindheit geritten war, aber sie schien sich nicht sonderlich auf die Reise zu freuen. Niemand tat das.

»Heute Nachmittag treffen wir uns mit Lord Clifton«, sagte Talin, als wir aufbrachen. Einer der Wachmänner führte die Gruppe an, der andere sicherte das Ende, während Talin und ich Seite an Seite vor Grig und Ebb ritten. Wir waren zwar nicht ganz allein, aber immerhin kam es dem nahe – zum ersten Mal seit unserem wilden Ritt nach New Castle.

»Es sollte nicht lange dauern«, fügte er noch hinzu. »Trotzdem werden wir heute bis spätabends weiterreiten müssen, um die verlorene Zeit aufzuholen. Ich hoffe, Ihr seid darauf vorbereitet. Fünf Tage auf der Straße sind selbst für einen erfahrenen Reiter nicht einfach, und die Gasthäuser, in denen wir übernachten werden, sind im besten Fall bescheiden.«

»Ihr vergesst, mit wem Ihr sprecht.« Ich versuchte, einen unbeschwerten Tonfall anzuschlagen. »Ich habe siebzehn Jahre lang in einem Haus gelebt, das kleiner ist als mein Schlafzimmer in New Castle.«

Sein Blick flackerte zu mir. »Ich habe es nicht vergessen.«

In angespanntem Schweigen ritten wir weiter. So verlief der Großteil des Tages, obwohl ich nicht anders konnte, als Talin alle paar Minuten kurz anzusehen. Ich wollte, dass auch er mich ansah. Manchmal wurde die Straße so schmal, dass unsere Pferde eng nebeneinander hergehen mussten, und einmal berührten sich unsere Beine, aber er entschuldigte sich nur knapp dafür. *Schau mich an!*, wollte ich ihn anschreien. Ab und zu tat er es sogar, doch dabei lächelte er nie, und er sprach kaum ein Wort mit mir. Wenn doch, dann nur, um sich zu erkundigen, ob ich eine Pause brauchte.

Wir hielten kurz, um etwas zu Mittag zu essen, ritten dann aber bis zum späten Nachmittag weiter, bis der Fluss Ilara ein gutes Stück hinter uns lag und wir uns tiefer in Lord Cliftons Reich Pirot befanden.

»Warum trefft Ihr Euch mit Lord Clifton?«, fragte ich, als ich meine Neugier schließlich nicht mehr im Zaum halten konnte. »Ich dachte, er versucht, Land von Eurem Vater zu stehlen.«

Talin wandte mir den Kopf zu. »Das tut er auch. Pirot ist noch Teil von Ilara, zumindest jetzt noch, aber mein Vater ist schon lange krank, und mein Bruder sorgt sich um andere Dinge.«

»Um den weiblichen König im Süden?«

»Ihr wisst davon?« Dieses Mal hielt er meinen Blick länger, als er es den ganzen Tag über getan hatte.

»Ein bisschen. Lady Hyacinth lädt mich regelmäßig zum Tee ein.«

Er lächelte trocken. »Ihr Glückliche. Und um Eure Frage zu beantworten, ja, Ceren macht sich Sorgen um den weiblichen König, allerdings nicht so viele, wie er vielleicht sollte. In letzter Zeit nehmen seine Experimente mehr Zeit ein als alles andere.« Er lenkte sein Pferd näher an meines heran. »Lord Clifton ist ein Opportunist, hat jedoch keine militärische Erfahrung. Seine Männer sind ein Haufen Söldner, die sich nur für Geld und Land interessieren. Der weibliche König ist organisierter, und ich glaube, Clifton hat Angst.«

Ich hob die Brauen. »Habt Ihr auch Angst?«

»Vor dem weiblichen König? Nein.« Er schüttelte den Kopf und deutete dann voraus. »Wir sind da.«

Talin bat Grig und eine von Cerens Wachen, vor dem Feldlager bei Ebb und mir zu warten, wofür ich dankbar war, da mir meine unschöne erste Begegnung mit dem Söldner an der Grenze noch gut in Erinnerung war. Ich setzte mich mit Ebb in den Schatten eines Apfelbaums und genoss den Geschmack der knackigen Früchte und die Gelegenheit, die Beine auszustrecken.

»Ich habe gesehen, dass Ihr mit Prinz Talin gesprochen habt«, sagte Ebb und warf das Kerngehäuse sorglos beiseite.

»Und?« Ich machte mir nicht mehr die Mühe, ihr etwas vorspielen zu wollen. Ebb kannte mittlerweile ohnehin die meisten meiner Geheimnisse.

»Es freut mich, dass ihr wieder miteinander redet. Das ist alles.«

»Aha.«

Talin erschien aus einem der Zelte und Ebb sprang auf und zog mich mit hoch. »Entschuldigung«, rief er, als er auf seinen Hengst stieg. »Das hat länger gedauert als erwartet.«

»Wie ist es gelaufen?«, fragte ich ihn, während Grig mir wieder auf meine Stute half.

»Clifton wird uns seine Truppen zur Verfügung stellen, falls es zum Krieg kommt«, antwortete Talin leise. »Natürlich werden wir ihm dafür einen großen Teil des Grenzlandes zugestehen müssen, aber dieses Land nutzt uns sowieso kaum etwas, wenn Ilara angegriffen wird. Außerdem müssen wir mehr Flüchtlinge über die Grenze lassen.« Seine Miene war ernst, doch an seinem Tonfall erkannte ich, dass er mit dem Ergebnis zufrieden war.

»Es freut mich, dass das Treffen gut verlaufen ist«, sagte ich. »Und es tut mir leid, dass Ceren Euch dazu gezwungen hat, mit mir zu kommen. Ich weiß, dass Ihr jetzt viel lieber bei Eurem Vater wärt.«

»Das ist nicht Eure Schuld. Ich sollte dankbar sein, dass Ceren mich auf diese Reise geschickt hat anstatt zu irgendeiner Grenzstreitigkeit, die ich schlichten soll.« Dann zeigte sich Trauer in seinem Gesicht. »Außerdem fürchte ich, dass ich im Augenblick ohnehin nichts für meinen Vater tun kann. Sein Schicksal liegt in den Händen der Götter.«

Als wir am Abend im Gasthaus ankamen, war ich erschöpfter, als ich Talin gegenüber zugeben wollte. Er hatte nicht gelogen – die Zimmer waren bescheiden, mit zwei schmalen Betten, einem gesprungenen Krug und einer Schüssel zum Waschen. Ich teilte mir ein Zimmer mit Ebb. Talin sah ich nur kurz beim Abendessen.

Es war nicht sehr voll im Gasthaus, trotzdem herrschte ein ständiges Kommen und Gehen, und ich ertappte mich dabei, wie ich die anderen Gäste anstarrte. Sie waren in schlichte Tuniken und Umhänge gekleidet, doch kein Einziger von ihnen trug Trauer. Einer der Vorteile, wenn man in Pirot lebte, schätzte ich. Alle waren gebräunt von ihrem Tagewerk unter der Sonne, ihre Gesichter gefurcht von harter Arbeit und vom Lachen. In diesem einen Gasthaus gab es mehr Fröhlichkeit, als ich bisher in ganz New Castle erlebt hatte.

War es das, was Ceren mich nicht sehen lassen wollte? Dass das Leben außerhalb des Schlosses so viel besser war als darin?

Ich schlief in dieser Nacht besser als in jeder anderen, seit ich nach Ilara gekommen war. Durch das Fenster konnte ich den Mond und die Sterne betrachten. In unserer Laterne leuchteten Flammen, kein Mondmoos, und in zwei Tagen würde ich endlich Sami wiedersehen. Wie ich Talin und den Wachen entwischen sollte, wusste ich noch nicht, aber ich war nicht so weit gekommen, um jetzt aufzugeben.

Früh am nächsten Morgen brachen wir auf. Talin ritt wieder neben mir. Als er endlich etwas sagte, war der Morgen schon halb vorüber.

»Ihr seid ein Naturtalent, wisst Ihr.«

Ich sah zu ihm hoch. »Wie bitte?«

»Auf einem Pferd. Wer hätte gedacht, dass der Ozean Euch so gut darauf vorbereiten würde, eine Pferdefrau zu werden?«

Ich errötete bei diesem unerwarteten Kompliment. »Ich habe viele Stunden damit verbracht, auf dem Rand unseres Familienboots zu balancieren. Sehr zum Missfallen meiner Mutter. Außerdem sind unsere Cousins, die Galether, berühmt für ihre Fähigkeiten auf dem Pferderücken.«

»Ich bin ihnen am Hafen schon begegnet. Es ist unglaublich, wie ihre Pferde ihnen gehorchen. Man muss sie nicht einmal anbinden. Jeder, der versucht, ein galethisches Pferd zu stehlen, muss mit einem gezielten Tritt zwischen die Beine rechnen. Angeblich können diese Pferde nur von ihren Besitzern geritten werden und sie würden ihre Herren bei einer Schlacht mit ihrem eigenen Leben beschützen.«

»Ich glaube, die Galether betrachten sich nicht als die Herren ihrer Pferde, sondern vielmehr als ihre Gefährten«, konterte ich.

»Woher wisst Ihr so viel über sie? Ich dachte, die Varenianer haben keinen Kontakt zu Galeth.«

»Haben wir auch nicht. Ab und zu erfahren wir aber etwas von den ilarischen Händlern.« Das war eine Lüge, jedoch nur eine kleine. Alles, was ich über Galeth wusste, hatte ich von

Sami gehört. »Hat Eure Mutter denn reiten gelernt?«, fragte ich.

»Leider nicht. Sie hatte Angst vor Pferden. Sie hat gesagt, dass alles, was so groß ist, ins Meer gehört, nicht an Land.«

Ich lachte. »Was hat sie dann aus Vergnügen getan? Ich kann mir nicht vorstellen, dass sie dem Stricken mehr abgewinnen konnte als ich.«

»Nein, konnte sie nicht. Sie ist gern gelaufen. Manchmal viele Kilometer, wenn man es ihr erlaubt hat. Trotz all seiner Fehler hat Vater sie geliebt und er hat ihr relativ viel Freiheit eingeräumt.«

»Dann hatte sie mehr Glück als ich.«

Er sah über die Schulter zurück zu Ebb und Grig, die ziemlich gut miteinander auszukommen schienen. »Wäre es in Ordnung, wenn wir ein bisschen traben?«, rief er ihnen zu. »Wir sollten versuchen, Zeit gutzumachen. Ich glaube, es wird bald regnen.«

Als die beiden nickten, trieb Talin sein Pferd an, und meine kleine braune Stute folgte ihm. Inzwischen konnte ich den Trab etwas besser aussitzen, aber es war immer noch die Gangart, die ich am wenigsten mochte.

»Alles in Ordnung?«, fragte mich Talin.

»Irgendwie fühlt sich das komisch an.« Ich blickte über die Schulter der Stute nach unten. »Kann es sein, dass sie humpelt?«

»Mir kommt sie auch ein bisschen steif vor. Sie wurde frisch beschlagen und ist nicht an so lange Strecken gewöhnt.«

Ich klopfte ihr den Hals und murmelte ihr eine Entschuldigung zu. »Was kann ich für sie tun?«

»Sie muss sich etwas ausruhen, aber wir haben noch ein

gutes Stück Weg vor uns. Ihr könntet mit mir auf Xander reiten, damit sie nicht so viel Gewicht tragen muss.«

»Das würde Eurem Bruder nicht gefallen.« Ich fand es grässlich, dass Ceren selbst dann, wenn er nicht einmal in der Nähe war, meine Gedanken überschattete.

Talin grinste verschmitzt, was mich an den Abend erinnerte, an dem wir einander zum ersten Mal begegnet waren. »Was mein Bruder nicht weiß ...«

Als ich das letzte Mal etwas gegen besseres Wissen getan hatte – der Tanz mit Talin –, hatte ich damit Cerens Zorn auf mich gezogen. Doch er hatte recht. Ceren war nicht hier, und die Vorstellung, Talin wieder so nah zu sein, war einfach zu verlockend, um widerstehen zu können.

Ich warf den Wachen einen Blick zu. »Was sollen wir ihnen sagen?«

»Die Wahrheit.« Er winkte Grig heran. »Die Stute lahmt. Zadie reitet den Rest des Nachmittags mit mir.«

»Jawohl.« Grig band die Zügel der Stute an seinen Sattel und half mir beim Absteigen. Als Talin sich zu mir hinunterbeugte, um mir auf den Pferderücken zu helfen, verdrängte ich meine Ängstlichkeit und nahm seine Hand.

»Würdet Ihr dieses Mal gern vor mir sitzen?«, fragte er.

Auf meiner Stute fühlte ich mich wohl, aber Xander war ein riesiges Tier mit einem ganz anderen Temperament. Trotzdem, Talin sah mich so gelassen an, dass ich nickte und mich von ihm in den Sattel ziehen ließ. Sobald ich vor ihm saß, berührten sich unsere Oberkörper von der Hüfte bis zu den Schultern, und selbst durch die Lederrüstung konnte ich seine Wärme spüren. Als ich die Zügel nahm, legte er mir die Arme um die Taille, und ich fragte mich, ob ich an seiner Brust wohl wirklich so klein wirkte, wie ich mich fühlte.

»Wohin wollt Ihr, Euer Hoheit?«, rief uns eine der Wachen nach. »Prinz Ceren hat uns angewiesen, Lady Zadie nicht aus den Augen zu lassen.«

»Dann ist es ja gut, dass du nicht Zadie bist«, raunte mir Talin ins Ohr. Mir wurde erst heiß, dann kalt bei dieser Bestätigung, dass er wusste, wer ich war. Wie lange wusste er es schon? Und freute es ihn, dass ich Nor war, oder würde er mich irgendwie bestrafen?

»Wir warten ein Stück weiter vorn auf euch«, rief er den Wachen zu. Dann schnalzte er mit der Zunge, gab dem Hengst die Sporen, und weg waren wir. Obwohl ich geglaubt hatte, darauf vorbereitet zu sein, fiel ich nach hinten, doch Talins fester Oberkörper gab mir Halt. Sobald ich über den ersten Schreck hinweggekommen war, gelang es mir, mich gerade aufzurichten und mich zu konzentrieren.

Ich fühlte mich, als wäre ich wieder in einem Boot und würde über die rollenden Wellen hinwegreiten, und ich war so gefangen in meinen Empfindungen – das Pferd unter mir, der Wind im Gesicht, der Zug an den Zügeln, während der Hengst darum kämpfte, schneller laufen zu dürfen, die Kraft von Talins Körper hinter mir –, dass ich vergaß, Angst zu haben.

»Sehr gut«, hörte ich Talin sagen. »Wenn du bereit bist, kannst du ihm die Zügel geben.«

Ich nickte und ließ mir die Zügel ein wenig durch die Finger gleiten, woraufhin der Hengst noch schneller voranschoss. Wir ritten zwar immer noch auf der Straße, aber etwas am Anblick der grünen Hügel und des gewaltigen blauen Himmels um uns herum schenkte mir dasselbe Gefühl von Freiheit, das auch der Hengst spüren musste. Ich ließ die Zügel noch lockerer, gab dem Tier so viel Kontrolle, wie ich wagte, und ließ es laufen. Keiner von uns beiden war wirklich frei, doch in diesem Moment konnte ich fast glauben, dass wir dem dunklen Schatten des Bergs für immer davonritten.

Ich stellte mir vor, dass Zadie auf mich wartete, nur ein kleines Stück vom Strand entfernt, und dass ich zu ihr hinausschwamm. Wir würden nicht darüber sprechen müssen, was in der Abwesenheit der jeweils anderen geschehen war, denn das Einzige, was zählte, war die Zeit, die wir miteinander verbrachten. Es wäre so, als hätte es das Dazwischen gar nicht gegeben, als wäre es bloß ein schlimmer Traum gewesen, den wir vergaßen, sobald das Morgenlicht unsere Wangen wärmte.

Da wusste ich, dass ich niemals den Rest meines Lebens getrennt von Zadie würde verbringen können. Varenia, das Meer, sogar meine Eltern – ohne all das konnte ich existieren. Doch meine Schwester war für mich so lebensnotwendig wie Sonnenlicht und Luft. Eines Tages würde ich einen Weg zurück zu ihr finden.

Als Talin schließlich die Zügel nahm und den Hengst zum Schritt durchparierte, strömten mir Tränen über die Wangen. Ich bemerkte sie erst, als ich Talins behandschuhte Finger auf der Haut spürte. Ich schloss die Augen, wodurch nur noch weitere Tränen unter meinen Lidern hervorquollen, und ließ mich erschöpft gegen ihn sinken.

»Es fängt an zu regnen«, sagte er. »Wir warten unter den Bäumen dort, bis es vorbei ist.«

Er stieg ab und führte den Hengst in ein kleines Ulmenwäldchen ein Stück von der Straße entfernt. Als wir uns unter das Blätterdach duckten, lächelte er mich an. »Von da oben geht es ganz schön tief runter«, sagte er und streckte mir die Arme entgegen, um mir beim Absteigen zu helfen. Ich ließ mich hinabgleiten, und für die Dauer eines Lidschlags hielt er mich über dem Boden in der Schwebe, als wäre ich für ihn so leicht wie eine Feder. Dann stellte er mich sanft auf die Füße. Das Laubdach war dicht und ließ nur wenige Tropfen hindurch. Mit einem erleichterten Seufzen ließ ich mich ins Gras sinken.

»Das hast du gut gemacht«, sagte Talin und setzte sich mit dem Rücken an einen Baumstamm. »Ich hatte schon Angst, dass Xander vor dir müde wird.«

»Ich reite gern. Auf eine seltsame Art erinnert es mich an das Meer.«

»Das kann ich verstehen. Bei meiner Reise nach Ilara war ich zum ersten Mal auf einem Boot. Es war schön.«

»Manchmal ist es auch nicht so schön. Einmal waren Zadie und ich …« Zu spät unterbrach ich mich. Ich sagte mir, dass es keine Rolle mehr spielte, da er die Wahrheit ohnehin wusste, aber es war eine deutliche Erinnerung daran, dass ich niemals mit irgendjemandem über Zadie sprechen sollte. »Ich habe Durst«, sagte ich und stand mit wackeligen Knien auf.

»In der Satteltasche ist Wasser.«

Ich machte mich an den Lederriemen zu schaffen. Endlich war ich mit Talin allein, und ich würde ihm sagen müssen, dass ich ihn die ganze Zeit über belogen hatte. Ich trank einen großen Schluck aus dem Wasserschlauch und wollte ihn gerade wieder in die Satteltasche zurückstecken, als ich hinter mir einen Zweig knacken hörte.

Als ich herumfuhr, sah ich, dass Talin mich musterte.

»Was ist los?«, fragte ich atemlos.

»Jetzt, wo wir beide einen Moment für uns haben, finde ich, dass wir uns mal ein bisschen unterhalten sollten.«

27

Ich ging zurück unter die Bäume, wobei ich meine Hände fest ineinander verschränkte, damit sie nicht zitterten. »Wie lange weißt du es schon?«

»Ich habe es schon vermutet, als ich dich in Old Castle gesehen habe, aber sicher war ich mir an dem Abend, an dem wir miteinander getanzt haben.«

»Warum?«

Er lehnte sich gegen den Baum neben mir. »Als du diese Bemerkung darüber gemacht hast, ob Ceren denn jemals angenehm ist. Ich weiß, ich habe Zadie und dich nur kurz kennengelernt, aber nach dem, was ich an diesem Abend in Varenia erfahren habe, kam mir das nicht wie etwas vor, das Zadie sagen würde.«

Belustigung schwang in seiner Stimme mit, doch ich kam mir dumm vor, weil ich geglaubt hatte, ich könnte so tun, als wäre ich meine sanfte Schwester. »Nein, wohl eher nicht.«

»So habe ich es nicht gemeint. Ich war es, der dich an diesem Abend in Gefahr gebracht hat, weil ich mit dir getanzt habe. Das hätte ich nicht tun sollen, aber ich konnte mir nicht erklären, warum du an Zadies Stelle hier sein solltest. Und, um ehrlich zu sein, war ich selbstsüchtig. Ich hatte gedacht, dass ich dich nie wiedersehen würde, und dann warst du auf einmal da. Ich konnte einfach nicht widerstehen.«

Ich errötete, denn ich verstand genau, was er damit meinte. Ich hatte die Gefahr gekannt, und trotzdem hatte ich ihm auch nicht widerstehen können. Sogar jetzt sehnte ich mich nach seiner Berührung, obwohl Cerens Wachen jeden Moment zurückkehren konnten. Ich schluckte, wartete darauf, dass er fortfuhr.

»Der Tag, an dem du Ceren am See gerettet hast, war nur die letzte Bestätigung.«

»Als du meine Narbe gesehen hast?«

Er nickte und hob den Blick, um mich anzusehen. »Ich hatte Angst um dich. Angst, dass Ceren die Narbe sehen und irgendwie die Wahrheit herausfinden oder zumindest wütend sein würde, weil du ihn getäuscht hast. Hast du eine Ahnung, wie gefährlich deine Lage ist?«

»Natürlich!«, rief ich. »Wie sollte mir das entgangen sein?«

»Warum bist du dann hier, Nor? Hat Gouverneur Kristos dich geschickt, um mich auszuspionieren?«

»Was?« Die Frage kam so überraschend, dass ich fast das Gleichgewicht verloren hätte.

»Antworte mir einfach, Nor. Keine Lügen mehr.«

Ich war es leid, etwas vorzutäuschen, und wozu sollte das überhaupt noch gut sein? Die Wahrheit war sicher besser, als Talin in dem Glauben zu lassen, ich wäre eine Spionin. Es war jedenfalls nicht so, wie er es sich vorstellte. »Ich bin wegen meiner Schwester hier.«

Echte Sorge zeichnete sich in seinem Gesicht ab. »Ist ihr etwas passiert?«

»Sie hat sich verliebt. In Sami.«

»In deinen Verlobten? War es das, was du Kristos an dem Abend sagen wolltest?«

Ich nickte.

»Und deshalb hast du dich freiwillig gemeldet, an ihrer Stelle herzukommen?«

»Es ist ein bisschen komplizierter.«

Der Regen war zu einem Nieseln geworden. Einige Tropfen hatten sich einen Weg durch das Laubdach gesucht, waren auf Talins braunen Locken gelandet und ließen die goldenen Strähnchen darin glitzern. Die Wasserperlen hingen dort wie perfekte Kristalle, bis er sich auf mich zubewegte und die schimmernden Tropfen zu dunklen Punkten zerschmolzen.

»Es wäre gelogen, zu behaupten, dass ich nicht davon geträumt habe, eines Tages nach Ilara zu gehen«, gab ich zu. »Varenia war für mich zu klein, zu schlicht. Ich wollte die Welt sehen, ein Pferd reiten und ...«

»Und was?«

Ich sah weg, beschämt, wie kindisch ich gewesen war. »An einer Rose riechen. Ich habe immer noch keine gesehen.«

Sanft lächelte er mich an, doch dann wirkte er eher verwirrt. »Wenn du gehen wolltest, Zadie aber nicht, warum haben sich die Ältesten dann nicht gleich für dich entschieden?«

»So funktioniert das nicht. Außerdem ...« Ich deutete auf die Narbe auf meiner Wange. Eine weitere Erklärung war sicher nicht nötig.

»Ich verstehe es immer noch nicht. Deine Schwester wollte nicht kommen, also hat sie dich gebeten, an ihrer Stelle nach Ilara zu gehen?«

Ich schüttelte den Kopf. »Sie hat mich nicht gebeten, Talin. Sie hat mich dazu gezwungen, ihr zu helfen.«

»Wobei?«

Seit Wochen hatte ich nicht mehr an die Jungfernhaarqualle gedacht. Die Erinnerung daran ließ mein Herz immer noch rasen. Entweder schieres Glück oder Thalos selbst hatten uns in dieser Nacht beigestanden. Zadie hätte genauso gut sterben können. »Dabei, sich selbst zu entstellen.«

Talin zuckte zurück. »Was? Warum?«

»Sie wusste, dass die Ältesten sie nur dann nicht nach Ilara schicken würden, wenn sie nicht mehr schön wäre. Also hat sie sich einen Plan ausgedacht. Einen schrecklichen Plan. Sie wollte sich selbst mit einer Qualle so schlimm verletzen, dass sie für immer vernarbt sein würde. Sie wollte, dass ich ihr helfe, aber ich habe mich geweigert. Ich wollte nicht, dass sie leidet oder riskiert, Sami nicht heiraten zu dürfen. Sie hat jedoch gedroht, es allein zu tun, wenn ich ihr nicht helfe.« Ich versuchte, gegen die Tränen anzuschlucken, aber es waren zu viele. »Ich hatte solche Angst, dass sie sterben würde, also ... also habe ich ihr geholfen. Wir haben allen gesagt, dass es ein Unfall war, aber niemand hat mir geglaubt. Sie dachten, ich hätte ihr das angetan, weil ich eifersüchtig war. Sogar meine eigene Mutter hat das geglaubt.«

»Und Zadie hat niemandem gesagt, dass es ihre Idee war?«

»Nein. Sie hatte Angst, und das kann ich verstehen. Wenn es jemand herausgefunden hätte, dann hätte sie Sami niemals heiraten dürfen.«

Talin stieß sich vom Baumstamm ab und trat vor mich. »Es tut mir so leid. Ich hatte keine Ahnung, dass es so war. In Mutters Erzählungen war Varenia immer so perfekt. Sie hat geklungen, als gäbe es keine Gewalt und keine Verbrechen. Ich habe es mir wie das Paradies vorgestellt. Und genau das habe ich bei meinem Besuch dort auch gesehen. Ich habe *dich* gesehen.«

Etwas in meiner Brust ließ los, und ich erkannte, wie erstickt ich mich seit dem Verlassen meiner Heimat gefühlt hatte. »Varenia ist wunderschön auf so viele Arten. Ich würde alles tun, um zurückkehren zu können. Aber die Menschen dort hungern, weil dein Bruder so viele Perlen verbraucht. Und ja, einige dort glauben, dass die Auswahlzeremonie ... na ja, einfach alles ist. Meine Mutter gehört auch dazu.«

»Warum sollte eine Mutter ihre Tochter fortschicken wollen? Nur für einen Brautpreis?«

»Der Preis ist sicher auch ein Grund, aber die Ehre, auserwählt worden zu sein, erstreckt sich auf die ganze Familie. Schönheit gilt als das größte Geschenk der Götter. Zumindest in den Augen aller anderen. Jetzt, nachdem ich weiß, was die Zukunft für mich bereithält, halte ich es eher für einen Fluch.«

»Und du konntest dich nicht einfach weigern zu gehen?«

Ich ließ mich gegen einen Baum sinken. »Wir haben gedacht, dass man ein anderes Mädchen auswählen würde. Nur hatte man Zadies Porträt schon an deinen Vater geschickt. Wir wussten nichts von Melina oder darüber, wie der König die Varenianer bestraft hat, nachdem er herausgefunden hatte, dass ein anderes Mädchen geschickt worden war. Die Ältesten haben beschlossen, dass Zadie gehen sollte, auch wenn sie die Reise vielleicht nicht überleben würde, denn sonst könntet ihr denken, dass wir euch absichtlich getäuscht hätten. Also habe ich angeboten, an ihrer Stelle zu gehen. Die Älteste Nemea hat mir die Paste gegeben, mit der ich meine Narbe verstecken konnte, und ich sollte für den Rest meines Lebens so tun, als wäre ich meine Schwester.« Bittend sah ich ihn an. »Wir haben nicht angenommen, dass irgendjemand jemals den Unterschied bemerken würde. Wir haben dich alle für einen Boten gehalten, den ich wahrscheinlich nie wiedersehen würde.« Ich senkte die Stimme. »Du hättest dich eigentlich nicht an mich erinnern sollen.«

Er senkte den Kopf, aber ich hatte die Röte auf seinen Wangen gesehen. »Ich fürchte, dazu bestand nie eine Chance.«

»Niemand hat mich jemals so angesehen wie du in Varenia.« Meine Stimme war kaum mehr als ein Flüstern.

»Das kann ich mir nicht vorstellen.«

»Normalerweise sind alle zu beschäftigt damit, Zadie anzustarren.« Ich begegnete seinem Blick. »Sie ist ›so rein und makellos wie eine varenianische Perle‹, habe ich gehört.«

Sein schiefes Grinsen weckte ein Flattern in meinem Bauch, so als wäre er voller winziger Fische, und ich erinnerte mich daran, dass sich Zadie am Ende einfach nicht von Sami hatte fernhalten können, trotz der Gefahr für sie beide. Ich stieß mich von der Rinde ab und trat zögerlich einen Schritt auf Talin zu. »Warum hast du deinem Bruder nichts über mich gesagt?«

»Das würde ich dir niemals antun. Allein der Gedanke, wie er reagieren könnte …« Er biss die Zähne zusammen und kam mir noch näher. »Niemals.«

»Und was, wenn ich zugebe, dass ich eine Spionin bin?«

Er stützte die Hände links und rechts von mir an den Baumstamm.

»Dann würde ich dir sagen, dass du die schönste Spionin bist, die ich jemals gesehen habe.«

»Ach, aber trotzdem nur das zweitschönste Mädchen in Varenia.«

Er war mir so nah, dass ich seinen Atem auf der Haut spüren konnte. »Was das angeht …«

»Ja?«

»Da habe ich gelogen.«

Es fehlte nicht mehr als ein leises Ausatmen und unsere Lippen würden sich berühren. Es war wie der Moment, bevor man eine Auster öffnete. Fast wollte man es nicht tun, denn für den Bruchteil eines Augenblicks war alles möglich. Ich schloss die Augen, wartete ...

Das Geräusch von Hufschlägen auf der Straße zerriss die Spannung. »Sie haben uns eingeholt«, hauchte ich atemlos.

Talin richtete sich auf und biss sich auf die Unterlippe. Ich konnte nicht sagen, ob er es bereute, dass wir uns fast geküsst hatten oder dass wir es nicht getan hatten. Er nahm mich an der Hand und führte mich zurück auf die Straße zu. »Ich habe noch mehr Fragen.«

»Ich auch.«

Als Grig in Sicht kam, ließ Talin meine Hand los. »Hier seid ihr. Das Unwetter hat uns erwischt, sonst wären wir schon früher hier gewesen.« Er blickte von Talin zu mir und wieder zurück zu Talin. »Ist alles in Ordnung?«

»Natürlich. Wir wollten nur abwarten, bis der Regen vorbei ist. Jetzt sollten wir uns lieber wieder auf den Weg machen, wenn wir das Gasthaus noch vor Einbruch der Nacht erreichen wollen.«

Cerens Wachen lauerten hinter Grig.

Talin achtete nicht auf sie und hob mich auf Xanders Rücken. »Wir galoppieren ein Stück, um die verlorene Zeit aufzuholen.«

Als er jedoch meinen Blick auffing, wusste ich, dass er die Zeit, die wir gerade zusammen verbracht hatten, durchaus nicht als verloren betrachtete.

An diesem Abend fiel ich völlig erschöpft ins Bett, doch in meinem Kopf spielten sich immer und immer wieder die Momente mit Talin ab. Als er mir so nah gewesen war, dass ich ihn fast hatte schmecken können. Er vertraute mir jetzt, aber mir war keine Zeit geblieben, ihm von Sami zu erzählen. Außerdem war ich nicht sicher, ob ich dazu wirklich bereit war. Vielleicht würde er versuchen, mich aufzuhalten, und darauf bestehen, dass es zu gefährlich wäre, Ceren auf diese Weise zu hintergehen. Besonders, solange Cerens Wachen in der Nähe waren. Nachdem ich jetzt jedoch so weit gekommen war, war es unvorstellbar, Sami nicht zu treffen. Ich würde eben irgendwie entkommen und hoffen müssen, dass Talin mir hinterher vergeben würde.

Wir ritten vor Sonnenaufgang los, um bis zum Mittag beim Markt zu sein. Bevor wir ins Gasthaus zurückkehren mussten, würden uns dort nur ein paar Stunden bleiben, in denen Talin auch einiges zu erledigen hatte. Die ilarischen Händler, die zum schwimmenden Markt kamen, um dort die Perlen zu holen, gaben sie hier am Hafenmarkt an Cerens Wachen weiter. Ich betete, dass Thalos meinem Volk im letzten Monat beigestanden hatte. Ich wollte mir gar nicht vorstellen, mit einer mageren Ausbeute an Perlen nach Ilara zurückzukehren, wo der König sterbend in seinem Bett lag. Nach allem, was ich wusste, konnte er auch bereits tot sein.

Nur noch wenige Kilometer trennten uns vom Markt, als sich Talin zu mir umdrehte. »Was ist los?«, flüsterte er.

»Nichts.«

»Seit Stunden hast du Sorgenfalten auf der Stirn, und ich fürchte, wenn du weiter so auf deiner Unterlippe herumkaust, dann ist bald nicht mehr viel davon übrig. Und das wäre wirklich schade, Mylady.«

»Mir geht's gut«, behauptete ich und zog an meinem Lederkorsett, das Ebb an diesem Morgen übertrieben eng geschnürt hatte. Ich müsse schließlich hübsch aussehen für den Prinzen, hatte sie dabei vor sich hin gemurmelt.

»Pass auf, wenn wir auf dem Markt sind. Dort gibt es Taschendiebe«, sagte Talin.

»Ich habe nichts, das man stehlen könnte.«

»Das wird sie nicht davon abhalten, es zu versuchen.« Betont musterte er mein Korsett und die engen Lederreithosen.

Ich errötete, als mir wieder einfiel, wie ich bei unserer ersten Begegnung ausgesehen hatte. Er hatte schon viel mehr von mir gesehen als ich von ihm, aber es hatte etwas Verführerisches, nicht zu wissen, wie jemand unter seinen Kleidern aussah. Es überraschte mich, wie verlockend eine Lederrüstung sein konnte.

»Sei einfach vorsichtig«, sagte er, und so etwas wie Besitzanspruch schwang in seiner Stimme mit. Als ob ich nicht seinen eigenen Bruder heiraten würde.

Thalos. Talin war der Bruder meines zukünftigen Ehemanns und ich hatte ihn fast geküsst. Ich schüttelte den Kopf, um meine Gedanken zu klären. Ich musste mich darauf konzentrieren, zum Markt zu kommen und Sami zu finden. Talin und die Wachen hatten den Vorteil, dass sie sich auf dem Markt auskannten, aber ich hatte ihn bisher nur in meiner Fantasie gesehen. *Halt nach den Drachen Ausschau*, sagte ich mir. *Und vor allem, bete, dass es windig ist.*

Schon bald begegneten wir anderen Reitern auf der Straße, dann auch Wagen, auf denen sich Verkaufsgüter türmten. Es waren nicht bloß Ilarer. Ich erkannte Flüchtlinge aus dem Süden Ilaras, deren Kleider von den vielen Tagen auf der Straße abgetragen und zerrissen waren; Galether auf ihren Pferden, deren Fell in der Sonne glänzte; sogar Menschen von der anderen Seite der Alathianischen See.

»Macht lieber den Mund zu, bevor noch Fliegen hineinsummen, Mylady«, neckte mich Ebb.

»Warst du schon einmal hier?«, fragte ich sie.

»Einmal. Als ich noch ein kleines Mädchen war. Es ist ein Wunder, nicht wahr?«

Das war es wirklich. Der Markt war laut und lebendig, voll von Gerüchen und Klängen und allen Farben des Regenbogens. Ein Mann mit einem halben Dutzend Käfigen auf dem Rücken, in denen grüne und gelbe Vögel saßen, ging pfeifend an uns vorüber. Eine Frau und ihr Kind trugen Büschel roter Blumen mit sich. Mohn, aus dem man Tee kochen oder den man rauchen konnte, erklärte mir Talin.

Einige der Stände waren mit bunten Tüchern verhangen, andere öffneten sich zum Himmel. Ich suchte nach Drachen über den bunten Dächern, aber wir näherten uns dem Markt vom Fuß eines Hügels aus, was es schwerer machte, irgendetwas zu erkennen.

Grig und Ebb erklärten sich einverstanden, bei den Pferden am Rand des Markts zu warten. Seit gestern hatten sie sich fast pausenlos unterhalten, und ich beneidete sie um die Blicke, die sie einander zuwarfen. Sie konnten ganz offen miteinander umgehen, vor aller Augen, ohne dabei Verdacht zu erregen. Sie konnten sich verlieben und heiraten, wenn sie das wollten. Sogar Zadie hatte eine Wahl treffen können.

Ich hatte das alles dafür geopfert herzukommen, und zum Teufel, wenn es umsonst gewesen sein sollte.

Talin und ich betraten den Markt gemeinsam. Die schiere Anzahl an Menschen würde mich überwältigen, wenn ich es zuließ, also versuchte ich, den Geruch nach gebratenem Fleisch, überreifen Früchten und ungewaschenen Körpern so gut ich konnte auszublenden. Auf der einen Seite kreischte mir ein Papagei ins Ohr, während mich auf der anderen Seite ein kleiner Junge an der Hand zupfte. Aus seinem schmutzigen Gesicht sah er zu mir hoch. Hilflos blickte ich Talin an, der dem Jungen eine Münze reichte und mich weiter in den Markt hineinscheuchte.

»Wonach suchst du denn?«, fragte mich Talin. »Irgendetwas Bestimmtes, das du zu finden hoffst?«

Es tat mir weh, ihn belügen zu müssen, aber ich schüttelte den Kopf. »Nichts Bestimmtes. Ich wollte den Markt nur einmal selbst erleben.«

Als ich um eine Ecke in einen weiteren Gang zwischen den Ständen bog, rempelte mich ein kleiner, stämmiger Mann in Lederrüstung an. Dem Geruch nach hatte er bereits einiges getrunken.

»Alles in Ordnung?«, fragte mich Talin, als ich gegen einen Obststand stolperte.

»Ja, schon in Ordnung.«

»Pass lieber auf, wohin du gehst«, rief Talin dem Mann nach. »Fast hättest du die Lady hier umgestoßen.«

Als sich der Mann umdrehte, wich ich unwillkürlich zurück. Es war Riv, der Söldner, dem ich bei meiner Reise nach Ilara begegnet war.

»Aber hallo, was haben wir denn hier?« Riv musterte mich. Ich trug Reitkleidung, und meine Sonnenbräune war während der Wochen im Berg etwas verblasst, doch er erkannte mich trotzdem wieder. »Die kleine varenianische Prinzessin.«

»Entschuldige dich, Riv«, verlangte Talin hart.

Riv ignorierte ihn. »Überrascht mich, dass Euer Bruder sie nicht sofort geheiratet hat, damit er sie gleich …«

Einer von Cerens Wachmännern stieß mich hinter sich, und im selben Moment zog Talin sein Schwert. Mit hämmerndem

Herzen sah ich dem Geschehen zu, bis ich auf einmal begriff, dass dies hier meine Chance war. Alle waren so abgelenkt, dass niemand auf mich achtete. Ich wich ein paar Schritte zurück, bis ich mich in einem anderen Gang zwischen den Standreihen befand, dann drehte ich mich um und rannte los.

28

Ich duckte mich zwischen Ständen hindurch und wich Karren aus, bis ich einen kleinen Platz erreichte, auf dem Frauen auf Decken saßen und Halsketten und anderen Schmuck verkauften. Hier gab es keine Dächer. Ich hob den Kopf und lächelte, als ich einen orange-gelben Drachen erblickte, der über den Markt dahinsegelte. Ich beschattete die Augen gegen die Sonne und versuchte, der Drachenschnur bis zu ihrem Ursprung zu folgen, aber dafür war es zu hell.

»Wo ist der Drachenstand?«, fragte ich eine der Frauen auf den Decken.

Sie hielt mir die ausgestreckte Hand hin, ohne auch nur den Blick zu heben.

»Tut mir leid, ich habe kein Geld. Ich muss nur wissen, wo der Drachenstand ist.«

Sie musterte mich knapp von Kopf bis Fuß. Als sie sich davon überzeugt hatte, dass ich nirgendwo einen Geldbeutel versteckt hatte, machte sie eine finstere Miene und deutete auf die andere Seite des Platzes.

Ich stürzte mich wieder in das Gewimmel aus Menschen und Marktständen, voller Angst, dass ich zu langsam war und dass mich Talin und die Wachen finden würden. Oder dass ich mich verirren oder Sami verpassen würde. Möglicherweise hatte er gar nicht herkommen können und alles war umsonst gewesen. Ich wand mich zwischen den Reihen hindurch, immer überzeugter davon, dass ich tatsächlich nicht mehr wusste, wo ich war, als auf einmal der Drachenverkäufer vor mir auftauchte.

Der Mann hinter dem Tisch war gebeugt vom Alter und unter seiner flachen grauen Kappe lugten nur noch wenige silberne Haarsträhnen hervor. Der Stand war ein schäbiges Holzding. Kleinere Drachen lagen auf dem Tisch aus, andere waren an einem Gerüst dahinter befestigt. Es waren keine Kunden zu sehen, und der Mann musterte mich erwartungsvoll, vielleichte hoffte er, einer wohlhabenden Dame etwas verkaufen zu können. Ich hätte Talin um etwas Geld bitten sollen. Die Sonne stand bereits hoch am Himmel, aber Sami war nicht hier, und mir blieb vielleicht nur eine Minute, bevor die Wachen kamen.

»Kann ich Euch helfen?«, fragte der Alte und winkte mich zu sich.

»Ich … sehe mich bloß um«, antwortete ich. »Eure Drachen sind sehr schön.«

»Perfekt für einen Tag am Strand«, sagte er und richtete den Blick auf etwas jenseits des Marktes. Ich sah in die dieselbe Richtung und keuchte auf. Da, am anderen Ende des Ganges zwischen den Ständen, konnte ich ein türkisblaues Glitzern erkennen. Das Meer.

Meine Knie drohten nachzugeben, da fühlte ich einen Arm um meine Taille. Ein Kloß formte sich in meiner Kehle. Talin hatte mich erwischt und ich hatte meine Aufgabe nicht erfüllt. Ich würde Sami nicht warnen können und beim nächsten Markt würde es dafür vielleicht schon zu spät sein.

Am schlimmsten war jedoch, dass ich Ceren würde heiraten müssen, vielleicht schon in dieser Woche.

»Nor«, flüsterte eine vertraute Stimme an meinem Ohr, und der Kloß wurde zu einem Schluchzen.

»Sami?«

Mein Freund zog mich in die Arme und drückte mich an sich. Ich ließ den Tränen freien Lauf. Eigentlich durfte ich keine Zeit mit Weinen verschwenden, aber die Erleichterung, ein Gesicht zu sehen, das mir fast so vertraut war wie das von Zadie, überwältigte mich. Er roch nach zu Hause. Nach Salzwasser und den Gewürzen, mit denen wir unseren Fisch zubereiteten, und nach den Blumen, die seine Mutter manchmal auf dem Markt kaufte, um ihr Haus damit zu parfümieren, bevor die Blätter trockneten und Tee aus ihnen zubereitet wurde.

»Du hast es geschafft«, flüsterte ich an seinem Hals.

»Ich wäre hundert Jahre lang jeden Monat hergekommen, wenn es nötig gewesen wäre.« Lächelnd streichelte er mir über den Kopf. »Allerdings muss ich zugeben, dass es eine große Erleichterung ist, dich heute zu sehen.«

Ich lachte durch meine Tränen und lehnte mich zurück, um ihn betrachten zu können. Er trug eine grobe Tunika und eine Kappe, genau wie der Drachenverkäufer. »Ist das deine Verkleidung?«

»Hat bisher immer funktioniert. Aber wenn uns die Leute zusammen sehen, dann wundern sie sich vielleicht.« Er führte mich hinter den Stand des Drachenverkäufers, wo sich ein kleines Zelt befand. Er duckte sich durch die Zeltklappe hindurch, als hätte er das schon zahllose Male getan.

»Wer ist er?«, fragte ich und meinte damit den alten Mann.

»Er gehört zu den Leuten, mit denen ich handle. Keine Sorge, er ist ein Freund. Wir können ihm trauen«, sagte er und setzte sich auf einen Holzhocker. »Was in Thalos' Namen hast du da überhaupt an?«

Ich musterte meine staubige Reithose. Ich war schon so daran gewöhnt, in dunkle, beengende Kleider gesteckt zu werden, dass ich nicht einmal daran gedacht hatte, wie seltsam ich darin für Sami aussehen musste. »Wir sind hergeritten, von New Castle aus.«

»New Castle?«

»Der Berg, in den das Schloss gebaut wurde. Das ist eine lange Geschichte, Sami, aber wir haben nicht viel Zeit. Wie geht es Zadie? Seid ihr schon verheiratet?«

Seine Miene verriet mir, dass er sich vor dieser Frage gefürchtet hatte.

»Was ist passiert?« Zorn schlich sich in meine Stimme. »Bitte sag mir, dass ihr wenigstens verlobt seid.«

»Ich habe Zadie kaum gesehen, seit du fort bist.« Bei diesen Worten wirkte er so verbittert, dass er mich an meine Mutter erinnerte. »Mein Vater hat es verboten.«

»Was? Warum?«

»Weil Alys' Mutter nach deiner Abreise das ganze Dorf gegen deine Familie aufgebracht hat. Sie behauptet, dass man ihrer Tochter ihren rechtmäßigen Platz in Ilara gestohlen hat, und sie verlangt, dass ich Alys als Wiedergutmachung heirate.«

»Du hast doch nicht Ja dazu gesagt, oder?«

»Natürlich nicht!«, brüllte er fast. »Aber ich kann so auch Zadie nicht heiraten. Es ist ein furchtbares Chaos, Nor. Ich weiß, das ist nicht das, was du hören willst, aber so ist es nun mal.«

»Sag mir wenigstens, dass Zadies Wunden verheilt sind.«

Sein Gesicht wurde weicher. »Es geht ihr viel besser. Ihre Narben sind nicht so schlimm, wie wir befürchtet haben, und sie kann laufen und schon ein bisschen tauchen. Aber dein Vater fängt nicht genug Fisch, um den Mangel an Perlen wieder auszugleichen. Er fährt immer weiter aufs Meer hinaus, wo das Wasser gefährlich tief ist. Letzte Woche haben sich die Händler geweigert, deiner Familie Wasser zu verkaufen. Sie haben Hunger und Durst. So wie wir alle.« Er hob den Saum seiner Tunika und zeigte mir die scharf hervortretenden Rippen.

»Thalos, Sami«, keuchte ich. »Wie konnte es so schnell so schlimm werden?«

»Mein Vater hat darauf bestanden, dass alle Familien ihre Perlen zu ihm bringen. Der Gewinn wird jetzt gleichmäßig unter allen aufgeteilt. Er dachte, dass er damit für mehr Gerechtigkeit sorgen könnte, aber die Familien, die härter arbeiten, um mehr Perlen nach Hause zu bringen, sind wütend auf die anderen, die ihren Teil nicht erfüllen, und im vergangenen Monat sind sie deshalb absichtlich weniger tauchen gegangen. Worunter wir jetzt alle zu leiden haben. Alles, was ich beim Markt zusätzlich bekommen kann, gebe ich deiner Familie, aber wie gesagt, ich darf Zadie nicht sehen. Wir treffen uns manchmal heimlich.« Er errötete.

»Das ist alles meine Schuld. Ich hätte das nicht zulassen dürfen.«

»Es hätte nichts geändert, wenn du geblieben wärst. Mein Vater ist derjenige, der sich gegen Ilara wehren muss, doch er tut es nicht.«

Ich schüttelte den Kopf. »Du versteht nicht, es ist nicht der König.« Ich holte tief Luft und machte mich bereit, Sami so schnell wie möglich über alles in Kenntnis zu setzen, was ich während der vergangenen Wochen erfahren hatte, doch da legte er mir die Hand auf den Arm.

»Ich weiß es schon.«

Ich ließ den Atem wieder entweichen. »Was?«

»Ich weiß schon, dass Prinz Ceren derjenige ist, der unsere Perlen verbraucht. Mein Vater hat mir alles gesagt.«

»Moment mal, dein Vater? Wovon redest du da?«

Sami stand auf und begann, im Zelt auf und ab zu gehen. »Als der Bote nach Varenia gekommen ist, hat er versucht, meinen Vater vor Prinz Ceren zu warnen. Er hat ihm gesagt, dass es Ceren ist, der die Perlen entwertet und uns immer weniger dafür zahlt, damit wir gezwungen sind, mehr Perlen zu ernten, um überleben zu können. Der andere Grund dafür ist, dass die Schatzkammern des Königs allmählich leerer werden.«

Die ganze Zeit hatte ich mich gefragt, ob ich Talin vertrauen konnte, während er schon längst versuchte, Varenia zu helfen. »Er war kein Botschafter, Sami. Er ist Cerens Halbbruder, und er hat denselben Anspruch auf die Krone wie Ceren, wenn der König vor Cerens einundzwanzigstem Geburtstag stirbt. Der König ist schon lange todkrank, und Ceren hat Angst, dass ihn dasselbe Schicksal erwartet. Er *isst* die Perlen, Sami, um dem zu entgehen, was auch immer der Berg ihm antut.«

Verwirrt runzelte Sami die Stirn. »Er isst die Perlen? Ich verstehe kaum die Hälfte von dem, was du erzählst, Nor.«

»Hör mir einfach zu. Er hat eine Apparatur gebaut, mit der man für lange Zeit unter Wasser atmen kann. Er will alle Varenianer dazu zwingen, für ihn zu tauchen.«

Entsetzt starrte er mich an. »Bist du sicher?«

»Ich habe es mit eigenen Augen gesehen. Er war es, der meine Familie von der Wasserversorgung abgeschnitten hat, und er hat damit gedroht, ganz Varenia dasselbe anzutun. Wenn dein Vater mir nicht glaubt, dann wird er es schon sehr bald selbst herausfinden.«

»Bei allen Göttern, Nor. Das ist viel schlimmer, als ich befürchtet habe.«

»Und das ist noch nicht alles. Die letzte varenianische Königin ist tot.«

»Was soll das heißen, tot? Sie war doch noch so jung.«

Das stimmte, wie mir jetzt auffiel. Sie musste im selben Alter wie meine Mutter gewesen sein. »Sie wurde vor ein paar Jahren ermordet, wahrscheinlich von Ceren. Ich glaube, es gibt nichts, was er nicht tun würde, um König zu werden. Und wenn er erst König ist, dann musst du dafür sorgen, dass die Varenianer vorbereitet sind. Sprich mit der Ältesten Nemea. Sie ist auf unserer Seite. Wenn du sie überzeugen kannst, dann kann sie vielleicht die anderen Ältesten zur Einsicht bringen. Dein Vater kann den Willen des gesamten Rates nicht ignorieren.«

»Ich versuche es, aber du weißt ja, wie mein Vater ist. Er wird auf niemanden hören.«

Ich nahm Samis Hände in meine und drückte sie. »Dann bring ihn dazu.«

»Ich schwöre dir, Nor, dass ich tun werde, was ich kann.« Er setzte sich wieder. »Was ist mit dir? Wenn der König vor Cerens Geburtstag stirbt, was passiert dann?«

»Ich weiß es nicht. Ich nehme an, Talin wird ihn herausfordern.«

»Nein, was passiert dann mit *dir?*«

Ich wischte mir die verschwitzten Handflächen an den Oberschenkeln ab. Wenn Ceren gewann, dann würde er mich wahrscheinlich heiraten, um seine Blutlinie zu stärken. Und wenn Talin gewann? Was würde dann aus mir werden?

»Mach dir keine Sorgen um mich«, sagte ich. »Aber bitte kümmere dich um Zadie. Und sprich mit den Ältesten.«

»Das werde ich.« Er musterte mich. »Du siehst gut aus, Nor. Genau genommen siehst du schön aus.«

Ich sah ihm in die warmen braunen Augen. Ich fühlte mich in seiner Gegenwart nicht mehr befangen, so wie nach der Zeremonie. Stattdessen empfand ich dieselbe geschwisterliche Liebe, die ich schon immer für ihn gefühlt hatte – bevor alles auseinandergebrochen war. »Danke, Sami. Ich vermisse Varenia mehr, als ich sagen kann, aber ich komme schon zurecht. Sagst du Zadie von mir, dass ich sie liebe? Sag ihr, dass ich gesund und glücklich bin.«

Skeptisch betrachtete er mich, doch dann nickte er. Die Zeltklappe wurde zurückgeschlagen, und wir wandten beide den Kopf, als der Drachenverkäufer hereinkam.

»Was ist los?«, fragte Sami.

»Da draußen sind Soldaten und sie suchen nach dem Mädchen.« Er deutete auf mich.

Sami sah mich an. Wahrscheinlich hatte ihnen diese gierige Schmuckhändlerin gesagt, wo sie mich finden konnten. »Bleib hier drin«, wies ich Sami an. »Geh erst, wenn die Soldaten wieder weg sind.«

»Ich liebe dich, Nor. Pass auf dich auf.«

»Ich liebe dich auch.« Ich musste mich sehr zusammenreißen, damit meine Stimme nicht brach. Als ich das Zelt gerade verlassen wollte, zog der alte Verkäufer einen roten Drachen von der Zeltwand und reichte ihn mir.

»Sie werden sich fragen, was Ihr hier drin gesucht habt«, erklärte er.

»Ich kann den Drachen nicht bezahlen. Tut mir leid.«

»Betrachtet es als Geschenk.«

Ich berührte kurz seinen Arm. »Danke.«

Dann trat ich aus dem Zelt und blinzelte gegen das helle Sonnenlicht. Auf einmal schlossen sich behandschuhte Finger um meinen Arm und rissen mich nach vorn. Zwei weitere Soldaten standen bereit.

»Wovor läufst du denn weg, Mädchen?« Rivs stinkender Atem wehte mir ins Gesicht.

Ich wehrte mich gegen seinen Griff. »Ich laufe vor gar nichts weg. Ich wollte nur einen Drachen kaufen.«

»Wie's aussieht, hast du dabei aber deine Eskorte verloren.«

Ich biss die Zähne zusammen und starrte ihn wütend an. »Ich brauche keine Eskorte. Du hast kein Recht, mich anzufassen.«

Riv lachte seinen Freunden zu. »Freche kleine Schlampe, was?«

Die Klinge von Talins Dolch lag an Rivs Kehle, bevor dieser noch etwas sagen konnte. »Du vergisst, dass du mit einer Dame sprichst und mit deiner zukünftigen Königin.«

Sofort ließ mich Riv los und ich stolperte zu Cerens Wachen hinüber.

»Ist alles in Ordnung, Mylady?«, fragte Talin, das Messer immer noch an Rivs Hals gedrückt.

»Ich wollte nur das hier für Prinz Ceren kaufen.« Ich hielt den Drachen hoch, auf dem ein ilarisches Wappen prangte. »Habt ihr nach mir gesucht?«

Talin warf mir einen Blick zu, der genauso scharf war wie seine Klinge, doch er ließ Riv los, stieß ihn fort und nahm meinen Arm. »Komm mit«, knurrte er und zog mich an den Standreihen vorbei. Als wir ein Seidenzelt ohne Schild oder andere Markierung erreichten, zog er mich hinein und deutete mit dem Dolch auf den Besitzer des Zelts, der offenbar gerade dabei war, varenianische Perlen an einen anderen Mann zu verkaufen.

»Ihr dürft hier nicht reinkommen«, kreischte der Händler, als er jedoch das ilarische Wappen auf Talins Rüstung sah, brach sein Widerstand in sich zusammen. Der Hafen galt zwar als neutrales Gebiet, aber den Händlern, die zum schwimmenden Markt kamen, war es verboten, die Perlen an jemand anderen als die Ilarer abzugeben.

»Wenn du sofort abhaust, dann melde ich dich nicht König Xyrus. Varenianische Perlen an einen Galether zu verkaufen ist illegal, wie du sehr wohl weißt«, grollte Talin.

Der Kaufmann nickte und sammelte seine Waren zusammen, bevor er dicht auf den Fersen des Galethers hinauseilte.

Als beide fort waren, wandte sich Talin an mich. »Was hast du dir dabei gedacht, einfach so davonzulaufen?«

Ich versuchte, mir eine plausiblere Ausrede einfallen zu lassen, als dass ich einen Drachen für einen Prinzen hatte kaufen wollen, der in einem Berg lebte, aber ich fand keine. »Bitte frag mich das nicht, Talin.«

»Wie soll ich dich beschützen, wenn ich nicht weiß, ob ich dir vertrauen kann?«

Ich ging zu ihm und nahm vorsichtig seine Hand. »Du kannst mir vertrauen. Ich schwöre es.«

»Ach, wirklich? Warum sind wir dann zum Markt gekommen? Sag mir die Wahrheit.«

»Ich …«

»Die Wahrheit, Nor.«

Ich verschränkte die Arme und ließ mich auf ein Sitzkissen sinken. »Sami handelt manchmal illegal am Hafen mit den Galethern. Deshalb wusste er, dass der Preis der Perlen nicht gesunken war und dass uns jemand absichtlich betrügt. Wir dachten, es wäre dein Vater. Bevor ich Varenia verlassen habe, dachte ich, dass ich vielleicht mit König Xyrus sprechen und ihn davon überzeugen könnte, dass die Varenianer verhungern werden, wenn er diesen Kurs weiterverfolgt. Außerdem werden die Perlen so irgendwann einfach ausgehen.«

»Warum wolltest du zum Markt?«

»Um Sami zu sehen. Ich sollte mich hier mit ihm treffen. Es war der einzige sichere Ort, der uns eingefallen ist.«

Talin setzte sich neben mich. »Und was wolltest du tun, nachdem du ihn gefunden hast?«

»Ihm alles erzählen, was ich herausgefunden habe.«

Talin hob die Brauen. »Dann bist du also wirklich eine Spionin.«

Ich schnaubte. »Wohl kaum. Das einzige Mal, als ich Ceren verfolgt habe, zum See unter dem Berg, hat er mich erwischt. In meinem ganzen Leben hatte ich noch nie solche Angst. Und dann hast du mich vor Cerens Studierzimmer ertappt, vor dem Ausflug nach Lake Elwin.«

»Ich nehme an, inzwischen hast du mit Sami gesprochen?«

Ich nickte. »Er hat mir gesagt, was du getan hast, als du nach Varenia gekommen bist. Ich weiß, dass du versucht hast, Gouverneur Kristos zu warnen. Leider hat er beschlossen, nicht auf deinen Rat zu hören.«

»Es ist noch schlimmer«, sagte Talin. »Gouverneur Kristos hat gedroht, meinem Bruder zu sagen, dass ich ein Verräter bin. Offenbar haben Ceren und er irgendeine Übereinkunft miteinander. Als ich dich in Ilara gesehen habe, dachte ich deshalb …«

»Du dachtest, dass Kristos mich geschickt hat, um dich an Ceren zu verraten?«

»Vielleicht. Ich wusste es auch nicht. Und als du heute ausgerissen bist, nach dem, was gestern passiert ist ... Ich hatte Angst, du würdest fliehen. Nicht, dass ich es dir verübeln könnte. Es ist nur ... ich wollte mich wenigstens von dir verabschieden.«

In seiner Stimme lag so viel Ehrlichkeit und in seinem Blick eine so große Trauer. »Es tut mir leid, dass ich dir einen Schrecken eingejagt habe. Ich hatte Angst, du würdest mich aufhalten. Wenn Gouverneur Kristos nichts unternimmt, dann könnte Ceren alle, die ich liebe, als menschliche Erweiterungen seiner Apparatur missbrauchen, auch Zadie.« Bei dem Gedanken, wie sie an einem von Cerens Schläuchen hing wie irgendein Tier, stiegen mir Tränen in die Augen. Nur weil man so lange unter Wasser bleiben *konnte*, hieß das noch lange nicht, dass man es auch tun sollte. Wie viele Monate würde es dann noch dauern, bis es keine Austern mehr gab? Nicht viele, wenn Ceren genügend von seinen Apparaturen herstellte.

»Gib nicht auf«, sagte Talin hitzig. »Ich glaube nicht, dass Kristos sich Ceren beugen will. Ich glaube, er hat nur Angst, dass noch mehr Menschen leiden werden, wenn er es nicht tut.«

»Er ist ein Feigling.«

»Er hat allen Grund, sich zu fürchten. Die Varenianer sind arm, unausgebildet und hoffnungslos in der Unterzahl.«

Ich rollte mit den Augen. »Herzlichen Dank auch, jetzt fühle ich mich schon viel besser.«

»Tut mir leid.« Er atmete tief durch. »Nor, wenn euer Gouverneur glauben würde, dass er gegen Ceren gewinnen könnte, meinst du, dann würde er sich anders entscheiden?«

Gouverneur Kristos war immer gut zu meiner Familie gewesen, und ich glaubte, dass er unser Volk liebte. Dank dem, was ich nun über Ceren wusste, begriff ich, dass Talin recht hatte:

Kristos hatte allen Grund, sich zu fürchten. Aber welche Übereinkunft konnte er mit Ceren haben, dass er bereit war, ihm eher zu glauben als seinem eigenen Sohn?

»Ich weiß es nicht«, antwortete ich schließlich. »Vielleicht. Aber die Varenianer haben nicht die geringste Chance gegen eine ilarische Armee.«

»Nicht allein, vielleicht.«

»Wie meinst du das?«

»Es gibt Grund zur Hoffnung, aber solange wir nicht wissen, ob Gouverneur Kristos auf unserer Seite ist …«

Mir verschlug es den Atem. »Auf *unserer* Seite?«

Er warf einen Blick zur Zeltklappe hinüber. Cerens Wachen waren dort draußen, und sie fragten sich sicher, was wir hier drinnen taten. »Du hast gesagt, dass du meinen Bruder aus Pflichtgefühl gerettet hast.«

»Ja.«

Er nahm meine Hände. »Versprich mir hier und jetzt, dass ich mich nicht irre, Nor. Sag mir, dass du keine Gefühle für meinen Bruder hast.«

Allein die Vorstellung stieß mich ab. »Um Thalos' willen, Talin. Erst glaubst du, dass ich dich an Ceren verraten würde, und jetzt bist du ernsthaft der Meinung, dass ich Gefühle für jemanden haben könnte, der mein Volk für seine eigenen, selbstsüchtigen Ziele ausbeutet? Ehrlich, was für ein Schwachsinn …«

Er schloss die Distanz zwischen uns, versiegelte meine Lippen mit einem Kuss und raubte mir damit alle Gedanken und Worte.

Nachdem ich gesehen hatte, wie sich Sami und Zadie küssten, hatte ich mir immer wieder vorgestellt, wie es wohl sein mochte, jemanden zu küssen, der mir so viel bedeutete. Ich hatte mir sogar erlaubt, mir auszumalen, wie ich Talin küsste. Was ich aber nicht erwartet hatte, waren die Kontraste: die Weichheit seiner Lippen über dem barstoppligen Kinn; die Wärme seines Mundes auf meiner kühlen Haut; das Gefühl, meine Glieder hätten sich in Wasser verwandelt, das sich in meinem Unterbauch zu einem festen Schmerz zusammenballte.

Ich schloss die Augen und schmiegte mich enger an ihn, strich mit den Händen über seine muskulöse Brust und die Schultern, ließ die Finger in die weichen Locken über seinem Kragen gleiten. Ich sog seinen Geruch nach Sonnenlicht und Leder ein, ballte die Hand in seinem Haar zur Faust und zog ihn noch näher.

Ein leises Grollen drang aus seiner Kehle, dann teilte er meine Lippen mit der Zunge und vertiefte unseren Kuss. Für einen Moment waren alle meine Sorgen über Varenia und Ceren vergessen, alle meine lang gehegten Ängste und Unsicherheiten fortgespült von einer Flut aus Verlangen, bis da nichts mehr war außer Gefühlen und Energie. Ich war gleichzeitig hungrig und satt, eine Million Kilometer entfernt und doch so fest verwurzelt in meinem Körper, dass ich jeden Nerv spürte.

Ich ertrank und ich konnte nicht genug davon bekommen.

29

Als sich Talin endlich von mir löste, dauerte es einen Moment, bis mir wieder einfiel, wo ich war. Sanft legte er die Fingerspitzen auf meine geschwollenen Lippen. Ich küsste sie und hob die Hand an seine Wange, zupfte an den Locken hinter seinem Ohr. Er erschauerte und biss sich auf die Unterlippe, und ich fragte mich, was ich wohl noch tun konnte, um ihn wieder so erzittern zu lassen.

»Nor«, sagte er und strich mir über die Wange. Als er meine Narbe berührte, zuckte ich unwillkürlich zurück.

»Was ist los?«, fragte er, ohne mich loszulassen. Er suchte meinen Blick.

Sanft löste ich seine Hand von meinem Gesicht. »Die Wachen werden sicher langsam misstrauisch.«

Er räusperte sich und wich ein Stück von mir zurück. »Natürlich. Ich habe mich mitreißen lassen.«

Ich wollte ihm sagen, dass es seine Gefühle waren, die ihn menschlich machten, so ganz anders als Ceren und seine kühle, berechnende Art. Doch ich hatte immer noch Probleme damit, einen zusammenhängenden Satz zu formulieren, also drückte ich stattdessen seine Hände.

Als wir aus dem Zelt traten, kam der Größere von Cerens Wachen auf uns zu. »Wir haben strikte Anweisung, Lady Zadie immer im Blick zu behalten«, sagte er. »Wenn das so weitergeht, dann sind wir gezwungen, Prinz Ceren darüber zu informieren.«

»Das wird nicht nötig sein«, sagte Talin und führte mich zum Ausgang des Markts. Auf dem Ritt zurück zum Gasthaus hielt er sich dicht an meiner Seite, und obwohl mich Ebb fragend ansah, als ich an diesem Abend sofort ins Bett ging, ohne ihr irgendetwas zu erzählen, hakte sie nicht nach.

Auch während der nächsten beiden Tage ritten Talin und ich Seite an Seite, aber Cerens Wachen blieben immer in meiner Nähe, noch hartnäckiger als bisher. Talin hatte ihnen erzählt, dass ich bloß aus Angst vor dem Soldaten davongelaufen war, der mich belästigt hatte, und sie schienen diese Erklärung zu akzeptieren. Trotzdem sprachen Talin und ich nur noch über unverfängliche Themen. Es war schön, mehr über seine Kindheit zu erfahren und ihm aus meinem Leben zu erzählen. Es lenkte mich davon ab, dass wir schon bald wieder in New Castle sein würden.

Die Straße führte direkt oberhalb des Flussufers entlang, auch wenn wir die Grenze nach Ilara noch nicht überschritten hatten. Wir hielten, um die Pferde trinken zu lassen, und als sich Ebb, Grig und die Wachen in die Büsche geschlagen hatten, um sich zu erleichtern, war ich auf einmal mit Talin allein.

»Was passiert, wenn wir zurück sind?«, fragte ich, als er mir beim Absteigen half. »Kann Ceren mich einfach heiraten, wann immer er will?« Ich wusste jetzt, dass ich ihn immer mit Talin vergleichen würde, dass ich niemals aufhören würde, mich zu fragen, was wohl hätte sein können.

»Es gibt kein Gesetz, das ihn davon abhalten könnte.«

»Warum muss er so grausam sein? Die Art, wie er seine Dienstboten behandelt, wie er die Menschen um sich herum unbedingt dazu bringen muss, sich unwohl zu fühlen, was er mit dem Pagen gemacht hat ...« Ich biss mir auf die Unterlippe, unsicher, ob ich weiterreden sollte. »Was er deiner Mutter angetan hat.«

Talin erstarrte. »Wer hat dir das gesagt?«

»Lady Melina. Obwohl ich von selbst darauf hätte kommen sollen. Ich wollte bloß nicht glauben, dass jemand etwas so Schreckliches tun würde.«

»Ich auch nicht.« Der Schmerz war ihm ins Gesicht geschrieben.

»Warum hast du nichts unternommen, wenn du es gewusst hast?«

»Ich war fünfzehn und vollkommen verängstigt. Ich habe Ceren verdächtigt, aber genau wie du wollte ich es nicht glauben. Dann hat mir Ceren die Chance gegeben, New Castle zu verlassen und das Kommando über die Königliche Garde zu übernehmen. Also bin ich gegangen. Ich dachte, es wäre leichter, meine Rache aus der Ferne zu planen.«

Scharf holte ich Luft. »Deine Rache?«

Er seufzte. »Wie hast du es neulich ausgedrückt? Es ist kompliziert.«

Das konnte ich nicht abstreiten. Doch Talins Chancen auf den Thron könnten ihm in diesem Augenblick durch die Finger gleiten, was ihn nicht sonderlich zu beunruhigen schien. Vielleicht hatte er bereits Pläne gegen seinen Bruder. »Wusstest du ... wusstest du, was passieren würde, an dem Tag am See?«

»Nein, aber es hat mich auch nicht überrascht, dass jemand versucht hat, meinen Bruder umzubringen.«

»Du hast mich an diesem Tag gebeten, ihn zu retten«, fuhr ich langsam fort. »Seitdem habe ich mich immer gefragt – warum?«

Er fuhr sich durchs Haar. »Ceren ist kein guter Mensch, das weiß ich. Trotzdem ist er mein Bruder.«

»Aber du wirst um die Krone mit ihm kämpfen müssen.«

»Das ist etwas anderes, als ihn ertrinken zu lassen. Ich weiß auch nicht, warum, es ist eben einfach so.«

Ich lächelte sanft. »Du bist mehr Varenianer, als du weißt.« Ich folgte ihm die Uferböschung hinauf zu einer Lichtung, auf der die Pferde grasen konnten, während wir warteten. »Wie stehst du zu Lady Melina? Standen deine Mutter und sie einander nahe?«

Darüber dachte er einen Moment nach. »Ja, zuerst schon. Lady Melina war sehr freundlich zu meiner Mutter, als sie nach Ilara kam. Vater war damals praktisch schon mit Cerens Mutter verheiratet, und Melina glaubte, dass Mutter ebenso eine Mätresse werden würde, wie sie es war. Sie wollte Mutter zeigen, wie das Leben im Schloss war, sie wollte sie anleiten. Natürlich wurde sie damals im Schloss nicht wie eine Dame von Stand behandelt. Mein Großvater hat sie nie als ebenbürtig betrachtet, und sie war sogar damals schon verbittert und abgestumpft. Meine Mutter dagegen wurde immer so behandelt wie du jetzt, wie eine Hofdame, auch dann noch, als Cerens Mutter starb. Bevor sie wusste, was geschah, wurde sie dann mit Vater verheiratet. Lady Melinas Eifersucht war so unverhohlen, dass Vater sie wegschicken musste. Bei größeren Ereignissen war sie im Schloss immer noch geduldet, aber man konnte nicht darauf vertrauen, dass sie sich bei den Mahlzeiten oder größeren Versammlungen benahm. Sie hat meine Mutter beschimpft und sie sogar tätlich sabotiert. Einmal hat sie ihr Nägel in die Schuhe gesteckt.«

»Nein«, keuchte ich entsetzt.

»O doch. Sie war skrupellos.«

»Trotzdem seid ihr jetzt befreundet?«

Er verzog den Mund zu einem schiefen Lächeln. »Melina hat keine Freunde. In gewisser Hinsicht sind wir aber Verbündete. Wir verfolgen ein gemeinsames Ziel.«

»Dich zum König zu machen?«

»Ich …«

Auf einmal brach ein Mann hinter mir durch die Büsche, und bevor ich begriff, was geschah, fühlte ich sein Messer an der Kehle.

»Wenn du schreist, töte ich dich«, zischte er mir ins Ohr. Talin hatte sein Schwert bereits gezogen, aber als der Mann ihm ein Zeichen machte, es wegzulegen, gehorchte er widerwillig.

»Ich an Eurer Stelle würde mit der zukünftigen ilarischen Königin etwas vorsichtiger sein«, sagte Talin.

Ich konnte das Gesicht des Mannes nicht sehen, aber die Hand, mit der er das Messer hielt, war schmutzig, und sein Ärmel war zerrissen und fleckig. Er drückte die Klinge fester gegen meine Haut und ich spürte, wie mir eine warme Flüssigkeit den Hals hinabrann. »Ich gehorche keiner Königin. Der weibliche König schickt mich.«

»Was willst du?« Talin verlagerte sein Gewicht von einem Fuß auf den anderen, er war kampfbereit. »Wir haben kein Geld bei uns und zwei ilarische Wachen sind ganz in der Nähe.«

Ich schrie auf, als ein weiterer Mann hinter einem Baum hervorsprang und sich auf Talin stürzte. Ich rammte meinem Angreifer den Ellbogen in die Rippen und befreite mich aus seinem Griff, ohne auf den scharfen Schmerz an meinem Hals zu achten, als mir die Klinge noch tiefer in die Haut schnitt.

Talin kämpfte mit dem zweiten Mann, während der erste wieder auf mich losging. Ich zog den Korallendolch aus dem Stiefel und hieb nach ihm. Er wich nicht zurück, aber wir drehten beide den Kopf, als ein abgewürgter Schrei erklang. Talin lag nach Luft ringend neben seinem Angreifer. Das Messer ragte aus einer blutenden Wunde in der Brust des Fremden.

Erschrocken keuchte ich auf, voller Angst, dass Talin verletzt sein könnte, doch er kam rasch auf die Füße. Als ich mich wieder umdrehte, sah ich gerade noch, wie der Mann, der mich attackiert hatte, zwischen den Bäumen verschwand.

»Sollen wir ihn verfolgen?«, fragte ich Talin, dessen Blick jedoch auf meinen Hals gerichtet war.

»Um den mache ich mir gerade keine Sorgen. Du bist verletzt.«

Ich zuckte zusammen, als ich die Wunde berührte. »Das ist nichts. Ist mit dir alles in Ordnung?«

»Nichts? Du blutest, Nor.«

Von links kamen die Wachen auf die Lichtung gestolpert, gleichzeitig mit Grig und Ebb, die von rechts kamen. »Wir haben Schreie gehört«, rief Grig und eilte zu uns. »Ich habe mir Sorgen um Mistress Ebbs Sicherheit gemacht, sonst wären wir schneller hier gewesen.«

»Und wo wart ihr?«, fuhr Talin die Wachen an. »Es ist Eure Aufgabe, Lady Zadie zu beschützen.«

»Verzeiht, Euer Hoheit«, entgegnete einer von ihnen. »Wir haben uns auf der Suche nach Euch verirrt.«

»Verirrt? Wie weit könnt ihr schon weg gewesen sein?«

Auch ich konnte das fast nicht glauben. Normalerweise blieben Cerens Wachen so dicht bei mir, dass ich mich kaum umdrehen konnte, ohne ihnen auf die Füße zu treten.

»Ist das Blut?«, fragte der andere und deutete auf meinen Hals.

»Natürlich ist es Blut, du Schwachkopf«, knurrte Talin. »Bringt mir Wasser und Verbände aus meiner Satteltasche.«

Nachdem der Wachmann ihm beides gereicht hatte, strich Talin vorsichtig mein Haar beiseite. »Tut mir leid, das wird jetzt etwas brennen.«

Lächelnd legte ich meine Hand auf seine. »Mir geht es gut. Wirklich.«

»Du musst nicht immer tapfer sein. Bitte halt still.«

Ich wusste, was er sehen würde, nachdem er das Blut abgewaschen hatte, und ich beobachtete, wie sich seine Miene veränderte, von sorgenvoll zu überrascht zu verwirrt.

»Da ist keine Wunde«, sagte er und strich über die glatte Haut.

»Ich habe dir doch gesagt, dass es nichts ist. Das Blut muss von meinem Angreifer gekommen sein«, sagte ich und blickte betont zu Cerens Wachen hinüber.

»Auf deinem Hals?«

Ich trat einen Schritt zurück und wischte mir mit dem Ärmel über den Hals. »Varenianer heilen schnell«, murmelte ich. »Das musst du doch von deiner Mutter wissen.«

»Ihre Wunden sind auch immer schnell verheilt, ja, aber nicht in ein paar Minuten«, beharrte er leise. »So etwas habe ich noch nie gesehen.«

Ich spürte, wie sich die Wachen von hinten näherten.

»Es war nur ein Kratzer.«

Talin scheuchte die Wachen mit einer Handbewegung fort.

»Steigt auf Eure Pferde und sichert die Gegend. Wir reiten in ein paar Minuten weiter.«

»Wir nehmen nur Anweisungen von Prinz Ceren entgegen«, gab einer von ihnen barsch zurück.

Talins Brauen schossen in die Höhe. »Wie die Anweisung, auf Lady Zadie aufzupassen? Soll ich meinem Bruder erzählen, wie gut ihr diesen Befehl befolgt habt?« Talin verschränkte die Arme und schließlich wandten sich die Wachen grollend ab. »Grig, bring Ebb zur Straße«, fuhr Talin leise fort. »Wir kommen gleich nach.«

»Sei nicht sauer«, bat ich ihn, sobald alle anderen fort waren. Er strich mir über die empfindliche Haut am Hals und ich erschauerte.

»Ich bin nicht sauer. Nur verblüfft.«

»Ich würde es dir gern erklären, aber ich bin eben einfach so.«

Darüber dachte er einen Moment nach, bevor er mir übers Kinn streichelte und die Fingerspitzen schließlich auf meiner Wange ruhen ließ. »Wenn deine Wunden so schnell heilen, wie kommst du dann zu dieser Narbe?«

Die Wärme, die mich bei seiner Berührung erfüllt hatte, verflog. »Die Narbe stammt von einem viel schlimmeren Unfall. Ich hatte Glück, dass ich überhaupt überlebt habe.«

Seine Fingerkuppen ruhten immer noch auf der empfindlichen Stelle auf meinem Wangenknochen. Noch nie hatte jemand meine Narbe so berührt, nicht voller Sorge, sondern fast ehrfürchtig. »Erzählst du mir davon?«

»Von dem Unfall?«

»Ja. Ich möchte mehr über dich erfahren.«

Ich zog den langen Zopf, den Ebb mir an diesem Morgen geflochten hatte, über die Schulter. Ich wollte Talin auch gern mehr über mich erzählen, doch ich hatte noch nie mit jemandem über den Zwischenfall gesprochen. In Varenia hatten alle schon darüber Bescheid gewusst. Allein der Gedanke daran versetzte mich sofort wieder zurück zu den schrecklichen Augenblicken, in denen ich mir sicher gewesen war, dass ich sterben würde.

»Schon gut.« Talin spürte mein Zögern. Er strich mir über die Wange bis hinab zu meinem Kinn, legte einen Finger darunter und hob mein Gesicht an, damit ich ihm in die Augen sehen musste. Ich fürchtete mich ein bisschen, aber ich wich seinem Blick nicht aus. Ich wollte mir diesen Moment für immer einprägen, denn ich hatte Angst, dass so etwas nie wieder geschehen würde. Talin senkte den Kopf und streifte so sanft mit den Lippen über meinen Wangenknochen, dass ich es kaum spürte.

»Was machst du da?«, flüsterte ich.

»Das wollte ich schon ewig tun«, murmelte er, den Mund noch immer dicht über meiner Haut. »Diese Narbe ist wie ein kleiner Stern, ein Zeichen, dass du etwas Besonderes bist, für alle, die es nicht sofort erkannt haben.«

Ich konnte es nicht fassen, dass jemand meine Narbe küssen wollte. Ich hatte mir immer ausgemalt, dass ich vielleicht jemanden finden würde, der sie übersehen konnte, wenn ich Varenia verließ, aber nie hätte ich zu hoffen gewagt, dass sie als etwas Besonderes betrachtet werden würde. »Sie stammt von einer Blutkoralle«, sagte ich.

Er lehnte sich von mir weg. »Was?«

»Die Narbe. Das war eine Blutkoralle. Ich bin gegen sie gestoßen, als ich versucht habe, meine Schwester vor dem Ertrinken zu retten. Der Schnitt hätte mich fast getötet. Irgendwie habe ich überlebt und seitdem heilen meine Wunden fast sofort wieder.« Ich fasste nach seiner Hand und drückte sie eindringlich. »Du darfst deinem Bruder nichts davon erzählen. Wenn er es herausfindet …«

»Ich würde es ihm niemals sagen.« Er schob mir eine Haarsträhne hinters Ohr. »Wie alt warst du da?«

Ich löste meinen Griff. Talins Art beruhigte mich. »Zehn. Wir haben nach Perlen getaucht. Unser Vater hat es nie ausgesprochen, und unsere Mutter hätte es auch nicht zugegeben, weil das Tauchen gegen jede ihrer Regeln für uns verstieß, aber wir wussten, dass wir für das Austernsammeln zuständig waren. Vater hat fast seine ganze Zeit draußen auf dem Meer verbracht und gefischt. Wir haben keine Brüder, die für uns hätten tauchen gehen können, und Mutter – deren eigene Mutter genauso besessen von der Zeremonie war, und die außerdem viele Brüder hatte, die ihr die körperliche Arbeit abnehmen konnten – hat nie tauchen gelernt. Eines Tages haben Zadie und ich eine riesige Auster gefunden, direkt neben einer Blutkoralle. Wir wussten natürlich, wie gefährlich die Korallen sind, aber eine Perle aus so einer Auster hätte unserer Familie unheimlich viel Geld einbringen können …«

Er legte mir eine Hand auf die Schulter. »Es tut mir so leid. Ich hatte keine Ahnung, wie ernst die Lage in Varenia ist.«

Ich schüttelte den Kopf. Woher hätte er es auch wissen sollen? »Zadie und ich sind gleichzeitig losgeschwommen, aber ihr Rock hat sich in einem Angelhaken verfangen. Ich konnte sie befreien, doch ihr ist die Luft ausgegangen und sie hat mich aus Versehen in die Blutkoralle gestoßen.«

Wieder berührte er meine Narbe und dieses Mal fühlte es sich schon nicht mehr so seltsam an. »Du liebst Zadie so sehr. Wie kann irgendjemand glauben, dass du ihr etwas antun wolltest?«

Einen Moment lang starrte ich ihn einfach nur an und Tränen stiegen mir in die Augen. Wie konnte mich jemand, der mich erst seit ein paar Wochen kannte, klarer sehen, als die Menschen, mit denen ich mein ganzes Leben verbracht hatte? Ich hatte mir immer gewünscht, dass mich jemand so sah, wie ich war. Was, wenn ich diesen Menschen entgegen aller Wahrscheinlichkeit endlich gefunden hatte?

Trotzdem würde ich gezwungen sein, einen anderen zu heiraten.

Mit dem Daumen wischte er die Tränen fort. »Ich werde alles in meiner Macht Stehende tun, um Varenia zu helfen, Nor.«

»Was ist mit deinem Bruder?«

»Zum Teufel mit meinem Bruder.« Er zog mich mit einer Dringlichkeit an sich, die ich in unserem ersten Kuss nicht gefühlt hatte. So als wüssten wir beide, dass dies wahrscheinlich unser letzter Kuss sein würde. Seine Lippen fühlten sich heiß und rau auf meinem Mund an. Ich wollte ihn berühren, seine Haut an meiner spüren, nicht Leder auf Leinen. Seine Hände waren in meinem Haar, auf meiner Taille, an meinen Wangen, überall. Als könnte auch er nicht genug von mir bekommen. Als wären nicht einmal tausend Küsse genug.

Den Rest des Wegs kamen wir gut voran und erreichten Mount Ayris bei Sonnenuntergang. Als wir den Aufstieg begannen, sickerte die Wärme unseres Kusses bei jedem Schritt schneller aus meinem Körper. New Castle erhob sich drohend über uns und kam immer näher. Und wir hatten keine Ahnung, was uns dort erwartete.

Talin stieg die Steintreppe hinter mir hinauf. Es fühlte sich an, als wäre das Gewicht auf meinen Schultern etwas leichter geworden, weil nun jemand die Wahrheit über mich kannte.

Nicht nur darüber, wer ich war, sondern auch über meine Narbe, meine Heilkräfte und mein Vorhaben, meinem Volk zu helfen. Es gab keine Geheimnisse mehr zwischen uns. Jedenfalls nicht von meiner Seite aus. Es schmerzte mich zwar etwas, dass er mir nicht genug vertraut hatte, um mich in seine Pläne einzuweihen, aber ich glaubte fest daran, dass Talins Ziele gerecht und ehrenhaft waren.

Ceren begrüßte uns in der Großen Halle, er trug eine Robe von der Farbe eines mondlosen Nachthimmels. Keine Krone. Außerdem wirkte er noch ausgezehrter als bei unserer Abreise. Der König musste noch am Leben sein.

»Mylady.« Er verbeugte sich tief. »Ihr seht gut aus. Wie war der Markt? Sind Eure Hoffnungen erfüllt worden?«

»Es war wundervoll, danke. Eure Männer haben großartig auf mich aufgepasst.« Zuckersüß lächelte ich den Wachen zu, die Ceren nun nicht mehr erzählen konnten, dass ich mit Talin allein gewesen war, ohne ein schlechtes Licht auf sich selbst zu werfen.

»Das freut mich. Für eine Dame ohne angemessene Eskorte kann die Straße gefährlich sein.«

Talin musterte seinen Bruder, ging auf die implizierte Kränkung jedoch nicht ein. »Wie geht es Vater?«

»Seine Verfassung hat sich nicht verbessert, aber auch nicht verschlechtert. Er scheint zu warten. Worauf, weiß ich nicht. Wir sollten jetzt zu ihm gehen. Er fragt nach dir.«

»Wenn Ihr einverstanden seid, werde ich baden und mich umziehen gehen«, sagte ich zu Ceren. »Ich bin ein wenig staubig von der Straße.«

Ich folgte seinem Blick zu den Blutflecken auf meinem Leinenhemd, das ich unter dem Korsett trug. »Seid Ihr verletzt, Mylady?«

»Wir wurden von Verbrechern angegriffen, die behauptet haben, im Dienst des weiblichen Königs zu stehen«, erklärte Talin. »Das Blut auf Lady Zadies Kleidern ist das des Angreifers, nicht ihr eigenes. Wir hatten Glück.«

Missfällig verzog Ceren den Mund. »Ich möchte einen ausführlichen Bericht darüber hören. Bitte entschuldigt uns, Mylady.« Mit einer Handbewegung entließ er mich. Das heiße Bad, das in meinen Gemächern auf mich wartete, war das Einzige, was ich an New Castle vermisst hatte.

Später am Abend, nachdem ich mich umgezogen und in meinem Zimmer eine Kleinigkeit gegessen hatte, ging ich zum König. Er mochte schwach sein, aber er war nie grausam zu mir gewesen, und es würde mir leidtun, wenn er starb. Der Leibarzt stand neben dem Bett und maß den Puls des Kranken. Wenigstens hatte man ihn offenbar nicht noch einmal zur Ader gelassen.

Kurz nach mir trafen auch Ceren und Talin ein.

»Vater, Talin und ich sind hier, mit Zadie«, sagte Ceren und trat an das Bett des Königs. »Wir wollten dir eine gute Nacht wünschen.«

Der König schlug die Augen auf und hauchte eine Antwort, die ich nicht verstand.

»Nein, Vater, das ist nicht deine Frau«, gab Ceren zurück und verzog dabei den Mund, als würde es ihn beleidigen, dies auch nur auszusprechen. »Es ist Zadie, wie ich gesagt habe.«

Unter offenbar großer Anstrengung hob der König den Arm, der so zart war wie der eines Kindes, und streckte die Hand nach mir aus. Unsicher sah ich Ceren an.

»Geht nur«, sagte er.

Ich setzte mich an den Rand des Betts und versuchte dabei,

nicht die Laken zu berühren, die nach Krankheit stanken. »Ich bin hier, Euer Majestät.«

Ich nahm seine ausgestreckte Hand. »Talia«, sagte er sanft, und der Blick seiner wässrigen blauen Augen suchte nach einem Geist.

Ich kämpfte mit den Tränen, als ich die Liebe erkannte, die dem König so unverkennbar in sein blasses Gesicht geschrieben stand. Wie hatte Ceren nur so grausam sein und seinem Vater das Glück seines Lebens rauben können, indem er seine Stiefmutter tötete? Über die Schulter sah ich zu den beiden Brüdern hinüber, die hinter mir standen und mich betrachteten wie zwei Statuen: der eine aus Marmor gehauen und ebenso kalt, der andere eine Bronzestudie des Schmerzes.

Sanft küsste ich den König auf die Stirn, dann erhob ich mich. »Gute Nacht, Euer Majestät.«

Als ich an Ceren vorbeiging, griff er nach meiner Hand. »Soll ich Euch zurück zu Euren Gemächern bringen, Mylady?«

»Ihr solltet bei Eurem Vater bleiben. Ich finde den Weg auch allein.«

Ich machte einen Umweg über die Porträtgalerie, um Zadie zu sehen. Sie lächelte auf mich herab, die Schwester, die ich vor der Erwählungszeremonie gekannt hatte, bevor sich alles verändert hatte. Das Wissen, dass sie nicht glücklich war, nach allem, was wir durchgestanden hatten, öffnete einen Abgrund irgendwo hinter meinen Rippen. Zum ersten Mal, seit ich nach Ilara gekommen war, drohte mich meine Verzweiflung zu überwältigen. So verängstigt ich auch bei meiner Ankunft hier gewesen war, so sehr Ceren mich abstieß und die Kälte und Dunkelheit an meiner Seele nagten, wenigstens hatte ich bisher ein Ziel gehabt. Ich hatte mein Volk retten wollen, und vor allem Zadie, und das hatte meinem Opfer einen Sinn gegeben. Doch zu wissen, dass Gouverneur Kristos mich trotz Talins Warnung hergeschickt hatte … Es war fast unmöglich, sich vorzustellen, dass irgendjemand Ceren aufhalten konnte.

»Ich vermisse dich«, flüsterte ich Zadie zu. »Jede Minute, jeden Tag. Ich wünschte, sie hätten Alys erwählt, und wir beide wären immer noch zusammen. Du hättest Sami heiraten können, und ich hätte schon jemanden gefunden, der es mit mir aushält, und dann hätten wir gemeinsam unsere Kinder großgezogen. Jungs vielleicht, damit sie sich nie Gedanken um ihre Schönheit machen müssten.«

Nein, hörte ich sie sagen. *Ich hätte Töchter gewollt. Zwillinge, genau wie wir. Nur hätte ich sie dazu erzogen, so schön zu sein wie du, liebste Schwester, auf die Art, die wirklich wichtig ist.*

Meine Vision von ihr war so stark, dass ich hätte schwören können, ihre Hand auf meiner Wange zu spüren. *Weine nicht, Nor. Wir werden wieder zusammen sein, in diesem Leben oder im nächsten.*

Dann war sie fort und ich war allein in einer Halle voller Geister.

30

Am nächsten Tag kam eine Schneiderin. Anscheinend war Ceren der Meinung, dass mein Hochzeitskleid so früh wie möglich angepasst werden sollte. Die Frau war klein und rotwangig, ihr schwarzes Haar fiel ihr in einem schlichten Zopf über den Rücken. Aus dem Dorf wahrscheinlich. Sie schien nicht von adliger Abstammung zu sein, und ihre Haut war zu gebräunt, als dass sie ständig im Berg hätte leben können.

»Mylady«, sagte sie und knickste. »Es ist mir eine Ehre, Euch persönlich kennenzulernen. Ich hoffe, Ihr seid mit meiner Arbeit zufrieden.«

Voll ehrlich empfundener Dankbarkeit lächelte ich sie an. »Meine Kleider sind alle wunderschön. Vielen Dank.« Ebb half mir aus dem Kleid, das ich gerade trug, dann stieg ich zaghaft in das weiße Hochzeitsgewand. Der Satin der Korsage war so alt, dass er bereits leicht vergilbt und so brüchig wie ein Mottenflügel war.

»Dies war Königin Serenas Hochzeitskleid, Mylady«, erklärte die Schneiderin. »Wenn Ihr möchtet, ersetzen wir die verfärbten Teile.«

Ich erkannte das Kleid von dem Porträt in Cerens Räumen

wieder. Es war tief ausgeschnitten, und die handgefertigte Spitze reichte nicht ganz aus, um meine Brust angemessen zu bedecken.

»Ihr seid ein bisschen kurvenreicher als die verstorbene Königin, Mylady«, sagte die Schneiderin. »Ich bringe hier noch etwas mehr Spitze an.«

Die Korsage war eng, passte aber gerade noch. Glasperlen und noch mehr Spitze zierten den weißen Satin. Das Kleid war ärmellos, nur ein Hauch von Chiffon über den Schultern, der Rock war eine schaumige Mischung aus Spitze, Tüll und Chiffon, wie Meeresgischt, kunstvoll verziert mit weiteren Glasperlen. Das Kleid war wunderschön, doch in Anbetracht der Umstände wäre Trauerkleidung wohl ausnahmsweise passender gewesen.

»Ich werde den Stoff nur an den Hüften ein wenig auslassen, dann sollte es passen. Wenn es Mylady gefällt, werde ich außerdem weiße Spitzenhandschuhe dazu anfertigen lassen.«

Ich nickte und bedankte mich. »Es wird sicher fantastisch.«

Sie lächelte und knickste wieder, dann eilte sie hinaus. Ebb half mir dabei, mich wieder für das Abendessen umzuziehen. Nur einige der bedeutendsten Adligen waren im Speisesaal anwesend, außerdem Talin, der in New Castle bleiben würde, solange es dem König so schlecht ging, und für den Fall, dass sich die Situation weiter verschärfen sollte. Doch seit unserer Rückkehr war er nicht mehr zu mir gekommen, und falls es doch noch einen Grund zur Hoffnung für mich gab, konnte ich mir jedenfalls nicht vorstellen, welchen.

»Wie war die Anprobe?«, fragte Ceren und nippte an seinem Wein.

»Sehr gut. In Wirklichkeit ist das Kleid Eurer Mutter sogar noch schöner als auf dem Porträt.« Er griff nach meiner Hand und ich ließ es zu. Ich war das Kämpfen leid und ich war erschöpft. Noch nicht entmutigt, aber erschöpft.

»Ich weiß, dass Ihr noch nicht achtzehn seid, und Vater hält sich besser, als wir zu hoffen gewagt haben, aber wir müssen die Hochzeitspläne dennoch vorantreiben, wie Ihr sicher versteht.«

Ich nickte. Mich zu heiraten würde ihm auch nichts nützen, wenn Talin die Krone gewann, aber wie ich Ceren kannte, hatte er auch dafür schon einen Plan.

»Ich könnte mir vorstellen, dass varenianische Hochzeiten recht anders verlaufen als ilarische«, fuhr er fort, während er sich ein Stück von der Leber auf seinem Teller abschnitt. »Es wird eine kurze Zeremonie in der Großen Halle geben, und sobald wir verheiratet sind, werden wir den Berg verlassen und mit der Kutsche durch die Dörfer in der Nähe fahren. Die Menschen werden scharenweise kommen, um ihre neue Prinzessin zu sehen. Oder vielleicht auch ihre Königin.« Er lächelte, aber irgendetwas an seinem Verhalten machte mich nervös. »Abschließend wird es ein Festmahl hier im Schloss geben, und dann wird natürlich unsere Hochzeitsnacht folgen. Ich glaube nicht, dass ich darauf detaillierter eingehen muss – oder, Mylady?«

Ich errötete nicht – was er zweifellos gehofft hatte – und ließ mir auch sonst nichts anmerken. »Nein.«

»Kommt, lasst mich Euer Fleisch für Euch schneiden.« Er stellte sich hinter mich, genau wie an dem Abend, an dem er mir den Fledermauskuchen hatte servieren lassen. »Ich finde es heute Abend recht zäh.«

Irgendetwas stimmte hier nicht. Aus dem Augenwinkel betrachtete ich Talin, doch er wirkte genauso verwirrt wie ich. Dann kratzte das Messer kreischend über den Teller, und ich spürte einen brennenden Schmerz am Arm. Als ich hinabblickte, sah ich einen tiefen Schnitt, aus dem bereits Blut quoll.

Ich war zu erschrocken, um etwas zu sagen, aber Talin war sofort auf den Füßen.

»Was soll das?«, fuhr er Ceren an und drückte mir eine Serviette auf den Unterarm. »Du ungeschickter ...«

»Beherrsch dich«, gab Ceren kühl zurück. »Es sind Damen anwesend. Mir ist das Messer abgerutscht. Ich bringe Zadie zum Arzt, um ihren Arm verbinden zu lassen.«

»Du bringst sie nirgendwohin.« Talin half mir beim Aufstehen.

Ceren trat uns in den Weg, und in seinen grauen Augen blitzte Zorn. »Nimm die Hände von meiner Frau.«

»Noch ist sie nicht deine Frau.« Noch nie hatte ich eine solche Kälte bei ihm gehört.

Ceren senkte die Stimme zu einem Knurren. »Halt dich zurück, oder ich lasse dich in den Kerker werfen.«

»Talin«, sagte ich leise. »Schon gut.«

Ceren blickte zwischen uns beiden hin und her, und was immer er sah, machte ihn bloß noch wütender. Grob stieß er mich auf den Ausgang zu. Ich spürte die Blicke der Lords und Ladys auf mir, während er mich aus dem Saal führte, eine Hand nachdrücklich auf meinem Rücken, in der anderen immer noch das Messer. Er blieb nicht stehen, bis wir sein Studierzimmer erreicht hatten. Dort schubste er mich grob über die Schwelle und verschloss die Tür hinter uns.

»Zeig mir deinen Arm«, forderte er, noch bevor er sich zu mir umgedreht hatte. Er riss mir die blutige Serviette herunter. Die Wunde war tief und noch nicht vollständig verheilt, aber sie hatte schon aufgehört zu bluten.

Er packte mein Handgelenk und hob meinen Arm vor seine

Augen. Ich hatte vergessen, wie schlecht er sehen konnte. »Dann haben diese Trottel also nicht gelogen«, murmelte er. »Ich habe mich schon gefragt, wie deine Wunden so schnell verheilen konnten, nachdem dich Salandrin gebissen hat. Tut dein Arm weh?«

Ich entzog ihm den Arm. »Nicht mehr. Wer hat es Euch gesagt?«

»Meine hohlköpfigen Wachen. Offensichtlich konnten sie dich nicht vor den Männern des weiblichen Königs schützen, aber das haben sie immerhin aufgeschnappt. Wie ist das möglich?« Seine Augen waren weit aufgerissen, sein Blick war wild, und irgendwie war die Aufregung in seinem Gesicht noch schlimmer als seine übliche steinerne Miene.

Mein Blut rauschte mir laut in den Ohren. Ich hatte gehofft, wenigstens diese Wahrheit vor Ceren geheim halten zu können. Jetzt hatte ich alles nur noch schlimmer gemacht. »Ich weiß es nicht. Ich hatte einen ... Unfall. Als ich noch ein Kind war. Seither heilen meine Wunden schnell.«

»Was für einen Unfall?«

Ich zögerte und Ceren trat vor. Mit dem Messer. »Entwürdige uns nicht beide mit einer Lüge.«

Ich biss mir auf die Lippe und fragte mich, wie vage ich wohl bleiben konnte. »Es war ein Schnitt.«

»Von?«

Ich hatte keine Chance, aus dieser Sache herauszukommen, ohne dabei entweder mein Leben oder mein Geheimnis zu verlieren, aber ich musste es trotzdem versuchen. »Von einer Koralle.«

»Sicher nicht von einer gewöhnlichen Koralle.« Nachdenklich legte Ceren den Kopf schief. »Ich habe gehört, dass die Perlen ihre Heilkräfte von den Blutkorallen bekommen.«

Ich versuchte, mir nichts anmerken zu lassen, doch er wusste längst, dass er ins Schwarze getroffen hatte.

»Wie schlimm können deine Wunden sein und trotzdem noch vollständig verheilen?«

Mir wurde eiskalt, und ich wich einen Schritt zurück, falls er vorhatte, es auszuprobieren. »Ich weiß es nicht.«

»Erstaunlich.« Immer noch starrte er meinen Arm an. »Ob es wohl möglich ist, dass die Blutkoralle in deinen Blutstrom gelangt ist? Und nun ist das, was auch immer die Varenianer so gesund und die Perlen so wirkungsvoll macht … in dir.«

Genau das war auch die Theorie des Arztes in Varenia gewesen, obwohl es an sich schon ein Rätsel war, warum ich den Schnitt der Koralle überhaupt überlebt hatte. Ich verschränkte die Arme hinter dem Rücken. Es stieß mich ab, wie Ceren meine Haut betrachtete. Wie eine seiner Erfindungen.

Er griff nach einem kleinen Silbermesser und einer Schale. »Ich brauche eine Blutprobe von dir, um meine Theorie zu überprüfen.«

Ich rannte zur Tür, doch Ceren hielt nur die Schlüssel hoch. »Du verlässt dieses Zimmer erst, wenn ich es dir erlaube.«

Ich wollte tapfer sein, aber meine Stimme brach, während ich mich etwas vorbeugte und vergeblich versuchte, an den Korallendolch unter meinen Röcken heranzukommen. »Ich flehe dich an, tu es nicht, Ceren.«

Mit dem Silbermesser in der Hand kam er auf mich zu, und ich wusste, dass er viel stärker war als ich. »Halt still«, sagte er sanft und packte mich an der Kehle. »Das wird jetzt wehtun.«

In dieser Nacht füllte Ceren fünf Schalen mit meinem Blut. Nach den ersten drei Schnitten gab ich das Schreien auf. Nachdem er fertig war, hatte ich nicht mehr die Kraft, mich zu wehren.

Wir waren beide blutverschmiert, als Talin schließlich die Tür aufbrach. Schon eine ganze Weile hatte ich ihn brüllen und gegen das Holz hämmern gehört, aber seine Stimme schien so weit entfernt zu sein wie Varenia.

»Was hast du ihr angetan?«, knurrte er, als Ceren mich auf die Arme nahm und sich an seinem Bruder vorbei in den Korridor hinausdrängte.

»Ich brauchte Proben von ihrem Blut.« Tadelnd schnalzte er mit der Zunge. »Sie hat sich furchtbar angestellt.«

Talins Blick landete auf den Blutschlieren und den halb verheilten Wunden, als Ceren mich an ihm vorbeitrug. Er folgte uns bis zu meinen Gemächern, wo mich Ceren überraschend sanft auf meinem Bett ablegte.

»Komm mit, Bruder. Meine Verlobte braucht Ruhe.«

Talin sah mir in die Augen. »Ich bleibe bei ihr.«

Ceren schnaubte. »Das kommt nicht infrage.«

Talin trat vor, bis die Brüder Brust an Brust standen, so nah beieinander, wie ich es noch nie gesehen hatte. Der Kontrast war verblüffend. Talin war einen oder zwei Zentimeter kleiner als Ceren, aber seine Schultern waren breiter, seine Muskeln ausgeprägter. Cerens Stärke gründete sich darauf, dass er sich ganz und gar einer einzigen Sache verschrieben hatte: der Macht. Er hatte keine Schwächen, nichts, was ihm wichtig genug gewesen wäre, um ihn abzulenken.

Und Talin? Was war ihm wichtig? Meine Sicht verschwamm, immer wieder glitt ich in Bewusstlosigkeit ab.

»Was auch immer auf der Reise zwischen euch beiden passiert ist, es ist vorbei«, sagte Ceren. »Zadie gehört *mir.*«

»Du liebst sie nicht, Ceren.«

Er lachte zynisch und warf sein Haar über die Schulter. »Wer hat von Liebe gesprochen? Stell dir nur vor, was es für Ilara bedeuten würde, wenn dieses Mädchen ihr Blut an unsere Nachkommen weitergibt.«

»Du bist ein Monster«, zischte Talin.

»Und du bist ein Dummkopf. Geh jetzt. Das Mädchen braucht Ruhe und ich brauche morgen wahrscheinlich noch mehr von ihrem Blut.«

Talin trat Ceren in den Weg und stellte sich vor das Bett. »Du wirst sie nie wieder anrühren.«

Ceren verzog höhnisch den Mund. »Spar dir deine Wut, Bruder. Du wirst sie brauchen, um die Männer zu fassen, die Zadie angegriffen haben.«

»Was redest du da?«

»Mit etwas so Verwerflichem wie dem Attentat auf unsere zukünftige Königin können wir den weiblichen König nicht davonkommen lassen. Du brichst noch heute Nacht auf. Kehre erst zurück, wenn du die Angreifer gefunden hast.« Ceren wandte sich an einen Wachmann, der vor meiner Tür stand. *Woher war er so plötzlich gekommen?* »Du da, pass auf, dass meine Braut ihre Gemächer unter keinen Umständen verlässt.«

Die rasende Wut auf Talins Gesicht war das Letzte, was ich sah, bevor ich mich der Dunkelheit ergab.

Irgendwann mitten in der Nacht erwachte ich. Meine Wunden waren verheilt, und das Pulsieren in meinem Kopf war verschwunden, aber ich war schwach und durstig. Ich zog mir meine Reithose und eine meiner alten Tuniken an und steckte den Korallendolch in einen der Lederstiefel. Alle paar Minuten musste ich mich ausruhen. Als ich endlich angezogen war, faltete ich die grobe, handgezeichnete Karte des Schlosses zusammen, die Ebb für mich angefertigt hatte, und legte mir die Perlenkette meiner Eltern um den Hals. Zum Schluss warf ich mir Samis grünen Reiseumhang um die Schultern.

Wenn ich es irgendwie bis nach Old Castle schaffte, dann konnte ich ein Pferd stehlen und vielleicht irgendwie zum Hafen gelangen. Ich würde die Perlen bei einem der Händler vom Schwimmenden Markt gegen eine Passage nach Varenia eintauschen.

Ich wusste, dass meine Chancen zu entkommen verschwindend klein waren, aber ganz gleich, ob ich es zurück nach Hause schaffen würde oder nicht, Ceren konnte meinem Volk nichts Schlimmeres antun als das, was er ohnehin tun würde, sobald er erfahren hatte, in welcher Verbindung die Blutkorallen zu den Varenianern standen. Wenn ich hierblieb, würde ich ihm nur noch mehr Blut für seine Experimente liefern. Ich musste wenigstens versuchen, sie zu warnen.

So leise ich konnte, trat ich zur Tür und öffnete sie einen Spaltbreit. Der Wachmann schlief nicht. Nach Cerens Anweisungen war er wahrscheinlich sogar höchst aufmerksam. Ich hielt den schweren Porzellankrug vom Waschtisch in der rechten Hand, versteckte ihn hinter der Tür und begann zu schluchzen.

Der Wachmann drehte sich um. »Mylady? Geht es Euch nicht gut?«

»Es tut mir so leid, dass ich Euch störe. Mein Arm blutet wieder und ich kann es nicht stoppen.«

»Ich hole Prinz Ceren«, versicherte er und wollte sich schon in Bewegung setzen.

»Nein«, rief ich und schluchzte noch heftiger. »Ich fürchte, ich werde gleich ohnmächtig.«

Er warf einen Blick über die Schulter, ganz eindeutig besorgt, weil er Cerens Anweisungen nicht befolgte, aber dann wandte er sich an mich. »Keine Angst, Mylady, ich helfe Euch.«

Noch nie hatte ich jemanden absichtlich verletzt und dieser Mann wollte mir helfen. Doch ich konnte nicht zulassen, dass er zwischen Varenia und mir stand. Sobald er durch die Tür trat, ließ ich den Krug mit aller Kraft auf seinen Hinterkopf krachen. Stöhnend sackte er nach vorn und ich schlug vorsichtshalber noch einmal zu.

Sobald ich sicher war, dass er das Bewusstsein verloren hatte, ließ ich den Krug fallen und schlich in den Korridor hinaus. Entlang des Wegs zum Dienstboteneingang am Fuß des Bergs würden weitere Wachen stehen, und ich redete mir ein, dass ich bereit war, den Dolch zu benutzen, wenn es sein musste. Zum Glück war Neumond, und die Laternen leuchteten so schwach, dass man kaum etwas sehen konnte. Wenn ich vorsichtig war, würde ich vielleicht unbemerkt bleiben.

Für Umwege hatte ich keine Zeit, doch glücklicherweise lag die Porträtgalerie auf meinem Weg. Ich verabschiedete mich von Zadie, falls ich Varenia nicht erreichen würde. Was wahrscheinlicher war, als ich mir selbst eingestehen wollte. Der Wachmann an der Tür schlief und ich huschte an ihm vorbei. Ich blieb gerade lange genug stehen, um mir die Finger auf die Lippen zu pressen und dann Zadies perfekt gemalten Mund zu berühren. Der Wachmann am anderen Ende der Galerie saß zusammengesunken an der Wand, einen leeren Krug neben sich, und ich dankte den Göttern für den starken ilarischen Wein.

Vorsichtig näherte ich mich, den Rücken dicht an der Wand. Das Messer war mein letzter Ausweg. Ein Schnitt mit der Korallenklinge wäre tödlich, und tief im Herzen wusste ich, dass ich das Gewicht eines Menschenlebens nicht auf dem Gewissen tragen wollte. Während ich mich dem Wachmann näherte, bemühte ich mich, Atem und Herzschlag zu verlangsamen, so wie ich es beim Tauchen tat. Ich musste jetzt einen kühlen Kopf bewahren.

Ich warf dem Wachmann einen letzten Blick zu, um mich zu vergewissern, dass er wirklich schlief, dann rannte ich los, so schnell, dass meine Füße kaum den Boden berührten. Schon war ich an ihm vorbei, in einem anderen Korridor, fast hätte ich vor Erleichterung aufgelacht.

»Wohin soll's denn gehen?«

Mir gefror das Blut in den Adern, als ich mich nach Cerens Stimme umdrehte. Der Betrunkene an der Wand richtete sich auf, sein rot-schwarzer Umhang fiel zurück und enthüllte Prinz Cerens blasses Gesicht. Er trug die Uniform der Palastwächter: eine Lederrüstung unter einem schweren Umhang, der die Kälte der feuchten Hallen abhalten sollte.

»Ceren.« Mein Mund war staubtrocken. »Was machst du hier?«

»Ich kenne dich besser, als du glaubst. Ich habe nicht erwartet, dass du bereitwillig im Schloss bleiben wirst, nachdem du jetzt weißt, was ich mit dir vorhabe. Ich weiß auch, wie sehr du es liebst, die Porträtgalerie zu besuchen und dein eigenes Gemälde anzustarren.«

Mein Herz fühlte sich an wie ein gefangenes Tier, das sich gegen die Wände meiner Brust warf.

Flüchtig dachte ich daran, zu lügen und zu behaupten, dass ich mir nur die Beine hatte vertreten wollen, aber Ceren war zu klug und ich war zu erschöpft dafür. »Ich kann nicht hierbleiben. Nicht so.«

»Ich fürchte, dir bleibt keine Wahl. Nicht, wenn du nicht

willst, dass deine Familie die Folgen ertragen muss. Nächstes Mal wird es nicht nur die Wasserversorgung sein, die ihnen abgeschnitten wird.« Er kam auf mich zu, in seiner Lederrüstung wirkte er noch eindrucksvoller. »Ich weiß, dass du nicht die bist, die du zu sein behauptest.«

Ich biss die Zähne zusammen, um das Zittern zu unterdrücken. »Ich weiß nicht, was du meinst.«

Er schloss die Distanz zwischen uns und hob die Hand an die Lippen. Seine Zunge schoss hervor und leckte über seine Fingerspitze. Als ich zurückwich, packte er mich, drückte den Finger an meine Wange und rieb in einer kleinen Kreisbewegung über meine Haut. Dann hielt er mir die mit der Paste verschmierte Fingerkuppe vor die Augen.

»Euer Gouverneur ist ein Dummkopf, aber so dumm, dass er mir ein beschädigtes Mädchen schicken würde, ist er nicht. Jedenfalls nicht ohne guten Grund.«

Nicht beschädigt, dachte ich. *Stärker.* »Es ist nicht so, wie du denkst.«

In gespielter Verwirrung legte er den Kopf schief. »Dann bist du also nicht anstelle deiner verletzten Zwillingsschwester hier? Seltsam, das hat mir jedenfalls der Botschafter erzählt, nachdem er aus Varenia zurückgekehrt ist.«

Damit konnte er nicht seinen Bruder meinen. Talin würde mich niemals so verraten. »Welcher Botschafter?«

»Der, den ich geschickt habe, um deinen Brautpreis abzuliefern, nachdem du mir erzählt hast, wie schwer die Lage für deine Familie ist. Stell dir seine Überraschung vor, als er herausfand, dass es im Haus deiner Familie ein Mädchen gibt, das genauso aussieht wie du und das auf deinen Namen hört. Deine Eltern haben versucht, dich zu decken, aber als der Botschafter den Brautpreis stattdessen jedem angeboten hat, der bereit war, ihm die Wahrheit zu sagen, ist alles hervorgequollen wie Fischinnereien.«

Ich machte den Dorfbewohnern keinen Vorwurf, weil sie geredet hatten. Sie waren halb verhungert und sie glaubten, dass ich schuld an ihrem Unglück war. »Was kümmert dich das?«, fragte ich. »Meine Narbe wird mich nicht davon abhalten, dir das zu geben, was du willst.«

Er packte mich an den Armen und riss mich an seine Brust. »Ich habe dich gewarnt, ich habe dir gesagt, du sollst dich von meinem Bruder fernhalten.«

Ich wehrte mich gegen ihn. Ich hätte meinen Dolch ziehen sollen, als ich noch die Möglichkeit dazu gehabt hatte. »Was hat das damit zu tun?«

Doch noch während ich die Frage aussprach, wusste ich es. Seine Silberaugen waren voller Schmerz und Scham, genau wie an jenem Tag am See. Er wollte nicht nur einen Erben für den Thron. Er wollte, dass ich ihn wählte, nicht Talin, sogar nach allem, was er mir angetan hatte.

»Es tut mir leid«, sagte ich. Und es tat mir wirklich leid. Nicht, dass ich Gefühle für Talin hatte, und auch nicht, dass ich alles tun würde, um meinem Volk zu helfen. Aber ich hatte ihm nie wehtun wollen. Irgendwo war Ceren immer noch der Junge, der nur geliebt werden wollte. Leider hatten die Menschen, die ihn davon überzeugt hatten, dass er nicht liebenswert war, gleichzeitig auch dafür gesorgt, dass er es tatsächlich niemals sein würde.

Kurz wirkte er verblüfft. »Weißt du, ich glaube dir, dass du das wirklich ernst meinst. Trotzdem kann ich dich leider nicht gehen lassen. Nicht nach den Verbrechen, die du begangen hast.«

»Verbrechen?«

Ein verschlagener Ausdruck trat in sein Gesicht. »Du hast nicht nur die Krone betrogen, indem du vorgegeben hast, deine Schwester zu sein, nein, da ist auch noch der tote Wachmann.«

»Welcher tote Wachmann?« Eine Welle der Schuld schlug über mir zusammen. Hatte ich den Soldaten vor meiner Tür versehentlich mit dem Krug getötet?

Ceren ruckte mit dem Kinn zu dem Mann am Eingang der Galerie hinüber. »Ich habe ihm ein paar Minuten, bevor du hergekommen bist, die Kehle durchgeschnitten.«

Ich hatte gewusst, dass Ceren ein Mörder war, aber ihn das so beiläufig sagen zu hören, drehte mir fast den Magen um. »Was hast du dann vor? Willst du mich töten lassen?« Ich war immer noch geschwächt vom Blutverlust, doch ich wehrte mich trotzdem gegen seinen Griff und versuchte verzweifelt, an meinen Dolch zu kommen.

Er lachte leise. »Lebend bist du viel wertvoller für mich. Bloß habe ich jetzt einen guten Grund, dich einzusperren. Eigentlich sollte ich dir für deinen Fluchtversuch wohl dankbar sein.« Er drehte mir den Arm auf den Rücken und schleuderte mich herum, sodass ich mit dem Rücken zu ihm stand. Dann packte er meinen anderen Arm und schloss etwas Hartes und Kaltes um meine Handgelenke.

Ich schrie auf, als er die Finger in meinen Zopf krallte und mir den Kopf in den Nacken riss. Sein Atem strich mir warm über den Hals und ich spürte seine glatte Wange an meiner. »Nor«, murmelte er weich. Seine Zunge rollte sich um das »r«, eine perfekte Imitation des varenianischen Akzents. »Ich habe immer gewusst, dass du etwas Besonderes bist, von dem Moment an, in dem du mir in meinen Gemächern getrotzt hast. Vielleicht schon seit dem Augenblick, in dem ich dein Herz unter meinen Fingerspitzen schlagen gespürt habe.« Er legte mir die rechte Hand auf die Brust, wie an dem Tag, an dem ich ihm zum ersten Mal begegnet war. Aus seinem Mund hörten sich die Worte »etwas Besonderes« nicht wie ein Kompliment an.

»Ich habe zu den Göttern gebetet, dass sie mir eine Königin schicken, die Ilara rettet, indem sie unsere Blutlinie stärkt«, flüsterte er mir ins Ohr. »Ich hätte nie zu hoffen gewagt, dass du auch meine Rettung sein könntest.«

31

Als die Metalltür meiner Zelle ins Schloss fiel, tauchte Cerens Gesicht kurz hinter den Gitterstäben auf, seine Haut schimmerte in einem unheimlichen Grünton im Licht der Fuchsfeuerfackel. »Morgen komme ich zurück für mehr Blut. Versuch, dich bis dahin etwas auszuruhen.«

Der Kerker lag tief im Berg, nicht weit entfernt von der Höhle mit dem See, in dem Salandrin gelebt hatte. Auf dem Weg hier hinunter hatte mir Ceren erklärt, warum die Korridore so schmal und niedrig waren. Sie waren einmal Teil der Blutsteinminen gewesen, die Königin Ebbeela geflutet hatte, um den Kriegen ein Ende zu machen. Die königliche Gruft befand sich ebenfalls in einem nahe gelegenen Tunnel, und wenn ich zu tief einatmete, glaubte ich, den Verwesungsgestank riechen zu können.

Einer der wachhabenden Männer hatte mich nach Waffen abgetastet, wobei er allerdings zu abgelenkt von meiner Hüfte und meinen Brüsten gewesen war, um in meinen Stiefeln nachzusehen, was bedeutete, dass ich den Dolch noch hatte.

Ich wusste, dass ich nur eine einzige Chance zur Flucht haben würde, also wartete ich in der Hoffnung, dass sich mir eine Gelegenheit bot.

Ich legte mich ins Stroh, das den Zellenboden bedeckte, und fiel in einen unruhigen Schlaf. Der Kerker schien ziemlich leer zu sein, doch als Ceren mich zu meiner Zelle geführt hatte, war vereinzeltes Husten und Stöhnen aus einigen der anderen Verliese zu hören gewesen.

Stunden später kehrte Ceren zurück. Ich nahm an, dass es Morgen sein musste, obwohl ich diese Vermutung nicht überprüfen konnte, da es hier unten weder Tageslicht noch Mondmoos gab. Ich hatte gehofft, dass er mich wieder in sein Studierzimmer hinaufbringen würde, um mich zur Ader zu lassen, aber die Tasche, die er bei sich trug, als er meine Zelle betrat, ließ keinen Zweifel daran, dass ich im Kerker bleiben würde.

Er ging neben mir im Stroh in die Hocke und legte vorsichtig seine Instrumente bereit. »Ich werde dir etwas zu essen und Wasser bringen lassen«, sagte er, allerdings ohne jedes Mitgefühl. »Und frische Kleider, wenn du möchtest.«

Schweigend kauerte ich in meiner Ecke. Ich war zu schwach, um mich gegen ihn zu wehren, und wenn ich einen Fluchtversuch wagen wollte, musste ich außerdem meine Kräfte schonen.

»Ich konnte gestern leider nichts Nützliches herausfinden, aber ich glaube, frisches Blut wird mir helfen. Bald werde ich selbst eine Reise nach Varenia unternehmen, um einige der Blutkorallen zu sammeln. Ich habe mir überlegt, dass ich doch einmal nach deiner Schwester sehen könnte, wenn ich schon dort bin. Nur um herauszufinden, wie es ihr in deiner Abwesenheit geht.«

Bei seinen Worten spannten sich alle meine Muskeln an. »Wenn du sie anrührst ...«

Er zog das Silbermesser aus der Tasche. »Ja?«

Kurz dachte ich daran, ihn anzuflehen und ihm im Tausch gegen die Sicherheit meiner Schwester alles zu geben, was er haben wollte, doch was hatte ich schon zu bieten, das er sich nicht einfach nehmen konnte? Die Wachen würden mich sicher nicht beschützen.

Als er nach meinem Arm griff, wehrte ich mich nicht. Meine Wunden waren seit gestern verheilt, und sie würden auch heute heilen, aber ich fragte mich, wie lange ich wohl so durchhalten konnte. Ich durfte erst dann zuschlagen, wenn sich mir irgendein Vorteil bot, sonst würden mich die Wachen fangen, selbst wenn es mir gelang, Ceren zu töten. Zu lange zu warten konnte ich mir allerdings auch nicht leisten. Irgendwann würde ich nicht mehr genug Kraft haben, um mich wieder zu erholen.

Dieses Mal nahm er nicht ganz so viel Blut, doch nachdem er fertig war, konnte ich nicht mehr auf eigenen Füßen stehen. Er ließ mich ins Stroh zurücksinken, wobei er dieselbe Sanftheit zeigte, mit der er mich am Vortag behandelt hatte. »Ich lasse dir etwas Rindslebereintopf bringen.«

Er lachte leise, als ich trotz meiner Schwäche angewidert das Gesicht verzog. »Und etwas Brot, wenn du möchtest.« Er streichelte mir übers Haar, das sich irgendwann während der Nacht gelöst hatte und nun offen war. Alles drehte sich vor meinen Augen.

Als ich die vertrauten ersten Töne eines Lieds hörte, das Ebb manchmal vor sich hin sang, glaubte ich zu träumen. Doch dann öffnete ich die Augen und sah Ceren über mir. Er sang für mich, mit derselben überraschend schönen Stimme, die ich schon am unterirdischen See gehört hatte. Heiße Tränen rannen mir aus den Augenwinkeln und tropften ins Stroh. Ich wollte ihn angreifen, jetzt, wo er verwundbar war, doch ich hatte nicht mehr genug Kraft, um an den Dolch in meinem Stiefel heranzukommen. Warum hatte ich nicht zugeschlagen, als ich noch die Chance dazu gehabt hatte? Lady Melina hatte mich ermahnt, keine weitere Gelegenheit mehr ungenutzt verstreichen zu lassen.

Meine varenianische Moral würde mich noch umbringen.

Als das Lied vorbei war, beugte sich Ceren über mich. Sein Haar strich mir wie Federn über die Haut, als er mich auf die Stirn küsste.

Er ließ mich noch viele weitere Male zur Ader, so oft, dass ich den Überblick verlor. Ich schlief, so viel ich konnte, und meine Träume waren meine einzige Fluchtmöglichkeit vor dem Elend des Kerkers. Gerade träumte ich von meiner Schwester, als mich der Klang von Lady Melinas Stimme weckte, die den Gang hinabwehte, gefolgt vom ärgerlichen Grollen einer der Wachen. Ich hatte keine Ahnung, wie lange ich schon hier unten war – die einzige Unterbrechung der immer gleichen Tage, abgesehen von den Aderlässen, war die eine Mahlzeit, die mir gebracht wurde. Obwohl sich mir schon beim Geruch des Lebereintopfs der Magen umdrehte, aß ich so viel davon, wie ich konnte. Eines Tages würde sich mir eine Fluchtmöglichkeit bieten, redete ich mir ein, auch wenn es sich mehr und mehr wie eine Lüge anfühlte.

»Nimm die Hände von mir!«, fauchte Melina in ihrem weichen varenianischen Akzent. Ich konnte sie nicht sehen, aber ich konnte mir vorstellen, wie sie empört das Kinn hob, während der Wachmann sie durch den Korridor schubste.

»Rein da«, knurrte er, und einen Moment später hörte ich, wie eine Metalltür krachend ins Schloss fiel. Melina befand sich zwar nicht in der Zelle neben mir, aber ganz in der Nähe. Ich hörte, wie sie murmelnd über das schmutzige Stroh und die schlechte Luft schimpfte.

Die Schritte des Wachmanns entfernten sich, und einen Moment lang lauschte ich schweigend und fragte mich, was Melina wohl getan haben mochte, um hier unten zu landen.

»Bist du da, Kind?«, fragte sie, sobald der Wachmann außer Hörweite war.

Ich setzte mich auf und rutschte zu meiner Zellentür hinüber. »Ich bin hier. Was ist passiert? Warum hat man Euch eingesperrt?«

»Ich habe verkündet, dass Prinz Talin der rechtmäßige Thronerbe ist und dass es Prinz Ceren war, der Königin Talia ermordet hat.«

Mir klappte der Mund auf. »*Was*? Wann?«

»Heute Abend beim Essen.« Zu meiner Überraschung klang Melina fast amüsiert. »Alles Weitere ist genauso verlaufen, wie zu erwarten war.«

Götter. Nun waren wir beide gefangen. »Warum habt Ihr so etwas getan?«

»Mir ist sonst nichts anderes eingefallen, wie ich zu dir kommen könnte.«

Ich ließ mich gegen die Tür sinken. »Ihr habt Euch *meinetwegen* einsperren lassen?«

Ihr Lachen klang tief und kehlig. »Schmeichle dir nicht zu sehr, Kind. Ich habe es für Varenia getan, nicht für dich.«

»Das verstehe ich nicht.«

Sie senkte die Stimme so weit, dass ich ihre Worte kaum noch verstehen konnte. »Einer meiner Spione hat mir von deinen Heilkräften erzählt.«

Ich wollte weinen, doch sogar dafür fehlte mir die Kraft.

»Es tut mir so leid. Ceren weiß jetzt von den Blutkorallen, und ich fürchte, unser Volk ist in noch größerer Gefahr als jemals zuvor. Und es gibt niemanden mehr, der sie warnen könnte.«

»Es gibt einen Weg aus dem Berg hinaus, von dem nicht einmal Ceren weiß«, flüsterte sie. »Wenn du bereit bist, mir zu vertrauen, dann glaube ich, dass wir dich hier herausbekommen können.«

In meinem Zustand war ich mir nicht mal sicher, ob ich entkommen könnte, wenn mir die Wachen die Tür öffnen und mich höchstpersönlich aus dem Berg geleiten würden. »Und was ist mit Euch?«

»Mach dir um mich keine Gedanken, Kind.«

»Wird er Euch töten?«

»Ruhe!«, brüllte einer der Wachmänner, der gerade an unseren Zellen vorbeiging. »Prinz Ceren hat befohlen, dass niemand sprechen darf!«

Offenbar hatte er das Singen jedoch nicht verboten, denn in dieser Nacht sang mir Melina ein seltsames Lied. Ich prägte mir die Worte ein, bis ich sie sogar im Schlaf hörte. Bis sie zu meinem Gebet wurden.

Unten tief,
Wo der Berg noch schlief,
Hinter den Seen,
Die Glühwürmchen im Blick,
Ist der Weg zu erspäh'n,
Zu varenianischem Glück,
Folge dem Blut,
Dorthin, wo die Freiheit ruht.

Endlich, als ich schon glaubte, ich würde den Rest meines Lebens in dieser Zelle verbringen, kam Ceren, um uns zu holen.

Ich hörte, wie das Stroh in Melinas Zelle raschelte und wie die Wachen beim Klang von Cerens Stimme Haltung annahmen. »Macht die Frauen bereit.«

»Ja, Euer Hoheit.« Einen Moment später hörte ich Melinas Zellentür quietschen, gefolgt von einem dumpfen Schlag. »Hoch mit dir, du Miststück, sonst trete ich dich den ganzen Weg durch die Gänge bis rauf zum Tor.«

Schwere Schritte näherten sich, dann stand der Wachmann vor meiner Tür. Mir waren mehrmals frische Kleider angeboten worden, aber ich hatte mich nur zweimal umgezogen, als ich genug Privatsphäre dafür gehabt hatte. Schicklichkeit war mir mittlerweile gleichgültig, doch ich hatte befürchtet, dass jemand meinen Dolch, die Karte und die Perlenkette sehen könnte, wenn ich die Stiefel auszog. Glücklicherweise hatte jemand – wahrscheinlich Ebb – dafür gesorgt, dass man mir saubere Reithosen und schlichte Tuniken brachte statt der Kleider, die es mir nur noch schwerer gemacht hätten, meine Besitztümer zu verstecken.

Mit einer Hand hielt sich der Wachmann die Nase zu, als er mich auf die Füße zog. »Na los«, sagte er und stieß mich durch die Tür in den Gang hinaus, wo Lady Melina mit gefesselten Händen stand. Ihr Kleid war ein wenig fleckig und zerknittert, aber sie war nicht so schmutzig wie ich. Sie musste die sauberen Kleider, die man ihr angeboten hatte, angenommen haben.

Mein Haar war verfilzt und knotig, aber ich straffte die Schultern und folgte dem Wachmann mit erhobenem Kinn. Vor uns im Gang konnte ich den Silberschimmer von Cerens Haar ausmachen, während wir durch den Berg hinaufstiegen.

»Wohin bringen sie uns?«, flüsterte ich Melina zu.

Sie schüttelte den Kopf. »Ich weiß es nicht. Aber sei wachsam. Vielleicht bietet sich eine Gelegenheit.«

Ich wusste zwar nicht, wie ich mit gefesselten Händen und inmitten einer Schar von Wachen einen Fluchtversuch wagen sollte, aber ich hielt den Mund und tat, was sie sagte. Wir gingen an Cerens Studierzimmer und dem Speisesaal vorbei bis zur Großen Halle. Der Thron war leer, wie immer seit meiner Ankunft in New Castle. Doch die Halle selbst war voller Menschen, noch nie hatte ich sie so überfüllt gesehen. Die Lords und Ladys starrten uns an, während wir durch die Menge zu den gewaltigen Eisentüren geführt wurden. Einige von ihnen schienen zu weinen.

Da tauchte eine Frau an meiner Seite auf, und als ich den Kopf drehte, erkannte ich Ebb, die sich ein Taschentuch an die Nase hielt.

»Ebb, was machst du hier? Was ist los?«

»Der König ist tot, Mylady.« Ihre Augen waren rot vom Weinen, was ihre Iris noch blauer leuchten ließ als sonst.

Das Blut rauschte mir wie der Ozean in den Ohren. »Wann?«

»In der vergangenen Nacht.«

»Hat Ceren sich selbst zum König erklärt?«

Sie schüttelte den Kopf. »Das Duell findet im Morgengrauen statt, wenn Talin rechtzeitig zurückkehrt. Für den Moment ist Ceren allerdings Regent.«

»Was bedeutet das?«, fragte ich, als wir uns dem Tor näherten.

»Er will Euch beide vom Berg werfen lassen.«

»Was?«, rief ich, als man uns durch die Türen auf den breiten Überhang vor dem Eingang zum Schloss zerrte. Nach so vielen Tagen in vollkommener Dunkelheit musste ich vor dem Licht die Augen schließen. Als ich sie endlich blinzelnd wieder öffnen konnte, erkannte ich, dass sich ebenfalls hier eine Menschenmenge versammelt hatte. Zwischen den Adligen befanden sich auch einige Dorfbewohner, die an ihrer gebräunten Haut und den schlichten cremeweißen und braunen Kleidern zu erkennen waren.

Ebb war irgendwo im Gedränge verschwunden und Melina und ich wurden zu einer Art Plattform geführt. Irgendwie gelang es Melina, ihre würdevolle Miene zu wahren. Ich stand mit dem Rücken zum Abhang und spürte den Wind, der mir durch Haar und Kleider fuhr.

Was war daraus geworden, dass Ceren mich lebend brauchte? Noch nie hatte ich solche Angst gehabt, nicht einmal, als Zadie mir von ihrem Plan, sich selbst zu verstümmeln, erzählt hatte. Wenn Ceren bereit war, mich zu töten, dann musste er das, was er brauchte, in meinem Blut gefunden haben. Was bedeutete, dass ihn nichts mehr davon abhalten würde, die Varenianer für seine eigenen Zwecke abzuschlachten.

»Verehrte Lords und Ladys«, rief Ceren, der in einem edlen schwarzen Wams und einer schwarzen Hose vor der Plattform stand. Sein Haar war zurückgekämmt und auf dem Kopf trug er einen Reif aus dunklem Metall. »Wie ihr wisst, ist mein geliebter Vater, der König, in der letzten Nacht von uns gegangen, um seinen Platz an der Seite seiner Vorfahren bei den Sternen einzunehmen. Dies bedeutet, dass es nun mir zufällt, für Gerechtigkeit an diesen beiden Verräterinnen an der Krone zu sorgen.«

Er wandte sich an uns, seine Miene war so unlesbar wie immer. »Lady Melina und meine Verlobte Zadie wurden angeklagt und des Verrats für schuldig befunden. Die Strafe für ihre Verbrechen ist der Tod.«

Ein Raunen ging durch die Menge, aber ich konnte nicht heraushören, ob es Zustimmung oder Protest verhieß.

»Sie werden vom Berg geworfen. Wenn ihre Seelen unschuldig sind, sollen sie davonfliegen. Andernfalls werden wir ihren Todessturz bezeugen.«

Ich trat einen Schritt näher an Lady Melina heran und schloss die Augen, als zwei der Wachen auf die Plattform zukamen.

»Alles wird gut, mein Kind«, sagte Melina ruhig.

Als ich den Griff des Wachmanns auf meinen immer noch gefesselten Armen spürte, wehrte ich mich, doch es hatte keinen Sinn. Der Mann war ein Riese und trotz des Lebereintopfs war ich schwach von den Aderlässen und den vielen Tagen in der Dunkelheit. Als er mich auf den Rand der Plattform zu zog, musste ich mir auf die Lippe beißen, um nicht zu schreien. Mein Blick fiel auf Ceren, und für den Bruchteil eines Augenblicks glaubte ich, Zweifel über seine Miene huschen zu sehen, doch im nächsten Moment wirkte sie wieder steinern.

»Stoßt sie über die Klippe«, befahl er, und ein Abgrund tat sich in mir auf.

»Wartet!« Talin stieß und drängte sich durch die Menge nach vorn und suchte mit wildem Blick nach seinem Bruder. »Hör auf, sofort!«

»Bis morgen bin ich Regent«, gab Ceren zurück. »Du hast nicht die Macht, solche Forderungen zu stellen.«

Talin bebte vor kaum unterdrückter Wut. »Das hätte Vater nicht gewollt!«

Ceren hob die Brauen. »Dann sprichst du jetzt also für die Toten, Bruder?«

Talin senkte die Stimme und sagte etwas zu Ceren, das ich nicht verstand. Cerens Blick huschte zu dem Wachmann, der mich festhielt, und er hob einen Finger, um ihm zu befehlen, dass er warten sollte. Die Brüder traten zur Seite und senkten die Köpfe, während sie miteinander sprachen. Ich stand direkt am Abgrund, und das Gewicht der Schwerkraft zog bereits an mir, so als wollte es mich davon überzeugen, wie viel leichter es doch wäre, einfach loszulassen.

Ceren richtete sich auf und kam auf mich zu. Einen Moment lang fürchtete ich, er würde mich höchstpersönlich von der Klippe stoßen. Stattdessen flüsterte er dem Wachmann etwas zu, der mich von der Plattform herunter und in Richtung des Eisentors zerrte.

Ich wehrte mich gegen seinen Griff und drehte mich zu Lady Melina um, die nun zur Plattform gezogen wurde. »*Nein!*«, schrie ich, so laut, dass sich viele der Anwesenden zu mir umdrehten und mich anstarrten. Doch mein Blick war auf Ceren gerichtet, der dem Wachmann zunickte.

»Lang lebe die Königin!«, rief Melina, dann war sie verschwunden.

32

Ich wurde von Schluchzern geschüttelt, während man mich durch die Korridore des Schlosses zurück zum Kerker führte. Ich hatte zu hoffen gewagt, dass wir es vielleicht hier heraus schaffen würden. Wir beide. Doch als ich Melinas letzte Momente immer und immer wieder durchlebte, fiel mir wieder ein, was sie gesagt hatte, nachdem man sie in den Kerker geworfen hatte: *Ich habe es für Varenia getan ... Wenn du bereit bist, mir zu vertrauen, dann glaube ich, dass wir dich hier herausbekommen können.*

Aus irgendeinem Grund hatte sie gewusst, dass sie nicht überleben würde, und sie hatte geglaubt, dass sie, indem sie mich rettete, irgendwie auch Varenia retten konnte.

Lange lebe die Königin. Diese Worte hallten in meinen Ohren, so wie sie in den Ohren aller Lords und Ladys, aller Frauen, Männer und Kinder widerhallen mussten, die dort gewesen und Melinas Sturz in den Tod mit angesehen hatten. Nur, welche Königin? Ich? Sie konnte doch nicht ernsthaft geglaubt haben, dass Ceren mich nach all dem noch heiraten würde. Wenn ihre Pläne über eine mögliche Flucht hinausgegangen waren, dann hatte sie nie die Chance bekommen, mir davon zu erzählen.

Tränen liefen mir über die Wangen, als ich mich wieder auf das schmutzige Stroh legte. Ich wusste, dass ich meiner Trauer nur durch Schlaf entkommen konnte.

Fast war ich schon weggedämmert, als ich Geräusche aus dem Korridor hörte. Es waren nicht die schweren Schritte der Wachen, sondern etwas Weicheres, wie edle Schuhe auf dem Steinboden. Oder der raschelnde Saum eines Umhangs. Ich richtete mich auf, entsetzt bei der Vorstellung, es könnte Ceren sein, der mich holen kam.

Doch dann erklang Ebbs Stimme auf der anderen Seite der Tür. »Geht es Euch gut, Mylady?«

»Ebb.« Meine Stimme brach. »Ich kann es nicht fassen, dass sie Lady Melina getötet haben.«

»Es tut mir so leid. Ich weiß, dass sie Eure Freundin war.«

Ich dachte an Talin, der gesagt hatte, Melina hätte keine Freunde, aber mir gegenüber war sie loyaler gewesen als meine eigene Mutter. Ich wischte mir die Tränen ab und sah Ebb durch das winzige vergitterte Fenster in der Tür an. »Was machst du hier unten? Ceren wird dich töten lassen, wenn er es herausfindet.«

Sie schüttelte den Kopf. »Die Wachen kennen mich. Ich komme manchmal hier herunter, um meinen Bruder zu besuchen.«

»Deinen Bruder? Aber ich dachte ...«

»Ich habe gesagt, dass er hier im Berg lebt, ja. Früher hat er für den König gearbeitet, aber als Ceren die Macht übernommen hat, wurde meinem Bruder Teilhabe an einer Verschwörung vorgeworfen, und man hat ihn eingesperrt. Er wurde nie öffentlich angeklagt.«

»Wie bist du dann an deine Stellung hier gekommen?«

»Ich habe einen anderen Nachnamen verwendet. Ceren

hatte mich noch nie gesehen, also hatte er auch keinen Grund, anzunehmen, ich könnte mit Aro verwandt sein. Das ist mein Bruder.«

»Dann hast du die Stellung also angenommen, um in seiner Nähe sein zu können?« Ebb nickte. »Ich hätte nie zu hoffen gewagt, dass ich das Glück haben könnte, für eine so freundliche Herrin wie Euch zu arbeiten.« Sie legte die Fingerspitzen an den Rand des Fensters und ich bedeckte sie mit meinen. »Sobald ich Lady Melinas Behauptung, Prinz Ceren hätte Königin Talia ermordet, gehört habe, bin ich auf die Suche nach Grig gegangen. Ich habe nicht daran gezweifelt, dass das die Wahrheit ist, und irgendjemand musste so schnell wie möglich Prinz Talin holen. Er hätte niemals zugelassen, dass man Euch einsperrt, wenn er hier gewesen wäre.«

»Danke, Ebb«, flüsterte ich. »Wenn er nicht rechtzeitig zurückgekommen wäre, dann wäre ich jetzt tot.«

»Ich glaube nicht, dass Prinz Ceren je vorgehabt hat, Euch zu töten, Mylady«, antwortete sie leise. »Seine Späher haben ihm von Prinz Talins Rückkehr berichtet, und wegen des Tods des Königs musste Prinz Ceren einen Weg finden, den Thron für sich zu beanspruchen, ohne sich erst seinem Bruder stellen zu müssen.«

»Welchen Weg?« Entsetzen kroch mir die Wirbelsäule hinauf.

Sie schwieg einen Moment. »Prinz Talin hat seinen Thronanspruch aufgegeben, um Euch zu retten.«

Bei diesen Worten wurde mir eiskalt. »Nein.«

Irgendwo in der Ferne schlug eine Tür zu, gefolgt vom Klang tiefer Männerstimmen. »Ich sollte jetzt lieber gehen, Mylady. Prinz Talin wird morgen früh zu Euch kommen. Es wird alles gut.«

»Wie?«

Sie drückte mir die Hand. »Vertraut mir, Mylady.«

»Danke, Ebb.« Wieder brach mir die Stimme und Tränen traten mir in die Augen. »Für alles. Ohne deine Freundschaft hätte ich hier nicht überlebt.«

Sie lächelte und küsste meine Finger. »Ich auch nicht.«

Wieder träumte ich von meiner Schwester, als mich etwas aus dem Schlaf riss. Ich fuhr hoch, die Hand bereits an meinem Stiefel, und spähte in die Dunkelheit.

»Es freut mich, dass du etwas ausruhen konntest«, sagte Ceren. Seine Stimme klang nah. Zu nah. »Du bist schön, wenn du schläfst.«

Wo war seine Fackel? Wie konnte er mich in dieser tiefschwarzen Finsternis sehen?

»Bei Tageslicht funktionieren meine Augen vielleicht nicht sehr gut, aber im Dunkeln kann ich hervorragend sehen«, sagte er, als hätte er wieder einmal erahnt, was ich dachte.

Langsam zog ich meine Hand vom Stiefel zurück. Hoffentlich hatte ich mich nicht verraten.

»Ich kann auch ausgezeichnet im Dunkeln hören. So habe ich bemerkt, dass du mir an jenem Tag zum See gefolgt bist. Dein Herz schlägt gerade so schnell wie das eines Vogels. Hast du Angst vor mir, Nor?«

Sein Atem strich mir über die Wange und ich wich zurück. Er befand sich mit mir in der Zelle. Wieso hatte ich ihn nicht hereinkommen gehört? Die Wachen hatten zwar meine Fesseln gelöst, als sich mich in mein Verlies zurückgestoßen hatten, doch ohne Licht konnte ich Ceren nicht angreifen. Wahrscheinlich würde ich bei dem Versuch am ehesten mich selbst verletzen. Der Gedanke, dass er mich sehen konnte, ich ihn dagegen nicht, ließ mich zittern.

Etwas Weiches strich mir über den Arm, und ich machte einen Satz nach vorn, dorthin, wo ich die Tür vermutete. Cerens Arme schlossen sich jedoch um meine Brust, bevor ich auch nur zwei Schritte weit gekommen war. Es war, als würde sich eine Stahlfalle um mich schließen. »Pst«, raunte er mir ins Ohr. »Ich werde dich befreien, kleiner Vogel.«

»Was meinst du damit?«, flüsterte ich.

Er streichelte mir über die Wange. »Hast du wirklich geglaubt, ich würde dich umbringen lassen? Dass ich eine solche Schönheit, eine solche Kraft vergeuden würde? Als mir zu Ohren gekommen ist, dass mein Bruder rechtzeitig zum Duell zurück sein würde, hatte ich keine andere Wahl, als dich als Köder zu benutzen.«

»Und jetzt?«, brachte ich zwischen zusammengebissenen Zähnen hervor.

»Jetzt bin ich hier, um dir einen Handel vorzuschlagen.«

Ich schnaubte verächtlich. »Einen Handel? Hast du den nicht schon mit deinem Bruder geschlossen?«

Sein warmes Lachen jagte mir einen Schauer über den Rücken. »Meinem Bruder ist immer alles einfach vor die Füße gefallen. Stärke, Zugehörigkeit, Frauen. Aber du warst nie für ihn bestimmt.« Ceren lockerte den Griff, um nach etwas zu greifen, und ich nutzte die Gelegenheit, um mich nach dem Doch zu bücken. Doch bevor ich ihn aus dem Stiefel ziehen konnte, flammte eine Fackel auf, und die Zelle wurde in Licht getaucht. Nun wurde erst wirklich offensichtlich, wie widerlich es hier drinnen war.

Ceren hielt eine Krone vor sich, als würde er sie mir anbieten. Eine Krone, wie ich sie noch nie gesehen hatte.

Sie war aus einer Blutkoralle gefertigt, roh und rot wuchs sie verdreht und gewunden aus einem Reif empor. Zwischen den Korallenästen ruhten rosa Perlen, die im Fackelschein schimmerten. Der Kontrast war verwirrend und wunderschön zugleich. Noch nie hatte ich sie zusammen gesehen und der Anblick verschlug mir den Atem.

In meiner Vorstellung war die Blutkoralle immer etwas Dunkles und Hässliches gewesen, doch neben den Perlen wirkte sie nicht mehr bedrohlich. Sie war schön, das perfekte Gegenstück zu den samtigen rosa Kugeln.

Nor und Zadie. Koralle und Perle.

Mächtig und schön, *gerade* durch den Gegensatz.

Ceren reichte mir die Krone. »Nimm sie, Nor. Sie gehört dir.«

Ich keuchte. »Was? Woher hast du sie?«

»Ilaras Mutter hat sie aus der Blutkoralle anfertigen lassen, die aus dem Herzen ihrer Tochter gewachsen ist. Die Krone wurde nie getragen, denn keine Frau, ob nun ilarisch oder varenianisch, war ihrer würdig. Du aber bist anders, meine Liebste.«

Ich drehte die Krone in den Händen. Die Blutkoralle war bei Berührung nicht giftig, hatte mein Vater gesagt. Nur wenn sie die Haut durchbrach, war sie tödlich. Ich strich über die Perlen, einige von ihnen waren so leuchtend rosa, wie ich es noch nie gesehen hatte. Unwillkürlich stellte ich mir vor, was wohl die anderen Mädchen in Varenia sagen würden, wenn sie etwas so Kostbares zu Gesicht bekämen.

»Warum bietest du sie mir an?«, fragte ich schließlich.

»Ich gebe dir die Chance, Königin von Ilara zu werden. Heirate mich und ich werde deinem Volk nichts tun. Alles, was ich brauche, werde ich dann hier haben, in New Castle. Gemeinsam können wir uns dem weiblichen König stellen und auch jeder anderen Bedrohung für das Königreich. Unsere Söhne werden die stärksten und gesündesten Herrscher sein, die Ilara jemals regiert habe. Gemeinsam können wir die Welt erobern, Nor.«

Ungläubig blinzelte ich. »Du willst, dass ich dich für die Krone heirate?«

Er lächelte. »So dumm, zu glauben, dass du mich aus Liebe heiraten würdest, bin ich nicht. Nein, ich weiß, dass diese Ehre meinem Bruder gebührt.« Ein Anflug von Trauer huschte über sein Gesicht. »Und das ist nur richtig. Er ist genauso gut und schön, wie du es bist. Allerdings bist du nicht nur hergekommen, um einen Prinzen zu heiraten, nicht wahr? Du bist gekommen, um die Welt zu sehen. Ich kann dir das geben, Nor. Und im Austausch dafür, dass du meine Königin wirst, kann ich deinem Volk die Freiheit schenken.«

»Die Freiheit?« Skeptisch musterte ich ihn. »Wie?«

»Sie können Varenia verlassen, wenn sie das möchten. Sie können am Hafen handeln wie alle anderen und einen fairen Marktpreis für ihre Güter bekommen. Niemand wird sie je wieder von der Nahrungs- oder Wasserversorgung abschneiden. Varenia wird ein unabhängiges und eigenständiges Königreich.«

Bei diesen Worten schlug mein Herz schneller. Varenia, frei und unabhängig – das war mehr, als ich je zu hoffen gewagt hätte. »Und niemand müsste mehr für dich nach Perlen tauchen?«, fragte ich vorsichtig.

Er schüttelte den Kopf. »Ich brauche sie nicht mehr.«

»Aber wirst du nicht schwächer werden, wenn du keine Perlen mehr essen kannst?« Ich war verwirrt. »Ich dachte, du wolltest körperlich stärker werden.«

Wieder lächelte er, es war dieses dunkle, Unheil verkündende Lächeln, von dem mir immer kalt vor Angst wurde. »Das will ich auch. Und ich werde es sein, dank dir.«

Vor Grauen zog sich mir der Magen zusammen. Mein Blut. Er wollte mich als seine Blutquelle behalten. »Was hast du mit mir vor? Willst du mich jeden Tag für den Rest meines Lebens ausbluten?«

»O nein, meine Liebste. Ich habe bereits alles, was ich brauche.«

Wovon sprach er da? Was hatte er in meinem Blut gefunden? Ich senkte den Blick auf die Krone. Die Blutkoralle hatte mir meine Selbstheilungskräfte verliehen, als sie in meinen Blutkreislauf gedrungen war. Konnte es möglich sein, dass dieselben Kräfte von meinem Blut auf Ceren übergegangen waren? Hatte es schon funktioniert?

Wieder musterte ich ihn. Seine Lippen und Wangen hatten mehr Farbe, als ich es in Erinnerung hatte, und die harten Züge seines Gesichts wirkten etwas weniger scharf. Als wüsste Ceren, was ich dachte, hob er das Kinn und straffte die Schultern. Er sah stark aus, mächtig. Bereit, die Welt zu erobern, wie er gesagt hatte.

»Wie?«, hauchte ich.

»Genauso, wie ich das, was ich brauche, von den Perlen bekommen habe.«

Er las das Entsetzen und den Abscheu auf meinem Gesicht ... und lächelte.

Ich kannte die Grenzen meiner Fähigkeiten nicht, aber nach meiner Begegnung mit Salandrin wusste ich, dass es schwer war, mich zu töten. Eine solche Gabe konnte in den falschen Händen katastrophal sein.

In diesem Augenblick wurde mir klar, dass es nicht genug

war, nur Varenia zu befreien. Solange Ceren lebte, würde er alle und jeden für seine persönlichen Zwecke ausbeuten. Für jemanden wie ihn wäre nicht einmal die Verbannung genug.

»Ich werde dich nicht heiraten, Ceren«, sagte ich kühl. »Die einzige Bedrohung für das Königreich bist du selbst.«

Das stolze Lächeln verschwand von seinen Lippen. »Du würdest den Handel ablehnen, ohne dir vorher die Bedingungen anzuhören?«

Ich schluckte gegen den Kloß in meiner Kehle an. »Bedingungen?«

»Du hast die Wahl, Nor. Heirate mich oder stirb.«

Alles Blut wich mir aus dem Kopf. Ich hätte wissen müssen, dass er eine Zurückweisung nicht akzeptieren würde.

Allerdings wusste Ceren nicht, dass ich noch eine dritte Wahlmöglichkeit hatte, und in diesem Moment war es der einzige Weg, dem ich zu folgen bereit war.

Ich schleuderte ihm die Krone entgegen, zog den Dolch, so schnell ich konnte, und hieb mit der Klinge nach ihm. Ich fühlte, wie sie durch sein Wams schnitt, aber ich wusste nicht, ob ich auch seine Haut verletzt hatte. Ceren griff nach dem Kurzschwert an seiner Hüfte, doch anstatt mich jemandem zum Kampf zu stellen, der sein Leben lang dafür ausgebildet worden war, drehte ich mich um und rannte los.

Zum Glück hatte er die Zellentür nicht hinter sich abgeschlossen. Eine Fuchsfeuerlaterne im Gang vor mir wies mir den Weg. Ich versuchte, die Panik niederzukämpfen, die in meiner Kehle aufstieg, doch Ceren war schon hinter mir, und er holte auf. Er konnte besser sehen, wohin er lief, als ich.

»Nor«, brüllte er mir hinterher. »Wohin willst du? Du sitzt in der Falle, kleiner Vogel.«

Ich rannte weiter den Gang entlang, aus dem Kerker hinaus

in einen Tunnel, der sich vor mir gabelte. Ich hörte Cerens rauen Atem hinter mir und wandte mich nach rechts. Ich betete, dass dieser Gang zur Glühwürmchenhöhle führte.

Als ich spürte, wie sich die Luft um mich veränderte, erfüllte mich neue Energie. Ich hatte es geschafft. Doch dann gewöhnten sich meine Augen an die Dunkelheit, und eine Reihe kleiner Fuchsfeuerlaternen an der Wand zeigte mir, wo ich mich befand. Gleichzeitig schmeckte ich den widerlich süßlichen Verwesungsgeruch auf der Zunge. Die Gruft.

Hunderte von Knochen lagen hier unfeierlich aufeinandergestapelt, so als hätte man die Körper der Toten einfach übereinandergeworfen. Ich blickte über die Schulter und sah Cerens Silhouette im Eingang. Ohne nachzudenken, floh ich tiefer in die Gruft hinein, zu dem Teil, der nur der Königsfamilie vorbehalten war. Hier lagen die Skelette aufgebahrt auf Marmortischen. Einige von ihnen trugen immer noch die zerfallenden Reste ihrer Gewänder, ihre leeren Augenhöhlen starrten mir warnend entgegen. Die Klinge des Korallendolchs schimmerte im schwachen Licht, als ich sie vor mich hielt, aber ich konnte nicht erkennen, ob Blut daran war.

Ich bog um eine Ecke und duckte mich hinter die nächste Marmorplatte. Ich betete, dass Ceren mich nicht gesehen hatte. Ich tastete auf der Platte umher, bis sich meine Hand um einen schweren Knochen schloss, der klebrig von Spinnweben war. Wahrscheinlich war es ein Oberschenkelknochen. Ich zog ihn zu mir herunter und wartete.

Ceren hatte seinen Gang mittlerweile zu einem Schlendern verlangsamt, und ich hielt den Atem an, als er sich dem Tisch näherte. Als er schon zwei Schritte daran vorbeigemacht hatte, sprang ich auf. Er fuhr zu mir herum. »Da bist du ja …«

Ich schwang den Knochen wie einen Knüppel und traf Ceren mitten ins Gesicht. Blut schoss aus seiner Nase und unwillkürlich riss er beide Hände hoch.

Ich ließ den Knochen fallen und packte den Dolch. »Lass mich gehen, Ceren«, flehte ich und wich vor ihm zurück. »Du hast, was du von mir brauchst. Jetzt lass mich einfach gehen.«

Mit einem Knurren warf er sich auf mich. Instinktiv hob ich die Hände, um mich zu schützen.

Erschrocken riss er die Augen auf, und wir starrten einander an, als die Blutkorallenklinge durch sein Wams und in das Fleisch darunter glitt.

Ich stolperte zurück, als ein Schmerzensschrei aus Cerens blutverschmiertem Mund drang. »Dafür bringe ich dich um.« Er kam auf mich zugewankt, Blut sprühte von seinen Lippen.

»Nein«, sagte ich, ohne dabei die Trauer aus meiner Stimme heraushalten zu können. »Das wirst du nicht. Diese Klinge ist aus einer Blutkoralle gemacht, und es gibt etwas, das du mich nie über die Blutkoralle gefragt hast.«

Er blickte auf die Wunde in seiner Brust hinab. »Und was wäre das?«, keuchte er und sank auf die Knie.

»Sie ist tödlich.«

Aus seinen Silberaugen starrte Ceren zu mir hoch, dunkles Blut bedeckte die untere Hälfte seines blassen Gesichts. Auf dem schwarzen Stoff konnte ich das Blut, das aus seiner Brust floss, nicht sehen, aber ich wusste, dass das Gift schon in sein Herz dringen musste.

Er öffnete den Mund und schrie, so laut, dass ich glaubte, die Toten würden sich erheben, dann brach er zu meinen Füßen zusammen. Sein harter Blick schien mich zu durchbohren, während er keuchend ausatmete.

Ich rang nach Luft und stolperte rückwärts gegen ein Grabmal. Zitternd hob ich die Hände vor den Mund und schluchzte beim Anblick von so viel Blut.

Ich hatte einen Menschen getötet. Und nicht nur irgendeinen. Ich hatte den Kronprinzen von Ilara umgebracht.

33

Während ich rannte, schien Cerens letzter Schrei in den Höhlen widerzuhallen. Ich hatte solche Angst, dass es mir fast nicht gelang, mich an Melinas Lied zu erinnern.

Unten tief,
Wo der Berg noch schlief,
Hinter den Seen,
Die Glühwürmchen im Blick …

Ich sang mir die Worte im Kopf vor, bis ich aus einer der Höhlen einen schwachen blauen Schimmer dringen sah.

Als ich Salandrins See endlich erreichte, tauchte ich mit einem Kopfsprung hinein. Das eisige Wasser schloss sich um mich wie Thalos' kalte Finger. Ich stellte mir vor, wie es mich reinigte, wie es Cerens Blut von meiner Haut und meiner Seele wusch. Ich schwamm, kraftvoll und in gerader Linie, und trotz der Kälte und der Angst fühlte es sich gut an, wieder im Wasser zu sein. Meine Glieder erinnerten sich. Ich durchschnitt die Wellen mit der Handkante, meine Beine stießen mich vorwärts. Ich war so damit beschäftigt, einfach zu atmen, dass ich erst begriff, wie seicht das Wasser geworden war, als ich über den Grund streifte.

Ich zog mich auf das glitschige Ufer. Eine Weile rang ich keuchend nach Luft, doch solange ich nicht in Bewegung war, blieb mir zu viel Zeit zum Nachdenken. Ceren war tot, sagte ich mir. Wenn mich ein so winziger Schnitt damals fast umgebracht hatte, dann musste eine Wunde dicht am Herzen sofort tödlich sein.

Selbst mit diesem Wissen konnte ich das Gefühl jedoch nicht abschütteln, dass mich jemand verfolgte. Also kletterte ich den Uferhang hinauf und lief weiter, auf einen Ausgang zu, wie ich hoffte. Je weiter ich mich aber von den Glühwürmchen entfernte, desto schwieriger wurde es, irgendetwas zu erkennen.

Ich erreichte eine Gabelung und versuchte, alle Gedanken außer denen an Melinas Lied aus meinem Kopf zu vertreiben. *Ist der Weg zu erspäh'n, zu varenianischem Glück.* Was sollte das heißen? Ich entschied mich für einen der beiden Gänge und lief ein Stück hinein, doch dort war nichts. Wenn dies der Weg in die Freiheit war, dann sah er nicht sehr vielversprechend aus.

Folge dem Blut. Welchem Blut? Ich ging zurück bis zur Gabelung und betrat den anderen Gang. Dort nahm ich mir einen Augenblick Zeit, um mit Blicken die Finsternis abzutasten. Da sah ich es: ein schwacher rötlicher Schimmer ein Stück vor mir. Ich rannte los. Da. Kristalle in der Felswand. Sie pulsierten in einem schwachen roten Glühen, das aus ihrem Innern zu kommen schien. Auf einmal erkannte ich, dass es eine lange, gewundene Linie aus Kristallen war, die durch den Stein verlief. Sie zog sich durch den Fels wie eine Ader.

Was hatte mir Ebb über die Blutsteine erzählt? *Man sagt,*

dass den Riesen das Blut in den Adern gefror. Dies musste eine Blutsteinader sein, die bisher niemand entdeckt hatte. Kein Wunder, wenn man bedachte, dass sie hinter Salandrins Bau und hinter einem See lag, der so groß war, dass ihn vermutlich kein Ilarer zu überqueren wagen würde.

Ich eilte den Gang hinab, von der Anstrengung wurde mir allmählich wieder warm. Die Hoffnung, von der ich geglaubt hatte, dass sie mit Melina gestorben war, flammte wieder in meiner Brust auf. Allmählich kam vor mir ein winziger Lichtschimmer in Sicht. Ich rannte darauf zu, meine Muskeln brannten, meine Lunge schmerzte, doch das Licht wurde größer, und der Gedanke an die Freiheit trieb mich voran.

Ich blieb erst stehen, als ich einen Riss in der Felswand erreichte, der nur knapp einen Meter hoch und kaum breit genug für einen Menschen war. Zum Glück waren meine Kleider glitschig vom Seewasser, und es gelang mir, mich hindurchzuzwängen. Dann war ich draußen und fiel ächzend auf die Erde.

Einen Moment lang lag ich einfach da, auf dem Rücken, und starrte hinauf zur Mondsichel. Man würde Ceren schon bald finden und dann würde die Suche nach mir beginnen. Ich musste weiter.

Die Reise nach Old Castle führte mir auf erschreckende Weise vor Augen, dass ich noch lange nicht in Sicherheit war. Die Straße war schwarz unter dem Blätterdach der Bäume, das alles Mondlicht aussperrte, und ich zitterte vor Hunger und Erschöpfung. Meine nasse Lederhose klebte an mir und rieb mir bei jedem Schritt über die Haut. Ich hatte nichts außer dem Dolch, der Perlenkette und der Karte, die nun nutzlos war. Die Perlen würde ich brauchen, um mir eine Überfahrt nach Varenia zu erkaufen.

Die Vorstellung, Ilara verlassen zu müssen, ohne mich von Talin zu verabschieden, schmerzte noch schlimmer als mein erschöpfter Körper, aber selbst wenn ich ihn fände, wäre es möglich, dass er mich dafür hassen würde, dass ich seinen einzigen Bruder ermordet hatte.

Raues Schluchzen drang aus meiner Kehle, als ich erkannte, dass dies seine letzte Erinnerung an mich sein würde, und ich betete zu Thalos, dass Talin mir eines Tages würde verzeihen können.

Als die Lichter von Old Castle in Sicht kamen, wusste ich nicht mehr, ob die Feuchtigkeit in meinen Stiefeln Seewasser oder Blut war. Ich schlich auf die Ställe zu. In der Scheune brannten Laternen, aber abgesehen vom gelegentlichen Stampfen eines Pferds war es still, als ich mich der Box meiner Stute näherte. Sie hob den Kopf und wieherte mir leise zu. »Gutes Mädchen«, flüsterte ich und klopfte ihr den Hals, dann sah ich mich nach Sattel und Trense um. Ich entdeckte eine Tür, die vermutlich zur Sattelkammer führte, und wollte gerade darauf zugehen, als ich meinen Namen hörte – meinen *wahren* Namen.

»Nor?«

Ich fuhr herum. »Talin!«

»Was machst du hier? Was ist passiert?« Er blickte auf meine durchnässte Kleidung hinab, auf die rosa Flecken von Cerens Blut auf meiner Tunika. »Götter, bist du verletzt?« Mit einem Schritt war bei mir und fing mich auf, als ich zu schwanken begann.

Das ganze Ausmaß dessen, was ich getan hatte, traf mich mit voller Wucht. Cerens warmes Blut, das mir ins Gesicht spritzte, die schreckliche Flucht durch den See und die Dunkelheit. »Ceren ist in meine Zelle gekommen«, flüsterte ich an seiner Brust. Ich zitterte vor Angst und Kälte und Erschöpfung. »Er hat mir die Krone angeboten, wenn ich ihn heirate. Er hat gesagt, er würde Varenia befreien, aber ich konnte es nicht, Talin. Ich konnte es einfach nicht.«

Er verstärkte seinen Griff um mich. »Was hat er dir angetan?«

»Er hat gesagt, er würde mich töten, wenn ich mich weigere. Ich konnte ihm entkommen, aber ich habe mich in der Dunkelheit verlaufen und bin irgendwie in der Gruft gelandet. Ceren hat mich verfolgt. Ich habe ihm mit einem Knochen das Gesicht zertrümmert.« Wieder erschauderte ich bei der Erinnerung an das viele Blut.

»Es tut mir leid. Das ist alles meine Schuld.« Talins Stimme klang belegt. »Ich hätte wissen müssen, dass er dich nicht so leicht aufgeben würde.«

Ich sah zu ihm hoch. »Leicht? Du hast für mich auf den Thron verzichtet, Talin.«

»Ich wünschte nur, ich wäre früher da gewesen. Ich habe versucht, auch Melina zu retten, aber er …« Talin brach ab, seine Stimme war schwer von ungeweinten Tränen. »Es hieß, entweder du oder niemand.«

Er küsste mich auf den Scheitel, und ich spürte, wie seine Wärme in mich sickerte und die Kälte vertrieb. Er trug keine Rüstung, nur eine Leinentunika und Reithosen. Seine Muskeln darunter waren fest und hart und zum ersten Mal seit Wochen fühlte ich mich sicher. Ich wollte den Kopf an seine Brust legen und mich in seinen Trost spendenden Armen ausruhen, doch ich musste ihm die Wahrheit sagen.

Ich wich ein wenig von ihm zurück. »Da ist noch etwas, Talin. Ich … ich habe Ceren in die Brust gestochen. Der Dolch ist aus Blutkoralle gemacht.« Ich schluckte und versuchte, die richtigen Worte zu finden. »Weißt du noch, was ich dir über die Blutkoralle gesagt habe? Dass mich ein winziger Schnitt beinahe umgebracht hat?«

Langsam rutschten Talins Arme von meinem Körper und er wich einen Schritt zurück. »Was soll das heißen? Ceren ist … tot?«

»Es tut mir so leid.« Es klang verzweifelt. »Ich weiß, dass er dein Bruder war und dass du gerade erst auch deinen Vater verloren hast.« Ich würde ihn nicht um Vergebung bitten. Dazu hatte ich kein Recht.

Er ließ sich auf einen Heuballen sinken und stützte den Kopf in die Hände. »Ceren ist tot.«

»Ich … ich glaube schon. Ja.« Ich wollte ihn so gern umarmen und trösten, wie er es für mich getan hatte, aber ich blieb auf Distanz. Nun hatte ich jede Hoffnung darauf zerstört, wir könnten einmal zusammen sein. Selbst wenn Talin mir irgendwie vergeben konnte, war ich eine Mörderin. Für das, was ich getan hatte, drohte mir wahrscheinlich die Todesstrafe.

Endlich sah er auf. »Ich verstehe, Nor. Ich weiß, dass du niemals jemanden verletzen würdest, wenn du eine andere Wahl hättest. Und ich weiß, was Ceren tun würde, wenn er noch am Leben wäre.«

Ich setzte mich neben ihn und nahm seine Hand. »Dann hasst du mich nicht?«, fragte ich ungläubig.

Er zog mich an sich und vergrub das Gesicht in meinem Haar. Lange atmete er einfach nur tief ein und aus. Ich wusste, dass er dies alles erst begreifen musste: Ceren war tot und er war durch meine Hand gestorben. Ja, sein Bruder hatte Talia getötet, den Menschen, den Talin am meisten auf der Welt geliebt hatte, aber ich wusste besser als jeder andere, wie stark die Blutsbande zwischen Geschwistern waren, selbst wenn sie einander so viel Schmerz zufügten. Talin konnte nicht anders, als zu bereuen, dass es nicht hatte anders enden können.

Endlich sagte er: »Ich könnte dich niemals hassen. Du hattest keine Wahl.«

Wir hielten einander umschlungen, so lange wir es wagten. Mein Körper sehnte sich danach, in der Wärme seiner Arme zu bleiben. Ich war so müde, dass sich der Gedanke daran, weiter zu fliehen, fast unmöglich anfühlte.

»Ich muss gehen«, sagte ich irgendwann und strich mit beiden Händen über seine Schultern. »Die Wachen werden nach mir suchen.«

Er hob den Kopf und sah mich verwirrt an. »Aber du bist jetzt in Sicherheit, Nor. Wenn Ceren wirklich tot ist, dann bin ich der Regent.« Er zögerte einen Moment, dann fügte er hinzu. »Jedenfalls, bis meine Mutter kommt.«

Ich runzelte die Stirn, sicher, mich verhört zu haben. »Deine …«

»Meine Mutter, ja. Es tut mir leid, dass ich es dir nicht früher gesagt habe. Königin Talia lebt. Und sie kehrt nach Ilara zurück.«

Ich war so müde, und nichts von dem, was er da sagte, ergab einen Sinn. »Das verstehe ich nicht. Ich dachte … alle haben gesagt …«

Talin seufzte. »Ceren hat versucht, meine Mutter zu töten, weil sie schwanger war, Nor. Als er herausgefunden hat, dass sie ein Kind erwartete, hat er angefangen, sich um sein Recht auf den Thron zu sorgen. Er war zwar der erstgeborene Sohn, doch wenn meine Mutter ein Mädchen zur Welt gebracht hätte …«

»Dann wäre Ilara wieder ein Königinnenreich geworden«, hauchte ich. »Und Varenias Pakt mit Ilara wäre erfüllt.« Ich stand auf und begann, auf und ab zu gehen. »Aber warum sollte Ceren annehmen, dass es ein Mädchen wird? Immerhin hat es seit Jahrhunderten keine Prinzessin mehr gegeben.«

»Das hat man uns jedenfalls erzählt«, sagte Talin ernst. »Aber was ist wahrscheinlicher? Dass seit Generationen kein König mehr eine Tochter bekommen hat oder dass die Männer, die Ilara regieren, sich davor fürchten, ihre Macht an eine Frau abzugeben?«

Ich blieb vor ihm stehen, die Hände an den Seiten zu Fäusten geballt. »Was willst du damit sagen, Talin? Dass es weibliche Nachkommen gegeben hat, die in ihren Wiegen ermordet wurden?«

»Ich hoffe, dass man sie weggeschickt hat, um in irgendeinem Dorf zu leben, aber sicher können wir uns nicht sein.« Hilflos breitete er die Hände aus. »Trotzdem, Ceren wollte kein Risiko eingehen. Er hat auf meine Mutter eingestochen und sie in Salandrins See geworfen, weil er sie für tot hielt. Salandrin sollte sich um die Überreste kümmern. Doch ihre Selbstheilungskräfte haben sie am Leben gehalten. Sie war schwer verwundet, aber sie hat es trotz ihrer Verletzungen geschafft, den See zu überqueren, und sie ist auf demselben Weg entkommen wie du.«

Ceren hatte Talia als so zart wie eine Blume beschrieben, aber sie musste viel stärker sein, als ich mir je hätte vorstellen können. »Lady Melina hat mir von dem Weg erzählt. Wusste sie etwa, dass Talia lebt?«

Talin nickte. »Meine Mutter hat mehrere Monate nach Cerens Mordversuch Kontakt zu mir aufgenommen. Trotz ihrer schwierigen Beziehung hat Mutter mich darum gebeten, Melina als Verbündete zu gewinnen, weil sie wusste, dass sonst niemandem im Schloss zu trauen war. Ceren war jung, aber sein Wille war damals schon stärker als der meines Vaters. Wenn einer von seinen Spionen herausgefunden hätte, dass sie noch lebt, dann hätte Ceren sie gejagt und getötet.«

»Als Melina also ›Lang lebe die Königin‹ gerufen hat …«

»Da hat sie meine Mutter gemeint, die rechtmäßige Erbin des Throns, jetzt, wo Vater tot ist.«

Endlich fügten sich alle Teile ineinander. »Weil Ceren noch nicht einundzwanzig ist.«

Talin lächelte. »Sie war all die Jahre im Süden und hat eine Armee um sich geschart. Der Tod meines Vaters war der Ruf zu den Waffen. Weißt du noch, dass ich mich auf dem Weg zum Markt mit Lord Clifton getroffen habe? Ich habe die Söldner nicht darum gebeten, für Ilara zu kämpfen, sondern sich mit meiner Mutter zu verbünden und gegen Ceren in den Kampf zu ziehen. Um Ilara wieder zu einem Königinnenreich zu machen, damit unser Land wieder das wird, was es einmal war. Sie marschieren, während wir hier sprechen.«

»Aber warum hat sich Melina einsperren lassen, wenn sie doch wusste, dass Ceren mich nicht töten würde?«

»Um dir den Fluchtweg zu verraten, da sie nicht wusste, wann ich zurückkommen würde. Ceren hat alles in seiner Macht Stehende getan, um mich von New Castle fernzuhalten. Er war es, der uns auf dem Rückweg vom Markt die Männer auf den Hals geschickt hat. Als es ihm nicht gelungen ist, mich zu töten, hat er diesen Angriff als Vorwand benutzt, um mich wieder wegzuschicken. Wenn deine Zofe nicht gewesen wäre, dann wäre ich nicht rechtzeitig zurück gewesen, um Ceren herauszufordern. Melina hat geglaubt, dass du diejenige sein müsstest, die Varenia und Galeth davon überzeugt, mit meiner Mutter zu kämpfen, wenn die Zeit kommt.«

Melina hatte nicht begriffen, wie wenig Vertrauen mein Volk

in mich hatte. Was zum Glück jetzt keine Rolle mehr spielte. »Ceren ist tot, und es gibt niemanden mehr, der um den Thron kämpfen wird. Es wird keinen Krieg geben und deine Mutter wird der weibliche König von Ilara.«

»Nicht ganz.« Er lächelte. »Meine Mutter ist die Königin Regentin. Ihre Tochter ist der weibliche König. Oder sie wird es sein, sobald sie einundzwanzig Jahre alt ist.« Meine schockierte Miene brachte ihn zum Lachen. »Ja, Nor, ich habe eine kleine Schwester. Zoi. Ich habe sie noch nicht kennengelernt, aber sie wird bald hier sein.«

Ich grinste und stellte mir ein kleines Mädchen mit Talins Augen vor. »Ich kann es nicht glauben.«

Er umfasste meine Hände und zog mich auf seinen Schoß. »Ich weiß, dass es dir wehtut, Ceren das Leben genommen zu haben, aber damit hast du Tausende gerettet«, sagte er ruhig. »Dieses Königinnenreich hat dir alles zu verdanken. Wirst du hierbleiben, Nor? Mit mir?«

Einen Moment lang starrte ich ihn nur an, ich konnte kaum fassen, dass dies hier wirklich geschah. Ich war zerschunden und zerschlagen, schwach von meiner Gefangenschaft im Kerker, den Aderlässen und der Last all der Angst, doch als mir Talin mit den Fingerspitzen über die Kinnlinie strich, begannen Erschöpfung und Schuldgefühle dahinzuschmelzen.

Dieses Mal küsste ich ihn. Seine Lippen fühlten sich warm und sanft auf meinen an und mit jeder zarten Berührung schien er die Wunden der vergangenen Wochen zu heilen. Er streichelte über die bloße Haut unter meiner Tunika, und seine Finger hinterließen eine brennende Spur, wo sie mich berührten. Ich zog sein Hemd aus dem Bund der Reithose und seufzte, als ich endlich die Muskeln seiner Brust und seines Rückens unter meinen Händen spürte. Ich setzte mich rittlings auf ihn und schlang die Beine um seine Taille, um ihm noch näher zu sein. Scharf sog er die Luft ein und nahm meine Unterlippe zwischen die Zähne.

»Nor.« Seine Stimme klang tief.

Als ich die Augen öffnete, sah ich, dass er mich betrachtete. Er legte beide Hände um mein Gesicht. Mit dem Daumen strich er über die empfindliche Stelle auf meiner Wange. Mir fiel auf, dass ich keine Farbpaste bei mir hatte, und da wusste ich, dass ich sie nie wieder tragen würde.

»Ich möchte gern bei dir bleiben, Talin. Aber zuerst muss ich nach meiner Familie sehen. Die Dinge standen schlimm, als ich gegangen bin, und Sami zufolge sind sie nur noch schlimmer geworden. Außerdem, wer soll ihnen sagen, dass Ceren tot ist, wenn ich es nicht tue?«

Er nickte. »Der Markt am Hafen ist in zwei Tagen. Ich bringe dich hin.«

Ich konnte nicht fassen, dass es so lange her war, dass ich Sami gesehen hatte, auch wenn mir die Zeit, die ich im Kerker verbracht hatte – schwach und wertlos, während meine Familie zweifellos litt –, wie eine Ewigkeit erschienen war.

Die Vorstellung, Talin bei mir zu haben, der mich sicher zum Markt führte, der die Nacht mit mir zusammen auf der Straße verbrachte, war so verlockend, dass ich fast Ja gesagt hätte. Doch sowohl der Kronprinz als auch der König waren tot und die Königin Regentin würde erst in ein paar Tagen eintreffen.

Im Augenblick brauchte Talins Volk ihn ebenso sehr wie mein Volk mich.

»Danke«, sagte ich leise. »Es bedeutet mir alles, dass du mir das anbietest, aber dein Platz ist hier, jedenfalls bis deine Mutter auf dem Thron sitzt.«

Er zog mich noch enger an sich. »Ich kann dich nicht allein gehen lassen, Nor. Die Straße ist zu gefährlich.«

»Ich habe eine Waffe dabei. Du kannst mir genug Geld geben, damit ich für ein frisches Pferd bezahlen kann, falls ich eines brauche. Und ich weiß, dass du mich holen kommst, wenn der richtige Moment da ist.«

Ich fand es wunderbar, dass er mich beschützen wollte und dass er mir nicht widersprach, als ich ablehnte. Er senkte den Kopf und küsste mich, langsam und lange, ohne Dringlichkeit. Es war ein Versprechen, er würde zu mir kommen, so schnell er konnte, und wir würden wieder zusammen sein.

»Bist du sicher, dass du sofort aufbrechen musst?«, fragte er, als wir uns schließlich voneinander lösten. »Meine Wachen werden dich nicht anrühren. Ich sorge dafür, dass du wegen Cerens Tod begnadigt wirst. Warte wenigstens noch, bis die Sonne aufgeht, dann kannst du es immer noch rechtzeitig zum Markt schaffen. Du musst dich ein bisschen ausruhen, damit deine Verletzungen heilen können.«

»Sie sind längst verheilt«, antwortete ich sanft. »Ich kann dir gar nicht sagen, wie verlockend es ist, einfach hier in deinen Armen zu bleiben, aber es kommt mir vor, als könnte ich meine Schwester nach mir rufen hören. Sie ist dort draußen, wahrscheinlich leidet sie, und jeder Tag, den wir voneinander getrennt sind, ist ein Tag, den ich nie zurückbekomme, Talin.«

Er nickte und reichte mir einen kleinen Lederbeutel voller Münzen. »Versprich mir, dass du vorsichtig bist.«

»Ich verspreche es.« Ich wandte mich zur Box meiner Stute um, aber Talin hielt mich auf, indem er die Hand hob.

»Auf dieser Stute schaffst du es nie rechtzeitig. Ich möchte, dass du Xander nimmst.«

»Talin, das geht nicht«, protestierte ich. »Er ist dein Lieblingspferd.«

»Außerdem ist er auch das schnellste und treuste Pferd im Stall. Er wird an meiner Stelle auf dich aufpassen. Ich muss wissen, dass du sicher nach Varenia gelangst. Es wird andere Pferde geben, aber niemals wieder jemanden wie dich, Nor.«

Mein ganzes Leben hatte man mir zu verstehen gegeben, dass es *doch* noch jemanden wie mich gab und dass sie in jeder nur erdenklichen Weise besser war als ich. Talin dagegen hatte von dem Moment an, in dem er mich tropfnass und mit Sami streitend im Haus des Gouverneurs erblickt hatte, nur mich gesehen. Nicht Zadies Zwilling, sondern *mich:* impulsiv, stur, albern, wetteifernd, beschädigt, treu, entschlossen und ja, schön.

Ich küsste ihn ein letztes Mal, atmete seinen Duft ein und versuchte, ihn mir einzuprägen. »Danke, Talin. Für alles.«

Ich sattelte Xander, während Talin zur Vorratskammer von New Castle eilte, um mir Proviant zu holen. Als er wieder da war, packte er Brot, Äpfel, Hartkäse und zwei Wasserschläuche in die Satteltaschen.

Schließlich reichte er mir noch eine Pergamentrolle. »Eine Karte, falls du einmal nicht mehr weißt, wohin du musst. Wenn du den Rest der Nacht und morgen den ganzen Tag durchreitest, dann wird dich Xander bis zum zweiten Wirtshaus bringen, in dem wir abgestiegen sind. Dort kannst du übernachten – sag dem Gastwirt, dass ich dich geschickt habe –, und dir bleibt am Freitag noch genug Zeit, um rechtzeitig zum Markt zu kommen. Ich schicke dir eine Nachricht, so schnell ich kann.«

»Danke.« Ich drückte ihm noch einen letzten, fieberhaften Kuss auf die Lippen.

Talin prüfte noch einmal den Sattelgurt, dann hob er mich auf Xanders Rücken. Ohne Talins sichere Arme um mich kam mir der Hengst noch größer vor und ganz kurz wollte sich die Angst wieder anschleichen. Mit aller Kraft stieß ich sie weg. Jetzt war keine Zeit für Angst, kein Platz für Zweifel.

Zwischen Old Castle und Varenia lagen die endlose Straße und zahllose Gefahren, doch am Ende wartete Zadie auf mich. Ich würde durchs Feuer reiten, um zu ihr zu kommen.

Ich winkte noch einmal zum Abschied, dann waren Xander und ich fort. Wir galoppierten dem Sonnenaufgang davon, der uns verfolgte wie eine goldene Welle. Je weiter ich ritt, desto freier fühlte ich mich, und ich wusste, dass Varenia jetzt, nachdem ich es verlassen hatte, noch schöner sein würde.

Mein Volk hatte – wie über so viele wichtige Dinge im Leben – auch ein Sprichwort über das Zuhausesein: »Ein Varenianer kann niemals auf See verloren gehen, denn er nennt das ganze Meer seine Heimat.« Doch das stimmte nicht ganz, wie ich jetzt begriff. Heimat war kein Haus oder Dorf oder Meer. Ein Zuhause war Familie und Liebe, ein Ort, an dem die Seele ruhen konnte, wie ein Seevogel, sicher vor dem Sturm.

Ich drückte die Waden an Xanders Flanken, beugte mich über seinen warmen, schweißnassen Hals und flog.

Spät am Donnerstagabend erreichten wir das Gasthaus. Ich war so erschöpft wie noch nie zuvor in meinem Leben. An der Grenze hatten mich Soldaten angehalten – Riv war zum Glück nirgends zu sehen gewesen –, aber ich hatte sie mit etwas Geld bestechen können. Niemand erkannte mich, ich war ungewaschen und zu dünn. Meine Kleider waren abgetragen und ausgefranst und mein Haar steckte unter der Kapuze von Samis schlichtem Umhang. Ich sah aus wie ein armer Junge, nicht wie ein Mädchen, dass die Königin von Ilara hatte werden sollen.

Sobald ich am Freitagmorgen den Stall betrat, wusste ich, dass Xander den Rest der Reise nicht durchstehen würde. Obwohl er am Vortag vor Erschöpfung gezittert hatte, war er gelaufen und gelaufen, und ich würde ihn nicht noch weitertreiben. Ich bezahlte den Gastwirt dafür, dass er sich um ihn kümmerte, bis er ihn zu Talin zurückbringen konnte, und kaufte ihm ein zottiges braunes Pony ab, das so faul war, dass ich es kaum zum Traben brachte.

Die Stunden verstrichen, und nach und nach schwanden meine Chancen, den Markt zu erreichen, bevor er schloss. Ich würde trotzdem einen Weg nach Varenia finden, auch wenn ich Sami verpasste, aber der Gedanke, nur ein paar Stunden, vielleicht nur ein paar Minuten zu spät zu kommen, ließ mich fast verzweifeln. Ich knuffte dem Pony mit den Beinen in die Seiten, flehte es an, doch schneller zu laufen.

Endlich, als ich die Marktzelte vor mir auftauchen sah, rutschte ich vom Rücken des Ponys und rannte los. Meine Füße waren wund und zerschunden von den nassen Lederstiefeln, und ich spürte bei jedem Schritt, wie meine Haut aufriss, aber ich rannte weiter und blieb erst vor dem Eingang zum Markt stehen.

»Tut mir leid, Junge«, sagte ein Mann, der gerade seinen Stand abbaute. »Der Markt schließt.«

Ich schüttelte den Kopf, zu atemlos, um zu antworten, und eilte an ihm vorbei. Um mich herum wurden Zeltplanen eingerollt und die letzten Waren verkauft. Äpfel mit braunen Stellen und fleckige Kohlköpfe wurden für ein Zehntel des Preises verhökert, den sie noch am Morgen erzielt hatten. Ich lief an allem vorbei, den Blick fest auf den Himmel gerichtet, und betete darum, einen Drachen über den verbliebenen Ständen segeln zu sehen. Doch da war nichts.

Als ich endlich die Mitte des Markts erreichte, war er leer, abgesehen von ein paar Kaufleuten, die miteinander ihre Güter tauschten. Der Drachenhändler und Sami waren nirgends zu sehen. Zu spät. Ich ließ mich auf einen Stapel zerbrochener Kisten sinken und stützte den Kopf in die Hände. Ich war so weit gekommen und hatte Sami doch verpasst. Ich wollte nur, dass sich jemand dieses eine Mal um mich kümmerte, mich nach Hause brachte.

»Nor?«

Diese Stimme hätte ich überall wiedererkannt. Es war der lieblichste Klang der Welt und nun fantasierte ich in meiner Verzweiflung. Ich hielt den Kopf gesenkt, bis sich eine kleine Hand zaghaft auf meinen Rücken legte.

»Nor, bist du das?«

Langsam, ganz langsam sah ich auf. Und da, in Hosen und einer groben Tunika, was ihrer strahlenden Schönheit keinen Abbruch tat, stand meine Schwester.

»Zadie?«, keuchte ich.

Wir kamen zusammen, als würden wir in unsere Reflexion auf dem Wasser fallen, zwei Spiegelbilder, die aufeinandertrafen. Wie dumm ich gewesen war, begriff ich jetzt. So viele Jahre hatte ich mir Sorgen darum gemacht, wie verschieden wir waren, anstatt all unsere Gemeinsamkeiten zu feiern.

Ich hatte vergessen, wie klein sie war, wie zierlich, wie vertraut mir ihr Geruch war, der Geruch von Zuhause. »Was machst du denn hier?«, fragte ich schließlich und lächelte durch meine Tränen, berührte ihre Wangen, ihre Lippen, ihr Haar. »Wo ist Sami?«

Bei dieser Frage weinte sie noch heftiger, und einen grauenvollen Moment lang war ich sicher, dass er tot war. »Er hat versucht, sich gegen seinen Vater zu behaupten, nachdem er mit dir gesprochen hatte. Er hatte sogar die meisten der Ältesten auf seiner Seite. Aber dann hat eine Gruppe der Dorfbewohner revoltiert und gefordert, dass man ihn verbannt, weil er mit einer Mörderin gemeinsame Sache gemacht hat.«

»Mit mir? Sie glauben immer noch, dass ich versucht habe, dich umzubringen?«

»Das war Alys' Mutter. Sie hat einfach nicht aufgehört, bis sie ganz Varenia gegen unsere Familie aufgebracht hatte.«

Und ich hatte *unsere* Mutter für skrupellos gehalten. »Kristos hat ihn verbannt? Sami? Seinen eigenen Sohn?«

»Nein, natürlich nicht. Ein paar Männer haben es nachts getan. Sie haben ihn entführt und ihn aufs Meer hinausgebracht. Sie haben ihn dort allein gelassen, Nor.« Sie schluchzte an meiner Schulter und ich zog sie an mich. Der unbezähmbare Drang, sie zu beschützen, der mich mein Leben lang angetrieben hatte, loderte nun hell wie eine Flamme.

»Und du bist trotzdem gekommen?« Ihre Stärke erstaunte mich, der Mut, den es sie gekostet haben musste, allein hierherzukommen.

»Das musste ich.« Ihre Stimme bebte. »Ich konnte nicht zulassen, dass du dein Leben riskierst, um immer wieder herzukommen, wenn es doch keinen Sinn mehr hat.«

»Keine Angst.« Ich streichelte ihr übers Haar. »Sami ist einfallsreich. Er hat einen Weg gefunden zu überleben, da bin ich sicher. Wenn wir erst wieder in Varenia sind, erkläre ich dem Gouverneur alles.«

Sie blinzelte ihre Tränen zurück. »Was erklärst du ihm?«

»Prinz Ceren ist tot, Zadie. Wir müssen nicht mehr um unser Überleben kämpfen.«

Kurz starrte sie mich einfach nur an, ausdruckslos, während sie versuchte, aus meinen Worten schlau zu werden. Dann sah ich es. Sie hatte eine Blume fallen lassen, als sie mich umarmt hatte.

»Ist das …?«

»Eine Rose.« Sie bückte sich, um sie aufzuheben. Die Blume war so rot wie eine Blutkoralle und ihr Kopf neigte sich unter dem Gewicht so vieler Blütenblätter. Zadie drückte sie mir in die Hand. »Der Drachenhändler hat sie mir gegeben.«

Ich hob sie an die Nase und sog den zarten Duft ein. Es war nicht nur eine Blume. Es war ein Symbol für alles, wovon ich so lange geträumt hatte, und für alles, was ich dafür aufzugeben bereit gewesen war.

Ich blickte in Zadies warme braune Augen. »Weißt du, sie ist nicht halb so schön wie eine Meerblume.«

Dann, in genau demselben Augenblick, brachen wir in lautes Lachen aus. Wir prusteten und heulten, bis es Freudentränen wurden, die wir weinten, und bis die Welt wieder Sinn ergab.

Ich erzählte Zadie alles, während wir zum Boot unserer Familie zurückkehrten, das sie in einer kleinen Bucht in der Nähe des Marktes versteckt hatte. Seite an Seite standen wir am Strand und blickten auf die Alathianische See hinaus, die von der untergehenden Sonne in ein orange-graues Farbenspiel getaucht wurde. Während ich den Horizont betrachtete, erkannte ich, dass meine Welt nie klein gewesen war. Sie war so grenzenlos wie meine Liebe für Zadie und erstreckte sich vor mir, so weit das Auge reichte, und darüber hinaus.

Vielleicht hatte ich erst fortgehen müssen, um zu begreifen, wie kostbar sie wirklich war.

Talin würde kommen und mich holen und wir drei würden Sami gemeinsam finden. Ich würde endlich den Rest der Welt zu sehen bekommen, wie ich es mir immer erträumt hatte, aber nie wieder würde ich Varenia als Selbstverständlichkeit betrachten.

Die Wellen brachen sich brüllend und liefen über den Sand zu meinen Füßen, doch unter dem Tosen hörte ich noch etwas, wie die raunende Stimme einer Mutter, die mit ihrem Kind sprach. Mir fiel die Strophe ein, die ich in meinem Lied für den König ausgelassen hatte – die geheimen Zeilen, die nur die Jungen und Hoffnungsvollen sangen, die daran glaubten, dass weder Thalos noch irgendein verdorbener Prinz in einem fernen Königreich über unser Schicksal entschieden.

Ich hob die Stimme und rief in den Wind hinaus. Ich sang den Segenswunsch, der mich nach Hause tragen würde:

Das Meer, es singt zu dem, der lauscht.
Siehst du das Blut, das vorüberrauscht?
Das Kind der Wellen kommt von weit.
Das Kind, das unser Volk befreit.

Danksagung

Dies mag mein erster veröffentlichter Roman sein, aber es ist bei Weitem nicht das erste Buch, das ich geschrieben habe, und ich wäre nicht so weit gekommen ohne die Liebe und Unterstützung meines ganz eigenen schwimmenden Dorfs.

Zuallererst möchte ich meinem Agenten Uwe Stender danken, der sich immer für meine Schreiberei ins Zeug gelegt hat und der genau weiß, wie er mich von einem drohenden Abgrund zurückpfeifen kann. Danke für alles, aber vor allem danke für deinen Glauben an zweite Chancen. Danke, Brent Taylor, niemand ist besser, wenn es um ausländische Lizenzen geht. Das Wissen, dass meine Worte in einigen der Länder gelesen werden, in denen ich gelebt oder die ich besucht habe, ist ein Highlight dieser Reise. Ich bin so dankbar, Teil von Team Triada sein zu dürfen.

Danke an meine Lektorin Lauren Smulski, du hast das Potenzial dieser Geschichte gesehen. Deine Vision hat mir dabei geholfen, das Buch daraus zu machen, von dem ich immer gehofft habe, dass es darin steckt. Danke an alle bei Inkyard Press, ihr habt meine Träume wahr werden lassen.

Danke an meine Korrektur- und Probeleser, von denen es zu

viele gibt, um sie hier aufzulisten, aber ganz besonders danke ich meinen ersten wahren Kritikern: Elly Blake und Nikki Roberti Miller. Danke für euren Enthusiasmus vom allerersten Tag an und für die zahllosen Stunden der Anteilnahme. Danke dafür, dass ihr so inspirierte und inspirierende Schriftsteller seid. Danke an Joan He – die Schülerin, die immer schon die Meisterin war –, du bist fantastisch und viel erwachsener, als ich es je sein werde. Danke, Kristin Dwyer, für deinen Humor und deine Großzügigkeit.

Danke an die ganze Crew bei Pitch Wars, besonders an Brenda Drake und den »2014 Table of Trust«, von dem einige die frühen Entwürfe dieses Buchs gelesen haben (darunter RuthAnne Snow, K. A. Reynolds und Rosalyn Eves). Von euch habe ich mehr gelernt als in jedem Schreibkurs. Ich liebe euch alle. Danke an Jenn Leonhard, du warst die Gothic-Kritikerin, von der ich nie gewusst habe, dass ich sie brauche. Danke an meine ewig beste Freundin Kim Mestre, dafür, dass du eben eine wahre Freundin bist. Danke an meinen größten Fan Lauren Bailey, die alle meine Geschichten gelesen und ihre Begeisterung schriftlich der Welt verkündet hat. Danke an meine Schreibgruppe »Pronouns Matter«, für die Einsichten und das Lachen. Danke an meine unterstützende Debütgruppe »Novel Nineteens«. Und an alle, die jemals eines meiner Bücher gelesen haben, von Nummer eins bis Nummer elf, vielen Dank. Ihr alle habt mich dazu ermutigt weiterzumachen, selbst als es unmöglich schien.

Danke an meine Eltern, die mir die Liebe zum Reisen und zum Abenteuer eingeimpft haben. Danke, dass ihr mich in einem Haus voller Bücher und Lachen großgezogen habt. Danke an meinen Bruder Aaron, der dritte der Musketiere, für dein Mitgefühl und deine humorvollen Aufmunterungen, sogar aus der Ferne. Danke an meine Schwestern Elizabeth, Amy und Jennifer, dafür, dass ihr das ganze Zeug gelesen habt und trotzdem bereit seid, noch mehr davon zu lesen. Danke an Patti und Hap, weil ihr an mich geglaubt habt, sogar als ich es selbst nicht konnte.

An Karen Kilgariff und Georgia Hardstark. »My Favorite Murder« hat mir dabei geholfen, mich von vielen meiner Ängste abzulenken (ob es nun um die Veröffentlichung oder um etwas anderes ging), und eure Offenheit und Ehrlichkeit, was mentale Gesundheit angeht, haben mich dazu ermutigt, meine fantastische Therapeutin aufzusuchen.

Danke an meinen Ehemann John, der mein unerschütterlicher Gefährte bei diesem Abenteuer ist, das sich Leben nennt. Du hast mich immer geliebt und unterstützt – in guten wie in schlechten wie in verrückten Zeiten –, und ich kann mir nicht vorstellen, diese Reise mit irgendjemand anderem zu unternehmen. Danke, dass du mit mir ein Leben aufgebaut hast, das noch viel schöner ist, als ich es mir je hätte vorstellen können, nicht einmal in einem Fantasyroman.

Danke an meinen Sohn Jack, meinen größten Fan, noch bevor er überhaupt lesen konnte, danke für all die Lesestunden und Cover-Designs (und für Salandrin!). Dein einzigartiger, kreativer Verstand inspiriert mich jeden Tag. Bleib so freakig, wie du bist, Kleiner. Danke an meinen Sohn Will, du kannst das hier zwar noch nicht lesen, aber danke für dein Lächeln und die Kuscheleinheiten (auch für die unfreiwilligen) und für dein Lachen. Du hast Superkräfte, und ich kann es gar nicht erwarten, zu sehen, was du mit ihnen anstellst. Und danke an Mishka, unseren kleinen roten Muppet, du bist ein perfekter Schreibgefährte.

Und schließlich danke an meine Zwillingsschwester Sarah,

ohne die es dieses Buch einfach nicht geben könnte. Danke, dass du die Karen zu meiner Georgia bist, die Anführerin, wenn ich jemandem folgen will, und buchstäblich meine zweite Hälfte. Während der fünfzehn Jahre, in denen ich jetzt schreibe, hast du mich nie mit irgendetwas davonkommen lassen, und dabei hast du mich niemals aufgegeben. Ich bewundere deine Kraft, deine Großzügigkeit und deine Beharrlichkeit. Obwohl uns das Leben an unerwartete Orte geführt hat, habe ich nie das Gefühl, dass du weit weg bist. Weil ich dich in meinem Herzen trage.

Das aktuelle Programm

496 Seiten · € 17,00 (D) · ISBN 978-3-492-70543-1

320 Seiten · € 12,00 (D) · ISBN 978-3-492-70574-5

480 Seiten · € 15,00 (D) · ISBN 978-3-492-70575-2

400 Seiten · € 15,00 (D) · ISBN 978-3-492-70592-9

352 Seiten · € 13,00 (D) · ISBN 978-3-492-70587-5

384 Seiten · € 14,00 (D) · ISBN 978-3-492-70585-1

Neue Bücher, spannende Zusatzinhalte und tolle Gewinnspiele findest du in unserem Newsletter: piper.de/newsletter

©Freepik

piper.de/ivi